D1322038

LE SPECTRE DU PASSÉ

LA SAGA DE LA GUERRE DES ÉTOILES
AUX PRESSES DE LA CITÉ

DANS LA COLLECTION OMNIBUS

Timothy Zahn

La Guerre des étoiles

LE SPECTRE DU PASSÉ

Traduction de Jean-Marc Toussaint

Roman

Titre original : *Specter of the Past*

Le Code de la propriété intellectuelle n'autorisant, aux termes de l'article L. 122-5, 2° et 3° a), d'une part, que les « copies ou reproductions strictement réservées à l'usage privé du copiste et non destinées à une utilisation collective » et, d'autre part, que les analyses et les courtes citations dans un but d'exemple et d'illustration, « toute représentation ou reproduction intégrale ou partielle faite sans le consentement de l'auteur ou de ses ayants droit ou ayants cause est illicite » (art. L. 122-4).
Cette représentation ou reproduction, par quelque procédé que ce soit, constituerait donc une contrefaçon sanctionnée par les articles L. 335-2 et suivants du Code de la propriété intellectuelle.

© Lucasfilm Ltd, 1997
Edition originale : Bantam Books, New York
© Presses de la Cité, 1999, pour la traduction française
ISBN 2-258-05041-3

1

Lentement, silencieusement, seules ses lumières témoignant d'une trace de vie ténue dans les ténèbres, le Destroyer Stellaire Impérial *Chimaera* glissait à travers l'espace.

Un espace vide. Un espace à la noirceur oppressante. Désolé et isolé. A des années-lumière de ces havres minuscules les plus proches qu'étaient les systèmes solaires de la galaxie, le vaisseau dérivait dans ces immensités imprécises qui séparaient les limites des mondes de la Bordure Extérieure des vastes régions de cosmos encore appelées Espace Inconnu. Aux frontières mêmes de l'Empire.

Ou plutôt, aux frontières mêmes de ces misérables fragments qui jadis constituaient l'Empire.

Debout devant l'un des hublots d'observation percés dans les flancs du *Chimaera*, l'Amiral Pellaeon, Suprême Commandeur de la Flotte Impériale, observait le vide. Le poids des années pesait lourdement sur ses épaules. Bien trop d'années. Bien trop de batailles. Bien trop de défaites.

Peut-être l'équipage présent sur le pont du *Chimaera* ressentait-il ce poids également. Pellaeon était persuadé que le brouhaha de l'activité qui s'élevait dans son dos avait quelque chose de plus étouffé qu'à l'habitude. Mais peut-être n'était-ce que le fait de se trouver dans cette partie de l'espace, à de si grandes distances de quoi que ce soit.

Effectivement, cela devait être ça. Les hommes du *Chimaera* représentaient le fleuron de la Flotte. Un équipage Impérial, des officiers Impériaux, et les Impériaux n'abandonnaient pas. Jamais.

Il y eut à ses côtés un frottement de soulier destiné à attirer son attention.

— Amiral? dit tout doucement le Capitaine Ardiff. Nous sommes prêts à commencer, Monsieur.

L'espace d'un instant, l'esprit de Pellaeon fit un bond de dix ans en arrière, à un moment qui lui semblait bien similaire. A l'époque, c'était Pellaeon et le Grand Amiral Thrawn qui se trouvaient sur le pont du *Chimaera*. Ils supervisaient alors les derniers tests du prototype d'écran de camouflage, un appareil que Thrawn avait récupéré — parmi de nombreux autres trophées ayant appartenu à l'Empereur — au cœur du Mont Tantiss. Pellaeon se souvint de l'excitation qu'il avait ressentie en observant Thrawn essayer, à lui tout seul, de redonner vie et vigueur à l'Empire. Cela, en dépit des craintes que lui inspirait Joruus C'baoth, le clone Jedi dément.

Mais le Mont Tantiss n'était plus. Détruit par les agents de la Nouvelle République. Anéanti par la folie et la trahison de C'baoth. Et le Grand Amiral Thrawn était mort.

L'Empire lui-même était mourant.

Avec effort, Pellaeon chassa les ombres du passé. Il était officier Impérial et les Impériaux n'abandonnaient pas. Jamais.

— Merci, dit-il à Ardiff. Dès que vous serez prêt, Capitaine...

— A vos ordres. (Ardiff se tourna et fit un signe au coordinateur des combats installé dans la fosse bâbord.) Donnez le signal de l'attaque, ordonna-t-il.

L'officier acquiesça et fit un geste de la main à l'attention de l'un de ses équipiers. Pellaeon tourna à nouveau le regard vers la baie vitrée.

Juste à temps pour voir huit chasseurs stellaires Soro-Suub de classe *Oiseau de Proie* en formation serrée dépasser le destroyer en rugissant. Ils virèrent brusquement devant les superstructures de commandement du *Chimaera*, plongèrent vers l'arête longitudinale du vaisseau et ouvrirent le feu. Après plusieurs rafales de laser à faible puissance, les petits appareils rompirent la formation en souplesse et filèrent dans huit directions différentes. Exécutant tonneaux et vrilles, ils continuèrent de tirer jusqu'à ce qu'ils aient quitté la zone d'attaque principale du Destroyer Stellaire. Puis, dans un ample virage, ils firent demi-tour et se regroupèrent.

— Amiral ? s'inquiéta Ardiff.

— Laissons-les passer encore une fois, Capitaine. Plus nous fournirons de données de vol au Predictor et mieux il fonctionnera. (Il remarqua l'un des officiers qui le questionnait du regard depuis la fosse de commandement.) Rapport de dégâts ?

— Dommages mineurs à l'arête de proue, Monsieur, rapporta l'officier. Un panneau capteur touché, ce qui laisse cinq de nos turbos laser sans calculateur de portée.

— Bien compris.

Tout cela n'était que des dommages théoriques, bien entendu. Ils étaient calculés en tenant compte du fait que les Oiseaux de Proie étaient d'importants vaisseaux crachant des salves de turbos laser à pleine puissance. Pellaeon avait toujours été friand de ces petits jeux de guerre quand il était plus jeune. Il se délectait à l'idée de pouvoir taquiner techniques et tactiques sans encourir le risque d'un authentique combat. Au fil de toutes ces années, l'excitation s'était considérablement émoussée.

— Pilote, barre à vingt degrés tribord, ordonna-t-il. Turbo laser tribord, tir de dispersion lors de leur prochaine attaque.

Les Oiseaux de Proie s'étaient regroupés en formation serrée et fonçaient à nouveau vers leur cible. Les turbos laser du *Chimaera* crachèrent des traits à faible puissance qui vinrent rebondir et éclater à la croisée des boucliers déflecteurs des Oiseaux de Proie. Quelques secondes durant, les forces en présence échangèrent des tirs. Puis les chasseurs rompirent la formation et se séparèrent en une figure, les doigts d'une gigantesque main qui s'ouvrait. Rasant en tournoyant le dessus et le dessous de la coque du destroyer, ils déchargèrent leurs lasers avant de filer dans le lointain pour se mettre à couvert.

— Dégâts ? aboya Pellaeon.

— Trois batteries tribord de turbos laser endommagées, annonça l'officier. Nous avons également perdu l'un de nos générateurs de rayons tracteurs ainsi que deux canons à ions.

— Dégâts chez l'ennemi ?

— D'après nos données, l'un des attaquants semble être privé de boucliers déflecteurs. Deux autres opèrent à présent en capacité laser réduite.

— Dommages bien négligeables, murmura Ardiff. Evidemment, on ne peut pas dire que la situation soit franchement équitable. Des appareils aussi petits et d'une telle maniabilité ne disposeraient jamais d'une telle puissance de feu et de déflecteurs. Notre simulateur s'est montré généreux.

— Si c'est l'équité que vous cherchez, participez donc à un championnat de shockball, dit Pellaeon d'un ton acerbe. Pas à un combat.

Les traits d'Ardiff se raidirent.

— Je vous prie de m'excuser, Amiral.

Pellaeon soupira. Le fleuron de la Flotte Impériale...

10

— Paré à activer le bouclier de camouflage, Capitaine, ordonna-t-il en observant le faible éclat des réacteurs des Oiseaux de Proie qui se regroupaient dans le lointain. Mise en route à mon signal.

— A vos ordres, Amiral.

La luminosité des huit petits propulseurs s'intensifia et les Oiseaux de Proie se découpèrent à contre-jour dans leur propre halo. L'ennemi était en train d'accélérer.

— Les voilà, dit Pellaeon en scrutant la tache lumineuse aux contours imprécis qui se divisa en huit éclats plus petits filant en formation rapprochée. Verrouillage du Predictor sur contrôle de tir. Bouclier de camouflage, tenez-vous prêts.

— Predictor et bouclier de camouflage parés, confirma Ardiff.

Pellaeon hocha la tête. Toute son attention était portée sur les Oiseaux de Proie. Ils en étaient presque au point où, lors de l'attaque précédente, ils avaient rompu la formation de combat.

— Bouclier de camouflage... Maintenant!

L'éclairage du pont trembla. Les étoiles et les Oiseaux de Proie s'évanouirent au moment où le bouclier de camouflage enveloppait le *Chimaera* de l'obscurité la plus totale.

— Bouclier de camouflage activé et stabilisé, dit Ardiff.

— Pilote : barre à bâbord. Trente degrés, hausse de huit, ordonna Pellaeon. En avant un point. Turbos laser : feu.

— Bien compris, répondit un officier. Turbos laser actifs.

Pellaeon fit un pas en avant vers le hublot et regarda les flancs du *Chimaera*. Les faibles décharges de laser à basse tension étaient visibles. Les traits lumineux jaillissaient du vaisseau et disparaissaient à quelque distance de là en pénétrant l'impalpable enveloppe sphérique du bouclier de camouflage. Aveuglé par le subterfuge même qui devait le dissimuler aux yeux de ses ennemis, le Destroyer Stellaire se mit à faire feu sauvagement dans l'espoir de détruire ses assaillants.

Mais la sauvagerie ne serait peut-être pas nécessaire. Si le Predictor fonctionnait aussi bien que ses ingénieurs l'espéraient, l'Empire disposerait encore d'une petite chance dans cette guerre.

Il se passa un long moment avant que les turbos laser cessent de tirer. Un trop long moment.

— C'est tout? demanda Pellaeon à Ardiff.

— Oui, Amiral. Cinq cents coups, comme c'était programmé.

Pellaeon hocha la tête.

— Désactivez le bouclier de camouflage. Voyons un peu les résultats.

Les lumières du pont tremblèrent à nouveau et les étoiles réapparurent. Croisant mentalement les doigts, Pellaeon regarda au-dehors par la baie.

Pendant quelques instants, il ne vit rien. Puis, venant de tribord, il aperçut des traînées de propulseurs. Il y en avait sept.

— Message en provenance du commandement adverse, Amiral, annonça l'officier chargé des communications. La Cible Trois signale qu'elle a été touchée par un tir incapacitant et qu'elle est passée en mode veille. Toutes les autres cibles n'ont que des dégâts superficiels. Attendons vos ordres.

Pellaeon fit la grimace. Une. Sur un total de huit cibles, le *Chimaera* n'avait été capable d'en toucher qu'une seule. Et cet exploit fantastique avait nécessité cinq cents coups de laser pour être mené à bien...

Alors c'était donc ça... Le Predictor, ce merveilleux ordinateur de combat — présenté par ses créateurs et ses mécènes comme la meilleure approche d'une bataille lors de l'utilisation du bouclier de camouflage —, venait d'être mis à l'épreuve. Et, pour être honnête, il avait certainement fait davantage que de déclencher un simple tir au hasard.

Mais il n'en avait pas fait assez. Loin de là.

— Informez le commandement adverse que l'exercice est terminé, dit Pellaeon à l'officier des communications. La Cible Trois est autorisée à réactiver ses systèmes. Que tous les appareils regagnent le *Chimaera*. Je veux leurs rapports dans les deux heures.

— A vos ordres.

— Je suis sûr qu'ils vont l'améliorer, Amiral, dit Ardiff, qui se tenait au côté de Pellaeon. Ce n'était après tout que le premier essai sur le terrain. Il est évident qu'ils vont l'améliorer.

— Et comment? rétorqua Pellaeon. Ils vont entraîner le Predictor pour qu'il devienne omniscient? A moins qu'ils ne lui enseignent comment lire dans les pensées de l'ennemi...

— Vous ne lui avez accordé que deux raids afin d'étudier les trajectoires de vol des cibles, lui rappela Ardiff. Avec un peu plus de données, il aurait certainement mieux anticipé leurs mouvements.

Pellaeon grogna doucement.

— Une bien belle théorie, Capitaine. Et dans certaines situations contrôlées, elle pourrait même s'avérer. Mais le combat n'a rien d'une situation contrôlée. Il y a bien trop de variables et d'inconnues, surtout si l'on prend en considération les centaines d'espèces extraterrestres auxquelles nous devons nous frotter ainsi que leurs différents styles de combat... Je savais, depuis le début, que cette idée de Predictor était probablement futile. Mais il fallait bien essayer...

— Eh bien, nous n'avons qu'à revenir à notre point de départ, dit Ardiff. Il nous faut trouver autre chose. Il doit bien y avoir un moyen d'utiliser convenablement ce bouclier de camouflage...

— Bien sûr qu'il y en a... acquiesça pesamment Pellaeon. Le Grand Amiral Thrawn en avait lui-même conçu au moins trois. Mais il n'existe plus personne au sein de l'Empire qui soit doué de son génie militaire. (Il soupira). Non, Capitaine. c'est fini. C'est bien fini. Et nous avons perdu.

Pendant un long moment, les murmures des conversations en arrière-plan fut le seul son qui s'éleva de la passerelle.

— Vous ne pouvez pas être persuadé d'une chose pareille, Amiral, déclara finalement Ardiff. Et si je puis me permettre, Monsieur, ce n'est pas le genre de chose que le Suprême Commandeur des Forces Impériales devrait évoquer.

— Et pourquoi pas? rétorqua Pellaeon. C'est une évidence pour tout le monde, non?

— Certainement pas, Monsieur, répondit Ardiff d'un ton guindé. Nous tenons toujours huit secteurs, ce qui correspond à un bon millier de systèmes habités. Nous sommes à la tête de la Flotte, avec près de deux cents redoutables Destroyers Stellaires. Nous représentons toujours une puissance qu'il ne faut pas négliger.

— Ah oui? Est-ce vraiment le cas?

— Bien entendu, insista Ardiff. Comment pourrions-nous maintenir nos positions en face de la Nouvelle République s'il en était autrement?

Pellaeon secoua la tête.

— Si nous maintenons nos positions face à la Nouvelle République, c'est parce que cette dernière est bien trop occupée, en ce moment, par ses querelles intestines pour faire attention à nous.

— Ce qui peut jouer à notre avantage, dit Ardiff. Cela nous laisse le temps qu'il faut pour nous réorganiser et nous réarmer.

— Nous réarmer? (Pellaeon lui adressa un froncement de sourcils perplexe.) Vous êtes-vous donné la peine de jeter un coup d'œil, ne serait-ce que superficiel, sur le matériel dont nous disposons pour travailler ici ? (Il fit un geste vague en direction des Oiseaux de Proie disparaissant derrière la lisière de la coque du *Chimaera* pour rejoindre les hangars du Destroyer Stellaire.) Regardez-les, Capitaine. Des Oiseaux de Proie SoroSuub. Nous en sommes réduits à utiliser des Oiseaux de Proie Soro-Suub...

— Il n'y a rien à reprocher aux Oiseaux de Proie, Amiral, s'entêta Ardiff. Ce sont de petits chasseurs stellaires très capables...

— Le problème, c'est qu'ils ne sont pas fabriqués par l'Empire, dit Pellaeon. Ils ont été récupérés je ne sais où. Confisqués à des pirates de la Bordure ou à des gangs de mercenaires. Et s'ils ont été récupérés, c'est précisément parce que nous ne disposons plus que d'un seul et unique chantier de construction de vaisseaux et que ce seul et unique chantier n'arrive même pas à satisfaire la demande en appareils importants. Alors, vous pensez bien que les chasseurs, c'est du secondaire. Exposez-moi donc votre plan si ingénieux qui doit nous permettre de nous réarmer...

Ardiff regarda au-dehors, par le hublot.

— Tout n'est pas encore terminé, Monsieur.

Mais tout était bel et bien terminé. Et tout au fond de lui-même, Pellaeon était certain qu'Ardiff le savait. Il ne restait plus qu'un millier de systèmes d'un Empire qui en avait jadis compté près d'un million. Deux cents Destroyers Stellaires subsistaient d'une Flotte constituée autrefois de vingt-cinq mille vaisseaux.

Et ce qui était probablement le plus significatif, c'était que des centaines de systèmes solaires — qui avaient jusqu'à présent préféré observer une neutralité prudente — étaient en train de postuler pour rejoindre les rangs de la Nouvelle République. Eux aussi s'étaient rendu compte que l'issue ne faisait plus aucun doute.

Le Grand Amiral Thrawn avait peut-être humé les dernières fragrances de la victoire Impériale. Mais le Grand Amiral Thrawn n'était plus.

— Demandez au navigateur de nous calculer un cap vers le système de Bastion, Capitaine, dit Pellaeon à Ardiff. Envoyez un message à tous les Moffs. Qu'ils viennent me rejoindre au palais du Moff Disra. Mettez en marche dès que les Oiseaux de Proie auront regagné le bord.

— Bien, Amiral. Puis-je annoncer aux Moffs le motif de cette rencontre ?

Pellaeon regarda par la baie vers les étoiles distantes. Des étoiles dont l'Empire avait autrefois revendiqué la propriété. Ils en avaient possédé tellement... Et tout leur avait glissé entre les doigts avec une telle facilité...

— Dites-leur, répondit-il calmement, qu'il est temps de détacher un émissaire auprès de la Nouvelle République... Afin de discuter les termes de notre reddition.

2

La console du *Faucon Millenium* émit un sifflement signalant l'approche finale. Yan Solo sursauta et émergea de sa torpeur. Il décroisa les bras, étira ses muscles endoloris et jeta un rapide coup d'œil au moniteur. On était presque arrivé.

— Allez, Chewie, secoue-toi, dit-il en administrant au Wookiee assis à ses côtés une série de petites tapes du revers de la main.

Chewbacca sursauta à son tour et marmonna une question.

— Eh bien, il y a qu'on est arrivé, voilà ce qu'il y a, répondit Yan en écarquillant les yeux, histoire de s'éclaircir les idées. (Il empoigna les commandes du propulseur hyperluminique et regarda le chronomètre égrener son compte à rebours.) Attention, moteurs subluminiques parés... C'est parti.

Le compteur retomba sur zéro et le Corellien poussa en douceur les leviers vers l'avant. Par la verrière du poste de pilotage du *Faucon*, la mélasse du ciel hyperspatial se transforma en lignes lumineuses convergentes avant de se stabiliser en une voûte constellée d'étoiles. Ils étaient effectivement arrivés.

— Pile poil à destination, commenta Yan en montrant

du menton le demi-disque planétaire rouge et bleuâtre juste devant eux.

A côté de lui, Chewbacca grogna.

— Ouais, eh bien, il y a toujours foule autour d'Iphigin, dit Yan avec un coup d'œil aux centaines de petits halos lumineux émis par des propulseurs qui tournoyaient autour de la planète comme des lucioles lancées dans une danse démente. C'est la principale plate-forme de transit d'au moins trois secteurs. Celui-ci et deux autres. C'est probablement pour ça que Bouffi a organisé la rencontre ici. On ne se met pas à tirer avant d'avoir mis ses propres affaires à l'abri, pas vrai?

Chewbacca émit un grognement ennuyé.

— Oh, pardon, s'excusa Yan, sarcastique. Tu préfères qu'on l'appelle «Président Gavrisom». J'ignorais que tu faisais partie de ses admirateurs.

Un signal s'alluma sur la console des communications. Chewbacca écrasa le bouton de l'intercom du plat de son énorme patte et grogna un acquiescement.

— Hé! Chewie! (La voix de Luke Skywalker jaillit du haut-parleur.) Vous êtes pile à l'heure. Le *Faucon* doit être en bon état de marche... Pour une fois!

— Ouais, rien de cassé... gronda Yan en lançant un regard noir à Chewie. A part peut-être le bouton de l'intercom. Chewie vient d'essayer de l'aplatir. Tu es où, Luke?

— A la lisière de la zone nocturne. Qu'est-ce qui ne va pas chez Chewie?

— Pas grand-chose, répondit Yan. Un petit différend politique, c'est tout.

— Ah, dit Luke d'un ton entendu. Tu as encore appelé le Président Gavrisom «Bouffi», c'est ça?

— Tu ne vas pas t'y mettre, toi aussi, hein? grogna Yan en regardant férocement le haut-parleur.

Chewbacca hasarda une question.

18

— Eh bien, avant toute autre chose, je dirais que le seul truc qu'il soit capable de faire, c'est de causer, répondit Yan.

— Mais c'est à cela que les Calibops sont les meilleurs, remarqua Luke. Rends-toi à l'évidence, Yan : de nos jours, les paroles sont les seuls outils valables.

— Je sais, je sais, dit Yan en faisant la grimace. Leia me rabâche ça depuis une éternité. (Sa voix se transforma presque inconsciemment en une sorte d'imitation parodique de celle de son épouse :) Nous ne constituons plus l'Alliance Rebelle aujourd'hui. Fini la poignée d'hommes qui essayent de gagner le contrôle de la situation. Nous sommes à présent des négociateurs et des arbitres. Nous sommes là pour aider les gouvernements des systèmes et des secteurs à être gentils et amicaux les uns envers les autres.

— Leia le dit vraiment comme ça?

— Bon, d'accord, je l'ai peut-être un peu paraphrasée. (Yan regarda par la verrière et fronça les sourcils. Ses yeux se portèrent à nouveau sur les moniteurs.) C'est toi, là, dans l'Aile-X?

— Tout juste, confirma Luke. Pourquoi tu me demandes ça? Tu penses que j'ai oublié comment on pilotait ce type d'engin?

— Non, je croyais que tu avais pris l'habitude de voler sur l'une des navettes Lambda de l'Académie, c'est tout.

— C'est tout simplement parce que, en général, je transporte des gens, dit Luke. Des étudiants, tout ça... R2 était avec moi sur Yavin, on était en train de passer quelques données au crible. Quand on a reçu ton appel, on a sauté dans notre vieux coucou et on a mis les bouts. Tu sais de quoi il est question?

— Ce dont il est toujours question de ce côté-ci du Noyau, répondit Yan avec amertume. Les Diamalas et les Ishoris nous remettent ça.

Luke soupira, ce qui produisit un faible sifflement dans le haut-parleur.

— Laisse-moi deviner. Disputes sur le commerce et le partage des ressources?

— Presque. Ce coup-ci, c'est une histoire qui touche à la sécurité des expéditions. Les Diamalas n'aiment pas du tout le fait de devoir s'en remettre aux vaisseaux de patrouilles locales quand ils abordent les ports Ishoris. Les Ishoris, d'un autre côté, ne veulent pas voir se pointer des appareils Diamalas, armés jusqu'aux dents, dans leur propre système.

— Air connu. Est-ce que Gavrisom a une idée sur la façon de démêler tout cela?

— S'il en a une, en tout cas il ne m'en a pas fait part. Il m'a simplement appelé quand j'étais sur Wayland et m'a demandé de me ramener fissa. Pour les aider à être gentils et amicaux les uns envers les autres, je suppose.

— Gavrisom t'a demandé, à toi, de faire l'arbitre?

Yan pinça les lèvres.

— Eh bien... Pas tout à fait. Il doit croire que Leia est ici avec nous.

— Oh...

— Ecoute, Luke, n'oublie pas que je suis le représentant officiel de l'Association des Transporteurs Indépendants, déclara Yan sur un ton de défi. Ce n'est pas comme si je n'avais jamais eu l'occasion de me mêler d'arbitrage auparavant. Et puis Leia n'a pas eu de vraies vacances depuis bien longtemps. Elle et les gosses ont besoin de passer un peu de temps ensemble. Pour une fois, je ne vais pas la laisser se faire embringuer dans je ne sais quelle stupide mission diplomatique, tout particulièrement quand elle est censée prendre du repos. Elle mérite quand même mieux que ça, non?

— Je ne discute pas, acquiesça Luke. Tu as raison, on ne peut pas dire que les deux ou trois dernières fois où elle s'est absentée de la Présidence, cela ait été de tout repos. Cela dit — mais c'est mon avis personnel — j'ai du mal à imaginer que Wayland soit la destination de vacances préférée de beaucoup de gens.

— Tu serais drôlement surpris. Cela n'a plus rien à voir avec l'époque à laquelle on a dû crapahuter à travers la forêt pour rejoindre le Mont Tantiss. Pas avec tous ces Noghris qui s'y sont installés...

— Je te crois sur parole. Qu'est-ce que je peux faire pour vous aider?

— J'ai préparé un plan. Tu sais bien ce qui arrive aux Diamalas quand ils sont en période d'intense réflexion, non? Ils deviennent de marbre et donnent l'impression de ne ressentir aucune émotion, tu vois? Eh bien, ça ressemble un peu à ton machin de Jedi, là, alors tu pourrais peut-être aller t'adresser à leur délégation. Les Ishoris, eux, sont exactement le contraire. Ils sont incapables de discuter sans monter sur leurs grands chevaux, pousser des hurlements et se postillonner à la figure...

— Oui, mais cela ne signifie rien, l'interrompit Luke. C'est une réaction hormonale. Je crois qu'ils appellent ça une réponse « Pense ou panse ».

— Ouais, ouais, je sais, marmonna Yan, sentant l'ennui le gagner au fur et à mesure que Luke lui faisait la leçon. (Maître Jedi ou pas, Luke n'avait pas ne serait-ce que la moitié de l'expérience que Yan avait accumulée au contact de toutes sortes d'espèces en sillonnant la galaxie de long en large.) Il n'empêche qu'ils peuvent s'époumoner tant qu'ils veulent, face à un Wookiee, ils ne pèsent pas lourd. C'est donc Chewie qui ira s'adresser à leur délégation. Ensuite, nous nous retrouvons tous les trois, on dégote une solution et le tour est joué.

— Une approche très inventive... C'est le moins qu'on puisse dire, fit Luke d'un ton songeur. Personnellement, je préférerais que Leia soit avec nous. Elle dispose d'un vrai don pour mettre les gens d'accord.

— Une raison de plus de régler cette histoire à sa place, rétorqua Yan d'une voix grave. Vu comment ça se passe ici, je suis sûr que Gavrisom et le Haut Conseil arriveraient à se débrouiller pour qu'elle passe le reste de son existence à essayer d'éteindre les braises d'un feu qu'on ne cesse d'attiser.

— La Nouvelle République semble avoir plus de soucis à régler que de raison, approuva Luke sobrement. Peut-être s'agit-il d'une période d'accommodation normale suite à l'effondrement de la domination Impériale.

— Peut-être. A moins que ce ne soit la faute de ces derniers sbires de l'Empire qui veulent encore tenir le tisonnier, dit Yan en grimaçant. Allez, descendons nous poser. Plus vite on s'y mettra et plus vite on pourra rentrer chez nous.

Ils atterrirent sur une double aire d'envol, dégagée à leur attention, du complexe de spatioports au nord de la capitale. Yan et Chewbacca se tenaient au pied de la rampe d'accès au *Faucon* et discutaient avec une délégation de Diamalas à la crinière blanche. Luke, pendant ce temps, essayait tant bien que mal de poser son Aile-X. Le manque de pratique lui avait fait quelque peu oublier les procédures d'atterrissage.

Avant même de couper le contact des propulseurs ascensionnels, Luke sentit qu'il y avait un problème.

— R2? Tu restes à bord de l'appareil, ordonna-t-il au petit droïd en faisant basculer la verrière du cockpit et en enlevant son casque. Je t'en confie la surveillance, OK?

R2 émit un petit trille affirmatif. Luke posa son casque et ses gants sur le siège de l'Aile-X, enjamba le rebord du cockpit et se laissa glisser au sol en douceur. Il s'avança vers le groupe qui attendait au pied du *Faucon*. Les trois Diamalas, remarqua-t-il avec une sensation de malaise, étaient en train de le dévisager... Et leur expression n'apparaissait pas comme particulièrement amicale.

— Salutations, dit-il, inclinant poliment la tête et venant se poster à côté de Yan. Je suis Luke Skywalker.

Le Diamala qui se tenait le plus près de Yan fit un mouvement.

— Nous vous saluons en retour, Maître Jedi Skywalker, dit-il d'une voix atone et dénuée d'émotion, son visage parcheminé n'arborant aucune expression. Mais nous ne vous souhaitons pas la bienvenue à cette conférence.

Luke cilla. Il lança un coup d'œil à Yan, saisit le caractère fermé de son visage et de ses pensées avant de reposer les yeux sur le Diamala.

— Je ne comprends pas...

— Permettez-moi de vous expliquer, dit l'extraterrestre dont l'oreille gauche se contracta. Nous ne souhaitons pas vous voir participer à ces négociations. Nous n'avons pas l'intention de discuter de ces problèmes avec vous. En fait, nous préférerions que vous quittiez ce système une bonne fois pour toutes.

— Hé, attendez une petite minute, enchaîna Yan. C'est mon ami, d'accord? C'est moi qui lui ai demandé de venir me rejoindre ici. Et il s'est tapé un sacré bout de chemin pour venir vous donner un coup de main...

— Nous ne voulons pas de son aide.

— Eh bien, moi, j'en veux! rétorqua Yan du tac au tac. Ne comptez pas sur moi pour le prier de s'en aller.

Il y eut un long moment de silence gêné. Luke ne quittait pas les Diamalas des yeux, se demandant s'il ne devait pas tout simplement et unilatéralement mettre fin à cette situation déplaisante en tirant sa révérence. Puisqu'on ne souhaitait vraiment pas sa présence...

L'oreille du chef Diamala se contracta à nouveau.

— Très bien, dit-il. Le Maître Jedi peut rester. Mais uniquement en qualité de conseiller. Il devra être absent des négociations. Les Diamalas ne discuteront de rien en sa présence.

Yan fit une grimace mais hocha la tête.

— Si c'est ainsi que vous voulez que nous procédions, soit. En attendant, pourquoi ne pas nous conduire à nos quartiers, hein? On pourra se mettre au travail plus vite.

Le Diamala fit un geste et l'un de ses congénères tendit un datapad à Chewbacca.

— On vous a attribué une suite au centre de contrôle du spatioport, dit-il. Le plan va vous indiquer le chemin. Les Ishoris sont déjà rassemblés dans la salle de réunion. Nous commencerons dès que vous serez prêts.

Comme un seul homme, les trois créatures firent demi-tour et traversèrent la piste d'envol vers l'un des escaliers qui menaient à la sortie.

— Eh bien, voilà qui est intéressant, dit Luke calmement en les observant. T'as compris ce qui se passe?

— Ouais, dit Yan. Enfin, à peu près...

— A peu près? Comment ça?

Yan lança à Luke un regard en biais. L'expression de son visage laissait entrevoir à quel point ses pensées étaient troublées.

— Heu, écoute... Si on oubliait tout ça pour l'instant, hein? Ils ne... Enfin, bref, ils ne t'aiment pas. Contente-toi de cette explication.

Luke regarda le dos des Diamalas qui s'éloignaient. Il observa leurs crinières luisantes flottant légèrement dans la brise. Il ne pouvait pas se contenter de cela, bien entendu. Il pouvait, sur-le-champ, projeter son esprit sur les ondes de la Force et récupérer ce qu'il cherchait à savoir. Il paraissait évident que le problème découlait d'une certaine incompréhension et qu'il ne pouvait pas essayer de résoudre la question sans savoir réellement de quoi il s'agissait. Oui, voilà ce qu'il devait faire.

Et pourtant...

Il regarda Yan. Yan le regarda en retour. Son visage affichait toujours un air troublé. Se demandant probablement si Luke allait mettre ses pensées à exécution.

Non. Comme Yan le lui avait demandé, il passerait l'éponge. Il s'en contenterait. Pour l'instant.

— Parfait, dit-il. Quelle est la nouvelle stratégie?

— Chewie et moi, nous allons mener les discussions, dit Yan en se tournant pour faire face au Wookiee. (Même si le Corellien dissimulait ses expressions, il ne faisait aucun doute qu'un sentiment de soulagement émanait de son état émotionnel.) Si cela ne te gêne pas d'attendre que nous en ayons fini, peut-être alors pourras-tu nous aider à planifier un accord.

— Bien sûr. (Luke tourna la tête dans la direction que les Diamalas venaient d'emprunter.) Il a dit que je pouvais te servir de conseiller. Alors je suppose que je te conseillerai.

Il reporta son attention sur Yan. Ce dernier le dévisageait.

— Tu n'aimes pas cela, pas vrai? lui demanda l'ex-contrebandier.

Luke haussa les épaules.

— Eh bien, on ne peut pas franchement dire que ce soit le meilleur moment de ma journée, concéda-t-il. C'est toujours un petit peu gênant de proposer de l'aide à quelqu'un et d'entendre cette personne décliner votre offre... Enfin, un petit peu de gêne n'a jamais fait de mal à personne...

— Ouais, répondit Yan. Il y a même des fois où ça aide.

Luke se dit alors qu'il s'agissait là d'une bien étrange affirmation. Mais avant qu'il puisse interroger Yan à ce sujet, celui-ci rejoignit Chewbacca et s'empara du datapad que leur avait remis le Diamala.

— T'as compris où on était censés aller? demanda-t-il.

Le Wookiee grogna une affirmation en pointant un gros doigt poilu sur l'écran du datapad.

— Montre-nous le chemin. (Il adressa à Luke un sourire en biais.) Rien de tel qu'un Wookiee pour vous dégager la route.

— J'espère que tu te rends compte qu'il existe une autre possibilité, dit Luke d'un ton calme en traversant l'aire d'envol à la suite de ses compagnons. Il se peut qu'ils essayent de nous séparer pour mieux nous tendre un piège.

— Je ne pense pas qu'il s'agisse de cela, dit Yan en secouant la tête.

— J'aimerais quand même bien pouvoir surveiller les rencontres, insista Luke. Je devrais être capable de localiser ta présence physique, quel que soit l'endroit où ils vous emmènent. Ainsi, je pourrai te rejoindre rapidement si tu as besoin de moi.

— Juste ma présence physique, hein, c'est cela ?

Luke fronça les sourcils.

— Bien entendu. Tu ne crois quand même pas que j'irais lire dans tes pensées sans ton autorisation ? Tu sais bien que je ne ferais jamais une chose pareille !

— Ouais. Bien sûr.

Il ne fut finalement pas nécessaire d'avoir recours à la Force pour suivre le cours des procédures. Leurs hôtes Iphiginiens avaient certainement eu vent des restrictions imposées par les Diamalas quant à la participation de Luke aux discussions. Quand Yan et Chewbacca entamèrent les négociations, un système de surveillance vidéo fut installé entre la salle de conférence et la suite de Luke afin de lui permettre de suivre les rencontres en direct.

Il lui fallut près de deux heures pour comprendre que les discussions n'aboutiraient nulle part. Il fallut une heure de plus à Yan pour arriver à la même conclusion. A moins que cette période ne lui ait servi à engranger suffisamment de volonté pour admettre à haute voix qu'ils tournaient en rond.

— Ils sont dingues, fulmina Yan en entrant, en compagnie de Chewbacca, dans la suite où les attendait Luke. (Il jeta rageusement une poignées de datacartes sur le plateau d'une table basse.) Tous autant qu'ils sont. Complètement dingues.

— Je n'irai pas jusqu'à «dingues», lui dit Luke. Bornés, obtus, peut-être, mais pas dingues.

— Merci, gronda Yan. Cela m'aide beaucoup.

Chewbacca marmonna un avertissement.

— Non, je ne suis pas en train de perdre mon sang-froid, rétorqua Yan d'un ton pincé. Je me contrôle parfaitement.

Luke observa son ami en ayant toutes les peines du monde à se retenir de sourire. Il retrouvait bien là ce cher vieux Yan, ce contrebandier arrogant et sûr de lui que Ben et lui-même avaient rencontré pour la première fois dans la Cantina de Mos Eisley. Fonçant tête baissée et avec entrain vers l'inconnu et se retrouvant, la plupart du temps, dans les ennuis jusqu'au cou. Il était agréable de savoir que, même maintenant qu'il était devenu un respectable père de famille et qu'il occupait des responsabilités officielles au sein de la Nouvelle République, Yan Solo n'avait pas perdu grand-chose de son imprudence et de son enthousiasme. Deux attitudes qui avaient tendance à faire enrager son entourage autant qu'elles lui avaient autrefois permis de faire tourner les Impériaux en bourrique. C'était souvent plongé dans les ennuis jusqu'au cou que Yan donnait le meilleur de lui-même. Peut-être, par pure habitude, était-ce là qu'il se sentait le plus à l'aise.

— D'accord, dit Yan en se laissant tomber dans un fauteuil face à Luke. Essayons de mettre les choses à plat. Il doit bien y avoir un moyen de se sortir de là, non?

— Et si nous tentions une approche différente? Une approche qui impliquerait un tiers? suggéra Luke. Peut-être que la République pourrait assurer la sécurité des cargos Diamalas lorsqu'ils circulent dans les systèmes Ishoriens.

Chewbacca grogna une réponse qui soulignait le seul problème évident inhérent à cette solution.

— Oui, je sais que nous n'avons pas tant de vaisseaux que ça à affecter à ce genre de mission, répondit Luke. Mais le Haut Conseil devrait bien être capable de nous dénicher quelque chose.

— Ça ne serait pas suffisant, dit Yan en secouant la tête. Les Diamalas mettent sur pied un fichu grand nombre d'expéditions et je ne pense pas que tu réalises à quel point le peu de matériel dont nous disposons est dispersé dans ce secteur.

— A long terme, je suis persuadé que cela coûterait moins cher que d'engager des frais pour essayer de séparer les Ishoris et les Diamalas s'ils en venaient à nouveau à se tirer dessus, argumenta Luke.

— Probablement, concéda Yan, en jouant machinalement avec l'une des datacartes. Le problème, c'est que je doute que les Diamalas accepteraient une offre de ce type, même si nous avions suffisamment d'appareils. Je ne les crois pas prêts à faire confiance à qui que ce soit d'autre qu'eux-mêmes pour les questions de sécurité.

— Pas même à la Nouvelle République? demanda Luke.

Yan secoua la tête. Ses yeux se tournèrent subrepticement vers le visage de Luke puis, tout aussi rapidement, ils fixèrent un autre point dans le vague.

— Non...

Luke plissa le front. A cet instant précis, il ressentit le même trouble que celui qui émanait de son camarade quand ils s'étaient tous deux retrouvés au pied du *Faucon*.

— Je vois...

— Et ouais... dit Yan, qui se secoua pour reprendre le fil de ses idées. Bon, quelqu'un aurait une autre suggestion?

Luke jeta un coup d'œil à Chewbacca, cherchant désespérément la façon la plus diplomatique de dire ce qu'il avait à dire. Mais le choix était extrêmement limité.

— Tu sais, Yan, il n'est pas encore trop tard pour appeler Leia à la rescousse. On pourrait appeler Wayland et demander aux Noghris de l'accompagner jusqu'ici...

— Non, déclara fermement Yan.

Chewbacca gronda son approbation à l'idée de Luke.

— J'ai dit non, répéta Yan en foudroyant le Wookiee du regard. Nous pouvons parfaitement nous débrouiller tout seuls.

Un sifflement s'éleva de la console encastrée dans la table. Luke leva les yeux vers Yan mais ce dernier et Chewbacca se regardaient en chiens de faïence. Il décida donc d'utiliser la Force pour activer le bouton des communications.

— Ici Skywalker.

Sur le bloc holographique, une image au quart de l'échelle normale se matérialisa. C'était un jeune Iphiginien car sa barbe tressée, qu'il portait à la naissance de sa lèvre inférieure, ne couvrait pas encore l'insigne du Directorat du Spatioport d'Iphigin qu'il portait autour du cou.

— Je vous prie de m'excuser pour le dérangement que je pourrais causer pendant vos délibérations, Jedi Skywalker, dit-il. (Sa voix était bien plus mélodieuse que son physique et son visage anguleux ne le laissaient supposer.) Mais nous avons reçu une notification en provenance du Commerce Extérieur Républicain. Un cargo Sarkan serait en route pour ici, il est en alerte Douane Rouge.

Luke regarda Yan.

L'alerte Douane Rouge : un avertissement signalant la présence d'un chargement illégal, voire hautement dangereux, à bord.

— Le Commerce a-t-il identifié le capitaine et l'équipage ?

— Non, répondit l'Iphiginien. On nous a promis une suite de transmissions relais mais elles ne sont pas encore parvenues jusqu'à nous. Le cargo suspect est en train d'approcher Iphigin et nous avons envoyé le plus gros de nos frégates douanières de courte portée ainsi qu'un appareil de patrouille pour l'intercepter. Il a été suggéré que, puisque vous êtes des représentants de la Nouvelle République, vous même et le Capitaine Solo auriez pu émettre le désir d'assister à la procédure.

Un changement soudain se fit dans les émotions de Yan. Luke regarda par-dessus le générateur holographique et découvrit que son ami avait les yeux perdus dans le vague.

— Nous apprécions votre invitation, fit-il en baissant les yeux vers l'hologramme. Pour l'instant, cependant, nous...

— Et d'où vient-il, ce Sarkan ? l'interrompit Yan.

— Du Secteur Trois-Besh. (L'image de l'Iphiginien laissa la place à un schéma représentant Iphigin et l'espace alentour. Un petit point rouge clignotait à quelques degrés en dessous d'une ligne qui reliait la planète à son soleil. Une bonne vingtaine d'autres points clignotants, verts ceux-là, étaient en train de converger vers le point rouge depuis différents secteurs de la planète et de l'espace orbital.) Comme vous pouvez le constater, nous avons décidé d'envoyer une force de frappe adéquate. Nous ne devrions rencontrer aucune résistance.

— Ouais, dit Yan lentement. Et vous êtes sûr qu'il s'agit d'un vaisseau Sarkan ?

— Son émetteur d'identification a été vérifié, lui répondit l'Iphiginien. Le vaisseau lui-même est Corellien, type Action-Keynne XII. On n'en voit que très rarement de ce côté-ci du Noyau sauf quand ils sont sous commandement Sarkan.

Luke émit un sifflement admiratif silencieux. Il avait eu l'occasion de visiter un Action-Keynne XII quelque temps auparavant. Il avait été très impressionné par le luxe de ses équipements intérieurs et la puissance de feu de son armement. Conçu pour transporter la plus précieuse des cargaisons, l'appareil pouvait très bien se qualifier comme imposant vaisseau de guerre.

Ce qui expliquait certainement pourquoi les Iphiginiens avaient envoyé autant d'appareils pour l'intercepter. Si le capitaine du cargo refusait de coopérer, les natifs d'Iphigin passeraient un sale quart d'heure.

— Effectivement, c'est du Sarkan tout craché, acquiesça Yan dont la voix semblait anormalement détendue. Allez-y, faites donc votre interception. Peut-être que nous vous rejoindrons plus tard pour jeter un petit coup d'œil.

— Merci, Capitaine Solo, dit l'Iphiginien. Je vais prévenir les officiels que vous les rejoindrez ultérieurement. Au revoir.

L'hologramme disparut.

— Compte là-dessus, marmonna Yan en rassemblant les datacartes éparpillées sur la table basse. Chewie, va à la console, reprit-il en inspectant les cartes une par une du revers du pouce. Regarde si tu peux nous récupérer la liste complète des appareils en circulation dans le coin.

— Qu'est-ce qui se passe ? demanda Luke à Yan en fronçant les sourcils. (Il essaya de ressentir son humeur. Soudain, toutes les frustrations passées disparurent pour laisser la place à une excitation presque sournoise.) Tu connais ce contrebandier ?

— Ce n'est pas un contrebandier, dit Yan. (Il trouva enfin la carte qu'il était en train de chercher et la glissa dans son datapad.) Tu l'as, Chewie? Parfait. Transmets-nous ça sur le bloc holographique qui est ici.

Chewbacca gronda affirmativement et un schéma plus complet d'Iphigin apparut au-dessus de la table. Yan l'observa attentivement avant de jeter un coup d'œil au datapad qu'il avait en main.

— Génial. OK, viens ici et file-moi un coup de main avec ça.

— Qu'est-ce que c'est? l'interrogea Luke.

— Ça, c'est la liste fournie par la station au sol. Et ça, ce sont les données orbitales de leur plate-forme de défense Golan I, lui répondit Yan en agitant le datapad. Voyons un peu...

Chewbacca vint se poster juste à côté de Solo. Pendant une minute, tous deux étudièrent alternativement l'holo-gramme et le datapad de Yan en conversant à voix basse. Luke se pencha à son tour sur le schéma, détaillant les cargos et leurs codes couleurs ainsi que tous les vaisseaux allant et venant autour de la planète. Il se demanda ce qui pouvait bien se passer.

— OK, dit Yan finalement. C'est par là qu'ils vont arriver. Tout ce qu'il nous reste à faire, c'est de nous ins-taller tranquillement quelque part au milieu de cette zone conique et d'attendre. Parfait. Descends jusqu'au *Faucon* et fais chauffer les moteurs. Je te rejoins tout de suite.

Chewbacca grogna son assentiment et se dirigea vers la porte aussi vite que le lui permettait sa stature de Woo-kiee.

— Puis-je savoir ce qui se passe? demanda Luke.

— Bien sûr, dit Yan en rassemblant les datacartes en une seule pile. On a une bande de pirates en route...

— De pirates? s'exclama Luke en écarquillant les yeux. Ici?

— Sûr. Et pourquoi pas?

— Je ne pensais pas que les gangs de pirates opéraient aussi loin du Noyau, c'est tout. Alors, ce Sarkan, c'est juste un leurre?

— Ouais, dit Yan en se levant. Seulement lui-même ne le sait pas. Il s'agit d'un vieux truc : tu déclares l'alerte pour un appareil qui se trouve dans l'hémisphère éclairé par le Soleil, du coup, les douanes se précipitent pour s'en occuper. Tu en profites pour t'attaquer à une cible qui se trouve dans l'hémisphère plongé dans le noir. La seule difficulté, c'est de faire en sorte de ne pas être abattu par les systèmes de défense, qu'ils soient en orbite ou au sol. Avant toute chose, il te faut trouver le bon moyen de simuler l'alerte... Allez, en route...

— Ne devrions-nous pas alerter les Iphiginiens d'abord? demanda Luke en se dirigeant vers l'intercom.

— Pourquoi faire? répondit Yan. Chewie et toi devriez être capables de vous débrouiller, non?

— Comment cela? Face à un gang entier?

— Bien sûr, qu'est-ce que tu risques? Les seuls gangs qui magouillent dans ce secteur sont minuscules. Deux ou trois appareils, pas plus. (Les lèvres de Yan se contractèrent.) En fait, je suis certain que tu n'auras même pas besoin de nous.

— Je te remercie pour la confiance que tu me portes, répondit Luke d'un ton glacial. Mais je préférerais sincèrement ne pas avoir à me frotter à eux tout seul, merci beaucoup...

— Hé, je ne voulais pas te froisser! dit Yan en levant les mains.

— C'est bon, c'est bon. (Luke fit un geste en direction de l'hologramme. Les vaisseaux de patrouille convergeaient vers le cargo Sarkan en approche.) Mais je reste persuadé qu'il nous faut contacter les Iphiginiens.

— Impossible, répondit Yan. Il est évident que les pirates disposent de systèmes de repérage. A la moindre alerte, ils annuleront leur attaque. Et nous, nous passerons pour des crétins. Ça implique que l'opinion qu'ont les Diamalas de la Nouvelle République en prendra un sacré coup. Le Haut Conseil voudra me faire la peau si tout va de travers.

Luke soupira.

— Les choses étaient bien plus faciles quand les activités militaires de l'Alliance n'étaient pas entravées par la politique.

— M'en parle pas, grogna Yan. Bon, il faut partir. Tu viens avec nous ou pas?

— Je viens, dit Luke en haussant les épaules. (Il sortit son petit communicateur de sa poche.) R2?

R2 D2 n'aimait pas cela. Pas du tout. Les mots qui défilaient sur l'écran de l'ordinateur de l'Aile-X étaient on ne peut plus clairs.

— Oh, allez, R2, le réprimanda Luke. On a fait la guerre tous les deux, non? On a affronté la machine militaire la plus puissante de toute la galaxie et on s'en est sortis, hein? Tu ne vas quand même pas me dire que tu as la trouille d'une poignée de vaisseaux pirates tout rapiécés?

Le droïd cliqueta son indignation.

— Voilà qui est mieux, approuva Luke. Contente-toi d'ouvrir l'œil et tout ira bien.

Apparemment peu convaincu, R2 émit une série de gargouillis avant de se taire. Luke observa les environs par la verrière du cockpit de l'Aile-X, essayant de chasser sa propre collection de doutes persistants. Cet étrange malaise qui ne cessait de transparaître dans les émotions de Yan, le refus inexpliqué des Diamalas de le laisser assister aux négociations... Tout cela s'ajoutait à cette étonnante effervescence qui lui montait des pieds depuis quelques semaines.

Il en avait déjà parlé à deux reprises avec Leia, espérant que l'avis et l'expérience de sa sœur lui permettraient de faire le point sur ces sensations embrouillées. Mais elle n'avait été capable que de suggérer qu'il devait certainement s'agir d'une fluctuation subconsciente de la Force elle-même. Elle avait émis l'hypothèse que c'était probablement quelque chose que Luke était à même de ressentir à n'importe quel moment. A moins que, au contraire, il ne s'agisse de quelque chose que le jeune homme n'était pas censé ressentir...

A la demande pressante de la Princesse, Luke avait passé beaucoup plus de temps à méditer au cours des dernières semaines, avec le vœu que son immersion totale dans la Force l'aiderait à comprendre ce phénomène. Jusqu'à ce jour, cependant, il n'avait obtenu aucun résultat.

— Luke? (La voix de Yan résonna à l'intérieur de son casque.) Où es-tu?

Luke se secoua et se concentra sur le travail en cours.

— Je suis juste au-dessus de vous, légèrement à bâbord, dit-il. D'ici, je ne vois rien qui ressemble à un vaisseau pirate. Et toi?

— Rien pour l'instant, répondit Yan. Ne t'inquiète pas, quand ils arriveront ici, tu t'en rendras compte.

— D'accord.

Luke tourna tout doucement la tête et observa les traînées lumineuses des propulseurs des cargos qui allaient et venaient.

C'est à ce moment-là qu'ils firent irruption.

Mais il n'y avait pas que deux ou trois appareils. Jaillissant de l'hyperespace, pas moins de huit vaisseaux non identifiés, hérissés de batteries de turbos laser, passèrent en phase de décélération.

Un sifflement de stupéfaction monta juste derrière Luke.

— Du calme, R2, dit le jeune homme pour apaiser le droïd. Fais-moi plutôt un petit rapport sur eux.

R2 cliqueta de façon incertaine et une liste apparut sur l'écran du senseur de Luke. Deux canonnières Corelliennes en piteux état, un vénérable croiseur de combat Kaloth d'une taille impressionnante (à la proue duquel, bizarrement, on avait soudé un tout aussi vénérable canon à ions de type KDY a-4) et cinq chasseurs d'assaut stellaire de classe Corsaire. Le groupe volait en formation et convergeait vers deux appareils de transport de taille moyenne, évoluant à quelques kilomètres en contrebas.

Deux appareils de transport arborant les insignes de la Nouvelle République.

— Yan? appela Luke.

— Ouais, je les vois, répondit vivement Yan. OK, qu'est-ce que tu comptes faire?

Luke observa les pirates. Une soudaine sensation d'oppression pesa sur son estomac. Il pouvait parfaitement projeter les ondes de la Force, endommager les commandes d'assiette des appareils et les paralyser. Il pouvait même faire ployer les plaques de blindage des coques, déformer les tourelles d'armement par la seule puissance de la Force. Il avait la possibilité, tout simplement, de s'infiltrer dans les pensées des membres de l'équipage afin de les transformer en pantins inoffensifs pour les obliger à se rendre. Pour un Maître Jedi, avec la Force comme alliée, il n'y avait pas de limites. Pas de limites du tout.

Et puis, subitement, il se raidit. Sa respiration sembla geler au fond de sa gorge. Là, juste en face de lui, étonnamment tangibles contre la noirceur du cosmos, se matérialisèrent les images troublées de l'Empereur Palpatine et d'Exar Kun, les deux figures les plus emblématiques du Côté Obscur qu'il ait jamais eu l'occasion d'affronter. Tous deux se tenaient debout devant lui. Ils le dévisageaient.

Et se mirent à rire.

— Luke?

La voix de Yan le fit sursauter. Il s'ébroua et les images s'évanouirent. Mais l'horreur glacée subsista. *Quelque chose qu'il n'était pas censé ressentir...*

— Luke? Hé, Luke, tu dors, mon pote?

— Heu, oui, oui, je suis là, réussit-il à marmonner. (Il réalisa que sa bouche était brusquement devenue très sèche.) Tu ferais mieux de prendre la situation en main, Yan.

— Comment te sens-tu? Tu vas réussir à piloter?

— Oui, ça ira, dit Luke en déglutissant.

— C'est ça, ouais, répondit Yan, apparemment peu convaincu. Ecoute, tu ferais peut-être mieux de rester en arrière. Chewie et moi, on se charge de tout.

— Non, non, l'interrompit Luke. Je vous suis. Dis-moi simplement ce que tu veux que je fasse.

— Bon, eh bien, si t'es sûr de pouvoir tenir le coup, tu peux me couvrir. La première chose à faire, c'est de se débarrasser de ce canon à ions.

Luke inspira profondément, apaisa son esprit et projeta les ondes de la Force. Deux appareils contre huit. Comme au bon vieux temps, quand l'Alliance Rebelle luttait avec acharnement contre l'ahurissante puissance de l'Empire. A cette époque, Luke ne maîtrisait pas aussi bien la Force. Il ne disposait pas de cette possibilité de décupler ses capacités naturelles de combat et de pilotage.

Et pourtant, sans qu'il soit possible d'en déterminer la raison, les souvenirs de ce temps passé étaient d'une étrange pureté. Luke n'avait pas ressenti une telle clarté dans sa tête depuis bien longtemps.

Quelque chose qu'il n'était pas censé ressentir...

D'accord, songea-t-il en s'adressant à ses propres souvenirs. *Considérons ceci comme un test.*

— Passe devant, dit-il à Yan. Je vous talonne.

Au cours de la première minute, il ne fut pas vraiment évident de savoir si les pirates — qui se concentraient sur leurs proies — avaient remarqué le vieux cargo YT 1300 et le chasseur Aile-X volant à côté d'eux. Il était cependant clair qu'une attaque provenant de l'extérieur du cercle qu'ils étaient en train de former était la dernière chose à laquelle ils s'attendaient. Le *Faucon* décocha un coup de feu entre deux des Corsaires et les dépassa à toute vitesse avant qu'ils n'aient eu le temps de riposter. Ils déclenchèrent une salve de turbos laser parfaitement inoffensive. Luke en profita pour se glisser derrière eux. Il envoya une torpille à protons dans chacun de leurs réacteurs. Il y eut deux éclairs d'une formidable intensité et les deux appareils pirates se retrouvèrent hors de combat.

L'Aile-X se précipita entre les deux vaisseaux et accéléra dans une longue chandelle courbe pour échapper à la ligne de mire des chasseurs endommagés. Les tourelles du croiseur de combat pivotèrent dans sa direction.

Un crissement d'alerte s'éleva dans le dos du jeune homme.

— Je les ai vus, R2, dit Luke en lançant son appareil dans une spirale plongeante à vous retourner l'estomac.

Il distança le croiseur de combat. Deux des trois derniers Corsaires passèrent en trombe juste devant lui. Une explosion de lumière attira son regard. Luke se contorsionna sur son siège pour voir ce qui se passait et se rendit compte que la proue du croiseur de combat venait de voler en éclats.

— Yan? appela-t-il. Est-ce que ça va?

— Ouais, sûr, répondit la voix de Yan. J'ai eu le canon à ions mais ils ont quand même réussi à tirer sur l'un des transports. Je n'arrive pas à savoir s'ils sont immobilisés ou pas. Et toi?

— Pas de problèmes pour l'instant, dit Luke.

Sa perception du danger le poussa à empoigner ses commandes. Il lança l'Aile-X dans une nouvelle série de tonneaux. De foudroyantes décharges de laser vinrent exploser à l'endroit même où il se trouvait une seconde auparavant. Exécutant une longue boucle ascensionnelle, il vint se positionner derrière l'un des Corsaires. Il y avait bien longtemps qu'il ne s'était pas livré à ce genre de manœuvres qui ne faisaient plus partie de son quotidien, mais il avait l'impression de ne pas être aussi rouillé qu'il l'avait craint.

— Ces trucs-là sont peut-être mieux blindés que les chasseurs TIE, mais ils n'ont pas l'air aussi maniables.

Les mots lui étaient à peine sortis de la bouche qu'il crut devoir les avaler à nouveau : un Corsaire lui passait sous le nez en venant de tribord. Il traversa la ligne de mire de Luke et tenta de basculer sur le côté pour essayer de lui coller aux trousses. Luke serra les dents et s'engagea dans une manœuvre identique. Pendant quelques secondes, les deux appareils semblèrent alternativement se donner la chasse en cercles serrés, essayant, chacun son tour, d'ajuster le meilleur tir. Luke remporta le duel à un cheveu près et le Corsaire s'évanouit dans un tourbillon de flammes et de débris.

Dans l'intercom s'éleva un grognement de Wookiee inquiet.

— Ça va, Chewie, je vais bien, dit Luke. (Il fit appel à la Force pour se relaxer. Ce coup-ci, la mort n'était pas passée loin.) Et vous, comment ça se passe ?

— Là, je crois... répondit Yan. Attention, fais gaffe ! Là, je crois que nous avons réussi à les mettre en colère !

Luke eut un petit sourire en coin. Il jeta un rapide coup d'œil alentour. Les deux derniers Corsaires étaient en train de lui foncer dessus à pleine vitesse. Il réalisa qu'il lui restait encore quelques secondes avant de décider ce qu'il allait faire à leur sujet. A quelques encablures de là, il vit le croiseur de combat tirer furieusement sur le *Faucon*. Bien plus petit que son adversaire, le cargo Corellien lui volait autour comme une mouche et éliminait systématiquement toutes les tourelles de tir sur son passage. Sur le côté, les deux canonnières se livraient à un formidable échange de feu avec les deux transports de la Nouvelle République. Ces derniers étaient sans aucun doute bien mieux armés qu'on ne pouvait le supposer à première vue. Les autres vaisseaux pris dans le trafic spatial étaient d'ailleurs — et cela était bien compréhensible — en train de dégager le secteur aussi vite que possible.

Luke fronça les sourcils et se concentra sur le croiseur de combat. Une grande partie de la confusion et de la tension qui régnaient dans son esprit s'était évanouie lorsqu'il avait pris la décision de ne pas utiliser la pleine puissance de la Force contre les pirates.

Dans ce silence retrouvé, il lui fut possible de ressentir quelque chose de curieux à propos de l'énorme vaisseau. Quelque chose d'étrange qu'il n'avait pas ressenti depuis bien longtemps...

R2 sifflota un avertissement.

— D'accord, dit Luke, en repoussant cette drôle de sensation. (Les deux Corsaires étaient maintenant à portée de tir. L'ailier bâbord se trouvait légèrement en retrait du leader.) Voilà ce qu'on va faire, dit-il au droïd. A mon signal, détourne toute la puissance vers le moteur tribord supérieur ainsi que vers les deux rétrofusées bâbord. Au bout de quatre secondes, tu coupes les rétros et redistribues la moitié de la puissance à l'ensemble des propulseurs. C'est compris?

Le droïd siffla affirmativement.

Luke posa les pouces sur les commandes de tir des torpilles à protons tout en observant les Corsaires qui fusaient sur lui. Il fit appel à la Force pour pénétrer l'esprit de ses deux adversaires, non pour tenter de les contrôler ou de les anéantir mais pour bien saisir le sens de leurs pensées et la texture de leurs intentions. Il attendit en gardant le cap.

— Maintenant! cria-t-il à R2.

La réponse du droïd fut immédiatement couverte par le mugissement soudain des moteurs. En un instant, l'Aile-X se mit à tourbillonner follement autour de son centre de gravité. Les yeux mi-clos, Luke laissa la Force lui dicter le chronométrage de ses tirs.

Et puis le jeune homme se retrouva plaqué au fond de son siège quand le chasseur se lança sur sa nouvelle trajectoire, réalisant une chandelle forcée pour sortir de sa vrille. Clignant des yeux, luttant contre la nausée, Luke essaya de voir où se trouvaient les Corsaires.

La ruse avait fonctionné. Se concentrant sur la manœuvre tourbillonnante de leur adversaire, essayant d'anticiper la direction dans laquelle il s'engagerait pour se tirer d'affaire, les deux pirates n'avaient remarqué qu'au dernier moment la volée de torpilles à protons qui leur était destinée.

— Luke? (La voix de Yan résonna dans le communicateur.) On dirait qu'ils battent en retraite.

Dédaignant les lois élémentaires de l'équilibre dictées par son oreille interne, elle-même considérablement perturbée par la dernière acrobatie, Luke engagea son appareil dans un virage serré. Le croiseur de combat était en train de mettre le cap sur l'espace profond, les deux canonnières à sa suite. L'une de ces dernières, nota Luke, avait subi d'importants dommages.

— R2? Fais-moi un rapport des dégâts. (Il enclencha le contrôle de son communicateur et le régla sur l'une des fréquences officielles de la Nouvelle République.) Transports? Ici Aile-X AA589 de la Nouvelle République, annonça-t-il. Quelle est votre situation?

— Cela va beaucoup mieux qu'il y a quelques minutes! répondit promptement une voix. Merci pour votre assistance, Aile-X. Vous et votre ami, vous avez besoin d'aide?

Le rapport des dégâts, rempli par R2, s'afficha sur l'écran de l'ordinateur de vol.

— Non, pour moi, ça va, dit Luke. Et toi, Yan?

— Aucun problème de notre côté, répondit Yan. On peut vous escorter jusqu'au sol, si vous voulez.

— Ça me paraît une excellente idée, déclara le capitaine du vaisseau de transport. Encore merci.

Les deux appareils Républicains mirent à nouveau le cap sur Iphigin. Luke fit basculer son Aile-X pour voler en parallèle de leur vecteur. Il passa sur fréquence privée.

— Comme au bon vieux temps, dit-il d'un ton entendu à Yan.

— Ouais, répondit Solo dont la voix semblait soucieuse. As-tu réussi à voir un insigne ou une immatriculation sur l'un de ces coucous?

— Il n'y avait rien sur les Corsaires, en tout cas. Je ne me suis pas suffisamment approché des autres pour vérifier. Pourquoi? Tu penses qu'il ne s'agissait pas de pirates?

— Oh que si, c'étaient des pirates! Le problème, c'est que la plupart des pirates aiment bien couvrir leurs appareils de décorations. Boules de feu, pattes griffues, tu vois le genre? Il y a des fois où cela suffit amplement à intimider une cible et on évite le combat. En général, s'ils opèrent incognito, c'est qu'ils travaillent pour quelqu'un d'autre...

Luke regarda par la verrière de son cockpit en direction des autres cargos qui volaient dans les environs. Lentement et précautionneusement, les appareils se glissaient à nouveau dans les couloirs d'approche du trafic spatial. Il y avait là une bonne centaine de vaisseaux aussi exotiques les uns que les autres, en provenance d'une bonne centaine de mondes tout aussi différents... Et cependant, les pirates avaient décidé de s'attaquer à une paire de transports de la Nouvelle République.

— Des mercenaires, alors? dit-il. Engagés par l'Empire?

— Je serais tenté de te dire que c'est bien possible, répondit Solo d'un ton sinistre. Je me demande à quel gang ils pouvaient bien appartenir...

— Et moi je me demande où l'Empire peut bien trouver de l'argent pour les engager, dit Luke très lentement. (Faisant appel à la Force, il fit resurgir le souvenir de l'étrange sensation émanant du croiseur de combat qu'il avait captée.) Je me souviens qu'une fois Leia m'a dit combien cela coûtait d'enrôler des gens comme ça. Du temps de l'Alliance, c'était assez courant de faire appel à eux pour s'attaquer aux convois Impériaux. Crois-moi, c'est pas donné donné...

— Surtout s'ils sont bons, fit Yan en reniflant dédaigneusement. Ceux-là, en tout cas, n'avaient rien de bien spécial.

— Je n'en suis pas si sûr, répondit Skywalker en concentrant toute son attention sur ses souvenirs. (C'était effectivement quelque chose qu'il avait déjà eu l'occasion de ressentir auparavant... Et puis, tout à coup, tout se mit en place.) Je peux me tromper, Yan, reprit-il. Mais je pense qu'il y avait un groupe de clones à bord de ce croiseur de combat.

Pendant un très long moment, l'intercom demeura silencieux.

— Tu en es certain?

— La sensation était identique à celle éprouvée lorsque nous pourchassions les guerriers clones du Grand Amiral Thrawn autour du *Katana*.

Yan émit un petit sifflement dans son communicateur.

— Tu parles d'un pied. Je me demande comment — et où — l'Empire a bien pu cacher des clones au cours des dix dernières années. Je croyais qu'ils nous les avaient tous flanqués aux trousses.

— C'est également ce que je pensais, dit Luke. Peut-être disposent-ils d'une nouvelle unité de clonage.

— Oh, mais voilà une nouvelle bien réjouissante, dis-moi... marmonna Yan. Bon, écoute, chaque chose en son temps. Essayons de finir ce que nous avons entrepris ici. Ensuite, nous mettrons les renseignements sur le coup.

— J'ai eu le net sentiment que nos services de renseignements n'étaient pas particulièrement chanceux quand il s'agissait d'appréhender les bandes de pirates...

— Tout juste, admit Yan. C'est comme tous les gens que je connais au sein des Transporteurs Indépendants.

— A mon avis, il nous faudrait quelqu'un qui ait de meilleures connexions avec les organisations marginales. (Luke hésita quelques instants.) Quelqu'un comme Talon Karrde, par exemple...

Il y eut un bref moment de silence à l'autre bout de la communication.

— J'ai l'impression que tu n'es pas convaincu par tes propres paroles, avança Yan. Des soucis?

— Non, pas vraiment, dit Luke en se disant qu'il aurait mieux fait de se taire. C'est juste que... non, rien.

— Laisse-moi deviner. Mara?

Luke fit la grimace.

— C'est rien du tout, Yan, d'accord? Laisse tomber.

— D'accord, l'assura Yan. Pas de problème. Dès que nous en aurons terminé ici, tu pourras retourner sur Yavin et oublier tout cela. Chewie et moi, on peut aller parler à Karrde. Ça te va?

— Oui, répondit Luke. Merci.

— Bon, voilà une affaire réglée. Allons nous entretenir un peu plus avec les Diamalas. Voyons si cette petite altercation a eu un effet sur leur opinion quant à une protection assurée par la Nouvelle République.

— On peut toujours essayer, hésita Luke. Yan, à ton avis, qu'est-ce qui cloche chez moi? Qu'est-ce que les Diamalas n'aiment pas? J'ai réellement besoin de savoir.

Il y eut une courte pause.

— Eh bien, disons que, pour te présenter les choses d'un bon côté... Ils ne te font pas confiance.

— Et pourquoi?

— Parce que tu es bien trop puissant. Enfin, c'est ce qu'ils prétendent. Ils clament qu'un Jedi qui dispose d'autant de puissance que toi finit toujours par basculer vers le Côté Obscur.

Luke éprouva une sensation déplaisante au creux de son estomac.

— Tu penses qu'ils ont raison? demanda-t-il.

— Hé, Luke, je n'y connais rien, moi, à tous ces machins, protesta son ami. Je t'ai déjà vu faire des trucs dingues, et j'admets que parfois tout cela m'inquiète un petit peu. Mais, tant que tu me dis que tu contrôles la situation, pour moi c'est tout bon. Assure-toi seulement de ne pas trop en faire l'étalage ici en ce moment, c'est tout.

— Tu as raison, acquiesça Luke, légèrement sur la défensive.

Yan avait raison, effectivement. En quelques occasions, par le passé, il avait peut-être un peu fait l'étalage de ses talents. Un peu trop, même.

Mais seulement lorsque cela s'était révélé nécessaire et uniquement dans un noble dessein. Sa maîtrise de la Force lui avait sauvé la vie à de nombreuses reprises. Ainsi que la vie de Yan, et celle de beaucoup d'autres. Il en avait perdu le compte. Et à chaque fois il avait opté pour la seule solution envisageable.

Et pourtant...

Luke regarda les étoiles lointaines par la verrière...

Il revit Obi-Wan Kenobi, l'homme qui le premier l'avait instruit dans la voie de la Force. Ce Jedi très puissant avait préféré se laisser trancher en deux à bord de l'Etoile Noire plutôt que de balayer Vador et les Soldats de Choc d'un geste de la main.

Et Yoda, qui comprenait la Force mieux que quiconque dans l'Histoire récente. Si on comparait le niveau de connaissance dont disposait Luke à l'époque, Yoda aurait très bien pu avoir raison de l'Empereur d'un simple claquement de doigts. Il avait pourtant choisi de laisser cette tâche difficile à Luke et à l'Alliance Rebelle.

Et puis il y avait eu Callista. Une femme qu'il avait aimée... Une femme qui avait préféré le fuir parce que son pouvoir grandissant l'intimidait et l'effrayait...

— Ecoute, Luke, c'est peut-être sans importance. (La voix de Yan le tira de ses pensées.) Tu sais, ces extraterrestres, il leur arrive de penser de drôles de trucs...

— Oui, murmura Luke.

Mais il était évident qu'il s'agissait là d'une nouvelle donnée qu'il ne fallait pas négliger. C'était une question qu'il lui fallait étudier attentivement, un sujet sur lequel il devait méditer, quelque chose dont il devait discuter avec ses amis les plus proches et sa famille.

Il frissonna. L'horrible vision de l'Empereur en train d'éclater de rire lui traversa l'esprit. Il fallait agir.

Mais, comme Yan l'avait si justement dit, chaque chose en son temps. Luke tira sur le manche et releva le nez de son Aile-X ; il vint se ranger tranquillement en formation d'escorte le long du transport et vola à ses côtés.

3

Pendant un très long moment, Leia Organa Solo resta debout à observer le droïd de protocole à l'armure dorée qui se dandinait nerveusement en face d'elle. Les brises incessantes de la forêt de Wayland balayaient les mèches des longs cheveux de la Princesse. Il ne subsistait, songea-t-elle, que relativement peu de choses dans cette galaxie susceptibles de la laisser sans voix. Yan Solo, son époux et le père de ses trois enfants, en faisait apparemment partie.

— Il a fait *quoi*?

Il ne s'agissait que d'une question purement rhétorique, bien entendu. C'était probablement là une façon de s'assurer que ses cordes vocales fonctionnaient encore. C3 PO n'eut pas l'air de le comprendre. Ou peut-être ne désirait-il pas émettre d'hypothèses erronées.

— Lui et Chewbacca sont partis pour Iphigin, Votre Altesse, répéta le droïd d'un ton misérable. Il y a plusieurs heures de cela. Peu de temps après votre départ en excursion. J'ai bien essayé de les en empêcher mais ils n'ont rien voulu entendre. Je vous en prie, ne me désactivez pas.

Leia inspira profondément, précautionneusement, faisant appel à la Force pour essayer de se calmer et de réfléchir. A l'évidence, elle avait l'air bien plus en colère qu'elle ne l'était réellement. A l'heure qu'il était, Yan s'était probablement déjà posé sur Iphigin. Il était certainement déjà engagé en pleine négociation avec les délégations Diamalaises et Ishoriennes. Elle pouvait peut-être encore ordonner à sa garde d'honneur de la conduire sur place dans l'un de leurs vaisseaux et appeler Yan pour qu'il demande un ajournement des discussions jusqu'à ce qu'elle arrive. Les enfants pouvaient rester ici. Le reste des Noghris s'occuperaient d'eux jusqu'à ce que Yan et elle reviennent. D'un autre côté, il lui était également possible d'essayer de contacter le Président Gavrisom afin de le prier d'envoyer quelqu'un d'autre pour prendre le relais.

Mais l'une ou l'autre de ces deux approches transformerait les efforts louables de Yan en un faux départ aussi notable qu'embarrassant. Cela n'aurait guère d'effet bénéfique sur la mauvaise opinion dont faisaient déjà montre les Diamalas envers les capacités de la Nouvelle République. En fait, tenter quoi que ce soit risquait d'envenimer davantage les choses que si elle laissait Yan se débrouiller tout seul.

De plus, ce dernier était un héros de la Rébellion et les Diamalas tout comme les Ishoriens appréciaient ce genre de choses. Il était aussi évident qu'après un certain nombre d'années passées à observer le travail dont elle s'acquittait, Yan avait dû assimiler une ou deux petites astuces de diplomatie.

— Oh... Il y a autre chose, reprit C3 PO d'une voix hésitante. Le Capitaine Solo a passé un autre appel, juste avant de partir en compagnie de Chewbacca. Je crois qu'il était destiné à Maître Luke.

Leia eut un sourire amusé. Son premier sourire depuis que C3 PO lui avait annoncé la nouvelle. Elle aurait dû deviner que Yan ne se serait pas lancé tout seul dans l'aventure. Il avait donc réussi à convaincre Luke de le suivre...

C3 PO n'avait pas bougé, toujours aussi embarrassé.

— Ne t'inquiète pas, C3 PO, lui dit-elle pour le rassurer. Quand Yan a une idée derrière la tête, rien ne peut l'arrêter. Luke et lui devraient bien être capables de se débrouiller.

Le droïd sembla soupirer de soulagement.

— Merci, Votre Altesse, murmura-t-il.

Leia se retourna et regarda de l'autre côté de la clairière. Son plus jeune fils, Anakin, était accroupi près de l'un des speeders à bord desquels le groupe était arrivé. Même à cette distance, elle réussit à discerner le mélange de sérieux et d'excitation dans la voix du garçonnet de huit ans, engagé dans une passionnante discussion technique avec le pilote Noghri. Un peu plus loin, près de la moto-jet Mobquet qui les avait escortés, les jumeaux Jacen et Jaina observaient la scène avec cet air impatient découlant du fait qu'ils étaient de dix-huit mois plus âgés, et plus sages, que leur frère cadet. Rassemblées autour des enfants et des véhicules se détachaient les silhouettes grises et courtaudes des Noghris en train de monter la garde, attentifs à tout ce qui les entourait. Même ici, près du campement, les Noghris étaient constamment sur le qui-vive. Dans le lointain, s'élevant au dessus de la forêt, Leia aperçut le sommet du Mont Tantiss.

— Soyez la bienvenue, Dame Vador, miaula d'une voix graveleuse un Noghri qui s'était approché derrière elle.

— Dieux du ciel! s'exclama C3 PO en faisant un bond en arrière sous le coup de la surprise.

Seule une longue expérience — et une maîtrise qui lui provenait de la Force — empêcha Leia de faire de même. Même sans volonté particulière de se montrer discrets, les Noghris étaient silencieux au point qu'il était difficile de les entendre se déplacer. C'était l'une des nombreuses raisons qui avaient poussé le Grand Amiral Thrawn, et Dark Vador avant lui, à faire appel à leurs services pour les Commandos de la Mort Impériaux.

Leurs services étaient tellement appréciés, d'ailleurs, que l'Empire avait délibérément détruit Honoghr, la planète natale des Noghris, afin de maintenir la race au bord d'un perpétuel désastre démographique. Un désastre si bien programmé qu'on avait ainsi réussi à garder les Noghris en état de perpétuelle servitude.

Leia les avait grandement aidés à faire la lumière sur les supercheries de l'Empire. Mais, même si cela avait poussé les Noghris à rejoindre les rangs de la Nouvelle République, cela ne représentait qu'une vaine victoire pour les parties concernées. Malgré les efforts fournis pour restaurer la Nouvelle République au cours des dix dernières années, il ne subsistait que de très faibles espoirs de redonner vie à la planète Honoghr. Les Noghris semblaient raisonnablement satisfaits de leur installation sur Wayland, mais Leia ne pouvait s'empêcher de déceler une pointe de tristesse résignée lorsqu'ils évoquaient leur monde d'origine.

Alderaan, la planète natale de la Princesse elle-même, avait été réduite en poussière sous ses yeux par la première Etoile Noire. Honoghr, astre brun et mort, avait été anéanti avec un peu plus de subtilité mais tout autant d'efficacité. A travers toute la galaxie, un nombre encore inconnu de planètes avait été également détruit par la guerre contre l'Empire.

Certaines de ces blessures mettraient encore du temps à se cicatriser. D'autres ne se refermeraient jamais.

— Je vous salue, Cakhmain du clan Eikh'mir, dit-elle au Noghri. Je crois savoir que tout va bien.

— Tout va bien, tout est calme, dit Cakhmain d'un ton grave en effectuant le salut Noghri traditionnel. A une petite exception près.

— Je suis au courant, répondit Leia. Yan et Chewie se sont absentés pendant que nous étions en excursion.

Cakhmain fronça les sourcils.

— Mais n'étaient-ils pas obligés de partir? demanda-t-il d'une voix tout à coup plus sinistre. Il nous a dit qu'on l'avait convoqué d'urgence...

— Ne vous inquiétez pas, ce n'est rien, s'empressa de répondre Leia. (Les relations entre Yan et les Noghris n'avaient jamais été aussi détendues qu'elle l'aurait souhaité. Elle ne désirait pas ajouter cet incident à une éventuelle liste de griefs.) Il aurait dû m'en parler d'abord mais tout va bien. Je pense qu'il aura voulu m'éviter de me soucier des affaires politiques de la Nouvelle République pendant quelque temps.

Cakhmain releva la tête et la dévisagea.

— Si je puis me permettre, Dame Vador, je me vois forcé d'être en accord avec l'opinion de Yan du clan Solo. Les rapports en provenance de votre garde d'honneur indiquent clairement que vous consacrez trop peu de temps à une détente pourtant bien méritée.

— Je ne vous le fais pas dire, admit Leia. C'est le problème quand on doit concilier vie de famille et vie professionnelle. Il n'y a finalement que très peu d'heures dans une journée à accorder à chacune d'entre elles. Maintenant que Ponc Gavrisom a pris la présidence, les choses seront peut-être plus faciles...

— Peut-être, dit Cakhmain d'un ton aussi peu convaincu que celui de Leia. Cependant, tant que les représentants du peuple Noghri seront vivants, il y aura toujours un refuge pour vous parmi eux. Pour vous, vos enfants et les enfants de vos enfants. Toujours.

— J'en suis très reconnaissante, Cakhmain, le remercia Leia qui le pensait sincèrement. (Il n'existait que très peu d'endroits dans la galaxie où elle se sentait autant en sécurité, avec les enfants, que dans un campement Noghri.) Mais vous m'avez parlé d'un problème. Racontez-moi cela.

— J'hésite à présent à vous en faire part, Dame Vador, déclara Cakhmain d'un ton hésitant. Vous êtes venue jusqu'ici pour vous détendre et non pas pour tenter de régler une dispute. De plus, je n'aimerais pas devoir vous séparer de vos premiers-nés, votre fils et votre fille...

— Les enfants ne craignent rien là où ils sont, le rassura Leia en observant le groupe. (Anakin était à présent à moitié allongé sous le speeder. Une paire de jambes Noghris dépassait à côté des siennes. Les jumeaux arboraient toujours cet air de patience un peu hautaine et discutaient tranquillement entre eux. Leia vit que les mains de Jaina caressaient avec insistance la selle de l'une des motos-jet.) Anakin a hérité de son père l'amour des énigmes. Quant aux jumeaux, je puis vous assurer qu'ils ne s'ennuient pas autant qu'ils en donnent l'air. Parlez-moi de cette dispute.

— Comme il vous plaira, répondit Cakhmain, veuillez me suivre, je vous prie.

Leia hocha la tête.

— C3 PO, il vaudrait mieux que tu restes ici.

— Certainement, Votre Altesse, répondit le droïd d'un ton soulagé.

C3 PO avait horreur des disputes.

La Princesse et le Noghri marchèrent un bref instant à travers les arbres en direction d'une autre clairière où était installée la majeure partie du campement du Mont Tantiss. Il y avait là, collées les unes aux autres, une bonne trentaine de maisons dont l'architecture évoquait ce que Leia avait eu l'occasion d'apercevoir sur Honoghr mais adaptée en fonction des matériaux de construction locaux. Au centre se trouvait la *dukha*, un bâtiment plus long et plus haut que les autres abritant le siège du clan.

D'autres campements Noghris installés sur Wayland avaient réussi à transporter leurs anciennes *dukhas* depuis Honoghr. Elles servaient de point de ralliement aux villageois, tout comme sur leur planète d'origine. Mais le campement du Mont Tantiss avait une tâche particulière à remplir, dont une partie consistait à entretenir la mémoire de ce que l'Empire et l'Empereur avaient enlevé au peuple Noghri. Leur siège de clan, récemment érigé au moyen de morceaux de bois et de rochers trouvés dans les environs, était la représentation graphique et spirituelle de cette perte.

La porte de la *dukha* était flanquée d'enfants Noghris raides comme la justice, qui s'acquittaient de leur rôle de gardien avec un sérieux issu de moult générations de coutumes et de rituels. L'un d'entre eux ouvrit la porte. Cakhmain et Leia pénétrèrent à l'intérieur.

Le bâtiment principal du clan était constitué d'une seule et immense pièce au plafond soutenu par de solides poutres. Sur les murs, on avait commencé à sculpter l'histoire du campement et la généalogie de ses occupants. Aux deux tiers de la longueur, on avait installé le Haut Siège, seul de son espèce dans la grande salle.

Au pied du Haut Siège, vêtu d'une tunique constellée de taches, était assis un Devaronien.

— Ah, dit-il en se relevant et en adressant un mince sourire à Cakhmain. Mon très cher hôte. J'espère que vous m'amenez de quoi manger. Je commence à avoir faim. (Son attention se porta sur Leia.) Et vous, je suppose que vous êtes l'itinérante personne susceptible de prendre des décisions que l'on m'a promise.

— Voici Leia Organa Solo, du Haut Conseil de la Nouvelle République, déclara Cakhmain en la présentant. (Sa voix se fit soudainement plus acerbe :) Et vous vous adresserez à elle avec respect.

— Bien sûr, répondit sèchement le Devaronien en tapotant la pointe d'une de ses deux cornes frontales du bout des doigts de sa main droite. Je ne me permettrais pas de parler autrement à un représentant officiel de la Nouvelle République.

— Bien sûr, dit Leia sur le même ton tout en projetant les ondes de la Force vers lui. (Les mâles Devaroniens étaient des voyageurs impénitents et il était fréquent de les rencontrer dans les nombreux spatioports de la galaxie. On n'en croisait que très peu, voire pas du tout, au sein de l'Alliance Rebelle, et la Princesse n'avait jamais eu de réels contacts avec cette espèce.) Et quel est votre nom? demanda-t-elle en essayant de lire ses pensées et ses émotions.

— On me nomme Lak Jit, Madame la Conseillère. Simple chercheur de connaissances et de vérités.

Leia sourit.

— Je m'en doutais, répondit-elle en se concentrant avec un peu plus d'attention sur les pensées de l'individu. (Elle ne réussit à détecter aucun changement indiquant un mensonge mais, étant donné son manque d'entraînement avec cette race, cela ne signifiait pas grand-chose. Il y avait fort à parier qu'il était plutôt en train d'adapter ou d'embellir la vérité.) Parlez-moi de cette dispute, Cakhmain.

— Cet étranger a été découvert près du Mont Tantiss par l'une de nos équipes de nettoyage, dit Cakhmain en ne quittant pas le Devaronien des yeux. Il venait de creuser le sol dans le périmètre de sécurité et en avait extrait six datacartes. Lorsque l'équipe a essayé de les lui reprendre, il en a revendiqué la possession, selon les Accords de Debble.

— Vraiment? dit Leia en scrutant le Devaronien avec un intérêt renouvelé. (L'Accord de Debble était une sorte de compromis tout récent que Leia avait mis en place entre les équipes de nettoyage Noghris — qui s'étaient juré d'éradiquer tout ce qui pouvait bien rappeler la présence de l'Empereur sur Wayland — et Garv Debble, archéologue de la Nouvelle République, qui insistait pour que les articles retrouvés sur tel ou tel monde soient restitués à leurs propriétaires d'origine. L'accord n'avait rien de formel, il était même plutôt confidentiel. Il y avait peu de chances pour qu'un vulgaire chasseur de trésors en connaisse l'existence.) Dites-moi, Lak Jit, comment avez-vous eu connaissance de l'Accord de Debble ?

— En toute honnêteté, Madame la Conseillère, permettez-moi de vous rassurer, dit le Devaronien. Je suis associé à un humain qui semble avoir eu quelques relations avec la Nouvelle République. Talon Karrde.

— Je vois, répondit Leia en maintenant une neutralité d'expression dans sa voix et son regard.

Déclarer que Talon Karrde avait eu quelques relations avec la Nouvelle République était un vaste euphémisme. Contrebandier en chef, pourvoyeur de renseignements, dirigeant une organisation dont les ramifications s'étendaient jusqu'aux limites connues de la galaxie, Karrde avait, à contrecœur, frayé avec la Nouvelle République pendant la massive contre-offensive Impériale menée par le Grand Amiral Thrawn. En plus de cela, il avait mis sur pied une hasardeuse coalition avec plusieurs de ses collègues contrebandiers. Celle-ci avait rempli un rôle important dans l'arrêt de la progression de Thrawn. A terme, elle avait même joué un rôle crucial dans la défaite de ce dernier. La coalition s'était effilochée au cours des dernières années, mais Leia s'était tout de même résolue à faire l'effort de garder le contact avec Karrde lui-même.

La Princesse sentit une présence se matérialiser dans un coin de son esprit. Elle se tourna et vit Jacen qui entrait dans la pièce.

— Maman ? Quand allons-nous à la montagne ? demanda-t-il en jetant un coup d'œil curieux au Devaronien. Tu as dit qu'on irait voir la montagne après la dernière balade...

— Nous partirons bientôt, mon chéri. J'ai juste une petite affaire à régler ici d'abord.

Jacen fronça les sourcils.

— Je pensais que tu n'avais aucune affaire à régler ici...

— Je n'en ai que pour une minute, le rassura Leia.

— Mais je m'ennuie, insista-t-il. (Il regarda à nouveau vers Lak Jit et Leia sentit les efforts de son fils pour tenter de projeter des ondes de Force encore bien mal maîtrisées.) C'est vous, les affaires de ma mère ? demanda-t-il.

— Oui, répondit Lak Jit avec un mince sourire. Et elle a tout à fait raison : nous n'en avons que pour une minute. Conseillère Organa Solo, il devrait être clair que les datacartes à connotation historique sont précisément le genre d'articles qui devraient être protégés par l'Accord de Debble. Ainsi...

— Nous n'avons à notre disposition que votre seule déclaration stipulant que ces datacartes présentent un caractère historique, l'interrompit Cakhmain. Nous devons nous-mêmes les étudier...

— Accordé ! trancha Leia avant que le Devaronien ne puisse objecter quoi que ce soit. (Malheureusement, ce genre d'examen pouvait prendre plusieurs heures et les enfants commençaient à s'impatienter.) Voici mon offre, Lak Jit : je récupère les datacartes et je vous verse comptant cinq cents crédits. Après les examens, la Nouvelle République vous les réglera à leur valeur réelle.

— Et qui décidera de cette valeur ? demanda Lak Jit.

— Moi, répondit Leia. Ou, si vous le préférez, je peux emporter ces cartes à Coruscant et demander au Conseiller Sien Siev, ou à tout autre expert en histoire, de procéder à leur évaluation.

— Et si je refuse ?

Leia fit un signe de tête en direction de Cakhmain.

— Préféreriez-vous que je laisse aux Noghris le loisir de fixer le prix ?

Lak Jit fit la grimace, une expression qui ressemblait étrangement au sourire Devaronien mais en plus pincé.

— Je crois ne guère avoir le choix. (Il fit un pas en avant et tendit la pile de datacartes.) Tenez. Evaluez-les donc. Puisque vous n'avez pas jugé bon de me procurer de la nourriture, est-ce que votre hôte et vous-même seriez opposés à l'idée que je fouille un petit peu pendant que vous travaillez?

— Maman, tu as dit que ça ne prendrait qu'une minute! s'interposa Jacen en élevant la voix.

— Tais-toi, Jacen, lui enjognit Leia en empoignant les cartes avec précaution.

Elle compta rapidement les tranches. Il y en avait bien six, toutes aussi sales et poisseuses que les vêtements de Lak Jit. Elles provenaient certainement du nuage de débris qui avait été projeté en l'air lorsque Chewbacca et Lando Calrissian avaient fait sauter le réacteur de la base du Mont Tantiss. Les cartes avaient dû rester enfouies dans le sol de Wayland depuis ce moment-là.

— Puis-je... demanda Lak Jit en s'éclaircissant la gorge.

— Oui, allez-y, l'interrompit Leia. (Elle ne s'était jamais doutée que les Devaroniens devaient creuser et fouiller pour se nourrir et elle ne voulait en aucun cas connaître les détails de cette méthode.) Jacen, tiens-toi tranquille. J'en ai vraiment pour une seconde. Je te le promets.

— Je vous en prie, faites vite, dit Lak Jit en passant la porte.

— Maman...

— Si tu t'ennuies tant que ça, pourquoi ne demandes-tu pas à Cakhmain de t'expliquer l'histoire qu'ils sont en train de graver sur les murs de cette pièce? suggéra Leia en frottant énergiquement la terre qui recouvrait les datacartes. Ou alors, pourquoi ne vas-tu pas rejoindre les enfants Noghris? Ils sont en train de prendre leur cours de lutte. Je crois qu'aujourd'hui Mobvekhar doit leur apprendre une clé particulièrement efficace...

— Les Jedi n'ont pas besoin de ça, dit Jacen en reniflant d'un air dédaigneux. Nous, on a la Force.

— Tu n'es pas encore un Jedi, lui rappela Leia en lui adressant un regard sévère. (Elle n'était guère satisfaite de cette interruption soudaine de ses vacances, et toutes ces pleurnicheries ne faisaient qu'envenimer les choses.) Si tu étais un Jedi, tu saurais que ce n'est pas parce que tu es capable de maîtriser la Force qu'il faut négliger l'entraînement physique. Les cours de lutte Noghris sont d'excellents exercices.

— Comme la randonnée en montagne, rétorqua Jacen. Alors, on part quand?

— Quand j'aurai terminé, dit Leia avec fermeté tout en finissant son petit travail de nettoyage.

Elle inspecta les étiquettes des datacartes. *Compte rendu de la Quatrième Conférence de Pestoriv*. Rien d'important. les Conférences de Pestoriv étaient publiques et nombre de documents existaient à leur sujet.

A moins que l'Empereur n'ait organisé des sections parallèles. C'était un point qu'il lui faudrait vérifier un peu plus tard. Et la carte nécessitait un sérieux nettoyage avant qu'elle ne se risque à l'introduire dans son bloc de lecture de données. Elle plaça cette première carte sous la pile et tenta de déchiffrer l'étiquette de la deuxième. Rien de bien excitant : quelque chose traitant des cérémonies amoureuses chez les Ri'Dars. La troisième datacarte...

Elle étudia l'étiquette. Un frisson soudain lui parcourut l'échine. Elle venait de faire apparaître quatre mots sous la couche de saleté : *La Main de Thrawn*.

— Maman? demanda Jacen. (Sa voix était à peine plus forte qu'un chuchotement. Jeune et manquant d'expérience dans la maîtrise de la Force, il possédait cependant un puissant lien psychique avec sa mère. Un lien presque aussi fort que celui qu'il entretenait avec sa sœur Jaina.) Maman, ça ne va pas?

Leia fit appel à la Force pour se calmer.

— Je vais bien, dit-elle à son fils. J'ai juste été surprise par quelque chose d'inscrit sur cette carte, c'est tout.

Jacen tendit le cou pour jeter un coup d'œil.

— La Main de Thrawn? Ça veut dire quoi?

— Je n'en sais rien, répondit Leia en secouant la tête.

— Oh... (Jacen fronça les sourcils en la regardant.) Alors, pourquoi tu as si peur?

Leia dut admettre que c'était une très bonne question. La simple apparition inattendue du nom de Thrawn pouvait-elle la secouer à ce point? Même en y associant le souvenir qu'elle avait de la victoire qu'il avait failli remporter, cela semblait peu probable.

— Je ne le sais pas non plus, Jacen. Peut-être étais-je simplement en train de me souvenir du passé.

— Ou de vous projeter dans le futur, dit Cakhmain d'une voix douce. La *Mal'ary'ush* dispose de grands pouvoirs, petit-fils de Vador.

— Je sais, dit Jacen d'une voix grave. Et c'est ma mère...

— Et tâche de ne pas l'oublier! lui dit-elle sur un ton de réprimande moqueuse tout en lui ébouriffant les cheveux. Maintenant, tiens-toi tranquille un moment et voyons de quoi il retourne.

Elle sortit son databloc de sa sacoche, sans se soucier davantage des dégâts que pourraient causer les saletés incrustées sur la carte, et glissa la datacarte dans la fente.

— Qu'est-ce que cela vous dit? demanda tout doucement Cakhmain.

Leia secoua la tête.

— Rien, répondit-elle. Enfin, rien de bien lisible. (Elle essaya un autre secteur de la carte. Puis un autre.) On dirait que toute cette datacarte est brouillée. Je suppose que dix ans au grand air n'ont pas arrangé les choses. Peut-être que nos experts sur Coruscant pourront...

Elle s'interrompit. Elle vit le visage de Jacen et lut dans ses pensées.

— Maman! cria-t-il. Jaina et Anakin!

— C'est Lak Jit, comprit-elle prestement. (Elle projeta la Force et réussit à capter un éclair de terreur émis par ses enfants. Elle reçut ensuite une image du Devaronien filant à travers la clairière, puis de soudaines volutes de fumée blanche.) Cakhmain!

Mais Cakhmain s'était déjà précipité, déclenchant l'alerte en hurlant le code de combat Noghri. Fourrant les datacartes et le bloc dans la sacoche pendant à sa hanche, Leia attrapa la main de Jacen et suivit Cakhmain à l'extérieur. Au moment où elle passait la porte, une réponse lui parvint d'à travers les arbres.

— Ils ne sont pas blessés! dit Cakhmain d'une voix glaciale, avec un soulagement un peu sinistre. Le Devaronien a volé une moto-jet.

Tout autour d'eux, des Noghris armés jusqu'aux dents sortaient des maisons pour répondre à l'alerte.

— Par où s'est-il enfui? demanda Leia en traversant le campement.

Les Noghris vinrent se poster autour d'elle et de son fils pour les escorter. Droit devant, Leia aperçut des nuages de fumée en train de se disperser. Faisant appel à la Force, elle projeta des ondes rassurantes vers ses enfants.

Cakhmain se mit de nouveau à gazouiller dans sa langue natale. On lui répondit au moment où ils étaient en train d'atteindre les limites du campement.

— On ne le sait pas, rapporta-t-il. On ne l'a pas vu partir.

La fumée s'était complètement dissipée quand ils eurent rejoint la seconde clairière. Des neuf Noghris que Leia avait laissés à cet endroit, six étaient encore là, formant un cercle défensif autour des enfants.

— Jaina, Anakin... dit-elle dans un souffle. (Elle mit un genou à terre et les serra rapidement dans ses bras. Inutile de leur demander s'ils allaient bien, ses sens aiguisés de Jedi l'avaient déjà renseignée à ce sujet.) Khabarakh, que s'est-il passé?

— Il nous a pris par surprise, Dame Vador, dit le Noghri dont le visage exprimait l'agonie contenue du guerrier qui a failli à sa tâche. Il marchait tranquillement au milieu de la clairière. Il a lâché son instrument de fouille sur le sol, juste entre nous. La poignée dissimulait en fait une grenade fumigène, qui a explosé sur-le-champ. Nous l'avons entendu mettre en route l'une des motos-jet mais j'ai préféré ne pas donner l'ordre de partir à sa recherche avec toute cette fumée. Aurais-je dû procéder autrement?

— Non, répondit fermement Cakhmain. Le véhicule n'a guère d'importance. Seule la sécurité du premier-né de Dame Vador compte. Votre honneur n'est pas entaché, Khabarakh du clan Kihm'bar.

Jaina tira sur la manche de sa mère.

— Pourquoi s'est-il enfui, Mère? Il a eu peur des Noghris?

— D'une certaine façon, chérie, oui, répondit Leia d'un ton sombre.

C'est alors que la duperie lui apparut dans toute sa splendeur. Elle sortit de sa sacoche toutes les datacartes remises par le Devaronien et en fit un éventail entre ses doigts.

Toutes, comme elle l'avait déjà remarqué, possédaient des tranches sales. Une seule, en revanche, n'était sale que sur la tranche.

— Dame Vador?

Leia se retourna. Derrière un buisson à l'entrée de la clairière, elle aperçut deux Noghris en train d'aider un C3 PO à l'air complètement stupéfait.

— Seigneur, seigneur, murmura le droïd. J'ai dû faire un faux pas.

— C3 PO! cria Anakin. (Il fila entre les jambes de sa mère et celles du Noghri et se précipita vers le droïd.) Est-ce que tu vas bien?

61

Le droïd de protocole examina brièvement ses bras.

— Je pense n'avoir subi aucun dommage, Maître Anakin, je vous remercie, annonça-t-il pour rassurer l'enfant.

— Il faut que nous le retrouvions, dit Leia en se tournant pour faire face à Cakhmain et à Khabarakh et leur montrer les datacartes. Je suis certaine qu'il a toujours en sa possession l'une des cartes retrouvées sur les flancs de la montagne.

— Je vais envoyer davantage de monde à sa recherche, dit Cakhmain en sortant son communicateur de sa poche. Peut-être serai-je même en mesure d'organiser une petite réception surprise pour notre voleur...

— Votre Altesse? appela C3 PO. J'ignore si cela peut vous être d'une quelconque utilité — à moins que vous ne soyez déjà au courant — mais avant de glisser et de tomber...

— Parle! l'interrompit vivement Cakhmain.

C3 PO eut un petit mouvement de recul.

— J'ai noté que la moto-jet dérobée partait par là, dit-il en pointant la main dans une direction.

— Mais oui, c'est vrai! s'exclama Anakin. C3 PO était à l'extérieur du nuage de fumée!

— Cela signifie qu'il a mis le cap sur le versant nord du Mont Tantiss, fit Cakhmain d'un ton décisif. C'est sans aucun doute l'endroit où il a dû poser son appareil. Khabarakh, toi et ton groupe, prenez les speeders et les motos-jet qui restent et lancez-vous à sa poursuite. Je ramène Dame Vador et son premier-né au campement.

— Ramenez les enfants, Cakhmain, lui ordonna Leia en se dirigeant vers l'un des speeders. Moi, je vais avec Khabarakh.

Trente secondes plus tard, le groupe avait décollé.

— Est-ce qu'on a une idée de l'endroit où pourrait se trouver son vaisseau? demanda Leia alors que le véhicule filait dans l'air au-dessus de la forêt.

— Les Myneyrshi doivent le savoir, répondit Khabarakh. Ils sont chargés de surveiller tous les mouvements autour de la montagne interdite. C'est probablement à eux que Cakhmain pensait quand il a évoqué cette réception surprise.

Leia sortit une paire de jumelles macrobinoculaires du compartiment à bagages du speeder. Pendant quelques minutes, elle scruta la forêt au-devant d'eux. Rien.

— Il doit probablement voler au ras du sol, annonça-t-elle.

— Ça va le ralentir, répondit Khabarakh. Cependant, si nous n'arrivons pas à localiser son vaisseau, il y a de fortes probabilités qu'il réussisse à décoller avant que nous l'ayons rattrapé.

Et, à moins que les speeders Noghris aient la chance de se trouver juste au-dessus de lui au moment du décollage, le Devaronien serait hors de portée en l'espace de quelques secondes. Appliquant ses yeux aux jumelles, Leia se concentra de plus belle, essayant de repérer la présence de Lak Jit grâce à la Force.

Elle ne détecta rien dans la forêt qui s'étendait en contrebas. Mais, en concentrant plus précisément son esprit, elle capta la vague sensation de quelque chose dans les environs. Quelque chose d'inattendu mais de familier et qui se rapprochait inexorablement. Leia baissa ses binoculaires et ferma les yeux pour se concentrer sur la sensation...

— Accrochez-vous! cria Khabarakh.

Le speeder exécuta un rapide virage serré vers la gauche. Leia, manquant de perdre l'équilibre, lâcha ses jumelles et agrippa une poignée. Devant eux, légèrement en contrebas, un antique cargo Gymsnor 2 s'éleva au-dessus de la cime des arbres. La Princesse ferma les yeux à demi et se concentra sur l'appareil. Elle finit par détecter la présence du Devaronien.

— C'est lui, confirma-t-elle. Peut-on l'arrêter?

— On va essayer, répondit Khabarakh.

Leia grimaça. *Fais-le ou ne le fais pas. Il n'y a pas à essayer.* Luke lui avait seriné ce dicton Jedi au cours de son entraînement.

Il devint vite évident qu'ici aussi il n'y avait pas de place pour un essai. Même avec les speeders lancés à pleine vitesse à ses trousses, le Gymsnor était, lentement mais sûrement, en train de distancer ses poursuivants. Il n'y avait rien en travers de sa route : pas de vaisseau, pas de colline, pas d'obstacle susceptible de le ralentir. Le cargo avait déjà dépassé le plafond de vol des motos-jet. Encore quelques minutes et il dépasserait sans encombre celui des speeders.

Il y eut soudainement une cascade de miaulements rauques Noghris dans le haut-parleur du système de communication. Khabarakh répondit et le speeder ralentit brusquement. Leia se tourna vers lui, la bouche ouverte, prête à lui demander pourquoi ils abandonnaient la chasse...

Et dans un terrible rugissement, un vaisseau spatial les dépassa par la droite et fila vers le Gymsnor.

— Khabarakh! cria Leia en essayant de se maintenir à bord du speeder ballotté par les perturbations causées par l'autre vaisseau.

— Ne vous inquiétez pas, Dame Vador, la rassura le Noghri. C'est un allié.

— Un allié? répéta la Princesse en plissant les yeux en direction du nouveau protagoniste.

A première vue, il s'agissait d'un cargo lourd Corellien de type Action VI. Il était quatre fois plus gros que l'appareil de Lak Jit et, à en juger par la vitesse à laquelle il était en train de se rapprocher du Devaronien, il avait dû subir de sérieuses modifications du côté de ses propulseurs.

Lak Jit avait dû en arriver aux mêmes conclusions. Il fit brusquement tanguer son appareil vers la droite et plongea à nouveau vers la forêt. Il fit une embardée et se lança dans un demi-tour à la recherche d'un nouveau vecteur de vol pour rejoindre l'espace le plus vite possible.

Cette manœuvre, Leia en avait été témoin un très grand nombre de fois au cours de la guerre contre l'Empire. Ce type d'acrobaties fonctionnait presque toujours quand on cherchait à échapper à un poursuivant plus lourd et moins maniable. Mais, dans ce cas précis, la manœuvre échoua. Au moment où Lak Jit se préparait à entamer son virage, l'Action VI changea de cap et se retrouva juste au-dessus du Gymsnor avant que celui-ci ait le temps de redresser. Le vaisseau plus important se rapprocha et força son adversaire à interrompre son ascension au risque de créer une collision aérienne. Lentement, le Devaronien fut obligé de regagner le sol.

— Bien joué, dit Khabarakh.

— Oui, murmura Leia, qui venait de comprendre d'où provenait l'étrange fluctuation qu'elle avait ressentie quelques instants auparavant. Alors c'était ça, la petite surprise promise par Cakhmain?

— Tout à fait. Le *Wild Karrde*, avec à son bord vos alliés Talon Karrde et Mara Jade. (Il la regarda furtivement.) J'espère que vous n'êtes pas mécontente...

Leia eut un large sourire. Talon Karrde : chef contrebandier d'un grand raffinement, allié d'un jour de la Nouvelle République, considéré par la majorité du Haut Conseil comme peu digne de confiance. Mara Jade : ancien agent de l'Empereur, bras droit de Karrde et — à l'exception de Leia elle-même — première élève ayant reçu l'enseignement de Luke aux voies de la Force. Egalement considérée comme peu digne de confiance.

— Non, Khabarakh, je ne suis pas mécontente du tout, assura Leia. Comme les Noghris, je suis également capable de me souvenir du passé.

Le Gymsnor était posé au beau milieu de la clairière. Il penchait légèrement d'un côté en prenant appui sur un train d'atterrissage en piteux état. Son écoutille principale était ouverte et un groupe de Noghris s'était assemblé autour du sas.

— Je n'aurais jamais cru qu'on puisse forcer un appareil à se poser de cette manière, commenta Leia en détaillant le cargo d'un œil critique. Tout au moins pas sans causer de gros dégâts pendant l'opération.

A ses côtés, Talon Karrde haussa les épaules avec modestie.

— Cakhmain a dit « sans trop de dommages », répondit-il. On essaye de donner satisfaction aux gens.

— Et vous y parvenez avec brio, en général, acquiesça Leia. (Deux Noghris apparurent par l'ouverture de la porte. Ils échangèrent quelques paroles avec les gardes postés à l'extérieur avant de disparaître à nouveau dans les entrailles du cargo.) Je suis contente de vous savoir sur Wayland. Qu'est-ce qui vous amène ici, à propos ?

— Les affaires... Je suis en train de procéder à des essais. Engager des Noghris pour aider à protéger mes contacts dans certains secteurs de la galaxie qui sont moins agréables, voire plus dangereux, qu'ici.

Leia plissa le front.

— Je n'étais pas au courant...

— Nous essayons de garder la chose secrète, dit Karrde. Je ne suis pas franchement le bienvenu sur Coruscant en ce moment. Etant donné vos rapports étroits avec les Noghris, nous n'avons pas voulu prendre le risque de mettre votre réputation et votre influence en danger en nous montrant à vos côtés.

— J'apprécie cette délicate attention, répondit Leia. Mais je peux très bien m'occuper moi-même de ma propre réputation, merci beaucoup. Et en ce qui concerne l'hospitalité offerte par la Nouvelle République, je tiens à vous rappeler que nous sommes encore un certain nombre à nous rappeler du rôle important, si ce n'est décisif, que vous avez tenu face au Grand Amiral Thrawn.

— Je pense, en effet, qu'aucun des Hauts Conseillers ou des Sénateurs ne l'a oublié, rétorqua Karrde, laissant paraître une touche d'amertume dans sa voix et son attitude, ce qui n'était pourtant guère dans sa manière. Le problème, c'est que bon nombre d'entre eux n'ont pas apprécié l'aide proposée par mon organisation, même à l'époque où nous l'offrions de bon cœur.

Leia releva les yeux vers lui, détaillant les traits durs de son visage et captant la dureté de ses émotions. Elle savait pertinemment que les liens officiels entre les amis contrebandiers de Karrde et la Nouvelle République s'étaient considérablement distendus au cours des années qui venaient de s'écouler. Elle n'avait simplement pas perçu combien cela avait affecté Talon.

— Je suis désolée. (Ce fut tout ce qu'elle trouva à dire.) Que puis-je faire pour vous aider?

Il repoussa son offre d'un geste amical de la main. La Princesse sentit alors que l'amertume cédait la place à une forme de résignation amusée.

— Je vous en prie... dit-il. Les contrebandiers sont des marginaux, tout comme les mercenaires, les escrocs et les pirates. Essayez donc de prendre notre défense et tout ce que vous réussirez à récolter, c'est qu'on vous traîne dans la boue à nos côtés.

— Comme je vous l'ai déjà dit, laissez-moi m'occuper de ma propre réputation.

— Qui plus est, continua Karrde très calmement, attirer autant l'attention sur moi en ce moment risquerait de mettre également les Noghris en péril. Ne pensez-vous pas que certains individus, au sein du Haut Conseil, considéreraient le fait de pactiser avec un contrebandier comme une attitude tout à fait inacceptable?

Leia fit la grimace. Elle dut admettre qu'il avait raison. Les clans Noghris, retranchés derrière la pénitence qu'ils s'étaient eux-mêmes imposée pour toutes ces années passées au service de l'Empire, risqueraient effectivement d'en pâtir.

— Je suis désolée, répéta-t-elle.

— Ne le soyez pas, lui conseilla Karrde. Si la Nouvelle République n'a pas besoin de moi, qu'elle se rassure, je n'ai pas besoin d'elle. Ah... Voilà...

Leia tourna les yeux vers le vaisseau. Un nouveau groupe venait d'en sortir : trois Noghris, un Lak Jit à l'air pitoyable et Mara Jade, dont les cheveux roux aux reflets dorés se mirent à étinceler dans les rayons du soleil. Elle tenait à la main la datacarte aussi convoitée que crasseuse.

— Mais j'y pense, qu'est-il advenu de la compagnie marchande indépendante de Mara ? demanda Leia. J'ai entendu dire qu'elle avait fait faillite mais je n'ai jamais su pourquoi.

— Elle n'a pas fait faillite, elle a simplement fermé, répondit Karrde. En fait, il n'avait jamais été prévu que cette société ait un caractère permanent. Je tenais à ce que Mara bénéficie d'un brin d'expérience en se trouvant directement aux commandes d'une petite entreprise. Nous avons donc monté une structure. Cela fait partie du processus d'apprentissage visant à faire de Mara mon successeur à la tête de l'organisation quand le moment sera venu.

Le groupe traversa la clairière en direction de l'endroit où attendaient Leia et Karrde. Le Devaronien fut le premier à prendre la parole, ce qui ne surprit personne.

— Je proteste avec véhémence contre le traitement qu'on m'inflige ! cracha-t-il. (Ses yeux et ses cornes luisaient sous le coup de la colère.) Je n'ai commis aucun crime vous autorisant, Conseillère Organa Solo, à ouvrir le feu sur moi et à causer des dégâts à mon appareil.

Soyez assurée que je m'en vais aller formellement porter plainte auprès du Haut Conseil et du Sénat de la Nouvelle République, de l'Assemblée du secteur Ojoster, de la Guilde des Marchands Corelliens et...

— Et de ton employeur, Talon Karrde? suggéra Karrde.

— Certainement, auprès de Talon Karrde, acquiesça Lak Jit. J'exige la restitution immédiate de ma propriété, et... (Il s'interrompit. Ses yeux venaient de se poser sur Karrde pour la première fois. Leia projeta son esprit sur les ondes de la Force et capta l'éclair si soudain et si caractéristique de surprise d'une personne qui vient de découvrir la présence d'une autre.) Oh... C'est vous...

— Oui, confirma Karrde dont la voix était à présent très froide. (Il tendit la main et Mara Jade lui remit la carte.) Dis-moi, où t'apprêtais-tu à emmener cela?

— Mais j'allais vous l'apporter, cela va de soi, dit Lak Jit.

Leia jeta un coup d'œil à Mara. Celle-ci se tenait légèrement en retrait, derrière le Devaronien, la main posée sur le pommeau du sabrolaser accroché à sa ceinture. Mara Jade lui adressa un regard en retour, avec un demi-sourire de connivence teinté d'une pointe de cynisme. Il était clair que toutes deux venaient de lire ce qui se tramait dans les pensées de Lak Jit. Mara reporta son regard sur Karrde et pencha très légèrement la tête sur la gauche.

— Mensonge numéro un, Lak Jit, dit Karrde au Devaronien en levant un doigt. Un de plus et j'informe les membres de la Guilde des Marchands Corelliens que tu te retranches tout ce qu'il y a de plus illégalement derrière leurs noms. (Sa voix se fit glacée.) Au troisième mensonge, tu as directement affaire à moi. Reprenons. Où allais-tu de ce pas?

Le Devaronien sembla soudainement rapetisser.

— Vendre la datacarte, murmura-t-il. A ceux qui m'en donneraient un bon prix. (Il adressa un regard furtif à Leia.) Un meilleur prix que ce qu'on m'a proposé.

— Et qui sont donc ces généreuses personnes? demanda Karrde.

Les cornes de Lak Jit se contractèrent. D'abord vers la gauche puis vers la droite — équivalent Devaronien du haussement d'épaules.

— Vous le saurez dès que vous aurez lu ce qu'il y a sur la carte. Faites attention, elle est très, très sale et j'ai presque failli détruire mon databloc en l'essayant.

— Merci, j'avais remarqué. (Karrde se tourna vers Mara.) Vous avez passé le vaisseau au peigne fin?

— Les Noghris s'en chargent, mais il s'agit effectivement de la bonne carte, répondit Mara.

— Très bien. (Karrde reporta son attention sur le Devaronien.) Dès qu'ils auront terminé, tu pourras t'en aller. En fonction de ce que nous découvrirons sur cette datacarte, nous verrons si tu fais encore partie, ou non, de mon organisation. Ton contact habituel te le fera savoir.

Lak Jit s'inclina en une révérence outrageusement sophistiquée.

— Un maître généreux... Fidèle à sa réputation, dit-il avec une pointe de sarcasme, insuffisante toutefois pour qu'on puisse en prendre ombrage. (Il se redressa vers Leia.) Je crois me souvenir qu'on avait mentionné la somme de cinq cents crédits d'avance...

Leia et Karrde échangèrent un regard incrédule.

— Il semble que vous ayez renoncé à cet argent dès le moment où vous avez lancé cette grenade fumigène sur mes enfants, dit-elle au Devaronien. Nous vous paierons effectivement la somme que nous aurons estimée au vu de la valeur de ces datacartes, mais il vous faudra attendre.

— Il se peut qu'ils te payent, rectifia Karrde, mais il se peut également que je puisse exiger qu'on me verse directement cet argent comme garant de ma bonne volonté à te garder en vie.

— Comme je le disais, un maître bien généreux... reprit Lak Jit en souriant faiblement.

— Tu peux remercier le ciel de ne pas avoir tenté pareille entourloupe sur un Hutt ! rétorqua Karrde. Allez, file.

Le Devaronien s'inclina à nouveau et repartit vers son vaisseau. Les trois Noghris l'escortèrent.

— Ceci vous appartient, si je ne m'abuse, dit Karrde en remettant la datacarte à Leia. Nous disposons de l'équipement nécessaire pour la nettoyer à bord du *Wild Karrde*, si vous voulez bien vous donner la peine de nous y accompagner.

— Et vous vous donneriez probablement celle de lire par-dessus mon épaule, n'est-ce pas ? suggéra sèchement Leia.

Karrde sourit.

— Disons que je pourrais considérer cela comme une compensation. A moins que vous ne pensiez que nous ne l'avons pas méritée ?

Leia secoua la tête en une parodie de résignation.

— Il m'arrive d'oublier ce que c'est que de faire affaire avec vous, Karrde. Allez, montrez-moi le chemin.

La dernière page lisible défila pour la deuxième fois sur le moniteur, affichant les nombreux blancs aléatoires et les passages guère déchiffrables dus aux parties endommagées de la datacarte. Avec précaution, Leia posa son bloc sur le coin du bureau de Karrde. Elle sentit une boule se former dans sa gorge. La pièce isolée, si chaude et si confortable quelques minutes auparavant, donna l'impression d'être envahie par le froid.

Un mouvement attira son œil et elle regarda droit devant elle sans réellement fixer quoi que ce soit. Karrde, assis de l'autre côté du bureau dans un fauteuil à très haut dossier, tendit la main vers le databloc.

— Eh bien, dit-il sobrement en retournant l'instrument pour le lire dans le bon sens. Au moins, nous savons pourquoi Fey'lya, notre ami Bothan, était si anxieux à l'idée de voir le Mont Tantiss entièrement détruit...

Leia hocha la tête sans rien dire. Une scène vieille de dix ans se matérialisa dans son esprit. Le Conseiller Borsk Fey'lya, se tenant devant le *Wild Karrde* à la Cité Impériale de Coruscant... Implorant le propriétaire de l'appareil d'emmener Leia sur Wayland pour aider Yan et les autres à détruire les réserves de l'Empereur... Le mettant en garde contre certaines choses, entreposées dans ces réserves, qui, une fois découvertes, ne pourraient représenter qu'un enchaînement de désastres pour le peuple Bothan et pour toute la galaxie...

Et Lak Jit avait trouvé l'une de ces choses.

Et Fey'lya avait raison.

— Je suppose qu'il y a peu de chances pour que cet enregistrement soit un faux, avança Karrde en regardant le databloc d'un air pensif. Une création de l'Empereur dans l'optique de faire un jour chanter les Bothans...

— J'en doute, dit Leia. La bibliothèque royale d'Alderaan renfermait un très grand nombre d'informations sur l'attaque qui avait décimé Caamas. Certains détails avaient même été intentionnellement cachés au grand public.

— Il est difficile de croire que quelque chose ayant un rapport avec Caamas ait pu être gardé secret, reprit Karrde. On a suffisamment entendu parler de ce scandale à l'époque. Je crois que cela a même fait plus de bruit que la destruction de votre Alderaan.

Leia hocha mécaniquement la tête. Ses souvenirs se reportaient, malgré eux, sur les horribles hologrammes qu'elle avait vus, étant enfant, dans les livres d'histoire. La destruction de Caamas avait eu lieu bien longtemps avant qu'elle vienne au monde, mais les images étaient si criantes de vérité qu'elle avait toujours eu l'impression d'assister personnellement au drame.

L'attaque avait été soudaine et directe. On avait fait preuve d'une telle férocité et d'un tel vice que même les Guerres des Clones, pourtant plus anciennes et particulièrement dévastatrices, faisaient bien pâle figure en comparaison. C'était d'ailleurs sur cela que l'attaquant avait misé : qu'un peuple entier, lessivé par les guerres, serait bien trop drainé sur le plan émotionnel pour se préoccuper du destin d'un monde isolé, voire même simplement y faire attention.

Mais il y avait eu une terrible erreur de calcul. Les Caamasiens étaient un peuple bon et noble, avec un penchant artistique et une sagesse posée qui leur avaient permis de gagner le respect le plus profond des autres races, y compris de leurs adversaires. Leur croyance quasi aveugle en une paix obtenue par la force morale avait eu une grande influence sur les philosophies politiques de nombreuses planètes et cela avait été le cas pour Alderaan. Leur ferme adhérence aux principes de l'Ancienne République avait fait d'eux un exemple et un symbole de ralliement pour tous les sympathisants au régime perdus au cœur de cette période de chaos.

On ne connaissait toujours pas, des années et des années après le drame, l'identité de ces attaquants jaillis de nulle part qui s'étaient employés, méthodiquement et impitoyablement, à anéantir toute vie à la surface de la planète. Aucun des opposants au régime Caamasien n'avait revendiqué l'assaut. D'ailleurs tous avaient, ne serait-ce que verbalement, participé à l'acte de condamnation universel qui avait été ratifié peu après. Les quelques malheureux qui avaient survécu à la bataille sur Caamas étaient en bien trop mauvais état pour tenter d'identifier leurs mystérieux agresseurs.

Mais, grâce à la datacarte retrouvée par Lak Jit, une partie de l'énigme était enfin résolue.

— Cette race était appréciée dans l'univers tout entier, soupira Leia en concentrant à nouveau son attention sur le moment présent. C'est encore le cas pour ses quelques derniers représentants toujours en vie. (Elle eut toutes les peines du monde à contenir ses larmes.) Vous ne pouviez pas le savoir mais il y avait un groupe de réfugiés Caamasiens sur Alderaan quand j'étais plus jeune. Ils vivaient en secret dans les Iles du Sud, sous la protection de mon père. Ils espéraient qu'un jour ils seraient suffisamment forts pour retourner sur Caamas et reconstruire ce qui avait été détruit.

— Intéressant, murmura Karrde, caressant sa barbe d'un air absent. Il s'avère que je connaissais l'existence de ce groupe. Il m'est arrivé de faire passer pour eux en contrebande certaines denrées alimentaires et des médicaments alors interdits sur Alderaan. Je me suis toujours demandé pourquoi les gens de vos douanes ne faisaient jamais attention à moi...

— Mon père ne voulait pas que les choses apparaissent officiellement dans les registres d'importations, répondit Leia. Il soupçonnait l'implication de Palpatine dans la destruction de Caamas. Une implication directe ou indirecte, surtout quand on sait vers quel type de régime Palpatine essayait d'emmener la République. Les Caamasiens ne se seraient jamais laissé faire. S'ils avaient vécu, ils auraient mis beaucoup moins de temps à comprendre la menace de l'Empire que nous ne l'avons fait sur Alderaan, et à y riposter.

— D'où la nécessité de les éliminer, dit Karrde d'un ton grave. Comme vous l'avez si bien remarqué, c'est évident, avec du recul. (Il fit un geste en direction du databloc.) Mais je n'aurais jamais deviné que les Bothans puissent être mêlés à tout cela.

— Tout le monde va tomber des nues, fit Leia en tressaillant. Et cela ne peut pas arriver à un pire moment. Avec toutes ces tensions et ces querelles qui germent un peu partout au sein de la Nouvelle République, je doute que nous soyons réellement en mesure de réagir de façon rationnelle face à une information pareille.

Elle sentit une présence à l'extérieur de la pièce. Elle se retourna pour voir la porte s'ouvrir.

— J'ai donné l'alerte, dit Mara Jade en entrant dans le bureau. (Elle s'assit juste à côté de Leia.) A tous nos vaisseaux ainsi qu'à toutes nos stations au sol. J'ai fait passer le message aux gens de Mazzic et à ceux de Clyngunn. Si Lak Jit s'avise de passer par eux, nous sommes certains de le coincer. (Elle fit un signe de tête en direction du databloc.) Quelque chose d'intéressant sur la carte?

— Rien de très lisible, lui répondit Leia. Peut-être que les techniciens sur Coruscant réussiront à en tirer quelque chose mais j'en doute sérieusement.

— Nous étions en train de rassembler et de confronter nos souvenirs de la bataille de Caamas et ses séquelles, dit Karrde. Vous n'auriez rien à nous apprendre, par hasard?

Mara lui adressa un regard froid.

— Vous apprendre quoi? Les noms des Bothans et de leurs clans qui ont saboté les générateurs des écrans défensifs de la planète?

— Ça serait déjà un bon début, acquiesça Karrde.

Mara renifla doucement.

— Je m'en doute. Malheureusement, je ne sais rien de plus que ce qui est enregistré sur cette datacarte. En fait, j'en sais même encore moins, étant donné que j'ignorais l'implication des Bothans. Ne l'oubliez pas, Caamas était déjà de l'histoire ancienne quand l'Empereur m'a découverte et qu'il m'a entraînée pour que je devienne sa Main.

— Il n'a jamais parlé de l'attaque? demanda Leia. Il aurait pu se contredire, se trahir, se vanter, non?

Mara secoua la tête.

— Non, pas devant moi, en tout cas. Il n'a mentionné les Caamasiens qu'une seule fois, quand il a cru que ceux-ci étaient en train de monter Bail Organa contre lui. Il a pensé m'envoyer sur place pour régler le problème mais il a changé d'avis.

Leia sentit son cœur se serrer.

— Oui, il a décidé qu'il y avait quelque chose de bien plus efficace à utiliser pour lui donner une leçon : l'Etoile Noire.

Pendant une très longue minute, personne ne se fit entendre.

Et puis Karrde rompit le silence :

— Qu'est-ce que vous comptez faire de cette data-carte?

Au prix d'un très grand effort, Leia repoussa les souvenirs de sa planète transformée en poussière et de ses parents et amis disparus.

— Je n'ai pas le choix, lui répondit-elle. Lak Jit l'a déjà lue et il est évident qu'il va aller colporter la nouvelle, ne serait-ce que par pure méchanceté. La seule chose que je puisse faire, c'est d'aller prévenir tout le monde à Coruscant avant qu'ils n'apprennent cette histoire par la bande. Cela donnera au moins un peu de temps au Haut Conseil pour se préparer à affronter les tumultes de la rumeur publique.

Karrde jeta un coup d'œil à Mara.

— Qu'est-ce qu'on a sur notre emploi du temps?

— Nous sommes pas mal occupés, lui dit-elle. Mais on a juste le temps de la déposer en passant.

76

— Si vous acceptez qu'on vous emmène, cela va de soi, dit Karrde en faisant à nouveau face à Leia. Vu que Solo et le Wookiee sont je ne sais où à bord du *Faucon*, je suppose que vous n'avez guère le choix...

Leia fit la moue.

— Suis-je réellement la dernière personne dans cette galaxie à avoir été mise au courant du départ de Yan?

— Probablement, répondit Karrde en souriant. Mais, encore une fois, n'oubliez pas que les renseignements, c'est mon métier.

— Je me souviens qu'à une époque, remarqua Leia avec un soupir, c'était aussi le mien. Oui... j'accepte avec joie votre proposition. Est-ce que vous avez de la place pour mes enfants et pour la troupe de Khabarakh?

— Je suis certain qu'on peut leur trouver une petite place quelque part, lui assura Karrde en se penchant, par-dessus le bureau, vers la console de communication. Dankin? Préparez-vous à décoller. Avant de regagner l'espace, nous passons prendre les enfants de la Conseillère Organa Solo et sa garde d'honneur au campement Noghri du Mont Tantiss. (Il reçut une confirmation et éteignit la console.) Cakhmain a dit que Lak Jit avait trouvé six datacartes, dit-il en observant attentivement Leia. Est-ce qu'il y avait quelque chose d'aussi important sur les cinq autres?

— Sur une, peut-être, répondit Leia mécaniquement.

Une pensée soudaine lui traversa l'esprit comme si on venait de lui plonger une lame aiguisée dans le crâne. Mara Jade, jadis un puissant agent secret de l'Empire... Plus connue sous le nom de Main de l'Empereur...

Elle se tourna pour regarder Mara et croisa les yeux verts étincelants de cette dernière qui la fixaient intensément. La Main de l'Empereur... La Main de Thrawn...

Un souvenir rejaillit en elle : dix ans auparavant, peu de temps après la naissance de Jacen et de Jaina, les deux femmes face à face dans l'une des petites chambres du

Palais Impérial... Leia, observant ces mêmes yeux verts, écoutant Mara lui faire part très calmement de ses intentions de tuer son frère, Luke...

A l'époque, elle avait senti l'aptitude de Mara à maîtriser la Force. Aujourd'hui, avec l'entraînement et quelques-uns des enseignements prodigués par Luke, ses pouvoirs étaient encore plus palpables. Leia sentit les pensées de Mara en train de sonder les siennes, mettant son esprit à l'épreuve et essayant de discerner ce qui avait bien pu la troubler ainsi. C'est alors que Leia comprit — à moins que, sans pour autant prononcer le moindre mot, on le lui ait suggéré — que Mara, avec son incomparable expérience au sein de l'Empire, devait déjà savoir ce qu'était la Main de Thrawn, voire de qui il s'agissait.

Mais elle ne pouvait se résoudre à le lui demander. Pas maintenant. Elle considérait Mara et Karrde comme étant de ses amis mais il était impératif d'informer le Haut Conseil de la Nouvelle République au plus vite.

— Mais je ne peux rien vous en dire, reprit-elle. Pas pour l'instant, en tout cas.

— Je vois, dit Karrde dont le regard pensif allait et venait entre les deux femmes. (Il avait compris que quelque chose était en train de se passer sans que cela soit visible, mais il était bien trop poli pour insister. Il finirait bien par savoir ce dont il était question par l'intermédiaire de Mara.) Ça ne coûte rien de demander. (Il baissa les yeux vers le databloc.) Cependant, j'ai la très nette impression que nous nous faisons plus de souci que de raison pour cette histoire de Caamas. C'était quand même il y a bien longtemps. Je crois que, aujourd'hui, plus personne n'a grand-chose à faire de savoir qui a réellement fait le coup.

Leia secoua la tête.

— Je ne suis pas de votre avis.

— Moi non plus, dit Mara.

— Non, c'est vrai, vous avez raison, approuva Karrde en faisant la grimace. Je ne le crois pas non plus, finalement.

4

Il leur expliqua tout, avec force détails douloureux. Et, quand il eut fini, ils étaient tous en état de choc, comme il l'avait prévu.

— Vous plaisantez, Amiral Pellaeon? demanda le Moff Andray d'une voix glacée.

— J'en ai bien l'impression, ajouta le Moff Bemos, en levant la main devant lui pour bien faire miroiter son imposante chevalière. Nous sommes des représentants de l'Empire, Amiral. Et l'Empire ne se rend pas.

— Alors l'Empire mourra, répondit Pellaeon tout à trac. Je suis désolé, Excellences, mais c'est le terminus pour nous tous. L'Empire est battu. Avec un traité de paix correctement négocié, nous pourrions au moins...

— J'en ai assez entendu! s'exclama le Moff Hort en balayant d'un large geste de la main les datacartes éparpillées sur la table devant lui. (Il repoussa sa chaise.) D'importantes affaires m'attendent dans mon secteur...

— J'ai également beaucoup à faire, dit le Moff Quillan en se levant. Si vous voulez mon avis, un homme de cet acabit n'a guère sa place à la tête de nos forces militaires...

— Assis! ordonna une voix calme. Tous les deux...

Pellaeon se tourna vers l'homme qui venait de prendre la parole. Il était assis à l'autre bout de la table. Il était petit et fin ; son crâne dégarni était parsemé de mèches de cheveux argentés, ses yeux bleus pailletés de jaune lui donnaient un regard perçant et ses mains, pareilles à des griffes, étaient certainement bien plus fortes qu'elles ne le semblaient de prime abord. Son visage était marqué par l'âge et l'amertume, sa bouche se tordait sous l'effet d'une ambition latente teintée de cruauté.

C'était le Moff Disra. Administrateur en chef du secteur de Braxant, gouverneur de la nouvelle capitale Impériale — une planète connue sous le nom de code de Bastion — et hôte de cette entrevue qui se tenait dans la salle de conférences de son palais. Et, des huit derniers Moffs encore en activité, c'était celui en qui Pellaeon avait le moins confiance.

Quillan et Hort regardèrent Disra. Leur sortie, intentionnellement théâtrale, venait de tomber à l'eau. Hort fit mine de vouloir prendre la parole. Il se ravisa et, silencieusement, les deux Moffs retournèrent s'asseoir.

— Merci... (Disra reporta ses yeux sur Pellaeon.) Je vous en prie, continuez, Amiral.

— Merci, Votre Excellence. (Pellaeon balaya la table du regard.) Je n'en veux à aucun d'entre vous de s'emporter à l'énoncé de ma proposition. Croyez-moi, je ne fais pas cette recommandation à la légère mais, sincèrement, je ne vois pas d'autre issue. Avec un traité bien négocié, nous pourrions au moins nous accrocher aux territoires que nous contrôlons encore. Sans traité, nous courrons à notre propre destruction.

— Sommes-nous sûrs de pouvoir conserver nos territoires ? demanda le Moff Edan. La Nouvelle République a laissé se répandre la rumeur que nous gouvernons par la terreur et par la force. Avec ou sans traité, ne vont-ils pas essayer de nous détruire à tout prix ?

— Je ne le pense pas, répondit Pellaeon. Je crois que nous pouvons convaincre même le plus récalcitrant d'entre eux que les mondes qui sont sous contrôle Impérial le restent de leur propre chef.

— Ce n'est pas le cas de tous, gronda le Moff Sander. Il y en a, dans mon secteur, qui n'hésiteraient pas à nous fausser compagnie si on leur en laissait la possibilité.

— Nous perdrons probablement un certain nombre de systèmes, c'est vrai, dit Pellaeon. Mais, d'un autre côté, je suppose qu'il y a des tas de mondes, à l'intérieur des frontières de la Nouvelle République, dont les habitants préféreraient vivre sous la bannière de l'Empire si on le leur proposait. A l'heure actuelle, nous ne pouvons pas grand-chose pour ces systèmes. Nous ne disposons pas de suffisamment d'hommes et de vaisseaux pour les défendre. Nous ne pouvons pas, non plus, procéder à leur ravitaillement. Après la signature d'un traité de paix, en revanche, de tels systèmes pourraient être invités à rejoindre l'Empire.

Quillan renifla avec dédain.

— C'est ridicule. Vous croyez vraiment que la Nouvelle République va vous ouvrir les bras et vous restituer tous ces systèmes dont la domination nous a été enlevée?

— Détrompez-vous, Quillan : ils n'ont pas le choix, l'interrompit sèchement le Moff Vered. La seule et unique prétention de la Nouvelle République en matière de gouvernement, c'est justement que les systèmes acceptent, de leur plein gré, de se ranger sous son autorité. Comment pourraient-ils se contredire et interdire à des systèmes de renoncer à cette autorité?

— Exactement, dit Pellaeon en hochant la tête. Particulièrement en ce moment, avec tous ces conflits mineurs qui éclatent un peu partout. Interdire à des systèmes de quitter la Nouvelle République nous fournirait à moindre coût une arme de propagande de grande valeur. L'incident d'Almania est encore bien assez frais dans leur esprit...

— Pourtant, si les choses sont si instables là-bas, pourquoi avons-nous besoin de nous immiscer? demanda Bemos. Si nous restons sur nos positions et attendons patiemment, il y a tout de même une petite chance pour que la Nouvelle République se désintègre d'elle-même...

— Il y a plus qu'une petite chance, intervint Andray. C'était la base même de toute la philosophie de l'Ordre Nouveau concocté par l'Empereur. Lui seul, parmi tous les membres du Sénat Impérial, avait compris que tant d'espèces et de cultures différentes ne pouvaient vivre ensemble sans une poigne de fer pour les gouverner.

— Tout à fait d'accord, dit Pellaeon. Mais à cet instant, ce genre de discussion n'a pas lieu d'être. L'autodestruction de la Nouvelle République pourrait peut-être prendre plusieurs dizaines d'années. Avant d'en arriver là, vous pouvez être sûrs qu'ils feront tout pour annihiler les restes de l'Empire. (Il haussa les sourcils.) Nous tous, cela va sans dire, nous y passerons. Tués au combat ou exécutés selon le système de justice qu'ils emploieront à ce moment-là.

— C'est cela... marmonna Sander. Après avoir été exposés sur les places publiques comme des prises de guerre, nus, attachés à des poteaux...

— Epargnez-nous les détails, Sander, gronda Hort en lançant lui un regard réprobateur.

— Il faut se rendre à l'évidence, rétorqua Sander. L'Amiral a raison. Le moment me paraît tout à fait approprié pour entamer des négociations. Tant qu'ils seront persuadés que cette cessation des hostilités est dans leur propre intérêt...

Le débat dura encore une heure. A la fin, faisant preuve de la même répugnance que Pellaeon, ils tombèrent d'accord.

L'unique garde posté devant la double porte richement ornée qui menait au bureau privé du Moff Disra était grand, jeune et de forte constitution. L'antithèse même de Disra, songea Pellaeon avec irrévérence en s'approchant de lui.

— Amiral Pellaeon, se présenta-t-il. Je souhaiterais voir le Moff Disra.

— Son Excellence n'a laissé aucune consigne...

— Il y a des holocaméras de surveillance dans tous les coins, l'interrompit Pellaeon avec brusquerie. Il sait que je suis ici. Ouvrez les portes.

Les lèvres du garde se contractèrent.

— Bien, Amiral.

Il fit deux pas de côté et la lourde double porte s'ouvrit.

La pièce était aussi richement décorée que les deux panneaux qui servaient à la sceller. C'était le genre de luxe que Pellaeon n'avait pas vu chez un Moff depuis les beaux jours de la domination Impériale. Disra était assis à une table d'un blanc étincelant installée au centre de la salle. Un jeune militaire aux cheveux bruns coupés en brosse et portant des insignes de major se tenait debout à ses côtés. Probablement son aide de camp. Celui-ci tenait une pile de datacartes à la main. Apparemment, il venait juste d'arriver ou se préparait à partir.

— Ah... très bien... Amiral Pellaeon, fit Disra en lui faisant signe d'approcher. Entrez, entrez, je vous en prie. Je croyais que vous étiez en train de vous occuper de votre délégation en vue de la pacification...

— Nous avons encore un peu de temps pour ça, répondit Pellaeon en marchant vers la table. (Ce faisant, il regarda autour de lui et essaya de dresser mentalement le compte de la valeur de tout ce qui était exposé dans le bureau.) D'après les rapports de nos services de renseignements, le Général Bel Iblis ne rejoindra pas la base des chasseurs de Morishim avant deux semaines.

— Oui, bien sûr, dit Disra avec une pointe de sarcasme. Vous rendre à Bel Iblis doit, pour je ne sais quelle raison, vous paraître plus acceptable que d'avoir à vous humilier devant n'importe quel individu perdu dans la masse.

— J'ai, en effet, un certain respect pour le Général Bel Iblis, dit Pellaeon en s'arrêtant à un mètre de la table. (Il remarqua que celle-ci était en corail de culture et que, d'après sa couleur ivoire, elle devait dater probablement d'avant les Guerres des Clones. Un meuble d'une valeur inestimable.) Vous semblez bien amer devant cette perspective de paix.

— Je n'ai aucune aversion pour la paix, rétorqua Disra. C'est la seule pensée d'avoir à lécher les bottes de tous ces gens qui me retourne l'estomac.

L'aide de camp s'éclaircit la gorge.

— Si vous voulez bien m'excuser, Votre Excellence, murmura-t-il, posant sa pile de datacartes sur la table et faisant mine de se retirer.

— Non, restez, Major, dit Disra en levant la main pour lui intimer l'ordre de s'arrêter. J'aimerais que vous écoutiez cette conversation. Vous connaissez mon aide de camp, Amiral, n'est-ce pas ? Le Major Grodin Tierce.

Le coin de la bouche de Tierce frémit très légèrement. Pellaeon ne se souvenait pas de l'avoir déjà vu.

— Je ne pense pas que nous nous soyons déjà rencontrés, dit-il en adressant un signe de tête poli au Major.

— Ah, pardon... Je croyais pourtant... dit Disra. Bon, reprenons, nous en étions à discuter de la capitulation, c'est cela ?

Pellaeon lança un regard à Tierce. Après le frémissement très vague de ses lèvres, le visage du Major était devenu impassible, ne révélant aucune de ses pensées.

— Je suis ouvert à toute suggestion, Votre Excellence.

— Vous connaissez déjà mes suggestions, Amiral, cracha Disra. Envoyer des délégations pour aider à fomenter cette vague déferlante de conflits interplanétaires entre les différents secteurs de la Nouvelle République. Utiliser ce bouclier de camouflage dont vous disposez pour installer discrètement des troupes qui pourraient tirer le plein avantage de ces conflits. Etendre notre puissance militaire où nous le pouvons, comme nous le pouvons et en ayant recours à toutes les méthodes qui se présentent à nous.

Pellaeon sentit le coin de sa bouche se tordre. Tout cela avait déjà été rabâché maintes et maintes fois.

— Nous sommes la Flotte Impériale, fit-il remarquer d'un ton sec. Nous n'engageons pas de gangs de pirates ou de mercenaires marginaux pour aller au combat à notre place.

— Je vous suggère de relire l'Histoire, Amiral, rétorqua Disra. L'Empire a toujours fait appel à cette racaille. Les Moffs ont utilisé leurs services. Tout comme les Grands Moffs. Même le Seigneur Dark Vador en personne, quand cela pouvait servir ses intérêts. Ce fut le cas également des officiers supérieurs de votre Flotte, si précieuse et si intègre. Ne venez pas me faire la morale. (Il agita les doigts avec impatience.) Je suis très occupé, Amiral, et vous, vous avez du léchage de bottes à préparer. Y avait-il autre chose ?

— Une ou deux, effectivement, répondit Pellaeon en faisant un effort surhumain pour ne pas perdre son sang-froid. Je souhaitais vous parler de ces Oiseaux de Proie SoroSuub que vous avez fournis à la Flotte.

— Oui, dit Disra en se laissant aller contre le dossier de son fauteuil. D'excellents petits chasseurs stellaires, n'est-ce pas ? Ils ne disposent pas du même impact psychologique que les TIE, c'est vrai, mais ils sont parfaitement adaptés, à leur façon.

— Suffisamment adaptés, effectivement, pour qu'on se demande pourquoi on n'en a pas vu plus sur le marché au cours de ces dernières années. Du coup, j'ai procédé à quelques petites vérifications. Il s'avère que SoroSuub n'a jamais réellement fait aboutir le projet Oiseau de

Proie. Ils ont fait stopper les chaînes de montage après seulement quelques modèles. Ce qui m'amène à me poser une fort intéressante question : où les avez-vous trouvés ?

— Je ne vois pas en quoi ma source d'approvisionnement peut regarder qui que ce soit, Amiral, répondit Disra. Tant que ces appareils affichent la qualité Soro-Suub...

— Je veux savoir avec qui l'Empire est en affaires, l'interrompit Pellaeon. Je veux savoir avec qui je suis, moi, en affaires.

Sous ses sourcils argentés, les yeux de Disra semblèrent étinceler.

— Un groupe d'investisseurs privés a racheté la ligne de production des Oiseaux de Proie et l'a remise en route, gronda-t-il. J'ai signé de sérieux accords avec eux.

— Qui sont-ils ? Dans quel système sont-ils installés ?

— C'est un groupe *privé*, répéta Disra en martelant chaque mot comme s'il s'adressait à un tout petit enfant.

— Je m'en moque, dit Pellaeon, imitant la façon de parler de son vis-à-vis. Je veux connaître leurs noms, leur planète d'origine et leurs relations dans le monde des affaires. Et je veux savoir où vous avez trouvé les moyens de financer cet accord.

Disra se redressa sur son siège.

— Etes-vous en train de suggérer qu'il y a quelque chose de malhonnête dans tout cela ?

— Non, bien sûr que non. (Pellaeon balaya la pièce du regard.) Il est évident qu'un homme comme vous, ayant visiblement les moyens, doit avoir accès à un grand nombre de ressources financières. (Ses yeux se posèrent à nouveau sur le Moff.) Je souhaite sincèrement m'assurer que l'Empire tout entier tire tous les bénéfices possibles des accords que vous avez passés.

Il aurait souhaité que le Moff s'offusque à ces paroles. Mais le Moff se contenta de sourire.

— Soyez tranquille, Amiral, dit-il tout doucement. l'Empire tout entier, effectivement, en tirera tous les profits.

Pellaeon le dévisagea, sentant que ses sourcils se fronçaient imperceptiblement. Il y avait quelque chose dans cette dernière phrase qui ne lui disait rien qui vaille. Quelque chose d'ambitieux et d'un peu sinistre.

— Je veux connaître les noms des membres de votre groupe d'investisseurs.

— Je vous ferai transmettre la liste sur le *Chimaera*, promit Disra. Maintenant, si vous voulez bien nous excuser, le Major Tierce et moi avons du travail.

— Bien sûr, dit Pellaeon en essayant de teinter sa voix d'un soupçon de condescendance. (Le Suprême Commandeur des Armées Impériales ne devait pas donner l'impression qu'on pouvait le chasser comme un vulgaire laquais. Même à un Moff. C'était à lui, et à lui seul, que revenait la possibilité de choisir l'instant de son départ.) Je vous souhaite une bonne journée, Excellence.

Il se tourna et se dirigea vers la double porte. La première chose à faire était de demander aux services de renseignements de chercher les noms des investisseurs privés de Disra. Pas de problème, il allait immédiatement mettre le Commandant Dreyf et son équipe sur l'affaire. Et, pendant qu'on y était, il leur demanderait également de jeter un petit coup d'œil sur les finances personnelles du Moff. On exhumerait peut-être d'intéressantes connexions entre les deux enquêtes...

Mais, en attendant, Pellaeon avait une mission diplomatique à préparer. Et, avec un peu de chance, il mettrait fin à la guerre.

Les portes se refermèrent derrière Pellaeon. Pendant quelques instants, Disra laissa les traits de son visage exprimer le mépris qu'il ressentait pour l'Amiral qui venait de quitter la pièce. Du mépris pour Pellaeon en tant qu'homme et officier Impérial. Du mépris pour son inaptitude à gagner le combat contre cette bande de rebelles hétéroclites qui passaient leur temps à serrer des extraterrestres dans leurs bras. Du mépris pour cet air dégagé et apaisant qu'il arborait...

Un moment passa. Il y avait des choses bien plus urgentes à régler. Des détails qui nécessitaient une grande disponibilité d'esprit; qui plus est, si les choses se déroulaient comme prévu, Pellaeon serait sous peu relégué à l'arrière-plan. Faisant faire un demi-tour à sa chaise, Disra fit face au Major Tierce.

— Intéressante conversation, n'est-ce pas, Major? Dites-moi, quelles sont vos impressions?

Au prix d'un incroyable effort, Tierce détourna les yeux des doubles battants de la porte par laquelle Pellaeon était sorti.

— Je vous prie de m'excuser, Votre Excellence, mais je ne sais que penser. (Ses épaules étaient légèrement voûtées, signe évident d'humilité chez un homme connaissant ses limites. Son expression était simple mais sérieuse.) Je ne suis qu'un adjudant de la Flotte. Je ne connais pas grand-chose en matière de politique.

Une remarquable démonstration de comédie de la part du Major, dut admettre Disra. Une compétence maîtrisée à un point tel qu'elle avait dû berner — au cours des quinze dernières années — des douzaines et des douzaines de civils et de militaires. Disra y compris. Mais il en était conscient à présent, et il allait falloir interrompre brutalement la performance...

— Je vois, dit Disra. Eh bien, laissons la politique de côté et donnez-moi votre avis de militaire. Vous avez entendu mes suggestions sur la façon, pour l'Empire, d'éviter cette capitulation à laquelle notre Amiral semble tellement tenir. Des commentaires?

— Eh bien, Votre Excellence, l'Amiral Pellaeon *est* le Suprême Commandeur, dit Tierce à contrecœur. (Le

Major affichait toujours ce même air impassible, mais Disra remarqua un très léger tiraillement se produisant autour de ses yeux. Se doutait-il de quelque chose ? Soupçonnait-il Disra ? Probablement pas. Cela n'avait, de toute façon, guère d'importance.) Je suppose qu'il est plus au fait de notre situation stratégique, reprit Tierce. Mais, encore une fois, j'ai bien peur que mes connaissances en matière de stratégie ne soient bien limitées.

— Ah... (Disra secoua la tête. Il se pencha sur le côté de son bureau et composa un code secret sur un clavier dissimulé dans l'un des panneaux ivoire. Il y eut une série de cliquetis et un tiroir secret, encastré sous le plan de travail, s'ouvrit en coulissant.) Vous me décevez, Major, dit-il, fixant l'autre du regard, tout en inspectant du bout des doigts la demi-douzaine de datacartes dans le tiroir. J'avais cru comprendre que l'Empereur ne voulait que les meilleurs éléments à son service.

Aucune erreur possible, cette fois : Tierce avait bien plissé les yeux. Mais il n'était pas encore prêt à dévoiler la vérité.

— L'Empereur, Votre Excellence ? demanda-t-il en clignant des yeux sous le coup de l'étonnement.

— Les meilleurs, seulement les meilleurs, répéta Disra, sélectionnant l'une des cartes et la tendant à Tierce pour qu'il l'inspecte. Les meilleurs éléments pour sa Garde Royale...

Disra s'attendait à ce que le Major, grâce à ses incomparables talents d'acteur, s'étrangle de surprise ou de stupéfaction. Mais Tierce se contenta de rester debout, les yeux plongés dans ceux de Disra, pareils à deux batteries jumelles de turbos laser. Disra lui rendit son regard. Un doute s'installa. Et s'il se trompait ? Peut-être Tierce pensait-il que l'anonymat était un facteur nécessaire à l'assassinat d'un Moff Impérial.

Le Major laissa échapper une lente expiration, pareille au sifflement d'un serpent venimeux.

— Je suppose qu'il n'est pas utile de feindre bruyamment la protestation, n'est-ce pas? dit-il.

Il abandonna son attitude soumise et redressa les épaules.

Et Disra, involontairement, eut un mouvement de recul dans son fauteuil. Soudainement, le maladroit et peu compétent Major Tierce qui était à son service depuis plus de huit mois disparut.

A sa place se tenait un soldat.

Disra avait jadis entendu dire qu'une personne un peu perspicace pouvait toujours reconnaître un Soldat de Choc Impérial ou un membre de la Garde Royale, qu'il soit debout en armure ou allongé, mourant, sur un lit d'hôpital. Le Moff avait toujours estimé que c'étaient des histoires que l'on racontait aux petits enfants. Il ne commettrait plus cette erreur.

— Comment avez-vous réussi à m'identifier? demanda Tierce en rompant le silence.

Il fallut à Disra quelques instants encore pour recouvrer l'usage de sa voix.

— J'ai procédé à quelques recherches dans les archives de la bibliothèque Impériale, peu de temps après qu'elle eut été transportée ici, sur Bastion, répondit-il. Des duplicatas des fichiers personnels de l'Empereur y sont également conservés. J'ai trouvé un moyen d'y avoir accès.

Tierce leva un sourcil.

— Vraiment? Ces fichiers étaient prétendument inviolables...

— Il n'y a rien de vraiment inviolable en matière de sécurité, dit Disra.

— Apparemment... Et maintenant?

— Et maintenant, rien, le rassura Disra. Je n'ai aucunement l'intention de vous dénoncer comme déserteur, ou pour toute autre raison connue de vous seul qui pourrait vous inquiéter. Encore faudrait-il pour cela que je puisse trouver l'autorité compétente auprès de laquelle aller vous signaler. L'Empire n'a pas le loisir de sacrifier ses meilleurs éléments. (Il fronça les sourcils.) A propos, une question me brûle les lèvres : comment avez-vous réussi à échapper à la destruction de la seconde Etoile Noire?

Tierce haussa très légèrement les épaules.

— Pour la simple et bonne raison que je n'étais pas à son bord. Vous savez, les membres de la Garde Royale devaient, à intervalles réguliers, faire des stages chez les Soldats de Choc afin de se maintenir au faîte de leurs capacités de combat. A l'époque, j'étais sur Magagran, sur la Bordure Extérieure, en train de participer à l'élimination d'une cellule Rebelle.

— Et le reste de votre unité a été détruit?

— Par une simple cellule Rebelle? (Tierce eut un reniflement de mépris.) Pas vraiment. Nous avons mené notre mission à bien et on nous a donné l'ordre de nous replier. Je me souviens que toute sortes de rumeurs se sont mises à circuler. On se demandait si l'Empereur était effectivement mort, ou non, lors de la bataille d'Endor. Lorsque nous sommes arrivés à Coruscant, j'ai sauté dans un vaisseau et je me suis rendu sur les lieux afin de voir si je ne pouvais pas me rendre utile.

Disra sentit sa lèvre tressaillir.

— Oui, je me souviens des mois qui ont suivi. Le chaos dans toute sa splendeur, avec tous ces Rebelles en train de rassembler les mondes... A croire qu'on les leur servait sur un plateau...

— Oui, dit Tierce dont la voix et le visage exprimaient à présent l'amertume. C'était comme si l'Empire tout entier s'effondrait sur ses propres bases.

— C'était probablement le cas, acquiesça Disra. Pellaeon a parlé une fois du Grand Amiral Thrawn et de sa fumeuse théorie sur la question.

— Exact : l'Empereur aurait utilisé la Force pour conduire ses troupes au combat. Je me souviens d'avoir entendu ce genre de discussions à bord du *Chimaera*. Thrawn avait peut-être raison.

Disra plissa le front.

— Vous étiez à bord du *Chimaera* ?

— Bien entendu, répondit Tierce. Quelle meilleure place pour un Garde Royal que de servir aux côtés d'un Grand Amiral ? Environ un mois après que Thrawn fut revenu de sa mission dans les régions de l'Espace Inconnu, je me suis arrangé pour être affecté au détachement de Soldats de Choc du *Chimaera*.

— Et après ? le pressa Disra.

— Après ? Il est mort... Pourquoi ? (La mâchoire de Tierce se contracta.) Parce que je m'étais trompé à son sujet. Je m'attendais à une attaque contre le Grand Amiral quand nous nous sommes heurtés à la multitude d'assaillants dans les chantiers de Bilbringi. Ce à quoi je m'attendais, en fait, c'était qu'un commando s'infiltre à bord du *Chimaera* dans la confusion de la bataille. Luke Skywalker s'était déjà introduit dans le vaisseau de cette façon auparavant, pour porter secours au contrebandier Talon Karrde. Je me suis dit qu'ils pouvaient peut-être réitérer l'expérience. Alors, j'ai posté mon unité de Soldats de Choc près des hangars.

— Ah oui, fit Disra, les différents événements survenus au cours de la bataille lui revenant petit à petit en mémoire. Ainsi, c'est votre unité qui a intercepté et tué Rukh, le traître Noghri, après que celui-ci eut assassiné le Grand Amiral ?

— Oui... Enfin, pour le peu de soulagement que cela nous a procuré...

— Hum... (Disra le dévisagea.) Est-ce que Thrawn connaissait votre passé ?

Tierce haussa à nouveau les épaules.

— Qui peut savoir ce que pense ou sait un Grand Amiral? Tout ce que je peux dire, c'est que je ne lui ai jamais révélé mon identité et qu'il n'a jamais tenté de me mettre devant le fait accompli.

— Pourquoi ne rien lui avoir avoué? demanda Disra. Je pensais que les membres de la Garde Royale avaient droit à certains... heu... certains égards...

— Je vous interdis de suggérer une chose pareille, Disra! dit Tierce dont la voix était drapée d'un froid mortel. Je vous interdis même de le penser. Un Garde Royal ne cherchait jamais à obtenir de faveurs. Jamais. Son but dans l'existence était de servir l'Empereur et l'Ordre Nouveau que celui-ci avait créé. Son but dans la vie et son désir dans la mort.

— Oui, murmura Disra, bien forcé d'admettre sa déconvenue. (Il devenait de plus en plus clair que la réputation de la Garde Royale — une réputation qu'il avait lui-même toujours considérée comme de la poudre aux yeux jetée par les sympathisants de l'Empereur — était en fait bien réelle et honnêtement gagnée.) Je vous demande pardon, Garde.

— Major, le corrigea Tierce. Seulement Major. La Garde Royale n'existe plus.

— Je vous demande encore une fois pardon, Major. (Une pointe de contrariété se glissa dans l'esprit de Disra. Il avait tout fait pour garder le contrôle de la conversation et pourtant, à chaque rebondissement, il avait l'impression qu'il en perdait le fil.) Et je vous rappelle que vous devez vous adresser à moi en disant « Votre Excellence ».

Tierce fronça les sourcils. Pendant un long et douloureux moment, Disra retint son souffle. Et puis, à son grand soulagement, les lèvres de son interlocuteur se tordirent en un sourire ironique.

— Cela va de soi, Votre Excellence, répondit sèchement le Major. Votre curiosité est-elle suffisamment satisfaite, Votre Excellence?

— Oui, merci, dit Disra en hochant la tête. Le passé, c'est le passé, Major. Tournons-nous maintenant vers le futur. Vous avez entendu mes suggestions à l'Amiral Pellaeon. Qu'en pensez-vous?

Tierce secoua la tête.

— L'amiral a raison : cela ne marchera jamais. Les probabilités sont bien trop contre nous.

— Même si la Nouvelle République est trop occupée à régler ses douzaines de conflits internes?

— Non, dit Tierce en faisant un geste vers le bureau de Disra. Même après avoir pris connaissance du dossier enregistré sous le nom « Lak Jit » stocké sur la troisième datacarte en partant du haut.

— Oh... (Disra plissa le front et sortit la carte du paquet que Tierce venait de lui apporter. Tous ces rapports étaient censés être confidentiels, encodés au moyen de cryptages Impériaux spéciaux réservés aux très hauts officiers des Renseignements et aux Moffs eux-mêmes. Apparemment, Disra n'était pas le seul à avoir la possibilité de pratiquer le piratage. Il glissa la carte dans son databloc et pianota sur le clavier les instructions nécessaires au décodage. C'était un rapport en provenance des Renseignements, racheté à un indépendant Devaronien appelé Lak Jit. Il devait traiter la découverte, dans les ruines du Mont Tantiss, d'une partie des archives concernant la destruction de Caamas.) C'est parfait! annonça-t-il à Tierce en parcourant le rapport. C'est exactement ce qu'il nous faut.

Tierce secoua de nouveau la tête.

— Cela pourrait certainement se révéler utile mais cela ne me paraît pas suffisant.

— Ah, mais bien au contraire, dit Disra, sentant un petit sourire lui tirailler les lèvres tandis qu'il relisait les passages cruciaux du rapport. Je pense que vous ne comprenez pas bien la situation politique dans laquelle se trouve la Nouvelle République en ce moment. Une vraie bombe comme ce rapport sur Caamas, particulièrement maintenant que nous savons que les Bothans étaient impliqués, va permettre de tout faire chauffer à blanc. Surtout si nous donnons le petit coup de pouce nécessaire...

— La situation chez les Rebelles n'est pas le problème, rétorqua Tierce très froidement. C'est la situation de l'Empire que vous-même vous ne semblez pas comprendre. Se contenter de semer la pagaille chez les Rebelles n'aidera pas à reconstruire l'Ordre Nouveau imaginé par l'Empereur. Nous avons besoin d'un point de ralliement, d'un chef autour de qui les forces Impériales pourraient se rassembler. L'Amiral Pellaeon me semble correspondre le plus à ce type de poste et il a perdu toute volonté de se battre...

— Oubliez Pellaeon. Imaginez que je puisse vous fournir un tel chef. Seriez-vous prêt à vous joindre à nous ?

Tierce le foudroya du regard.

— Qui est donc ce « nous » auquel vous faites allusion ?

— Si vous nous rejoignez, nous serons trois, répondit Disra. Trois qui partageront un secret que je suis prêt à vous révéler. Un secret qui nous ralliera l'intégralité de la Flotte.

Tierce eut un sourire cynique.

— Pardonnez-moi, Votre Excellence, mais puis-je me permettre de suggérer que vous n'inspirez guère plus de confiance qu'un Bantha sous l'emprise d'une drogue...

Disra sentit une décharge de colère monter en lui. Comment ce simple soldat osait-il lui parler ainsi ?

— Non... acquiesça-t-il, ravalant sa colère. (Tierce n'avait rien d'un simple soldat, après tout. Plus important, Disra avait désespérément besoin d'un homme de sa compétence et de son expérience.) Je me contenterai de représenter le pouvoir politique derrière tout cela. Je fournirai également les effectifs militaires et le matériel, bien entendu.

— Avec la Flotte en position dans le secteur Braxant?

— Oui, et depuis d'autres sources également. Si vous décidiez de vous joindre à nous, vous serviriez d'architecte à notre stratégie globale.

— Je vois, dit Tierce. (S'il était choqué par le verbe « servir », il ne le montra pas.) Et cette troisième personne?

— Vous êtes avec nous?

— Dites-m'en plus, d'abord, répondit Tierce en le dévisageant.

— Je vais faire bien mieux que ça. (Disra poussa son fauteuil en arrière et se leva.) Je vais vous montrer...

A en juger par son absence de réaction, le couloir secret courant entre le bureau de Disra et ses appartements privés ne surprenait guère Tierce. La porte camouflée, située à mi-parcours, fit en revanche son petit effet.

— Installé par l'ancien propriétaire, expliqua Disra en s'engageant dans un très étroit passage qui menait à un turbo-élévateur, tout aussi étroit. Il descend à cinquante mètres sous la surface. De là, on peut soit rejoindre la chambre de torture qui se trouve sous le niveau des cachots, soit gagner un tunnel secret qui débouche au milieu des collines, un peu plus loin vers le nord. Je me suis souvent demandé laquelle des deux directions était la plus empruntée du temps de mon prédécesseur.

— Et laquelle empruntons-nous aujourd'hui? demanda Tierce alors que l'acenseur entamait sa descente.

— Nous allons à la salle de torture. C'est l'endroit le plus isolé et le plus sûr de ce palais. De tout Bastion, d'ailleurs, quand j'y pense. Le troisième membre de notre groupe nous y attend.

La cabine finit par arriver à destination et la porte s'ouvrit en coulissant. Deux tunnels étroits, grossièrement creusés à même la roche, débouchaient juste en face du turbo élévateur. Disra, d'un revers du bras, écarta une toile d'araignée et ouvrit la marche dans le couloir de droite. Celui-ci se finissait par une lourde porte de métal équipée d'un volant en son centre. Disra agrippa la commande à pleines mains et la fit tourner. La porte s'ouvrit en émettant un grincement sinistre qui résonna dans l'espace confiné.

Le précédent propriétaire n'aurait certainement pas pu reconnaître sa vieille chambre de torture. Les instruments de douleur et de terreur avaient disparu, les murs et les sols avaient été nettoyés et recouverts de moquette isolante, des meubles avaient été installés, ainsi que tout le confort moderne.

A cet instant précis, Disra n'éprouvait pourtant aucun intérêt pour l'appartement secret. Toute son attention était focalisée sur Tierce. L'ancien Garde Royal pénétra dans la pièce.

Il pénétra dans la pièce... et en découvrit l'unique occupant, assis dans la reproduction d'un fauteuil de commandement de Destroyer Stellaire.

Tierce se pétrifia. Ses yeux s'écarquillèrent sous le choc. Son corps se raidit comme si on venait de le brancher sur le courant électrique. Ses yeux se portèrent sur Disra, revinrent sur le fauteuil de commandement, balayèrent la pièce à la recherche du moindre indice attestant qu'il s'agissait d'un piège, d'une hallucination, ou d'un signe que sa santé mentale était en train de lui jouer des tours. Il regarda à nouveau en direction du fauteuil. Disra retint son souffle...

Et puis, brusquement, Tierce se redressa et adopta un maintien militaire.

— Grand Amiral Thrawn, à vos ordres ! s'écria-t-il avec le sérieux et le dévouement de tout bon militaire qui se respecte. Soldat de Choc TR889 au rapport, Monsieur.

Disra reporta son attention sur l'occupant de la pièce. Celui-ci se leva avec lenteur de son fauteuil. Dans la lumière se matérialisèrent la peau bleue, les cheveux noirs aux reflets indigo, les yeux rouges étincelants et l'uniforme blanc du Grand Amiral. Les yeux rouges croisèrent le regard de Disra avant de se poser sur Tierce.

— Repos, Soldat de Choc TR889, heureux de vous savoir fidèle au poste, dit-il d'une voix grave. Cependant, j'ai bien peur d'avoir à vous annoncer... (il jeta à nouveau un coup d'œil à Disra)... que je ne suis pas celui que vous pensez...

Un pli d'incompréhension marqua, pour la première fois, le front de Tierce.

— Je vous demande pardon, Monsieur?

— Permettez-moi, dit Disra. (Il avança dans la pièce, attrapa l'homme par la manche de son uniforme blanc et le fit avancer vers Tierce.) Major Tierce, permettez-moi de vous présenter mon associé, monsieur Flim. Un escroc et imitateur de grand talent.

Pendant une minute qui parut une éternité, la salle fut plongée dans un silence glacé. Tierce divisagea l'imposteur en uniforme blanc. L'incrédulité et la déception s'ajoutèrent à la colère s'affichant sur son visage. Disra observa attentivement le jeu changeant des émotions. Il sentit son pouls battre de façon fort déplaisante à la base de son cou. Si Tierce laissait sa fierté reprendre le dessus, s'il choisissait de s'offusquer de la mascarade qu'ils venaient de lui jouer, ni Flim ni lui-même ne sortiraient vivants de la pièce.

Tierce regarda Disra. Le flux des émotions battit en retraite derrière un faciès de marbre.

— Expliquez-vous, ordonna-t-il d'un ton sombre.

— Vous avez dit vous-même que l'Empire avait besoin d'un chef, lui rappela Disra. Qui d'autre que le Grand Amiral Thrawn pourrait remplir cette fonction?

Lentement et à contrecœur, Tierce reposa de nouveau les yeux sur le faux Grand Amiral.

— Qui êtes-vous? demanda-t-il.

— Comme son Excellence vous l'a dit, je me nomme Flim.

Sa voix avait changé de façon subtile, son attitude n'avait plus rien à voir avec celle, empreinte de pouvoir et de majesté, du Grand Amiral. C'était exactement le même type de transformation, réalisa subitement Disra, que celle dont Tierce avait été lui-même le sujet quelques instants auparavant dans le bureau mais en sens inverse...

Tierce s'en rendit probablement compte, lui aussi.

— Intéressant, dit-il, faisant un pas en avant pour détailler le visage de Flim. C'est à s'y méprendre. La ressemblance est stupéfiante.

— Et comment! approuva Disra. Il m'a fallu près de huit ans de recherches pour trouver quelqu'un susceptible de donner vie à cette illusion. Cela fait très, très longtemps que je la planifie...

— Effectivement. (Tierce fit un geste vers le visage de Flim.) Comment avez-vous fait pour les yeux?

— Implants de contact, répondit Disra. Alimentation indépendante pour l'éclat rouge. Le reste, c'est juste de la teinture pour les cheveux, de la pigmentation artificielle pour la peau, un remarquable contrôle de la voix et un immense talent d'acteur.

— Je me suis livré à tellement d'imitations dans ma vie, dit Flim. Celle-ci n'en est qu'une de plus à ajouter à mon répertoire. (Il eut un sourire.) Mais c'est probablement celle qui est dotée du meilleur potentiel de récompense!

— Remarquable, dit Tierce en se tournant vers Disra. Il y a tout de même un sacré problème. Thrawn est mort et tout le monde le sait.

Disra leva les sourcils.

— En êtes-vous si sûr? On a signalé sa mort, effectivement, mais cela ne veut pas dire grand-chose, n'est-ce pas? Et si les coups de couteau de Rukh ne l'avaient plongé que dans un profond coma ? Et s'il avait été transporté dans un endroit gardé secret où il serait resté dissimulé pendant toutes ces années, le temps de guérir ? (Il fit un signe de tête vers Flim.) A moins qu'un imposteur, comme Flim, ne soit mort à sa place sur le pont du *Chimaera*... Vous avez déclaré que vous vous attendiez à une attaque à Bilbringi. Et si Thrawn s'y était attendu, lui aussi, il aurait pu arranger ses petites affaires à sa façon...

Tierce renifla nerveusement.

— C'est un peu tiré par les cheveux, quand même...

— Certes, acquiesça Disra. Mais cela n'a guère d'importance. Tout ce que nous avons à faire, c'est de faire sortir Thrawn de sa cachette. Laissons l'inconscient collectif se charger du reste du travail. L'Empire tout entier va se précipiter pour marcher à ses côtés, de l'Amiral Pellaeon au plus simple des troufions.

— C'est donc ça, votre plan ? demanda Tierce. Sortir le Grand Amiral sous le nez de Pellaeon, lui rendre ses fonctions à bord du *Chimaera* et l'utiliser comme point de ralliement pour l'Empire tout entier ?

— En substance, oui, répondit Disra. Pourquoi ?

Pendant un long moment, Tierce demeura silencieux.

— Vous avez parlé d'autres forces en dehors de la Flotte du secteur Braxant, n'est-ce pas ? reprit-il. Quelles sont-elles ?

Disra jeta un coup d'œil à Flim. L'imitateur était visiblement en train de penser à autre chose et regardait ailleurs.

— J'ai conclu un arrangement avec les Pirates Cavrilhu, dit-il au Garde Royal. Il s'agit d'un très grand groupe, très perfectionné, qui agit...

— Je connais l'existence du gang du Capitaine Zothip, l'interrompit Tierce. Personnellement, je ne les qualifierais pas de « perfectionnés », mais il s'agit effectivement d'un grand groupe. Quel type d'arrangement ?

— Du type même qui sert les intérêts communs des deux parties en présence, dit Disra. Je récupère les rapports de nos services secrets Impériaux localisant les convois de la Nouvelle République qui pourraient nous être utiles et c'est Zothip qui se charge ensuite de les attaquer. Il met la main sur le butin et nous, nous profitons de la déstabilisation qui se propage dans les rangs de nos ennemis.

— Et je suppose qu'une bonne partie des pièces des Oiseaux de Proie SoroSuub qui sortent des chaînes sont destinées à Zothip, avança Tierce.

Disra pinça les lèvres. Soit Tierce en savait bien plus sur les secrets si farouchement gardés du Moff, soit il était bien plus malin que Disra ne l'avait imaginé. Disra n'appréciait aucune de ces solutions.

— C'est nous qui utilisons les Oiseaux de Proie, dit le Moff. Zothip a déjà à sa disposition tous les chasseurs stellaires qu'il lui faut.

— Alors, comment le rétribuez-vous ?

— Avec le type d'assistance qu'il ne pourrait obtenir nulle part ailleurs, dit Disra en adressant à son interlocuteur un sourire entendu. Je lui prête quelques conseillers militaires d'un type bien particulier : un groupe de clones de Thrawn lui-même, rescapés du Mont Tantiss.

Le Moff eut la satisfaction de voir la mâchoire de Tierce tressaillir.

— Il en existe encore ? demanda le Garde.

— Une pleine nichée, lui répondit aigrement Disra. Notre cher Amiral, un sacré petit malin, en a dissimulé des petits groupes dans toute la Nouvelle République. Ce qu'il avait l'intention d'en faire ? Je n'en ai pas la moindre idée. Il n'y avait rien dans son journal qui concernait spécifiquement la...

— Vous avez retrouvé le journal de Thrawn? l'interrompit Tierce. Je veux dire, le journal personnel de Thrawn?

— Bien sûr, dit Disra en fronçant légèrement les sourcils. (Pendant un instant, il y eut soudain quelque chose d'électrique dans l'expression du Garde.) Comment croyez-vous que j'aurais pu découvrir l'existence de tous ces repaires de clones?

L'éclair d'intérêt avait déjà disparu des yeux de Tierce. Son visage était à nouveau de marbre.

— Oui, bien sûr, dit-il avec calme. Et qu'y avez-vous trouvé d'autre?

— Les grandes lignes d'une stratégie globale, répondit Disra en observant le Major attentivement mais l'étincelle passionnée semblait définitivement éteinte. Ses plans de campagne contre la Nouvelle République étalés sur cinq ans. Le tout incroyablement détaillé mais, malheureusement, complètement inutile au jour d'aujourd'hui.

— A votre place, j'éviterais de qualifier les actions de Thrawn de complètement inutiles, lui conseilla Tierce avec une pointe de dédain. Autre chose?

Disra haussa les épaules.

— Des souvenirs personnels, ce genre de choses... Rien qui m'ait frappé comme ayant une importance militaire majeure. Vous pourrez y jeter un coup d'œil à l'occasion, si le cœur vous en dit.

— Merci. Je n'y manquerai pas.

— Je suppose, avança Flim, que vous avez donc l'intention de vous servir de mon imitation de Thrawn pour quelque chose de plus ambitieux que votre histoire de ralliement...

Tierce tourna légèrement la tête vers l'imposteur.

— Voilà qui est très perspicace de votre part, Amiral. Oui, effectivement, je pense que nous pouvons faire mieux que cela. Beaucoup mieux, même. Est-ce qu'il y a un terminal d'ordinateur ici? Ah, très bien. J'aurais besoin de ces datacartes que nous avons laissées sur votre bureau, Excellence, auriez-vous l'extrême amabilité d'aller les chercher?

— Aucun problème, répondit Disra. Je reviens de suite.

Déjà fort occupé devant l'ordinateur, Tierce ne prit même pas la peine de répondre. Pendant un moment, Disra détailla l'arrière de sa tête, se demandant s'il était possible qu'il ait fait une erreur de jugement. Non, bien sûr. Le Major Tierce, ancien membre de la Garde Royale de l'Empereur, serait un serviteur fort utile. En tant que maître, en revanche, ce serait une autre histoire...

Mais pour l'heure, ils avaient besoin l'un de l'autre. Ravalant ses mots, ses pensées et sa fierté, Disra ressortit dans le couloir et se dirigea vers le turbo élévateur.

5

Le conseiller Borsk Fey'lya releva la tête de son data-bloc. Ses yeux violets étaient dilatés et sa fourrure couleur crème sembla soudainement s'aplatir le long de son corps.

— Ce secret a donc été révélé... murmura-t-il.

— En effet, répondit Leia. Et il exige une explication.

Fey'lya secoua la tête.

— Il n'y a rien à expliquer, dit-il à voix basse. C'est la vérité.

— Je vois, fit Leia, sentant un poids très lourd lui peser sur les épaules. (Elle ne s'était pas rendu compte à quel point elle espérait que Karrde avait raison quand il disait que le rapport sur Caamas pouvait être un faux.) Vous en êtes certain ?

— Oui, dit Fey'lya dont le regard un peu perdu se reposa à nouveau sur le databloc.

— Alors vous savez qui était impliqué ?

— Non. C'est bien le cœur du problème, Conseillère Organa Solo. C'est également la raison pour laquelle nous sommes demeurés silencieux au cours de toutes ces années. Nous n'en savons pas plus que vous sur cette affaire : un groupe de Bothans aurait aidé les agents du Sénateur Palpatine à accéder aux générateurs des écrans protecteurs de Caamas. Nous ne savons même pas à quel clan ils appartenaient, alors vous pensez, les individus eux-mêmes...

— Vous avez quand même essayé de les démasquer, non? demanda brusquement Leia.

La fourrure de Fey'lya se mit à onduler.

— Bien sûr que nous avons essayé. Mais Palpatine s'est débrouillé pour bien couvrir ses traces. Ce n'est que bien longtemps après l'événement, dans les premiers temps de la Rébellion, que les chefs de clan ont pris connaissance de la complicité des Bothans. C'est le choc causé par cette révélation, en fait, qui nous a incités à rallier l'Alliance Rebelle pour travailler à la destitution de Palpatine. Mais à ce moment-là, la piste était devenue trop ancienne pour être suivie.

— Je comprends, soupira Leia.

— Vous me croyez, n'est-ce pas? insista Fey'lya. Vous devez me croire.

Pendant un long moment, Leia demeura silencieuse. Elle dévisagea son interlocuteur, le sonda avec la Force, faisant de son mieux pour essayer de découvrir la plus petite trace de mensonge. Mais si mensonge il y avait, il était bien caché car elle ne trouva rien.

— Je crois que vous dites la vérité, que vous dites tout ce que vous savez, annonça-t-elle au Bothan. Malheureusement, je ne suis pas la seule personne qu'il va vous falloir convaincre.

Fey'lya frissonna. Des touffes de fourrure se raidirent, çà et là, à la surface de son corps.

— Non, je sais, répondit-il sobrement. Beaucoup vont être persuadés que nous protégeons des criminels au nom de la solidarité entre Bothans.

Leia ramassa le databloc et essaya de ne pas faire de grimace. Il avait certainement raison à ce sujet. L'approche des Bothans de la politique interstellaire était bien plus agressive, bien plus directe que celle de la plupart des autres membres de la Nouvelle République. La majorité des espèces qui ne juraient que par le corps à corps essayaient en général de modérer leurs ardeurs quand elles traitaient avec des races étrangères. Les Bothans, eux, y étaient peu enclins. Cela leur valait d'ailleurs une assez mauvaise réputation dans certains cercles diplomatiques.

— C'est bien possible, dit la Princesse. Une bonne raison de plus pour que toute cette affaire soit réglée dans les plus brefs délais.

— Certes, mais comment faire? demanda Fey'lya. Les Bothans ont cherché minutieusement pendant des années à reconstituer une liste des responsables, autant dans les bibliothèques des clans sur Bothawui que dans les colonies et les comptoirs. Une telle liste n'existe pas.

— Elle a existé là-dedans, déclara Leia en sortant la datacarte du bloc. J'en suis persuadée. Nous verrons biens si les techniciens parviennent à la reconstruire. S'ils n'y arrivent pas, il nous faudra essayer de dénicher une autre copie ailleurs. Au moins savons-nous maintenant ce qu'il nous faut rechercher.

— On peut toujours tenter le coup, dit Fey'lya dont la voix exprimait le doute. Mais en attendant, que comptez-vous faire?

Leia fit tourner la datacarte entre ses doigts.

— Je ne peux pas me permettre de fermer les yeux sur toute cette histoire, Conseiller Fey'lya. Vous devez me comprendre. Il faut, au moins, que j'aille en informer le Haut Conseil. Mais je vais faire tout ce qui est en mon pouvoir pour convaincre le Président Gavrisom que tout ceci ne doit en aucun cas être rendu public. Il faut laisser suffisamment de temps aux techniciens pour voir ce qu'ils peuvent faire avec les sections endommagées.

— Je vois, dit Fey'lya dont le tressaillement de fourrure indiqua son changement d'émotion. Le tout est de savoir si les techniciens sauront tenir leur langue. Autre chose : que faire au sujet de ce contrebandier, Talon

Karrde? Vous m'avez dit qu'il en savait autant que vous...

— Il m'a donné sa parole qu'il ne parlerait pas. Et il a fait passer le message à l'ensemble de ses collaborateurs de chercher le Devaronien qui a découvert la datacarte. Peut-être réussiront-ils à l'attraper avant qu'il ne vende la mèche à qui que ce soit.

— Vous croyez vraiment qu'il ne l'a pas encore fait? dit Fey'lya en plissant le nez. Surtout après le camouflet que Karrde et vous-même lui avez infligé?

— Nous avons fait ce qui était nécessaire à ce moment précis, dit Leia tout en réprimant les bouffées de contrariété suscitées par le Bothan qui étaient en train de monter en elle. Auriez-vous préféré qu'il quitte Wayland en possession de toutes les cartes?

— Pour vous répondre crûment : oui, répondit Fey'lya en se raidissant. Il est clair que nous étions les personnes qu'il souhaitait contacter. Il aurait exigé de nous une incroyable somme d'argent. Nous l'aurions payé et toute cette histoire aurait été terminée.

— Non, elle n'aurait certainement pas été terminée, Conseiller, soupira Leia. Cette histoire ne sera jamais terminée tant qu'on n'aura pas découvert la vérité et que les responsables n'auront pas été punis.

— C'est effectivement la seule chose qu'il nous reste à faire, dit Fey'lya en se levant. Je vous remercie d'avoir eu la courtoisie d'organiser cette rencontre discrète pour me parler de cela, Conseillère Organa Solo. Je dois me retirer, à présent, afin de préparer ma défense.

— Vous n'êtes vous-même accusé de rien, Conseiller, lui rappela Leia.

La fourrure de Fey'lya s'aplatit.

— Je le serai bientôt, répondit-il doucement. Tout comme la race Bothan tout entière. Vous verrez.

Shada D'ukal n'avait jamais vu le Dona Laza aussi bondé. D'un mur à l'autre, la brasserie était pleine à craquer de douzaines et de douzaines d'espèces différentes et d'individus de toutes les classes sociales, des moyennes jusqu'aux plus basses.

— Il y a foule, ce soir, dit-elle à son patron assis juste à côté d'elle à la même table.

— Tu parles, c'est l'équipe locale qui est qualifiée pour le match d'aujourd'hui, expliqua Mazzic en tapotant négligemment le dos de la main de Shada. Le Boga Minawk, c'est comme une religion, par ici. Ils sont tous dingues de ce sport en apesanteur.

— Tu crois que c'est pour cela qu'il a choisi cet endroit? A cause de la foule?

— Ne te bile pas, Cromf va nous l'amener sans problème, lui dit Mazzic pour l'apaiser. Quand on lui file suffisamment de pognon, il devient relativement fiable. En particulier quand le second versement n'intervient qu'au moment de la livraison.

Shada jeta un coup d'œil aux individus qui allaient et venaient en se bousculant autour de leur table.

— Je m'inquiète surtout de savoir si nous allons réussir à le faire sortir d'ici sans encombre avec tous ces gens...

— Inutile de se précipiter. Si on tient compte de tous les problèmes qu'il nous a fallu surmonter jusqu'ici, chaque chose en son temps. Ecoutons d'abord ce si terrible secret qu'il veut nous révéler. On verra après s'il faut ou non lui passer les menottes.

Shada le regarda du coin de l'œil.

— Karrde ne va pas être très content, l'avertit-elle. Il a bien insisté sur le fait que Lak Jit ne devait parler à personne.

— Nous ne sommes pas les employés de Karrde, lui rappela Mazzic avec acidité. Avec la commission de Cromf, c'est à peine si on va rentrer dans nos frais dans cette affaire. Si ce petit secret possède effectivement une certaine valeur, je ne vois pas pourquoi on n'aurait pas le droit à une part du gâteau.

Shada se détourna. Elle sentit une vague de noirceur assombrir encore davantage son humeur, qui n'était déjà pas bien bonne. On en revenait toujours au même point dans ce monde de la contrebande : le profit, encore le profit, toujours le profit, ainsi que les différents stratagèmes d'extorsion et de manipulation auxquels il fallait s'adonner pour gagner toujours plus. Des concepts aussi élémentaires que la loyauté et l'honneur étaient...

— Oh, allez, Shada! s'exclama Mazzic sur le ton de la réprimande tout en lui caressant de nouveau la main. Ces bouffées de culpabilité doivent cesser! Ce sont les règles du jeu. Tu le sais bien!

— Bien sûr, murmura Shada.

Elle le savait, bien entendu. Ce qui lui faisait le plus mal, c'était qu'au cours des douze années qui venaient de s'écouler, elle avait elle-même et de son plein gré joué le jeu. Et elle y avait excellé.

De temps en temps, tard le soir, elle se demandait ce qui avait bien pu changer dans la galaxie. Mais, après tout, peut-être était-ce elle qui avait changé...

A l'autre extrémité de la salle, un jeune Garoos fit son apparition. Il se fraya un chemin, en portant à bout de bras un plateau apparemment très lourd, entre deux Ishoris fort bruyants qui gesticulaient comme des forcenés. Il passa au travers de la foule sans renverser une seule des consommations qu'il transportait et se faufila jusqu'à la chaise installée en face de celle de Mazzic.

— Pfiou! siffla-t-il. (Il s'empara de l'un des quatre verres posés sur le plateau. Ses branchies teintées de pourpre ondulèrent au rythme de sa respiration.) J'croyais pas qu'j'y arriverais...

— C'est du beau travail, Cromf, le félicita Mazzic en s'emparant de deux autres verres. (Il en posa un devant Shada.) Des nouvelles de notre proie?

— J'l'a pas vu, dit Cromf avant d'avaler précautionneusement une gorgée de son breuvage. (Il regarda nerveusement autour de lui. L'un des pédoncules qui faisaient office d'oreilles se déploya brièvement au moment où l'un de leurs voisins se mit à rire à gorge déployée. Il se referma aussitôt après.) Aime pas ça, Maz'k. A trop d'monde ici qui r'garde.

— Ne t'inquiète pas, le rassura Mazzic. Fais-le venir jusqu'à notre table et nous nous chargeons du reste.

Juste au-dessus de l'oreille gauche de Shada, l'une des barrettes en laque retenant ses cheveux se mit à cliqueter deux fois.

— Signal de Griv, dit-elle à Mazzic. Contact possible.

— Parfait. Va le chercher, Cromf. Passe par la porte de côté. Concentre-toi sur l'autre moitié de ta commission.

Le Garoos émit un petit sifflement, se leva de table et disparut à nouveau dans la foule. Shada inspira profondément, se préparant à l'affrontement, et jeta un dernier coup d'œil autour d'elle pour examiner leur champ d'action. Si le Devaronien venait à se sentir menacé, s'il essayait de mettre les bouts, il filerait probablement par la gauche...

Et Cromf fit irruption, traînant à sa suite un Devaronien à la tête garnie de cornes.

— Pfiou! siffla-t-il à nouveau en s'asseyant à côté de Mazzic. A du peuple ici. Lui Lak Jit. Lui chef Maz'k.

— Très heureux de faire votre connaissance, Lak Jit, dit Mazzic en lui proposant le quatrième et dernier verre resté sur le plateau. Une bière? Vous aimez la Vistulo?

— Quand elle est offerte par quelqu'un d'autre, déclara Lak Jit en s'asseyant juste en face de Mazzic. Je veux d'abord que vous sachiez, Mazzic, que même si ce que je m'apprête à vous révéler est la pure vérité, je suis conscient qu'il m'est impossible de vous demander de l'argent en échange. Je n'ai plus de preuve tangible à ma disposition. Je n'ai plus que ma parole et ce que j'ai vu, de mes yeux vu.

— Je comprends, dit Mazzic en posant la main à plat au centre de la table. (Il la retira vivement, révélant une petite pile de pièces de forte valeur.) Cependant, tout gentilhomme qui se respecte est prêt à payer un certain prix en échange de services rendus.

Lak Jit arbora son mince sourire entendu de Devaronien et tendit la main vers les pièces.

Et son poignet se retrouva immédiatement enserré par les doigts solides de Mazzic.

— En échange de services rendus, répéta froidement Mazzic. (Il sortit son autre main de sous la table et ramena la pile de pièces devant lui.) Maintenant, reprit-il en lâchant le poignet du Devaronien, écoutons un peu ce que vous avez à nous raconter.

Lak Jit se leva à moitié pour se pencher par-dessus la table.

— Comprenez bien que ce que je vais vous révéler est extrêmement confidentiel, murmura-t-il. C'est, de plus, une exclusivité car personne d'autre que le gouvernement de la Nouvelle République n'est au courant.

— Cela va de soi, approuva Mazzic, très sec. (Son ton indiqua clairement à Shada que, tout comme elle, il n'en croyait pas un mot. Le Devaronien avait certainement déjà vendu cette information « exclusive » à une bonne douzaine d'autres intéressés.) Je vous écoute.

Lak Jit regarda autour de lui avec méfiance et se pencha plus encore.

— Cela concerne le massacre de Caamas. Il existe une preuve que ce sont bien des agents de Palpatine, alors Sénateur, qui ont planifié et organisé la destruction de la planète.

Sous la table, Shada sentit sa main se resserrer instinctivement en poing. Caamas. Cela faisait bien longtemps qu'elle n'avait pas pensé à ce monde. Cela remontait à l'époque où, dans son esprit, elle avait essayé d'oublier ce nom. Elle avait comme opposé un cadenas à tous les souvenirs d'enfance de sa propre planète natale d'Emberlene que ce nom pouvait lui évoquer. Et voilà que soudainement tout refaisait surface.

Elle ne s'attendait pas à la même émotion de la part de Mazzic. Elle avait raison car il ne broncha pas.

— On ne peut pas dire que ce soit une révélation bouleversante, dit ce dernier en haussant les épaules. Dans la pratique, cette rumeur est la seule théorie valable qui circule depuis que les feux Caamasiens se sont éteints.

— Oui, mais il existe une preuve maintenant, insista Lak Jit. Un enregistrement retrouvé dans les réserves personnelles de l'Empereur sur Wayland.

— Un document que, justement, vous n'avez pas en votre possession...

— Attendez, il y a mieux, siffla le Devaronien, se penchant encore plus en avant, au point d'effleurer le front de Mazzic avec ses cornes. Nous savons aujourd'hui pourquoi la planète a été si facilement détruite. Les générateurs des écrans de protection ont été sabotés. (Il frappa le dessus de la table du bout des doigts pour appuyer ses propos.) Par un groupe de Bothans...

Mazzic lança un regard à Shada.

— Vraiment... dit-il. (Sa voix était toujours aussi nonchalante mais on y sentait poindre une certaine note d'intérêt.) Et vous connaissez les noms des coupables?

— Malheureusement, non. Cette partie du document était bien trop abîmée pour que mon modeste databloc puisse la déchiffrer. (Il se laissa aller en arrière contre le dossier de sa chaise.) Mais je suppose que cela n'a guère d'importance. Il est évident que les Bothans vont de toute façon passer un sale quart d'heure. Un homme d'affaires avisé devrait être capable de mettre à profit la connaissance qu'il a de l'imminence d'une telle instabilité. (Il fit un geste en direction de la pile de pièces posée devant Mazzic.) Vous ne croyez pas?

— Effectivement, dit Mazzic, avec un coup d'œil à Shada, un sourcil dressé. Très bien. Shada, veux-tu aider notre ami?

— Ne vous dérangez pas, dit Lak Jit.

Il se pencha à nouveau par-dessus la table et fit un geste en direction de l'argent.

Se levant à moitié de sa chaise, Shada administra un grand coup du tranchant de sa main droite à la base de la corne située le plus à gauche sur la tête du Devaronien.

Ce dernier s'écroula sans broncher, la tête la première sur la table. L'une de ses cornes heurta le verre de Mazzic mais ne le renversa pas. Un Barabel et deux Duros tournèrent les yeux dans leur direction. Ils reprirent immédiatement leurs conversations. Après tout, les clients qui s'évanouissaient étaient monnaie courante au Dona Laza.

— Pfiou! chuinta Cromf, en écarquillant ses yeux pédonculés vers la forme inanimée. L'est pas...?

— Bien sûr que non, dit Mazzic en se penchant pour appuyer trois fois sur le communicateur planté dans les cheveux de Shada. Nous ne sommes pas payés pour tuer des gens.

Se frayant un chemin à travers la foule, Griv apparut à la table.

— Prêts? demanda-t-il.

— Prêts, répondit Mazzic en hochant la tête. (Il ramassa les pièces, en tendit quatre à Cromf et empocha le reste.) Fais-le sortir et emmène-le au speeder.

Griv empoigna le Devaronien, le chargea sur son épaule et repartit vers la sortie.

— Eh bien, quelle perte de temps, commenta Mazzic en se levant et en tendant galamment la main à Shada pour l'aider. Peut-être que nous pourrons discuter avec

116

Karrde pour récupérer une part du gâteau afin de rentrer dans nos frais.

— Comment? On ne fait rien à propos de ce qu'il vient de nous dire? demanda Shada.

— Ne sois pas stupide, lui répondit-il sévèrement tout en lui prenant le bras pour la guider à travers la foule. Qui se soucie encore d'une planète détruite il y a plus d'un demi-siècle?

L'estomac de Shada se serra. Caamas... Emberlene...

— Effectivement, acquiesça-t-elle amèrement. Vraiment personne...

Il fallut un bon moment. Au moins le temps de relire le document dans son intégralité à deux reprises, estima Disra en faisant lentement les cent pas derrière son bureau couleur ivoire. Il essaya de ne pas avoir l'air inquiet et adopta une attitude exprimant l'impatience. Enfin, les quatre derniers Capitaines Impériaux achevèrent leur lecture et levèrent les yeux de leurs datablocs.

— Avec tout le respect que je vous dois, Votre Excellence, je trouve cette proposition parfaitement incroyable, dit Trazzen, Capitaine de l'*Obliterator*. (Le ton de sa voix confirmait sa réputation de brutalité.) Vous êtes sans aucun doute conscient du fait que vous ne pouvez pas, en un claquement de doigts, démobiliser quatre Destroyers Stellaires d'un secteur tout en espérant que les forces restantes seront à même de défendre un territoire.

— Je suis d'accord, ajouta le Capitaine Nagol du *Tyrannic*, en faisant jouer la lumière sur la chevalière de la famille Kuat qu'il portait en permanence. En plus — et également avec tout le respect que je vous dois —, j'irai même jusqu'à remettre en question votre autorité si vous donnez l'ordre de mener à bien ces deux missions. Toute incursion dans l'espace Républicain doit se faire sous la supervision de Pellaeon, Suprême Commandant de la Flotte.

— Peut-être, dit Disra. Mais peut-être que non. Laissons cela de côté quelques instants. D'autres questions ?

— Oui, avança le Capitaine Dorja de l'*Implacable*. A propos de la mission que vous souhaitez me confier sur Morishim. Quelle est exactement la nature de ce vaisseau messager que vous me demandez d'intercepter ?

Disra leva les sourcils.

— Que je vous demande, Capitaine ? Que je vous demande ?

— Oui, tout à fait, Votre Excellence, répondit Dorja d'un ton sec. Le Capitaine Nagol a raison : vous êtes le commandant en chef de la Flotte cantonnée dans le secteur Braxant et votre champ d'action se limite au secteur Braxant. Les missions vers Morishim ou Bothawui sont en dehors de votre juridiction.

— Je vois... (Disra regarda le quatrième capitaine.) On ne vous entend pas beaucoup, Capitaine Argona...

— La *Main d'acier* est à vos ordres, bien entendu, Votre Excellence. Nous irons partout où vous souhaitez nous envoyer, dit Argona calmement. En même temps, je me vois dans l'obligation d'approuver la déclaration du Capitaine Trazzen. Détacher d'un secteur quatre Destroyers Stellaires d'une flotte qui n'en compte que treize n'est pas une décision à prendre à la légère.

— Tout particulièrement si trois d'entre eux doivent mener à terme une mission de longue durée sur Bothawui, ajouta Trazzen. Puis-je me permettre de vous rappeler que la nature d'une telle mission élimine toute possibilité de rapatriement immédiat des vaisseaux vers leur secteur d'origine...

— C'est exact, reprit Argona. Il faudrait, physiquement, envoyer des messagers pour nous contacter. En cas d'urgence, cette seule perte de temps d'une journée pourrait se révéler désastreuse.

— Qui ne risque rien n'a rien, l'interrompit froidement Disra. Je commence à croire qu'il n'était pas si judicieux que cela de vous proposer ces missions. Si vous préférez vous retirer de ce qui pourrait devenir l'une des campagnes militaires les plus importantes de l'Histoire, vous...

— Non!

La voix qui venait de s'élever provenait du couloir secret. Les Capitaines tournèrent la tête.

Et le Grand Amiral Thrawn pénétra dans la pièce.

Quelqu'un dans l'assistance déglutit bruyamment. Un lourd silence de stupéfaction pesa sur le bureau.

— Je vous demande pardon, Amiral? fit Disra avec circonspection.

— Je vous dis qu'aucun d'entre eux ne refusera cette mission, Votre Excellence, dit Thrawn de sa voix calme et froide tout en allant s'asseoir dans le fauteuil de Disra. J'ai de bonnes raisons d'avoir choisi ces quatre Destroyers Stellaires et leurs Capitaines. Ces raisons n'ont pas changé.

Pendant un moment, ses yeux étincelants se braquèrent sur les quatre commandants de vaisseaux. Profitant du trouble général, il les évalua l'un après l'autre. Puis il se laissa aller contre le dossier du fauteuil et sourit légèrement.

— Observez-les bien, Excellence, dit-il en relevant les yeux vers Disra avec un geste en direction des quatre officiers. Ils sont réellement stupéfaits par mon arrivée inattendue et pourtant ils ont déjà recouvré leur sang-froid. Des esprits rapides et flexibles, imprégnés d'une totale loyauté envers l'Empire. C'est exactement la combinaison dont j'ai besoin. Et c'est exactement la combinaison que j'obtiendrai.

— Bien entendu, Amiral, dit Disra.

Thrawn reporta son attention sur les Capitaines.

— Je suis sûr que vous avez des questions à poser, reprit-il. Malheureusement, la seule qui vous brûle les lèvres à cet instant précis doit demeurer sans réponse. Tant que je me livre aux préparatifs de mon retour au commandement, la méthode qui m'a permis de survivre à la tentative d'assassinat d'il y a dix ans doit rester confidentielle. Je dois également vous demander de conserver la nouvelle de mon retour secrète pour le moment. Vous ne pourrez en parler qu'avec vos officiers supérieurs et cela seulement quand vous aurez quitté l'espace Impérial. A part ça... (Il pencha légèrement la tête de côté.) J'ai cru comprendre que des doutes subsistaient concernant le champ d'action de certaines autorités...

— Il n'y a plus de doute, Amiral, dit Trazzen dont la voix était teintée de respect. Plus du tout.

— Parfait. (Thrawn haussa les sourcils et regarda en direction de Nagol.) Dois-je en déduire, Capitaine Nagol, que d'après votre expression vous désapprouvez l'action de vos collègues?

Nagol se racla la gorge pour se donner une contenance. Ses doigts se mirent à jouer nerveusement avec sa chevalière comme si la confiance pouvait lui venir à son contact.

— Loin de moi l'idée de questionner votre autorité, Amiral Thrawn. Mais il est vrai que j'apprécierais grandement quelques éclaircissements. Je connais bien le système Bothawui et je n'arrive pas à comprendre en quoi il pourrait avoir une valeur stratégique pour l'Empire. Je n'y vois rien qui puisse nécessiter l'intervention de trois de nos Destroyers Stellaires.

— Votre analyse est on ne peut plus correcte, acquiesça Thrawn. Ce n'est pas le système lui-même qui m'intéresse mais les événements qui, dans un avenir proche, vont se dérouler sur la planète natale des Bothans. Des événements que j'ai l'intention de détourner au profit de l'Empire.

— Certainement, Monsieur, dit Nagol, mais...

— Tout vous sera expliqué en temps et en heure, le coupa Thrawn. En attendant, je dois vous demander d'accorder toute votre confiance à mon jugement.

Nagol se leva et se mit au garde-à-vous.

— Vous l'avez, Amiral. (Il fit un pas en avant et tendit la main par-dessus le bureau.) Et, si je puis me permettre, ravi de vous voir de nouveau parmi nous. Vos qualités de chef ont cruellement fait défaut à l'Empire ces derniers temps.

— Tout comme le privilège de commander m'a cruellement fait défaut, répondit Thrawn, se levant et serrant prestement la main de son interlocuteur. En ce moment même, on s'occupe de préparer vos trois Destroyers Stellaires. Ils devraient être prêts dans les deux jours. (Il reporta son attention sur Dorja.) Quant à votre mission, Capitaine Dorja, sachez que le vaisseau messager Impérial que vous êtes chargé d'intercepter à Morishim doit appareiller d'ici vingt heures. Aurez-vous le temps de regagner votre poste à bord de l'*Implacable* afin de rejoindre le système avant lui?

— Aucun problème, Amiral. (Les lèvres de Dorja se contractèrent en une approximation de sourire, seule expression de contentement que l'officier s'autorisait de temps à autre.) Et, à mon tour, Monsieur, je souhaiterais me faire l'écho des sentiments du Capitaine Nagol. Je suis honoré d'avoir à nouveau la possibilité de servir directement sous vos ordres.

Disra lança un coup d'œil à Dorja et sentit un pincement dans sa poitrine. Le Capitaine avait donc servi sous les ordres de Thrawn?

— Je suis très heureux de vous avoir de nouveau sous mon commandement, Capitaine, dit Thrawn d'une voix grave. A l'époque où je dirigeais le *Chimaera*, j'ai toujours senti qu'il y avait en vous un potentiel de commandement que les circonstances ne vous ont malheureusement pas autorisé à développer. Peut-être aurons-nous cette fois-ci l'opportunité d'évaluer cela de façon plus concrète.

Dorja sembla rayonner.

— Je ferai de mon mieux pour vous prouver que vous avez raison, Monsieur.

— Et je ne puis vous demander plus que le meilleur de vous-même, dit Thrawn. Je n'accepterai rien d'autre, d'ailleurs, ajouta-t-il en regardant les officiers les uns après les autres. Vous avez vos ordres. Rompez.

— Bien, Amiral, répondit Trazzen pour le groupe.

Ils tournèrent les talons et sortirent. Il sembla à Disra que leurs pas semblaient plus inspirés et décidés que lorsqu'ils avaient pénétré dans la pièce pour la première fois, une demi-heure auparavant. La double porte se ferma lourdement derrière eux.

— D'excellents éléments, déclara Flim en dégrafant le col de son uniforme blanc de Grand Amiral. Un brin crédules, peut-être, mais d'excellents éléments.

— Oh, ça, on peut dire qu'ils sont excellents, gronda Disra en observant la porte du passage secret par laquelle l'imitateur avait fait sa théâtrale entrée. Ils sont aussi dangereux à l'extrême. Tierce? Où vous cachez-vous?

— Je suis là, dit Tierce en sortant du passage secret. Qu'y a-t-il?

— Comment cela, qu'y a-t-il? aboya Disra. Primo, il y a que trois des quatre capitaines que vous avez sélectionnés pour ces missions ne sont pas tout à fait loyaux à mon égard. Secundo, le quatrième a servi directement sous les ordres de Thrawn. Vous êtes cinglé ou quoi?

— Gardez vos insultes, dit Tierce très froidement en s'approchant du bureau. Il nous fallait quelqu'un comme Dorja sur ce coup. N'importe quel apprenti tacticien vous le confirmerait.

— Je ne pense pas en termes de tactique! cracha Disra. Enfin, pas de la même façon que vous. C'est pour cela que nous avons besoin de vos connaissances, vous vous souvenez?

— Calmez-vous, Votre Excellence, s'interposa Flim tout en retirant soigneusement la lentille de contact teintée de son œil gauche. Il était évident que, tôt ou tard, nous aurions rencontré quelqu'un qui avait connu Thrawn personnellement. Ça ne pouvait pas se passer à un meilleur moment, ni à un meilleur endroit. Si cela avait mal tourné ici, nous aurions pu, si nécessaire, régler le problème avec calme et discrétion.

— Exactement, approuva Tierce. Quant à mon choix d'officiers, ceux qui ne vous semblent pas loyaux sont précisément ceux sur lesquels la magie de Flim va le mieux fonctionner.

— Avez-vous pensé à ce qui se passera quand la formule aura cessé de faire de l'effet? le contra Disra. Et s'ils décidaient, d'un seul coup, qu'ils ne sont plus convaincus? S'ils procédaient à quelques vérifications?

— Oh, ça, vous pouvez compter sur eux, ils vont essayer de vérifier, lui assura Tierce. C'est pour cela que j'ai tenu à ce que Nagol fasse partie de ce premier groupe. Il est le descendant d'une longue lignée de la noblesse Kuat et je savais très bien qu'il porterait toujours sa bague-seringue d'empoisonneur.

Flim, qui était en train d'ôter sa seconde lentille, interrompit son geste.

— Sa *quoi*?

— Sa bague-seringue d'empoisonneur, répéta Tierce. Chez les Kuat, c'est une vieille coutume ancestrale que d'empoisonner ses ennemis. Oh, détendez-vous... Cela fait des années que Nagol ne met plus de poison dans sa bague.

— Cela vous va bien de dire ça, rétorqua Flim avec irritation tout en étudiant sa main avec précaution, là où Nagol l'avait touché. Ce n'est pas *votre* main qu'il a empoignée...

— Je vous ai dit de vous détendre, insista Tierce, et, cette fois-ci, son ton ressemblait à un ordre. Il ne vous a rien injecté. Il s'est contenté de vous prendre quelque chose...

— Un petit bout de peau, pour être précis, expliqua Disra, reprenant le cours de la conversation. Qu'il va de ce pas faire parvenir aux archives de l'identification pour pouvoir le comparer au profil génétique de Thrawn.

— Exactement, dit Tierce. Et une fois qu'il sera convaincu, il ne manquera pas de partager sa découverte avec les autres. Et alors, ils feront tout ce que nous leur demanderons de faire.

— Voilà donc pourquoi vous avez tellement insisté pour que nous fassions falsifier les archives de l'identification hier soir, dit Disra. Ce genre d'opération ne laisse guère de droit à l'erreur...

— Particulièrement si l'on considère que seulement deux d'entre nous prennent tous les risques, appuya Flim tout en se massant la main. Vous n'étiez même pas dans la pièce avec nous...

— Calmez-vous, tous les deux, dit Tierce avec une pointe de mépris dans la voix. Nous avons beaucoup de chemin à parcourir et j'espère que vous n'êtes pas déjà en train de perdre votre sang-froid...

— Ne vous préoccupez pas de notre sang-froid, gronda Disra. Occupez-vous plutôt de veiller à ce que votre stratégie fonctionne.

— Elle fonctionnera, affirma Tierce. Faites-moi confiance. Peu importe les escarmouches préliminaires, le premier acte belliqueux de la dernière guerre civile de la Rébellion se jouera au-dessus de Bothawui. Le document sur Caamas nous l'a confirmé. Nous voulons orchestrer les détails de cette crise du mieux que nous pouvons et nous souhaitons une présence Impériale sur Bothawui afin de nous assurer que les dégâts de part et d'autre seront aussi importants que possible.

— Quoi qu'il en soit, il nous faut agir vite, l'avertit Disra. Pellaeon a déjà parcouru les trois quarts du chemin pour rencontrer les Pirates Cavrilhu et leurs associés. S'il lui vient l'idée de procéder à un rapide contrôle et qu'il découvre que quatre Destroyers Stellaires de la Flotte manquent à l'appel dans mon secteur, il va me tomber sur le paletot.

— Il n'y a pas grand-chose que nous puissions faire pour accélérer le mouvement, lui rappela Tierce. Les trois vaisseaux prévus pour le système Bothawui ne seront en position que dans plusieurs semaines.

— Peut-être que nous pourrions oublier cette histoire de mission géologique et de comète, suggéra Disra. Ils pourraient agir sous un autre prétexte.

— Il n'en existe pas d'autre, répondit Tierce avec patience. En tout cas, pas un qui soit suffisamment sûr pour pouvoir être utilisé. Il va vous falloir user de votre charme inné pour tenir Pellaeon en respect.

— Je ferai de mon mieux, dit Disra avec sarcasme. Et à quel type de charme suggéreriez-vous que j'aie recours, pour le Capitaine Zothip ?

— Qu'est-ce qui ne va pas avec le Capitaine Zothip ? demanda Flim.

— Le Major Tierce l'a appelé pour lui déclarer que nous cessions l'approvisionnement en clones, grogna Disra. Zothip n'est pas franchement ravi.

— Nous avons déjà évoqué ce sujet, dit Tierce dont la patience commençait à diminuer sérieusement. Nous avons maintenant besoin de ces clones pour notre usage personnel. Zothip n'a aucune raison de se plaindre. Il en a bien assez profité à bord de ses vaisseaux. De quoi avez-vous peur, de toute façon ? Qu'il vienne jusqu'ici vous réclamer des comptes ?

— Vous ne connaissez pas Zothip, répondit Disra d'un ton pesant.

— C'est un salaud, un marginal, dit Tierce en pinçant les lèvres. Achetez son silence ou trouvez un moyen de le calmer. L'un ou l'autre, je n'ai pas de préférence.

— Zothip me cause moins de souci que votre comportement, le contra Disra. A partir de maintenant, toutes les décisions importantes seront prises conjointement. Je ne vais pas vous laisser démonter des choses que j'ai eu du mal à assembler pour que vous me tendiez ensuite les morceaux à recoller.

Pendant un long moment, Tierce se contenta de l'observer.

— Mettons les choses au point une bonne fois pour toutes, Disra, dit-il finalement d'une voix lisse et glacée. Je suis aux commandes des aspects militaires de cette opération. De tous les aspects militaires. C'est ce que vous m'avez vous-même proposé et c'est bien ce que je compte faire. Votre rôle à vous — votre seul rôle, d'ailleurs, pour le moment — consiste à me fournir les vaisseaux et les hommes dont j'ai besoin et à régler tous les problèmes politiques qui pourraient poindre.

Disra le dévisagea à nouveau. Il eut l'impression que ce regard, qu'il voulait perçant, était en train de s'émousser. Quelle sorte de monstre avait-il donc créé ?

— Et c'est tout ce que je représente pour vous ? demanda-t-il à Tierce. Je ne suis que votre fournisseur ?

Tierce sourit, d'une torsion froide du coin des lèvres.

— Vous avez peur d'avoir perdu le contrôle de la machine que vous avez mise en route ? Rassurez-vous. Mon but, ici — mon seul but —, est de venger la mort de l'Empereur et d'effacer la présence de la Rébellion sur toutes les cartes de la galaxie. Après cela, j'en aurai fini. Gouverner le Nouvel Empire qui émergera est une tâche qui vous reviendra légitimement.

Pendant quelques instants, Disra l'observa, essayant de discerner quoi que ce soit derrière cette face de marbre, essayant de ne pas laisser ses illusions altérer son jugement. Et si cet homme mentait...

Non. Ce n'était pas possible. Tierce était un soldat, très au-dessus de la moyenne, certes, mais un soldat néanmoins. Il était fort loin de disposer de l'expérience et des connaissances politiques de Disra. Même s'il se prenait à aimer le pouvoir dans l'avenir, il aurait toujours besoin de Disra à ses côtés, une fois le combat terminé.

— La plupart des triumvirats sont bien instables, Votre Excellence, déclara Flim. Je le sais, j'en ai vu beaucoup se créer et se casser la figure chez les pirates et les organisations de contrebandiers. Mais là, c'est différent. Aucun d'entre nous ne peut y arriver individuellement, nous avons besoin de l'intervention des deux autres.

— Il a raison, acquiesça Tierce. Alors cessez de gémir et faites ce que vous avez à faire. Ou c'est le bagne à perpétuité pour nous tous.

— Compris, dit Disra avec dégoût. Toutes mes excuses, Major, cela ne se reproduira plus.

— Parfait, dit Tierce d'un ton vif. Revenons-en à notre affaire. Je vais avoir besoin d'une copie de l'algorithme de décodage que vous avez utilisé pour pirater les archives personnelles de l'Empereur et de Thrawn.

Disra fronça les sourcils.

— Et pour quoi faire ?

— Pour que je puisse dresser une liste des cellules d'hypersommeil que Thrawn a implantées un peu partout dans la Rébellion, expliqua Tierce. Nous allons avoir besoin de tous les Soldats Impériaux et de tous les pilotes sur lesquels nous pourrons mettre la main.

Cela semblait assez raisonnable.

— D'accord, dit Disra, mais je peux m'occuper de cette liste moi-même.

— Cela pourrait se révéler utile, pour moi, d'avoir accès à ces dossiers à tout moment, au cas où j'en aurais besoin, remarqua Tierce.

— Cela pourrait se révéler utile, pour moi, de savoir un certain nombre de choses que vous ne connaissez pas, rétorqua Disra. Histoire de conserver l'équilibre, tout ça...

Tierce secoua la tête.

— Parfait, si vous voulez jouer à ce petit jeu. Faites-moi parvenir cette liste...

Disra inclina la tête en une parodie de salut.

— Tout de suite, Major.

Non, il n'y aurait plus d'éclats, décida Disra, traversant le bureau en direction du passage secret. Mais cela ne signifiait pas qu'il devait cesser de surveiller ses partenaires dans ce triumvirat. S'ils avaient toujours besoin de lui, il se pourrait bien qu'au moment opportun il n'ait plus besoin d'eux.

C'était une chose à laquelle il fallait réfléchir.

6

Elle était petite, couverte de fourrure, poussait des hurlements et était déterminée à lui vendre un melon.

— Désolé, dit Wedge Antilles, les mains tendres, paumes ouvertes, devant lui. (Il essaya de se frayer un chemin à travers la foule rassemblée sur la place du marché de Morishim.) Je ne suis pas intéressé. Pas de melon wk'ou aujourd'hui, merci.

Soit la femelle Morish ne comprenait pas le langage Basic, soit elle ne se sentait pas encore prête à accepter son échec. Elle se mit à suivre le pilote, marchant à ses côtés de l'autre côté de son comptoir, lui fourrant sous le nez le melon rouge pâle à bulbe double et piaillant sans discontinuer dans sa propre langue.

— Pas aujourd'hui, répéta Wedge avec fermeté, regardant tout autour de lui pour essayer de localiser ses coéquipiers de l'Escadron Rogue dans la masse des clients.

Janson et Tycho étaient censés connaître quelques bribes du langage Morish mais aucun d'entre eux n'était en vue.

Il y eut soudainement une ouverture dans le va-et-vient des passants juste à côté de lui.

— Peut-être demain ! cria-t-il à la vendeuse de wk'ou tout en s'échappant.

— Dis donc, pour un pilote d'Aile-X aguerri, t'as vraiment pas l'art de savoir dire non, dit la voix de Janson dans son dos.

— Je ne l'ai pas acheté, non? lui rétorqua Wedge, se retournant pour faire face à son équipier qui souriait de toutes ses dents. Où étais-tu passé au moment où j'avais besoin de toi, hein?

— J'ai presque tout vu de ton petit numéro, dit Janson, souriant de plus belle. J'ai tout particulièrement apprécié le moment où tu as tendu tes mains, paumes ouvertes, vers la vendeuse.

Wedge plissa les yeux.

— Eh bien quoi? Ça ne veut pas dire « non » ici?

— Pas tout à fait, répondit Janson, qui semblait visiblement à la fête. Ici, ça veut dire que tu n'en veux pas au prix qu'on t'a annoncé mais que le vendeur peut essayer de te faire une meilleure offre.

— Eh bien, je te remercie de m'avoir informé dès notre arrivée, grogna Wedge. Je comprends maintenant pourquoi elle ne voulait pas me lâcher.

— La galaxie est grande, philosopha Janson. Nous avons tant de choses à y apprendre. Allez, amène-toi, j'ai rencontré une de tes vieilles connaissances dans le coin.

— Tant qu'elle n'essaye pas de me vendre quoi que ce soit, marmonna Wedge pendant que Janson jouait des coudes au milieu des gens qui faisaient leurs courses. Des messages de la base?

— Pas grand-chose, répondit Janson par-dessus son épaule. La réunion n'a commencé qu'il y a une demi-heure. Avec un général de la stature de Bel Iblis, je suis sûr qu'ils n'en ont pas encore fini avec les compliments préliminaires! Ah, voilà... Général!

A quelques mètres de là, un homme en manteau noir, à l'allure distinguée, se retourna.

— Eh bien, qui voilà? dit Wedge, avançant au milieu

des passants et tendant la main. Mais c'est ce cher Général Calrissian !

— Calrissian tout court, maintenant, le corrigea Lando, calant son melon wk'ou sous son bras pour serrer la main de Wedge. Ma carrière militaire est bien loin derrière moi. Ça fait plaisir de te voir, Wedge.

— Et comment ! Qu'est-ce que tu fais dans cette partie de la galaxie ?

— J'espère avoir la possibilité de m'entretenir avec le Général Bel Iblis, dit Lando en faisant un signe de tête vers les structures pyramidales des tours de lancement de la base de chasseurs stellaires de la Nouvelle République qui se dressaient, au loin, surplombant la ville. Il faut faire quelque chose à propos de ces pirates qui n'arrêtent pas de semer la pagaille dans les environs de Varn.

— Ils s'en sont pris à tes envois de minerai, c'est ça ? demanda Wedge.

— Tout juste, et en plus ils font peur à mes clients potentiels. Je ne sais pas si tu es au courant mais j'ai fait ajouter un casino et une promenade d'observation aux *Poches Profondes*.

— Tu parles d'une attraction, dit Janson très sèchement.

— Tu serais surpris de constater combien l'exploitation minière sous-marine est passionnante à observer, lui lança Lando. En fait, à pleine capacité, le casino devrait théoriquement être capable de couvrir les frais de l'exploitation à lui tout seul. Mais si les gens ont peur de venir jusqu'à nous...

— Il semblerait que les bandes de pirates aient décidé de faire des excès de zèle un peu partout, acquiesça Wedge. Même dans les systèmes du Noyau. Tu en as parlé à Coruscant ?

— A m'en casser la voix, dit Lando avec amertume. Cela ne m'a rien apporté. Ces satanés bureaucrates de là-

131

bas sont au moins aussi nuls que ceux qui étaient en poste du temps de l'Empire.

Janson plissa le nez avec dédain.

— Pour certains d'entre eux, ce sont les mêmes!

— Les toutes dernières décisions politiques en matière de réorganisation devraient vous aider, s'interposa Wedge pour essayer de changer de conversation. (Certains sujets étaient encore douloureux, voire marqués dans leur esprit de façon indélébile, pour lui comme pour la plupart de ses camarades de l'Escadron Rogue.) Redistribuer le pouvoir politique au niveau des systèmes et des secteurs me semble la marche à suivre. L'Empire nous a déjà prouvé qu'une approche globale et centralisée n'était pas la solution à adopter. (Il leva les yeux vers un ciel bleu parfaitement dégagé.) C'est marrant, non, de voir comment les choses évoluent? Je me souviens qu'à une époque, quand on se trouvait dans un système si proche de l'espace Impérial, cela signifiait qu'il fallait qu'on dorme à bord de l'Aile-X. Et nous voilà, aujourd'hui, en train de nous balader comme si nous nous trouvions sur Svivren ou Ord Mantell...

— Si j'étais toi, je ne me sentirais pas aussi tranquille, l'avertit Janson. L'Empire n'est pas tout à fait mort. S'ils le voulaient, ils pourraient encore nous administrer une sacrée taloche.

— Tout juste, et on ne sait jamais vraiment quand ils vont abattre leurs cartes, ajouta Lando. Vous vous souvenez de la situation juste avant que le Grand Amiral Thrawn sorte de sa retraite?

— Wedge? (Une voix s'éleva dans la foule.) Hé...Wedge!

Ce dernier se retourna et observa la marée humaine. Il repéra une touffe de cheveux brun clair et ébouriffés. Wedge leva une main.

— Par ici!

— Qui c'est? demanda Lando, se tordant le cou pour essayer de voir par-dessus les têtes.

— Il s'appelle Tycho Celchu, lui répondit Wedge. L'un des membres de l'Escadron Rogue. Je ne crois pas que tu l'aies déjà rencontré.

Tycho finit par les rejoindre.

— Hé, Wedge, il faut que tu viennes écouter ce type, dit-il d'un ton sombre. Viens, c'est par là.

Il les conduisit de l'autre côté de la place du marché, jusqu'à une petite échoppe dans laquelle était installé un Morish tout ratatiné.

— Le voilà, dit Tycho en rassemblant son groupe devant la cahute. *W'simi p'rotou?*

— *M'rish'kavish f'oril,* chuinta le Morish. *M'sshisht C'aama', por kri'vres'mi B'oth.*

Janson émit un petit sifflement de stupéfaction.

— Qu'est-ce qu'il y a? demanda Wedge.

— Il dit que de nouvelles informations ont été révélées à propos de la destruction de Caamas, traduisit Tycho d'une voix sinistre. Et que ce sont les Bothans qui sont responsables du massacre.

Wedge lança un coup d'œil à Tycho.

— Tu te fous de moi?

— J'ai l'air de me foutre de toi? cracha Tycho dont les yeux bleus semblaient lancer des flammes. C'est sensé, quand on y pense, hein? D'abord Endor, ensuite Borleias, et maintenant ça...

— Du calme, dit Wedge en s'obligeant à durcir le ton. Borleias, ce n'était pas vraiment la faute des Bothans...

Les épaules de Tycho s'affaissèrent, exprimant sa gêne.

— Pas entièrement... concéda-t-il de mauvaise grâce.

Wedge tourna les yeux vers Lando.

— Tu as entendu parler de quelque chose concernant des informations récentes sur la destruction de Caamas?

— Pas la plus petite rumeur, dit Lando en observant le

Morish d'un air soupçonneux. Demande-lui où il a bien pu entendre tout ça.

— D'accord. (Tycho s'entretint avec le Morish pendant quelques instants et obtint visiblement une réponse.) Il dit que l'info lui vient d'un gars qui se fait appeler le Vieil Ermite. Il habite dans une grotte quelque part sur les hauteurs du Tatmana. Apparemment, il est au courant de tout ce qui se passe dans la galaxie.

Wedge se tourna et regarda en direction du massif du Tatmana qui se découpait dans le lointain. C'était un ensemble de montagnes aux pics acérés qui faisaient face à la base de la Nouvelle République. Si un vieil ermite du crû y demeurait, il était difficile de croire qu'il puisse être au courant de tous les événements se déroulant dans la ville en contrebas. Quant au fait de connaître tous les événement se déroulant dans l'immensité de la galaxie, cette idée relevait de l'absurdité totale.

Et pourtant, Wedge avait fréquenté Luke Skywalker suffisamment longtemps pour savoir qu'il existait un très grand nombre de choses qui restaient inexpliquées à travers l'univers. Peut-être ce Vieil Ermite était-il, sans le savoir, l'un de ces derniers détenteurs de la Force que Luke avait tant cherché à retrouver.

Et puis, ils n'avaient pas grand-chose de mieux à faire à cet instant précis.

— Demande-lui où on peut rencontrer ce Vieil Ermite, ordonna-t-il à Tycho.

— T'as l'intention d'aller voir là haut si tu y es ? interrogea Lando alors que Tycho questionnait le Morish. Ça va te servir à quoi ?

— Simple curiosité. Nous avons le temps. Le Général n'aura pas besoin de nous avant quelques heures. Tu viens ?

Lando soupira.

— Montre-nous le chemin.

Se balançant légèrement dans les vents constants, les trois Ailes-X étaient posées sur un piton rocheux qui dominait la ville.

— C'est facile, pour vous ! marmonna Lando dans sa barbe, évaluant mentalement le minuscule espace qu'ils lui avaient laissé pour y faire atterrir la *Dame Chance*.

Ça passait à peine mais sa fierté l'empêchait de faire machine arrière. Il marmonna encore quelques remarques incompréhensibles et fit descendre le yacht spatial vers le promontoire.

Effectivement, c'était juste et les vents n'arrangeaient rien mais Lando parvint à poser son appareil sans dommage et, plus important encore, sans se couvrir de honte. Il mit les moteurs au point mort et glissa le long de l'échelle qui descendait de l'arrière du poste de pilotage pour se diriger vers l'écoutille principale.

Wedge, Janson et Tycho l'attendaient au bas de la rampe d'accès à la *Dame Chance*.

— Ça caille dans le coin, commenta-t-il en maintenant les pans de son manteau pour les empêcher de battre dans les bourrasques. J'espère qu'il y a le chauffage dans la grotte du Vieil Ermite.

— Au moins, on sera à l'abri du vent, remarqua Tycho. (Il indiqua une fissure de deux mètres de haut qui s'ouvrait dans la roche.) Ça doit être là. Allons-y.

La caverne était bien plus profonde que Lando ne l'avait imaginé en passant par l'étroite entrée. La chaleur y était également surprenante.

— On dirait qu'il y a de la lumière, droit devant, dit Wedge dont la voix résonnait étrangement dans cet espace confiné. Après ce coude, là...

— Je me demande si nous n'aurions pas dû le prévenir de notre arrivée, anonça Lando en regardant avec nervosité autour de lui.

Voler à bord d'appareils aux cockpits étriqués ne le dérangeait pas le moins du monde. Progresser dans un étroit boyau en sentant le poids de la montagne tout entière au-dessus de sa tête était, en revanche, une tout autre histoire.

Peut-être était-ce dû au fait que l'endroit lui rappelait trop les entrailles du Mont Tantiss. Quoi qu'il en soit, il posa instinctivement la main sur la crosse du blaster qui dépassait de son étui.

La vue qui s'offrit à eux n'avait pourtant rien de bien inquiétant. A l'arrière d'une section plus large de la caverne était assis un vieux Morish, plus parcheminé encore que celui qu'ils avaient rencontré sur la place du marché, qui pinçait distraitement les cordes tendues d'un curieux instrument de musique. Sur sa droite était installé un système d'éclairage de campagne probablement récupéré dans un surplus militaire. Sur sa gauche était dressé un antique poêle à bois. De part et d'autre de la grotte, juste au-delà de la limite du halo de lumière, étaient entassés toutes sortes d'ustensiles dont le Vieil Ermite devait se servir comme accessoires ménagers. Un rideau décoré à la main, réalisé dans un tissu qui paraissait fort lourd, était suspendu derrière son dos et couvrait à peine la paroi du fond de la caverne.

Si le Vieil Ermite fut surpris de les voir, il ne le montra pas. En silence et durant un long moment, il étudia ses visiteurs qui venaient de s'avancer de deux mètres. Puis il baissa les yeux sur son instrument et marmotta quelque chose dans sa propre langue.

— Il nous salue, traduisit Tycho. Enfin, si on peut appeler ça comme ça Il exige également de savoir ce que nous lui voulons.

— Dis-lui que nous avons appris qu'il savait quelque chose à propos de la destruction de Caamas, dit Wedge. Et que nous aimerions en savoir plus.

— Il va vouloir qu'on le paye, le prévint Janson.

— Entendu, acquiesça Tycho. Proposons-lui cinquante.

Le Morish s'ébroua doucement.

— Trois cents, dit-il clairement en langage Basic, sans la moindre trace d'accent. Cette histoire vaut trois cents.

— Eh bien, remarqua sèchement Lando, on peut dire que le caractère exotique de cette planète vient d'en prendre un coup. Je m'en doutais. Ils maîtrisent mieux le Basic que ce qu'ils veulent bien nous laisser croire. Je vous en donne cent.

— Trois cents, insista le Vieil Ermite. Sinon, pas d'histoire.

— Cent cinquante, proposa Wedge. En devises de la Nouvelle République. C'est tout ce que j'ai sur moi.

— Trois cents. Pas moins.

— C'est bon, je mets au bout, s'interposa Lando en jetant un coup d'œil autour de lui.

Quelque chose d'étrange émanait de cet endroit. Quelque chose lui rappelant de fort mauvais souvenirs...

— Entendu, soupira Wedge. Va pour trois cents. J'espère que ça les vaut.

— Mais oui, ça les vaut, lui assura le Vieil Ermite. La Flotte Noire était assemblée en orbite autour de Caamas, prête à livrer bataille...

Et soudain il se produisit comme un déclic dans l'esprit de Lando. A grands pas, il contourna le petit poêle à bois et saisit fermement le bord du rideau...

— *Ka'alee!* hurla le Morish.

Il lâcha son instrument de musique, se pencha vers la lampe et glissa prestement la main dessous.

— Bougez pas! cria Wedge. (Les trois pilotes de l'Escadron Rogue s'étaient accroupis en position de combat, blaster en main, et tenaient le Morish en joue.) Ressortez votre main, ordonna Wedge. Doucement. Et vide.

Lentement, sans quitter les intrus du regard, le Vieil Ermite dégagea sa main. Janson fit le tour du lampadaire et s'agenouilla pour fouiller dessous. Il en sortit une petite arme de poing d'un aspect fort menaçant.

— Très bien, dit Wedge pendant que Janson revenait se poster aux côtés de Tycho. Maintenant, restez assis et tenez-vous tranquille. Et puis gardez vos mains dans un endroit où je puisse les voir. (Il rengaina son arme, passa derrière ses équipiers et rejoignit Lando.) Qu'est-ce que tu as trouvé ?

— La source de toutes ses connaissances, répondit Lando d'un ton sinistre en écartant le rideau. Tiens, regarde.

Wedge laissa échapper un petit sifflement admiratif entre ses dents. Même Lando, qui savait plus ou moins à quoi s'attendre, dut admettre qu'il était impressionné. Dans la paroi s'ouvrait une fissure qui courait du sol au plafond. On y avait entassé tout le matériel constituant un centre Impérial de communications en parfait état de marche : modules de codage et de décodage, terminaisons adaptées à tous les types de droïds et de capteurs relais, moniteur de surveillance de l'espace orbital et interplanétaire, ainsi qu'une série de générateurs autonomes de Générations III.

— Eh bien, commenta Wedge. Joli coup, Lando. Qu'est-ce qui t'a mis la puce à l'oreille ?

— L'odeur, lui répondit Lando sans pouvoir réprimer un frisson. L'électronique vieillissante émet une odeur particulière, il n'y a rien de comparable dans l'univers. La chambre où était entreposé le Cylindre Spaarti, dans la réserve du Mont Tantiss, puait pareillement.

— Ils ont dû installer tout cela juste avant que nous leur reprenions Morishim, suggéra Janson. Ils s'en sont certainement servis pour espionner notre base.

— Pour la propagande et la manipulation des natifs, aussi, dit Wedge en écartant un peu plus le rideau afin de mieux étudier l'installation. Tenez, regardez, il y a ici une connexion directe avec l'agence Impériale d'informations. Tiens, et là, un relais avec les organes de presse de Coruscant.

— Il serait intéressant que quelqu'un se plonge dans leurs archives, remarqua Lando. Pour voir jusqu'où est allée leur responsabilité dans certains événements.

— Tout à fait, acquiesça Wedge. Il ont dû vraiment partir précipitamment pour laisser tout cela derrière eux... (Il laissa sa phrase en suspens et concentra son regard sur le moniteur de surveillance spatiale.) Tycho, retourne à ton Aile-X et envoie un message à la base. On dirait qu'une Corvette Corellienne est en approche. Elle émet un signal Impérial d'identification... (Il se raidit.) Non, laisse tomber ! (Il lâcha le rideau et passa en trombe devant le Vieil Ermite.) Tous à vos chasseurs et en vitesse !

Les autres lui emboîtèrent le pas et le groupe s'engouffra dans le tunnel.

— Qu'est-ce qui se passe ? demanda anxieusement le Vieil Ermite. Toi, oui toi, l'Humain, qu'est-ce qui se passe ?

Un simple regard sur le moniteur suffit à Lando.

— Un Destroyer Stellaire Impérial, dit-il. Il a fait irruption juste derrière la Corvette. Et il vient par ici !

— Lando ? (La voix de Wedge s'éleva de la console.) Tu me reçois ?

— Cinq sur cinq, répondit Lando, procédant à un dernier réglage du contrôle du haut-parleur.

— Reste près de nous, l'avertit Wedge. Cette astuce du mélange de fréquences n'a aucune chance contre leur brouillage si nous sommes trop éloignés les uns des autres.

— Bien compris, dit Lando en observant les indications

fort confuses qui s'affichaient sur sa console de communications. (Son système radio était du dernier cri, il y avait ajouté quelques petits perfectionnements de son cru, mais il n'était pas vraiment réglé pour recevoir et émettre sur les fréquences militaires codées de la Nouvelle République. Mais jusqu'à présent, les bidouillages auxquels il s'était livré pendant le vol semblaient vouloir tenir le coup.) Quelle est la situation?

— J'ai contacté la base pendant que tu finissais tes réglages, répondit Wedge. Le reste de l'Escadron Rogue nous rejoint, ainsi que tous les chasseurs disponibles.

Quelques Ailes-X, une poignée d'Ailes-A, contre un Destroyer Stellaire de l'Empire? Formidable.

— Et le *Pèlerin* ? Et la Frégate d'Assaut sur laquelle est arrivé l'Amiral Vriss?

— Le *Pèlerin* est en route mais il est obligé de faire le tour depuis la face cachée de la planète, dit Wedge. (Une pointe de mépris se glissa dans le professionnalisme glacé de sa voix.) Quant à la Frégate d'Assaut, malheureusement, il va falloir s'en passer. Apparemment, ils avaient comme qui dirait oublié de laisser tourner les moteurs...

— C'est nul, grogna Lando. Qui était aux commandes?

— Une délégation de Bagnims. Le reste de l'équipage est constitué principalement de Bagnims, d'Humains et de Povanariens.

— Les Bagnims sont de sacrés bons guerriers quand on les asticote un petit peu.

— Peut-être, mais là, on aurait dû leur remonter un peu mieux les bretelles, dit Wedge. Leur crier après maintenant serait un foutu gaspillage d'air.

— Il est un peu tard pour se lamenter, répondit Lando, faisant de son mieux pour ne pas rappeler à Wedge les propos qu'il avait tenus peu de temps auparavant sur la tranquillité de la situation. Quel est ton plan?

140

— On essaye de les ralentir. Le *Pèlerin* ne devrait pas tarder et le Général a fait rappeler deux Croiseurs depuis Haverling. Jusqu'à leur arrivée, c'est à nous de nous débrouiller.

Les trois Ailes-X et le Yacht s'élevèrent au-dessus de la courbe de l'horizon de Morishim et les deux autres vaisseaux apparurent. Le Destroyer Impérial, suivant de près la Corvette, volait en direction de la planète.

Lando ne put alors s'empêcher de froncer les sourcils.

— Wedge?

— Oui, j'ai vu, murmura le pilote. Rogue Sept, fais-moi une petite vérification rapide.

— Pas d'erreur, Rogue Leader, répondit promptement la voix de Tycho. Les tirs n'ont rien d'accidentel. Le Destroyer tient bel et bien la Corvette dans sa ligne de mire. Elle file à pleine puissance, boucliers déflecteurs plein pot sur l'arrière. Une chose est sûre, elle est prise en chasse.

— Ils brouillent ses transmissions, ajouta Janson. Les projections de trajectoire nous indiquent qu'elle se dirige vers la limite des écrans déflecteurs de la base. J'ai l'impression que ce sont des voleurs ou bien qu'ils ont trahi et veulent passer dans notre camp.

— Possible, dit Wedge avec précaution. Possible aussi qu'ils cherchent à détourner notre attention pendant qu'un de leurs vaisseaux se glisse en douce sous nos boucliers énergétiques.

— Alors, on fait quoi? demanda Janson.

— Essayons de nous interposer, dit Wedge. Rogue Deux, Rogue Cinq, passez par le côté tribord du vaisseau Corellien et voyez si vous arrivez à attirer l'attention du Destroyer. Moi, je prends l'autre côté. Faites gaffe à leurs rayons tracteurs, ils vont tout tenter pour récupérer cette Corvette.

— Bien compris, Rogue Leader.

Les deux Ailes-X basculèrent en douceur et s'écartèrent de Wedge et de Lando.

— Et moi, qu'est-ce que je fais? demanda Lando.

— Toi, tu ferais mieux de rester en arrière, lui répondit Wedge en accélérant. Ton appareil n'est pas vraiment prévu pour ce genre d'acrobatie. En plus, on pourrait avoir besoin de toi pour servir de relais entre les renforts et nous.

Il avait à peine prononcé ces mots qu'un éclair diffus, accompagné d'un nuage de débris, s'éleva de la Corvette.

— Ses capteurs supérieurs ont été touchés, signala Janson. Apparemment, il y a le feu à bord. Ils vont être obligés de couper le réacteur principal.

Ce qui signifiait qu'ils se retrouveraient sans propulsion, sans bouclier et sans espoir de s'échapper. Lando poussa un juron et pianota sur le clavier de son système secondaire de communications pour explorer les canaux. Chaque fréquence était brouillée par les Impériaux et il n'obtint que des parasites.

— Rayon tracteur activé! annonça vivement Tycho. Phase d'acquisition... Ça y est, ils l'ont chopée...

— Par l'arrière, l'interrompit Janson. Le reste de l'Escadron Rogue, plus trois détachements d'Ailes-A et deux d'Ailes-X. Arrivée estimée dans quatre minutes environ.

Le soupir de Wedge ne produisit qu'un faible écho dans le brouhaha des parasites.

— Ils sont trop peu nombreux et ils arrivent trop tard, dit-il à contrecœur. Rompez la formation et repliez-vous. Il n'y a plus rien à faire pour les aider.

Lando lança un coup d'œil en direction de la Corvette. Il donna un coup de poing désespéré contre le rebord de la console. A la fois muselé et sans défense, l'appareil serait capturé ou détruit sans qu'on sache qui en étaient les occupants et ce qu'ils faisaient dans le secteur.

A moins que...

— Wedge? appela-t-il. J'ai une idée. Essayez de faire fonctionner vos émetteurs à plein tube sur toutes les fré-

142

quences, balancez-y tous les systèmes de codage et de décodage que vous avez à votre disposition. Avec ça, on arrivera peut-être à contrer momentanément leur brouillage et on pourra probablement capter quelque chose en provenance de la Corvette.

— Ça vaut le coup d'essayer, dit Wedge. Allez, les Rogues, c'est parti !

Lando pivota vers son équipement radio et mit en route l'un de ces petits gadgets additionnels qui lui avaient coûté si cher. Cela ne marcherait probablement pas. Cela ne marcherait certainement pas, même. Tous ses efforts ne pourraient qu'irriter les Impériaux. Ceux-ci ne manqueraient d'ailleurs pas de le réprimander de façon... mortelle. Mais au moins sentait-il quelque chose. Il scruta l'écran de la console en retenant sa respiration...

C'est alors qu'à son plus grand étonnement de joueur professionnel, des bribes de message s'éclaircirent au milieu des parasites.

— Continuez ! cria-t-il à l'attention de Wedge et de ses équipiers, tout en manipulant frénétiquement les réglages.

Le signal augmenta, diminua, augmenta de nouveau...

Et s'interrompit brusquement. Lando releva la tête juste à temps pour apercevoir la furtive traînée du Destroyer Stellaire plongeant dans l'hyperespace.

— Voilà... C'est fini... dit Tycho.

— Je ne regardais pas, déclara Lando. Ils ont emmené la Corvette avec eux ?

— Ils l'ont attirée dans leur baie d'accostage et ont immédiatement décampé, lui répondit Wedge. Et toi ? Tu as eu quelque chose ?

— Je n'en sais rien. (Lando appuya sur la commande de lecture.) Voyons un peu...

Un vrombissement de parasites s'éleva et, noyés au milieu des sifflements, quelques mots se détachèrent :

« Ici... Colo... zh Ver... envoyé spécial... de... miral... on... délégué ici... ontact... Géné... el Iblis concern... négo... trai... p... entr... Empire et la Nouvelle Répub... sommes atta... traitr... Empire... ne pensons pas... urviv... Si la Nouvelle Rép... d'entam... ciations, l'Ami... Pel... au cent... expl... minièr... aban... itiin... dans... ois... pour rencontrer les... répète : ceci est.. nel... Me... Vermel... »

L'enregistrement prit fin.

— Pas grand-chose à en tirer, commenta Wedge.

— Non, convint Lando. Et maintenant ?

— Tu ferais mieux de retourner sur Morishim pour aller faire écouter cela au Général Bel Iblis, dit Wedge. Je pense que nous, nous allons rester encore un petit peu ici.

— Au cas où ils remettraient ça ? s'enquit Lando.

— On ne sait jamais.

Lando regarda l'espace où la Corvette avait perdu sa course désespérée. Un frisson désagréable lui remonta le long de l'échine. Tout ceci était si semblable — si semblable que c'en était presque déplaisant, d'ailleurs — à la poursuite qui s'était soldée par la capture du vaisseau consulaire de la Princesse Leia Organa par le Destroyer Stellaire de Dark Vador. Un événement survenu vingt ans auparavant dans le ciel au-dessus de la planète Tatooine. Un événement qui avait été le pivot dans la lutte contre la tyrannie de l'Empire, bien qu'à l'époque personne ne s'en soit vraiment rendu compte.

Et aujourd'hui, au-dessus de Morishim, la même scène venait de se rejouer. Aurait-elle des conséquences similaires ?

— Wedge ?

— Oui ?

— Est-ce que, par hasard... (Lando hésita, craignant que la question qu'il allait poser paraisse stupide.) Est-ce que des capsules de sauvetage ont décollé de la Corvette pendant la bataille ?

— C'est la première chose à laquelle j'ai pensé, répondit Wedge sobrement. Mais non, il n'y en a pas eu.

— Je m'en doutais, dit Lando, chassant ses souvenirs. Finalement, l'histoire ne se répétait jamais vraiment. Il y avait de bonnes probabilités pour que Janson ait raison : il s'agissait peut-être de voleurs.

Mais il y avait aussi de bonnes probabilités pour qu'on ne sache jamais ce qui s'était passé avec certitude.

Officiellement, la planète s'appelait Muunilinst. Officieusement, beaucoup de gens la baptisaient Monnaieland. Si Bastion représentait le cœur politique de l'Empire, Muunilinst en était le centre financier.

Les raisons de ce statut étaient nombreuses et variées, c'était une longue histoire qui remontait au temps de l'Ancienne République. Si ce monde conservait ce rôle depuis des temps aussi éloignés, c'était dû au triomphe de l'inertie et de l'habitude. Les deux plates-formes de défense Golan III qui flottaient paresseusement en orbite à des kilomètres au-dessus de la surface n'avaient eu, finalement, que fort peu d'influence.

Debout devant la baie vitrée de la salle de conférence, Pellaeon leva la tête au moment où l'une des deux plates-formes passait devant le soleil de Muunilinst. L'éclat de ce dernier fut momentanément atténué. L'Amiral se rappela qu'à l'époque où il avait été décidé de déménager la capitale Impériale sur Bastion, le Moff Disra avait essayé d'y faire également transférer les deux Golan III, prétextant que le centre gouvernemental de l'Empire avait besoin de plus de protection que tous les organismes de crédit. Cette opération avait été l'une des rares erreurs de calcul de Disra, ainsi que l'une de ses plus embarrassantes défaites politiques.

Derrière Pellaeon, quelqu'un toussota discrètement.

— Oui ? demanda l'Amiral en se retournant pour faire face à la table.

Les six officiers supérieurs réunis dans la salle tournèrent les yeux vers lui.

— Je présume, Amiral, dit calmement le Général en Chef Sutt Ramic, qu'il ne s'agit pas là d'une simple suggestion. Vous et les Moffs êtes déjà tombés d'accord, n'est-ce pas?

Pendant un instant, Pellaeon étudia le visage de son interlocuteur. Le Général Ramic, commandant de l'une des deux plates-formes Golan en orbite, était le superviseur de toute la défense de Muunilinst. Ce poste, il le devait à son expérience et à son rang. S'il décidait de résister à la proposition de traité de paix, les autres — qui étaient en admiration devant lui — se rangeraient certainement à son opinion.

Mais non. La question n'avait rien d'une mise à l'épreuve, ce n'était qu'une simple interrogation.

— Effectivement, les Moffs ont approuvé l'offre, dit Pellaeon. Pour votre édification personnelle, sachez qu'ils ne se sont pas plus réjouis à cette idée que nous tous ici présents.

— Mais je croyais que c'était vous qui aviez formulé la proposition? demanda le Général Jaron Kyte dont la voix et le regard s'assombrissaient sous l'emprise de la suspicion. Comment osez-vous nous dire que vous y êtes vous-même opposé?

— Je n'ai pas dit que je m'y opposais, le corrigea l'Amiral. J'ai dit que je n'aimais pas cela. Mon jugement professionnel me dicte que nous n'avons plus d'autres solutions.

— J'ai cru comprendre qu'un tout nouveau système, un équipement révolutionnaire, était sur le point d'être mis à notre disposition, dit Ramic.

Un signal lumineux se mit à clignoter sur le communicateur de Pellaeon. La synchronisation était parfaite.

— Certains de ces systèmes ne se sont pas révélés aussi fiables que nous l'espérions, répondit Pellaeon en s'approchant de son fauteuil. (Il se pencha par-dessus la table et appuya sur le bouton de confirmation.) Quant aux nouveaux équipements, reprit-il, certains ont été incontestablement détournés vers des activités passibles de peines de haute trahison.

En face de Pellaeon, la porte de la salle de conférence s'ouvrit en glissant le long du mur.

Un homme très mince, arborant le châle et les ornements traditionnels des banquiers de Muunilinst, fit son entrée.

Sa réaction face à une salle pleine d'officiers aurait pu être intéressante à observer mais Pellaeon ne regardait pas. Les yeux de l'Amiral étaient fixés sur les officiers. Leurs expressions de surprise ou d'indignation, déclenchées par son accusation à peine voilée, s'étaient figées au moment de l'intrusion inopportune. Ils se tournèrent, la plupart visiblement irrités, pour voir qui avait l'outrecuidance d'interrompre ainsi les affaires de la Flotte Impériale.

Assis du côté gauche de la table, à mi-chemin entre Pellaeon et la porte, le Général Kyte fit un mouvement.

Sa réaction n'eut rien de bien spectaculaire : une légère inclinaison de la tête, une très faible étincelle de stupéfaction lui illuminant le visage pendant une fraction de seconde... Aussitôt après, il avait retrouvé le contrôle de lui-même. Mais, dans l'indifférence généralisée du reste de l'assistance, ce sursaut apparut à Pellaeon comme une balise salutaire sur une piste d'atterrissage.

— Ah, Seigneur Graemon, dit l'Amiral en posant enfin les yeux sur le banquier. Merci d'être venu si vite. Si vous voulez bien vous donner la peine d'attendre dans l'antichambre, je suis à vous dans une minute.

— Comme il vous plaira, Amiral Pellaeon, répondit Graemon.

Les yeux du financier cillèrent une fois en direction de Kyte, remarqua Pellaeon. L'individu traversa la salle de conférence et disparut dans la pièce voisine.

— Et qu'est-ce que cela signifie? demanda Ramic.

L'homme était malin. Il avait clairement deviné que l'apparition du banquier n'avait pas grand-chose à voir avec le hasard.

— Je parlais de trahison, répondit Pellaeon en faisant un signe de la main en direction de l'antichambre. Et le Seigneur Graemon est l'un des rouages de cette machination.

Une onde de choc sembla se propager à tous les occupants de la salle. Seul Ramic ne broncha pas.

— Vous pouvez le prouver? demanda-t-il.

— Oui, dit Pellaeon. Cet homme fait partie des investisseurs qui aident à détourner certains fonds Impériaux. Ils financent les consortiums qui construisent les Oiseaux de Proie, ces appareils qui sont, petit à petit, en train de se substituer à nos traditionnels chasseurs stellaires de classe TIE à bord de nos vaisseaux amiraux.

— Et où se trouve la trahison là-dedans? remarqua quelqu'un. J'ai l'impression qu'avec ces Oiseaux de Proie l'Empire en a pour son argent...

— La trahison réside dans le fait que l'accord a été passé en dehors des canaux réglementaires, dit Pellaeon. Ainsi que dans le fait que certains officiers Impériaux de très haut rang prélèvent un pourcentage substantiel de ces fonds à des fins personnelles. (Il tourna délibérément les yeux vers Kyte.) Enfin, certains termes de l'accord stipulent que du matériel et du personnel Impérial peuvent être mis à la disposition de certains gangs de pirates...

Kyte soutint le regard de Pellaeon sans sourciller mais une très légère pâleur attéra son visage. Pellaeon savait. A présent, Kyte savait qu'il savait.

— Pouvez-vous nous expliquer comment votre traité

avec la Nouvelle République va nous permettre d'arrêter tout cela? demanda Ramic.

— Coopération et canaux de communications grands ouverts devraient nous aider à repérer et à surveiller tous les intervenants de manière plus efficace, répondit Pellaeon. Ces intervenants ne seront plus capables de prétendre qu'ils veillent aux affaires de l'Empire, même s'ils y veillent — comment dire? — tout personnellement.

— Etes-vous en train d'insinuer que des représentants de la Flotte sont impliqués? demanda quelqu'un d'autre.

— Je n'insinue pas. Je le sais.

Pendant un long moment, personne ne prit la parole. Pellaeon laissa le silence traîner et peser sur les épaules de chacun avant de faire un geste en direction des datablocs installés sur la table.

— Mais ce n'est pas ce qui nous intéresse aujourd'hui, reprit-il. Nous sommes ici pour parler de cette proposition de traité de paix et pour savoir si, oui ou non, vous y adhérez. Je suggère que nous prenions une heure pour vous laisser le temps d'en considérer toutes les ramifications. Discutez-en entre vous, si vous le souhaitez. Je suis juste à côté, si vous désirez me poser des questions en privé. (Il regarda chacun de ses interlocuteurs, l'un après l'autre.) Au terme de cette heure, nous nous retrouverons. J'espère avoir votre réponse à ce moment-là. Une dernière question? Non? Très bien, alors, allez-y.

Il se tourna de nouveau vers la baie vitrée. Dans son dos, ils rassemblèrent les datablocs et les cartes et quittèrent silencieusement la pièce. La porte se referma derrière eux et Pellaeon prit une longue inspiration.

— Vos commentaires? demanda-t-il en se retournant.

Ramic n'avait pas bougé de son siège.

— Je ne suis pas du tout d'accord, dit brusquement le Général en Chef. La Nouvelle République est sur le point de s'autodétruire. Vous le savez et je le sais. Le tout est d'essayer de deviner quelle sera l'intensité de l'explosion et de savoir si cette histoire de Caamas — dont tout le monde parle — en sera, ou non, le détonateur. Il n'est pas nécessaire de nous humilier de cette façon devant des races extraterrestres et leurs sympathisants...

— Je comprends votre position. C'est votre dernier mot?

Les minces lèvres de Ramic se pincèrent brièvement.

— Je n'approuve pas votre traité, Amiral, dit-il en se levant. Mais je suis un officier Impérial et j'obéis à mes supérieurs. Vous et les Moffs êtes tombés d'accord. Quand l'ordre sera donné de mettre fin aux hostilités, si un tel ordre est donné, j'y obéirai.

Une partie du poids qui reposait sur les épaules de Pellaeon sembla s'alléger quelque peu.

— Merci, Général, dit-il calmement.

— Remerciez plutôt ma famille et son historique de bons et loyaux services, le contra Ramic. C'est à eux que je dois le sens du devoir et de la loyauté qui m'habite. (Il reporta son attention sur la table et commença à rassembler ses datacartes.) Pensez-vous que la Nouvelle République acceptera votre proposition de rencontre au sommet?

— Nous le saurons bientôt. Le Colonel Vermel devrait d'ailleurs avoir rejoint le système de Morishim à l'heure qu'il est.

— Je vois, murmura Ramic. (Il se tourna vers la porte, fit un pas en avant, marqua une pause et fit de nouveau face à l'Amiral.) Vous êtes sûr de vous quand vous affirmez que des gangs de pirates sont mêlés à cette histoire?

— Aucun doute là-dessus, lui assura Pellaeon. D'après les éléments que j'ai pu rassembler, on fait appel à leurs services pour attaquer des convois républicains bien spécifiques. Les pirates récupèrent la cargaison, l'Empire profite de la confusion et de la consternation que les attaques suscitent dans les rangs de la Nouvelle République et tous ceux qui agissent dans l'ombre, connaissant la nature des chargements qui sont détournés, se posent comme intermédiaires entre pirates et acheteurs potentiels pour se faire de l'argent en organisant le recel.

Ramic haussa les épaules.

— A l'exception du dernier groupe, tout cela me semble des activités bien anodines, dictées par des individus n'ayant rien à voir les uns avec les autres. Je ne vois pas de rapport entre elles.

— C'est possible, concéda Pellaeon. Le problème c'est que toutes les décisions concernant le choix des convois à attaquer sont prises par ceux qui agissent dans l'ombre. Rien ne parvient du Haut Commandement ou des Services de renseignements Impériaux. On a également appris que certaines des cellules d'hypersommeil installées jadis par le Grand Amiral Thrawn auraient été pillées afin de fournir de plus nombreux effectifs aux gangs.

— Si ces fameuses cellules existent réellement, marmonna Ramic. Quant à moi, je n'en suis pas persuadé.

— Si tous ces soldats ne proviennent pas des cellules d'hypersommeil, il faut bien qu'ils aient été pris quelque part, non? La seule autre source envisageable, c'est qu'ils aient été débauchés de leurs bataillons d'origine.

Le visage de Ramic se durcit.

— Si c'est le cas, je vous aiderai personnellement à intercepter les fautifs. Nous manquons déjà cruellement de soldats et de pilotes; alors, si on nous les vole... (Ses yeux s'amenuisèrent.) Et lequel d'entre nous soupçonnez-vous d'être de mèche avec le Seigneur Graemon?

— Le Général Kyte est le seul à avoir eu une réaction au moment de son entrée, dit Pellaeon. Cela fait de lui mon suspect numéro un. Avec un peu de chance, il se peut qu'il panique et qu'il conduise ainsi mes espions à tous ceux qui trempent dans cette affaire.

— Kyte ne paniquera pas, affirma Ramic. Cependant, il pourrait estimer raisonnable d'aller prévenir ses complices.

— L'un ou l'autre. Ça me convient très bien, dit Pellaeon. Maintenant, si vous voulez bien m'excuser, j'ai besoin de passer quelques minutes en compagnie du Seigneur Graemon.

— Histoire de graisser un peu les rouages ?

Pellaeon eut un sourire sinistre.

— Quelque chose comme ça. Je vous retrouve dans une heure avec les autres.

— A vos ordres, Amiral. (Ramic étudia le visage de Pellaeon pendant quelques instants.) Je vous conseille d'être prudent, cependant. Un vilain grain de sable peut toujours se coincer dans un rouage... Et si un grain de sable se glissait dans votre mécanique à vous ? Il se pourrait bien que le responsable agisse de la sorte, parce qu'il estime qu'une tentative de traité de paix avec l'Empire peut parfaitement se passer des services du Suprême Commandeur de la Flotte. Surtout si ce responsable est un brillant horloger, capable de tirer profit de toutes les pièces qu'il pourra récupérer.

Pellaeon jeta un coup d'œil en direction de l'antichambre où l'attendait toujours le Seigneur Graemon.

— Oui, dit-il posément. Cette pensée m'a effleuré.

La porte du passage secret coulissa. Disra releva la tête et vit Tierce entrer dans la pièce.

— Alors ? demanda-t-il. Vous avez parlé à Dorja ?

— Oui, finalement, dit Tierce en hochant la tête. Il signale que la mission a été plus ou moins couronnée de succès.

— Plus ou moins ? Comment cela, plus ou moins ?

Tierce haussa les épaules.

— Dorja dit qu'il a utilisé toutes les fréquences de brouillage disponibles dès qu'ils ont émergé de l'hyperespace. Il est possible cependant qu'un fragment du message du Colonel Vermel ait pu être transmis juste avant qu'ils capturent sa Corvette.

— Quel nul! siffla Disra entre ses dents.

— Cette observation lui a déjà été faite par notre Grand Amiral. Apparemment, une poignée d'Ailes-X et un Yacht Spatial venaient de décoller de Morishim. Le hasard a fait qu'ils se trouvaient sur le vecteur d'approche de la Corvette quand celle-ci est sortie de l'hyperluminique.

— D'expérience, je puis vous dire que les Ailes-X ne sont jamais là par hasard, gronda Disra.

— Tout à fait d'accord, acquiesça Tierce. A mon avis, ils ont dû détecter l'arrivée des vaisseaux et se sont rendus sur les lieux pour une petite inspection. Si ça se trouve, ils ont utilisé le vieux centre d'espionnage Impérial que nous avons laissé là-bas. Je me demande bien comment ils auraient pu en découvrir l'existence...

— Est-ce que Dorja a une idée de la quantité d'informations qui a réussi à franchir la barrière du brouillage?

— Quelques mots, tout au plus, lui assura Tierce. En supposant que les vaisseaux se trouvant sur place aient été équipés d'un matériel suffisamment puissant pour intercepter le message, ce dont je doute.

Disra réfléchit quelques instants à la question.

— Oui, finit-il par concéder. Et même s'ils disposent d'un pareil équipement, ce ne sont pas quelques mots qui vont attirer l'attention de qui que ce soit. Enfin, de qui que ce soit d'important...

— Surtout si on considère toute cette multitude de crises que ces personnes importantes ont à gérer en même temps, ajouta Tierce.

— Très juste. Qu'est-ce que Dorja a fait du vaisseau et de son équipage?

— Ils sont en route pour ici. On est en train de les soumettre à un petit interrogatoire. La plupart des membres de l'équipage n'ont sans doute aucune idée de la nature de la mission de Vermel. On va les relâcher dans la nature en les laissant croire que Vermel était sur le point de trahir l'Empire. Quant à Vermel lui-même... (Il haussa les épaules.) Je pense que nous devrions le faire enfermer dans un endroit bien isolé pendant quelque temps. Il se pourrait qu'il nous soit utile un peu plus tard.

— Ça me parait raisonnable, dit Disra. Des nouvelles de Trazzen et des autres?

— Nous avons reçu leur dernier rapport, comme convenu, répondit Tierce. Ils vont rompre tout contact à partir de maintenant, jusqu'à ce qu'on leur donne leurs nouveaux ordres.

— Mmh... grogna Disra.

Tout semblait se dérouler comme prévu.

Et pourtant, cette histoire à propos de Vermel, et des quelques bribes de transmission qui avaient filtré, l'embêtait. C'était évident : personne n'avait pu intercepter ce semblant de message. Et, si c'était tout de même le cas, on avait pu prendre cela pour une capture de contrebandiers ou une tentative de défection qui aurait mal tourné.

— Il me semble, Major, dit lentement le Moff, que nous pourrions peut-être modifier notre planification des événements en conséquence. Au cas où.

Il y eut un silence.

— Je suppose que c'est tout à fait envisageable, répondit Tierce. Mais, franchement, je ne pense pas que ce soit nécessaire. Personne ne fera attention à un vulgaire petit incident survenu au-dessus de Morishim.

Disra lui adressa un regard très dur.

— Vous en êtes certain?

Tierce afficha un mince sourire.

— Je vous le garantis.

L'enregistrement fut repassé de bout en bout pour la troisième fois. Le Général Bel Iblis en interrompit la diffusion.

— Eh bien, commenta-t-il à l'attention de Lando, c'est aussi clair que de l'eau de boudin. Avec tout ce brouillage, je me demande encore comment vous êtes parvenu à en récupérer autant. Du bon travail.

— J'aurais bien aimé en capter un peu plus, remarqua Lando. Janson suppose qu'il s'agit peut-être d'une tentative de défection qui aurait mal tourné.

— Effectivement, ça y ressemble, dit Bel Iblis en caressant machinalement sa moustache. Mais je ne crois pas que ce soit cela.

Lando le dévisagea.

— Et que croyez-vous que ce soit?

— Je n'en sais rien encore, répondit Bel Iblis. Mais considérons les faits. L'Empire ne dispose pas de suffisamment de Destroyers Stellaires pour se permettre d'en gaspiller un pour une simple mission de poursuite. En plus, ils tenaient vraiment à capturer ces gens vivants et à s'assurer qu'ils n'auraient pas le temps de parler à qui que ce soit.

— Sans oublier le fait qu'ils savaient que vous étiez ici, remarqua Lando. On arrive presque à discerner votre nom dans ce message.

— Oui, acquiesça Bel Iblis. Cela dit, se tenir au courant de mes activités ne relève plus vraiment du secret d'Etat. Les choses sont beaucoup moins confidentielles qu'elles ne l'étaient il y a encore cinq ans.

Il se dirigea vers son ordinateur et tapa quelques commandes au clavier.

— Il me semble qu'on arrive également à comprendre le nom de «Vermel», n'est-ce pas? Si je me souviens bien, il y avait un officier portant ce nom qui faisait partie des effectifs de l'Amiral Pellaeon.

Lando admira la courbe de la planète par la baie d'observation et, dans le lointain, les traînées de réacteurs des Ailes-X toujours en train de patrouiller.

— Il me semble que cela étaye la théorie de la défection, suggéra-t-il. Ils n'ont pas voulu abattre impunément quelqu'un de ce grade et ils n'ont certainement pas voulu que nous comprenions qu'il a essayé de passer à l'ennemi.

— Possible. (Bel Iblis s'approcha de son moniteur.) Ah, tenez, le voilà. Colonel Meizh Vermel.

— Le voilà, donc, dit Lando, écartant les bras en une parodie de geste de victoire.

Bel Iblis se passa de nouveau les doigts dans la moustache.

— Non, fit-il doucement. Mon instinct me dit toujours que cela ne peut pas être ça. Pourquoi utiliser une Corvette Corellienne pour une défection ? Pourquoi ne pas prendre un appareil plus rapide, mieux blindé ou mieux armé ? Pourquoi ne pas se servir d'un vaisseau nécessitant un équipage moins nombreux ? Cela signifierait qu'une bonne centaine de personnes ont eu l'intention de trahir ensemble...

— Je ne vois pas.

— Moi non plus, dit Bel Iblis en éjectant la datacarte contenant l'enregistrement de Lando. Mais je crois bien que je vais me faire quelques petites copies de tout ça pour voir ce qu'on peut en tirer.

Lando leva les sourcils.

— Pour occuper vos nombreuses périodes de temps libre ?

Le Général haussa les épaules.

— Cela fait un petit moment que je me dis que j'ai besoin d'un passe-temps, de toute façon...

7

On avait achevé la Grande Chambre des Convocations du Sénat de la Nouvelle République trois mois auparavant. Sa construction s'était révélée nécessaire après le désastre causé par les bombes de Kueller. Les dégâts occasionnés au Grand Hall du Sénat avaient été jugés irréparables. Il restait encore quelques finitions à apporter au nouveau bâtiment, mais l'effet qui s'en dégageait déjà était aussi impressionnant que ce que les architectes avaient promis. L'ancien aménagement intérieur — tous les sièges en gradins des délégués disposés en hémicycle autour d'un pupitre élevé — avait été abandonné au profit d'une structure constituée de blocs de tailles diverses, eux-mêmes équipés d'un nombre plus ou moins grand de fauteuils, reliés entre eux par de courtes volées de marches ou de simples plans inclinés. Cet arrangement, qui donnait presque l'impression d'avoir été conçu au hasard, apportait beaucoup de grâce et de style à l'ensemble. Au bon vouloir de l'ensemblier, des panneaux de verre transparent, des cloisons de bois ouvragées et ajourées ou d'étroites rambardes de métal — de un à deux mètres de haut — séparaient les blocs les uns des autres. Chaque module disposait ainsi d'un point de vue parfait sur l'estrade centrale. Un moniteur permettant d'obtenir soit une vue rapprochée du pupitre, soit une vue de chacun des autres blocs de la Chambre complétait l'équipement.

De bien des façons, l'endroit rappelait à Leia le magnifique théâtre Corioline Marlee sur Alderaan. Dans son esprit, cette salle de spectacle très réputée avait toujours été synonyme d'élégance, de culture et de civilisation. En insistant auprès des architectes pour que la Grande Chambre rappelle le célèbre théâtre, Leia avait nourri l'espoir secret que les Sénateurs feraient preuve des mêmes qualités.

Mais aujourd'hui, malheureusement, ce n'était certainement pas le cas.

— Si je vous comprends bien, Président Gavrisom, tonna la voix d'un rude Opquis dans les haut-parleurs de l'assemblée, vous êtes en train de nous dire que les Bothans ont joué un rôle clé dans la destruction de Caamas et dans le génocide presque intégral de la race Caamasienne, c'est cela? Pourtant, en même temps, vous nous annoncez ne pas vouloir demander justice pour cet acte odieux!

— Ce n'est pas ce que je vous ai dit, Sénateur, répondit posément le Président Ponc Gavrisom. (Il fit claquer sa queue comme un fouet avant de la laisser retomber entre ses pattes postérieures.) Permettez-moi de me répéter. Un petit groupe, et j'insiste bien sur cette notion de petit groupe, de Bothans — que nous n'avons toujours pas identifiés — a été mêlé à cette tragédie. Quand nous serons capables d'en dresser la liste — si nous en sommes capables, d'ailleurs —, alors seulement nous serons en mesure de dispenser cette justice que nous recherchons tellement. Mais en attendant, ce n'est guère possible.

— Et pourquoi pas? demanda une extraterrestre au long visage et à la coiffure hirsute tirant sur le bleu-vert. (Une Forshul, se dit Leia en tentant de l'identifier. Représentante du quatre-vingt-septième monde habité du secteur Yminis de la Bordure Extérieure.) Le Conseiller

Fey'lya ne semble pas nier que les Bothans sont responsables. Très bien! Qu'ils soient dûment punis pour cette monstrueuse incartade à la civilisation galactique.

Leia regarda au-delà du pupitre vers Borsk Fey'lya, assis de l'autre côté de l'amphithéâtre, au bout de la rangée allouée aux Hauts Conseillers. Le Bothan gardait un contrôle rigide sur sa fourrure et ses expressions faciales. Les sens Jedi de la Princesse n'eurent cependant aucune difficulté à repérer l'ombre d'anxiété qu'il dissimulait. Il avait eu, elle le savait bien, une très longue conversation avec les représentants des Délégations de Clans sur Bothawui peu de temps auparavant. Vu la dureté de ses traits, elle devina que l'entretien ne s'était pas bien passé.

— Je comprends vos sentiments, Sénateur, dit Gavrisom. Cependant, je me dois de vous rappeler que les règles de conduite légales de la Nouvelle République ne sont pas tout à fait similaires aux codes traditionnels de la justice Forshulirienne. (A ces mots, il déploya ses ailes de derrière son dos et les ramena devant lui. L'une de ses plumes préhensiles appuya sur une touche du clavier et une section de la loi criminelle de la Nouvelle République apparut sur le moniteur installé au-dessus de sa tête.) Ces lignes de conduite ne nous autorisent pas à pénaliser le peuple Bothan dans son intégralité pour un crime commis par des éléments isolés.

— Comment se fait-il que nous ne connaissions pas l'identité de ces prétendus éléments isolés? demanda le Sénateur Ishori. Je vois le Conseiller Fey'lya assis à votre droite, qu'a-t-il à dire à ce sujet?

Gavrisom tourna la tête par-dessus son aile en direction du Bothan.

— Conseiller Fey'lya, souhaitez-vous répondre à la question?

Celui-ci, donnant l'impression de prendre sur lui, se leva.

— Je comprends la colère que cette révélation a suscitée chez la plupart d'entre vous. Je vous assure que nous tous, dirigeants des clans Bothans, la ressentons aussi. Nous ressentons également le même désir de voir ceux qui ont perpétré cet acte terrible livrés à la justice. Soyez assurés, tous, que si nous connaissions les auteurs de ce crime, nous nous en serions occupés nous-mêmes depuis bien longtemps. Le problème, c'est que nous ne savons pas qui ils sont.

Un gargouillis strident fusa dans l'assemblée. Leia sursauta instinctivement avant de comprendre que ce son à vous glacer le sang n'était autre que l'équivalent Ayrou d'un grognement humain.

— Vous pensez vraiment qu'on va croire...

— Président Gavrisom, je vous demanderai de rappeler, une fois encore, au Sénateur du secteur Moddell de cesser de produire ce bruit! aboya un Sénateur en l'interrompant. Les ultrasons émis au cours de cette conférence ont déjà causé la perte de deux de mes œufs. Si je suis dans l'incapacité de mener à terme ma ponte annuelle, je perds mes statuts et la possibilité d'être réélu par l'assemblée de mon secteur!

— Pour moi, en tout cas, ce ne serait pas une grosse perte! lança quelqu'un avant que le Président Gavrisom n'ait eu le temps de répondre. Beaucoup d'entre nous en ont plus qu'assez de vous entendre vous réfugier derrière vos précieux œufs et les utiliser comme excuse à chaque fois qu'on évoque quelque chose qui ne vous revient pas...

La pointe de l'aile de Gavrisom pressa une touche. Le système de sonorisation fut coupé et personne n'entendit la fin de la phrase. Pendant une longue minute, des voix coléreuses s'élevèrent, se répondant et s'interpellant d'un bout à l'autre de la Chambre. Quand les participants eurent compris qu'aucune de leurs envolées verbales n'étaient retransmises par les haut-parleurs vers leurs destinataires, ils se rassirent en maugréant. Gavrisom attendit quelques secondes de plus avant de rallumer la sonorisation.

— Le prologue à la Charte de la Nouvelle République, commença-t-il calmement, demande à tous les mondes qui y adhèrent de se comporter les uns envers les autres de façon acceptable et civilisée. Les membres de ce Sénat seraient-ils exemptés d'en faire autant?

— Vous parlez de civilisation, Président Gavrisom, dit d'un ton sombre un grand Bagmim. Comment nous, citoyens de la Nouvelle République, pouvons-nous nous considérer civilisés si nous ne sommes pas capables de prouver notre répugnance face à l'horrible crime commis sur les Caamasiens?

Leia s'éclaircit la gorge.

— Puis-je me permettre de rappeler au Sénat que, quel que soit le rôle qu'ait pu jouer tel ou tel groupe de Bothans, il n'existe aucun indice nous affirmant que ce même groupe ait participé, physiquement, s'entend à la destruction de Caamas. C'est cette destruction même qui devrait être la cause de notre indignation et le but de notre justice.

— Vous cherchez donc des excuses aux Bothans? demanda un Sénateur que Leia ne reconnut pas.

— Les vrais auteurs étaient certainement des agents du Sénateur Palpatine, ajouta quelqu'un d'autre depuis l'extrémité opposée de la Chambre. Il va sans dire que de tels agents ont dû disparaître dans la longue et coûteuse guerre que nous avons menée contre l'Empire.

— En êtes-vous si sûr? claironna une autre voix. Nous découvrons, jour après jour, l'étendue des machinations perpétrées par l'Empereur Palpatine sur l'ensemble des peuples de la galaxie. Qui vous dit que l'un de ces agents ne se trouve pas actuellement encore parmi nous?

— Etes-vous en train d'accuser l'un des membres de cette assemblée?

161

— Pourquoi? Vous êtes prétendant au titre? rétorqua un autre. Le bruit court toujours que des agents secrets Impériaux seraient encore en service et...

Une fois de plus, Gavrisom coupa la sonorisation et, une fois de plus, le débat fut réduit à quelques éclats de voix lointains s'interpellant en vain. Leia écouta la dispute qui s'estompait. Pour la énième fois, elle remercia la Force de ne plus être chargée de régenter cette maison de fous, même si la situation n'était que temporaire.

Un silence tendu tomba sur la Chambre. Gavrisom ralluma les micros.

— Je suis sûr que le Sénateur du secteur de Chorlian s'exprimait au sens figuré, dit-il avec son inaltérable sang-froid. Quoi qu'il en soit, ce débat a déjà depuis bien longtemps dépassé les bornes de l'utilité. Je me vois donc contraint de suspendre la séance. Si le document que la Conseillère Organa Solo nous a rapporté peut être reconstitué suffisamment pour nous permettre d'y découvrir des noms, alors nous reprendrons les discussions. En attendant, un très grand nombre de sujets d'importance majeure requièrent également notre attention. (Il baissa les yeux sur son moniteur puis releva la tête vers la droite.) Nous commencerons par le rapport du Comité Economique. Sénateur Quedlifu?

La lecture du rapport du Comité Economique fut plus longue qu'à l'accoutumée. Deux projets de loi complets furent soumis à l'approbation de l'ensemble des Sénateurs. C'était tout à fait inhabituel. Chaque Sénateur devait se limiter à proposer un seul projet de loi par an. Un vote devait alors autoriser le Comité concerné à soumettre le projet au Sénat. La plupart des propositions trouvaient rarement le soutien nécessaire pour parvenir jusque-là. Seule une petite fraction de ces projets réussissait à passer le stade de l'examen sénatorial pour devenir des lois à part entière.

C'était précisément ainsi que le système devait fonctionner. En théorie. Avec près d'un millier de Sénateurs — chacun représentant entre cinquante et deux cents planètes —, il était virtuellement impossible pour Coruscant de veiller aux intérêts de toutes les âmes constituant la Nouvelle République. Les toutes dernières modifications appliquées au Sénat avaient réduit le rôle de celui-ci à un travail de médiateur pour les disputes et les problèmes de défense entre les secteurs membres. La politique quotidienne était ensuite divisée au niveau des secteurs, systèmes, planètes, régions, départements et communes et exercée indépendamment.

Quelques Sénateurs, se souvenant des jours glorieux de l'Ancienne République, se plaignaient de temps à autre. Ils prétendaient que le Sénat n'était plus que le dernier salon où causer. Pour la majorité, cependant, le souvenir persistant de la domination de Coruscant au cours des jours sombres de l'Empire hantait encore les mémoires. Ce qu'ils désiraient tous, finalement, c'était un gouvernement central relativement faible.

Il apparut que le Comité Economique fut le seul à proposer des projets de loi. Son rapport fut d'ailleurs également le seul à mettre un certain nombre de nouvelles choses en avant. Gavrisom fit le tour des autres Comités avec l'aisance et l'efficacité qu'on lui connaissait. La réunion ainsi expédiée fut terminée moins de deux heures après qu'elle eut commencé.

Leia se mêla à la foule des individus qui sortaient de la Chambre. Elle devina qu'aucun des Sénateurs ou des Hauts Conseillers ne se livrerait à ses affaires habituelles l'après-midi même. Caamas serait le nom qui serait présent à l'esprit de tout le monde. Caamas et justice.

A moins que ce ne soit vengeance.

— Votre Altesse? appela une voix hésitante dans le brouhaha des conversations.

Leia s'arrêta et leva la main.

— Par ici, C3 PO.

— Ah, dit le droïd, se frayant avec difficulté un chemin à travers la foule pour aller à sa rencontre. La réunion s'est-elle bien déroulée?

— Aussi bien qu'on pouvait l'espérer, étant donné les circonstances. Des nouvelles des techniciens qui travaillent sur la datacarte?

— J'ai bien peur que non, dit C3 PO, la voix chargée de regret. Mais j'ai reçu un message du Capitaine Solo. Il est revenu et vous attend.

Le cœur de Leia bondit dans sa poitrine.

— A-t-il parlé de sa mission sur Iphigin?

— Je crains bien que non, s'excusa à nouveau le droïd de protocole. Aurais-je dû lui demander?

— Non, ce n'est pas grave, lui assura Leia.

— Il n'avait pas l'air si enclin que cela à discuter, remarqua C3 PO d'un ton pensif. Il n'aurait peut-être pas répondu si je lui avais demandé quoi que ce soit.

Leia sourit.

— Probablement pas, acquiesça-t-elle.

Une ribambelle de pensées affectueuses au sujet de son mari lui traversa l'esprit. Elle avait prévu de retourner directement à son bureau pour essayer de passer au crible la montagne de travail qui s'empilait sur sa table. Et voilà que, soudainement, elle décidait que tout cela pouvait bien attendre. Yan devait déjà se trouver dans leurs quartiers privés...

— Conseillère Organa Solo? dit une voix à ses côtés.

Elle se retourna et sentit une grande faiblesse s'emparer d'elle. La voix, le profil mental...

Elle avait raison. Il s'agissait bien de Ghic Dx'ono, le Sénateur Ishori.

— Oui, Sénateur Dx'ono?

— Je souhaiterais m'entretenir avec vous, Conseillère, dit l'autre d'un ton ferme. Dans votre bureau. Maintenant.

— Certainement, répondit Leia, sentant la faiblesse la gagner de plus en plus. (Les émotions de l'extraterrestre indiquaient une grande inquiétude mais c'était tout ce qu'elle parvenait à discerner.) Suivez-moi.

Côte à côte, ils se dirigèrent vers un couloir incurvé, sur le côté du bâtiment, le long duquel étaient installés les bureaux des membres du Haut Conseil. C3 PO eut bien de la peine à conserver son équilibre en se lançant sur leurs talons. En chemin, Leia vit Fey'lya disparaître dans son propre bureau. Ils passèrent un premier coude du corridor...

Et Leia s'arrêta net. Elle ne put retenir sa stupéfaction et un petit hoquet passa ses lèvres. Plongée dans ses pensées et perturbée par la présence très envoûtante de Dx'ono à ses côtés, elle n'avait pas songé à projeter ses sens plus avant dans le couloir. Trois personnes se tenaient devant la porte de son bureau. L'un des assistants de Dx'ono et deux individus grands et minces, drapés de la tête aux pieds dans de très longues capes à capuche.

— Ils souhaitent vous parler, dit Dx'ono d'un ton bourru. Voulez-vous les rencontrer?

Leia déglutit. Son esprit fit un bond de plusieurs années en arrière. Elle se rappela son enfance sur Alderaan. Elle se souvint de la fois où Bail Organa, son père adoptif, avait accepté de l'emmener avec lui pour un voyage vers les Iles du Sud...

— Oui, répondit-elle très calmement à Dx'ono. Je serai très honorée de m'entretenir avec vos amis Caamasiens.

Yan savait bien comment se déroulaient les assemblées à la Chambre. Il se doutait qu'il lui faudrait encore se tourner les pouces pendant au moins une heure dans le bureau de Leia avant le retour de celle-ci. A peine venait-il de s'installer confortablement dans le bureau de son épouse qu'il eut la surprise d'entendre le sifflement caractéristique d'une commande à air comprimé, indiquant que la porte de l'antichambre venait de s'ouvrir.

Il ôta ses pieds du bord du bureau et les posa en douceur sur le sol, avant de se lever sans faire de bruit et de se diriger à pas feutrés vers la porte qui séparait la pièce de travail de son antichambre. Par le passé, il aurait certainement essayé de la surprendre en surgissant derrière elle pour l'enlacer et l'embrasser. Mais l'extrême acuité des sens Jedi de Leia avait depuis fort longtemps transformé ces tentatives de surprise en exercices bien futiles.

Et puis, la mettre dans l'embarras avec une stupide plaisanterie d'écolier risquait d'attiser sa colère au sujet d'Iphigin. Inutile de la contrarier plus qu'elle ne l'était déjà. Surtout si elle était accompagnée.

Elle l'était. L'oreille collée au panneau de la porte, Yan réussit à distinguer au moins deux autres voix en plus de celle de sa femme.

Pendant un moment, Yan resta debout sans bouger, se demandant si elle ferait entrer ses visiteurs dans le bureau ou si elle lui proposerait de venir les saluer dans l'antichambre. Elle devait savoir qu'il était là à l'attendre. Mais peut-être préférait-elle qu'on ne se doute pas de sa présence...

Et soudain, sur le bureau à l'autre bout de la pièce, l'intercom s'alluma tout seul.

— ... prenez que nous ne voulons causer de problèmes à personne, était en train de dire quelqu'un. Nous ne cherchons pas à nous venger et il est bien trop tard pour réclamer que justice soit faite.

Yan plissa le front et regagna le bureau. D'accord. Leia souhaitait donc qu'il écoute cette conversation mais elle ne voulait pas qu'il se montre. Elle ne voulait certainement pas non plus que ses interlocuteurs se rendent compte qu'on les espionnait.

C'est à ce moment-là qu'il jeta un coup d'œil pour la première fois à l'écran de contrôle. Il comprit les réticences de son épouse. Il y avait deux Ishoris avec elle... Et deux Caamasiens...

— Ce n'est pas une question de vengeance, insista l'un des Ishoris. (Probablement un Sénateur, se dit Yan, au vu du motif très élaboré de la broche qu'il portait à l'épaule.) Et il n'est jamais trop tard pour faire justice.

— Et cette prétendue justice, quel propos servirait-elle ? le contra calmement l'un des Caamasiens. Notre monde a été détruit et nous ne sommes plus qu'une poignée éparpillée un peu partout. Vous croyez vraiment que punir les Bothans va miraculeusement rétablir la situation ?

— Il se pourrait bien que oui, dit l'Ishori. (Le ton de sa voix monta. Yan se mit à penser très vite de façon intense. La légendaire colère Ishorienne allait probablement bientôt éclater. Yan fit la grimace. Le souvenir de sa tentative désastreuse de négociation à Iphigin lui revint douloureusement à l'esprit.) Si les Bothans venaient à être reconnus coupables et qu'on les oblige à réparer...

De l'autre côté du bureau, un voyant s'activa sur la console de communications. Le canal privé de Leia, constata Yan, très ennuyé. Juste au moment où la conversation, dehors était en train de devenir intéressante. C'était probablement l'un des enfants. Il fallait qu'il réponde. Il pressa une commande sur le devant de l'intercom pour que le reste de la conversation dans l'antichambre soit enregistré. C'était certainement illégal mais il n'en avait que faire. Il coupa ensuite le son du haut-parleur et appuya sur le bouton de réponse du communicateur.

Ce n'était ni les enfants, ni Winter, ni même l'un des Noghris.

— Salutations, Solo, dit Talon Karrde. Je ne m'attendais pas à vous trouver sur ce canal.

— Moi non plus, dit Yan en fronçant les sourcils à l'adresse du contrebandier. Comment avez-vous obtenu cette fréquence ?

— Votre épouse me l'a donnée, bien entendu, répondit Karrde, arborant un air à la fois goguenard et innocent. Je l'ai ramenée jusqu'ici depuis Wayland à bord du *Wild Karrde*. Je pensais que vous le saviez.

— Ouais, elle m'a envoyé un petit message à ce sujet. Cependant, je ne savais pas que vous aviez réussi à lui extorquer les fréquences secrètes de ses canaux privés.

Karrde eut un large sourire puis son visage prit une expression plus sobre.

— Nous sommes tous assis sur quelque chose de très explosif, cher ami, dit-il. Leia et moi avons décidé qu'il pourrait être utile que je puisse la contacter, disons, discrètement. Vous a-t-elle déjà parlé de ces datacartes sur Caamas que nous avons rapportées de Wayland ?

Les yeux de Yan se tournèrent vers le moniteur de l'intercom qui montrait les deux Caamasiens.

— Non, je n'ai pas eu l'occasion de lui parler depuis qu'elle est rentrée. Mais il se trouve qu'il y a une paire de Caamasiens dans l'antichambre en ce moment même. Ils sont avec deux Ishoris.

Karrde siffla doucement entre ses dents.

— Alors les Ishoris sont donc mêlés à tout ça... Cela signifie que les Diamalas vont vouloir, à un moment ou à un autre, intervenir de l'autre côté...

— Oh, sans aucun doute, acquiesça Yan. Mais l'autre côté de quoi ?

— Je suppose qu'il ne s'agit plus d'un secret pour personne, dit Karrde. Enfin, surtout dans les milieux dans lesquels vous évoluez en ce moment. Je suis sûr que Leia vous racontera tous les détails plus tard mais, en gros, nous avons découvert que c'était un groupe de Bothans non identifiés qui avait saboté les écrans de protection de Caamas la veille de la destruction totale de la planète.

Yan sentit son estomac se serrer.

— Génial, gronda-t-il. Vraiment génial. Comme s'il n'y avait pas déjà suffisamment de gens pour détester les Bothans. On avait bien besoin de ça...

— Je suis d'accord, dit Karrde. J'espère que le Sénat se sent de taille à garder tout cela sous un semblant de contrôle. La principale raison de mon appel est que notre ami Mazzic vient juste d'intercepter Lak Jit, le Devaronien qui a découvert les datacartes. Nous l'avons fait enfermer et il restera au frais aussi longtemps que votre épouse le voudra. Malheureusement, il semble qu'il ait déjà colporté la nouvelle. Une bonne quantité de crédits a dû le mener assez loin même, en dépit de ses tout petits pieds! Je crains qu'il n'y ait guère de chance pour que cette affaire demeure confidentielle dans la hiérarchie de la Nouvelle République.

— Ouais, eh bien je me disais justement que les choses étaient un peu trop calmes ces temps derniers, dit Yan avec amertume. Merci.

— Ce n'est rien, répondit Karrde d'un ton terne. Vous savez que je suis toujours à votre service.

— Ce qui est une bonne chose. Parce que j'ai là un autre problème sur lequel j'aimerais que vous vous penchiez.

— Certainement. Paiement comptant d'avance ou transfert sur un compte après exécution?

— On s'est frotté à des pirates dans les environs d'Iphigin, dit Yan, ignorant la question. Pas du menu fretin: ils avaient un croiseur de combat *Kaloth*, deux canonnières Corelliennes et une poignée de chasseurs de type Corsaire.

— Un groupe bien équipé, constata Karrde. D'un autre côté, il faudrait être fou pour s'attaquer à un endroit comme Iphigin sans un minimum de puissance de feu.

— Je suis toujours sous le coup de la surprise, dit Yan. Car il y a mieux. Luke prétend qu'il y avait des clones à bord du croiseur.

L'expression de Karrde ne changea pas mais les petites rides aux coins de ses yeux semblèrent se plisser très légèrement.

— Tiens donc. Il a une idée sur le type de clone en question ?

— Il ne m'a rien dit, répondit Yan. Vous avez déjà entendu parler de bandes de pirates constituées de clones ?

— Pas que je m'en souvienne, répondit Karrde en caressant sa barbe d'un air pensif. A mon avis, ce sont les restes d'une grande offensive Impériale datant d'une bonne dizaine d'années. Le Grand Amiral Thrawn a eu le contrôle du Mont Tantiss pendant assez longtemps pour avoir eu tout le loisir d'en faire sortir un grand nombre de clones...

— Mais alors qu'est-ce qu'ils font chez les pirates ? insista Yan. Ne croyez-vous pas que l'Empire préférerait plutôt garder ses restes — comme vous dites — pour son propre usage ?

— Effectivement, concéda Karrde. Mais peut-être se sont-ils rendu compte qu'il était plus rentable de les louer à un ou plusieurs gangs comme conseillers ou guerriers d'élite. En échange de la possibilité de choisir les cibles, ou d'une partie du butin, qui sait ?

— Possible, répondit Solo. Il est aussi possible que cette bande de pirates ait découvert son propre petit stock de cylindres de clonage.

Les lèvres de Talon Karrde se contractèrent.

— Oui, acquiesça-t-il, sinistre. Une telle explication est envisageable.

— Qu'est-ce qu'on va faire, alors ?

— Je pourrais peut-être m'intéresser à la question, dit Karrde. Voir ce que je peux dénicher. (Il haussa un sourcil.) Alors, paiement comptant d'avance ou transfert sur un compte après exécution?

Yan leva les yeux au ciel. A chaque fois qu'il croyait que Karrde était enfin sur le point de se livrer à un acte noble ou à un petit sacrifice, ce dernier trouvait toujours un moyen de lui rappeler que ses rapports avec la Nouvelle République étaient d'ordre strictement professionnel.

— D'accord, j'abandonne, dit Solo. Qu'est-ce qui pourrait bien vous pousser à rejoindre nos rangs, hein?

— Oh, je n'en sais trop rien, répondit Karrde, ayant brièvement réfléchi à la question. Qu'est-ce qui vous a poussé, vous, à abandonner la vie sans souci d'un marchand indépendant?

Yan fit la grimace.

— Leia.

— Exactement, enchaîna Karrde très sèchement. Bon, si elle avait une sœur, encore... Mais je suppose qu'elle n'en a pas?

— Non, pas que je sache. Mais enfin, avec la famille Skywalker, on ne peut jamais savoir...

— Bon, je ne vais pas faire de caprice. On n'a qu'à ouvrir une ligne de crédit. On pourra toujours décider du prix plus tard.

— Quelle générosité!

— Je sais. A qui dois-je m'adresser? A vous ou à Luke?

— Il vaudrait mieux que ce soit à moi, répondit Yan. Luke n'est pas très joignable en ce moment. Il est parti chasser le pirate de son côté.

— Vraiment? lança Karrde en fronçant les sourcils. Et puis-je me permettre de vous demander après qui il s'est lancé?

— Le gang des Cavrilhu. Il a repéré une de leurs planques grâce aux Services de renseignements de la Nouvelle République. Apparemment, c'est un amas d'astéroïdes dans le système de Kauron. Il a donc décidé de s'y rendre discrètement et de jeter un coup d'œil.

— Je vois. Il est trop tard pour lui demander de rebrousser chemin, je suppose...

— Probablement, répondit Yan. Mais ne vous inquiétez pas, Luke est bien assez grand pour s'occuper de lui-même.

— Ce n'est pas pour cela que je me fais du souci, déclara Karrde. Je pensais plutôt que sa soudaine apparition parmi eux risquerait de les faire fuir jusque dans des endroits où il nous serait impossible de les retrouver.

— Eh bien, si on peut leur faire peur aussi facilement, ils ne doivent pas être bien menaçants, pas vrai? suggéra Yan.

— C'est une façon de voir les choses. (Karrde marqua une pause et son visage s'assombrit.) A propos de Luke, comment va-t-il en ce moment?

Yan étudia le contrebandier, essayant de décoder ce changement soudain d'expression.

— Pas mal, je crois, dit-il avec précaution. Pourquoi?

— Pour savoir. Mara est étrangement agitée ces derniers temps. J'ai même l'impression qu'elle ne veut pas aborder certains sujets depuis que nous avons croisé Leia sur Wayland. Je me suis dit que Luke avait peut-être quelque chose à voir avec son comportement.

— C'est marrant que vous parliez de ça, dit Yan, se grattant machinalement le menton. J'ai eu la même impression à propos de Luke la dernière fois que je lui ai mentionné le nom de Mara. Coïncidence?

— Pourquoi pas? Cela dit, il ne faut pas oublier que la Force est avec eux. Il est peut-être en train de se dérouler quelque chose qu'ils arrivent à ressentir en même temps.

— Possible, dit Yan à voix basse. (Mais cela n'expliquait pas tout ce par quoi Luke était passé à Iphigin, n'est-ce pas?) Cette histoire de clones, peut-être?

Karrde haussa les épaules.

— Je vais essayer d'en parler avec Mara. Tâchons de réfléchir à un moyen de les faire se rencontrer.

— Ouais, ça fait un petit moment qu'ils ne se sont pas parlé, acquiesça Yan. Je vais travailler Luke au corps quand il sera de retour.

— Excellent. En attendant, je ferais bien de me mettre à cette histoire de pirates. Saluez Leia pour moi, je vous prie, et dites-lui que je la contacterai bientôt.

— Pas de problème. Bonne chasse !

Karrde sourit et le moniteur s'éteignit.

Solo se laissa aller en arrière dans le fauteuil, le regard sombre, perdu dans le vague. Caamas. Comme il l'avait si justement dit à Talon Karrde, la Nouvelle République n'avait vraiment pas besoin de ça maintenant.

Parce que cela ne concernait pas que Caamas, même si cette histoire était déjà bien assez dramatique. Le gros problème, c'était que si on ressassait les souvenirs de cet événement tragique, on risquait également de faire resurgir dans les mémoires mille et une autres atrocités commises par tel ou tel groupe au cours des années. De vieilles rancœurs, de vieilles querelles, de vieux conflits... La galaxie n'en manquait pas. C'était d'ailleurs ce qui avait permis à Karrde — ainsi qu'à Chewie et à lui, en fait — de gagner si bien sa vie en tant que contrebandier. Il existait tellement de partis, de factions et de groupes engagés dans des conflits, à qui les contrebandiers pouvaient vendre toutes sortes de choses.

Au cours des vingt dernières années, le besoin d'une résistance commune face à l'Empire l'avait emporté sur la plupart de ces règlements de comptes. Mais ce n'était plus le cas. La menace Impériale était devenue si négligeable qu'elle en était risible. Si, à cause de Caamas, tous ces anciens affrontements venaient à refaire surface...

Il fut interrompu dans ses pensées. La porte du bureau s'ouvrit en sifflant.

— Salut, dit Leia tout doucement en pénétrant dans la pièce.

— Oh, salut ! répondit Yan, bondissant sur ses pieds et lançant tardivement un regard vers le moniteur de l'intercom. (D'abord distrait par l'intervention de Karrde, perdu ensuite dans ses réflexions, Solo n'avait pas remarqué que les interlocuteurs de Leia étaient partis.) Désolé, je pensais à autre chose...

— Ce n'est pas grave, fit Leia en se jetant dans ses bras pour un rapide câlin.

Ils restèrent enlacés un bon moment. Elle se serra contre son corps en s'accrochant fermement à lui.

— Je viens juste de parler avec Karrde, dit Yan. (Les cheveux de sa femme lui chatouillaient les lèvres.) Il m'a raconté ce que vous avez découvert à propos de Caamas.

— On court à la catastrophe, Yan, dit-elle, sa voix légèrement étouffée par la chemise de Solo. La plupart d'entre eux n'en sont pas encore conscients. Il se pourrait bien que nous ayons à faire face à la plus grosse menace qui ait jamais plané sur la Nouvelle République. Il se pourrait bien que cela nous réduise en charpie.

— Ça va aller, dit Yan pour la rassurer. (Il ne put s'empêcher de prendre un ton un peu paternel bien qu'il ait saisi le sérieux de la situation. La plupart des Sénateurs n'avaient certainement pas encore compris le réel danger que représentait le fait de reparler de Caamas. Lui si.) On s'est bien sorti de cette Rébellion sur Almania, pas vrai ?

— Ce n'est pas pareil, répondit Leia. Kueller était un détraqué qui s'en prenait à qui se trouvait en travers de son chemin. La Nouvelle République a tout fait pour l'arrêter. Ça n'a pas été facile de convaincre les gens que nous n'étions pas en train de devenir une nouvelle version de l'Empire, tu sais ? Ce qui va se passer, c'est que Caamas va braquer des gens honnêtes et bons les uns contre les autres. Tous ont soif de justice mais tous sont radicalement opposés quant aux bases mêmes de ce que devrait être cette justice.

— Tout ira bien, insista Yan, la prenant par les épaules et l'écartant de lui pour pouvoir la regarder droit dans les yeux. N'abandonnons pas avant d'avoir tenté quoi que ce soit, d'accord? (Il s'interrompit. Un horrible soupçon lui vint soudainement à l'esprit.) A moins que... ajouta-t-il lentement. A moins que tout ne soit déjà fini. Est-ce que tu sais quelque chose que j'ignore?

— Je ne crois pas, répondit Leia. (Ses yeux se détournèrent du regard de son mari.) Je sens qu'il va se passer quelque chose dans les jours à venir. Une... comment dire? Une sorte de point pivot... Un événement important, voire vital, qui va faire basculer la balance d'un côté ou de l'autre...

— A cause de Caamas?

— Je n'en sais rien, soupira Leia. J'ai essayé de méditer là-dessus mais, jusqu'à présent, cela ne m'a pas apporté grand-chose. Tout ce que je puis dire, c'est que cela a commencé quand j'ai rencontré Karrde sur Wayland et que nous avons étudié ce qu'il y avait sur cette fameuse datacarte.

— Hum... dit Yan. (Il regretta de ne pas avoir insisté auprès de Luke pour qu'il laisse tomber sa chasse aux pirates. Il aurait pu aider Leia à se concentrer sur ce qu'elle ressentait.) Ne te fais pas de mouron, tu vas bien finir par découvrir ce que c'est. Un peu de tranquillité, ton petit mari qui va bien te dorloter et — hop! — je suis certain que tout va s'éclaircir.

Leia lui adressa un sourire, et un peu de sa nervosité disparut de ses traits.

— Dis-moi, ce ne serait pas un moyen détourné de me faire comprendre que c'est toi qui aurais besoin de te faire dorloter par ta petite femme?

— Non, tout ce que je veux, c'est te faire sortir d'ici, lui dit Yan en la prenant par le bras et en l'entraînant vers la porte. Tu as besoin de tranquillité et de repos. Quand les enfants rentreront de classe, il ne sera guère possible de goûter à l'un ou à l'autre. Profitons-en pendant qu'il est temps.

— Ça me paraît une bonne idée, répondit Leia avec un soupir. Je pense que pour l'instant ils ne vont pas faire grand-chose d'autre que se disputer à propos de justice et de vengeance. Ils peuvent très bien se passer de moi.

— Bien sûr. Aucun événement majeur n'est prévu dans cette galaxie pour les heures à venir.

— Tu en es certain?

Yan lui serra le bras pour la réconforter.

— Je te le garantis.

L'éclairage du pont vacilla brièvement. Par les baies vitrées, les marbrures célestes de l'hyperespace s'évanouirent.

Cependant, elles ne laissèrent pas la place au traditionnel champ d'étoiles. Cette fois-ci, elles disparurent au profit d'une noirceur totale.

Une noirceur si dense que n'importe qui aurait pu se croire aveugle.

Pendant un long moment, le Capitaine Nagol regarda le vide par le hublot d'observation du *Tyrannic*, luttant contre une nauséeuse sensation de vulnérabilité. Passer la barre de l'hyperespace avec son Destroyer Stellaire Impérial en utilisant le bouclier de camouflage pour rejoindre Bothawui sans se faire repérer les avait rendus aveugles et sourds. C'était une position potentiellement désastreuse pour un vaisseau de combat de ce type. Dans ce cas précis, bien évidemment, le bouclier de camouflage les dissimulait à leurs ennemis. Tout bien considéré, le Capitaine ne savait pas s'il préférait l'idée de ne pas être repéré ou celle de devoir avancer à l'aveuglette. L'une ne valait guère mieux que l'autre et il se refusait de choisir.

— Rapport de la baie d'envol, annonça l'officier chargé de la chasse. Les appareils de reconnaissance sont en route.

— Bien compris, dit Nagol en essayant de scruter le vide par-delà le hublot.

Il valait mieux qu'il ne bouge pas trop la tête. Cela risquait de nuire à son image si l'équipage s'apercevait qu'il était en train de s'évertuer à discerner quelque chose dans l'obscurité. Il repéra une très faible traînée de réacteur qui remontait le long de la coque. Le vaisseau de reconnaissance traversa les limites du bouclier de camouflage et se volatilisa.

Nagol inspira profondément, se demandant, au nom de l'Empire, ce que lui-même et les autres faisaient là. Lorsqu'il se trouvait dans le bureau du Moff Disra en compagnie de Trazzen, Argona et Dorja, toute cette histoire lui avait paru relativement raisonnable. Ici, aux confins de l'espace sauvage du système Bothawui, à des millions de kilomètres du port le plus proche, la raison ne semblait plus du tout de mise.

D'un autre côté, les plans conçus par le Grand Amiral Thrawn semblaient toujours déraisonnables jusqu'à ce que l'ennemi en fasse les frais.

Nagol gronda entre ses dents. Il n'avait jamais servi directement sous les ordres du Grand Amiral Thrawn — ni sous aucun des autres Grands Amiraux de l'Empereur, d'ailleurs — et il n'avait donc jamais eu l'occasion de se forger une opinion personnelle à son sujet. Pourtant, des années auparavant, même depuis le banc des remplaçants — où le *Tyrannic* avait été affecté dans les grands desseins tactiques de Thrawn —, Nagol avait dû reconnaître que la splendeur de l'Empire tenait en partie au commandement du Grand Amiral. Juste avant qu'il soit assassiné par Rukh, le traître Noghri.

Juste avant qu'on ait l'impression qu'il avait été assassiné.

La donne avait été quelque peu modifiée. Comment avait-il bien pu réussir à s'en sortir?

En poussant la question un peu plus loin, pourquoi était-il resté dissimulé pendant toutes ces années? Comment avait-il pu laisser des mégalomanes incompétents comme l'Amiral Daala saigner l'Empire aux quatre veines sans se donner la peine d'intervenir?

Et pourquoi, maintenant qu'il était de retour, pourquoi avait-il ressenti le besoin de s'associer au Moff Disra alors que d'autres semblaient tellement plus qualifiés?

Nagol fit la grimace. Il n'avait jamais aimé le Moff Disra. Il ne lui avait jamais fait confiance. A ses yeux, il était de ces individus qui préfèrent se battre férocement pour défendre des bribes de l'Empire dont ils n'ont que faire plutôt que de les abandonner à quelqu'un susceptible de les faire prospérer. Si Thrawn avait décidé de s'associer à lui, peut-être n'était-il finalement pas si malin que sa légende voulait bien le laisser entendre.

Bien entendu, Dorja s'était fermement porté garant du Grand Amiral. Il leur avait brossé le portrait du personnage et de son génie militaire. Parallèlement, Argona avait de son côté insisté sur les compétences de Disra lui-même. Lequel des deux fallait-il réellement croire?

Au moins avaient-ils la certitude que c'était bien à Thrawn qu'ils avaient affaire. L'analyse génétique à laquelle ils s'étaient livrés avait chassé la moindre once de doute à ce sujet. C'était bien Thrawn et tout le monde prétendait que c'était un génie. Il n'y avait plus qu'à espérer qu'ils ne se trompaient pas.

Un mouvement sur sa gauche attira son attention. Il se tourna et vit l'un des appareils de reconnaissance franchir la bordure du bouclier et corriger sa course pour rester à l'intérieur de ses limites.

— Eh bien? demanda Nagol.

— Nous sommes presque sur l'objectif, Monsieur,

rapporta l'officier radio. Une légère modification de la barre et nous y serons.

— Transmettez les modifications au navigateur, ordonna Nagol. (C'était déjà fait. Tous savaient pertinemment que si cela n'avait pas été le cas, le Capitaine aurait été fort en colère.) Pilote, mettez en route. Radio, des nouvelles de l'*Obliterator* et de la *Main d'acier*?

— Nos vaisseaux de reconnaissance sont entrés en contact avec les leurs, Capitaine, répondit l'officier chargé de la chasse. Il sont en train de coordonner les caps afin d'éviter toute collision...

— Il y a intérêt... laissa fuser Nagol d'une voix glaciale.

Avancer à tâtons dans les environs sans rien voir ni entendre était déjà bien assez désagréable. Si les trois Destroyers Impériaux devaient se percuter, on atteindrait le summum de l'humiliation professionnelle. A plus forte raison si, à ce moment-là, les boucliers de camouflage décidaient de rendre l'âme pour offrir à l'ensemble du système de Bothawui le plus ridicule des spectacles.

Mais pour l'heure, bien entendu, personne ne devait voir quoi que ce soit. Et c'était le but de cet exercice. Pour les systèmes de défense Bothans, il n'y avait rien dans l'espace à part quelques petits appareils inoffensifs qui allaient et venaient.

Quelques petits appareils... Et une comète. Pas si petite que ça.

— Nous approchons, Capitaine, annonça le pilote. Arrivée prévue dans cinq minutes.

Nagol hocha la tête.

— Bien compris.

Lentement, les secondes s'égrenèrent. Nagol ne quittait pas des yeux le vide et l'obscurité au-delà du hublot. Occasionnellement, la traînée de propulseur de l'un ou l'autre des appareils de reconnaissance passait sous la lourde cape du bouclier de camouflage du *Tyrannic*. Le temps pour les petits vaisseaux de vérifier la progression du Destroyer Stellaire et ils repartaient aussitôt vers l'inconnu. Le chronomètre finit par atteindre le zéro. Nagol sentit l'énorme vaisseau spatial ralentir.

Et c'est à ce moment-là qu'il apparut sur tribord.

Un énorme et répugnant fragment de roche et de glace pénétra le bouclier et longea rapidement le Destroyer en direction de la poupe.

— La voilà! aboya Nagol. Nous sommes en train de la dépasser!

— Nous nous mettons à sa hauteur, Capitaine, répondit le pilote.

Effectivement, le mouvement relatif de la comète vers l'arrière du *Tyrannic* finit par ralentir, puis par s'arrêter avant de s'inverser lentement. L'aérolithe sembla s'immobiliser par tribord avant, à quelques encablures de la superstructure de commandement du vaisseau.

— Course stabilisée, Capitaine!

— Les amarres?

— Les navettes qui les transportent sont en route, Monsieur, annonça un autre officier. Amarrage prévu dans dix minutes.

— Parfait. (Bien entendu, les amarres n'étaient pas physiquement conçues pour attacher la comète au Destroyer. Leur fonction était de donner suffisamment d'informations aux navigateurs pour que les deux objets volants conservent la même position relative l'un par rapport à l'autre, la comète pouvant ainsi continuer de dériver librement vers Bothawui.) Des nouvelles des deux autres Destroyers?

— La *Main d'acier* est déjà amarrée, rapporta le radio. L'*Obliterator* est en position. Ils seront câblés en même temps que nous.

Nagol hocha la tête. Il inspira profondément et laissa l'air s'échapper tout doucement de ses poumons. Ils avaient réussi. Et les Bothans ne devaient se douter de rien.

Il n'y avait plus grand-chose à faire à part attendre. Et espérer que l'Amiral Thrawn soit réellement ce génie dont tout le monde vantait les mérites.

8

— Ouais, c'est ça... dit l'individu d'allure adipeuse sur le moniteur de la console des communications. (Il plissa les yeux d'un air soupçonneux.) Répétez-moi tout ça...

— Mais je vous l'ai déjà dit deux fois, dit Luke, insistant sur le côté las et maussade de son ton et de son expression. Cela ne va pas changer grand-chose, malgré ce que vous pouvez croire !

— Redites-moi tout. Votre nom, c'est ?

— Mensio, répondit Luke d'un ton désabusé, regardant les centaines d'astéroïdes qui dérivaient au-delà de la verrière de son cockpit et se demandant au cœur duquel était dissimulée cette sentinelle particulièrement zélée. Je travaille pour Wesselman et je transporte une cargaison que je dois vous livrer. Qu'est-ce que vous ne comprenez pas dans tout ça, hein ?

— Commençons par vous et Wesselman, grogna l'homme. Il ne m'a jamais parlé d'un type appelé Mensio.

— Eh bien, je lui demanderai de vous envoyer une liste complète de ses effectifs dès que je le verrai, dit Luke d'une voix sarcastique.

— Hé ! Pas de ça avec moi, hein ? aboya l'autre.

Pendant un long moment, il dévisagea Luke avec dureté. Luke lui renvoya son regard, essayant de paraître aussi ennuyé et aussi peu inquiet que possible. En y réfléchissant bien, la tête de Luke Skywalker était certainement parmi les plus reconnaissables de toute la galaxie. Mais avec les cheveux teints, la peau maquillée, une barbe postiche, le coin des yeux bridés à la manière des Gorezh et deux cicatrices barrant l'une de ses joues, il y avait de fortes chances pour qu'il passe inaperçu.

— Et puis il y a autre chose, finit par dire la sentinelle. En général, c'est Pinchers qui est chargé de cette course. Comment se fait-il qu'il ne soit pas là?

— Il a attrapé une cochonnerie et il est incapable de piloter.

Ce qui était la vérité. Plus ou moins. Pinchers devait toujours être plongé dans l'indifférence béate d'un sommeil réparateur, quelque part sur la planète Wistril, hypnotisé par la transe Jedi curative que Luke avait fait tomber sur lui.

Ses associés verraient d'un très mauvais œil le fait que le contrebandier ait ainsi laissé Luke se charger de la livraison. D'un autre côté, lorsqu'il sortirait de sa transe, Pinchers se sentirait rajeuni de plusieurs années!

— Bon, écoutez, je ne vais pas passer la semaine à faire des pâtés avec vous, reprit Luke. Vous me laissez passer ou alors je ramène le tout à Wesselman et il sera obligé de vous le facturer deux fois. Moi, ça m'est égal, de toute façon, je suis payé au coup par coup.

La sentinelle grogna de façon inintelligible.

— D'accord, d'accord, ne vous emballez pas. Qu'est-ce que vous transportez?

— Un petit peu de tout. Des mines Norsam DRX55, quelques modules de survie d'urgence de classe Praxon, quelques armures de combat GTU. Et une ou deux surprises...

— Ah ouais? Le Capitaine a horreur des surprises.

— Celles-là, il va les adorer, promit Luke. La surprise numéro un, c'est un jeu d'amplificateurs de propulsion hyperluminique. Surprise numéro deux? Un droïd de sécurité SB20. Bien entendu, enchaîna-t-il en haussant les épaules, s'il n'en veut pas, je me ferai un plaisir de vous en débarrasser.

— Ben voyons, grogna la sentinelle. OK, d'accord, vous pouvez passer. Vous connaissez le chemin ou il faut que je vous dessine un plan?

— Ça va, je connais la route, répondit Luke, croisant mentalement les doigts.

Il n'existait que deux passages sûrs à travers le dédale d'astéroïdes qui menait au repaire des Pirates Cavrilhu. L'un de ces passages était utilisé pour se rendre à la base, l'autre pour en repartir. Pendant la séance d'hypnose, Luke avait sondé l'esprit de Pinchers pour y récupérer le visuel des deux itinéraires. Il se sentait relativement confiant et capable de les retrouver à bord de son Aile-X.

Mais il n'était pas à bord de son Aile-X.

Réaliser la même acrobatie aux commandes d'un encombrant remorqueur Thalassien Y60 était une tout autre paire de manches. Surtout qu'une partie des unités de propulsion subluminique manquaient au réacteur central.

— C'est bon, alors, dit la sentinelle d'un air dédaigneux. Essayez de ne pas rentrer dans quelque chose.

L'écran s'éteignit. Luke coupa la communication de son côté. Il appuya sur le bouton de l'espèce d'intercom qu'il avait lui-même installé entre le cockpit et le logement laissé vacant suite à la disparition des unités de propulsion.

— On est presque arrivé, annonça-t-il. Comment ça va là-dedans?

R2 lui répondit par un trille, indiquant qu'il avait bien reçu le message, suivi d'un grincement qui exprimait clairement sa nervosité.

— Ne t'inquiète pas, on va très bien s'en tirer, lui assura Luke. Fais en sorte que le chasseur soit toujours prêt à décoller.

Le droïd sifflota. Pendant un moment, Luke se remémora la couverture que les Services de renseignements lui avaient fournie afin de pénétrer les territoires Impériaux de Poderis pendant les Campagnes de Thrawn. Là aussi, il avait fait dissimuler son Aile-X et R2 à bord d'un vaisseau plus gros afin de s'assurer une porte de sortie rapide.

Mais aujourd'hui, ils étaient à bord d'un vieux cargo affecté à la contrebande et non aux commandes d'un appareil spécialement conçu pour les missions secrètes. Dégager l'Aile-X de sa cachette ne serait pas aussi facile en cas de fuite précipitée.

Si le cas devait se présenter, il verrait, le moment venu. En attendant, la meilleure option stipulait qu'il valait mieux tout faire pour éviter cette fuite. Et la première étape était de convaincre les sentinelles pirates qu'il était effectivement légitimement rattaché à leur réseau de fournisseurs.

Luke posa les mains sur les commandes du remorqueur et se livra à quelques exercices de relaxation Jedi.

— Que la Force soit avec moi, murmura-t-il en pénétrant plus avant dans le champ d'astéroïdes.

La manœuvre ne fut pas aussi difficile qu'il l'avait envisagé. Faisant appel à la légendaire débrouillardise des contrebandiers, Pinchers avait modifié les moteurs et les contrôleurs de vol atmosphérique du Y60. L'appareil était ainsi bien plus rapide et maniable que son allure incertaine ne le laissait croire. Même si une partie des unités de propulsion manquaient à l'appel, il restait encore assez de puissance pour mouvoir le remorqueur. Celui-ci avala sans broncher les virages secs et les détours nécessaires pour éviter les systèmes de défense des pirates. Les machines n'émirent aucune plainte quand elles furent grandement sollicitées pour résoudre le problème plus élémentaire qui consistait à ne pas entrer en collision avec l'un des corps célestes qui tournoyaient alentour.

La traversée rappela à Luke l'un des souvenirs de guerre de Leia : la course vertigineuse du *Faucon Millenium* à travers le champ d'astéroïdes, juste après l'évacuation de la base Rebelle de Hoth. Quant à lui, fort heureusement, il n'avait pas à voler à une vitesse faramineuse entre les rochers comme ses amis avaient été obligés de le faire, quand les chasseurs TIE et les Destroyers Stellaires Impériaux s'étaient lancés à leurs trousses.

Sur le chemin du retour, en revanche, ce serait certainement une autre histoire.

Il gagna le milieu du dédale et approcha d'un astéroïde dont la seule marque distinctive était sa taille, légèrement supérieure à celle des autres. Selon les maigres informations fournies par les Services de renseignements de la Nouvelle République et les bribes de pensées empruntées à l'inconscient de Pinchers, la base des pirates était constituée d'une série de cavernes et de tunnels creusés à même la roche. Les travaux, antérieurs à la Guerre des Clones, avaient été réalisés par une entreprise d'exploitation minière qui avait fait faillite depuis. Les baies d'envol étaient dissimulées au creux des vallées de la surface irrégulière. Un cercle lumineux, indiquant la piste à utiliser, apparut entre deux pitons rocheux très acérés. Luke enclencha les procédures d'atterrissage. Il dirigea le remorqueur vers le centre de l'ouverture, ressentit les frottements de l'air en passant la limite de l'atmosphère artificielle et posa finalement l'appareil après que celui-ci eut rebondi plusieurs fois sur ses trains.

Un homme solitaire l'attendait au bas de la rampe d'accès.

— C'est vous, Mensio ? demanda-t-il d'un ton rude, détaillant rapidement le visage grimé de Luke.

Ce dernier remarqua que la main de l'individu était posée, avec un manque évident de subtilité, sur la crosse du blaster qu'il portait à la ceinture.

— Vous attendez quelqu'un d'autre? rétorqua-t-il, posant à son tour la main sur son propre blaster tout en jetant un coup d'œil à la baie d'envol. (Cette salle creusée assez grossièrement dans le rocher, sous le bouclier atmosphérique, était à peu près circulaire. Une demi-douzaine de portes pressurisées s'ouvraient dans les parois à intervalles réguliers. Austère à l'extrême.) Ouais, c'est moi, Mensio. Dites, c'est gentil chez vous.

— On y a notre petit confort, dit l'homme. Tiens, on vient juste de parler avec Wesselman.

— Sans blague? dit Luke, toujours occupé à regarder autour de lui. (L'agent des Services de renseignements de la Nouvelle République en poste sur Amorris était censé tenir Wesselman en dehors de portée de toutes formes de communications pour les prochains jours. S'il échouait ou si Pinchers se réveillait plus tôt que prévu et décidait de s'échapper...) J'espère que vous lui avez passé mon bonjour.

— C'est ça, ouais, dit le pirate d'un ton sinistre. Il prétend n'avoir jamais entendu parler de vous.

— Vraiment? dit Luke, l'air de rien, tout en projetant les ondes de la Force sur l'esprit de l'autre. (Il y avait dans la conscience du pirate un certain niveau de suspicion mais aucun indice tangible précisant que la conversation avec Wesselman avait réellement eu lieu. C'était probablement du bluff. A moins que ce ne soit un test.) C'est marrant que vous ayez réussi à lui parler, reprit Luke. Wesselman m'a dit à moi qu'il ne serait pas joignable au cours des prochains jours. (Il sonda l'esprit du pirate un peu plus profondément.) Qu'il se rendait dans le secteur de Morshdine, d'après mes souvenirs. Histoire d'aller chercher une cargaison non référencée de gaz Tibanna qui vous est destinée.

L'homme lui adressa un sourire qui avait quelque chose de légèrement dédaigneux; Luke sentit que ses soupçons s'évanouissaient.

— Ouais, effectivement, c'est là qu'il allait, concédat-il. Il n'est pas encore arrivé, cela dit. Nous essayons toujours de le contacter.

Luke haussa les épaules, tout en se faisant la réflexion qu'il aurait aimé connaître l'itinéraire exact qu'emprunterait Wesselman. Si les délais du fournisseur venaient à s'allonger de façon anormale, des soupçons se matérialiseraient à nouveau dans l'esprit des pirates. Mais il était trop tard pour pouvoir y faire quoi que ce soit.

— Eh bien, quand vous y arriverez, donnez-lui mon bonjour, dit Luke. Alors, c'est bon? J'ai passé l'épreuve?

Le pirate afficha de nouveau un air dédaigneux et leva la main gauche. Quatre des six portes pressurisées s'ouvrirent et quatre malabars à l'allure peu engageante pénétrèrent sur l'aire d'envol. Tous rengainèrent leurs blasters et se dirigèrent vers le vaisseau de Luke.

— Ouais, c'est bon, répondit l'autre. Il y a des verrous spéciaux ou des pièges particuliers installé à bord de votre transport? Quelque chose que vous auriez oublié de nous dire?

— Non, la voie est libre. Allez-y, servez-vous. Il y a un endroit où manger dans le coin? La bouffe sur les vols spatiaux est de pire en pire.

— Bien sûr, fit le pirate en lui indiquant l'une des deux portes qui étaient restées fermées. La cafétéria est par là. N'abusez pas de la bouteille. On aura fini de décharger d'ici deux heures et ça m'embêterait de vous voir prendre le chemin du retour en état d'ivresse. Ça risquerait de foutre un satané bazar et c'est encore moi qu'on chargerait de tout nettoyer.

La porte donnait sur une pièce de dix mètres de long sur quatre mètres de large. Des tables et des bancs couraient sur toute la longueur au centre de la salle. Sur le mur de droite étaient accrochés des moniteurs qui retransmettaient toutes les chaînes musicales radio et vidéo. Le long du mur opposé se dressait un comptoir, à hauteur de taille, derrière lequel attendait un bar-droïd rutilant.

— Bien le bonjour, mon bon Monsieur, dit vivement le droïd quand Luke entra dans la pièce. Puis-je vous renseigner ?

— Est-ce que tu as des côtes de karkan sauce tomo épicée ? demanda Luke en jetant un coup d'œil autour de lui.

Il n'existait aucun autre accès visible menant au reste du complexe. Ce qui n'était guère surprenant quand on imaginait la clientèle qui devait fréquenter cet endroit en temps normal.

— Certainement, mon bon Monsieur, aucun problème, lui assura le droïd. (Il fit quelques pas, se pencha sous le comptoir et en sortit un paquet.) Cela ne prendra que quelques minutes pour les préparer.

— C'est bon, grogna Luke.

En fait, il fallut un peu moins de quatre minutes au bar-droïd pour chauffer le plat de côtes épicées et pour les disposer de façon artistique sur une assiette. Luke occupa ce laps de temps à arpenter la pièce, s'arrêtant ostensiblement devant les moniteurs retransmettant des vidéos musicales, essayant discrètement de repérer des caméras de surveillance.

Il en avait déjà relevé trois quand son plat lui fut servi. Même dans cette pièce isolée du reste du complexe, les Pirates Cavrilhu ne semblaient pas vouloir prendre le moindre risque.

— Puis-je vous servir quelque chose à boire ? demanda le bar-droïd en présentant son assiette à Luke.

— Non, ça ira, dit Luke. J'ai ce qu'il faut à bord de mon vaisseau. Et du très bon, en plus.

— Ah... Avez-vous besoin de couverts ?

Luke lui adressa un regard chargé de mépris.

— Avec des côtes épicées? Tu plaisantes ou quoi?

— Oh, murmura le droïd d'un ton perplexe. Eh bien, heu... Bon appétit, mon bon Monsieur.

Luke se tourna, réprimant une forte envie de remercier le droïd qui risquait d'éveiller les soupçons sur son personnage. Il saisit l'une des côtes et mordit dedans à pleines dents en reprenant le chemin de la baie d'envol.

Pendant son absence, les pirates n'avaient pas chômé. Ils avaient abaissé la grande rampe du Y60 et commencé le déchargement des caisses en les manipulant grâce à des chariots flottants antigrav.

— Faites gaffe avec les coins de ces trucs-là! aboya Luke à l'un des manutentionnaires en agitant sa côtelette en direction d'un chariot antigrav. Ça esquinte les fixations de mes élingues dans la soute.

— Vous faites pas de bile, grogna l'autre en tournant vivement la tête pour faire passer sa longue natte de cheveux tressés par-dessus son épaule. On ne va rien esquinter. A part peut-être votre santé si vous continuez à vous fourrer dans nos pattes.

— Ah ouais? Et qui c'est « on », hein? Vous? Et qui d'autre? rétorqua Luke en remontant la rampe. Si ça ne vous dérange pas, je vais aller vérifier moi-même.

— Comme vous voulez, mais restez en dehors du passage.

Deux pirates se trouvaient dans la soute. L'un d'entre eux était en train d'installer une caisse sur un chariot flottant, l'autre avait déjà pris la direction de la rampe avec son chargement. Luke s'approcha de la paroi et fit mine d'examiner les pattes de fixation des élingues. Il invoqua la Force. A peu de distance de là, dans l'un des tunnels de l'astéroïde, il sentit la présence de deux pirates supplémentaires, en route pour venir chercher d'autres caisses. Il estima le temps que cela leur prendrait... Oui... Cela devrait lui suffire.

Le dernier pirate venait d'atteindre la rampe. Luke l'entendit grogner. Apparemment, il était satisfait de la façon dont le matériel était arrimé sur le chariot. Luke changea de direction et traversa la soute vers la porte qui menait aux quartiers d'habitation du vaisseau. Le pirate descendit lentement la rampe et, une fois en bas, contourna l'appareil.

A priori, pour les dix secondes à venir, Luke serait tout seul à bord.

Pas un instant à perdre. R2 et lui-même avaient eu amplement le temps de s'entraîner pendant le vol qui les avait conduits jusqu'ici. A tel point que la manœuvre qu'ils allaient entreprendre en était presque devenue instinctive. Sifflant doucement, Luke se dirigea vers l'une des deux caisses qu'il avait soigneusement préparées. En même temps, il fit appel à la Force pour faire voler son assiette de côtes épicées. Il envoya son plat en douceur à l'autre bout de la soute. R2, qui avait entendu le signal convenu, ouvrit la porte d'accès à l'approche de l'assiette. Luke s'accorda un bref instant pour faire flotter son plat aussi loin que possible à l'intérieur des quartiers d'habitation. Quand il l'eut perdu de vue, il se concentra pour la poser doucement sur le sol. Puis il ouvrit l'un des panneaux de la caisse qui se trouvait à côté de lui.

A l'intérieur, bien emballé pour éviter les chocs du transport, se trouvait le fort dispendieux droïd de sécurité SB20 appartenant à Wesselman. Pour l'heure, il ne serait guère d'une grande utilité aux pirates, étant donné qu'il avait été vidé de tous ses circuits et rouages internes. La coque vide, en revanche, serait une cachette idéale pour pénétrer discrètement à l'intérieur de la base. Luke se fit tout petit et se glissa dans l'espace confiné. Il tira à lui le pan de la caisse et le referma délicatement.

Juste à temps. Derrière lui, il sentit le pont vibrer sous les pas lourds des pirates qui remontaient la rampe. Luke projeta la Force et sentit qu'un soupçon avait soudainement germé en eux. Il se concentra et fit appel à des techniques mentales d'amplification des sens.

— Contrôle? Ici Grinner. (La voix, pareille à un murmure, était parvenue clairement aux oreilles de Luke, comme si le pirate se trouvait juste à côté de lui.) Vous savez où se trouve notre contrebandier?

— La dernière fois que je l'ai vu, il allait vers la soute, répondit la faible voix du premier pirate avec qui Luke s'était entretenu quelques instants auparavant. Il a dit qu'il s'inquiétait pour ses pattes de fixation.

— Ouais, c'est vrai, on l'a vu juste au moment de descendre la rampe, confirma une autre voix.

— Très bien, dit Grinner. Et où est-il en ce moment?

— Probablement à l'intérieur, dit la deuxième voix. C'est par là qu'il allait quand Fulkes et moi on est sortis avec nos caisses. Il bouffait un plat de côtelettes.

— Il doit être en train de chercher un truc pour faire passer la sauce tomo épicée, ajouta une nouvelle voix. Il a dit au bar-droïd qu'il avait ce qu'il lui fallait à bord du vaisseau.

— Oui, c'est possible, gronda Grinner. (Les mots furent presque couverts par le crissement de métal d'un blaster qu'on dégainait de son étui.) A moins qu'il ne soit en train de nous préparer un tour de sa façon. Il est peut-être caché dans l'une de ces caisses. Contrôle? Vous pouvez nous envoyer une équipe de détection?

— Du calme, Grinner, lui conseilla la nouvelle voix. Laisse-moi faire une petite vérification.

Pendant un long moment, un lourd silence pesa sur la soute. Tout en maintenant le côté de la caisse fermé grâce à la Force, Luke dégrafa le rabat de sa tunique et posa la main sur son sabrolaser. S'ils ne mordaient pas à cet hameçon, il faudrait qu'il les mette hors d'état de nuire...

— Vous pouvez respirer, dit la voix du Contrôleur. Il est à l'intérieur. L'assiette qu'il a emportée de la cafétéria se trouve à cinq mètres juste devant vous, derrière la porte. Je ne vois pas comment il aurait pu aller poser son plat dans les quartiers d'habitation et revenir dans la soute pendant — voyons voir — les neuf secondes au cours desquelles vous l'avez perdu de vue.

Il y eut un faible reniflement et Luke entendit Grinner rengainer son blaster.

— Ouais, OK, dit-il. C'est juste qu'il y a quelque chose chez ce type qui me déplaît.

Luke ôta la main de son sabrolaser et laissa tout doucement sa respiration s'échapper en un signe silencieux de soulagement. Son idée de départ, quand il avait emprunté le vaisseau, avait été de prendre l'assiette de nourriture avec lui à l'intérieur de la caisse. Mais il avait deviné que cette solution comportait des risques et c'est pourquoi il avait travaillé avec R2 sur cette variation. Luke fut très content du choix qu'il avait fait.

— Bon, eh bien, finissez de décharger en vitesse pour qu'il puisse décamper, dit le Contrôleur. Vous avez vu le droïd SB20 qu'il était censé avoir apporté? Il me le faudrait assez vite.

— Heu... non... La seule caisse de droïd visible, c'est pour une unité R2.

— C'est celle-là, rétorqua le Contrôleur. Un SB20, c'est une coque de R2 remplie d'électronique et de programmes destinés à l'espionnage.

La caisse de Luke vacilla quand le pirate glissa son chariot élévateur dessous.

— Je n'en avais jamais entendu parler.

— Ils n'en font pas vraiment la pub dans les magasins de droïds, dit le Contrôleur d'un ton acide. Ça fait des années que le Capitaine tanne Wesselman pour en avoir un.

— Et comme par hasard on nous en livre un aujourd'hui, grogna Grinner. Commode, hein?

— La paix, Grinner! aboya le pirate dans la soute. C'est bon, j'ai votre droïd. Où voulez-vous que je le pose?

— A l'atelier d'électronique, lui répondit le Contrôleur. Le Capitaine veut que Pap et K'Cink y jettent un coup d'œil.

— D'accord.

Quelques instants plus tard, ils descendaient la rampe et s'engageaient sur le tarmac de la baie d'envol. Luke se recroquevilla contre la coque du droïd. Il écouta les sons tout autour de lui en essayant d'ignorer les violentes vibrations laissées par les irrégularités du sol répercutées par le chariot élévateur. Il avait d'abord supposé qu'on allait l'emmener dans une sorte d'entrepôt, là où le reste de la cargaison avait été acheminé. Cela lui fournirait probablement l'intimité suffisante pour effectuer une sortie discrète de sa caisse. Mais d'un autre côté, l'atelier d'électronique devait être plus près des quartiers de commandement de la base qu'il cherchait à atteindre. Finalement, il y gagnait au change.

Ils passèrent par l'une des portes pressurisées et, pendant quelques minutes, les seuls sons audibles furent le bourdonnement du chariot flottant, les pas du pirate et sa respiration rauque. Puis, petit à petit, d'autres bruits se firent entendre : d'autres voix, d'autres pas, la plupart distants mais se rapprochant de temps en temps. Luke projeta la Force à l'extérieur de la caisse et sentit la présence d'une grande variété d'esprits humains et extraterrestres dans les environs. Il y eut un curieux changement de l'écho produit par le chariot élévateur. Ils avaient certainement quitté l'un des tunnels pour pénétrer dans une salle plus grande. Le changement se produisit à nouveau, en sens inverse. L'écho de la grande salle céda la place à celui répercuté par un autre tunnel. Le chariot antigrav passa un coin, puis un autre avant de s'engager dans une pièce plus vaste remplie du brouhaha ronronnant de voix assourdies.

— Lanius? dit la voix du Contrôleur.

— Ouais, je suis là, dit le pirate qui poussait le chariot de Luke.

— Changement de plan. Pap a démonté un truc dans son atelier et il n'a plus de place pour le droïd. Va le poser à l'entrepôt du Niveau Quatre.

— Ouais, d'accord. (Le chariot élévateur ralentit et changea de direction.) Ce serait trop vous demander de vous décider une bonne fois pour tout?

— Allez, c'est ça, gronda le Contrôleur. Contente-toi de pousser, OK?

— Je pousse, je pousse, marmonna Lanius entre ses dents.

Le chariot poursuivit sa progression. Il s'engagea dans un autre tunnel et Luke commença à ressentir une curieuse sensation qui le tiraillait. Quelque part, allez savoir comment, quelque chose était allé de travers.

Il projeta à nouveau la Force, essayant de pister l'origine de cette sensation. Au-devant, une porte s'ouvrit en sifflant et le chariot pénétra dans une nouvelle grande pièce. Il sembla à Luke qu'il lui fallait une éternité pour la traverser...

Et puis, brusquement, le chariot s'arrêta.

— Qu'est-ce que...? cracha le pirate.

— Dégage, Lanius! hurla la voix du Contrôleur par un haut-parleur. T'as un passager clandestin!

Le pirate poussa un juron et Luke entendit un piétinement s'éloigner du chariot.

— OK, qui que vous soyez, continua le Contrôleur. Nous savons que vous êtes là-dedans. Les systèmes de sécurité du tunnel vous ont détecté et nous ont fourni un scanner on ne peut plus clair. Sortez de là.

Luke fit la grimace. C'était donc ça, la curieuse sensation qu'il avait ressentie : une prémonition des enquiquinements dans lesquels il allait bientôt se retrouver plongé. Dommage qu'il n'y ait pas prêté plus d'attention mais, tout bien réfléchi, au point où il en était, cela n'aurait pas changé grand-chose.

De toute façon, se reprocher ses erreurs de jugement ne le mènerait à rien. Il sortit son communicateur et, d'un geste du pouce, pressa le bouton de mise en route.

— R2? dit-il à voix basse.

Il n'y eut pas de réponse, rien qu'une rapide volée de parasites.

— Oh, je dois également vous signaler que nous avons brouillé vos transmissions, ajouta le Contrôleur. J'ai bien peur que la seule personne avec qui vous soyez obligé de parler, ce soit moi...

Luke était donc tout seul. Il s'assura que son sabrolaser était bien caché et referma le pan de sa tunique par-dessus.

— OK! cria-t-il. Ne tirez pas! Je vais sortir.

Il relâcha sa prise psychique sur le panneau et ouvrit la caisse. Trois pirates apparurent, se tenant à distance, le blaster à la main. Cinq autres, réussit-il à sentir, se tenaient tout autour de la caisse, en dehors de son champ de vision.

Cinq autres et un Defel en renfort, attendant quelque part dans l'ombre. Décidément, ils ne voulaient prendre aucun risque avec lui.

— Eh bien, eh bien, dit la voix du Contrôleur au moment où Luke s'extirpait de la carcasse vide du droïd. Vous vous êtes trompé de porte, Mensio?

— Non, je pense que c'est Lanius qui m'a fait prendre un mauvais chemin, dit Luke, se forçant à garder sa main loin de son blaster tout en regardant autour de lui. (Ils se trouvaient dans une très grande pièce, très haute de plafond. Des caisses étaient empilées le long de deux des murs. On avait posé la sienne dans un coin dégagé, à l'écart du reste des marchandises. Les huit pirates s'étaient postés plus ou moins en demi-cercle autour de lui. Luke ne réussit pas à repérer le Defel, mais l'assassin était certainement tapi entre lui et la seule porte ouverte, de l'autre côté de la salle, par-delà la rangée de blasters.) Je suis venu pour rencontrer votre Capitaine, pas pour inventorier vos réserves.

L'un des pirates en face de Luke grogna quelque chose d'incompréhensible.

— Je pense qu'il est nécessaire que vous sachiez combien Hensing, que vous voyez là, déteste les sarcasmes de ce genre, dit le Contrôleur.

— Vraiment? demanda Luke, jetant un coup d'œil, mine de rien, vers la porte. (L'interrupteur d'éclairage se trouvait juste à côté du panneau. Un modèle assez simple qu'il pourrait commander à distance grâce à la Force. Parfait.) Je suis désolé de l'apprendre.

— Il se pourrait que vous le soyez encore plus incessamment, l'avertit le Contrôleur. Vous voyez, il prétend que les petits merdeux sarcastiques de votre espèce font moins les malins dès qu'on leur a atomisé une main. Voire les deux...

Luke sourit d'un air sinistre et fit jouer les doigts de sa main droite artificielle.

— Il a tout à fait raison sur ce point, dit-il. Vous pouvez me croire.

— Bon, eh bien, comme ça nous nous comprenons, dit le Contrôleur. Et maintenant, donnez-nous votre blaster... Enfin, vous connaissez certainement déjà la routine.

— Bien sûr, dit Luke, dégainant son blaster avec des précautions exagérées pour le poser sur le sol à ses pieds. Vous voulez aussi que je vous sorte les cellules de réserve? demanda-t-il en indiquant les deux petits étuis noirs et plats accrochés de l'autre côté de son ceinturon.

— Non, vous pouvez vous en servir comme gilet de sauvetage, si ça vous chante, dit le Contrôleur. Poussez le blaster du bout du pied.

Luke s'exécuta et fit appel à la Force pour être sûr que l'arme glisserait précisément jusqu'à l'endroit qu'il désirait, à savoir aux pieds de Hensing.

— Vous êtes heureux comme ça?

— Bien plus heureux que vous, en tout cas, dit le Contrôleur. Je pense que vous n'êtes pas conscient de la gravité des ennuis dans lesquels vous vous trouvez, Mensio.

Luke décida qu'il était temps d'inverser les rôles.

— Très bien, dit-il en adoptant un ton et une posture très durs, fini de rigoler. Je suis ici pour proposer un marché à votre Capitaine.

Le Contrôleur ne montra pas s'il avait été, ou non, impressionné par la nouvelle attitude de Mensio.

— Ben voyons. Et vous ne pouviez pas prendre rendez-vous, comme tout le monde?

— Je voulais d'abord mettre votre système de sécurité à l'épreuve. Je voulais vérifier que vous étiez le genre de personnes avec qui mon employeur serait prêt à travailler.

— Et en quoi consisterait ce travail?

— J'ai des instructions. Je ne peux en parler qu'avec votre Capitaine, rétorqua Luke avec arrogance. Pas avec les sous-fifres.

Hensing gronda à nouveau et leva son blaster.

— Alors votre employeur est stupide. Ou fou furieux. Ou les deux, dit le Contrôleur. Vous avez cinq secondes pour me donner un argument qui tienne la route. Passé ce délai, je vous laisse entre les mains attentionnées de ce cher Hensing.

— Si vous insistez, répondit Luke en croisant les bras tout en fixant l'interrupteur à l'autre bout de la salle, près du panneau de la porte. (La curieuse sensation se matérialisa à nouveau...) Nous savons que vous utilisez des clones comme équipage à bord de certains de vos vaisseaux. Nous aimerions discuter avec vous la possibilité de vous en louer quelques-uns.

Le Contrôleur émit un bruit de négation.

— Désolé, mauvaise réponse. Occupez-vous de lui.

Les pirates levèrent leurs blasters.

Luke projeta la Force et éteignit les panneaux lumineux.

Quelqu'un poussa un juron, immédiatement étouffé par les nombreuses déflagrations des blasters déchirant l'air à l'endroit même où Luke se trouvait. Mais, bien entendu, Luke n'y était plus. La Force lui donna l'énergie nécessaire pour réaliser un saut périlleux par-dessus la tête des pirates, en direction de la porte. Il dégagea son sabrolaser tout en espérant que, trop confiants, ils avaient négligé de poster un garde à l'extérieur.

Il ressentit le picotement d'une prémonition et leva son sabrolaser.

Du sommet d'une pile de caisses, les yeux rouge pâle du Defel l'observaient. Il sentit, plus qu'il ne vit, son arme qui le visait. Il activa son sabrolaser. Une fraction de seconde et le flash d'un blaster apparut au niveau des yeux rouges.

La lame verte incandescente se déploya, presque aveuglante dans l'obscurité, et détourna le rayon laser sans aucun mal. Luke termina son vol et atterrit près de la porte. C'est à ce moment précis qu'il comprit que le Defel avait gagné ce premier round. Certes, son arme l'avait manqué, mais il avait obligé Luke à révéler l'endroit où il se trouvait et sa véritable identité.

Les pirates comprirent presque instantanément. A l'autre bout de la salle, l'un d'entre eux jura.

— C'est Skywalker! cria un autre.

L'exclamation fut suivie d'une nouvelle volée de tirs de blasters. Le feu des armes déchira l'air dans la direction de Luke.

Celui-ci battit en retraite vers la porte et laissa la Force guider sa défense. Le panneau devait être scellé. Il fit un bond de côté pour échapper temporairement au tir de ses adversaires. Il abattit son sabre par deux fois sur la porte et plongea dans l'ouverture ainsi pratiquée. Il était libre.

Le tunnel qui s'ouvrait devant lui était désert. Luke termina son plongeon par un roulé-boulé et se remit sur ses pieds. Il leva son sabrolaser, pour parer à toute éventualité, et projeta la Force dans le couloir à la recherche de l'embuscade qu'on lui avait très certainement tendue. Mais il ne détecta aucune présence.

— Vous abandonnez déjà? cria-t-il.

— Pas tout à fait, dit la voix du Contrôleur par un haut-parleur installé dans le plafond à quelques mètres de lui. Ce n'était pas bien prudent de votre part de révéler si rapidement votre identité...

— Je préfère attribuer cela à un excès de confiance! rétorqua Luke, se concentrant un peu plus. (Il n'y avait toujours rien devant lui. Il les avait surpris. Il ne serait donc pas très malin de leur laisser le temps de rassembler leurs esprits. Estimant la direction qu'il avait empruntée dans sa caisse à l'aller, il se mit à courir dans le couloir aussi vite que possible.) Alors, vous êtes prêt à me dire où vous avez déniché ces clones? lança-t-il au haut-parleur. Vous savez, j'aimerais autant éviter d'avoir à traquer votre capitaine pour lui poser personnellement la question...

— Vous pouvez traquer qui vous voulez et autant que vous le voulez, dit la voix depuis un autre haut-parleur un peu plus loin dans le corridor. (Apparemment, ils étaient capables de détecter la progression de Luke.) Vous ne rencontrerez personne de connu. Mais c'est gentil de nous avoir confirmé que c'était bien pour cela que vous étiez venu!

— Il n'y a pas de quoi! dit Luke, serrant les dents en sentant le danger tout autour de lui.

Devant lui, le couloir s'incurvait légèrement vers la droite. Quelque part au-delà de cette courbe, il sentit enfin une présence qui l'attendait.

C'était une tactique classique du guet-apens. Amener votre ennemi dans une courbe ou un angle pour qu'il soit pris entre deux feux, l'angle évitant ainsi à ceux qui avaient tendu le piège de se tirer dessus. Luke sentit que les pirates auxquels il avait faussé compagnie dans l'entrepôt étaient en train de se regrouper dans le tunnel. Dans quelques secondes, des rafales de blasters seraient tirées dans son dos.

Mais les plans de défense ordinaires des pirates ne devaient inclure aucun paragraphe concernant la présence d'un Jedi en liberté dans leur base. A l'entrée de la courbe, une porte blindée fermait l'accès à un couloir secondaire qui permettait d'échapper à l'étau. Le blaster qu'il avait dû abandonner dans l'entrepôt aurait à peine égratigné le métal. Luke disposait cependant de moyens pour ouvrir efficacement les portes, moyens dont les pirates ne devaient même pas soupçonner l'existence. Il dérapa légèrement et s'arrêta en face du panneau blindé, alluma son sabrolaser et plongea la lame dans le mécanisme de verrouillage. La porte glissa lourdement...

Luke ressentit la décharge d'un pressentiment. Il se tourna vivement, juste à temps pour parer avec son sabre trois rayons laser qui fusaient dans sa direction. Les pirates de l'entrepôt, se rendant compte que leur piège allait échouer, se précipitèrent en déchargeant leurs armes. Luke bloqua deux nouveaux rayons — les autres ne présentant aucun danger — et sauta par l'ouverture dans le couloir secondaire.

L'apparence de celui-ci le surprit. Contrairement au reste de la base, grossièrement creusé à même la roche, cette zone donnait l'impression d'avoir été transplantée directement d'un vaisseau spatial de grande taille. Des panneaux de métal lisse formaient des sections carrées de quatre mètres de côté. Le couloir lui-même s'étendait sur vingt mètres et finissait par une section en « T » donnant sur un autre tunnel plus classique taillé dans le rocher.

La seule lumière provenait du tunnel que Luke venait de quitter. Un éclat similaire luisait au-delà de l'intersection. Cela étant, il y avait suffisamment de luminosité pour se rendre compte que toutes les surfaces métalliques de ce corridor — murs, sol, plafond — étaient recouvertes d'un motif décoratif constitué de cercles de trois centimètres de diamètre, espacés de dix centimètres les uns par rapport aux autres.

Le tunnel lui-même était désert. Luke ne détecta aucune présence tapie dans l'ombre. Encore une fois, il avait réussi à les surprendre.

Mais son sens du danger le tiraillait toujours. Qu'est-ce qu'il y avait dans ce couloir? Cependant, avec deux groupes ennemis à ses trousses, il n'y avait guère de choix. Les sens en alerte, essayant de repérer un piège, Luke s'engagea dans le corridor.

Il avait fait quatre pas quand, sans le moindre avertissement, la gravitation fut brusquement inversée. Luke se retrouva projeté au plafond.

Aucune chance de préparation mentale ou physique. Sa tête et ses épaules heurtèrent le métal. Le choc se propagea comme une décharge douloureuse et le reste de son corps se tassa en produisant un bruit sourd. Luke essaya de reprendre sa respiration. L'impact lui avait tout simplement coupé le souffle. Avant qu'il ait eu le temps de remplir ses poumons — ne serait-ce qu'à moitié —, il tomba à nouveau, cette fois-ci sur le côté, en direction des murs.

Mais le métal n'était plus plat et lisse. Tournant la tête, Luke découvrit que ce qu'il avait pris pour des cercles décoratifs dessinés sur le mur était en fait les têtes d'une multitude de tiges de métal. Celles-ci étaient en train de coulisser hors de la paroi et se dressaient comme une forêt de lances sans pointes, prêtes à intercepter sa descente.

Mâchoires contractées, Luke invoqua la Force et lança ses mains en avant vers les barres. L'espace qui les séparait était bien trop étroit pour qu'il puisse s'y glisser mais s'il pouvait en attraper deux tout en ralentissant sa descente, cela lui éviterait un impact à pleine vitesse. Il saisit les deux barres pointées vers son visage et sa poitrine et réussit à contrôler la Force afin de freiner sa chute. Pendant un bref instant, il resta en équilibre au-dessus des tiges.

Mais il fut vite rabattu contre elles. Une série de barres correspondant aux premières étaient sorties du mur opposé. Elles le frappèrent violemment au dos et aux jambes et le poussèrent en avant. Il grogna sous le choc, qui lui avait à nouveau coupé le souffle. Il essaya de se retourner et de lutter contre la forêt de métal en train de l'agresser.

Alors qu'il essayait de dégager son bras gauche, Luke vit deux nouvelles séries de tiges sortir du sol et du plafond. Elles se fichèrent dans ses épaules, sa tête et ses jambes, et le coincèrent encore plus fermement. Il y eut un nouveau changement dans la gravité, qui envoya au hasard différentes parties de son corps taper contre les barres.

Soudain, la gravité redevint normale et il se retrouva suspendu — en position debout — au beau milieu du couloir.

— Eh bien, eh bien, dit la voix moqueuse du Contrôleur, perçant le silence. On s'est laissé surprendre ?

— Un peu, concéda Luke, luttant contre la nausée due aux changements de la gravitation.

Il tenta de regarder autour de lui du mieux qu'il put en dépit de sa tête solidement tenue en place. Le tunnel tout entier s'était transformé en filet tridimensionnel constitué de tiges d'acier. Deux portes blindées s'étaient refermées de part et d'autre : Luke était coincé.

— Nous avons fait cette installation il y a cinq ans, continua la voix du Contrôleur. Votre Académie sur Yavin n'arrêtait pas de pondre des petits Jedi à la noix, qui, gonflés de suffisance, parcouraient ensuite la galaxie. Nous nous sommes dit que ce ne serait qu'une question de temps avant que l'un d'entre eux vienne nous rendre visite. Alors, nous avons préparé cette petite réception. On ne se serait jamais douté qu'on aurait la chance de tomber un jour sur le grand Mamamouchi des Chevaliers Jedi en personne. Alors? Comment vous trouvez?

— Je vous accorde que c'est très inventif, répondit Luke, testant la résistance des barres avec ses épaules et ses bras pour comprendre aussitôt qu'il aurait dû s'en abstenir. J'espère que vous n'espérez pas me retenir bien longtemps avec tout cela.

— Vous risquez d'être surpris, dit le Contrôleur. Je parie que vous n'avez pas remarqué où était tombé votre sabrolaser...

Luke n'arrivait même plus à se souvenir du moment où il l'avait lâché pendant les différentes inversions de gravité. Du coin de l'œil, il repéra son arme à quinze mètres de là dans le corridor. Elle était suspendue, tout comme lui, au milieu d'un réseau de tiges d'acier.

— Comme vous pouvez le constater, les barres de cette partie du tunnel sont moins espacées les unes par rapport aux autres, déclara le Contrôleur. Ça permet de tenir les choses solidement...

Luke sourit. Apparemment, en dépit de tous ses préparatifs, le pirate n'en savait pas suffisamment sur les Jedi.

Il concentra la Force sur l'interrupteur du sabrolaser. Avec un chuintement sinistre, la lame d'un vert étincelant se déploya. Luke se concentra à nouveau pour faire pivoter la poignée latéralement.

Et rien ne se produisit...

— Vous comprenez maintenant l'ingéniosité de la conception, remarqua le Contrôleur comme si de rien n'était. L'angle de fixation est étudié pour que la lame passe juste entre les tiges sans en toucher une seule. Malin, non ?

Luke ne répondit pas. Le sabrolaser semblait solidement maintenu... Mais... si la lame ne pouvait pas toucher les barres, la poignée, elle, avait un peu de jeu et pouvait coulisser d'avant en arrière. Il invoqua la Force et la fit glisser vers l'avant.

— Ah oui, très juste, ça peut glisser dans ce sens-là, dit le Contrôleur au moment où la lame se mit à bouger. A moins que le sabre ne se retrouve coincé par son interrupteur ou quelque chose d'autre. Ça ne vous avancera pas à grand-chose. La lame ne touchera pas les barres...

La pointe de la lame atteignit le mur. Luke s'appliqua de plus belle et poussa l'arme à travers le blindage de métal.

— ... et naturellement, nous ne sommes pas assez stupides pour avoir placé du matériel délicat derrière ce mur que vous essayez de découper, termina le Contrôleur. On est un peu plus impressionné, du coup, hein ?

— Peut-être un peu, oui. Et maintenant ?

— A votre avis ? rétorqua le Contrôleur dont la voix s'était assombrie. Nous savons ce que les Jedi sont capables de faire, Skywalker. Ne nous prenez pas pour des naïfs. Je suppose que votre petite promenade à travers la base vous a appris suffisamment de choses sur certaines sales besognes de notre opération pour nous mettre tous au frais — à Fodurant ou à Beauchen — pour au moins vingt ans. Si vous pensez qu'on va vous laisser faire sans broncher, c'est que vous n'êtes pas dans votre état normal.

Luke fit la grimace sous le coup de cette remarque ironique. Le Contrôleur avait raison : en utilisant la pleine puissance de ses pouvoirs de Jedi, il aurait certainement pu investir l'esprit de tous les pirates. Mais sa répugnance toute récente à user impunément de ses talents l'avait empêché de s'y résoudre.

— Qu'est-ce que vous voulez? Qu'on passe un marché?

— Pas vraiment. Nous voulons votre mort.

— Vraiment? répondit Luke sèchement. (Les barres étaient bien trop solides pour des muscles humains mais ce genre de considération n'avait pas lieu d'être pour un Jedi. Tordre les tiges pour se libérer et atteindre le sabrolaser serait un travail long et fastidieux mais il possédait suffisamment d'expérience de la Force pour y arriver.) Vous voulez me voir mourir de vieillesse ou vous avez autre chose en tête?

— En fait, je suis désolé. J'ai l'impression que c'est du gâchis de devoir vous éliminer comme ça, surtout quand on pense à ce qu'a coûté ce piège à Jedi. Malheureusement, de nos jours, on n'offre plus de prime à ceux qui les capturent. Même si c'était encore le cas, je ne crois de toute façon pas que cette cage vous retiendrait assez longtemps pour nous laisser le temps d'aller toucher la rançon. Voilà, c'est tout. Adieu, Skywalker.

Il y eut un clic et le haut-parleur s'éteignit... Dans le silence, Luke perçut un son qu'il n'avait pas entendu jusqu'à présent.

Le sifflement régulier d'une arrivée de gaz.

Il inspira profondément et invoqua la Force. Il existait de très nombreuses techniques de neutralisation des poisons qui devaient lui permettre de tenir en respect ce qu'ils étaient en train de lui envoyer. Cependant, il valait mieux ne pas s'attarder. Luke ferma les yeux, se concentra de plus belle et, grâce à la Force, commença à tordre la barre qui lui plaquait le visage.

Et soudain, il écarquilla les yeux. La vérité venait de lui apparaître.

Les pirates n'étaient pas en train de lui envoyer un gaz empoisonné. Ils étaient en train de pomper l'air pour faire le vide dans le tunnel.

Et même un Jedi ne pouvait pas survivre bien longtemps sans air.

Luke inspira une nouvelle fois, très profondément et repoussa la peur qui montait en lui. *Un Jedi doit agir quand il est calme et en paix avec la Force.* Bon, d'accord. R2 et l'Aile-X étaient peut-être déjà tombés aux mains des pirates. Même si ce n'était pas encore le cas, il n'y avait aucun moyen de manœuvrer le chasseur à travers les couloirs étroits pour qu'il parvienne jusqu'ici. Luke était donc tout seul, sans ressources, à part les quelques éléments de son équipement qu'il transportait avec lui : un communicateur, un bâtonnet lumineux, un databloc...

Et deux cartouches énergétiques de blaster...

Luke concentra la Force sur les deux petites boîtes plates et les décrocha de sa ceinture. Il les fit flotter jusqu'à hauteur d'yeux. Pendant les grandes heures de la Rébellion, le Général Airen Cracken — réputé pour son génie mécanique — avait découvert un moyen de bricoler les cellules énergétiques pour qu'elles explosent. Tout ce qu'il fallait, c'était attacher ensemble un minimum de deux cartouches débarrassées de leur protection contre la surchauffe. En trente secondes, l'engin explosait avec la puissance d'une grenade de taille moyenne.

La déflagration devrait dégager assez de souffle pour casser ou tordre la majorité des barres de métal qui emprisonnaient Luke. Le problème, c'est qu'elle risquait de causer autant de dommages à Luke lui-même.

A moins qu'avec un peu d'ingéniosité...

208

Il ne lui fallut que quelques secondes pour ôter les capsules de protection des deux cartouches. Puis, les maintenant collées l'une contre l'autre, Luke les envoya flotter à travers le dédale de barres vers l'une des portes blindées. Si le Contrôleur était toujours en train de le surveiller — pour peu que les pirates connaissent le truc —, il en arriverait vite à la conclusion que Luke était en train d'essayer de percer un trou dans la porte blindée afin de laisser entrer l'air. Il conclurait également que le métal de la porte était suffisamment solide pour résister à une pareille explosion.

Cela convenait parfaitement à Luke. Plus les pirates agissaient sous l'emprise de fausses suppositions, moins ils seraient en mesure de réagir une fois qu'ils auraient compris ce qu'il avait derrière la tête.

Son espèce de bombe atteignit la porte blindée. Il ne restait plus que dix secondes avant la détonation. Maintenant les deux cellules en suspension, il projeta les ondes de la Force pour faire coulisser le sabrolaser en arrière dans l'étroit espace laissé vacant entre les barres. Le crochet de ceinture de l'arme vint s'appuyer contre le mur. La grenade atteignit la trouée abandonnée par le sabre et Luke la logea entre les barres.

La question critique, à présent, était de savoir si l'onde de choc et les éclats de métal dégagés par l'explosion endommageraient le sabrolaser. Agissant sous le coup d'une impulsion soudaine, Luke envoya une onde et mit en route son arme. La lame verte se déploya, la pointe tournée vers la bombe. Le rayon de lumière solide devait pouvoir désintégrer n'importe quel éclat projeté dans sa direction, protégeant ainsi la poignée et les délicats mécanismes qui y étaient installés. Il n'y avait plus qu'une seule chose à faire : attendre. Attendre, et lutter contre la tentation de s'évanouir dans cette atmosphère qui se raréfiait.

Dans un fracas de tonnerre et de feu, les cellules énergétiques explosèrent avec trois secondes d'avance.

Luke serra les dents. Une douzaine d'éclats de métal chauffé à blanc lui déchirèrent le bras et le flanc gauches. Le résultat dépassa ses espérances. A l'autre bout du tunnel, à travers les volutes de fumée, il vit qu'une bonne partie des tiges d'acier avaient été tordues par la déflagration. Pas beaucoup, certes, mais suffisamment. Luke concentra la Force sur son arme et fit glisser la lame en direction de la zone déformée par le choc. Il fit alors tourner la poignée.

Pas beaucoup, certes, mais bien assez. Le sabrolaser, partiellement libéré, pivota légèrement de droite à gauche. Il eut assez de recul pour trancher l'une des tiges. Luke le fit à nouveau tourner et deux autres barres cédèrent sous le laser et tombèrent au sol. Il le fit pivoter encore. Et encore. Chaque nouveau balayage était de plus en plus ample et creusait de façon méthodique un espace autour de l'arme...

Jusqu'à la libérer complètement. Le sabrolaser se mit à tourbillonner comme une hélice, en tranchant tout ce qui se trouvait sur son passage.

Des taches lumineuses se mirent à danser devant les yeux de Luke. Il envoya son arme contre la porte blindée et découpa une ouverture triangulaire. L'air, luttant contre le vide partiel, s'engouffra dans la pièce. Luke prit une profonde inspiration et sa vision s'éclaircit. Il ramena le sabre vers lui. La lame de lumière passait au travers des tiges d'acier comme une faux dans un champ de blé.

Une minute plus tard, il s'engageait dans le tunnel creusé à même le rocher. Tout en se dirigeant vers la baie d'envol où était posé son appareil, il alluma son communicateur d'un coup de pouce.

— R2, appela-t-il. Tu es là?

La seule réponse qu'il obtint fut un salmigondis de parasites. Il accéléra le pas, faisant appel aux techniques

Jedi pour réduire la douleur qui lui vrillait le bras et le flanc. Il devait se préparer à toute nouvelle intervention des pirates.

Mais cette intervention n'eut pas lieu. Il déboucha du couloir dans une large salle déserte. Il s'engagea dans un autre tunnel et ne rencontra personne. Il ne ressentit pas non plus la moindre présence.

Il n'avait d'ailleurs rien ressenti depuis qu'il s'était échappé du piège à Jedi. Etaient-ils tous cachés quelque part? Avaient-ils précipitamment plié bagage?

Le sol sous ses pieds se mit à vaciller légèrement. Quelque part dans le lointain, il entendit le son étouffé d'une explosion. Il venait de quitter le tunnel et s'apprêtait à en emprunter un autre qui s'ouvrait devant lui quand il ressentit les vibrations d'une seconde explosion, cette fois-ci notablement plus proche.

Brusquement, son communicateur se mit à siffler. Luke pressa la commande.

— R2?

— Pas tout à fait, répondit sèchement une voix familière. Tu as *encore* des ennuis, Skywalker?

Luke cligna plusieurs fois des yeux sous le coup de la surprise. Puis il sourit de plaisir. Pour la première fois depuis qu'il avait posé le pied dans cet endroit.

— Bien entendu, répondit-il à Mara Jade. Tu m'as déjà connu autrement que dans les ennuis?

9

— A brûle-pourpoint, non, je ne vois pas, dut admettre Mara, observant le champ d'astéroïdes qui s'étendait par-delà les baies vitrées du *Glacier Etoilé*. Cela dit, je dois avouer qu'essayer de s'attaquer tout seul à un nid de pirates me paraît largement au-delà de ton niveau habituel d'audace. Qu'est-ce que tu fais là, en plus?

— J'essaye de sortir! répondit Luke sèchement. Et toi, qu'est-ce que tu fais là?

— Karrde m'a demandé de vérifier ce que tu étais en train de fabriquer. Il a dû certainement comprendre que tu avais besoin d'un coup de main.

— C'est le moins qu'on puisse dire, concéda-t-il. T'es où, là?

— En ce moment, juste à l'extérieur du champ, en direction du centre, répondit Mara en fronçant les sourcils. (Etait-ce bien une explosion qu'elle avait perçue dans la direction du plus gros astéroïde de Cavrilhu?) Dis-moi, tu es en train de tout faire sauter, ou quoi?

— Non, mais il y a effectivement quelqu'un qui s'y emploie. J'entends les détonations dans le lointain. Tu peux voir ce qui se passe?

Assise à la console voisine, le Capitaine Shirlee Faughn tapota l'avant-bras de Mara.

— Jette un coup d'œil au flanc tribord de l'astéroïde, murmura-t-elle en désignant l'aérolithe. Il y a toute une flottille qui appareille pour l'espace profond. A vue de nez... Dix-huit vaisseaux.

— Génial, marmonna Mara. T'es dans la panade, Luke. Tes rats sont en train de déserter le navire en masse. Faughn a repéré dix-huit vaisseaux. Il y en a probablement plus. Dix contre un que ces explosions que tu entends proviennent du système d'autodestruction de la base qui vient de se mettre en route. Tu as un appareil?

— Je suis arrivé à bord d'un remorqueur Y60. R2 et mon Aile-X y étaient dissimulés, dit Luke. Mais je n'ai pas réussi à les contacter.

— Pas de panique, lui conseilla Mara en jetant un coup d'œil rapide à son moniteur. D'après ce que je vois, ils sont toujours en train de brouiller ta fréquence principale de communication. Ça tombe bien, on a l'équipement pour contrecarrer ça en douceur. Tu es loin de ton aire d'atterrissage?

— Je ne sais pas exactement...

Faughn claqua des doigts et indiqua l'un des écrans de Mara.

— Attends, dit cette dernière. Leur brouillage vient de s'arrêter. Je t'ouvre un canal pour que ton communicateur puisse à nouveau fonctionner normalement. (Elle se tourna vers la console radio, installée de l'autre côté du pont.) Corvus?

— Canal ouvert, rapporta l'autre. Je vous transfère sur le principal.

Brusquement, le haut-parleur du poste de communication se mit à déverser le staccato du langage machine d'un droïd affolé.

— Du calme, R2! cria la voix de Luke au beau milieu des couinements et sifflements. Je n'arrive pas à comprendre ce que tu dis.

— Il dit que l'Aile-X et lui-même vont bien, enchaîna Mara en lisant la traduction qui défilait sur son écran d'ordinateur. Ils se sont fait repérer, alors R2 a été obligé de faire sortir l'Aile-X de sa planque... (Elle fit une grimace.) Et il s'est débarrassé de ses poursuivants en faisant sauter les générateurs du bouclier atmosphérique de la baie d'envol...

Il y eut un long moment de silence.

— Ce qui veut donc dire que l'aire est maintenant complètement dans le vide, c'est ça? demanda Luke.

— Ouais, d'un bout à l'autre, confirma Mara. Je suppose qu'il ne faut pas non plus que tu espères trouver une combinaison pressurisée, quelque part près de la baie, pas vrai?

— Je ne sais pas mais si j'étais toi, je n'y compterais pas, répondit Luke.

— Oui, je m'en doutais, acquiesça Mara. Faughn, tu as déjà piloté un Y60, pas vrai?

— Je ne me rappelle plus combien de fois, tellement je l'ai fait! répondit l'autre femme. Tu ne crois quand même pas qu'il va tenter de traverser le vide de la baie comme ça?

— C'est la façon la plus simple de le tirer de là, dit Mara. Penses-tu qu'il puisse y arriver?

— J'en doute, dit Faughn. Skywalker? La rampe d'accès à la soute est-elle levée ou baissée?

— La dernière fois que je l'ai vue, elle était baissée.

L'unité R2 se mit à cliqueter et la confirmation du droïd défila sur le moniteur.

— Elle l'est toujours, confirma Mara.

— Dans ce cas, il n'a aucune chance, dit Faughn en secouant la tête. Le mécanisme de la rampe du Y60 est une vraie saleté. Remonter la passerelle et pressuriser le vaisseau prendra au moins une quinzaine de minutes.

— J'avais bien peur d'un truc pareil, dit Mara. Ça fait un peu long pour retenir sa respiration...

— Et l'Aile-X? suggéra Faughn. Il ne faut pas très longtemps pour rétablir la pressurisation d'un cockpit de cette taille...

— Sauf que la plupart des verrières du chasseur sont équipées d'un verrouillage anti-dépressurisation, indiqua Mara. Si tu les ouvres sur le vide sans bricoler les commandes, ça déclenche le siège éjectable. C'est un mécanisme de sécurité. Je doute que le R2 soit capable de réaliser le bricolage nécessaire...

— Tu as raison, il ne peut pas, intervint Luke. Mieux vaut espérer trouver une combinaison.

— Ouais. (Mara siffla entre ses dents, évaluant à l'œil nu la distance qui les séparait de l'astéroïde. Les chances pour que les pirates aient justement laissé de l'équipement étanche à la portée des évadés potentiels oscillaient entre le très mince et le nul.) Si tu ne trouves pas, on vient te chercher.

Du coin de l'œil, Mara aperçut Faughn qui lui lançait un regard stupéfait.

— Jade, nous ne connaissons pas le passage pour le rejoindre... marmonna Shirlee.

— Non, mais le droïd de Skywalker le connaît, lui rappela Mara. Droïd? Tu peux nous envoyer tes indications?

Le R2 sifflota son approbation et un cap apparut sur l'écran de l'ordinateur.

— C'est bon, je l'ai, dit Mara. En route...

Faughn s'istalla aux commandes, apparemment guère enthousiaste à l'idée de risquer ainsi la sécurité de son appareil. Il y eut une brève sensation d'accélération et le *Glacier Etoilé* se mit à avancer.

— Le chemin n'a pas l'air si dangereux que ça, remarqua Mara en étudiant le moniteur.

— Il ne l'était peut-être pas tout à l'heure, répondit le Capitaine en indiquant ses écrans de navigation. Mais il y a un tout petit problème. Les astéroïdes n'occupent plus la même position relative.

Mara posa les yeux sur son propre contrôleur de navigation. Faughn avait raison.

— Bon sang, ils ont tout chamboulé. (Elle se leva de son fauteuil et se précipita vers la porte.) Il va falloir jouer les Banthas et nous frayer nous-mêmes un chemin. Je prends le Numéro Un. Dis à Elkin et à Torve de prendre les autres.

Elle venait d'atteindre la batterie de turbos laser et bouclait la ceinture de sécurité du siège d'artilleur quand elle reçut un message de Faughn.

— On vient juste de déclencher une alarme automatique qui nous invite à rebrousser chemin, indiqua le Capitaine. Je pense qu'on ne va pas tarder à avoir des ennuis...

— Compris, dit Mara en enclenchant le préchauffage d'urgence du canon.

Pour la vingtième fois en peu de temps, elle se dit qu'elle aurait vraiment aimé que le *Feu de Jade* ne soit pas en cale sèche sur Duroon pour une vérification de ses systèmes de navigation. Karrde avait eu la bonne idée de faire armer et blinder ses cargos, mais le *Feu* disposait d'une puissance laser et d'une manœuvrabilité largement supérieures à celles du *Glacier*.

Mais le *Feu* n'était pas là et elle ne pouvait rien y changer. Mara essuya rapidement ses paumes moites sur sa combinaison puis elle empoigna les manettes de contrôle et invoqua la Force. Ses pouvoirs Jedi n'étaient peut-être pas aussi stupéfiants que ceux du grand Luke Skywalker mais elle se sentait d'attaque à faire la comparaison entre son intuition finement aiguisée, son aptitude innée à sentir le danger et celles de son ancien professeur.

Le problème était que son instinct ne lui permettait pas de deviner la direction d'où venait le danger. Et le danger était en train de se rapprocher d'eux, arrivant de multiples directions.

— On arrive, Luke, appela-t-elle dans son micro. Si tu veux épater la galerie, c'est ta dernière chance de faire un petit geste de la main pour désactiver tous ces pièges...

Elle regretta ce qu'elle venait de dire à l'instant même où les mots franchirent ses lèvres. Luke était bien trop loin pour qu'elle puisse lire dans ses pensées avec certitude mais elle le sentit tressaillir. Elle allait ouvrir la bouche pour s'excuser...

Quand son sens du danger se mit en alerte. Un astéroïde qui dérivait le long du vaisseau attira son attention. Elle repéra une portion bien lisse sur ses flancs qui n'avait pas grand-chose de naturel avant de discerner l'éclat du métal.

Son turbo laser entra en action. L'astéroïde suspect fut réduit en poussière. Du nuage de débris en suspension leur parvint un unique tir de riposte. Le trait de laser fut trop faible, trop tardif, et passa bien à côté de sa cible...

— Joli tir, Mara, dit la voix d'Elkin dans son casque.

Mara hocha la tête, trop préoccupée par sa tâche — et par la remarque stupide qu'elle avait adressée à Luke — pour répondre. Elle se sentait à la fois coupable et gênée de se sentir coupable. Après tout, c'était Skywalker et ses apprentis Jedi, pas elle, qui utilisaient leurs pouvoirs à tire-larigot. Si cela troublait Luke qu'on lui en fasse la remarque, c'était son problème, pas celui de Mara.

Elle se sentit à nouveau en état d'alerte. Avant qu'elle puisse identifier l'origine du danger, de multiples tirs de couleur rouge fusèrent de la batterie commandée par Torve. Un chapelet de rochers fut désintégré et transformé en une pluie d'éclats tranchants. Mara sursauta. Quelques débris vinrent rebondir sur les boucliers déflecteurs du *Glacier Etoilé*, juste devant sa verrière. Le vaisseau, ayant passé ce piège, continua sa progression. Mara installa confortablement ses doigts sur les commandes de tir et fit de nouveau appel à la Force.

A eux trois, ils détruisirent huit autres pièges avant que le *Glacier* ne rejoigne la base.

— Nous y sommes, annonça la voix de Faughn dans l'oreillette de Mara. Skywalker, où êtes-vous?

— Je suis arrivé à l'aire d'atterrissage, répondit Luke. R2? Envoie quelques décharges de laser vers la bordure pour qu'on puisse la repérer.

Le droïd émit une série de bips et un éclair lumineux apparut dans une zone d'ombre s'étendant entre deux pitons rocheux.

— C'est bon, on voit où vous êtes, dit Faughn. Vecteur d'approche...

Les éclairs de laser tirés par l'Aile-X cessèrent. C'est alors qu'une autre explosion étouffée fit frémir la surface de l'astéroïde, à une distance inquiétante de la baie d'envol.

— Encore une explosion? demanda Mara.

— T'as vraiment raté une bonne partie du spectacle, tu sais? répondit Luke. A ce que j'entends, il y en a une qui se déclenche grosso modo toutes les dix secondes. J'ai en plus l'impression que cela converge dans ma direction.

Il y eut un autre éclair, celui-ci réellement trop près de la baie.

— Si vous voulez mon avis, celle-là, elle n'est vraiment pas passée loin... grogna Faughn. Tu es sûre de vouloir te poser là, Jade?

— Pas franchement, concéda Mara. Mais on n'a pas beaucoup le choix. Tu vas nous devoir une fière chandelle ce coup-ci, Luke.

— Je mets ça sur ta note! promit celui-ci. Il faudrait vous dépêcher... Non! Attendez! Reculez, reculez!

— Quoi? s'inquiéta Faughn.

— T'as entendu? aboya Mara, consciente d'un danger imminent. En arrière toute!

Le *Glacier Etoilé* se mit à vrombir et recula. L'un des pitons rocheux dominant la baie d'envol fut soudainement englouti sous des explosions à répétitions pareilles aux feux d'artifice tirés le jour de la célébration de la victoire d'Endor.

— Jade, c'est de la folie furieuse! s'exclama Faughn. On ne peut pas se poser là. Tout va sauter d'un instant à l'autre!

— Elle a raison, dit Luke. (Mara projeta son esprit vers lui et sentit une sensation sinistre prendre le dessus sur ses émotions.) Ça veut dire qu'il ne nous reste plus qu'une seule solution.

La dernière chance de faire un petit geste de la main pour désactiver tous ces pièges?

— Et c'est quoi? hurla-t-elle à tue-tête.

— Il faut qu'on se retrouve à mi-chemin, répondit-il. Vous disposez d'une aire d'accostage qui pourrait accueillir l'Aile-X?

— On a deux passerelles semi-ouvertes équipées de rayons de guidage, lui dit Faughn. On doit pouvoir au moins créer un bouclier hermétique autour du cockpit.

— Parfait. R2? Dégage d'ici et va les rejoindre...

— Une petite minute, l'interrompit Mara. (Une inflexion dans la voix de Skywalker venait de lui indiquer qu'il allait tenter quelque chose de réellement stupide.) Tu ne penses quand même pas t'aventurer dans le vide en bras de chemise, non? On ne va pas réussir à s'approcher pour te récupérer...

— Je sais, répondit Luke. Je vais me plonger dans une transe Jedi d'hibernation dès que j'aurai passé la porte pressurisée.

Elle avait vu juste. Quelque chose de réellement stupide.

— Et comment comptes-tu réaliser une prouesse pareille? Il faut que tu entres en transe aussitôt après avoir fait sauter la porte blindée. Ça ne te laissera pas le temps d'inspirer suffisamment d'oxygène...

— Si je découpe proprement la porte, je devrais, normalement, être éjecté avec une grande quantité d'air. Cela devrait me donner assez de temps pour plonger en hibernation et commencer à flotter dans votre direction.

— C'est une planche pourrie, ton truc...

— Les solutions de dernier recours sont toujours des planches pourries. Et si on perd encore plus de temps à discuter, il n'y aura même plus de planche du tout!

— On dirait du Yan Solo tout craché! gronda Mara. (Mais il avait raison et, comme pour appuyer ses propos, le second piton rocheux explosa.) OK, t'as gagné. C'est parti.

— D'accord, dit Luke. R2, mets les bouts.

Le droïd émit un sifflement de mécontentement et obéit. L'Aile-X décolla de l'aire d'envol et mit le cap sur le *Glacier Etoilé*.

— Faughn? appela Mara.

— Les rayons de guidage sont parés sur bâbord, dit le Capitaine. Le sas extérieur sur tribord est ouvert. Bouclier atmosphérique en place. Krickle se tient prêt avec la trousse de secours d'urgence. On attend le signal de Luke.

— T'as entendu, Luke?

— Oui. Je vais me conditionner pour que la phrase «bienvenue à bord» me fasse sortir de la transe.

— «Bienvenue à bord», OK, bien compris.

— Bon, j'y vais. Ne me ratez pas.

Mara laissa échapper un mince sourire. *Ne me ratez pas.* Jadis, ces mots auraient eu une tout autre connotation pour elle. Luke Skywalker dans sa ligne de mire... L'ordre de l'Empereur d'abattre ce prétendant Jedi résonnant dans sa tête...

Mais elle avait tourné le dos à cet épisode dramatique depuis près de dix ans. Le Mont Tantiss était bien loin et la voix de l'Empereur n'était plus qu'un souvenir distant sans conséquence.

Skywalker aurait bien un jour à vivre le même type de drame. Peut-être était-il même en train de le vivre à l'heure qu'il était.

Elle souhaita que ce soit le cas.

Il y eut un tressaillement dans les émotions de Luke. Mara se concentra et visualisa l'éclair du sabrolaser. La lame verte incandescente plongea à travers le métal de la porte blindée.

Et puis, brusquement, Luke disparut.

— Faughn? appela à nouveau Mara, fermant les yeux et se concentrant le plus possible.

Mais la présence de Luke n'était plus perceptible, tout au moins pas par elle. Soit il était arrivé à sombrer dans sa transe d'hibernation, soit il était mort.

— Le voilà! s'exclama Faughn.

Mara rouvrit les yeux. Effectivement, c'était bien lui, ressemblant à un pantin désarticulé, qui glissait rapidement dans le vide en direction du *Glacier Etoilé*. Ses bras et ses jambes flottaient mollement, son corps tournoyait lentement sur lui-même. Les éclats lumineux provenant de l'autodestruction de l'astéroïde donnaient un air surréaliste à la scène.

Avec une secousse qui fit sursauter Mara, le *Glacier* se mit en route en direction de la surface. Faughn manœuvra le vaisseau pour qu'il se mette dans l'axe de la trajectoire de Luke.

Enfin... pour essayer de se mettre dans l'axe. Mara fronça les sourcils. Elle observa la silhouette de Luke qui approchait et essaya de calculer rapidement sa course et sa vitesse d'impact...

Faughn, ayant accès à l'ordinateur de l'appareil, fut la première à donner la réponse.

— C'est mal barré, dit ·elle sèchement. Avec la vitesse à laquelle je dois voler pour le rattraper, soit il rebondit sur la coque, soit il passe le sas arrière trop vite et se brise le cou sur le mur du fond!

— Débrouille-toi pour le ramener vers nous, rétorqua Mara en pressant le bouton d'ouverture de son harnais de sécurité. (Elle se redressa et se mit en route.) Moi, je me charge de sa survie...

Mara rejoignit le sas au moment même où Luke était sur le point d'atteindre le vaisseau. Il tourbillonnait plus vite que de raison.

— L'ordinateur indique qu'on est pile sur la cible, dit la voix de Faughn dans les haut-parleurs. (Mara fixa du regard la silhouette au-delà du bouclier atmosphérique.) Impact dans dix secondes.

Inspirant profondément, Mara se cala le dos contre la cloison du sas et invoqua la Force.

L'Empereur lui avait enseigné les bases de la télékinésie et comment manier des objets à distance. Un entraînement rudimentaire que Skywalker lui-même avait complété lors de leur périple à travers la forêt de Wayland et du court séjour de Mara à l'Académie de Luke sur Yavin. Depuis ce temps-là, elle n'avait jamais cessé de s'entraîner toute seule. Elle estimait même avoir acquis une certaine maîtrise de la technique.

Déplacer de petits objets comme un sabrolaser était une chose, mais attraper Luke tombant vers elle en était une autre. Autant essayer de freiner le *Glacier Etoilé* avec les dents. Elle consacra à l'effort tout ce qu'elle possédait en elle, se rendant à peine compte que son corps tout entier était devenu rigide sous l'emprise de la tension. Il fallait qu'elle mette tout en œuvre pour essayer au moins de le ralentir au moment où il passerait la barrière atmosphérique. Elle se concentra et le sentit ralentir, sachant très bien que cela n'allait pas être suffisant.

A la dernière seconde, elle s'écarta de la cloison et se posta directement dans son passage.

Il la heurta avec violence. L'impact les projeta tous deux en arrière et ils tombèrent vers le sol.

— Bienvenue à bord, chuchota Mara, le souffle coupé, une fraction de seconde avant qu'ils touchent tous deux le plancher du sas.

La réception fut beaucoup moins douloureuse que ce à quoi elle s'attendait. Elle cligna plusieurs fois des yeux, essayant de chasser les étoiles tourbillonnantes qui dansaient devant elle...

— Merci, murmura Luke à son oreille.

Les étoiles disparurent et Mara se retrouva nez à nez avec un drôle de visage. Le visage de Luke, réalisa-t-elle, mais couvert de maquillage. Il était allongé sur elle, ses mains et ses pieds traînaient sur le sol. Apparemment, il était sorti de transe un instant avant l'impact pour soulager Mara du poids mort qu'il aurait représenté s'il était resté inanimé.

— Y a pas de quoi, réussit-elle à dire. Chouette déguisement...

— Merci. Il n'a pas trop mal fonctionné.

— Pas trop mal? Ce serait pas plutôt «pas du tout»? demanda-t-elle. Comment se fait-il que tu n'aies pas utilisé la Force pour créer une illusion? Tu l'as déjà fait auparavant, non?

— J'essaye de ne plus trop abuser de la Force. Je ne m'en sers que lorsque c'est absolument nécessaire, expliqua-t-il. Cela ne m'a pas paru nécessaire dans ce cas précis.

— Ah... (Voilà qui était intéressant. Très intéressant.) Bon... Tu vas rester là toute la nuit? T'es bien installé?

— Oh, pardon, dit-il, un peu gêné. (Un petit air venu du passé, un souvenir du garçon de ferme un peu balourd, passa dans son regard. Il se releva avec maladresse.) Je suis désolé...

— Y a pas de mal, dit Mara en se redressant. (Elle jaugea Luke du regard. Ses vêtements avaient été déchirés par des éclats de métal. Il y avait fort à parier que sous ces déchirures il devait y avoir de vilaines blessures.) T'aurais peut-être besoin de faire un petit saut à l'infirmerie.

— Pas le temps, dit-il en secouant la tête. Pour l'instant, ça va. Il faut qu'on dégage d'ici. Vous avez récupéré mon Aile-X?

— J'en sais rien. (Elle appuya sur le bouton du panneau de communication installé à côté de la porte blindée.) Faughn?

— L'Aile-X est amarrée à la baie B, dit le Capitaine. Skywalker, est-ce que vous connaissez le chemin pour sortir de cette pétaudière?

— J'en connaissais un, fit Luke en verrouillant la porte intérieure du sas. Mais, à l'heure actuelle, je ne pense pas qu'il soit plus sûr que n'importe quel autre itinéraire.

— Suivons les pirates, décida Mara, faisant signe à Krickle de se hâter avec sa trousse de secours. (Elle conduisit Luke vers la baie d'envol à travers les coursives du *Glacier Etoilé*.) Ils vont probablement nous tirer dessus mais on ne peut pas tout avoir à la fois, hein?

— Le problème, c'est qu'il semble que nous soyons un petit peu à court de pirates à poursuivre, là, tu vois? intervint Faughn. Plus aucun vaisseau n'a quitté l'astéroïde depuis deux minutes.

Mara sentit les muscles de son estomac se contracter.

— Ce qui signifie probablement que le grand bouquet final du système d'autodestruction est pour bientôt...

— Possible, acquiesça Faughn. Qu'est-ce qu'on fait? On choisit une direction au hasard et on s'y tient?

— Plus ou moins, répondit Mara. Essaye déjà de t'éloigner le plus possible de la base principale mais sans précipitation. Je voudrais avoir regagné ma batterie de turbos laser au cas où ça tournerait au vinaigre.

— Laissez-moi le temps de me décrocher, ajouta Luke. Je peux voler juste devant vous et faire foirer les pièges.

— A condition de les repérer, remarqua Mara en lui adressant un regard dur. Tu sais bien que mon sens du danger est plus aiguisé que le tien. Il vaudrait peut-être mieux que je pilote ton vaisseau pour vous ouvrir la route.

— Non, je peux le faire, dit-il fermement. De toute façon, c'est moi le responsable. Si vous êtes là, c'est tout de même de ma faute...

Difficile de prétendre le contraire.

— Bon, si c'est ça que tu veux, capitula Mara. (Elle lui indiqua une coursive.) Prends la première à gauche puis la première à droite. Grouille-toi.

Elle n'eut pas le temps de s'inquiéter. Au moment où elle rejoignait son turbo laser, l'Aile-X était déjà en train d'avaler l'espace en tête du *Glacier*.

— Je suis en position, annonça-t-elle dans son micro tout en bouclant son harnais. File, Luke. Et bonne chance.

— Que la Force soit avec vous, dit-il. (Elle crut comprendre que son ton était celui du reproche.) Restez aux aguets.

Le voyage aller, à travers les astéroïdes, avait été fort éprouvant. Le retour, à la grande surprise de Mara, fut presque facile, au point d'en être déconcertant. Régulièrement, l'Aile-X virait de cap en déchargeant ses lasers pour déclencher pièges et mines dissimulés dans les amas rocheux. Les batteries automatiques de canons s'envolaient en général en fumée avant même que Mara ait le temps d'analyser la nature du danger. La progression devint quasiment mécanique. L'Aile-X manœuvrait, tirait et évitait les débris. Le *Glacier Etoilé* suivit le chasseur stellaire à la trace, usant de temps en temps de sa propre artillerie pour finir l'opération de nettoyage entreprise par Luke. Que ce soit par calcul ou par hasard, Luke volait toujours légèrement au-dessus du cargo. Le gros du travail de déminage se faisait souvent dans l'angle de tir de la tourelle de Mara. Elkin et Torve, eux, se chargeaient de dégager la trajectoire. Mara n'avait pas grand-chose à faire à part scruter le cosmos à la recherche de la moindre surprise désagréable que les pirates auraient pu laisser derrière eux à leur attention. Son visage s'assombrit et elle se demanda si Luke ne faisait pas exprès de protéger son angle de tir rien que pour l'enquiquiner.

Ce fut en inspectant l'espace avec soin qu'elle repéra l'autre appareil.

Elle crut d'abord à un chasseur TIE. La taille était similaire et, au premier regard, la silhouette s'en approchait assez. Mais au moment où elle allait ouvrir la bouche pour prévenir les autres, le vaisseau changea de cap...

— On a de la visite! aboya-t-elle. Juste à la limite du champ d'astéroïdes. Coordonnées approximatives, cinquante par vingt...

— Je le vois, dit Faughn. Ça ressemble à... Ça ressemble à quoi, d'ailleurs?

— Là, je coince, répondit Mara. J'ai d'abord pensé que c'était un Impérial mais ce ne sont pas les panneaux solaires d'un TIE que j'aperçois sur ses flancs.

— Je ne sais pas ce que sont ces panneaux, en tout cas, il y en a deux de plus qui pointent vers l'arrière, remarqua Elkin.

— Ça ne veut pas dire que ce n'est pas un Impérial, gronda Faughn. Skywalker? Vous êtes un peu au courant des derniers modèles de chasseurs Impériaux?

— Pas vraiment, répondit Luke. (Sa voix donnait des signes de fatigue et d'énervement. Il était à présent obligé de partager son attention entre le nouvel arrivant et sa tâche plus immédiate au milieu des aérolithes.) Cela dit, je n'ai jamais rien vu de pareil auparavant...

Mara scruta attentivement le vaisseau spatial qui manœuvrait dans le lointain. Celui-ci était clairement en train de les observer. Avait-il remarqué qu'ils l'avaient repéré?

— Je pense que l'un d'entre nous devrait aller y voir de plus près, suggéra-t-elle.

— J'aimerais autant éviter cela, grogna Faughn. On a déjà suffisamment à faire, pas la peine de s'attirer plus d'ennuis.

— En plus, avec la chance qu'on a, ça pourrait bien être un Qella, ajouta Corvus d'un ton méprisant. Un de ces machins inutiles, là, que Lando Calrissian a pourchassés à travers tout le cosmos.

— Moi je vous dis qu'il faut aller voir, dit Mara, insufflant suffisamment de fermeté à sa voix pour que sa phrase passe pour un ordre. Luke, c'est toi le vaisseau le plus rapide. Tu veux bien voir si tu peux le choper?

— Je peux toujours essayer. (Sa voix avait un drôle de ton. Etait-il en train de ressentir la même chose que Mara au sujet du nouveau vaisseau?) C'est bon, vous pourrez vous passer de moi?

— Oui, je crois, dit Mara. On doit être assez proches des limites de la sphère de défense des pirates maintenant.

— OK. R2? Branche tous les capteurs et fais tourner les enregistreurs. Je veux pouvoir garder une trace de tout ça.

Le droïd émit un bip d'approbation. Avec une vivacité qui surprit Mara, le chasseur de Luke vira sur l'aile et fila vers l'intrus. Il évita quelques astéroïdes qui dérivaient en travers de sa route, n'hésitant pas à frôler certains autres pour rester à couvert. Mara pointa ses turbos laser sur l'autre appareil et mit en joue. Elle se demanda, un peu tendue, s'ils choisiraient de se battre... Ou de battre en retraite...

L'Aile-X était toujours en approche. Aucune réaction de la part de l'autre vaisseau. Etait-il possible que l'intrus soit en train de regarder dans une autre direction? Ridicule... Mais alors, qu'attendait-il?

Luke était à présent suffisamment prêt pour engager le combat. Derrière lui, un astéroïde flotta paresseusement entre la ligne de tir de Mara et l'appareil inconnu.

Elle ressentit une décharge dans les émotions de Luke. Une fraction de seconde plus tard, elle aperçut un vague éclair et l'intrus traversa son champ de vision à une vitesse ahurissante en direction de l'espace libre au-delà des astéroïdes.

— Attention, il détale! cria Torve.

Mara essaya de faire pivoter sa tourelle de turbo laser pour éviter l'astéroïde gênant et ajuster son tir sur le vaisseau distant. Trop tard. Elle essaya de détruire un autre astéroïde qui venait de s'interposer. L'éclair caractéristique de la pseudo-accélération attira son attention au ras même du corps céleste et le vaisseau inconnu disparut dans l'hyperespace.

Dans l'intercom, quelqu'un poussa un juron à voix basse.

— J'abandonne, dit Faughn. Mais par tous les feux du ciel, qu'est-ce que c'était que ce truc?

— Tu me poses une colle, dit Mara. Luke? Toujours là?

— Présent! Vous avez vu ça?

— En partie, seulement, répondit Mara. Il a attendu que notre champ de vision soit obstrué par un astéroïde pour démarrer...

— Intéressant, remarqua Luke. Lorsqu'il a accéléré, cet appareil a laissé derrière lui une traînée énergétique tout à fait inhabituelle. J'ai enregistré ce que j'ai pu — quelques bribes à peine de ce qui a dû réellement se passer —, mais je doute que mes senseurs aient réussi à capter quoi que ce soit de plus.

— C'est peut-être pour brouiller les enregistrements qu'il a attendu que l'astéroïde nous bloque la vue.

— Possible, répondit Luke. Il a dû se dire qu'un vaisseau de la taille du vôtre devait posséder de meilleurs senseurs que le mien.

Mara se frotta les lèvres.

— Bon, eh bien, à moins d'essayer de le suivre dans l'hyperespace en extrapolant un cap à partir de ses derniers vecteurs connus, on ne peut pas faire grand-chose de plus maintenant. Et si tu nous faisais profiter de ce que tes senseurs ont pu récupérer?

Le droïd astromec produisit un son indigné.

— Ça va, R2, le rassura Luke. On peut estimer qu'il s'agit d'une compensation pour être venus à mon secours.

— Non, une avance! le corrigea Mara. Nous discuterons de la somme totale plus tard.

— Bien compris, acquiesça Luke. Je vous envoie les données.

— C'est bon, bien reçu, dit Faughn.

— Merci, dit Mara. Tu as besoin d'autre chose, Luke?

— Désolé, mais vous êtes trop cher, répondit Luke sèchement. Non, sans rire, merci pour tout, Mara.

— Heureuse d'avoir pu t'aider, dit Mara. N'oublie pas de faire soigner ces vilaines blessures.

— C'est promis. R2 est en train de me sortir la liste des centres médicaux de la Nouvelle République les plus proches. A plus tard.

— D'accord, fais attention à toi.

La console de communication cliqueta et, dans un éclair d'accélération relative, l'Aile-X plongea dans l'hyperespace. Mara regarda dans sa direction. Un étrange mélange d'émotions tourbillonna dans son esprit. Elle se rappela les rapports qu'elle avait lus sur les exploits de Luke... Ils ne représentaient rien en comparaison de ce qu'elle l'avait vu accomplir quelques instants auparavant. Lui était-il arrivé quelque chose de particulier ?

Entendait-il enfin la voix de la raison ?

— Jade ? demanda Faughn. On fait quoi maintenant ?

Mara expira lentement, chassant Skywalker de son esprit.

— On envoie un rapport à Karrde, dit-elle en se livrant à un rapide récapitulatif mental de son emploi du temps. Voyons s'il veut que nous soyons de retour dans les temps pour le rendez-vous de Nosken ou s'il souhaite que nous suivions la route empruntée par tous ces vaisseaux pirates qui se sont enfuis de la base.

— D'accord, répondit Faughn. A propos, Jade, au cas où personne ne te l'aurait jamais dit, toi et Skywalker, vous formez une sacrée équipe.

Mara laissa son regard errer sur les astéroïdes en train de dériver.

— Ne t'emballe pas, Faughn, dit-elle doucement. Ne t'emballe pas.

10

La journée était particulièrement chaude à Dordolum. Chaude et ensoleillée, avec une atmosphère lourde et oppressante qui semblait peser sur la foule silencieuse de l'heure du déjeuner comme un drap de bain humide.

L'orateur qui haranguait la population depuis son perchoir sur le Stand de l'Expression Publique contribuait, lui aussi, à l'augmentation de la température ambiante. Mais, à l'inverse de celle directement liée aux conditions météorologiques, la chaleur qu'il dégageait était piquante et volatile. Un mélange de mots, de pensées, d'expressions — combiné à un sens de la mise en scène hors pair — destiné à enflammer les esprits et à faire mijoter à feu doux les douzaines de petits différends que l'on pouvait deviner dans l'assemblée. Tous les individus présents, ou presque, qui écoutaient la diatribe étaient animés d'intentions plus ou moins belliqueuses à l'égard de certains autres, que ce soit les Ishoris à l'encontre des Diamalas, les Barabels envers les Rodiens ou les Aqualisiens contre les Humains.

Ou encore, tout le monde contre les Bothans...

Laissant son regard dériver par-delà la foule, de l'autre côté de la place, vers l'emblème de la Compagnie de Transport Solferin — société dirigée par des Bothans —, Drend Navett s'autorisa un petit sourire.

C'était un bon jour pour une émeute...

L'orateur en était arrivé au principal sujet de son discours. Il assena à son auditoire, à grand renfort de détails particulièrement évocateurs, le récit des horreurs de la destruction de Caamas. Il insista sur le comportement pleutre des Bothans, et leur rôle infamant. Navett sentit la colère gronder dans la foule. Il comprit qu'elle avait atteint le point de furie irraisonnée et irréversible qu'il attendait tant. Lentement, avec des gestes très doux pour ne pas briser le charme et détourner l'attention de ceux qui l'entouraient, il se dirigea d'un pas tranquille vers les bâtiments de la Compagnie de Transport. Klif était peut-être un champion de la démagogie, mais c'était bien lui, Navett, et lui seul qui savait jauger l'émotion d'une foule et décider du moment idéal pour passer à l'action.

Et ce moment approchait. Navett se mit en position, à un jet de pierre du bâtiment de la Compagnie. Il plongea la main dans la besace qui pendait à sa hanche, en ressortit son arme de prédilection et attendit. Quelques instants encore... Quelques secondes... *Maintenant!*

— Justice pour Caamas! hurla-t-il. Justice pour Caamas, maintenant!

Il se mit en position de lanceur de poids, tourna sur lui-même et détendit le bras, lançant quelque chose en direction du bâtiment Bothan.

Le fruit bien mûr atteignit sa cible. Il s'écrasa contre la porte en produisant un son répugnant et en laissant une écœurante tache rouge.

Deux Durosiens, qui se tenaient juste à côté de la porte, sursautèrent. Mais à aucun d'eux, ni d'ailleurs à personne dans la foule, il ne fallait laisser le temps de réfléchir à la raison pour laquelle ils se trouvaient rassemblés ici. Des cris d'appel à la justice s'élevèrent d'une demi-douzaine de points de la place. Et une demi-douzaine d'autres fruits pourris furent lancés sur l'immeuble Bothan.

— Justice pour Caamas, hurla à nouveau Navett en lançant un deuxième fruit. Vengeons le génocide !

— Vengeance ! cria quelqu'un d'autre, qui, joignant le geste à la parole, lança à son tour un fruit blet.

— Vengeons le génocide ! s'époumona Navett en balançant encore un fruit...

Et encore un autre...

Et, quelque part dans la masse, une voix étrangère se fit l'écho, dans une langue extraterrestre, de l'appel à la vengeance... Considérant cela comme un signal, la foule se transforma instantanément en la meute hurlante tant espérée. Une pluie d'aliments plus ou moins avariés tomba sur le bâtiment. Des paniers repas, des gamelles de chantier furent propulsés dans les airs avec la furie incontrôlable et la rage refoulée que Klif avait si consciencieusement attisées en chacun des individus présents.

Une rage que Navett n'avait pas l'intention de gaspiller avec de simples fruits pourris. Il plongea la main dans son sac et en ressortit une grosse pierre. *La violence appelle la violence*, se dit-il, songeant au vieil adage, et il lança son projectile.

Le caillou toucha sa cible. Les vitres de plastique volèrent en éclats, avec un fracas à peine audible dans les mugissements de la populace.

— Vengeons le génocide ! cria Navett, agitant le poing en direction de l'immeuble et préparant une autre pierre.

La foule apprenait vite. La pluie d'œufs et de fruits fut bientôt assaisonnée de pavés arrachés au revêtement du sol de la place et de pierres volées dans les massifs. Navett jeta d'autres pierres et quatre fenêtres supplémentaires se transformèrent en trous béants. Il s'accorda quelques minutes pour surveiller le ciel. Même prises au dépourvu, les autorités de Dordol ne mettraient plus très longtemps à rétorquer.

Et la réponse ne se fit pas attendre. Trois speeders modifiés, arborant de vives couleurs, accompagnés d'une petite demi-douzaine de motos-jet, approchaient très rapidement en provenance du spatioport. A cette vitesse, ils rejoindraient la place en moins de deux minutes.

Ce qui signifiait qu'il était temps de détaler. Navett glissa la main sous sa tunique pour se saisir de son communicateur. Il appuya à deux reprises sur le bouton d'appel pour signaler au reste de son équipe d'agitateurs de se diriger vers les bords de la manifestation afin de disparaître tranquillement dans le soleil de l'après-midi. Ensuite, laissant de côté les deux pierres qui lui restaient, il s'empara du dernier cadeau qu'il souhaitait laisser aux Bothans.

C'était une grenade, bien sûr. Mais une grenade très spéciale. Navett l'avait personnellement arrachée des mains d'un résistant Myomorain dix ans auparavant. C'était au cours de la brève occupation de ce monde par l'Empire, au temps du règne éclair du Grand Amiral Thrawn. Cette grenade était particulièrement intéressante parce que les groupuscules de résistance avaient, à l'époque, réussi à convaincre des Biths de concevoir des armes à leur intention. En étudiant les fragments résiduels de l'explosif — comme ne manqueraient certainement pas de le faire les experts balistiques —, la Nouvelle République serait contrainte d'en arriver à la conclusion que les Biths, généralement pacifiques, avaient eux aussi rejoint la masse des opposants aux Bothans.

Cela n'aurait peut-être aucune importance.

Peut-être que tout ceci n'avait d'ailleurs déjà plus aucune importance. On pouvait estimer que les races extraterrestres et leurs sympathisants étaient probablement si écœurés par l'Empire que tout ce que Navett et son équipe pouvaient entreprendre ne ferait aucune différence dans ce chaos.

Mais le travail passait avant tout et, finalement, de telles considérations n'avaient, elles aussi, aucune importance. Navett avait été le témoin de la gloire de l'Empire autant que de sa déchéance... Si cette gloire ne pouvait être ravivée, il était de la plus haute importance de contribuer à son inhumation sous les cendres et les ruines de la Nouvelle République.

Navett fit sauter la goupille, appuya sur le détonateur et lança la grenade. Le projectile passa en douceur par l'une des fenêtres béantes et disparut à l'intérieur du bâtiment. L'agitateur avait déjà parcouru la moitié de la distance lui permettant d'échapper à la cohue quand la grenade explosa. Le toit du bâtiment s'écroula et une gerbe de feu monta en chandelle dans le ciel.

Quand les autorités arrivèrent enfin sur les lieux, il était déjà loin de la place, marchant l'air de rien au milieu de la rue, mêlé à la foule des promeneurs.

La pétition défila de nouveau à l'écran, égrenant sa longue liste de signatures. Leia releva les yeux de son databloc et sentit une boule se former dans son estomac. Elle comprenait à présent pourquoi le Président Gavrisom avait l'air si solennel quand on l'avait introduite dans son bureau privé.

— Quand vous l'a-t-on apportée? demanda-t-elle.

— Il y a environ une heure, dit Gavrisom. (La pointe de son aile se mit à caresser sans relâche la pile de datacartes qui attendaient d'être consultées.) Vu les circonstances, j'ai pensé que vous-même et le Conseiller Fey'lya pouviez en avoir la primeur.

Leia jeta un coup d'œil à Fey'lya. Le Bothan était recroquevillé dans son fauteuil. Sa fourrure était complètement aplatie.

— Et pourquoi moi? demanda-t-elle.

— Parce que vous avez découvert le Document de Caamas la première, dit Gavrisom en faisant claquer sa queue de Calibop tel un fouet. Parce que, tout comme celui des Caamasiens, votre monde a été détruit sous vos yeux. Vous êtes donc plus à même de comprendre leur condition que qui ce soit d'autre. Parce que, en tant qu'héroïne respectée de la bataille pour la liberté, vous disposez encore d'une grande influence sur un grand nombre de représentants du Sénat.

— Mais mon influence ne représente rien face à ces signatures, l'avertit Leia en faisant un geste vers le data-bloc. En plus, hésita-t-elle en regardant Fey'lya, je ne suis pas sûre d'être complètement en désaccord avec eux sur le fait qu'il s'agit d'un compromis raisonnable...

— Un compromis ? demanda Fey'lya d'un ton morne. Ceci n'a rien d'un compromis, Conseillère Organa Solo. C'est une sentence, une condamnation à la ruine pour le peuple Bothan.

— Nous ne sommes que trois dans cette pièce, Conseiller Fey'lya, lui rappela calmement Gavrisom. Inutile d'abuser de l'hyperbole rhétorique.

Fey'lya regarda le Calibop. Ses yeux étaient aussi morts que le ton de sa voix.

— Je ne parle ni de rhétorique ni d'hyperbole, Monsieur le Président. Admettons que vous n'arriviez pas à évaluer le temps et les efforts qui seraient nécessaires à la recherche d'un monde inhabité, susceptible d'accueillir les derniers représentants de la race Caamasienne. Soit. (Sa fourrure se mit à onduler.) Mais insister ensuite pour que nous assumions les coûts d'aménagement de ce monde afin qu'il ressemble à la Caamas originale ? Les Bothans n'ont absolument pas les moyens de s'acquitter d'une charge pareille.

— Je suis parfaitement conscient des coûts d'un projet de ce type, le contra Gavrisom dont le ton était toujours celui de la patience. De telles opérations ont été déclenchées au moins cinq fois du temps de l'Ancienne République...

— Par des gens pénétrés de l'arrogance de ceux qui détiennent le pouvoir et l'argent! aboya Fey'lya, revenant soudainement à la vie. Le peuple Bothan ne dispose ni de ces moyens ni de ce pouvoir...

Gavrisom secoua sa crinière.

— Allons, Conseiller, soyons honnêtes. L'état actuel des possessions Bothanes me paraît tout à fait apte à couvrir les frais d'un tel projet. Cela demandera bien un peu de sacrifice, certes, mais cela ne vous conduira pas à la ruine. Je me permets également de vous suggérer que c'est votre meilleure chance de résoudre rapidement ce problème de façon pacifique.

La fourrure de Fey'lya se hérissa sur l'ensemble de son corps.

— Vous ne comprenez pas, dit-il doucement. Les possessions que vous évoquez n'existent pas.

Leia fronça les sourcils.

— Qu'est-ce que vous racontez? J'ai moi-même lu les rapports d'inventaires. Ils comportent des pages et des pages sur ce que possèdent les Bothans.

Fey'lya la regarda droit dans les yeux.

— Ce sont des mensonges, dit-il. Rien de plus qu'une illusion de databloc habilement entretenue.

Leia regarda Gavrisom. Les ailes du Président avaient soudainement cessé de bouger.

— Etes-vous en train de me dire, avança le Calibop avec précaution, que les chefs des Clans Bothans Unis sont des fraudeurs?

La fourrure du Conseiller se hérissa de plus belle.

— Ça ne devait être qu'une supercherie temporaire, dit-il d'un ton sombre qui ressemblait à une supplique. Aussi temporaire que nos problèmes financiers. Une série de mauvaises décisions en affaires ont privé les Clans Unis de leurs ressources et nous ont laissé des dettes astronomiques à rembourser. Et voilà que cette controverse nous tombe dessus, ajoutant encore à l'instabilité de la situation. Nous avions besoin de contacter de nouveaux investisseurs et du coup...

Sa voix se fit traînante.

— Je vois, dit Gavrisom. (Son ton était toujours aussi calme mais son long visage affichait une expression que Leia n'avait jamais vue auparavant.) Vous me placez dans une position bien inconfortable, Conseiller Fey'lya. Qui me suggérez-vous ?

Les yeux violets de Fey'lya croisèrent les yeux bleu pâle du Calibop.

— Nous pouvons combler notre déficit, Président Gavrisom, dit le Bothan. Ça prendra un peu de temps. La révélation prématurée de cette information serait dévastatrice non seulement pour mon peuple mais également pour tous ceux qui ont réalisé des investissements chez nous.

— Tous ceux qui, à tort, vous ont fait confiance, le corrigea froidement Gavrisom.

Fey'lya baissa les yeux pour échapper au regard accusateur de l'autre.

— Oui, murmura-t-il. Tous ceux qui nous ont fait confiance...

Pendant une très longue minute, le bureau fut plongé dans le silence. Puis, agitant à nouveau sa crinière, Gavrisom se tourna vers Leia.

— Vous êtes un Chevalier Jedi, Conseillère Organa Solo. En tant que tel, vous possédez le savoir de cette dynastie et disposez d'une alliée de choix dans la Force. J'aimerais faire appel à votre jugement.

— J'aimerais tant pouvoir vous aider, dit-elle en soupirant.

— Des progrès ont-ils été faits dans la recherche des noms des Bothans impliqués dans le massacre de Caamas ?

240

— Non, pas encore. Les gens des Renseignements travaillent encore sur la datacarte originale mais Ghent, le Chef du Chiffre, prétend que nous détenons déjà tout ce qu'il est possible de récupérer. Nous sommes également en train de passer au crible les vieilles archives Impériales de Kamparas, de Boudolayz et d'Obroa-Skai. Jusqu'à présent, nous n'avons rien trouvé.

— S'il y a quelque chose à dénicher, l'information est forcément dissimulée au milieu de la section des Dossiers Spéciaux, dit Gavrisom en poussant un petit soupir plaintif. Des archives que les troupes Impériales ont été forcées de détruire avant de battre en retraite.

— Probablement, dit Leia. Nous espérons toujours qu'une copie aura été oubliée quelque part.

— Un espoir bien minime, ce me semble...

— Oui, dut admettre Leia. Fey'lya, combien de temps faudrait-il aux Clans Unis pour se remettre d'aplomb?

— Les prévisions actuelles montrent que le plus gros de nos dettes sera remboursé dans trois mois, dit le Bothan. Mais à ce moment-là, nous serons encore bien éloignés de la confortable position financière dans laquelle tout le monde nous croit actuellement installés.

Gavrisom émit un sourd grondement de gorge.

— Et combien de temps s'écoulera-t-il avant que vous soyez capables d'assumer financièrement le projet dont nous avons parlé? demanda Leia en prenant des notes sur son databloc.

Fey'lya ferma les yeux.

— Peut-être dix ans... Peut-être jamais...

Leia se tourna vers Gavrisom.

— J'aimerais être en mesure de vous suggérer quelque chose, Président Gavrisom. Mais à l'instant précis, je ne vois aucune issue bien définie...

— Je comprends, dit Gavrisom. Puis-je me permettre de vous encourager à méditer sur le sujet et à chercher conseil dans la Force?

— Je ne manquerai pas de le faire, lui assura Leia. Une chose est claire, cependant. Les Bothans ne vont pas être à même de répondre aux exigences de cette pétition avant un bon moment.

— En effet, confirma Gavrisom d'une voix lugubre. Il va falloir que je trouve un moyen de gagner du temps.

— Et comment? En proposant de débattre de la situation? demanda Leia, d'un ton empreint de doute. Ça pourrait être risqué.

— Plus que risqué, acquiesça Gavrisom. Si quelqu'un décide de faire passer ça aux actes officiels, le Sénat tout entier serait bien capable de le ratifier. Si c'était le cas, je ne disposerais d'aucune marge de manœuvre.

Leia fit la grimace. Pas de marge de manœuvre pour Gavrisom signifiait encore moins de latitude pour les Bothans. Ils seraient alors obligés de créer un nouveau monde pour les Caamasiens ou de subir le joug de la loi Républicaine.

— Mais comme vous vous en doutez, le Président a plus d'un tour dans son sac, reprit le Calibop. Je connais certaines astuces parlementaires qui pourraient s'appliquer à ce cas. Je devrais donc être capable de leur tenir tête un bon moment... (Leia regarda Fey'lya.) Mais certainement pas pour les dix années à venir, conclut Gavrisom.

— Non, effectivement.

Il y eut un autre bref silence.

— Bien, dit Gavrisom. Il me semble que nous ne pouvons pas faire grand-chose dans l'immédiat. A part ceci: je veux qu'on examine les rapports financiers des Clans Unis afin de confirmer si oui ou non la situation est aussi critique que vous nous l'avez décrite. Conseillère Organa Solo, voudriez-vous vous rendre sur Bothawui pour vous acquitter de cette tâche?

— Moi? répondit Leia, surprise. Mais je n'ai rien d'un expert financier!...

— Je suis sûr que votre père, Bail Organa, vous a enseigné les bases lorsque vous étiez plus jeune, déclara Gavrisom.

— Les bases, oui. Mais c'est tout.

— Cela vous sera bien suffisant, lui assura le Président. La supercherie ne se trouve que dans les documents falsifiés, pas dans les authentiques. (Il fit un geste vers Fey'lya avec l'une de ses ailes.) Elle aura bien accès aux documents authentiques, n'est-ce pas?

— Bien sûr, répondit Fey'lya. (Sa fourrure ondula tristement.) Je vais alerter les Chefs des Clans Unis de votre arrivée.

— Non, vous n'en ferez rien, dit fermement Gavrisom. Il ne faut les prévenir en aucun cas.

Un éclair passa dans les yeux de Fey'lya.

— Vous insultez l'intégrité des Chefs de Clans, Président Gavrisom.

— Prenez cela comme vous le voulez. Mais il est hors de question de les avertir à l'avance. N'oubliez pas que la Conseillère Organa Solo est un Chevalier Jedi. Si vos Chefs de Clans ne sont pas réellement étonnés par son arrivée et ses requêtes, elle s'en rendra compte instantanément.

Leia conserva un visage impassible. En fait, elle avait toujours éprouvé quelque difficulté à lire dans l'esprit du Bothan moyen. Elle n'était donc pas si sûre de pouvoir deviner si les Chefs de Clans seraient prévenus ou non.

Mais cela, bien entendu, Fey'lya ne le savait pas.

— Je comprends, marmonna-t-il. Quand souhaitez-vous partir?

— Aussi vite que possible, dit Gavrisom. Conseillère Organa Solo?

— Nous pourrions probablement appareiller d'ici quelques heures, dit Leia, dressant mentalement la liste des arrangements à prendre. (Yan voudrait être de la partie, bien sûr. Tout bien réfléchi, ce serait même l'occasion pour eux deux de passer un peu de temps tranquilles.) Chewie et les Noghris peuvent rester ici et s'occuper temporairement des enfants à notre place.

— Les Noghris... murmura Fey'lya avec une pointe d'amertume dans la voix. Ils auraient dû abattre ce Devaronien sur Wayland. Tout ceci ne serait jamais arrivé.

— Ce Devaronien n'a rien fait qui soit passible de mort, dit Gavrisom très calmement. Il y a eu bien trop de massacres dans la galaxie jusqu'à présent.

— Et il y en aura d'autres, le contra Fey'lya d'un ton sinistre. Sacrifier la vie de quelqu'un pour les éviter, ça vous paraît si difficile à admettre?

— C'est une question que tout être se pose à un moment ou à un autre, répondit Gavrisom. Pour ceux qui désirent rester civilisés, il ne peut exister qu'une seule réponse. (Il replia ses ailes en position de repos derrière son dos.) Merci à vous deux d'être venus, Conseillers. Nous nous reparlerons plus tard.

Le Moff Disra reposa son databloc.

— Très satisfaisant, dit-il en regardant les autres. Tout semble se dérouler comme prévu.

— Un peu lentement, peut-être, rétorqua Flim d'un ton acerbe en se laissant aller dans son fauteuil et en posant ses pieds sur le coin du bureau de Disra. Qu'est-ce que nous avons, hein? Quelques attaques de pirates et une centaine d'émeutes à notre actif?

— La patience est une vertu, lui rappela Tierce. Même pour un soldat. Surtout pour un soldat.

— Eh bien, le voilà le problème, le rabroua Flim. Je suis un imitateur, un escroc, pas un soldat. Mais je peux vous dire que, chez moi, on ne peut pas se permettre de faire durer trop longtemps les choses. Il faut repérer le poisson, le ferrer, le ramener à soi, le capturer... Hop!

hop! hop! Si vous lui laissez trop de temps pour réfléchir, vous êtes sûr de le perdre.

— Nous n'allons pas les perdre, dit Tierce d'un ton apaisant. Faites-moi confiance. Nous sommes en train de concocter un mets délicat. Il est nécessaire de le laisser mijoter un peu plus longtemps.

— Alors peut-être faudrait-il monter la flamme sous la cocotte, dit Flim. Ce truc, c'est le rôle de ma vie, et jusqu'à présent le seul public devant lequel je me sois produit, c'est vous deux et quatre Capitaines de Destroyers Stellaires. Quand vais-je avoir l'occasion de faire la démonstration de mon talent?

— Continuez comme ça et vous ne démontrerez rien du tout! lui dit Disra, luttant farouchement pour ne pas perdre son sang-froid.

Flim faisait montre de toutes les excentricités et bizarreries dont était capable un acteur cabotin se prenant pour un grand artiste. Un type de personnalité que Disra avait toujours détesté au plus haut point.

— Ne vous en faites pas, le calma Tierce. Votre chance de tenir votre rôle, au moins devant les Rebelles, se présentera prochainement. Mais pas avant que nous sachions exactement où et sur qui votre performance aura le plus d'impact. Nous avons besoin de savoir quels sont les gouvernements qui sont en faveur de lourdes sanctions à infliger aux Bothans. Tout comme nous avons besoin de savoir quels sont ceux qui sont pour le pardon et la conciliation.

— Ce qui signifie que vous pourrez faire votre cinéma devant un Mon Calamari ou un Durosien, gronda Disra en lançant, sous ses épais sourcils, un regard en biais à Tierce.

Cette stratégie particulière était la toute dernière astuce inventée par le Garde Royal. Disra n'était pas encore persuadé de l'approuver. L'idée était d'utiliser Flim pour servir de muse aux Armées Impériales et non pour faire peur à la Nouvelle République en le laissant parader sous leurs fenêtres.

— En fait, l'occasion viendra peut-être plus tôt que vous ne le pensez, reprit Tierce, ignorant le commentaire de Disra. Nos espions sur Coruscant ont entendu des rumeurs à propos d'une pétition qui aurait été remise au Président. S'ils arrivent à mettre la main dessus et s'ils la font circuler parmi le public, cela risque fort d'accélérer les choses.

— Je l'espère, dit Flim. A propos, je présume que vous vous êtes rendu compte que la Nouvelle République dispose d'un moyen très simple de mettre fin à cette crise et de nous couper l'herbe sous le pied...

— Bien sûr, intervint Disra dont la patience semblait à bout. Tout ce qu'il leur reste à faire, c'est retrouver la liste des Bothans qui ont eu des contacts avec les agents de Palpatine sur Caamas.

— Et vous avez pris les dispositions qui s'imposent pour que ça n'arrive pas, j'espère ?

— Mais vous me prenez pour qui ? Pour un imbécile ? aboya Disra. Bien sûr que j'ai pris les dispositions qui s'imposent. La seule trace de tout cela est ici, dans les archives de Bastion, et croyez bien que je m'en suis occupé.

— En fait, ce n'est pas tout à fait exact, dit Tierce, pensif. Les archives de la base d'occupation de Yaga Mineure pourraient bien être en mesure de contenir une copie.

Disra fronça les sourcils dans sa direction.

— Pourquoi n'en avez-vous pas parlé jusqu'à présent ?

— Le sujet des attaques par les Renseignements ennemis n'a jamais été soulevé, rétorqua Tierce. Je savais que vous vous étiez occupé des archives de Bastion. J'ai donc supposé que vous vous étiez également occupé de celles de Yaga Mineure.

— Je ne l'ai pas fait mais il est encore temps, répondit Disra. Je partirai pour Yaga Mineure dès ce soir.

— Ce n'est peut-être pas une très bonne idée, dit Tierce. Enfin, de vous y rendre, vous, personnellement. Le Général qui est à la tête de la base connaît bien l'Amiral Pellaeon. Comme, pour vous, la bibliothèque de Bastion est à portée de main, vous auriez probablement du mal à trouver une bonne excuse afin de justifier que vous veniez consulter des dossiers là-bas.

Disra plissa le front, perplexe.

— Alors, qui va y aller? Vous?

— Ce serait un choix logique, répondit Tierce. Le Général Hestiv ne sait pas qui je suis. Il ne connaît pas mon nom, il ne m'a jamais vu. J'inventerai bien une histoire pour qu'on ne fasse pas le lien entre vous et moi. Pellaeon est occupé par son grand tour des propriétés Impériales. Il faut que j'évite de me retrouver au même endroit, au même moment que lui. Comme ça, on ne devrait pas avoir de problème.

— Sauf pour passer outre le système de protection de la section des Dossiers Spéciaux... dit Disra.

Tierce haussa les épaules.

— Je me servirai d'une copie de votre système de décodage, cela va de soi.

Disra fronça un peu plus les sourcils.

— Vous savez, c'est la deuxième fois que vous essayez de me piquer cette méthode de déchiffrage, remarquat-il. On peut se demander pourquoi vous tenez tellement à vous la procurer...

— Préférez-vous que les Rebelles découvrent le document sur Caamas en premier? le contra Tierce. Au nom de l'Empire, qu'est-ce qui vous fait si peur?

— Je ne sais pas très bien, dit Disra d'un air sombre. Peut-être que tout ce que vous désirez réellement, tout ce que vous avez toujours désiré dès le départ, c'est mettre le nez dans ces dossiers. Je commence à me dire que, dès que vous aurez trouvé ce que vous recherchez, vous disparaîtrez en nous laissant en plan.

Tierce eut un sourire pincé.

— Il y a moins d'une minute, vous sembliez soucieux de me voir prendre la direction de votre grand projet, remarqua-t-il. Maintenant vous avez peur de me voir déserter? Décidez-vous...

— Vous n'avez pas répondu à ma question, cracha Disra. Qu'est-ce que vous recherchez tant dans ces dossiers?

— Je l'ignore. L'Empereur avait beaucoup de secrets. Certains de ces secrets pourraient bien nous être utiles. Mais il m'est impossible de savoir lesquels si on ne me donne pas la chance de les passer en revue d'abord, non?

— Si c'est tellement simple, tellement honnête, pourquoi n'en avez-vous pas parlé dès le début? demanda Disra. J'aurais pu vous donner accès aux archives de Bastion.

— Soit. Considérez donc que je viens de vous en faire la demande officielle. Cependant, si je me rends sur Yaga Mineure pour y éplucher les dossiers, je peux régler deux problèmes en même temps, vous ne croyez pas?

Disra fit la grimace. Si Tierce procédait à des recherches sur Yaga Mineure, lui-même ne serait pas en mesure de lire par-dessus l'épaule de l'ancien Garde Royal pendant ce temps.

De l'autre côté du bureau, Flim s'ébroua.

— Nous sommes tous dans la même mélasse, Votre Excellence, rappela-t-il à Disra. Si le Major Tierce découvre des secrets tout seul, il ne pourra jamais s'en servir aussi efficacement que si nous sommes tous trois réunis.

— Exactement, approuva Tierce en hochant la tête. J'irai même plus loin, l'un des dossiers que j'espère bien trouver ne sera utilisable qu'en conjonction avec vous deux.

Ainsi, il était bien à la recherche de quelque chose de spécifique.

— Et ce mystérieux secret, c'est?... l'encouragea Disra.

Tierce secoua la tête.

— Désolé, j'aurai besoin de votre aide à tous les deux pour pouvoir m'en servir mais il est possible que vous, vous puissiez vous passer de moi pour l'utiliser. Je ne veux pas vous offenser mais, à cet instant précis, je veux tout faire pour me rendre indispensable.

Disra grimaça à nouveau. Il savait que ce chapitre de la conversation était à présent terminé. Il avait poussé Tierce aussi loin que possible. Aussi loin que le Garde Royal lui même avait accepté d'être poussé. Il en avait tiré tout ce qu'il y avait à apprendre et c'était tout.

Pour l'instant.

— Vous êtes toujours indispensable en tant que maître tacticien de notre petit groupe, lui rappela Disra, agitant une main rassurante. Mais si cela peut vous sécuriser un peu plus...

Il s'interrompit. Un très faible signal sonore venait de monter de son bureau.

— Qu'est-ce que c'est que ça? demanda Flim.

— Mon communicateur personnel, dit Disra. (Il plissa le front, ouvrit le tiroir et pianota un code d'accès.) Au nom de l'Empire...

— Vous ne répondez pas? le coupa Flim.

— Restez cachés, répondit Disra d'un ton brusque en établissant la connexion. Tous les deux!

Il se redressa, bomba le torse, se tourna vers le moniteur installé sur son bureau et se composa une expression entre la dureté et la majesté. Le rapport d'émission qui était affiché sur l'écran disparut et laissa la place à un visage...

— Alors, Disra, gronda le Capitaine Zothip. Balancez-moi tout. Qu'est-ce qui se passe?

— On dit *Votre Excellence*, Capitaine, le corrigea Disra. Et j'étais sur le point de vous poser la même question.

Vous connaissez pourtant les règles quant à ce moyen de communication...

— Vous pouvez toujours les envoyer à Vador, vos règles ! Je veux savoir...

— Vous connaissez les règles, répéta Disra. (Son ton glacial réussit à faire taire l'autre.) Ce canal ne doit être utilisé qu'en cas d'extrême urgence. (Il souleva un sourcil.) A moins que vous ne soyez sur le point de m'annoncer que les Pirates Cavrilhu ont eu du fil à retordre avec quelque chose ou quelqu'un...

— Oh, ça, pour être tordu, ça a été tordu... dit Zothip avec une expression vicieuse. Ça m'a coûté deux hommes et l'une de mes meilleures bases mais l'affaire est réglée. Ce que je veux que vous me racontiez, c'est comment il se fait que nous ayons eu la visite de Luke Skywalker et pourquoi...

Disra fronça les sourcils.

— Mais de quoi parlez-vous ?

— Ne faites pas le malin avec moi, Disra, le prévint Zothip. Skywalker était sur Kauron, en train de poser des questions sur vos clones si précieux. Il a réussi à échapper à notre piège à Jedi et ça nous a obligés à tout faire sauter.

— Toutes mes condoléances, dit Disra d'un ton sarcastique. Mais qu'est-ce que ça a à voir avec moi ?

— Qu'est-ce qui n'a rien à voir avec vous, hein ? rétorqua Zothip. D'abord, vous nous retirez tous les clones, sans explication. Ensuite, Skywalker débarque. (Le regard du pirate se durcit.) Vous voulez savoir ce que je pense, moi ? Je pense que vous avez subitement décidé que vous n'aviez plus besoin de nous et que vous nous avez envoyé Skywalker pour nous obliger à mettre la clé sous la porte. Qu'est-ce que vous dites de ça, hein ?

— Je dis que je suis en train de m'adresser à un chef pirate qui a perdu la raison, déclara brutalement Disra.

Pourquoi, au nom de l'Empire, aurais-je donc essayé de me débarrasser des Pirates Cavrilhu ? En admettant, en plus, que je sois capable d'un tel exploit...

— A vous de me le dire, répondit âprement Zothip. J'apprends que les sbires de l'Amiral Pellaeon sont allés fourrer leur nez dans les affaires de nos associés financiers sur Muunilinst et Borgo Prime. Vous voulez peut-être effacer vos traces avant qu'on fasse la connexion entre nous.

— Laissez-moi vous dire une bonne chose, dit Disra d'un ton dédaigneux. Non seulement je n'ai que faire des agissements de l'Amiral Pellaeon mais ni vous ni qui que ce soit d'autre dans la galaxie ne devrait se soucier de ses actions. Pour l'instant, en tout cas.

— Vraiment ? dit Zothip, se grattant le menton sous sa barbe noire hirsute. Je pensais que, de nos jours, tous les bons Impériaux qui se respectent ne tentaient plus de s'assassiner mutuellement...

— Il ne sera pas assassiné, lui assura Disra avec un sourire entendu. Disons simplement qu'il cessera d'être une menace, c'est tout.

Caché de l'autre côté du bureau, Tierce marmonna quelque chose et s'empara du databloc de Disra.

— Ouais, bien sûr, bien sûr, dit Zothip. Alors, qu'est-ce que Skywalker foutait là ?

Disra haussa les épaules. Du coin de l'œil, il observa Tierce. Celui-ci semblait écrire un message à une vitesse ahurissante.

— Il vous a probablement identifié à la suite de l'échec d'Iphigin, suggéra-t-il. Vous avez vous-même déclaré que les vaisseaux qui vous avaient pourchassé étaient un YT1300 et un Aile-X. Solo et Skywalker ?

— Possible, je suppose, concéda le pirate à contre-cœur. Pourtant, il savait que je me servais de vos clones...

Disra fit un signe apaisant de la main.

— Basant ses accusations sur des présomptions, Zothip. Essayant d'établir un lien, n'importe quel lien, entre vous et l'Empire. Je suis sûr qu'il ne sait rien.

— Il ne sait peut-être rien de vous ! gronda Zothip. Mais que sait-il de moi, hein ? C'est un Maître Jedi, vous vous rappelez ? Il aurait pu lire n'importe quelle saloperie à mon sujet dans l'esprit de mes hommes.

— Alors vous auriez intérêt à aller vous enterrer quelque part pendant un certain temps, pas vrai ? répondit Disra, sentant que sa patience était en train de s'émousser. (Il n'avait décidément pas de temps à perdre avec cette histoire.) Un endroit où le grand méchant Jedi ne pourrait pas vous retrouver, par exemple.

Le visage de Zothip s'assombrit.

— N'essayez pas de vous débarrasser de moi comme d'un gamin, Disra, dit-il d'un ton presque menaçant. Notre partenariat s'est révélé extrêmement profitable jusqu'à présent, pour vous comme pour moi. Mais sachez qu'il ne fait pas bon m'avoir comme ennemi. Vous pouvez me faire confiance à ce sujet.

— La réciproque est vraie, le contra Disra. (Tierce venait de finir d'écrire. Il fit le tour du moniteur pour montrer le databloc à Disra sans être vu de Zothip.) Vous pouvez me faire confiance aussi ! continua le Moff, essayant, l'air de rien, de lire ce qui était écrit tout en continuant de converser avec le pirate.) Il n'y a aucune raison de mettre fin à notre collaboration sous un prétexte aussi insignifiant.

— Insignifiant ? rétorqua Zothip. Vous trouvez que la perte d'une base essentielle est quelque chose d'insignifiant ?

— En plus, j'ai un autre travail à vous proposer, dit Disra, se rasseyant confortablement dans son fauteuil et adressant un mince sourire à Tierce. (Le maître tacticien venait encore de marquer des points.) Si cela vous intéresse, bien entendu.

Zothip dévisagea Disra avec suspicion.

— Je vous écoute...

— D'ici approximativement trois semaines, l'Amiral Pellaeon et le *Chimaera* quitteront l'espace Impérial à destination de Pesitiin pour une entrevue secrète. Je veux que vous l'y attaquiez.

Zothip éclata de rire, produisant un son pareil à celui d'un aboiement de Ranphyx.

— Ben voyons, Disra ! Attaquer un Destroyer Stellaire avec une poignée de Pacificateurs Telgorn et, avec un peu de chance, un ou deux croiseurs de type Kaloth. Sûr, pas de problème !

— Quand je dis attaquer, je ne vous parle pas de le faire dans l'intention de causer de sérieux dommages, reprit patiemment Disra. Tout ce qui m'importe, c'est qu'il essuie quelques bonnes salves. Vous devez bien être capable de ça, tout de même...

— Oui, bien sûr, répondit Zothip. Une question : pourquoi le ferais-je ?

— Parce que je vous verserai le double de ce que vous recevez habituellement pour harasser les vaisseaux de la Nouvelle République. (Disra laissa sa voix se transformer en un doux ronronnement.) Et si vous acceptez ce travail, dois-je vous rappeler que les Pirates Cavrilhu seront en première ligne pour piller ce qu'il y aura à piller quand tout sera terminé ?

— Vous suggérez donc qu'il y aura suffisamment de butin à se partager ?

— Plus que vous ne l'imaginez, lui assura Disra.

Zothip renifla.

— Vous seriez surpris de constater que mon imagination est sans limite, dit-il. (Son regard exprima clairement qu'il réfléchissait à la question.) D'accord, je continue encore un peu. Pesitiin, dites-vous ?

— C'est cela. Encore une chose, je souhaite que tous les vaisseaux que vous lancerez contre le *Chimaera* battent pavillon Corellien.

— Tiens donc, dit Zothip en se grattant à nouveau le menton. Pour une raison particulière?

— Pour les mêmes raisons qui font que je ne me soucie guère des dégâts que vous infligerez à Pellaeon, répondit Disra. Pourquoi n'essayez-vous pas de deviner tout cela vous-même?

— Je vais y réfléchir, promit Zothip. En attendant, pourquoi n'essayez-vous pas de vérifier si l'avance est bien virée sur mon compte, hein?

Disra sourit.

— C'est un plaisir de faire des affaires avec vous, Capitaine Zothip.

— Comme à l'accoutumée, Moff Disra, rétorqua l'autre. Je vous rappellerai.

Le moniteur devint noir.

— La prochaine fois, par le canal qui vous est alloué, j'espère... murmura Disra à l'adresse de l'écran vide. (Il se laissa aller contre son dossier. Les conversations avec Zothip avaient fâcheusement tendance à drainer toute son énergie.) Normalement, tout cela devrait nous permettre de ne plus l'avoir sur le dos pendant un petit moment.

— Cela devrait également nous rendre grandement service, dit Tierce en reprenant le databloc pour effacer ce qu'il y avait sur l'écran. Voilà un autre exemple de sagesse militaire, Flim : ne vous débarrassez jamais de vos alliés tant que vous ne savez pas s'ils pourront encore vous être utiles.

— Nous avons des règles similaires chez les marginaux, répondit Flim très sèchement. Mais on ne les formule pas de façon aussi éloquente, bien entendu. Qu'est-ce que c'est que cette histoire?

— Quelle histoire? L'attaque de Zothip contre Pellaeon? demanda Disra.

— L'attaque elle-même, je comprends, dit Flim. Vous essayez de faire croire à Pellaeon que la Nouvelle République a rejeté son offre de traité de paix et qu'elle lui a tendu un piège.

Disra lança un coup d'œil à l'escroc.

— Excellent... Vous apprenez vite. Remarquez, on a toujours une vision beaucoup plus claire quand on est un intervenant extérieur.

— Trop aimable, dit Flim, inclinant légèrement la tête en une parodie de révérence. Ce que je ne comprends pas, c'est pourquoi utiliser des insignes Corelliens au lieu de ceux de la Nouvelle République...

— Parce que ce serait bien trop évident, expliqua Tierce. Cela impliquerait que tout le monde à Coruscant aurait rejeté l'idée de l'entrevue. Pellaeon sait bien qu'une chose pareille n'arrivera pas. Il peut donc croire à une embuscade.

— Ainsi, il aura l'impression que c'est Bel Iblis — et lui seul, étant donné qu'il est Corellien — qui lui en veut, ajouta Disra. Laisser croire que les vaisseaux appartiennent à la défense Corellienne justifiera également l'absence de Croiseurs Stellaires et autres vaisseaux d'importance au cours de l'attaque.

— Exactement, dit Tierce. Gardez également à l'esprit que nous ne voulons pas que Pellaeon abandonne complètement son idée de reddition. Enfin, pas encore. Bel Iblis rejetant la proposition sans explication officielle, Pellaeon voudra coûte que coûte essayer de se trouver un nouvel interlocuteur. Ça prendra du temps mais cela jouera en notre faveur. Ce qu'il y a d'important, c'est que cela l'obligera à quitter Pesitiin prématurément. Même si de larges bribes du message du Major Vermel ont été captées avant sa capture sur Morishim, il y a de fortes chances pour que Pellaeon et Bel Iblis ne se rencontrent jamais.

— Cela devrait fonctionner, dit tranquillement Disra, dissimulant avec soin sa propre surprise. (Cette dernière donnée, que venait justement d'évoquer Tierce, ne lui était même pas venue à l'idée. Mais il n'avait pas l'intention de laisser aux deux autres la plus petite chance de s'en apercevoir. Tierce était bien trop sûr de lui et, au goût de Disra, Flim ne semblait pas enclin à exprimer suffisamment de respect à l'égard de ses supérieurs hiérarchiques.) En attendant, et pour citer les propos du Major Tierce, notre plat a besoin de mijoter encore un petit peu. Sommes-nous prêts pour l'émeute de Bothawui ?

— Si nous ne sommes pas prêts, nous n'en sommes pas loin, dit Tierce. Nous ferons appel à l'équipe de Navett, je crois. Ce sont les agitateurs les plus compétents que je connaisse...

— Et nous voulons à tout prix que cette émeute reste dans les mémoires, ajouta Disra. Je vais leur ordonner de se tenir prêts.

— Nous devrions également activer le réveil des groupes de réserve, suggéra Tierce. Il n'est pas possible de planifier avec exactitude nos actions dans le temps et il serait malheureux qu'ils dorment encore quand nous aurons réellement besoin d'eux.

— Oui, acquiesça Disra avec un reniflement discret. Surtout si on considère que, si le véritable Amiral Thrawn était véritablement à la tête de cette opération, il aurait tout coordonné à la minute près.

— Il va falloir faire de notre mieux, dit Tierce. En espérant que nos ennemis prendront le relais là où nous les attendons. Pour l'instant, je file sur Yaga Mineure pour voir si je peux y récupérer quelque chose.

— Espérons que vous y trouverez des éléments utiles, dit Flim en se levant. Il y a encore un truc qui me tarabuste. Qu'est-ce que Skywalker pouvait bien foutre sur la base des Pirates Cavrilhu?

— Comme je l'ai dit à Zothip, il devait chercher un moyen de trouver des connexions entre eux et nous, répondit Disra. Ne vous tourmentez pas, il n'aura rien à se mettre sous la dent.

— Mais...

— De plus, cela n'a pas d'importance, l'interrompit Tierce. D'ici peu, quelques clones et une petite bande de pirates crasseux représenteront le cadet des soucis de la Rébellion.

11

La porte s'ouvrit en coulissant. Karrde pénétra sur le pont du *Wild Karrde*.

— Bonjour, messieurs, dit-il. Est-ce que tout va bien ?

— Très bien, Chef, dit Dankin en se retournant à demi dans son siège de pilote pour lui faire face. Nous sommes sur le point d'atteindre le système de Nosken. Encore quelques minutes de patience...

— Parfait.

Karrde fit un pas vers lui, jeta un coup d'œil aux autres postes...

Il fronça les sourcils et s'arrêta dans son élan.

— Qu'est-ce que vous faites ici, H'sishi ? demanda-t-il à la jeune Togorienne installée à la console des communications.

Elle se tourna vers lui.

— [Dankin m'a demandé de prendre ce poste], dit la créature d'apparence féline dans son miaulement natal. [Il a dit qu'il était temps pour moi de me forger une certaine expérience du poste de pilotage.]

Karrde regarda Dankin. Ce dernier s'était justement tourné vers sa propre console. Mais, même de profil, le Capitaine vit un éclair d'amusement passer dans le regard de son pilote.

— Oui, effectivement, je suppose qu'il est temps, dit-il en inspectant à nouveau du regard les autres stations du pont. (Odonnl, dans le fauteuil de copilote, arborait la même expression hilare que Dankin. Tout comme Pormfil, aux contrôles des propulseurs, bien que sur son visage de Kerestien cela soit plus difficile à discerner. Même Chin, qui avait pourtant un peu tendance à couver les jeunes recrues, semblait avoir du mal à se retenir de sourire.) Avez-vous procédé aux vérifications d'usage de la base de données dernièrement? demanda-t-il en se tournant à nouveau vers H'sishi.

Les yeux jaunes de la Togorienne semblèrent s'assombrir.

— [Non, Chef], dit-elle. [Je le fais immédiatement, si vous m'en donnez l'ordre.]

— S'il vous plaît, dit Karrde en hochant la tête. La datacarte de la base de données se trouve dans la salle de l'ordinateur.

— [J'obéis], dit H'sishi, dépliant son corps gracile.

Elle traversa le pont à pas furtifs, ses griffes cliquetant sur le métal du sol, et sortit.

— Très bien, messieurs, dit Karrde mi-figue mi-raisin en observant la porte se refermer derrière la jeune femme. S'agit-il d'une devinette?

— Oh, ce n'est pas bien méchant, Chef, dit Dankin, affichant un air d'innocence bien peu convaincant. C'est juste qu'elle n'a jamais occupé la place de Terrik jusqu'à maintenant. J'ai pensé qu'elle aurait une bien meilleure vue si elle était ici au moment où nous sortirions de l'hyperespace.

— Ah... dit Karrde. Et vous étiez certainement très curieux de voir le bond qu'elle ferait à ce moment-là, non?

— Eh bien, heu... Ouais, peut-être un petit peu, admit Dankin.

— Nous pensons que cela constitue une parfaite initiation, ajouta Odonnl, soucieux d'aider son camarade. C'est un moyen de l'accepter parmi nous.

— Je vois, dit Karrde en dévisageant le reste de l'équipage. (Tous souriaient de toutes leurs dents.) Je suppose que cela ne vous a pas traversé l'esprit que faire peur comme ça à une Togorienne peut avoir des conséquences dangereuses...

— Allez, Capitaine, c'est pour rire, ça ne fait de mal à personne, dit Odonnl. Mara nous laisse bien faire quand c'est elle qui est sur le pont.

— De toute façon, Cap, c'est une vieille tradition, intervint Chin. Les gars de Billey ont bien dû vous concocter quelque chose de cet acabit la première fois que vous vous êtes joint à eux, non?

— Les gars de Billey n'avaient pas la même fibre créatrice, répondit sèchement Karrde. Quant à Mara, elle veut se servir de la Force pour observer comment les nouvelles recrues se comportent en cas de stress.

— Ouais, ça me paraît être une bonne raison, convint Dankin. Il vaut mieux s'en apercevoir ici que de découvrir au cours d'une crise réelle qu'elles ne valent pas un clou.

— C'est une façon rationnelle de voir les choses, remarqua Karrde.

— Et comment, acquiesça Dankin. Allez, Chef, un petit geste, quoi. Ces derniers temps, le pont a été plutôt mortel.

— C'est sûr qu'une Togorienne en furie, ça romprait la monotonie, admit Karrde en secouant la tête. (Blague à part, ils n'avaient pas totalement tort. Si H'sishi souhaitait devenir un membre de l'équipage permanent du *Wild Karrde*, il valait mieux se rendre compte de ses réactions en cas de forte surprise.) Soit. Vous en prenez la responsabilité. Moi, je reste en arrière.

Il alla s'appuyer à la cloison près de Chin. De là, il aurait une vue bien dégagée de la console. Quand il fut en place, la porte s'ouvrit en chuintant et H'sishi pénétra dans le poste de pilotage à petits pas.

— [J'ai la datacarte, Chef Karrde], dit-elle en lui présentant l'objet à inspecter.

— Bien, confirma Karrde, jetant un coup d'œil rapide à l'étiquette, histoire de vérifier. (H'sishi possédait de très bonnes notions du langage Basic parlé, mais ses connaissances en Aurebesh écrit laissaient encore un peu à désirer.) Allez-y, procédez.

— [J'obéis.]

Elle s'assit à la console et ses délicates petites mains griffues se mirent à courir sur les commandes.

— Attention, dit Dankin. Paré à passer en subluminique.

Il agrippa les leviers et les tira lentement vers lui. La mélasse du ciel hyperspatial disparut. Un champ d'étoiles se substitua aux lignes de vitesse.

Et là, au beau milieu des ténèbres juste en face d'eux, flottait un Destroyer Stellaire Impérial.

H'sishi se leva à moitié de son siège. Elle cracha quelque chose de très méchant dans sa propre langue que Karrde ne put saisir. La bouche de la jeune Togorienne s'ouvrit en grand et ses crocs acérés brillèrent dans l'éclairage tamisé du poste de commandement. Sa fourrure se hérissa sur presque tout son corps, ce qui donna l'impression que la recrue avait doublé de volume. Ses grands yeux jaunes semblèrent lancer des flammes.

— Destroyer Stellaire droit devant! aboya Dankin, comme si personne sur le pont ne l'avait remarqué. Distance : deux kilomètres.

— Ses batteries de turbos laser nous mettent en joue, ajouta Odonnl. Pormfil?

— Moteurs à pleine puissance, dit le Kerestien dont les huit narines, qui s'ouvraient dans ses joues, palpitaient en rythme.

— Nous recevons une transmission, Cap, annonça Chin.

— Accusez réception, dit Karrde en observant attentivement H'sishi. (Elle n'avait pas bougé de sa place et se tenait toujours à moitié levée de son siège, regardant la coque sombre et sinistre et les milliers de petites lumières du Destroyer.) Ont-ils activé leur rayon tracteur ?

Pendant une demi-seconde, tout le monde sur le pont sembla retenir son souffle. Puis, avec un sourd crachement de félin, H'sishi se rassit dans son fauteuil. Elle appuya sur certaines touches de son clavier de commande.

— [Aucun rayon tracteur activé], miaula-t-elle. [Les batteries de turbos laser...] (Sa fourrure hérissée sembla retrouver un peu de sa douceur. La jeune recrue pianota encore sur sa console.) [Elles ne sont pas rechargées en énergie], dit-elle, apparemment très perturbée. [Non, il y a de l'énergie dans...] (Elle se retourna pour faire face à Karrde, ses yeux jaunes se rétrécirent.) [Il reste trois batteries de turbos laser en état de fonctionner], dit-elle. [Pas plus.]

— Parfait, dit Karrde très calmement. Cela signifie que nous sommes à l'endroit escompté. C'est toujours bon à savoir. Chin ?

— Le propriétaire est en ligne, Cap, fit ce dernier, affichant un large sourire tout en activant la communication. Il aimerait vous parler.

— Merci, dit Karrde. Salut, Booster. Comment va la vie ?

— Elle n'a jamais été aussi agréable, espèce de vieux pirate ! tonna la voix joyeuse de Booster Terrik dans les haut-parleurs du pont. Bienvenue sur l'*Aventurier Errant*.

263

Tu viens faire tes courses ou bien tu es en train de mettre une nouvelle recrue à l'épreuve?

H'sishi siffla doucement, passant et repassant ses doigts sur le panneau de contrôle. Elle ne dit rien.

— Nous venons faire des courses. Nous sommes surtout à la recherche d'informations.

— Tiens donc? remarqua Booster sur un ton qui incita Karrde à imaginer que son interlocuteur était en train de se frotter les mains de façon cupide. Bien, bien, bien, on peut dire que c'est mon jour de chance. Tu veux rentrer le *Wild Karrde* dans une de mes soutes ou bien dois-je t'envoyer une navette?

— Nous aimerions accoster, s'il reste de la place. Je ne suis pas à la recherche de gros matériel, mais j'imagine que mon équipage irait bien faire un peu de lèche-vitrines...

— Eh bien, n'hésitez pas, acquiesça Booster d'un ton joyeux. L'Allée des Marchands, avec toutes ses boutiques, est ouverte, les clients s'y précipitent déjà. Allez-y, prenez... Attends voir... la Baie d'Accostage numéro quinze. J'envoie quelqu'un pour te conduire au pont dès que tu auras donné quartier libre à tes gars. N'oublie pas de leur rappeler que dans l'Allée des Marchands on n'accepte que l'argent liquide.

— Bien sûr, répondit Karrde. A tout de suite. (Il fit un signe de tête à Chin et ce dernier coupa la communication.) Allez, Dankin, à vous de jouer. Vous savez comment on rejoint les baies d'accostage?

— Pas de problème, fit ce dernier, en s'affairant sur sa console.

Au poste des senseurs, H'sishi se leva et se tourna pour faire face à Karrde.

— [Etait-ce une plaisanterie, Chef?] demanda-t-elle. (Son ton et son expression étaient tendus mais ne laissaient absolument pas deviner quelles étaient ses pensées

264

réelles.) [Je n'apprécie pas le fait de passer pour une imbécile.]

— Vous n'avez pas du tout eu l'air d'une imbécile, la rassura Karrde. Vous avez eu l'air surprise, certes, mais vous vous êtes immédiatement appliquée à faire le travail qu'on attendait de vous.

La Togorienne jeta un coup d'œil aux autres membres de l'équipage.

— [Les humains semblent trouver drôle de faire passer les autres pour des imbéciles], dit-elle sur un ton de défi.

— Les humains apprécient la plaisanterie, c'est vrai, la corrigea Karrde. Mais l'humour n'avait finalement que peu de rapport avec ce petit exercice.

La fourrure de H'sishi se hérissa à nouveau. Puis, lentement, elle retrouva son aspect habituel.

— [Vous avez voulu savoir si j'étais capable d'avoir peur, de m'enfuir.]

— D'avoir peur, ou de vous tétaniser ou de paniquer, acquiesça Karrde. Si jamais ce cas de figure s'était présenté...

— [J'aurais été exécutée ?]

Karrde secoua la tête.

— Non, ce n'est pas dans mes habitudes de faire fusiller les gens qui travaillent pour moi, H'sishi. A moins qu'un crime sérieux n'ait été commis contre moi ou contre mon organisation. Non. On vous aurait simplement affectée à un autre poste, une position où vous auriez eu à faire face à beaucoup moins de stress. Collecter les informations, par exemple, agent de liaison, quelque chose comme ça...

Les oreilles de H'sishi se couchèrent en arrière.

— [Je ne veux pas d'un poste pareil !]

— Je suis heureux de vous l'entendre dire. Parce que, très franchement, je pense que ce serait du gâchis. Vous serez bien plus utile sur le *Wild Karrde* ou bien à bord de l'un de mes autres vaisseaux.

La Togorienne réfléchit quelques instants à la question.

— [Je préférerais rester ici, dans la mesure du possible.]

— Je pense que ça peut se faire. Nous en reparlerons plus tard. (Il fit un geste vers le panneau de contrôle.) Vous pouvez rapporter la datacarte à la salle de l'ordinateur. Il ne sera pas nécessaire de vérifier la base de données avant de repartir.

H'sishi montra de nouveau les crocs.

— [J'obéis, Chef.]

De la pointe de ses griffes, elle sortit délicatement la carte de son logement puis traversa le pont à grandes et souples enjambées.

— Eh bien, messieurs, dit Karrde en allant se placer à côté du fauteuil vide de H'sishi. Vous avez eu votre petit spectacle et nous avons tous bien ri. A-t-elle passé le test?

— Haut la main, dit Dankin. Je dirais même qu'elle mérite les honneurs.

— Tout à fait d'accord, approuva Odonnl en hochant la tête. Il lui a fallu à peine une seconde pour se reprendre, puis elle s'est remise au boulot comme si de rien n'était.

— Ouais, elle n'a pas instantanément oublié comment fonctionnait sa console, comme certains autres, ajouta Pormfil, ses huit narines émettant un sifflement méprisant. Je suis en train de penser que même Elkin ne s'en est pas aussi bien tiré quand nous lui avons fait passer le test.

— Possible, dit Karrde. Mais je vous parie que H'sishi a laissé derrière elle quelque chose qu'Elkin n'a pas laissé.

Pormfil huma l'air ambiant.

— Quoi donc? L'arôme typique de quelqu'un qui transpire nerveusement?

266

— Non, répondit Karrde en indiquant la série de petites éraflures sur le bord de la console des senseurs de H'sishi. Tout simplement des marques de griffes...

Une silhouette familière attendait Karrde et Odonnl au pied de la rampe du *Wild Karrde*.

— Ah... Capitaine Karrde, dit Nawara Ven, inclinant la tête pour effectuer le salut Twi'lek traditionnel. Qu'il est agréable de vous revoir.

— Et vous, cher Ven, répondit Karrde en hochant la tête en retour. La vie vous a-t-elle été douce?

— Tout n'est que joie à bord de l'*Aventurier Errant,* dit Ven en souriant. Venez. Booster vous attend sur le pont.

En boitillant — à cause de sa jambe artificielle —, le Twi'lek les conduisit vers les turbos élévateurs.

— Dites, j'ai remarqué que vous aviez perdu certains de vos turbos laser, commenta Karrde. En arrivant, mon équipage n'a détecté que trois batteries...

— Ce sont les aléas du métier, j'en ai peur, expliqua Ven en appelant l'ascenseur. Il nous a fallu en démonter deux afin de récupérer des pièces détachées pour trois autres. Puis nous avons dû vendre ces trois tourelles fraîchement réparées afin d'acheter des pièces pour l'hyper-propulsion.

— Mais si je vous suis bien, il devrait vous en rester encore cinq puisque, normalement, un Destroyer en compte dix, dit Karrde.

— C'est exact, répondit Ven, réarrangeant son pseudo-dopode crânien par-dessus son épaule. (Les portes du turbo élévateur s'ouvrirent lourdement.) Mais nous en avons encore deux qui sont en réparation.

— Ah...

Ils entrèrent dans l'ascenseur. Les portes se refermèrent et la cabine se mit en route.

— Seuls deux des turbos élévateurs de cette section sont encore en fonctionnement, dit Ven. Vous seriez surpris de découvrir tout ce qui va de travers sur un Destroyer Stellaire...

— J'imagine. Je me souviens que du temps de la Rébellion un responsable des Opérations Spéciales m'avait décrit le Destroyer Stellaire Impérial comme l'assemblage de cent soixante quatorze mille erreurs de conception prêtes à vous casser entre les doigts.

Ven rejeta la tête en arrière.

— Un chiffre qui est en dessous de la vérité. Booster a fini par abandonner. Il a engagé une équipe de deux cents techniciens — des Verpins, pour ne rien vous cacher — qui se consacrent exclusivement à la remise en état de certains de nos systèmes. Cela fait sept mois qu'ils sont là et ils sont loin d'avoir terminé.

— Je suppose que c'est ce qui finit par arriver quand on essaye d'utiliser un vaisseau de cette taille avec des effectifs très inférieurs au minimum recommandé, suggéra Karrde en regardant autour de lui. On est vite dépassé par les événements. Je suppose que Booster n'envisage pas de vendre.

Ven lui adressa un sourire entendu.

— Pourquoi? Ça vous intéresse?

— Et pourquoi pas? Je pourrais me laisser persuader. Surtout pour éviter qu'un appareil de ce genre tombe entre de mauvaises mains. Je n'ose imaginer ce que les Hutts feraient d'un engin pareil.

— Je n'en sais rien, dit sèchement le Twi'lek. Mais, étant donné les performances passées des Hutts, j'admets que cela pourrait être assez distrayant à regarder.

— Sauf s'il s'agit de quelqu'un comme Jabba...

— Oui, effectivement, concéda Ven. De toute façon, je ne manquerai pas de transmettre votre offre à Booster.

La cabine de l'ascenseur termina sa course en émettant un bruit de ferraille. La porte coulissa, révélant le pont arrière.

— A propos, Booster m'a prié de s'excuser auprès de vous, dit Ven. Il n'a pas pu venir vous accueillir en personne. (Il leur indiqua le passage qui menait au pont principal.) Vous comprendrez pourquoi dans un instant.

— Pas de problème, fit Karrde avec un coup d'œil distrait aux consoles du poste arrière.

Par endroits, des signaux lumineux d'indicateurs clignotaient encore mais la plupart des panneaux de commande étaient en mode veille ou plus simplement débranchés. Karrde s'engagea dans la coursive et s'arrêta pour détailler le générateur holographique du pont. Apparemment, lui aussi avait été débranché.

— Talon Karrde! tonna la voix de Booster. Bienvenue à bord!

Karrde se retourna. Booster s'était engagé à grandes enjambées dans la coursive pour venir à sa rencontre. Il écarta largement les bras en signe d'accueil.

Il n'était pas seul.

— Et regarde donc qui c'est qu'est venu rendre visite à son vieux papa, continua Booster, se tournant à moitié pour indiquer, d'un geste aussi large, les personnes qui le suivaient.

— Mais, bien sûr... dit Karrde en faisant signe à Odonnl de passer devant lui. Odonnl, je ne crois pas que vous connaissiez la famille de Booster. Voici Mirax, sa charmante fille, et son gendre, le Commandant Corran Horm. Ancien... Ah non, pardon... Appartenant toujours au très célèbre Escadron Rogue du Général Wedge Antilles.

— Ah, dit Odonnl avec prudence. Heureux de vous rencontrer. C'est le groupe dont Ven, ici présent, faisait partie, n'est-ce pas?

— Nawara et moi avons pas mal volé ensemble, effectivement, dit Corran tout aussi prudemment. Booster, je suppose que je ne devrais pas me faire de souci au sujet de la présence de Karrde à bord en même temps que nous mais...

— Relax, Corran, le rassura Booster, faisant un pas en avant pour serrer brièvement la main de Karrde. Les hommes de confiance de Karrde sont tout aussi fiables que Karrde lui-même...

Corran adressa à Karrde un regard à mi-chemin entre l'inquiétude et le reproche.

— Ça me rassure, dit-il à son beau-père. Je me sens beaucoup mieux.

— Ne vous tracassez pas, lui assura Karrde en lui offrant sa main à serrer. Nous n'irons pas cafter à Coruscant que l'un de ses héros vénérés côtoie la racaille.

Corran accepta la main qu'on lui tendait. Son visage sembla se détendre et il afficha un mince sourire.

— Merci, j'apprécie. Comment va Mara en ce moment ?

— Bien, je vous remercie pour elle. A ce propos, elle ne devrait pas tarder à arriver parmi nous. Elle a temporairement rejoint l'équipage du *Glacier Etoilé* et nous sommes censés nous retrouver ici. (Son regard se posa sur la fille de Booster.) Bonjour, Mirax, cela faisait bien longtemps. Où est le petit ?

— Valin est par là, répondit-elle en indiquant à Karrde la fosse de commandement bâbord. (Elle lui adressa un sourire beaucoup plus franc que celui de son mari.) Et puis il a six ans maintenant, il n'est plus si petit que ça.

— Effectivement, dit Karrde en marchant à côté d'elle tout en regardant en direction de l'équipage. (Le garçon était installé sur une pile de coussins dans l'un des sièges, très occupé à surveiller les écrans. Visiblement, l'arrivée des visiteurs ne l'avait pas troublé. Il ne faisait pas non plus attention aux allées et venues des membres de l'équipe de Booster qui s'affairaient aux commandes.) Tu lui apprends à piloter le vaisseau?

— Pas vraiment. (Elle alla se poster auprès de son fils et lui lança un regard plein d'affection.) Papa a bricolé l'une des consoles de rayon tracteur pour qu'il puisse jouer. Tu veux bien dire bonjour?

— Ne le dérange pas, dit Karrde. Nous aurons peut-être un peu plus de temps plus tard. Où en est-il de sa musique?

— Aussi excité qu'un Mynock dont la queue serait en feu, intervint Booster sur un ton espiègle. Je viens juste de lui offrir un nouveau chordokeylo. Il a déjà usé le premier jusqu'à la trame, tu sais? Bon, blague à part, Karrde, j'apprécierais beaucoup que tu gardes pour toi le fait que Corran est ici. C'est une entrevue discrète et seuls quelques officiels de la Nouvelle République sont au courant.

— Je comprends, dit Karrde en jetant un nouveau coup d'œil à Corran. Une mission secrète, hein? Gros manteaux, dagues cachées dans les manches, rendez-vous furtifs dans la pénombre, conversations à voix basse et contacts à la nuit tombée... Ce genre de choses?

— Je suis sûr que vous comprendrez aisément qu'il m'est impossible d'en discuter avec vous, répondit Corran dont le visage s'était adouci.

— Oui, bien entendu. Ne dites plus rien. (Il fit un signe de tête en direction de la fosse de commandement.) Cependant, je ne peux pas dire que j'approuve la décision de vos supérieurs de vous avoir laissé emmener votre famille avec vous pour une mission si dangereuse.

— Mais ce n'est pas grand-chose, s'interposa Booster d'un ton légèrement exaspéré. Tout ce que Corran est venu chercher, c'est quelques informations...

— Booster! s'exclama Corran en foudroyant son beau-père du regard. Ferme ton sas à mots, tu veux?

— Je peux peut-être vous aider, proposa Karrde. Je dispose personnellement d'un certain nombre de sources d'informations. J'oserais même avancer que certaines d'entre elles sont bien meilleures que celles de Booster.

— Merci pour votre offre, dit Corran. Mais nous nous débrouillerons très bien comme ça.

— Tu sais, Corran, il n'a probablement pas tort, avança Booster en se passant la main sur la joue avec un air pensif. Tu pourrais peut-être lui exposer la situation...

— Non, refusa Corran en secouant la tête. Sans vouloir vous offenser, Karrde, il s'agit d'une opération ultra secrète. Vous n'êtes pas habilité à en connaître le moindre détail.

— Non, laisse tomber, fit Karrde en levant la main. Si ses supérieurs refusent que des gens de l'extérieur sachent que lui et sa famille sont à bord, il est évident qu'ils veulent également que Corran ne discute de sa mission avec personne.

— Exactement, approuva Corran. Merci de vous montrer si compréhensif.

— Si vous me le permettez, j'aimerais vous emprunter Booster quelques instants, histoire de discuter de *ma* mission, dit Karrde. (Il sortit une datacarte de la poche intérieure de sa veste.) Avant d'oublier, Mirax, j'ai amené ça pour ton fils.

Il tendit la carte à Mirax, qui fronça les sourcils.

— Qu'est-ce que c'est?

— Un carte de sons Ettiens pour son chordokeylo, répondit Karrde d'un ton terne. Je crois savoir qu'il est de bon ton pour un invité d'apporter un petit cadeau aux enfants de ses hôtes.

Corran tendit le cou par-dessus l'épaule de sa compagne pour regarder la datacarte d'un air inquiet.

— Mais, comment saviez-vous que... (Il reposa les yeux sur Karrde puis lança un regard méchant à son beau-père.) Booster?

— Pas de ma faute! s'excusa prestement celui-ci en levant les mains devant lui. Je n'ai raconté à personne que tu venais. Même pas à mes propres gars.

— Comme je le disais, reprit Karrde très calmement, mes sources d'informations sont assez efficaces.

Pendant une minute, personne ne pipa mot sur le pont. Corran regarda Booster puis Mirax. Aucun des deux ne put lui venir en aide. Il se tourna donc à nouveau vers Karrde.

— Qu'est-ce que ça va me coûter? demanda-t-il en soupirant.

Karrde haussa les épaules.

— La valeur que vous lui accorderez, cela va de soi. Nous pourrons discuter du prix plus tard.

— J'ai déjà entendu ça quelque part! s'exclama Corran en dévisageant Booster.

— Mais, si vous préférez, on peut laisser la négociation à la Conseillère Organa Solo, proposa Karrde. Elle et moi, par le passé, avons toujours été à même de trouver des arrangements qui convenaient à nos camps respectifs.

— Je déteste l'idée que certains de ces arrangements aient pu nous coûter quoi que ce soit, gronda Corran. Bon, d'accord. Je présume que vous êtes au courant qu'il y a eu beaucoup de manifestations et d'émeutes, ces derniers temps, contre des corporations et des consulats Bothans...

— Suite aux révélations contenues dans le Document sur Caamas, murmura Karrde.

— Exact. Eh bien, au milieu de toutes ces manifestations, on entend de plus en plus souvent le nom «Vengeance». Il ne s'agit pas d'un simple mot mais d'un groupuscule ou d'une organisation...

Karrde lança un coup d'œil à Odonnl.

— Savons-nous quelque chose à ce sujet?

— Non, je n'ai rien entendu, dit Odonnl. Mais il y a encore pas mal d'informations envoyées par nos sources que je n'ai pas encore eu le temps d'éplucher.

— On fera une recherche dans nos bases de données quand nous retournerons à bord du *Wild Karrde*, dit Talon. Quelles sont les conclusions de Coruscant?

— Pas de conclusions pour l'instant, rien que des interrogations, répondit Corran. La première étant : qui est derrière « Vengeance » et que veulent-ils? Est-ce que ce sont des locaux ou reçoivent-ils une aide de l'extérieur... ?

— Laissez-moi deviner. L'Empire?

Les yeux de Corran se rétrécirent légèrement.

— Vous dites cela comme si vous n'en étiez pas persuadé.

— Pas tout à fait, le corrigea Karrde. Je dis ça comme quelqu'un de cynique. Comme quelqu'un qui aurait remarqué que chaque fois que quelque chose va de travers au sein de la Nouvelle République, tous les officiels montrent immédiatement l'Empire du doigt.

— Tu exagères, intervint Booster. Surtout si l'on se rappelle que, par le passé, l'Empire a été mêlé à ce genre d'histoires.

— Je ne prétend pas que l'Empire n'est pas impliqué, le coupa Karrde. Je ne fais que souligner que l'on croit automatiquement qu'il l'est.

— Mais...

— Non, il a raison, dit Corran à contrecœur. Il y a beaucoup de gens qui se souviennent qu'à une époque l'Empire se comportait avec nous de la même façon. Il accusait la Rébellion de tous les maux et se servait de cela comme excuse pour resserrer son étau. C'est pour cette raison que ma visite ici doit rester secrète. En fait, le Général Bel Iblis tient absolument à ce que rien ne filtre à ce sujet.

Karrde hocha la tête. Il aurait dû se douter que c'était bien Bel Iblis qui avait dicté sa conduite à Corran. A l'inverse de certains dirigeants de la Nouvelle République, Bel Iblis savait comment garder un œil sur ses objectifs. Si nécessaire, il savait également ignorer les défauts de ceux qui lui permettaient de les atteindre.

— Compris. Nous allons vérifier dans nos fichiers. Si nous n'y trouvons rien, nous entamerons une enquête discrète pour essayer de dénicher quelque chose ailleurs.

— Ça me paraît bien, dit Booster. Tiens, Talon, pendant que nous en sommes à échanger nos petites listes de commissions, tu voulais obtenir des informations sur un truc, c'est ça?

— Deux questions très simples, en fait. Avant tout : notre ami Luke Skywalker essaye de localiser le repaire des Pirates Cavrilhu. As-tu une idée de la pierre sous laquelle ces cloportes auraient pu s'enterrer?

— Je sais qu'ils ont une base sur Amorris, dit Booster. (Il sortit un databloc et l'alluma.) Et... Voyons voir... On dirait que leur planque principale... Tiens, voilà. Un astéroïde creux du système de Kauron.

Karrde secoua la tête.

— Ils ont abandonné le site d'Amorris, dit-il à Booster. Et, d'après Mara, Skywalker les aurait chassés de leur astéroïde...

— Mais enfin, pourquoi a-t-il fait une chose pareille? (Booster leva immédiatement une main en signe de défense.) Non, laisse tomber, je ne veux rien savoir. Eh bien, si ces deux-là n'existent plus, je ne peux pas grand-chose pour toi. Deuxième question?

— Avant d'appareiller pour Kauron, Skywalker a participé à l'interception d'une attaque pirate à Iphigin, dit Karrde en observant, l'air de rien, le pont autour de lui. (Personne d'autre ne faisait mine d'écouter.) On ne sait pas à quelle bande ils appartenaient. Pendant la bataille, Luke a cru sentir la présence de clones à bord de l'un des appareils pirates.

Nul ne bougea. L'atmosphère s'était comme soudainement figée.

— Je croyais que l'Empire avait épuisé ses réserves de clones du Mont Tantiss, dit Mirax, la voix chargée d'appréhension.

— C'est ce que prétend Coruscant, confirma Booster, qui ne semblait pas beaucoup plus réjoui que sa fille. Enfin, c'est ce qu'ils nous ont dit, à nous qui sommes de l'extérieur. Corran ?

— D'après ce que je sais, il s'agit de la stricte vérité. Cela fait des années que nous n'avons pas croisé de clones impliqués, ou blessés, dans des opérations militaires.

— Et cela fait combien de temps que vous avez cessé de leur courir après ?

— Très juste, admit Corran. Je n'en sais rien.

— Difficile de croire qu'il puisse en rester encore, dit Booster. Ils faisaient partie des éléments les plus brillants ayant jamais servi sous les ordres de Thrawn. Tout le monde pense que Daala, ou je ne sais qui d'autre, s'en est débarrassé il y a longtemps.

— A moins que Thrawn ait réussi à en cacher quelques-uns, suggéra Karrde. Dans un endroit où Daala n'aurait pas pu les découvrir.

— Et pour quoi faire ? s'exclama Booster. Leur sauver la vie ? Pour quelle raison ?

— Et pourquoi referaient-ils surface justement aujourd'hui ? ajouta Corran.

— Nous ne savons pas s'ils refont surface aujourd'hui, lui rappela Odonnl d'un ton sarcastique. Peut-être sont-ils parmi nous depuis toujours et peut-être aussi que vous, les as de la chasse militaire, ne les avez jamais remarqués.

Corran fit un pas vers lui.

— Ecoutez, Odonnl, quand nous étions en train d'essayer de maintenir la paix dans la galaxie...

— Du calme, messieurs, du calme, s'interposa Karrde, les bras levés. Tâchons de nous souvenir que nous appartenons au même camp, je vous en prie.

— Ouais. Bien sûr, dit Odonnl en pinçant les lèvres.

— Pourquoi ne retournez-vous pas sur le *Wild Karrde*, Odonnl? suggéra Karrde. Allez donc lancer cette recherche dans nos bases de données.

— D'accord, murmura Odonnl. Bonne idée.

— Je vous raccompagne, proposa Ven en faisant un pas en avant. (Karrde lui adressa un regard surpris. Le Twi'lek s'était montré si discret jusque-là qu'il en avait presque oublié sa présence.) Il est très facile de se perdre à bord d'un vaisseau de cette taille.

L'expression sur le visage d'Odonnl montra clairement ce qu'il pensait de cette prétendue excuse. Avec un hochement de tête imperceptible, il se dirigea vers le pont arrière en compagnie de Ven.

— Toutes mes excuses, Commandant Horn, dit calmement Karrde en observant Ven et son second s'éloigner dans la coursive. J'ai d'excellents souvenirs de l'armée de la Nouvelle République. Odonnl ne les partage pas avec moi, c'est tout.

— Ce n'est rien, dit Corran d'un ton sombre. J'ai moi-même une bien mauvaise opinion des contrebandiers.

— Corran! s'exclama Mirax sur le ton de l'avertissement tout en lui prenant le bras.

Le pilote d'Aile-X lui caressa la main.

— A l'exception des personnes ici présentes, s'amenda-t-il. Revenons-en à notre affaire.

— Merci, dit Karrde. La seule certitude que nous ayons... Et nous l'avons tous... C'est que Skywalker a senti la présence de clones à bord de ces vaisseaux. Notre première tâche est de répondre à une simple question : s'agit-il d'éléments abandonnés par l'Empire ou bien quelqu'un a-t-il découvert la cachette des derniers cylindres de clonage?

— Quelqu'un... Comme les Pirates Cavrilhu? demanda Mirax.

— Cette pensée m'a traversé l'esprit, acquiesça sobrement Karrde. Il se pourrait même que les deux questions que j'ai posées à ton père aient un rapport l'une avec l'autre. (Il adressa un sourire à Booster.) Dans ce cas, j'espère bien que tu me feras une petite ristourne.

Booster roula exagérément des yeux.

— Oh, pour...

— Hé! Capitaine? appela une voix dans la fosse de commandement.

— Qu'est-ce qu'il y a, Shish? demanda Booster.

— Un vaisseau en approche. On dirait le *Glacier Etoilé*, signala Shish. Le pilote désire recevoir ses instructions pour l'atterrissage. Vous voulez que je m'en occupe?

— Passez-moi la transmission, lui ordonna Booster en sortant son communicateur. Elle va certainement vouloir de tes nouvelles, ajouta-t-il à l'attention de Karrde en lui tendant le petit cylindre de métal. Autant gagner un peu de temps.

— Merci. (Karrde activa le communicateur.) Mara? Ici Karrde. Comment ça va?

— Tout baigne, merci bien, répondit-elle. (L'inflexion de sa voix ne permettait pas de deviner si elle avait été, ou non, surprise par son intervention. Karrde se dit que, finalement, peu de choses semblaient la surprendre.) Malheureusement, nous n'avons pas eu le temps de faire le crochet par Dronseen pour nous occuper de cette cargaison.

— Ce n'est pas grave. Faughn peut se charger de cela quand elle vous aura déposés ici. Comment s'est passée la chasse aux pirates?

— Nous avons fait chou blanc. Nous avons suivi leur vecteur jusqu'à Di'wor avant de perdre complètement leur trace. Il faut dire qu'il y a un de ces trafics dans cette région, ça grouille de Starspeeders 3000.

— Normal, c'est la saison de pollinisation pour les exploitations fruitières, murmura Booster. Ce genre de manifestation, ça attire les touristes et ça profite aux voyagistes comme Star Tours.

Karrde hocha la tête.

— Ne vous en faites pas, Mara, dit-il. Je ne m'attendais pas à ce qu'ils laissent des traces susceptibles d'être suivies. Demandez à Faughn d'amener le *Glacier Etoilé* jusqu'ici et nous...

— Jade! l'interrompit la voix de Faughn. Là, à tribord!

— Je le vois, dit Mara d'un ton vif. Terrik? Vous avez de la visite. En approche au un-un-sept, élévation quinze. C'est votre vecteur.

Booster se précipitait déjà sur la passerelle centrale séparant les fosses de commandement. Il alla jusqu'aux hublots avant. Corran l'y rejoignit.

— Un-un-sept. Elévation quinze. Bodwae? aboya-t-il. Qu'est-ce que vous avez?

— Rnien, cria la voix d'un Laerdocien éberlué depuis l'une des fosses. Ces *shas'mink* de senseurs...

— Difficile à voir, reprit Mara. (Sa voix était maintenant diffusée par les haut-parleurs de la passerelle de l'*Aventurier Errant*.) Il est petit et sombre. On dirait un chasseur TIE ayant subi de sérieuses modifications.

— Il n'apparaît pas non plus sur nos senseurs, ajouta Faughn.

— Jne vnois tnoujours rnien, insista Bodwae.

— Laissez tomber, dit Booster d'une voix acide. (Lui et Corran se trouvaient côte à côté devant le hublot avant principal. Tournant la tête en tout sens, Booster fouilla les cieux du regard.) Levez les boucliers déflecteurs. Turbos laser, tenez-vous prêts.

— Lnes nécrans ont nencore eu un cnourt-cnircuit! dit Bodwae. Lnes turbos laser...

— Je capte une transmission! s'écria Shish. Un signal très fort. C'est un... bon sang, mais je n'arrive pas à voir ce que c'est...

— Mara? demanda Karrde.

— On reçoit aussi quelque chose, confirma celle-ci. Où nous sommes, le signal est plutôt faible. Pour l'instant, l'ordinateur n'a rien trouvé.

— Le voilà! cria Corran en tendant le doigt. Il vient droit sur nous!

— Levez-moi le foutu bouclier déflecteur du pont! tonna Booster. Et tout de suite!

— Mara? appela à nouveau Karrde.

— Nous ne sommes toujours pas à portée de tir, dit-elle prestement. Vous feriez bien de vous mettre à couvert.

Karrde regarda autour de lui, se demandant ce qu'il était advenu de Mirax. Il la repéra rapidement qui se dirigeait vivement vers l'abri relatif qu'offrait le pont arrière, portant son fils stupéfait dans ses bras. L'espace d'un instant, il envisagea de la rejoindre et réalisa qu'il était déjà trop tard. Il se tourna donc vers les baies avant. L'appareil inconnu fonçait dans la direction du Destroyer. Il n'avait jamais vu de vaisseau de ce type...

— Lnes dnéflecteurs de pnont rnefusent de se lnever, gronda Bodwae. L'nappareil vna nous pnercuter!

— Tout le monde à terre! ordonna Booster.

Il saisit le bras de Corran et l'obligea à s'allonger sur la passerelle. Karrde fit un bond en direction de la fosse. Il comprit qu'il n'aurait pas le temps de sauter dedans et s'arrêta net...

L'appareil n'avait pas changé de cap...

Et puis, à la toute dernière seconde, il exécuta une curieuse manœuvre en vrille, basculant sur le côté et tirant des traits de laser tout autour du hublot avant.

Il fallut à Karrde une bonne seconde pour retrouver l'usage de la parole:

— Mara?

— Ça va? s'enquit-elle, anxieuse.

— Oui, tout va bien, la rassura-t-il, sortant de sa torpeur et se précipitant vers la passerelle sur laquelle Booster et Corran étaient toujours étendus. Par où est-il passé?

— Il a plongé par-dessus la superstructure de commandement, a piqué vers les réacteurs de propulsion — là où on ne pouvait pas le voir — et a filé en vitesse lumière, lui dit-elle. Le même coup qu'à Luke...

Karrde fronça les sourcils.

— C'était le même appareil?

— On dirait bien, répondit Mara. Torve est en train de passer les données des senseurs au peigne fin en ce moment même.

Booster et Corran s'étaient déjà relevés au moment où Karrde les rejoignit.

— Non, mais vous avez vu ça? fit Booster en secouant la tête et en époussetant sa veste. De toutes les acrobaties les plus dingues, je...

— Capitaine? Ici Torve, l'interrompit la voix du jeune homme. C'est confirmé, il s'agit bien du même type de vaisseau.

— Où l'avez-vous vu la première fois? demanda Booster.

— Au milieu des astéroïdes, près de la base Cavrilhu dans le système Kauron, lui dit Karrde. Mara? Vous avez quelque chose sur la transmission?

— On est en train de vérifier. Apparemment, il s'agit d'un message très court, suivi d'une pause. Ensuite, le même message est répété. Pour l'instant, nous n'avons pas réussi à découvrir le langage ou le code dans lequel il a été écrit.

— C'est probablement un truc complètement inutilisable. Ça me rappelle quand Calrissian a poursuivi ce vaisseau Qella à travers toute la galaxie, dit Booster en reniflant dédaigneusement.

— C'est ce que nous avons d'abord pensé, dit Mara. Mais je ne crois pas que ce soit ça.

— Et pourquoi? demanda Booster. Parce qu'il a transmis quelque chose?

— Non, parce qu'il a transmis spécifiquement dans la direction de ce vaisseau, répondit Karrde. Et puis il y a le fait qu'il ait marqué une pause et qu'il se soit répété. Ça sous-entend qu'il attendait une réponse.

Booster se gratta la joue.

— Ouais, tu pourrais bien avoir raison. Mara? Avez-vous essayé l'analyseur de codes Impériaux?

— C'est la première chose que nous avons faite. Et on n'a rien trouvé qui puisse s'en approcher.

— Pourtant, ils sont venus frôler un Destroyer Stellaire Impérial, médita Karrde. Et juste avant, ils sont allés fouiner autour d'une base pirate soupçonnée d'entretenir des relations avec l'Empire.

— On dirait qu'ils sont déjà en affaires avec l'Empire, dit Mara. Ou alors, qu'ils cherchent coûte que coûte à faire des affaires avec l'Empire...

— A moins que tout cela n'ait rien à voir, l'interrompit Faughn avec une certaine brusquerie. Je viens de passer la transmission à l'analyseur de phonétique et je pense avoir entendu le nom de Thrawn là-dedans...

Karrde plissa le front.

— Ecoutons cela...

Il y eut une courte pause, puis le communicateur se mit à cracher toutes sortes de sons extraterrestres. C'est alors que, au milieu de ce salmigondis...

— J'ai entendu, dit Booster. On aurait dit qu'il était haché, comme si la personne bégayait, quelque chose comme ça...

— C'est parce que vous avez entendu son nom en entier, expliqua Mara dont la voix était soudainement devenue sinistre. Mitth'raw'nuruodo. *Thrawn* n'en est que le diminutif. Lui-même disait d'ailleurs que c'était le noyau de son nom.

Du coin de l'œil, Karrde vit un éclair traverser le visage de Corran.

— Alors comme ça, vous et lui, vous vous appeliez par votre petit nom? demanda Booster en forçant sur la désinvolture.

— Pas vraiment, dit Mara. Mais je connais, enfin je connaissais, son nom entier. Croyez-moi, nous n'étions pas nombreux dans ce cas au sein de l'Empire.

Karrde se mordit la lèvre inférieure.

— Savez-vous quelque chose de son histoire? Je veux dire, du début de sa carrière, avant qu'il rejoigne l'Empire...

— Non. Juste quelques bribes qu'on m'a racontées. Un commandant Impérial, pourchassant des contrebandiers, l'aurait rencontré sur un monde désert juste à la frontière des Régions de l'Espace Inconnu. Il aurait été particulièrement impressionné par les capacités tactiques de Thrawn et l'aurait ramené à Coruscant. La rumeur prétend que son propre peuple l'aurait banni et exilé sur cette planète hostile.

— Et pourquoi? demanda Booster.

— Je n'en sais rien, répondit Mara. Mais il se pourrait bien que ce vaisseau qui nous a attaqués soit celui de quelqu'un parti à sa recherche.

— Eh bien, ils vont être drôlement déçus quand ils vont découvrir qu'ils arrivent dix ans trop tard, dit Booster d'un ton dédaigneux.

— Peut-être pas, murmura Corran. Qui vous dit que c'est Thrawn qu'ils recherchent?

Karrde dévisagea le pilote. C'était évident qu'il leur cachait quelque chose.

— Je suppose que vous ne dites pas ça au hasard, avança-t-il doucement. Auriez-vous l'amabilité de nous faire part de ce que vous savez?

Les lèvres de Corran se pincèrent.

— Je suis censé ne parler de cela à personne d'autre que Booster, dit-il à contrecœur. Mais, vu les circonstances... Ce Devaronien sur qui vous avez retrouvé le Document sur Caamas, Karrde? Eh bien, il a découvert d'autres datacartes au même endroit. L'une d'entre elles portait une étiquette qui disait « la Main de Thrawn ».

Karrde hocha lentement la tête. Voilà donc le secret que Leia ne lui avait pas révélé sur Wayland. Et la raison pour laquelle elle avait adressé un regard si étrange à Mara.

— La datacarte est tellement brouillée, continua Corran, qu'ils n'ont pas réussi à en tirer quoi que ce soit. La Conseillère Organa Solo pense qu'il s'agit d'une version personnelle de la Main de l'Empereur mise au point par Thrawn. Le Général Bel Iblis m'a chargé de demander à Booster s'il n'a pas déjà croisé ce terme quelque part.

— Jamais, dit Booster en secouant la tête. Karrde? Mara?

— Moi non plus, dit Mara. Et personnellement, j'ai un peu de mal à imaginer Thrawn se servant de ce type d'agent secret. Il ne s'est jamais impliqué dans les manipulations politiques si chères à l'Empereur. Qui plus est, en cas de mission spéciale, il avait les Noghris à son service.

— Et pourtant, la carte portant cette appellation était dissimulée dans les fichiers privés de l'Empereur, souligna Karrde. Ça doit bien vouloir dire quelque chose...

— Comment sais-tu qu'elle était planquée dans les dossiers privés? demanda Booster.

— Tout simplement parce que si Bel Iblis avait découvert quelque chose à ce sujet dans les archives de Kamparas, il n'aurait pas envoyé Corran jusqu'ici pour te poser la question, répondit Karrde.

— Bien vu, grogna Booster. Alors, d'après vous, ces appareils inconnus sont à la recherche de Thrawn ou de la Main de Thrawn?

— A moins que la personne à bord du vaisseau ne soit la Main de Thrawn, avança Mara. Quoi qu'il en soit, il me paraît de plus en plus important d'essayer de repérer la trace de ces appareils.

— Tout à fait d'accord, approuva Karrde. Comment suggérez-vous que nous procédions?

— Nous avons repéré leur vecteur de saut il y a quelques minutes, expliqua Mara. Nous avons également enregistré le vecteur de l'appareil croisé dans le système de Kauron. Faughn est actuellement en train de projeter les points de convergence.

— Ça y est, je l'ai, intervint Faughn. C'est un système inexploré dans le secteur de Gradilis, juste à la limite de l'Espace Sauvage et de l'Espace Inconnu. Dans les archives, il est enregistré sous le nom de système de Nirauan. Ça veut donc dire que quelqu'un l'a déjà visité. Mais je ne trouve aucune autre donnée.

— Ça me paraît trop facile, marmonna Booster. Ils n'auraient pas été assez idiots pour sauter dans l'hyperespace directement vers leur base, quand même. Surtout sachant que nous étions en train de les surveiller...

— Tout dépend de leur manière de passer en hyperluminique, l'interrompit Karrde. Peut-être ne disposent-ils pas à leur bord d'ordinateurs de navigation suffisamment puissants pour calculer des sauts très complexes. On peut également envisager que leur retour ait été préprogrammé pour éviter qu'aucun appareil ne s'écarte de sa route.

— Peut-être ne savent-ils pas que nous sommes en mesure de récupérer un vecteur de saut dans la microseconde qui suit le passage d'un vaisseau en vitesse lumière, ajouta Mara. Je vous rappelle que, dans les deux cas, ils se sont assurés qu'ils étaient hors de notre champ de vision pour enclencher leurs hyperpropulseurs. Ils s'imaginent peut-être que cela suffit pour nous échapper.

— Il me semble que c'est un très bon point de départ, dit Karrde en ayant du mal à dissimuler une certaine répugnance.

Une répugnance que Mara détecta immédiatement.

— Vous préférez qu'on ne s'en mêle pas? demanda-t-elle. Vous voulez qu'on refile tout cela à la Nouvelle République pour qu'ils s'en occupent eux-mêmes?

— Corran? l'interrompit Booster.

Le pilote d'Aile-X était toujours en train d'observer les étoiles par le hublot principal.

— Pas de problème, je peux ramener tout ça à Bel Iblis, dit-il d'un ton vaguement distrait. Mais je doute qu'il soit capable d'en tirer quoi que ce soit. Enfin, pour l'instant en tout cas. Avec cette histoire de Caamas, tout le monde a les mains bien pleines.

Karrde hocha la tête. Sa répugnance instinctive éveilla en lui les sentiments les plus sinistres. Booster avait raison : c'était trop facile. C'était peut-être un piège ou, dans le meilleur des cas, un coup d'épée dans l'eau et une perte de temps.

Et si ce n'était rien de tout cela?

— Non, il vaut mieux aller vérifier, soupira-t-il. Demandez à Faughn de transmettre ses feuilles de route à Chin avant de faire le saut. Il faut bien qu'on redistribue les transports qu'elle devait effectuer aux autres vaisseaux.

— Entendu, dit Mara. Il y a un endroit particulier où vous voulez que nous nous donnions rendez-vous quand nous serons de retour?

— Contentez-vous de contacter le réseau. Ils seront à même de vous dire où je me trouve, dit Karrde. Et... soyez prudente...

— Ne vous inquiétez pas, lui assura Mara sans enthousiasme. S'ils essayent de nous jouer un tour, ils le regretteront vite. A plus tard.

Karrde, d'un coup de pouce, éteignit le communicateur.

— Bonne chance, dit-il à voix basse.

— Ne te fais pas de bile, tout ira bien, l'encouragea Booster en lui reprenant le communicateur pour le ranger dans sa ceinture. Mara et Faughn sont plutôt futées et le *Glacier Etoilé* est un bon appareil. Meilleur que celui-ci, en tout cas, ajouta-t-il en passant devant Talon pour regagner la passerelle de commandement. Alors, Bodwae, qu'est-ce qui se passe avec ces foutus bazars d'écrans déflecteurs, hein?

Il s'accroupit au-dessus de la fosse pour écouter les excuses du Laerdocien. Karrde en profita pour rejoindre Corran.

— Vous vous teniez à cet endroit précis quand le vaisseau inconnu nous a frôlés, dit-il tout doucement. Avez-vous ressenti quelque chose d'inhabituel à son sujet?

Corran lui lança un regard en biais.

— Que voulez-vous dire?

— Vous savez, le genre de chose que peut ressentir Skywalker quand il se trouve à proximité d'un groupe de clones. Le genre de chose qui crée des perturbations dans la Force...

Pendant un très long moment, le seul son s'élevant du pont provint de la discussion animée qui se déroulait dans leur dos. Une troisième voix y était mêlée puisque Shish avait décidé de prendre la défense de Bodwae.

— J'ignore ce que ressent Luke quand il se trouve à proximité d'un groupe de clones, dit finalement Corran d'une voix à peine audible. Tout ce que j'ai senti, c'est une présence étrangère.

— Je vois, fit Karrde en hochant la tête.

Corran se tourna pour lui faire face.

— Mon... heu... talent... n'est pas à proprement parler connu de tout le monde, Karrde, dit-il sur un ton oscillant entre la menace le défi.

— Oui, je sais, répondit Talon de la même façon. Il est sage de votre part que cela reste ainsi.

— C'est ce que je pense aussi, déclara Corran. Le problème, c'est que votre métier, c'est de vendre des informations.

— Certes, certes, mais mon métier, c'est également la survie, répondit Karrde. Et dans cette vaste et dangereuse galaxie, il est fréquent qu'on ait besoin d'une main secourable. (Il leva un sourcil.) J'ai toujours pensé qu'il était agréable de savoir que cette main pouvait dissimuler des cartes dans sa manche. Des cartes dont personne ne soupçonnerait l'existence.

Le visage de Corran s'assombrit.

— Alors, c'est comme ça que ça marche, hein? Vous gardez ça pour vous, et en échange, je vous suis redevable, c'est ça?

Karrde jeta un coup d'œil à la passerelle de commandement. Mirax et son fils Valin se trouvaient de nouveau à l'extrémité de la coursive qui menait au pont arrière. La jeune femme paraissait avancer prudemment et le garçon la tirait impatiemment par la main avec la nette intention de courir vers son père.

— Effectivement, vous m'êtes redevable. Mais rassurez-vous. Quand je vous réclamerai le montant de la dette, ce ne sera rien d'extravagant. Je dois bien cela à Mirax. (Il réfléchit un instant.) Rien d'extravagant ou bien un petit service vital à me rendre.

Corran renifla doucement.

— Ça laisse le champ relativement ouvert..

Karrde haussa les épaules.

— Je vous l'ai dit : la galaxie est vaste et dangereuse.

12

Le mur ouest du Centre de Loisirs Resinem était sale, incrusté de sel, décoloré par le temps et égratigné par les débris de l'explosion qui avait réduit en poussière un casino rival de l'autre côté de la rue, quinze ans auparavant. Vu depuis l'autre bord du cratère de cinquante mètres laissé par la déflagration, le mur ouest du Resinem avait quelque chose d'attrayant. Les différents éclats projetés de façon hasardeuse par l'explosion avaient créé d'étonnants motifs dans le crépi qui prenaient une dimension visuelle particulière dans la lumière changeante du crépuscule de Borcorash.

Mais le soleil était couché depuis bien longtemps et Shada ne se trouvait pas de l'autre côté du cratère. Elle était en train de franchir le mur ouest au moyen de pics d'escalade qu'elle fichait avec précaution dans les différentes anfractuosités de la paroi. Arrivée aux trois quarts de son ascension, elle se fit la reflexion que, vu d'ici, le mur était bien crasseux et pas si joli que ça à regarder. *Engagez-vous, rengagez-vous dans la contrebande, qu'ils disaient,* soupira-t-elle lugubrement pour la cinquième fois depuis le début de la montée. *Vous verrez des coins de la galaxie qu'on ne montre pas aux touristes!*

Ce n'était pas marrant mais c'était nécessaire. D'ici peu de temps, on escorterait Mazzic et Griv jusqu'à l'étage privatif du Resinem. Là, ils rencontreraient un Kubaz à la voix doucereuse représentant un cartel criminel Hutt. Griv tendrait sa petite mallette pleine de Ryll et le Kubaz lui donnerait en échange une sacoche similaire remplie de Joyaux de Feu de Sormahil. En théorie, la rencontre prendrait fin sur cet échange aussi simple que profitable pour les deux parties.

En théorie.

Un peu plus loin sur sa droite, elle vit un speeder manœuvrer et se préparer à atterrir. Ses feux de position projetèrent brièvement une clarté inattendue sur le mur devant elle. Shada se sentit soudainement extrêmement déprimée. Cela faisait douze ans qu'elle n'était pas retournée chez elle sur Emberlene, depuis que Mazzic l'avait engagée comme garde du corps. La détérioration et la crasse de la paroi ravivèrent ses souvenirs si clairement qu'elle eut l'impression d'avoir quitté sa planète natale la veille. Le souvenir d'avoir grandi au milieu des ruines de ce qui avait été jadis de vastes cités. Le souvenir de la mort frappant si fréquemment tout autour d'elle. Maladies, malnutrition, violence, désespoir... Le souvenir d'une faim persistante, d'une survie dépendant de la quantité d'animaux nuisibles qu'il fallait attraper et tuer, dépendant des maigres ressources qui provenaient des toutes dernières terres cultivables.

Dépendant enfin de denrées arrivant de l'extérieur au compte-gouttes. Des marchandises ne provenant pas de missions humanitaires ou données par quelque généreuse République. Non. Des marchandises payées chèrement au prix du sang, de la sueur et de la vie par les Mistryls, les Gardiennes de l'Ombre.

Elles représentaient l'élite de ce qui subsistait de la société d'Emberlene. Leur mission leur avait été personnellement confiée par les Onze Anciens du Peuple. Depuis sa plus tendre enfance, Shada avait souhaité de tout son cœur faire partie de ces troupes d'exception. Les

Mistryls sillonnaient le cosmos. C'était un groupe de guerrières remarquablement entraînées qui mettaient leurs talents de combattantes au service des pauvres et des opprimés de la galaxie. En échange, elles recevaient un peu d'argent, ce qui leur permettait de maintenir une étincelle de vie à la surface de leur monde dévasté.

Un monde dont presque personne n'avait entendu parler. Un monde que personne n'avait remarqué. Un peu comme... disons... Caamas.

Au prix d'un incroyable effort, Shada ravala son ressentiment à l'égard de toute l'attention que Caamas avait suscitée au cours des dernières semaines. La destruction d'Emberlene était un événement bien trop ancien pour déclencher quelque émotion que ce fût, même chez elle. Personne, dans toute la galaxie, ne s'était intéressé à cette planète à l'époque de l'attaque. Qui pouvait bien s'en soucier aujourd'hui? Certes, c'était injuste, mais qui pouvait prétendre que l'univers était juste?

Juste au-dessus d'elle, légèrement sur la gauche, retentit une faible éructation d'inquiétude. Shada s'arrêta et scruta les ténèbres. Elle repéra le reflet de deux yeux très rapprochés qui l'observaient dans l'obscurité.

— Tout va bien, murmura-t-elle à l'adresse des yeux, se recroquevillant pour pouvoir parer à toute éventualité.

Dans cette région de Borcorash, il devait certainement s'agir d'un inoffensif Volotrompe mais un peu de prudence ne faisait de mal à personne.

Des précautions supplémentaires ne se révélèrent cependant pas nécessaires. C'était effectivement un Volotrompe, protégeant son nid installé dans une niche profonde de la paroi. Sous ses ailes, Shada aperçut le reflet des coquilles de deux œufs tachetés.

— Ne t'en fais pas, je n'ai pas faim, dit-elle à la créature pour la rassurer.

Elle se rappela, sinistre, qu'à une époque elle était particulièrement douée pour attraper des oiseaux de cette taille. Ils avaient bien meilleur goût que les insectes cha-rognards qui infestaient les villes.

Elle chassa cette pensée et fit basculer son poids afin de libérer une main. Elle décrocha l'anneau de sécurité de son harnais d'escalade. Ses instructeurs Mistryls auraient certainement critiqué l'utilisation d'une longe, faisant remarquer que c'était une perte de temps d'avoir à instal-ler des pitons de sûreté. Une vraie Mistryl ne dévissait jamais. Seulement voilà, son entraînement à la varappe était bien loin derrière elle. Elle ne gagnerait rien à vou-loir aller plus vite. A part peut-être tomber dans le vide avant d'atteindre le toit.

D'un autre côté, si les soupçons de Mazzic à propos de cette rencontre s'avéraient, arriver là-haut trop tard serait aussi utile que de ne pas y arriver du tout. Il restait envi-ron deux mètres de mur à franchir, estima-t-elle en regar-dant vers le haut. Il ne devait rester guère du double de minutes avant que Griv et Mazzic ne parviennent au der-nier étage. Elle verrouilla le câble de sûreté si fin qu'il en était presque invisible dans son crochet. Elle n'attendit même pas que cesse le faible sifflement attestant que le point de soudure moléculaire entre le mur et le crochet était assez solide, passa devant le nid du Volotrompe et reprit sa progression.

Elle gagna le haut du mur. Au moment où elle déga-geait une main pour accrocher le rebord du toit, elle entendit un bruit sourd.

Elle se figea et tendit l'oreille. Le bruit ne se répéta pas. Elle baissa la main pour prendre un crochet de sécurité dans son harnais, qu'elle planta dans le mur le plus loin possible vers sa gauche. Espérant que le sifflement de la micro-soudure serait suffisamment faible pour ne pas être entendu de qui que ce soit, elle verrouilla son filin de sécurité dans le piton et fit passer la boucle dans le mous-queton de son harnais. Si on devait lui tirer dessus quand elle passerait la tête par-dessus le rebord du toit, elle aurait la latitude de se laisser tomber. Sa longe lui permettrait de se balancer en un arc serré d'un mètre cinquante autour de ce point et de se mettre à couvert sur le côté. Ce n'était pas grand-chose, certes, mais lors d'un échange de corps de feu, avoir la possibilité de duper ainsi la visée de l'adversaire faisait souvent la différence. Elle sortit son blaster de son étui et ôta la sécurité...

— Bonsoir, Shada, dit doucement une voix juste au-dessus d'elle.

Elle releva la tête. Une silhouette encapuchonnée se tenait debout sur le bord et la regardait. Même dans l'obscurité, Shada réussit à distinguer les traits du propriétaire de la voix.

— Karoly? murmura-t-elle.

— Ça fait une paye, pas vrai? dit Karoly D'ulin. Pose doucement ton arme sur le toit, s'il te plaît. Ensuite, tu pourras te hisser jusqu'ici.

Shada leva le bras et déposa son blaster aux pieds de Karoly. Elle déverrouilla ensuite son câble de sécurité et acheva d'escalader la paroi.

En se relevant, elle jeta un coup d'œil rapide aux environs. A cet endroit, la toiture était plate sur quelques mètres puis elle montait à angle droit sur un bon mètre avant de s'aplatir à nouveau vers le centre du bâtiment. Au-delà de l'élévation, Shada aperçut l'extrémité d'une longue baie vitrée qui devait donner sur la pièce principale du dernier étage.

La pièce dans laquelle Mazzic ne tarderait pas à arriver.

— Tu es probablement la dernière personne que je m'attendais à rencontrer ici, commenta-t-elle en se tournant vers Karoly.

— Je m'en doutais un peu, acquiesça cette dernière. (Elle ramassa le blaster pendant que Shada se hissait sur la terrasse et le glissa sous son épais manteau.) Tu peux te débarrasser de tes pitons et de tes crampons également. On va redescendre par l'un des escaliers. Dépose-les sur le toit, s'il te plaît.

— Bien sûr, dit Shada, dégrafant les crochets attachés à sa manche et les posant juste à côté d'elle. (On ne pouvait guère s'en servir comme arme mais, apparemment, Karoly ne voulait prendre aucun risque. Shada s'agenouilla et détacha les crampons de ses chaussures.) Ça te va comme ça? demanda-t-elle en se relevant.

Karoly pinça les lèvres.

— Tu agis comme si nous étions ennemies, Shada. Ce n'est pas le cas.

— Je suis heureuse de te l'entendre dire, répondit Shada en étudiant le visage de l'autre femme, plus jeune qu'elle. (Il s'était écoulé beaucoup de temps depuis l'époque où elles avaient travaillé ensemble. Presque vingt ans, en fait. Depuis l'histoire de Tatooine et de l'échec relatif du projet Hammertong mis en place par l'Empire. Le souvenir que Shada gardait de cet incident était celui d'une Karoly très jeune, manquant cruellement d'expérience et se troublant facilement. Mais ce souvenir ne correspondait plus à la femme qui se trouvait devant elle. Au cours de ces vingt années, Karoly avait développé grâce et sang-froid. Son expression et son attitude laissaient deviner de considérables compétences.) Comment as-tu deviné que je grimperais par ce côté?

— Nous n'avons rien deviné, dit Karoly en haussant les épaules. Les autres accès aux toits sont étroitement surveillés. Il m'avait bien semblé t'apercevoir, tout à l'heure, en train de te glisser le long du bâtiment. Tu portais cette robe bleue avec plein de voiles. Je me suis dit que tu tenterais probablement le coup par ici. (Elle fit un geste en direction des cheveux de Shada, attachés et tressés en une coiffe très élaborée, puis vers le treillis de combat ajusté et le harnais d'escalade.) Je dois avouer que je trouve que la robe va mieux avec ta coiffure que ton équipement de commando. Qu'est-ce que tu as dans les cheveux?

— Ce sont des barrettes en laque de Zenji, expliqua Shada. Mazzic aime bien quand je suis élégante.

— Un camouflage bien utile pour un garde du corps, dit Karoly. Tiens, en parlant de camouflage, je suppose que l'une de ces barrettes doit bien dissimuler un signal d'appel ou un communicateur, je me trompe? Dépose tout ça sur le toit avec le reste, d'accord?

Shada fit la grimace.

— Rien ne t'échappe, hein? dit-elle en ôtant le récepteur caché derrière son oreille droite et en le posant au milieu des autres objets. Je suis quand même contente que nous ne soyons pas ennemies. Qui c'est, ce « nous » dont tu as parlé?

— Je suis en compagnie d'un client. (Karoly fit un signe de tête en direction de la partie la plus élevée du toit.) Il est là-bas.

— Recroquevillé près de la baie vitrée? Avec un fusil de tireur d'élite? Mais qu'est-ce qu'il fait?

— Ce n'est pas ton affaire. A partir de cette minute, je te relève de tes fonctions.

Shada fronça les sourcils.

— Mais de quoi parles-tu? Cela fait douze ans que je travaille pour Mazzic. On ne peut pas mettre fin à une relation aussi durable en claquant des doigts...

— Nous le pouvons et nous le faisons. Il est maintenant évident que le groupe de Mazzic ne va pas devenir une organisation dotée de ramifications s'étendant dans toute la galaxie comme les Mistryls l'espéraient quand elles t'ont fait entrer à son service. L'Alliance des Contrebandiers de Talon Karrde est loin d'être moribonde et les Onze ont donc décidé que c'était du gâchis de te savoir ici. Il est temps pour toi de passer à autre chose.

— Très bien, dit Shada. (Elle fit deux pas pour s'éloigner de Karoly et tendit le cou pour essayer de distinguer le fameux client.) Je vais prévenir Mazzic dès ce soir que je démissionne de mon poste de garde du corps. Nous pourrons partir demain matin.

Karoly secoua la tête.

— Je suis désolée. Nous devons partir maintenant.

Shada posa les yeux sur elle. Un regard dur, réprobateur, mais lui permettant également d'évaluer la distance entre elles deux. Trois mètres. Ça devait faire l'affaire.

— Et pourquoi? demanda-t-elle. Parce que ton nouveau client veut l'assassiner?

Même dans la très faible clarté, elle vit Karoly tressaillir. Mais quand celle-ci reprit la parole, sa voix était particulièrement ferme :

— Nous sommes des Mistryls. On nous donne des ordres et nous les suivons.

— Je suis aussi le garde du corps de Mazzic, dit Shada calmement. Et, à une époque, on confiait des missions d'honneur aux Mistryls, elles remplissaient leur devoir. On ne leur donnait pas d'ordres.

Karoly eut un reniflement de dédain.

— L'honneur... Tu es vraiment restée en dehors du coup, pas vrai?

— Apparemment, la contra Shada. J'ai toujours essayé de penser que le fait d'être une Mistryl me permettait de m'élever au-dessus de la fange des mercenaires et des assassins se vendant au plus offrant. Pardonne ma naïveté.

Le visage de Karoly s'assombrit.

— Nous faisons tout ce qui est en notre pouvoir pour maintenir notre peuple en vie! cracha-t-elle. Si l'un de ces Hutts répugnants veut poignarder dans le dos un autre contrebandier tout aussi répugnant, ce ne sont pas nos oignons.

— Correction : ce ne sont pas *tes* oignons! Ce sont les miens. J'ai un boulot à effectuer, Karoly. Soit tu me débarrasses le plancher, soit tu prends le risque d'être blessée.

Elle posa prestement la main sur son harnais et verrouilla son filin de sécurité.

La main de Karoly sembla à peine se mouvoir. Une fraction de seconde plus tard, elle tenait un petit blaster.

— On ne bouge plus, ordonna-t-elle. Ecarte ta main. Et en douceur.

Shada étendit largement ses bras, écartant les doigts pour prouver qu'elle ne dissimulait rien dans le creux de ses mains.

— Si tu veux m'arrêter, il va falloir me tuer! lança-t-elle.

— J'espère que non. Retourne-toi.

C'était le moment.

Les bras toujours tendus, Shada fit un quart de tour pour faire face à la baie vitrée.

Elle fit un pas en arrière et se laissa tomber du bord du toit.

Elle s'attendait à ce que Karoly décoche immédiatement quelques rapides traits de laser au moment où elle plongerait. Il ne se passa rien. Karoly avait dû être surprise. A moins qu'elle n'ait fait preuve d'une très grande maîtrise d'elle-même en estimant qu'il ne fallait pas tirer au hasard dans le noir. Shada n'avait guère le temps de se livrer à ce genre de spéculations. La longe finit par se tendre en claquant dans le dernier piton qu'elle avait fiché sur sa droite aussi près que possible du toit. Elle commença alors un mouvement de balancier en rasant le mur. Encore deux secondes et elle passerait le point le plus bas. L'oscillation la ramènerait alors de nouveau vers la terrasse où l'attendaient Karoly et son blaster.

Elle disposait de deux secondes pour trouver un moyen de mettre son ancienne amie hors d'état de nuire.

Le Volotrompe éberlué n'eut même pas le temps de crier lorsque Shada l'arracha à son nid. Elle en profita pour se saisir d'un des œufs avec son autre main puis se laissa balancer vers le haut.

Ses deux secondes de répit étaient écoulées. Elle cala le volatile sur son épaule en position de lancé. Karoly apparut au bord du toit, se précipitant vers le point où Shada avait sauté. Des yeux et du blaster, elle suivit la trace le long de la paroi de l'immeuble et aperçut son adversaire. Elle manqua de perdre l'équilibre l'espace d'un instant, essayant de ne pas faire un pas de plus en avant tout en ajustant son tir.

Avec un grognement exprimant un effort considérable, Shada lui lança le Volotrompe au visage.

Karoly n'eut pas le temps de réfléchir. Pas le temps de marquer une pause et d'évaluer la situation. Il y eut tout à coup un ouragan d'ailes et de plumes devant elle. Le Volotrompe essaya de stabiliser son vol incertain. En l'absence de réflexion, les instincts combattants de la Guerrière de l'Ombre, aiguisés par des années d'entraînement, prirent le dessus. Elle fit un bond en arrière, mettant plus encore en danger son équilibre précaire, tourna le canon de son blaster vers le missile improvisé qui fusait vers elle et tira.

Le rayon laser toucha le Volotrompe en plein centre. En une fraction de seconde, les ailes tourbillonnantes se transformèrent en boule de feu, crachant dans son sillage étincelles et volutes de fumée âcre. Karoly se baissa et tourna la tête pour éviter le projectile...

Et reçut l'œuf du Volotrompe, également lancé par Shada, en pleine figure, sur l'arête nasale.

Elle poussa un juron, aveuglée par le contenu de l'œuf. Elle essaya de sa main libre de nettoyer cette masse semi-liquide qui obstruait son champ de vision. Shada mit ce temps à profit pour décrocher l'extrémité de son câble et sauter sur le toit. Elle fit en courant un détour de quelques mètres sur sa droite pour ne plus se trouver dans la ligne de mire du blaster toujours pointé sur elle.

Puis elle se rabattit et fondit sur Karoly au moment où celle-ci finissait de se débarrasser de la matière visqueuse qui lui couvrait la figure. D'un coup de pied, Shada envoya balader le blaster de son adversaire avant que celle-ci ait le temps de le diriger à nouveau sur elle. Le blaster rebondit sur la gouttière au bord du toit et bascula dans les ténèbres.

— *Shassa!* siffla Karoly. (C'était un vieux juron. Elle fit un bond sur la droite pour échapper à Shada et dégaina d'on ne sait où un couteau à la lame étincelante.) Shada...

— Je remplis mon devoir, l'interrompit celle-ci, exécutant un pas chassé pour échapper à la pointe du couteau. Il te reste toujours la possibilité de débarrasser le plancher, tu sais?

Karoly grogna quelque chose d'inintelligible et plongea vers son adversaire. Shada fit un nouveau pas de côté vers sa droite, feintant pour éviter Karoly, puis changea de direction et fit un autre bond vers la verrière.

Mais Karoly avait anticipé le mouvement. Clignant des yeux pour tenter de calmer la brûlure de l'œuf, elle fit une très longue enjambée dans la même direction, lame pointée. Shada réagit en avançant vers la limite même de la toiture. En deux foulées, elle contourna Karoly par la gauche, s'éloignant un peu plus de l'arme blanche. La jeune femme se retourna et pointa sa lame.

— Ne m'oblige pas à faire ça, Shada, gronda-t-elle.

Un grondement de menace au cœur duquel Shada eut l'impression d'entendre une supplique.

— D'accord, Karoly, répondit-elle doucement. Je ne t'oblige pas...

Elle verrouilla son filin de sécurité et fit un dernier pas en arrière vers le rebord de la toiture...

Le câble, déroulé avec habileté par les manœuvres de feinte de Shada tout autour de son adversaire, émit un claquement et se resserra juste au-dessus des longues bottes de Karoly. Faisant fouetter inutilement son couteau en direction de ses pieds, comme pour essayer de trancher le filin, Karoly sentit ses jambes lui faire soudainement défaut. Avec un bruit sourd, elle tomba douloureusement sur le dos.

Shada fondit sur elle instantanément. Elle posa un pied sur le poignet de la main qui tenait le couteau, immobilisa l'autre bras et plongea deux doigts tendus dans l'abdomen de son adversaire, dans la partie molle juste en dessous de la cage thoracique. Poussant un cri d'agonie, Karoly se recroquevilla sur elle-même et roula sur le côté. Shada frappa à nouveau, cette fois-ci derrière les oreilles de Karoly. Celle-ci se détendit instantanément et perdit connaissance.

Haletante, Shada s'empara du couteau de Karoly et trancha son filin de sécurité avant de se retrouver elle-même prise à son propre piège. Le combat n'avait duré qu'un instant et s'était déroulé dans un silence relatif. Mais il y avait de fortes chances pour que le client de Karoly, ayant entendu du bruit, rapplique sur les lieux. Si elle pouvait s'arranger pour l'intercepter à mi-chemin...

Un mouvement furtif repéré du coin de l'œil fut le seul avertissement. C'était bien suffisant. Elle plongea à terre. Un trait de laser déchira l'air à l'endroit même où elle se trouvait une fraction de seconde auparavant. Elle roula sur elle-même et se mit à genoux, balayant la partie élevée du toit d'un seul regard circulaire. Elle repéra son assaillant. Une silhouette étendue, en poncho noir et cagoule, était en train de pointer un fusil blaster dans sa direction. Levant prestement la main, Shada lança le couteau de Karoly vers l'individu.

Le tireur roula instantanément sur le côté, protégeant sa tête derrière son bras et son arme. Le fusil darda une rafale de rayons qui vinrent éclater tout autour d'elle : l'agresseur s'était trahi par ses réflexes de vieux chasseur de primes. Le couteau tournoya précisément en direction de sa cible : pas l'individu lui-même, mais les décharges de lumière mortelle projetées par le fusil. La lame passa juste devant le canon, croisa le feu du laser et explosa en mille morceaux, projetant alentour des éclats aveuglants d'acier en fusion.

Pendant très peu de temps, deux battements de cœur peut-être, le tireur ne verrait rien.

Deux battements de cœur, c'était tout ce dont Shada avait besoin. Elle se précipita vers la partie haute du toit, fit un bond par-dessus les tirs de laser que l'autre décochait au hasard dans sa direction et passa la main dans ses cheveux pour en extraire l'une des barrettes de laque de Zenji. L'épingle libéra une cascade de boucles. Quand elle retomba sur ses pieds, elle projeta sa barrette.

Et dans un cliquetis étouffé, le fusil blaster se tut.

En un instant, elle fut sur le tireur. Elle arracha l'arme des mains du cadavre et se remit à courir. Si le tireur n'avait été là qu'en renfort, elle n'aurait probablement pas survécu à cette attaque et aurait échoué dans sa mission. Elle se laissa glisser jusqu'à la verrière, s'allongea sur le bord et regarda dans la très haute pièce qui s'ouvrait juste en dessous d'elle.

Elle n'avait pas échoué. Trois mètres en contrebas, de part et d'autre d'une table très ouvragée, Griv et Mazzic faisaient face à un Kubaz et à un personnage d'allure peu engageante. Les deux camps avaient déjà procédé à l'échange des mallettes et s'occupaient de vérifier leurs nouvelles possessions. Le Kubaz referma sa malette après un examen qui parut bien superficiel. Il resta debout de l'autre côté de la table, une expression impatiente sur le visage. Il fallut à Mazzic une minute de plus pour terminer son inspection. Après avoir exprimé sa satisfaction sur sa part du marché, il referma à son tour sa mallette. Il hocha la tête à l'adresse du Kubaz et fit quelques pas pour s'éloigner de la table. Sa bouche se mit à bouger, probablement pour exprimer les politesses d'usage. Son interlocuteur ne broncha pas... Mazzic et Griv firent quelques pas de plus et l'air d'impatience du Kubaz céda la place à l'étonnement le plus total. Sa longue trompe se tortilla sous le coup de l'indécision. Il voulait comprendre ce qui était en train de se passer, ou de ne pas se passer, sans pour autant laisser à ses invités la liberté de deviner la petite surprise qu'il leur réservait.

C'était donc la surprise qu'il recherchait. Shada pouvait bien lui rendre ce petit service. Elle ajusta la trompe du Kubaz dans son viseur et frappa doucement à la vitre de l'extrémité du canon.

Les quatre occupants de la pièce relevèrent la tête en même temps. Le Kubaz ne laissa rien transparaître de ses sentiments mais l'expression de l'Humain qui l'accompagnait compta largement pour les deux. Sa mâchoire se décrocha de stupéfaction et d'incrédulité. Sa main se porta immédiatement au blaster accroché à sa ceinture. Shada le visa immédiatement à la tête. Il leva lentement les mains — vides — à hauteur de sa poitrine. Du coin de l'œil elle aperçut Mazzic lui adresser un geste bref de remerciement. Il disparut de son champ de vision en compagnie de Griv.

Shada continua de tenir en joue le Kubaz et son ami. Elle compta jusqu'à trente. Puis, leur adressant le même salut que celui de Mazzic quelques secondes plus tôt, elle s'écarta de la baie vitrée.

— C'est fini? demanda la voix de Karoly dans son dos.

Shada se retourna. Le Mistryl se tenait debout, impassible, à côté du corps de l'assassin, sur le rebord de la partie haute du toit.

— Oui, lui dit Shada. Ton client a finalement décidé de ne pas revenir sur sa décision concernant le marché.

— Les Onze ne vont pas être très contents, fit remarquer Karoly en observant le cadavre à ses pieds.

— J'ai l'habitude que les gens ne soient pas très contents à mon sujet, soupira Shada en abaissant le fusil laser. Je m'y suis faite, qu'est-ce que tu veux...

— On ne plaisante pas avec ça, Shada, gronda Karoly. Tu as reçu un ordre direct. Si tu restes avec Mazzic, tu peux être sûre qu'ils vont t'envoyer une escouade aux trousses avant la fin de la semaine.

— Je ne reste pas avec Mazzic. Comme je te l'ai déjà annoncé, je démissionnerai de mes fonctions de garde du corps dès ce soir.

— Et tu crois que cela va arranger les choses avec les Onze ? s'exclama Karoly.

— Je suppose que cela dépend s'ils se souviennent de qui nous sommes ou non, dit Shada, une grande tristesse la submergeant, comme si elle s'était accumulée au fond de son cœur au cours de toutes ces années. Les Mistryls que je connaissais, quand j'ai rejoint leurs rangs il y a vingt-deux ans, étaient un clan honorable de guerrières se battant pour défendre ce qui restait de notre peuple. Des guerrières honorables ne s'adonnent pas à l'assassinat. J'ose espérer que les Onze n'ont pas oublié cela.

— Les Onze ont peut-être changé, fit Karoly en tournant la tête vers la ligne sombre des toits de la ville. Les Mistryls elles-mêmes ont peut-être changé.

— C'est possible. Mais moi pas. (Elle étudia son amie.) Et toi non plus, d'ailleurs.

Karoly lui rendit son regard.

— Vraiment ? J'aimerais bien savoir ce que j'ai pu te dire pour te donner une impression pareille...

— Ce n'est pas ce que tu as dit. C'est ce que tu as fait. Quand j'ai donné un coup de pied dans ton blaster et que tu m'as menacée d'un couteau.

— Et alors ? Sortir un couteau, cela suffit à te convaincre qu'on est de ton côté ?

— Oui, dit Shada. Parce que toi, tu as toujours *mon* blaster en ta possession.

Karoly posa la main sur sa poche.

— Ah oui, effectivement. J'imagine que tu veux le récupérer.

Shada haussa les épaules.

— Il te sera beaucoup plus difficile d'expliquer ce qui s'est passé ici si tu l'as encore en retournant sur Emberlene.

— Bien vu, concéda Karoly. (Elle fit pivoter son poignet et lança le blaster. L'arme décrivit un splendide arc de cercle avant de retomber dans la main ouverte de Shada.) A propos d'Emberlene, j'éviterais d'y mettre les pieds, si j'étais toi. Et, tant qu'on y est, j'éviterais tout contact avec les Mistryls. Pour les dix prochaines années, si tu le peux.

— Je n'aurai pas à me cacher si longtemps, dit Shada en glissant son blaster dans son étui. On dirait que la galaxie va de nouveau se mettre à bouillir à cause de l'histoire de Caamas. Je pense que les Onze auront très prochainement autre chose à faire que s'occuper de ma petite personne.

— Caamas! Caamas! cracha Karoly. Caamas, Alderaan et Honoghr, ce tas de boue qui servait de refuge aux Noghris. A chaque fois, cela me fait rire quand l'opinion publique décide de verser une larme sur tel ou tel monde...

— Cela n'arrange rien d'être amer, dit Shada.

— Ah oui? Et qu'est-ce qui va arranger les choses, selon toi? rétorqua Karoly. Au moins, quand on est amer, ça prouve qu'on n'est pas encore mort!

— Peut-être. Si tu vois ça comme ça...

— Parce que je suppose que toi, tu as trouvé mieux.

— Non. Je ne sais pas, mais il doit bien y avoir quelque chose à faire. (Elle indiqua une petite structure rectangulaire qui dépassait de l'autre bout de la verrière.) C'est la sortie, par là?

— Oui, l'une d'entre elles. Si ça ne te gêne pas de courir le risque de rencontrer Kubaz et ses potes en redescendant.

Shada afficha un mince sourire.

— Je suis sûre qu'ils me laisseront passer.

Karoly ne put s'empêcher de sourire à son tour.

— J'en suis persuadée. (Son sourire disparut.) Mais comprends bien, Shada, ce que j'ai fait ici, je l'ai fait pour... enfin, mes raisons sont très compliquées. Mais si les Onze décident de m'envoyer à tes trousses...

— Je comprends, dit Shada en hochant la tête. Je ferai en sorte de ne plus t'obliger à te fourrer dans des situations pareilles.

— Ne t'occupe pas de moi. Fais attention à *toi*. (Elle pencha un peu la tête de côté.) T'as une idée de ce que tu comptes faire?

Shada leva le nez vers les étoiles.

— Oui. Justement, oui...

— Ne bougez plus, Monsieur, je vous en prie, dit le droïd MD de sa voix grave. (Ses doigts mécaniques saisirent la sonde et l'alignèrent avec une précision chirurgicale.) Je pense qu'il s'agit de la dernière manipulation.

— Parfait, dit Luke.

Il inspira profondément pour se redonner de la patience. Cela faisait près d'une demi-heure qu'il était assis là et, fort heureusement, ils en avaient presque terminé.

Le droïd fit glisser la sonde à l'intérieur de l'oreille droite de Luke. La sensation oscilla entre la démangeaison et la piqûre. Skywalker serra les poings et les dents. En un instant, avec un fort son de déglutition, tout fut fini.

— Merci, Monsieur, dit le MD. (Il reposa la sonde dans le récipient de métal juste à côté de lui et y fit couler quelques gouttes de bacta.) Encore une fois, je vous prie de m'excuser pour le temps que cela vous a fait perdre et la gêne que cela vous a causée.

— Ce n'est rien, lui assura Luke. (Il glissa un doigt dans son oreille pour éliminer les dernières sensations d'irritation.) Je sais bien qu'il est facile de dire qu'on ne sera plus jamais à court de bacta, comme pendant la guerre. Mais il n'est pas aussi facile d'y croire.

— Je travaillais déjà à ce poste à cette époque, répondit gravement le MD. Nous n'avions pas les moyens de nous acheter du bacta au marché noir même quand on nous en proposait. J'ai vu beaucoup de personnes mourir. Des personnes que nous aurions pu sauver.

Luke hocha la tête. Depuis ce temps, et au cours de ces douze dernières années, les médecins chargés de ce centre avaient appliqué une politique particulièrement rigide : il était impératif de récupérer et de conserver la moindre goutte de bacta, quitte à siphonner les oreilles des patients si cela était nécessaire.

— Je n'irai pas jusqu'à dire que j'ai apprécié cette dernière opération, dit-il. D'un autre côté, j'aurais certainement fait une drôle de tête si j'avais découvert en arrivant ici que vous n'aviez pas assez de bacta pour me soigner.

— Ce n'est peut-être que le fait de l'habitude, remarqua le droïd. Pourtant, on ne cesse de me répéter qu'il est sage de ne pas oublier le passé.

— C'est exact, acquiesça Luke avec sobriété tout en faisant un signe de tête vers le récipient à bacta. Il est même encore plus sage d'en tirer des leçons et d'apprendre.

R2 attendait dans les quartiers qu'on leur avait assignés. Il était connecté à la console et gazouillait doucement tout en conversant avec l'ordinateur principal du centre médical. Luke entra et le droïd fit pivoter son dôme dans sa direction. Le gazouillement se transforma en trille d'excitation.

— Salut, R2! Alors, tu as trouvé de quoi t'occuper?

Le petit droïd produisit un sifflement affirmatif, immédiatement suivi d'un cliquetis interrogatif.

— Oh, je vais bien, le rassura Luke en tapotant sur le dessus du dôme. Certains éclats étaient enfouis assez profondément mais ils ont tous été extraits. Un petit plongeon dans la cuve à bacta et je suis comme neuf! Le toubib m'a conseillé de ne pas reprendre le manche avant une heure ou deux. C'est pas grave, le temps de faire le point, de préparer le vaisseau et de le sortir, ça devrait être bon.

R2 sifflota à nouveau et fit pivoter son dôme à trois cent soixante degrés.

— Oui, effectivement, je vois qu'ils ont fait du beau travail sur toi aussi, acquiesça Luke. Est-ce que tu leur as demandé de jeter un coup d'œil à l'Aile-X?

Nouveau son affirmatif.

— Génial. Eh bien, je suppose que la seule question logique qui reste à se poser, c'est : où allons-nous maintenant?

Le dôme de R2 tourna à nouveau pour faire face à Luke. Un grincement teinté de suspicion s'éleva de l'astromec.

— On n'est pas en vacances, R2, lui rappela Luke. (Il se saisit d'une chaise et l'installa devant la console afin de pouvoir lire, sur l'écran de l'ordinateur, la traduction de certaines remarques compliquées formulées par le droïd.) Nous sommes à la recherche de ces clones. Nous devons découvrir d'où ils viennent. C'est pas en retournant sur Yavin ou sur Coruscant qu'on va y arriver, hein?

Il regarda par la fenêtre. Dans le lointain s'élevaient des collines escarpées. Le tapis de végétation, couleur d'or, luisait dans la lumière de l'après-midi. Effectivement, les paramètres de la mission étaient on ne peut plus directifs. Malheureusement, les procédures nécessaires à son succès l'étaient, elles, beaucoup moins. Il avait utilisé la ruse pour s'approcher de la base Cavrilhu.

Tout ce qu'il avait récolté pour sa peine était un autre plongeon dans la cuve à bacta. Et, bien entendu, la possibilité de revoir Mara.

Il fit la grimace. Mara. Il s'était attendu à la rencontrer à un moment ou à un autre depuis que Yan et lui avaient repoussé ce raid de pirates sur Iphigin. En fait, il estimait même que Yan n'était pas totalement étranger à la présence de Mara dans le champ d'astéroïdes de Kauron. Il s'était préparé à la rencontre et avait, en son for intérieur, redouté cette perspective.

Et pourtant, tout bien réfléchi, leur entretien n'avait pas été aussi tendu qu'il l'avait imaginé. Elle s'était montrée coopérative et polie. Enfin, aussi polie que Mara pouvait l'être. Plus important encore, la forte animosité non exprimée qu'il avait perçue au cours de leurs dernières entrevues ne s'était pas fait ressentir cette fois-ci.

A moins qu'elle ait été bien présente et qu'il ne s'en soit pas rendu compte. Peut-être que sa décision de n'utiliser délibérément la Force qu'avec parcimonie ces derniers temps l'avait-elle simplement empêché de détecter cela dans l'esprit de Mara. Peut-être aurait-il dû la sonder avec soin.

Il laissa ses yeux vagabonder sur les collines.

Il devait certainement y avoir un rapport de cause à effet quelque part là-dedans... Il en était sûr. Le problème était de savoir quelle en était la cause et quel en était l'effet...

R2 gargouilla une question.

— J'essaye de comprendre un peu tout cela, lui dit Luke en lisant la transcription sur l'écran. Détends-toi, tu veux ?

Le droïd marmonna à nouveau puis se tut.

Luke soupira et s'étira dans son siège, le regard toujours perdu sur les collines. Mara était une énigme. Mais c'était une énigme qui devrait attendre. Pour l'heure, le futur proche était concentré sur la question des clones.

Son futur...

Il se tourna vers R2. Le souvenir de leur première visite chez Yoda resurgit dans sa tête. Son entraînement de Jedi et cette toute première fois où il avait perçu quelques bribes du futur...

Un éclair, une vision qui avait failli le conduire au désastre. Il s'était précipité comme un fou sur la Cité des Nuages pour sauver Yan et Leia. Au lieu de cela, il avait failli causer leur mort.

Mais, depuis ce temps, il avait appris tellement de choses au sujet de la Force. Il avait été capable de percevoir d'autres éclairs du futur sans que cela cause de catastrophes. Dernièrement, ses efforts n'avaient — et c'était d'ailleurs étrange — guère été couronnés de succès. Puisqu'il était censé se tenir tranquille pendant une heure ou deux, cela ne coûtait rien d'essayer.

— R2 ? Je vais méditer un petit peu. (Il se leva de sa chaise et s'installa en tailleur sur le tapis.) Pour voir si je peux nous trouver une piste à suivre. Que personne ne me dérange, d'accord ?

Le droïd émit un cliquetis pour exprimer son affirmation.

Luke ferma les yeux, inspira profondément et invoqua la Force.

Ses pensées, ses émotions, son être tout entier se mirent à créer des motifs.

Et soudain, l'univers dans son intégralité explosa devant lui en un étincelant kaléidoscope de couleurs et de mouvements.

Il avala de travers et faillit perdre le contrôle. La vaste image se mit à vaciller tel un mirage dans les émanations de chaleur du désert. Il n'avait encore jamais perçu ce type de vision. Cela ne ressemblait à rien de connu. Une centaine de scènes différentes, un millier de possibilités différentes — des couleurs vives, des sons d'une extrême clarté, joie, soif de vie, peur, mort —, tout cela se mit à tourbillonner furieusement et de façon hasardeuse comme des graviers pris dans une tempête de sable de Tatooine. Des lignes de possibilité se nouèrent entre elles, d'autres éclatèrent, certaines fusionnèrent ou rebondirent les unes sur les autres. A chaque nouveau contact, elles se trouvaient changées. Des visages familiers apparurent au milieu d'inconnus. Ils passèrent en flottant devant lui et glissèrent derrière des images d'événements qui se formaient dans l'angle de son champ de vision. Il vit Wedge et l'Escadron Rogue échapper à la fureur d'une bataille. Il vit ses apprentis Jedi se disperser de façon inexplicable à travers toute la Nouvelle République, abandonnant l'Académie de Yavin. Il se vit, lui, debout sur un piton rocheux au-dessus d'un sombre précipice, observant un océan d'étoiles minuscules. Il vit Yan et Leia faire face à une foule déchaînée.

Yan? Leia? Au prix d'un incroyable effort, il s'accrocha à cette dernière ligne de possibilité, essayant de la suivre le plus longtemps possible pour en savoir davantage. L'espace d'un instant, il y parvint. L'image se fit plus nette : Leia se tenant dans une pièce immense, son étincelant sabrolaser au poing, une masse de corps s'engouffrant entre les battants d'une porte imposante, Yan dégainant son blaster, regardant la multitude depuis un balcon, la foule hurlante déferlant sans but déterminé, un tireur d'élite dissimulé sur un toit ajustant la visée de son fusil...

Et puis tout s'évanouit, tout disparut dans un maelström de couleurs et de sons. Pendant un moment, Luke tenta de se fondre dans le mouvement. Le goût de la peur se mêla aux autres sensations de la révélation. Il essaya de rattraper le cours des choses pour voir ce qui allait arriver. Mais il n'y avait plus rien à voir. Une intuition, comme venue de l'extérieur, lui signala que c'était tout ce que la vision avait à lui apprendre. Tranquillement, il se laissa dériver vers son point stable de concentration dans la tourmente, la solidité et la fermeté de son être. Il avait puisé tout ce qu'il y avait à récupérer. Il était temps de partir. Il fit mentalement marche arrière et l'horizon des images dans son esprit diminua et s'assombrit.

Et puis, soudainement, une dernière vision se matérialisa en face de lui : Mara, entourée de rocs acérés, flottant dans l'eau les yeux fermés, bras et jambes écartés. Comme morte.

Attends! s'entendit-il crier. Mais il était trop tard. L'image de Mara s'évapora avec le reste.

Suffoqué par la brusque arrivée d'air dans ses poumons, Luke se retrouva assis au milieu de la pièce, le regard perdu sur les collines.

Des collines qui n'étincelaient plus de mille feux dans la lumière du couchant mais qui luisaient faiblement sous une voûte étoilée.

— Wow... marmonna-t-il en se frottant les yeux.

Il était prêt à jurer que la vision n'avait duré que quelques minutes.

A côté de lui, R2, apparemment rassuré, émit un petit sifflement.

— Oui, c'est vrai, ça a pris plus de temps que je ne le pensais, acquiesça-t-il. Désolé.

Le droïd siffla de façon interrogative. Luke se releva et tituba sous l'effet des fourmillements qui envahissaient ses muscles. Il était demeuré trop longtemps dans la même position. Il lut la question qui s'était affichée sur l'écran de l'ordinateur.

— Je n'en sais rien, concéda-t-il. J'ai vu des tas de choses. Mais je n'ai rien vu qui puisse, de près ou de loin, avoir un rapport avec nos recherches.

Ce qui signifiait, réalisa-t-il soudain, que pourchasser les clones n'était peut-être pas ce qu'il avait à faire dans l'immédiat.

Mais alors, que devait-il donc faire? Se rendre là où Leia et Yan pouvaient bien se trouver et les prévenir? Essayer de rattraper Mara pour l'avertir?

Il inspira profondément et étira ses muscles endoloris. *Toujours en mouvement est le futur,* lui avait dit Yoda après sa première expérience sur Dagobah. A l'époque, Luke s'était posé quantité de questions sur cette remarque. L'image de Yan et de Leia dans la Cité des Nuages lui avait semblé si simple, si directe. Si Yoda de son côté avait ressenti quelque chose de similaire à ce qu'il venait juste de vivre, avec autant de ramifications et de complications, la remarque prenait tout son sens.

Mais le Maître Jedi avait-il réellement perçu quelque chose de semblable? Luke venait-il de goûter à une sensation radicalement différente? Un événement spécial réservé à une occasion particulière?

Cette éventualité l'intriguait. Mais pour l'instant, c'était un nouvel élément qu'il fallait mettre de côté. Ce qui importait le plus, c'était qu'il avait enfin découvert une indication sur la piste qu'il devait suivre et il lui fallait s'y tenir.

Le tout était de savoir en quoi consistait exactement cette indication.

Il alla jusqu'à la fenêtre et observa les étoiles. *Tu le sauras,* lui avait dit Yoda, *quand calme et en paix tu seras.* Luke prit une profonde inspiration pour se détendre.

Le doux ronronnement de R2 prit des consonances de préoccupation quand il se retourna brusquement.

— Bon, dit-il au droïd. J'ai vu un monde creusé de profonds précipices. Il y avait des habitations construites sur les parois rocheuses et beaucoup de lumière qui montait du fond des gorges. Vérifie sur l'ordinateur central et essaye de voir où ça se trouve.

R2 émit un cliquetis d'approbation et plongea une fiche dans le connecteur. Luke vint se poster au côté de l'astromec et étudia les noms et descriptions des planètes qui s'affichaient sur le moniteur.

— Non, ce n'est pas Belsavis. Sa surface n'est pas couverte de glaciers et il n'y a pas de dômes... L'endroit est beaucoup plus agréable... (Il plissa le front et tenta de se remémorer les images.) Il y avait des ponts dont les arches franchissaient les canyons d'un bord à l'autre. Il y avait... J'en ai vu neuf... créant comme un motif de losange. Un commençant à un niveau, deux autres côte à côte se croisant à un niveau inférieur, trois de plus encore en dessous puis deux puis un...

R2 siffla et poursuivit ses recherches. Une demi-douzaine de nouveaux systèmes défilèrent...

— Une minute, dit Luke. Remonte d'un cran. Système de Cejansij... Regarde s'il n'y aurait pas des photos dans la banque de données.

R2 s'exécuta et une succession de clichés apparut : vues orbitales, vues aériennes, vues du sol. Luke regarda les photos s'afficher. A la fin du montage, il comprit que c'était la bonne planète.

— C'est ça, dit-il. Les Canyons de Cejansij. C'est là qu'il faut aller.

Le droïd produisit un cliquetis d'incertitude et imprima une question sur le moniteur.

— Je ne sais pas pourquoi, lui répondit Luke. Je sais juste qu'il faut que je m'y rende.

Il y eut un autre cliquetis, celui-ci franchement incrédule.

— Pour être tout à fait honnête, je ne comprends pas moi-même, concéda Luke. J'ai vu des tas de choses au cours de cette vision, des choses en train de se dérouler ou sur le point de se produire. J'ai vu mes élèves quitter l'Académie. Pourquoi ? Je ne sais pas. J'ai vu Yan et Leia. Ils avaient l'air d'avoir des ennuis...

Le droïd siffla anxieusement et afficha une nouvelle question.

— Non, je ne sais pas si C3PO était avec eux. Le problème, c'est qu'il y a des tas d'endroits dans la galaxie où ma seule présence peut créer des problèmes. Beaucoup trop d'endroits...

Il indiqua une photographie d'un large gouffre.

— Ce canyon est le seul lieu où je me suis vu. Le seul point généré par ma vision où je me suis senti en paix. (Il regarda de nouveau vers les étoiles.) Et c'est donc là qu'il faut que j'aille.

Il y eut un long silence. Puis R2 sifflota à nouveau.

— T'as raison, acquiesça Luke en souriant. S'il faut y aller, allons-y. Arrêtons de tergiverser et allons-y...

Et puis, se dit-il tout en regagnant la baie d'envol, *Leia est un Jedi, après tout. Elle devrait pouvoir prendre soin d'elle-même. Quant à Yan, c'est une habitude chez lui de défier l'adversité.*

L'Escadron Rogue pouvait bien se passer de lui. Pour ses apprentis Jedi, s'ils s'étaient absentés, c'est qu'ils devaient avoir une bonne raison de le faire. Peu importait la teneur exacte de ce voyage vers Cejansij, tous pourraient bien se débrouiller sans lui quelque temps.

Quarante minutes plus tard, de nouveau dans l'espace, Luke tira sur les commandes d'hyperpropulsion et catapulta son Aile-X à la vitesse de la lumière. Il essayait de ne pas repenser à la vision qu'il avait eue de Mara...

13

Ceok Orou'cya, Premier Secrétaire des Clans Bothans Unis, semblait courtois, poli et très élégant. Mais sous le vernis, Leia devina qu'il était réellement surpris par sa visite.

Et sous la surprise, songea-t-elle, il devait y avoir une large part d'inquiétude.

— Vous devez comprendre la position dans laquelle je me trouve ici, Conseillère Organa Solo, dit-il pour la troisième fois en passant devant la réception. (Ils débouchèrent dans un somptueux atrium de trois étages, qui s'ouvrait dans le tiers avant de l'immeuble où était installé le Centre des Clans Unis.) Votre visite, qu'on ne m'a pas du tout annoncée d'ailleurs, me paraît relever de la plus haute irrégularité. Quant à votre requête... (Sa fourrure ondula malgré ses efforts pour la contrôler.) Il en va de même...

— Vous avez reçu la lettre de Gavrisom, l'interrompit Yan sans ménagement. Vous avez le courrier de Fey'lya. Qu'est-ce qu'il vous faut de plus ?

Le secrétaire regarda Yan de travers. Nonobstant le sérieux de la situation, Leia eut toutes les peines du monde à s'empêcher de sourire. Yan jouait à fond le jeu de l'intimidation. Grand, inflexible, lançant des regards noirs sans sourciller, il gardait en permanence la main posée sur le blaster accroché à sa ceinture. Les articulations de ses doigts avaient déjà viré au blanc à force de serrer la crosse de l'arme. C'était une petite subtilité que lui avait suggérée Leia quand ils avaient quitté Coruscant. Apparemment, elle produisait l'effet désiré sur le public choisi.

Il aurait certainement été encore plus intimidant avec Barkhimkh et Sakhisakh à ses côtés. Mais les Bothans n'appréciaient guère la présence des Noghris. Leia avait donc décidé que la situation était déjà suffisamment fragile et qu'il n'était pas nécessaire d'envenimer les choses. Les deux Noghris attendaient discrètement dehors. Sur un simple coup de communicateur, ils pouvaient cependant être sur les lieux en un instant.

Mais Leia espérait bien ne pas en arriver là. Entre le poids de sa fonction officielle et la menace de sévices physiques que laissait entrevoir Yan, Orou'cya se trouvait bien coincé. Avec un peu de chance, cela leur donnerait la possibilité de consulter les archives financières avant que quiconque ait le temps de les cacher ou de les falsifier.

— Personnellement, je n'ai besoin de rien d'autre, Capitaine Solo, dit le secrétaire. Seul l'un des Chefs des Clans Unis peut accorder l'autorisation de consulter les documents auxquels vous vous intéressez. Le problème c'est qu'aucun d'entre eux n'est présent dans ce secteur de Bothawui en ce moment.

Yan fit un autre pas dans sa direction.

— Vous avez la lettre du Président Gavrisom...

— Je vous en prie, messieurs, l'interrompit Leia pour calmer les esprits. Secrétaire Orou'cya, je comprends votre situation. Je crois qu'il existe un moyen de contourner le problème. Si je me souviens bien, en sa qualité de représentant de la Nouvelle République, le Conseiller Fey'lya est habilité à accéder aux documents que nous souhaitons étudier, non ?

Le Bothan observa alternativement ses deux interlocuteurs, à la recherche d'un piège éventuel.

— Il me semble que oui, répondit-il avec précaution. Il faudrait que je vérifie le règlement.

Leia regarda Yan en écarquillant légèrement les yeux.

— Allez-y, dit Yan en tendant une datacarte au secrétaire. Je vous ai même marqué la page...

Orou'cya fit un geste vers la carte, hésita, puis laissa retomber sa main.

— Je vous crois sur parole. Mais je ne vois pas le rapport. Le Conseiller Fey'lya n'est pas ici et une simple lettre ne peut pas étendre le privilège à une autre personne...

— C'est vrai, acquiesça Leia en hochant la tête. Cependant, ces mêmes privilèges s'étendent aux possessions personnelles du Conseiller Fey'lya, n'est-ce pas?

Orou'cya fronça les sourcils.

— Que voulez-vous dire?

— J'entends, par ses possessions, son ordinateur, par exemple, dit Leia. Ou bien ses droïds...

Le Bothan regarda C3PO, resté en arrière. Sa fourrure s'aplatit tristement le long de son corps.

— Ses...? Mais...

Yan tapota nonchalamment l'épaule du secrétaire avec la datacarte.

— Cette page-là aussi... elle est marquée...

— Et voici la liste des possessions de Fey'lya, ajouta Leia en sortant une autre carte de sa poche.

Mécaniquement, Orou'cya saisit les deux datacartes en regardant le droïd doré. Celui-ci était resté silencieux et distant, affichant un calme mépris.

Enfin, Leia espérait que l'attitude du droïd protocolaire serait ainsi perçue par le secrétaire. En fait, si C3PO était resté silencieux et distant, c'était parce qu'il était trop gêné et trop peiné pour s'exprimer. Cela s'était déjà révélé bien assez éprouvant, n'avait-il cessé de se plaindre tout au long du voyage vers Bothawui, que Luke le « donne » à Jabba le Hutt lors du sauvetage de Yan sur Tatooine. Mais le vendre ainsi à la va-vite à un diplomate Bothan sans même être consulté relevait carrément de l'humiliation pure et simple.

Il ne semblait pas comprendre que la vente n'était qu'une ligne d'écriture fictive dans un fichier informatique. Le sens de cette vaste supercherie lui échappait et, selon lui, les choses ne pouvaient qu'empirer.

Mais ça, Orou'cya l'ignorait.

— Je vois, dit le Bothan d'une voix plutôt terne tout en dévisageant C3PO. Je... reprit-il avant de laisser sa phrase en suspens.

— La salle des archives est au troisième étage, c'est ça? demanda Yan pour rompre le silence.

— Si vous préférez attendre ici, ajouta Leia. Je suis sûre que nous pourrons bien trouver notre chemin tout seuls.

La fourrure d'Orou'cya sembla se faner.

— Non, je suis obligé de vous escorter, murmura-t-il. Suivez-moi, je vous prie.

Il leur fit traverser l'atrium et les conduisit au grand escalier de cérémonie qui reliait le rez-de-chaussée au premier étage. Apparemment, c'était le seul moyen de se rendre des bureaux des affaires publiques du premier niveau aux quartiers privés et salles de conférences du second. En haut des marches s'ouvrait un large balcon qui devait, lui aussi en cas de cérémonie, remplir une fonction bien particulière.

Cérémonie ou pas, les Bothans n'avaient pas lésiné sur la sécurité. Deux gardes armés se tenaient au pied de l'escalier. Leia repéra — dissimulés dans les rampes, quelques degrés plus haut — les piquets générateurs d'un bouclier statique.

Elle se demanda également combien de ces fenêtres de bureaux sans tain — s'ouvrant sur les deux niveaux supérieurs au milieu des arbres, des vignes borscii et du lierre kafvris — dissimulaient des gardes chargés de surveiller l'atrium et l'escalier. Connaissant les Bothans, elle se dit qu'il devait y en avoir au moins une.

Mais personne, garde ou bouclier, n'empêcha Orou'cya de les mener en haut de l'escalier. Ils empruntèrent ensuite un long couloir et atteignirent un second escalier, beaucoup plus fonctionnel. Ils montèrent au deuxième étage et s'arrêtèrent devant une porte marquée ARCHIVES. Là, le secrétaire marqua une pause. Allait-il avoir des remords? Ils ne lui en laisseraient pas le temps. Yan passa devant lui, ouvrit la porte et entra.

Cinq autres Bothans s'affairaient dans la salle, installés à diverses consoles de consultation des données. Tous tournèrent la tête vers la porte quand Leia fit son entrée à la suite de Yan. Leurs visages et leurs attitudes exprimèrent tout une gamme d'expressions entre la surprise et la culpabilité.

— Là, ce sera très bien, dit Leia en indiquant une console inoccupée près de la porte. Allez, mets-toi au travail, C3PO.

Sans rien dire, le droïd avança vers le poste de travail en traînant les pieds.

— Merci, Secrétaire Orou'cya, ajouta Leia en se tournant vers leur accompagnateur. Nous vous appellerons si nous avons besoin d'assistance complémentaire.

— Je reste à votre entière disposition.

Il tourna les talons et quitta la salle en refermant la porte derrière lui. Juste à côté de Leia, Yan produisit un grognement méchant.

— Je croyais que Fey'lya avait mentionné dans sa lettre que nous étions dans leur camp, marmonna-t-il.

— Je suis sûre qu'il l'a fait, répondit Leia. Mais ce sont des Bothans. N'oublie pas qu'ils voient le mal et la menace partout.

— Ouais, surtout chez les autres Bothans, d'ailleurs, dit Yan en faisant la grimace.

— C'est comme ça que marche leur politique interne, lui rappela Leia en lui serrant le bras. Allez, viens, finissons-en.

L'ordre avait bien spécifié qu'il était nécessaire de disposer d'une foule importante. Navett avait assuré au Major Tierce qu'il n'y aurait aucun problème pour cela. Installé sur son toit, l'agitateur observait la foule qui affluait vers la Place des Marchands pour en occuper le moindre centimètre carré. Navett était lui-même impressionné. Cette fois-ci, Klif s'était bel et bien surpassé.

— Navett? demanda la voix de Pensin dans le minuscule écouteur qu'il portait à l'oreille gauche. On dirait qu'ils sont prêts à passer à l'action.

— Bien compris, dit Navett en ajustant le petit microphone en face de ses lèvres. (C'était un communicateur militaire, récupéré dans le casque d'un Soldat de Choc. Si jamais il se faisait pincer avec ce type de matériel, il aurait des ennuis. Mais ce système « main libre » était plus confidentiel et plus pratique que le modèle cylindrique civil. En plus, il était équipé d'un meilleur logiciel d'encodage en temps réel. Et puis il n'avait nullement l'intention de se faire pincer.) Tu ferais bien de te mettre en position. Qu'est-ce que ça donne du côté de l'opération de maquillage?

— On a un sacré mélange, ce coup-ci, dit Pensin. Des « spatiaux » de toutes espèces venus du port, auxquels se sont joints pas mal de marchands et leurs clients. Il y a un peu de tout. Des Humains, des Ishoris, des Rodiens. On a même une bande de Frofflis, tiens, je vois leurs crinières ridicules dépasser au-dessus des têtes de tout le monde.

— Très bien. (Les Frofflis étaient réputés pour leur facilité à s'emporter, qui plus est, leur gouvernement était de ceux qui avaient clairement et publiquement exigé des sanctions à l'encontre du peuple Bothan. C'était une espèce qui se complaisait dans la vindicte. Le fait que les Bothans avaient également passé les quinze dernières années à écraser systématiquement les industries légères Froffliennes ne devait pas arranger les choses.) Fais gaffe à bien dégager le passage quand la charge commencera.

— Ne t'inquiète pas, répondit sèchement Pensin. Houla... Attention, c'est parti. Prochain arrêt, le Centre des Clans Unis. Vous êtes tous prêts là-haut ?

— Paré, répondit Navett en caressant la culasse de son Frelon Noir (fusil blaster conçu pour les tireurs d'élite) posé sur le toit à côté de lui. On peut y aller...

— Chut... dit Yan, fronçant les sourcils pour se concentrer. Tu entends ça ?

Leia releva les yeux de son poste de travail.

— Non, je n'ai rien entendu.

— On aurait dit le tonnerre, dit Yan en tendant l'oreille. Ou bien une foule ou... Tiens, ça recommence.

— C'est une foule, dit Leia, affichant l'expression caractéristique du Jedi qui vient de comprendre la situation. Et j'ai l'impression que ça s'amplifie.

Yan regarda les autres Bothans dans la salle. Aucun d'entre eux ne semblait prêter attention au bruit.

— Si on peut les entendre jusqu'ici, c'est qu'il doit y avoir un paquet de monde.

L'étincelle Jedi dans les yeux de Leia se fit encore plus intense.

— Je n'aime pas ça, Yan. Il y a quelque chose qui ne tourne pas rond.

— C'est peut-être encore l'une de ces manifestations. Tu sais, il y en a eu beaucoup ces derniers temps, répondit Yan en allant vers la porte. Reste là, je vais jeter un œil.

Les Bothans de la salle des archives n'avaient peut-être pas compris ce qui était en train de se passer, mais les réactions des autres occupants du Centre, en revanche, ne laissaient planer aucun doute. Le couloir fourmillait d'animation. Certains transportaient des boîtes pleines de datacartes, d'autres emportaient à la hâte toutes sortes de matériels, d'autres enfin se contentaient de céder à la panique. Yan atteignit le balcon et regarda en bas. Il lui sembla que l'intégralité du personnel du premier niveau de l'atrium était en train de remonter précipitamment l'escalier de cérémonie. La plupart d'entre eux étaient chargés eux aussi de caisses et de matériel.

Un autre groupe de Bothans allait à contre-courant et descendait les marches quatre à quatre. Eux portaient des blasters.

Yan comprit que ce n'était probablement pas le moment idéal pour se balader dans l'atrium. Heureusement, il n'allait pas avoir à descendre. Les deux premiers niveaux disposaient de grands balcons d'observation qui donnaient sur l'avant du bâtiment. De là, Yan aurait certainement un bon aperçu de la situation. Se frayant un chemin au beau milieu de la masse des Bothans qui couraient en tous sens, il entreprit de trouver ces fameux points d'observation. Après quelques tentatives infructueuses, il découvrit enfin un bureau qui donnait sur la rue. Il fit coulisser la porte vitrée et regarda au-dehors.

C'était encore pire qu'il ne l'imaginait. La foule était colossale et envahissait toute la rue. Humains et extraterrestres se dirigeaient vers l'immeuble. Solo s'avança sur le balcon pour mieux voir. Une silhouette en tête de la manifestation se mit à crier en pointant un doigt dans sa direction. Instinctivement, la main de Yan se posa sur son blaster.

— Citoyens de la Nouvelle République ! gronda la voix grave d'un Bothan. Je vous conjure respectueusement de vous calmer.

La foule poussa une clameur qui n'avait rien de respectueux ni de calme. Yan alla jusqu'à la balustrade et tendit le cou vers le balcon de l'étage inférieur. Près de la rambarde se tenait un vieux Bothan d'allure distinguée qui portait les ornements et décorations d'un Chef de Clan.

— Aucun Chef n'est présent dans ce secteur de Bothawui en ce moment, hein? marmonna Yan en relevant la tête.

Il n'avait rien d'un expert, mais la masse grouillante ne semblait pas être du genre qu'il était possible de calmer à coups de paroles sucrées.

Ce qui lui suggéra que ce qu'il avait de mieux à faire pour l'heure était de retourner à l'intérieur auprès de Leia. Au cas où. Il jeta un dernier coup d'œil à la foule et fit demi-tour.

L'avant de la manifestation venait d'atteindre le Centre des Clans Unis. Ceux qui arrivaient derrière poussaient tant qu'ils pouvaient ou bien se glissaient sur les côtés pour s'approcher le plus possible. Reposant la crosse de son fusil laser au creux de son épaule, Navett scruta le périmètre au moyen de la visée électrobinoculaire de l'arme. L'heure était venue...

Et puis, juste au moment où Navett savait qu'ils allaient tenter quelque chose, les Bothans envoyèrent un délégué s'adresser à la foule depuis le balcon du premier niveau. La silhouette leva les mains pour réclamer le silence — ce qui n'eut guère d'effet notable — et Navett ajusta son viseur. A ce moment-là, une autre silhouette apparut au balcon supérieur...

Un Humain? Fronçant les sourcils, Navett leva sa visée et régla la mise au point...

Et ses yeux s'écarquillèrent d'incrédulité. Yan Solo... C'était Yan Solo... Héros de la Rébellion, responsable des échanges intergalactiques de la Nouvelle République, grand fauteur de troubles devant l'Eternel... Et il était bien là, sur le balcon, à quelques centaines de mètres juste en face de lui.

Navett avait toujours eu l'impression que la vie lui souriait. Mais il lui arrivait quelquefois d'avoir du mal à croire à sa propre chance.

— Navett? tonna la voix de Pensin avec excitation dans son oreille. Là, sur le balcon du haut...

— Je le vois, répondit Navett, essayant de paraître détendu et professionnel.

Yan Solo en personne. C'était trop beau pour être vrai.

— Alors? Lequel on se fait?

— Mais les deux, bien sûr, rétorqua Navett en souriant. Il te reste bien une unité supplémentaire, non?

— Eh bien, heu, oui...

— Alors on se fait les deux, trancha Navett. Et on commence par Solo. Donne-moi un compte à rebours.

— D'accord. Cinq secondes, quatre, trois...

Yan s'était absenté depuis quelques secondes quand la porte s'ouvrit brusquement.

— Conseillère Organa Solo, dit le Secrétaire Orou'cya en essayant de reprendre son souffle. Nous avons désespérément besoin de votre assistance. Une foule en colère est en train de se diriger vers l'immeuble.

— Oui, je sais. Que voulez-vous que je fasse?

— Mais, nous défendre, bien sûr! aboya le Bothan en tendant le doigt vers le sabrolaser accroché dans les pans du pardessus de Leia. Vous êtes bien un Jedi, non?

Leia se retint de soupirer. Il y avait encore tellement de gens dans cette galaxie qui refusaient d'attribuer un autre rôle à un Jedi que celui de défenseur ou de combattant armé.

— Je pourrais peut-être, dans un premier temps, essayer de les raisonner, suggéra-t-elle.

— Rayl'skar, le Chef du Clan Askar, a déjà essayé, répondit Orou'cya dont la fourrure ondulait sous le coup de l'impatience et de la nervosité. Je vous en prie, ça pourrait éclater d'un moment à l'autre...

— D'accord, dit Leia en se levant. (Il y avait donc un Chef de Clan dans ce secteur de Bothawui? Mais l'heure n'était pas aux remarques acerbes.) C3PO, tu ferais bien de venir aussi.

— Moi? s'étrangla le droïd, exécutant un vif mouvement de recul comme seul C3PO savait le faire. Mais... Maîtresse Leia...

— J'ai besoin de tes talents de traducteur, l'interrompit Leia. En route!

Ils se frayèrent un chemin dans le flot des Bothans essayant de se mettre à couvert et descendirent l'escalier principal.

— Maîtresse Leia, il me semble discerner une certaine préoccupation chez les résidents de ce lieu! hurla C3PO dans le bruit des cavalcades et les grondements de la foule qui cernait le bâtiment. Puis-je me permettre de vous suggérer de reconsidérer notre stratégie?

— Tout va bien se passer, assura Leia en lui attrapant le bras pour ne plus se laisser séparer par les gens qui couraient en tous sens. Jusqu'à maintenant, le pire geste commis par l'un de ces agitateurs a été de lancer des pierres ou des fruits pourris. Si j'arrive à les persuader que leurs préoccupations ne sont pas prises à la légère, peut-être parviendrai-je à les disperser sans qu'on en vienne aux mains...

Ils atteignirent le bas de l'escalier, se glissèrent entre les cordons de Bothans armés jusqu'aux dents qui gardaient le premier niveau et se dirigèrent vers la porte d'entrée.

— Je pense simplement qu'il serait de bon aloi de ré-évaluer la situation, continua C3PO dont la rapidité d'élocution croissait de façon proportionnelle à sa nervosité à chaque pas. Il existe deux balcons d'où il est possible de s'adresser aux gens. Même des produits alimentaires avariés, lancés avec application, peuvent être dangereux pour les rouages internes d'un droïd...

— Du calme, l'interrompit à nouveau Leia, s'arrêtant à quelques mètres de la porte.

Quelque chose avait subitement changé. Une aura d'intentions malfaisantes s'était formée au creux de la colère bouillonnante de la masse des manifestants. Leia invoqua la Force pour tenter de la maîtriser.

Et tout à coup, à sa grande horreur, un son bien trop familier déchira la clameur comme le fracas d'un éclair annonce la venue de la tempête.

Le son d'un tir de blaster.

Il n'y eut aucun signe d'avertissement. Rien du tout. Yan regardait la foule, se demandant s'il lui fallait appeler Leia pour lui suggérer de venir calmer les esprits. Et puis, l'instant d'après, quelque chose venu d'on ne sait où s'écrasa sur le mur à côté de son épaule, en produisant le bruit de succion d'une botte s'enfonçant dans la boue. Solo se tourna et regarda le projectile. C'était une poignée de glaise grise, lisse et luisante, du centre de laquelle dépassait un petit tube relié à un cristal à multiples facettes.

Et soudain, l'objet explosa en produisant un éclair pareil à celui d'un blaster.

Yan fit un bond en arrière et détourna le visage. Une douleur foudroyante le poignarda à l'épaule gauche. Quelque part en contrebas, il entendit un cri strident. Se jetant derrière la protection relative offerte par la rambarde, Yan entendit le son — et aperçut le flash étincelant — d'un deuxième coup de feu. Il dégaina son blaster. Clignant des yeux à répétition pour chasser les points violets et flous qui dansaient dans son champ de vision, il essaya de discerner d'où pouvait bien venir l'attaque.

Quelle que soit sa position, le tireur ne semblait guère enclin à trahir sa présence en faisant feu à nouveau. Mais les deux premiers éclairs avaient déjà causé suffisamment de dégâts. En bas, à une dizaine de mètres, la foule s'était écartée en cercle autour d'un Mishtak qui agonisait en se tordant de douleur sur le sol. A quelques mètres derrière lui, au centre d'un autre cercle, un Leresais avait cessé de bouger.

A la suite des deux détonations, les manifestants s'étaient tus et un silence de mort pesait sur la place devant l'immeuble. Du coin de l'œil, Yan vit quelqu'un se mouvoir sur les toits du pâté de maisons voisin. Il sortit de sa cachette et leva son arme...

— Le voilà ! hurla quelqu'un.

Yan regarda à nouveau vers le bas. Un individu, dans la foule, venait de lever le doigt. Ce doigt était pointé vers Solo.

— Hé... Une minute... commença le Corellien.

— Le voilà ! cria l'homme à nouveau. C'est lui l'assassin !

Et, comme s'il s'agissait d'un signal, la foule revint à la vie. Grondant comme cent Rancors en colère, ils affluèrent sous les balcons.

Et dans un fracas qui fit trembler l'immeuble sur ses bases, ils défoncèrent les portes.

— Yan ! s'exclama Leia quand la deuxième détonation de blaster retentit.

S'il était la cible...

Non, se reprit-elle avec un profond soulagement. Elle sentait toujours sa présence. Il était tendu, en alerte. Mais quelqu'un, là-dehors, avait bel et bien été touché car elle sentait des ondes de douleur. Elle se concentra pour tenter de repérer la victime.

Et brusquement, une clameur stupéfiante monta de la foule...

Les battants de la porte d'entrée cédèrent et une marée se déversa dans l'atrium.

— Dieux du ciel! balbutia C3PO. Maîtresse Leia...

— Passe derrière moi! aboya-t-elle.

Elle fit un long pas de côté, s'empara de son sabrolaser et jeta un coup d'œil à l'escalier de cérémonie à l'autre bout du hall. En fournissant l'effort adéquat, elle pourrait l'atteindre avant les manifestants.

Mais C3PO était incapable de courir aussi vite. Et si elle l'abandonnait à la foule hurlante...

— Viens te mettre derrière moi, ordonna-t-elle à nouveau au droïd. (Elle activa le sabrolaser. Elle était descendue jusqu'ici pour leur parler, autant se jeter l'eau. Les premiers manifestants eurent un mouvement de recul en apercevant la lame bourdonnante s'animer en un éclair. Certains ne remarquèrent d'ailleurs la présence de Leia qu'à ce moment précis.) Citoyens de la Nouvelle République! hurla-t-elle en levant son sabrolaser aussi haut que possible. Je suis Leia Organa Solo, Conseillère de la Nouvelle République et Chevalier Jedi. Je vous conjure de vous arrêter!

Les gens les plus proches hésitèrent à poursuivre leur charge et la plupart, dans la cohue, s'arrêtèrent à contre-cœur. Ou, tout au moins, essayèrent. La masse grouillante derrière eux, ne soupçonnant pas la présence de Leia, poussait toujours. Bousculant ceux qui avaient stoppé leur élan, les dépassant ou les contournant, ils envahirent l'immeuble de plus belle.

Mais une bonne partie de la foule avait été ralentie et Leia se retrouva en face d'une audience relativement attentive. Si elle réussissait à élever la voix pour être entendue de chacun d'entre eux. Si elle pouvait trouver les mots justes...

Elle inspira profondément, fit appel à des techniques Jedi d'amplification des facultés et ouvrit la bouche...

A cet instant précis, un cri s'éleva du groupe de gardes Bothans en faction au pied du grand escalier. Une demi-douzaine de traits de laser fusèrent vers la foule.

Et l'atrium sombra dans un chaos innommable.

Leia croyait que les manifestants avaient atteint le plafond de puissance sonore de leurs vociférations. Elle se trompait. Les hurlements des blessés se noyèrent dans un mugissement de fureur et de terreur si puissant qu'elle en eut mal aux oreilles. Les premiers rangs de la foule s'éparpillèrent. Certains cherchèrent à se mettre à couvert derrière les buissons ou les arbustes du jardin intérieur. D'autres se précipitèrent vers les bureaux qui s'ouvraient au rez-de-chaussée. D'autres encore se figèrent, incapables de faire leur choix entre tourner les talons et se jeter à corps perdu dans le feu des blasters.

Les Bothans firent à nouveau cracher leurs armes. De nouveaux cris s'élevèrent. Cette fois-ci, il y eut une riposte. A une douzaine d'endroits dans la foule, des blasters firent parler le laser et six gardes Bothans s'écroulèrent.

— Allez! cria une voix par-dessus le grondement de la masse. Chargez!

— Attendez! s'égosilla Leia. Stop!

Mais il était trop tard. La foule, ayant perdu toute raison et ivre de colère, reprit sa progression tel un raz de marée. Les blasters firent feu dans toutes les directions et l'atrium se transforma en champ de bataille. Même ceux dont l'avancée avait été interrompue par l'apparition du sabrolaser de Leia cédèrent à la furie généralisée. La plupart refusèrent d'écouter Leia plus longtemps. Ceux qui n'avaient pas encore rejoint les combattants entraînèrent dans leur sillage ceux qui hésitaient encore. Par deux fois, elle dut lever son sabre très haut au-dessus de sa tête pour éviter que la bousculade ne précipite quelqu'un sur la lame étincelante. Très faiblement, dans la mêlée, elle entendit C3PO gémir. Au moment où elle réussissait enfin à se retourner pour voir ce qui lui arrivait, le droïd avait disparu. Un Khil surgit devant elle, crissant frénétiquement entre ses crocs et brandissant un blaster vers l'escalier monumental. Il ne semblait pas le moins du monde se soucier de la lame de laser qui lui barrait la route.

Avec un sinistre sentiment de défaite, Leia éteignit son sabre et créa une onde protectrice de Force pour éviter de se faire renverser par le Khil. Elle n'avait plus rien à faire ici. Ceux qui tiraient encore des coups de feu étaient disséminés aux quatre coins de la foule. Impossible de les rejoindre. Impossible de les raisonner. Aucun individu dans les environs immédiats ne méritait la mort ou le démembrement, les seules punitions susceptibles d'être infligées par un sabrolaser. Beaucoup trop d'âmes à apaiser, beaucoup trop de corps en mouvement pour tenter d'en arrêter l'avancée au moyen de la Force. Tout ce qui lui restait à faire, c'était essayer de ne pas se faire piétiner.

Et soudain, dans le chaos qui l'entourait, elle ressentit une vibration différente. Les ondes de quelqu'un tout proche. Les ondes de quelqu'un, en proie à une terreur latente, qui s'inquiétait à son sujet.

Yan.

Elle le chercha des yeux mais, sans le sabrolaser pour les tenir en respect, les manifestants s'étaient beaucoup trop rapprochés d'elle. Dans la bousculade, elle ne put regarder que vers les hauteurs. Pendant un moment, elle étudia les fenêtres qui s'ouvraient sur l'atrium tout en luttant pour conserver son équilibre. Elle ne réussit pas à voir si Yan se trouvait là-haut.

Mais il y avait quelque chose qui pouvait se révéler utile à quelques mètres au-dessus de la marée humaine. Une épaisse liane de borscii courait jusqu'au mur intérieur de l'atrium. Elle repoussa la foule pour avancer dans cette direction, se servant de la Force pour dévier, si nécessaire, les gens lui fonçant dessus. Elle vint se poster juste sous la liane, invoqua la Force, plia les genoux et sauta.

La liane n'était qu'à deux mètres au-dessus d'elle. Un saut facile à effectuer pour n'importe quel Jedi. Elle dépassa le végétal d'un bon mètre cinquante, s'en saisit et l'utilisa pour rejoindre le tronc du borscii dont les micro-racines étaient solidement fichées dans le mur. De son nouveau perchoir, elle fut en mesure de repérer Yan. Il était accroupi près de la rambarde du balcon cérémonial, le blaster pointé vers le pied de l'escalier, les yeux allant et venant sur la foule à la recherche de son épouse. De part et d'autre de Yan, apparemment prêts à plonger de la mezzanine jusque dans la foule si le besoin s'en faisait sentir, se tenaient Barkhimkh et Sakhisakh.

Leia fut incapable de comprendre à quel moment, et comment, les deux Noghris avaient réussi à pénétrer dans le bâtiment. Pour l'heure, cela n'avait guère d'impor-tance. Les gardes au pied des marches étaient à terre, abattus ou piétinés. Le poids de la foule tout entière sem-blait peser contre la barrière de protection statique.

Et le bouclier ne les retiendrait plus bien longtemps. Même à cette distance, elle distingua de faibles étincelles qui indiquaient que la protection était sur le point de céder... Plus, ce serait un désastre pour tout le monde. Si Yan et les gardes Bothans qui devaient rester cachés au premier étage ouvraient le feu sur la foule se précipitant dans l'escalier, cela mènerait au massacre de douzaines, voire de centaines de personnes.

Mais s'ils n'ouvraient pas le feu, les Bothans réfugiés dans les niveaux supérieurs seraient massacrés. Quoi qu'il arrive, un grand nombre de personnes allaient perdre la vie.

A moins que...

L'un des Noghris venait de la repérer. Il fit un signe aux autres pour indiquer où elle se trouvait. Yan se leva à demi de sa cachette. Sa bouche articula des mots qu'elle ne put entendre. *Je vais bien,* pensa-t-elle désespérément en souhaitant qu'il la comprenne. Elle manqua de perdre prise pour lui faire un petit signe de la main. Si Yan ou l'un des Noghris redescendait les marches vers le chaos, il serait mis en pièces.

Mais non, Yan parut comprendre. Il regagna sa position à couvert et ordonna aux Noghris de se replier. Puis, de l'autre bout de l'atrium, il croisa le regard de Leia. *D'accord,* semblait dire son expression. *Si tu ne veux pas qu'on vienne te chercher, qu'est-ce que tu veux faire?*

Tiens, pensa-t-elle à l'intention de son époux. Manquant à nouveau de tomber, elle décrocha son sabrolaser de sa ceinture. Pendant quelques instants, elle lutta contre les feuillage épais et les lianes dans lesquels elle s'était emberlificotée. Ayant enfin réussi à libérer sa main, elle dégagea son arme, tendit le bras très haut, jeta son sabre à travers l'atrium, invoquant immédiatement la Force. Elle rattrapa l'arme en vol par la seule puissance de sa pensée et la guida pour qu'elle aille se poser en douceur dans le creux de la main de Yan. L'espace de quelques secondes, celui-ci considéra le sabre. Il fronça les sourcils de manière interrogative et regarda dans la direction de Leia. Elle fit de grands mouvements et projeta ses pensées dans l'esprit de son mari.

Il comprit immédiatement ce qu'il avait à faire. Il hocha la tête, alluma le sabre, pointa la lame vers le plancher...

Et entreprit de séparer l'escalier du balcon.

Son geste ne passa pas inaperçu. Quelqu'un dans la foule se mit à crier et quelques traits de laser furent tirés. Yan se baissa instinctivement et les rayons le manquèrent de quelques centimètres. L'un des Noghris qui accompagnaient Yan sortit son blaster et riposta. Les armes adverses se turent. L'autre Noghri, nota Leia avec une certaine surprise, avait lui complètement disparu.

Quelque chose frôla l'arrière de la tête de la Princesse. Elle se tourna prestement, se rappelant avec effroi les terribles serpents venimeux qui se dissimulaient dans les lianes de Wayland...

Mais ce n'était ni l'un de ces reptiles ni aucune autre créature vivante. C'était une synthécorde, coulant de l'une des fenêtres juste au-dessus d'elle.

Et le visage anxieux de Barkhimkh apparut dans l'ouverture.

Elle saisit la corde et entreprit de grimper. Elle venait à peine d'atteindre la fenêtre quand, derrière elle, l'escalier céda et alla s'écraser sur le sol.

— Amiral Pellaeon?

Celui-ci se réveilla en sursaut. Son cauchemar s'évapora dans l'obscurité de sa cabine.

— Oui?

— Major Tschel à l'inter, Monsieur, dit la voix de l'officier de pont dans le haut-parleur. Un message vient d'arriver pour vous, il porte votre code de cryptage personnel.

— Compris, dit Pellaeon, en se levant de son lit avec difficulté pour tituber jusqu'au terminal de l'ordinateur. Transférez-le ici, Major, ordonna-t-il en se laissant tomber dans le fauteuil de son bureau.

— A vos ordres.

Le signal lumineux de confirmation de réception se mit à clignoter. Pellaeon tapa au clavier les clés de son code personnel. Se balader à travers tout l'Empire pour implorer, discuter et convaincre tout le monde du bien-fondé de ce traité de paix était déjà assez éreintant. Devoir supporter, en plus de cela, ces incessants cauchemars ne faisait qu'aggraver les choses. Celui de ce soir l'avait confronté au Grand Amiral Thrawn. Il lui avait reproché, d'une voix calme et acide, de réduire à néant tout ce qu'il avait réussi à créer...

L'ordinateur émit un bip confirmant la validité du code. Une image à l'échelle un quart se matérialisa sur le générateur holographique.

— Amiral Pellaeon ? Ici le Commandeur Dreyf, s'identifia la silhouette. Je tiens à votre disposition un rapport préliminaire de mes recherches sur le Seigneur Graemon et sa situation financière.

— Excellent, dit Pellaeon, soudain parfaitement éveillé. Continuez, je vous écoute...

— Pour vous parler franchement, Monsieur, l'individu est un serpent, fit Dreyf sans prendre la peine de dissimuler son mépris. Il cherche à tremper ses doigts dans toutes les soupières qui mijotent de Muunilinst à Coruscant et retour ! Nous venons à peine de gratter la surface que nous lui avons déjà découvert quinze connexions différentes avec les finances de la Nouvelle République. Et je ne vous parle pas des avantages en nature.

Pellaeon hocha la tête, sinistre. Oui, cela correspondait parfaitement à ce qu'il espérait. Pour que le Moff Disra puisse agir ainsi, il lui fallait avoir avec lui, dans l'ombre du côté Républicain des frontières politiques, des équivalents de Graemon.

— Des liens avec les gangs de pirates ?

— Rien de spécifique en rapport avec Graemon pour l'instant. Mais nous avons découvert de solides pistes qui relient le Général Kyte à quelqu'un qui fraye avec les Cavrilhu. Kyte a envoyé un message à son contact juste après votre rencontre avec les responsables de la défense de Muunilinst, il y a onze jours de cela. Nous sommes toujours sur le coup.

— Je vois. (Ainsi, Kyte était mêlé à tout cela. Malgré tous les renseignements glanés par ses indicateurs, Pellaeon avait secrètement espéré que cette information ne serait pas fondée. Découvrir que des officiers de la Flotte étaient impliqués dans des activités de haute trahison était excessivement douloureux.) Vous êtes remonté jusqu'à Graemon. C'est bien. Mais avez-vous pensé à suivre la filière au-delà, plus haut dans la hiérarchie ?

— Pas encore. Mais je suis quasiment convaincu qu'il ne se trouve pas à la tête de tout cela, qu'il n'occupe qu'un poste intermédiaire.

— C'est également mon avis, acquiesça Pellaeon. (Pourtant, s'il devait y avoir un rapport entre Graemon et Disra, il devait être bien caché. Trop bien caché, peut-être, pour Dreyf et ses moyens limités d'investigation.) Ne lâchez pas prise, reprit-il. Je veux des faits et je veux des preuves.

— A vos ordres. Puis-je me permettre une suggestion, Amiral ? Toutes ces affaires un peu louches avec la Nouvelle République devraient amplement suffire à faire tomber le Seigneur Graemon, si c'est ce que vous recherchez...

— Non, je n'ai aucun intérêt à faire tomber qui que ce soit, répondit Pellaeon, bien que ce ne soit pas tout à fait exact. Les affaires avec la Nouvelle République sont effectivement techniquement illégales. Mais vous savez aussi bien que moi que nous avons trop besoin de certaines ressources pour prendre la peine d'appliquer certaines lois à la lettre. (En plus, ajouta-t-il dans sa tête, si ce traité de paix venait à être appliqué, il faudrait bien que cesse cet isolationnisme officiel. Mais Dreyf ne pouvait pas se douter de tout le travail qui avait été entrepris dans ce sens.) Ce que je veux — et tout ce que je veux — c'est découvrir qui manipule ainsi les effectifs et les budgets Impériaux pour mettre fin à cet abus, reprit-il à voix haute. C'est clair ?

— Parfaitement clair, Amiral, répondit Dreyf. Ne vous inquiétez pas, Monsieur, même s'ils se sont enterrés très profondément, nous réussirons à découvrir où ils se cachent.

— J'en suis persuadé, Commandeur, lui assura Pellaeon. Autre chose ?

— En fait, oui, Amiral, dit Dreyf en consultant son databloc. Je viens de recevoir un mot d'un de mes agents sur Bothawui chargés d'y vérifier d'éventuelles connexions avec le Seigneur Graemon. Il me dit qu'une émeute terrible a éclaté au Centre des Clans Unis de Drev'starn. C'est apparemment à cause de cette histoire de Caamas.

— Vous avez plus de détails? demanda Pellaeon en fronçant les sourcils.

— Non, seulement qu'il y a eu beaucoup de victimes. On ne sait pas encore exactement combien. Ça vient juste de tomber... La nouvelle n'a même pas encore été envoyée aux différents services de renseignements, c'est vous dire. A mon avis, il va leur falloir un petit moment avant de tout tirer au clair, mais je me suis dit que vous aimeriez être averti.

— Oui, merci. C'est tout?

— Oui, Monsieur, pour l'instant.

— Très bien, dit Pellaeon en hochant la tête. Tenez-moi au courant, Commandeur. Terminé.

Pendant quelques minutes, il resta assis devant son terminal d'ordinateur à observer le moniteur éteint tout en ressassant les dernières informations. *La Nouvelle République est instable. Tôt ou tard, elle n'aura pas d'autre choix que de s'effondrer sur ses bases.* Combien de fois, songea-t-il, cette pensée lui avait-elle traversé l'esprit depuis qu'il avait entrepris de persuader les gouverneurs de l'Empire qu'il était temps d'accepter la défaite, trois semaines auparavant? Une centaine, peut-être plus. A chaque fois, il avait dû repousser l'idée, se répétant mentalement la même liste d'arguments encore et encore au point que leur formulation en était presque devenue automatique dès que la question revenait réellement sur le tapis.

Et pourtant...

Il avait lu les comptes rendus de toutes les émeutes qui avaient éclaté suite aux révélations et controverses sur

Caamas. Il avait épluché les rapports des services de renseignements à propos des débats de plus en plus houleux qui avaient lieu au sein même du Sénat de la Nouvelle République et dans certains secteurs de l'Assemblée. Il avait étudié les analyses concernant les menaces grandissantes de conflits entre d'anciens belligérants à travers toute la galaxie.

Avait-il tort? Tous les autres avaient-ils raison? La Nouvelle République était-elle réellement sur le point de s'effondrer?

Et si c'était le cas, qu'essayait-il donc de faire, au nom de l'Empire, en signant un traité de paix avec elle?

Avec un soupir, il se leva péniblement de son fauteuil et retourna vers son lit. Non, toutes ces théories ne semblaient guère rationnelles à l'heure actuelle. Mais, cela dit, rien ne semblait jamais rationnel quand on était seul au beau milieu de la nuit. Il avait de bonnes raisons de penser qu'il avait suivi la bonne voie. Et ces raisons lui sembleraient encore valables quand il les passerait en revue, le jour venu. Si cette controverse à propos du Document sur Caamas venait à contrecarrer le processus de paix...

Dans l'obscurité, Pellaeon fronça les sourcils. Le souvenir d'un commentaire jadis formulé par Thrawn lui revint en mémoire. *Examinez tous les obstacles avec soin,* lui avait conseillé le Grand Amiral. *Avec un peu d'ingéniosité, ils peuvent souvent être transformés en avantages.*

Donc... Si ce Document sur Caamas était bel et bien en train de mettre des bâtons dans les roues de la Nouvelle République... Qu'est-ce que cette dernière pourrait bien proposer à l'Empire en échange de son aide pour mettre fin à cette agitation?

Il tendit le bras par-dessus le lit, s'empara d'un data-bloc et consulta la liste de ses futurs rendez-vous. Retourner sur Bastion était exclu. Cela chamboulerait beaucoup trop son emploi du temps. De plus, si Pellaeon essayait de mettre la main sur un exemplaire du fameux Document dans les Archives Impériales, il semblait évident que Disra en serait immédiatement averti. Inutile de laisser au Moff la possibilité de deviner les intentions de l'Amiral.

Mais il existait une copie de toutes les archives à la base de Yaga Mineure. Et, après les quatre prochains entretiens, le *Chimaera* croiserait dans les environs.

Pellaeon éteignit le databloc, le reposa sur la table de nuit et s'allongea. Oui, il allait faire ça. Il tenterait de récupérer le Document sur Caamas dans son intégralité et le proposerait à la Nouvelle République en échange d'un certain nombre de concessions politiques.

En supposant, bien entendu, que la rencontre avec les dirigeants Républicains ait bien lieu.

Pendant quelques instants, il pensa appeler le pont pour vérifier si un message du Major Vermel n'était pas arrivé. Mais les officiers chargés des communications avaient déjà reçu l'ordre explicite de le prévenir immédiatement si un tel message leur parvenait. Leur répéter cet ordre inlassablement n'aurait pour effet que de les pousser à se poser des questions sur la situation.

En plus, le vaisseau de Vermel n'avait dû rejoindre Morishim que onze jours auparavant. Etant donné le contexte politique sur Coruscant, le Général Bel Iblis avait certainement eu besoin de ce délai pour convaincre les dirigeants de la Nouvelle République d'accepter l'idée de la rencontre.

Non. Vermel finirait bien par appeler. En attendant, Pellaeon devait assister à quatre entrevues supplémentaires, avec des officiers supérieurs de la Flotte des plus hostiles, avant de pouvoir mettre le cap sur Yaga Mineure.

Et la première d'entre elles se déroulerait dans moins de six heures.

Pellaeon se retourna, ferma les yeux et fit le vide dans son esprit pour essayer de retrouver le sommeil.

Yan secoua la tête.

— Non, dit-il. (Il tressaillit en serrant les dents. Leia était en train de panser soigneusement la plaie qu'il avait à l'épaule gauche.) Je n'ai pas tiré. Ni sur la foule, ni sur qui que ce soit...

— Ceux avec qui nous avons parlé prétendent pourtant le contraire, insista Orou'cya. Ils affirment qu'un rayon laser est parti du balcon où vous vous trouviez.

— Le Chef de Clan Rayl'skar a-t-il lui aussi fait feu? demanda Sakhisakh. Les survivants le prétendent.

— Ils se trompent, dit Orou'cya. (Son ton offensé contrastait étrangement avec la façon circonspecte qu'il avait d'observer le Noghri.) Le Chef de Clan Rayl'skar n'avait pas de blaster.

— Eh bien, je ne me suis pas servi du mien, insista Yan.

La fourrure du Bothan se mit à onduler.

— Si vous m'en donnez votre parole, je me dois de l'accepter, soupira-t-il. Cela n'a d'ailleurs guère d'importance.

Yan fit la grimace. Non, cela n'en avait probablement pas. Vingt-sept émeutiers avaient trouvé la mort, une bonne quarantaine avaient été blessés et le rez-de-chaussée du Centre des Clans Bothans Unis n'était plus que ruines et désolation. Cela n'avait plus vraiment d'importance de savoir qui avait tiré le premier.

Sauf, peut-être, pour les journalistes. Et tous, bien entendu, accusaient Yan.

La porte s'ouvrit sur deux gardes Bothans qui pénétrèrent dans la salle les bras chargés de morceaux tordus de métal doré.

— Voici le reste des pièces, Premier Secrétaire, dit l'un d'entre eux en déposant son fardeau devant Orou'cya.

Nous avons terminé nos recherches. Il n'y en a pas d'autres.

Solo étudia les fragments métalliques. Cela faisait plus d'une heure qu'ils fouillaient les ruines du premier niveau de fond en comble pour récupérer les différents morceaux de C3PO. Cela lui rappela l'incident survenu au droïd à la Cité des Nuages. En bien pire.

— Ça va s'arranger, lui murmura Leia. Apparemment, ses centres vitaux n'ont pas été endommagés par les piétinements de la foule. Il n'y a que du travail d'assemblage à faire...

— Nous pouvons vous le réparer, si vous voulez, proposa Orou'cya.

— Non merci, refusa Yan en se disant que Chewie aurait mieux fait d'être ici avec eux plutôt que sur Coruscant en train de garder les enfants.

Tout bien considéré, ce n'était peut-être pas une si bonne idée que ça. La dernière fois que le Wookiee avait été obligé de remettre C3PO d'aplomb, le droïd de protocole ne lui avait pas particulièrement exprimé sa gratitude. Loin de là.

— Nous avons des gens sur Coruscant qui pourront s'en charger, finit-il par dire.

— Bien sûr... (Orou'cya hésita un instant.) A propos de Coruscant, Conseillère Organa Solo, le Chef de Clan Rayl'skar a reçu un message du gouvernement de la Nouvelle République. Le Président Gavrisom aimerait s'entretenir avec vous dès que vous en aurez la possibilité.

Yan releva les yeux vers Leia.

— Tu veux que je lui fasse savoir que j'ai encore besoin de ta supervision? dit-il à voix basse pour n'être entendu que d'elle seule.

Leia fit la grimace et secoua la tête.

— Non, mieux vaut ne pas faire la sourde oreille, répondit-elle en tendant un pansement à son mari. Plus vite nous lui rapporterons notre version des faits, mieux ce sera. Puis-je me servir de votre salle des communications, Secrétaire Orou'cya?

— Certainement, Conseillère Organa Solo, dit le Bothan d'un ton solennel. (Il fit un signe vers la porte.) Par ici, je vous prie.

Ils sortirent, les deux gardes Bothans sur leurs talons. Sakhisakh prit la décision toute personnelle de se joindre à l'expédition. Furibard, Yan profita de sa solitude forcée pour vociférer quelques paroles bien senties. Il venait à peine de terminer de panser son épaule que la porte s'ouvrit à nouveau. Barkhimkh pénétra dans la pièce.

— Leia est partie à la salle des communications, dit Yan au Noghri.

— Je sais, répondit celui-ci en allant jusqu'à Solo pour lui tendre quelque chose. Et j'aimerais que vous jetiez un coup d'œil à ceci.

Yan fronça les sourcils et saisit l'objet carbonisé et tordu dans la main du Noghri.

— Qu'est-ce que c'est?

— Les restes d'une vieille fourberie Impériale, dit Barkhimkh, la voix chargée de mépris. Un crystal relais et un tube lance projectile rempli de gaz Tibanna. On les assemble avec du matériau adhésif et, discrètement, on installe le tout près de la personne qu'on veut faire accuser de meurtre. Un tireur d'élite n'a qu'à viser le crystal et faire feu. Le relais se charge de diriger l'énergie vers le tube rempli de gaz...

—...qui se met alors à tirer tout seul comme un blaster ordinaire, termina Yan en hochant la tête de manière sinistre. (Tout s'éclairait, à présent.) Un coup au hasard dans la foule et c'est moi qui dois porter le chapeau...

— Oui, dit Barkhimkh d'un ton sombre. Encore une fois, on vous accuse d'un crime que vous n'avez pas commis.

— Ouais, mais cette fois-ci ils ont mis le paquet pour que ça ne rate pas. Une minute... Comment se fait-il que personne n'ait remarqué le tireur d'élite?

— Il a certainement utilisé un Xerrol Frelon Noir. Un fusil spécialement modifié pour ce genre de missions qui tire des rayons invisibles.

Yan plissa le front.

— Tu plaisantes? Je ne connais aucun blaster capable d'une chose pareille.

— L'Empire n'en a pas vraiment fait la publicité, dit le Noghri. Et puis, hormis ce petit plus, l'arme est vraiment de qualité inférieure. Le gaz de propulsion coûte plus de mille crédits par recharge. On ne peut l'utiliser qu'avec certains types de blasters et, en plus, il faut changer de cartouche après quatre ou cinq tirs. On ne peut pas dire que ce soit une arme d'usage courant.

— Ouais. D'un autre côté, on ne peut pas dire non plus que ce type d'arme se trouve ici par hasard.

— Exact, acquiesça Barkhimkh. Peu importe comment cette confrontation a pu démarrer, une chose est sûre, ce sont des agents Impériaux qui sont responsables de sa transformation en émeute.

— Le problème c'est d'arriver à le prouver, dit Yan en faisant sauter ce qui restait du gadget meurtrier dans le creux de sa main. Je suppose que ce truc tout seul, ça ne sera pas suffisant...

— Cet appareil est prévu pour ne servir qu'une fois, fit le Noghri en secouant la tête, et pour se désintègrer en cours d'utilisation. J'ai deviné ce que c'était en écoutant votre description des événements.

Et parce que les équipes d'assassins Noghris avaient certainement dû avoir recours à ce genre de matériel à un moment ou à un autre... Il n'était cependant pas nécessaire de remettre cela sur le tapis. Même aujourd'hui, dix ans après avoir découvert la vérité et rejoint les rangs de leurs anciens adversaires, les Noghris s'offusquaient encore quand on évoquait leur passé dans le giron de l'Empire.

— Enfin, au moins nous, nous le savons, dit Yan. Qui est à la tête de la Flotte Impériale en ce moment? J'ai un peu perdu le fil...

— Le Suprême Commandeur est l'Amiral Pellaeon. Il dirige le Destroyer Stellaire Impérial *Chimaera*.

Yan sentit que ses lèvres se tordaient instinctivement.

— C'est l'un des protégés de Thrawn, c'est ça?

— Pellaeon a servi directement sous les ordres du Grand Amiral, confirma le Noghri. Beaucoup le considéraient à l'époque comme son fils spirituel.

— Apparemment, il a bien pigé les ficelles pour assurer la relève, gronda Yan. Il va falloir trouver un moyen de le lui faire payer... (Il rendit le gadget à Barkhimkh.) Tiens, essaye de le garder en un seul morceau jusqu'à ce que nous soyons retournés au vaisseau. Et n'en parle pas aux Bothans.

— J'obéis, Yan du Clan Solo, dit le Noghri en saluant vivement de la tête tout en glissant l'objet dans une poche. Serez-vous en mesure de vous servir de cette information?

— Oh que oui, je pense que nous pourrons nous en servir, affirma Yan, se frottant les mains pour se débarrasser de la suie laissée par l'ustensile meurtrier. (Près de soixante humains et extraterrestres morts ou blessés... La Nouvelle République accusée de manière générale et lui-même en particulier... Le Suprême Commandeur Pellaeon et des agents Impériaux derrière tout ça...) Fais-moi confiance. Ça va nous servir.

Les yeux noirs du Noghri le dévisagèrent.

— Et comment?

— Ça, je n'en ai pas encore la moindre idée, avoua Yan en secouant la tête.

14

Les lignes de vitesse disparurent pour céder la place à un champ d'étoiles et ils furent soudain arrivés à destination.

Si on pouvait parler de « destination » dans ces parties reculées de l'espace...

— Je vois trois planètes dans le système intérieur, dit Faughn.

La dernière syllabe de sa phrase s'était à moitié noyée dans un bâillement. Selon les relèves usuelles de l'équipage, elle aurait dû quitter son poste au moment d'atteindre le système Nirauan, mais elle avait insisté pour rester à veiller jusqu'à la fin de leur périple.

Observant l'étoile rouge au faible éclat, Mara se demanda si tout cela valait vraiment le déplacement.

— La deuxième planète a l'air habitable, rapporta Torve. Elle a une atmosphère, la température me paraît bonne...

— Je repère un mouvement! l'interrompit Elkin. Au cinq-zéro-trois par un-zéro-sept.

Mara vérifia prestement ses instruments. Elle avait reçu l'ordre de maintenir le *Glacier Etoilé* en mode furtif au moment de la sortie de l'hyperespace. Aucune trace de sonde susceptible de pénétrer ce type de protection n'apparut sur ses écrans. Cependant, s'ils se trouvaient effectivement en présence d'une technologie inconnue, cela ne signifiait pas grand-chose.

— Par où va-t-il? demanda-t-elle à Elkin.

— Deuxième planète, c'est sûr, répondit ce dernier en pianotant sur son clavier. Un moment... Je vais voir si je peux extrapoler son point d'entrée dans l'atmosphère...

— Est-ce que c'est le même genre d'appareil que celui qui est venu narguer le Destroyer Stellaire de Terrik? demanda Faughn.

— J'ai l'impression que c'est le même profil, dit Torve. Mais je ne peux rien vous confirmer sans une petite mise au point des capteurs.

— Point d'entrée découvert, annonça Elkin. Hémisphère nord, basses latitudes.

— Il y a quelque chose autour de ce point? demanda Faughn.

— Rien de bien évident, répondit Torve. Enfin, rien qui soit à même de dégager un spectre énergétique.

— Cet endroit me rend nerveux, grogna Elkin tout en faisant inlassablement rebondir le bout de ses doigts sur le bord de sa console. Pourquoi ne trouve-t-on rien sur cette planète ou sur ce système dans les bases de données, hein? Elle a un nom, cette planète, non? Quelqu'un a bien dû s'y poser un jour, tout de même...

— Oh, ça, quelqu'un s'y est posé, c'est sûr, dit Faughn. Mais probablement pas très longtemps. Je me souviens que, du temps de l'Ancienne République, il suffisait parfois de débarquer dans un système inconnu, de passer rapidement les senseurs, à la recherche de traces de vie, et de classer les informations sous le nom qu'on voulait. Ils appelaient ça la règle du « Tu trouves le nom et c'est à toi ». Il y a des systèmes entiers de la Bordure Extérieure qui se sont retrouvés sur les cartes stellaires avec un vague nom de propriétaire sans que personne ait la moindre idée de ce qu'il pouvait bien y avoir à la surface de ces planètes...

— Je me rappelle avoir lu ça quelque part, intervint Mara. Le Secteur Corporatif avait la mauvaise réputation d'abuser de ce privilège. Et j'ai bien l'impression que nous venons de tomber sur l'un de ces systèmes...

— Tout juste, acquiesça Faughn. Cela étant dit, je rejoins Elkin. Je ressens la même chose. S'il s'agit de la base militaire de quelqu'un, où sont les défenses ? Où est la base elle-même, d'ailleurs ?

— Personne n'a parlé de militaires, que je sache, lui rappela Mara. Ils se servent d'une technologie que nous ne connaissons pas, c'est tout ce qu'on sait... (Elle regarda par le hublot.) Et nous n'en saurons pas plus tant que nous resterons là.

— Je n'en suis pas persuadée, dit Faughn. On nous a bien confirmé qu'il s'agissait du bon système. Peut-être qu'on devrait rentrer et revenir avec des renforts...

— Malheureusement, nous ne savons pas si c'est effectivement leur base de départ. Si ça se trouve, il ne s'agit que du point de rendez-vous qu'ils se sont fixé pour ce mois-ci. Si nous partons maintenant, il se peut qu'il n'y ait plus personne quand nous reviendrons.

— Possible... admit Faughn à contrecœur. Bon... La zone cible est en train de s'éloigner de nous à cause de la rotation de la planète. Laissons-leur quelques heures de répit, le temps que la zone disparaisse à l'horizon, et puis nous envisagerons une approche discrète.

— En supposant qu'ils ne disposent pas sur toute la surface d'un réseau de capteurs susceptibles de donner l'alerte, ajouta Torve. Si c'est le cas, ça ne sert à rien d'attendre de se trouver hors de vue de la base.

Faughn haussa les épaules.

— C'est un risque calculé.

— Certes, mais ce n'est peut-être pas un risque à faire prendre à tout le vaisseau, dit Mara, passant mentalement en revue toutes les possibilités. (En plus de ses capsules de sauvetage, le *Glacier Etoilé* transportait dans ses flancs trois navettes, deux convoyeurs de marchandises et un chasseur stellaire de classe Defender à courte portée, récupéré on ne sait où — et très certainement de façon illégale — par Talon Karrde.) Comment est l'équipement furtif du Defender ? demanda-t-elle.

— Minimal, répondit Faughn. L'intérêt, c'est qu'il ne laisse qu'une signature minuscule sur les capteurs et n'émet aucune émission énergétique d'hyperpropulsion. Si leur matériel de détection n'est pas des plus performants et que tu joues finement, tu devrais avoir de bonnes chances de t'infiltrer sans être vue.

— D'accord, dit Mara. (Elle invoqua la Force. Son sens aiguisé du danger n'avait pas l'air de vouloir s'éveiller. Enfin pour l'instant.) On va suivre ton idée. Laissons quelques heures à la zone cible, le temps de disparaître à l'horizon. On pourrait peut-être mettre ce laps de temps à profit pour essayer d'améliorer les équipements furtifs du Defender. Après ça... j'irai jeter un coup d'œil.

De l'espace, la planète avait déjà l'air sombre, sinistre et désolée. De plus près, Mara se fit la réflexion que ce n'était guère mieux.

Il y avait de la végétation, aucun doute possible, de l'arbre trapu à larges feuilles à la plus basique des plantes grimpantes. Mais, à la vitesse à laquelle Mara volait, il était impossible de discerner avec précision quoi que ce soit. La gamme usuelle de couleurs qui semblait être la norme de la plupart des mondes qu'elle avait visités faisait cruellement défaut sur Nirauan. Tout sur cette planète s'inscrivait dans des nuances de brun ou de gris. Çà et là, des taches de rouge foncé ou de pourpre cassaient la monotonie. Il devait certainement s'agir d'une adaptation naturelle à la lumière rougeâtre émise par l'unique soleil de la planète. Peut-être qu'en observant ces plantes autrement que dans les valeurs de l'infrarouge elles apparaîtraient étonnamment colorées. Sans savoir réellement pourquoi, Mara en doutait.

— Je commence à virer vers les collines, annonça-t-elle à l'attention de l'enregistreur de mission installé dans le tableau de bord du Defender. Elles ont l'air assez escarpées... Elles étaient probablement couvertes de terre à une époque mais aujourd'hui tout semble bien érodé. (Elle jeta un coup d'œil à ses instruments.) Toujours pas de capteurs.

Elle releva la tête par-dessus la console et fronça les sourcils en scrutant le paysage qui défilait devant elle. Là-haut, entre deux collines particulièrement abruptes...

— Juste devant... On dirait une sorte de ravine... Non, attendez, j'ai l'impression qu'il s'agit plutôt d'un vrai canyon. En fait...

Elle tira en douceur sur le manche du Defender pour prendre un peu d'altitude et gagner un meilleur point d'observation au risque de se faire repérer. Sa première impression avait été la bonne : le ravin qui s'ouvrait sur sa route semblait mener droit vers la zone cible.

A moins que le relief naturel de la planète ne soit en train de lui jouer des tours, ce chemin lui permettrait de couvrir toute la distance.

— Je pense avoir trouvé une voie d'accès. (Elle composa un code afin de télécharger les instructions de navigation dans la base de données de l'enregistreur.) Il me semble que ça mène jusqu'à leur porte.

Elle espérait que les extraterrestres n'avaient pas truffé le ravin de toutes sortes de senseurs, auquel cas elle plongerait la tête la première dans une embuscade. Il ne lui restait plus qu'à faire entièrement confiance à son instinct. Son sens du danger lui permettrait peut-être d'anticiper les choses.

Le canyon ressemblait exactement à ce que, de loin, elle avait pu envisager : en ligne droite, d'une largeur oscillant entre cinquante et cent mètres, une centaine de mètres de profondeur, avec par endroits des creux trois fois plus importants. La plupart des ravins que Mara avait eu l'occasion de visiter avaient été creusés, au fil des siècles, par des torrents en furie. Le fond de celui-ci était parfaitement sec. Les parois étaient constituées d'un assemblage de roches grises acérées. De temps en temps, des buissons épineux ou des lianes tenaces s'accrochaient aux falaises.

— Aucune trace de senseurs, lança-t-elle à l'enregistreur.

Elle s'appliqua à voler le plus bas possible au cœur de la formation rocheuse. La logique militaire standard, songea-t-elle, dicterait à ses ennemis de lui tendre un piège quelque part sur les tous premiers kilomètres de l'étroite voie d'accès. C'était là, bien avant d'atteindre les portes de la base, que son champ de manœuvre serait le plus restreint. Elle fit de nouveau appel à la Force et, tout en progressant, garda un œil prudent sur le ciel d'un bleu vert pâle au-dessus d'elle.

Aucune attaque n'arriva. Le ravin s'élargit, rétrécit, s'élargit à nouveau. Sur quelques centaines de mètres, la paroi gauche, qui était complètement effondrée, laissa entrevoir une vallée profonde tapissée d'une dense forêt. Un léger courant d'air sembla traverser brièvement la formation. Quelques instants plus tard, la paroi retrouva son état naturel et Mara vola de nouveau au centre du canyon. Comme si elle prenait son inspiration de l'épaisse forêt voisine, la végétation du ravin était à présent beaucoup plus luxuriante et variée, buissons et lianes recouvrant complètement par endroits les flancs rocheux des falaises.

Mais il y avait autre chose...

— J'aperçois des trous dans les parois du ravin, rapporta Mara, essayant de regarder dans les anfractuosités en passant devant. (Elle volait malheureusement trop vite. La seule chose dont elle pouvait se rendre compte était que ces cavernes étaient trop profondes pour que les rayons du soleil puissent en éclairer l'intérieur.) A première vue, je dirais que ces trous n'ont pas l'air très naturels, continua-t-elle. Ça pourrait bien être des colonies de volatiles ou de rampants. A moins que ce ne soit les nombreux éléments d'une gigantesque antenne de détection. Je suggère que la prochaine personne qui viendra explorer cet endroit apporte un sérieux équipement de... Attendez une minute...

Elle relâcha la poignée des gaz et plissa les yeux pour mieux voir. Devant elle, le ravin s'élargissait à nouveau et là, un peu plus haut sur la droite...

— Je pense avoir trouvé la porte d'entrée, dit-elle vivement à l'enregistreur. On dirait l'ouverture d'une caverne là-haut à droite, juste après cet angle aigu. Une ouverture assez grande... En manœuvrant correctement, les vaisseaux que nous avons rencontrés pourraient très bien s'y glisser. (Elle pinça les lèvres.) Maintenant, je dois prendre la bonne décision : j'y vais avec le Defender ou je continue à pied.

Elle fit ralentir le chasseur et enclencha les répulseurs. Elle flotta quelques instants en vol stationnaire, le temps de réfléchir. La décision qui s'imposait à l'évidence était bien entendu d'essayer d'entrer avec le Defender. Mais, dans ce cas précis, l'aspect évident ne voulait pas nécessairement dire qu'il s'agissait du choix le plus judicieux. Jusqu'à présent, il n'y avait eu aucune réponse de la part de leurs adversaires. Cela pouvait signifier deux choses : ou ils n'avaient pas remarqué l'arrivée de Mara, ou bien ils ne la considéraient pas comme une menace.

Quoi qu'il en soit, un fantassin isolé réussirait probablement à couvrir plus de distance sans déclencher une alarme qu'un chasseur stellaire de la Nouvelle République avec ses réacteurs mugissants et ses canons laser prêts à cracher leurs salves mortelles.

— J'y vais à pied, dit-elle à l'enregistreur tout en posant le Defender juste à côté d'un groupe d'épineux. (Elle demanda à l'ordinateur une analyse biologique de l'air.) Jusqu'à présent, aucun acte hostile commis à mon encontre. Ce serait sympa si ça pouvait durer encore un peu... (Elle plongea la main vers le compartiment des armes installé à côté de son genou droit et ouvrit le panneau.) Au cas où ça ne durerait pas, je prends mon Blas-Tech, un flingue de manche et mon sabrolaser, ajouta-t-elle. Ça devrait me donner un peu plus de latitude en cas de problème.

Elle glissa le BlasTech dans l'étui accroché à sa hanche, installa l'autre arme à feu dans l'étui sanglé sur son bras gauche et dissimulé sous sa manche, ramassa son sabre...

Et marqua une pause. Elle regarda son arme, sentant la froideur du métal contre sa peau. Jadis, c'était le sabrolaser de Luke Skywalker. Il avait été fabriqué par son père et lui avait été confié par Obi-Wan Kenobi sur Tatooine. Luke le lui avait transmis, à elle, Mara, après que la massive contre-offensive Impériale conduite par le Grand Amiral Thrawn eut été finalement écrasée.

Ensuite, Luke et elle étaient devenus alliés. A présent...

En grimaçant, elle accrocha le sabre à sa ceinture. Non, à présent, elle ne savait plus très bien ce qu'ils étaient l'un pour l'autre...

Enfin, elle ne savait plus très bien ce qu'il représentait pour elle.

Le bioscan se mit à clignoter : l'air était respirable. Aucune toxine, aucun micro-organisme ne semblait représenter un danger pour son immunité naturelle.

— On dirait que tout va bien, là-dehors, dit-elle en chassant ses pensées à propos de Skywalker. (Elle se concentra à nouveau sur le travail en cours, coupa les répulseurs de l'appareil et bascula les systèmes en mode veille. Elle vérifia que les impulsions de l'enregistreur étaient bien relayées vers le *Glacier Etoilé*.) Je prends mon communicateur avec moi. Je le programme pour émettre vers l'enregistreur.

Elle enclencha la position mains libres du communicateur et l'agrafa au col de sa veste. Puis elle fit basculer la verrière du cockpit. L'air de Nirauan se précipita à l'intérieur du vaisseau. Un air frais et vivifiant, chargé des subtiles odeurs exotiques si caractéristiques d'un nouveau monde. Mara ôta son harnais de sécurité et se leva. Elle s'empara du kit de survie du Defender entreposé dans un logement près de son siège et passa la bandoulière sur son épaule. Puis elle se laissa glisser jusqu'au sol le long de la carlingue. Ayant ajusté son sac sur ses épaules, elle jeta un dernier coup d'œil alentour et se mit en route vers la caverne.

La végétation qui crissait sous ses pieds évoquait une sorte d'herbe, avec des brins courts et larges ayant fâcheusement tendance à s'accrocher à ses bottes. Cela ne ralentit en rien sa progression. Tout en marchant, elle prêtait attentivement l'oreille. Elle n'entendit que le bruissement des végétaux et le doux chuchotement de la brise à travers le ravin. Aucun son d'animal ne lui parvint.

Mais elle savait qu'ils étaient là. Elle leva la tête vers les petites anfractuosités s'ouvrant dans les parois du canyon. Cachés dans les grottes, tapis sous les buissons ou rampant sous les feuillages des lierres sauvages... Elle sentit leur présence...

Et elle aurait mis sa main au feu que certains d'entre eux étaient en train de l'observer...

— Bon, je pourrais très bien m'être trompée, dit-elle dans son communicateur en dégainant son blaster. Ce n'est peut-être qu'une caverne toute bête. Enfin, je devrais être rapidement renseignée maintenant...

Avec précaution, elle avança jusqu'à l'entrée de la grotte. Avec plus de précaution encore, elle risqua un œil à l'intérieur.

Ça ressemblait bien à une caverne. Une caverne crasseuse, sentant le moisi, dont les parois grossières disparaissaient dans l'obscurité. Une épaisse couche de feuilles mortes tapissait le sol de l'entrée. D'étonnantes toiles d'araignées flottaient paisiblement dans la brise. Une odeur de croupi, provenant certainement d'une mare d'eau stagnante, parfumait l'atmosphère.

Mara abaissa son arme, se sentant légèrement ridicule parce qu'elle en faisait un peu trop.

— Je suis sur place. S'il s'agit bel et bien d'une aire d'atterrissage camouflée, on peut dire qu'ils ont fait du super boulot.

Elle ressortit de la caverne et plaça sa main en visière pour scruter la falaise. Des pans de rocher à perte de vue. Rien d'autre. Au-delà de la caverne, le canyon obliquait vers la droite. Plus par curiosité que dans l'espoir de découvrir quelque chose de passionnant, Mara repassa devant l'entrée de la caverne pour aller voir ce qu'il y avait après le coude.

Elle retint son souffle. Droit devant, à une dizaine de kilomètres, le canyon s'interrompait brusquement au pied d'un à-pic. Et au sommet de cette falaise abrupte, noir contre le ciel pâle, s'élevait un bâtiment.

Pas un simple bâtiment. Une forteresse.

Mara inspira profondément.

— Je les ai trouvés, dit-elle en s'efforçant de ne pas laisser filtrer la moindre trace de surprise dans sa voix. (Elle sortit une paire de jumelles macrobinoculaires de la poche prévue à cet effet le long du paquetage de survie. Quelque chose dans cette structure lui fit courir un frisson fort désagréable à travers tout le corps.) Il y a une sorte de forteresse au sommet d'une falaise à l'autre extrémité du ravin.

Elle activa les macrobinoculaires et les pointa sur la forteresse.

— On dirait qu'elle est construite en pierres noires, déclara-t-elle en tout en faisant fonctionner le zoom. Ça me rappelle cette vieille forteresse abandonnée sur Hijarna qu'on utilisait de temps en temps comme point de rendez-vous. D'ici, je vois... deux... non, peut-être trois tours. Et puis les restes d'une autre, écroulée à la base des murs. En fait...

Elle baissa ses jumelles vers le pied de la falaise, à l'endroit ou commençait le canyon. La sensation déplaisante se fit plus pressante.

— En fait, comme l'angle me paraît bon, dit-elle lentement, je serais prête à parier que le coup de laser qui a pulvérisé cette dernière tour est le même qui a creusé ce ravin.

Si c'était le cas, l'explosion avait dû être terrible. A part l'Etoile Noire, rien d'autre dans les arsenaux de l'Empire ou de la Nouvelle République n'était capable d'une chose pareille.

— En tout cas, voilà ma prochaine étape, décida-t-elle en rangeant les jumelles dans leur étui.

Elle jeta un dernier coup d'œil à la forteresse, tourna les talons et se dirigea vers le Defender. Elle passa devant l'ouverture de la caverne...

Et se figea. Elle se plaqua contre la roche noire à quelques centimètres de l'entrée. Quelque chose venait de réveiller son sens du danger... Elle attendit. Et l'entendit.

Le gémissement lointain d'un véhicule provenant du ciel.

— Je crois que je vais avoir de la visite, murmura-t-elle dans son communicateur.

Elle scruta rapidement les cieux. Rien de visible pour l'instant mais le son semblait effectivement se rapprocher. Avec précaution, sans quitter le ciel des yeux, Mara recula dans l'ombre de la caverne pour se mettre à l'abri.

Brusquement, son sens du danger lui envoya une décharge glacée dans le dos. Elle se retourna et comprit immédiatement qu'il était trop tard. Des profondeurs de la grotte sur sa droite, quelque chose de sombre fondit sur elle. Une bouffée de moisi lui souffla au visage. La chose lui frôla la tête et repartit dans l'obscurité. Mara s'accroupit, dégaina son blaster et tenta de suivre l'ombre volante. Celle-ci avait déjà disparu. Elle décocha un rayon vers le plafond de la grotte. L'éclair lumineux lui permit d'admirer brièvement les parois grossières et les stalactites. Elle repéra l'ombre volante et ajusta sa visée dans sa direction...

Du coin de l'œil, elle vit qu'une deuxième ombre, venue de nulle part, plongeait sur elle. La chose lui arracha le blaster des mains. Poussant un juron, Mara décrocha le sabrolaser de son ceinturon avec sa main gauche, activa la lame et, dans le mouvement, fit sauter la poignée de l'arme dans sa main droite.

Et soudainement, la caverne tout entière sembla freiner des quatre fers pour se figer.

Mara se dit que l'expression était bizarrement imagée mais qu'elle correspondait assez bien à la situation. Ces créatures ailées, quelle que soit l'espèce à laquelle elles appartenaient, la regardaient maintenant d'un autre œil.

Et lui parlaient d'une autre voix...

D'une autre voix ? Mara plissa le front et tendit l'oreille. Pas d'erreur : de nouveaux sons lui parvinrent des profondeurs de la caverne, tel un murmure.

Des profondeurs de la caverne ou bien de celles de son esprit ?

Elle recula dans une anfractuosité du mur et invoqua la Force aussi puissamment qu'elle le put. Les soupçons de voix semblèrent se focaliser tout en restant en marge même de la compréhension.

— Génial... marmonna-t-elle. (Un appareil étranger et probablement hostile en approche et voilà qu'elle était coincée dans cette grotte par des créatures tout aussi étrangères. Des créatures suffisamment intelligentes pour lui avoir arraché son blaster. Des créatures avec lesquelles elle avait l'impression de pouvoir communiquer sans pour autant y parvenir.) Où sont donc Skywalker et son sac à malices quand vous avez besoin d'eux, hein?

Une secousse émotionnelle, pareille à un choc sismique, se propagea dans la grotte. Soudainement les murmures des voix inconnues se transformèrent en une clameur qui résonna dans son esprit.

— Skywalker? demanda Mara à voix haute. Mais vous le connaissez?

Encore une fois, les drôles de voix poussèrent une clameur dont le ton refléta une nuance de frustration.

— Ouais, moi aussi je suis frustrée, rétorqua Mara. Allez, exprimez-vous! Parlez! Faites quelque chose pour communiquer. Qu'est-ce que Skywalker peut bien avoir à faire avec vous?

Elle n'entendit aucune réponse distincte. De l'entrée de la caverne, sur sa gauche, s'éleva un bruit de mouvement. Mara se tourna, prête à parer avec son sabrolaser...

Et sa mâchoire se décrocha de stupéfaction.

Par l'ouverture de la grotte pénétra un formidable essaim de créatures noires, ressemblant vaguement à des Mynocks et qui battaient furieusement des ailes.

Et, au centre de cette nuée, porté sur le dos des animaux qui volaient à ras de terre et soutenu par les serres de ceux qui évoluaient près du plafond, se trouvait son appareil.

— Par tous les feux de l'espace! aboya Mara en bondissant en avant.

Trop précipitamment. Hélas. Son pied se prit dans un tas de feuilles mortes et elle perdit l'équilibre. Elle tournoya sur elle-même pour essayer de retrouver un semblant de stabilité et, au lieu de cela, bascula en sens inverse. A l'extrémité de son champ de vision, elle aperçut une pierre dépassant de la paroi de la caverne qui se rapprochait à grande vitesse...

Mara se réveilla graduellement, douloureusement et sentit que du sang séché lui couvrait le côté de la tête. Ses yeux refusèrent de s'ouvrir.

Elle resta ainsi allongée, à moitié consciente, avant de découvrir que ses yeux étaient bien ouverts. Il faisait en fait beaucoup trop sombre pour discerner quoi que ce soit.

— Oh, oh... murmura-t-elle.

Sa voix sembla résonner curieusement. Etait-elle demeurée inconsciente suffisamment longtemps pour ne pas sentir la nuit tomber? A moins qu'elle n'ait été entraînée dans les profondeurs les plus reculées de la grotte...

Le kit de survie était toujours solidement arrimé sur son dos. Elle sortit un bâtonnet lumineux de sa poche et en brisa les scellés pour l'activer.

Effectivement, on l'avait transportée bien plus profondément dans la caverne. Et, comme pour faire bonne mesure, la nuit devait également être tombée.

— Il est bon de savoir qu'il est encore temps de les appeler, marmonna-t-elle en consultant son chrono.

Elle était restée inconsciente pendant trois heures, bien plus longtemps qu'elle ne l'avait imaginé. Soit elle avait heurté ce pan de roche avec plus de violence qu'elle ne le pensait, soit ses ravisseurs l'avaient assommée plusieurs fois en la traînant jusqu'ici.

Le tout était de deviner à quel endroit correspondait cet « ici ».

Pendant un moment, elle fit jouer le rayon du bâtonnet lumineux sur les parois et la voûte de la grotte au centre de laquelle elle se trouvait. Elle essaya de se livrer à une comparaison avec le souvenir de la vision qu'elle avait eue lorsqu'elle avait déchargé son blaster, afin d'obtenir un peu de lumière, quelques heures auparavant. Mais cela ne correspondait à rien. Elle estima s'être déplacée d'une trentaine de mètres par rapport à l'entrée. Peut-être plus. Cela ne paraissait pas impossible à franchir. Il fallait d'abord éviter de se perdre dans le dédale de passages et espérer également qu'elle finirait par retrouver son Defender en chemin.

Ces deux conditions remplies, elle serait sortie d'ici en un rien de temps.

Elle consulta de nouveau son chrono. Trois heures. L'enregistreur était réglé pour envoyer une pulsation d'alerte vers le *Glacier Etoilé* si le communicateur était coupé ou si elle cessait de parler pendant plus de quinze minutes. Ce qui signifiait donc que Faughn devait détenir l'enregistrement de tout ce qui était arrivé à Mara au cours des deux heures et demie qui venaient de s'écouler, y compris son dernier cri de stupeur, au moment où elle s'était assommée. La question était de savoir ce que Faughn avait alors décidé de faire...

Malheureusement, la réponse s'imposait d'elle-même. Faughn ne disposait d'aucun autre chasseur à bord de son vaisseau. A moins de poser carrément le *Glacier Etoilé* au fond du canyon, il n'existait pour elle aucun moyen de venir au secours de Mara. Le capitaine du *Glacier* savait pertinemment qu'elle ne pouvait risquer ainsi la sécurité de son vaisseau et de son équipage, puisqu'elle était, de plus, la seule et unique personne à connaître la teneur des informations envoyées par Mara.

Ce qui voulait dire que le *Glacier Etoilé* avait quitté l'orbite de la planète depuis fort longtemps. Sans hyperpropulsion sur le Defender, Mara était donc coincée ici.

— Je pourrais aller jusqu'à la forteresse, murmura-t-elle. On ne sait jamais, ils ont peut-être des chambres à louer. (Mais non, cela ne paraissait pas raisonnable. En formulant cette idée, elle avait ressenti une forte note de désapprobation dans les voix qui rôdaient aux confins de son esprit.) Ne vous inquiétez pas, je ne vais nulle part, grogna-t-elle.

Après tout, c'était de leur faute si elle avait échoué ici.

D'un autre côté, en fonction de ce qui pouvait bien se trouver à bord de l'appareil qu'elle avait entendu, il était également possible qu'on lui ait sauvé la vie. Vue les circonstances, se dit-elle, le marché lui semblait équitable.

Et puis, ce ne serait pas un exil définitif. Quelques jours, deux semaines tout au plus, et Karrde enverrait un détachement pour venir la sortir de là.

En attendant, elle devait se soucier de sa propre survie. Elle posa le bâtonnet lumineux sur une arête rocheuse en hauteur afin d'obtenir un maximum de lumière et entreprit d'installer son campement.

15

Lando releva la tête de son databloc et regarda l'homme grisonnant, dont le visage disparaissait derrière une énorme tasse, assis en face de lui à la table du café.

— Tu plaisantes? dit-il en faisant un signe vers le databloc. Cinquante mille? Par mois?

Son vis-à-vis haussa les épaules.

— C'est à prendre ou à laisser, Calrissian. Pour moi, ça ne fait aucune différence. Mais si tu veux t'allouer les services des meilleurs, il faut t'attendre à ce que cela te coûte des ronds.

— Oh, allez... gronda Lando. C'est à moi que tu parles, Reggi. Nous savons tous deux pertinemment que les Gardes Soskins sont loin d'être les meilleurs.

— Peut-être, admit Reggi en prenant une gorgée du breuvage fumant. Mais ce sont pour l'heure les meilleurs qu'il te soit possible d'engager.

— Ecoute, moi j'ai besoin de quelqu'un pour assurer la sécurité d'un cargo de minerai, expliqua Lando, luttant contre le découragement qu'il ressentait régulièrement depuis une dizaine de jours. Je ne m'apprête pas à envahir Alion, à prendre d'assaut un Destroyer Stellaire ou quelque chose du même tonneau.

— Dommage, dit Reggi en s'essuyant la bouche du revers de la manche. Ça avait l'air bien plus rigolo. Et puis, je suis sûr que les Soskins pourraient te faire un prix pour ce genre de mission.

— Ce que je veux dire, c'est que le boulot que j'attends qu'on fasse pour moi ne vaut pas cinquante mille, insista Lando avec entêtement. J'ai une cargaison de minerai par mois à convoyer depuis Varn, plus quelques poignées de clients pour le casino à balader. A mon avis, ça ne vaut pas plus de cinq mille par mois.

Reggi soupira.

— Ecoute, Calrissian... (Il marqua une pause et observa la clientèle du café tout autour d'eux.)Tiens, regarde par là, reprit-il en montrant du doigt un groupe d'extraterrestres serrés les uns contre les autres autour d'une table et dont les têtes cornues semblaient se toucher. Tu vois ces Clateariens? Cela fait six cents ans qu'une vieille querelle les oppose aux Nhoras. Cinq générations de Chevaliers Jedi ont essayé de calmer les choses et n'y sont jamais arrivées. Tu en as entendu parler?

— Oui, dit Lando en hochant la tête.

— Bien. Eh bien, à cause de cette toute nouvelle politique de neutralité de la Nouvelle République décidée à Coruscant, ils imaginent que plus personne en dehors de leur secteur ne va se mêler de leurs affaires. En substance, le temps des hostilités est revenu. Les Clateariens, ce sont d'assez bons militaires — ils se sont trouvés sous la coupe Impériale pendant un long moment —, ils sont donc relativement en forme. Les Nhoras ont eu plus de chance. Ou moins, cela dépend des opinions. Ils ont été ignorés par l'Empire, et n'ont jamais eu l'occasion de vraiment combattre...

Lando soupira, il voyait où l'autre voulait en venir.

— Alors ils font appel à des mercenaires...

— Tout juste, mon vieux, dit Reggi d'un ton paternaliste. Ils ont engagé l'Ecu Dhashannien pour garder leur système. Je vais te dire, ils ont même réussi à faire sortir le vieux Dharus en personne de sa retraite pour régler toutes les affaires de logistique et de stratégie. Et ils leur crachent trente mille. Par jour ! (Il secoua la tête, incrédule.) Qu'est-ce que tu veux, c'est la loi de l'offre et de la demande, Calrissian, pour qui possède des appareils et des effectifs. Chacun essaye de régler ses griefs. Et qui, dans cette galaxie n'a pas, justement, un compte à régler avec tel ou tel autre, hein ?

— Mais les Nhoras sont en train de se financer une véritable guerre, dit Lando, tentant sa chance une dernière fois. Tout ce que je veux, c'est quelqu'un qui soit capable de repousser les attaques de pirates sur mes cargaisons.

Reggi haussa les épaules.

— Certains de ces gangs de pirates sont bien pires que des systèmes de défense tout entiers ! Bien sûr, ça dépend du système...

Lando fit la grimace.

— Ecoute, Reggi...

— Et si tu me parles encore de Taanab, c'est même pas la peine d'insister, l'interrompit l'autre. Tu n'arrêtes pas de me ressortir cet épisode à chaque fois que tu veux me demander une faveur depuis, oh, allez, depuis une bonne quinzaine d'années maintenant. Ce coup-ci, cela ne te servira à rien.

— La gratitude des gens est une chose bien agréable, dit Lando d'un ton glacial en se levant. A un de ces jours, Reggi. Amuse-toi bien avec toutes ces petites guéguerres que tu es en train de préparer.

En cette fin d'après-midi Cilparienne, les rayons du soleil parurent bien agressifs comparés à la fraîche obscurité qui régnait dans le café. Pendant une minute, Lando resta près de l'entrée de l'établissement à observer les drapeaux des différentes corporations qui flottaient au-dessus de la rue des Spationautes. Il se demanda si cela valait la peine de contacter toutes ces compagnies pour vérifier leurs secteurs d'activités.

Non. Reggi avait raison. Tout bon groupe de mercenaires susceptible de louer ses services serait à la recherche de missions plus intéressantes que celles consistant à escorter de simples cargos. Ils seraient également en quête de salaires que Lando ne pouvait pas offrir.

Après plus de deux décennies de combat sans pitié, la Galaxie était enfin en paix... Et la seule chose que tous cherchaient à faire était de raviver cette cohorte de querelles mesquines que l'Ordre Nouveau de l'Empereur avait interrompues.

Lando secoua la tête avec lassitude et se dirigea vers le spatioport.

Un bruit de cohue lui parvint bien avant qu'il n'ait la possibilité de voir de quoi il s'agissait. Passé l'angle de la rue, il vit une foule de taille respectable. Environ trois cents Humains et extraterrestres faisaient bruyamment le piquet devant l'entrée de l'aire d'envol numéro soixante-six. Ce groupe semblait mieux organisé que certains autres. Les manifestants brandissaient des pancartes et réclamaient justice pour Caamas.

Etant donné son humeur, Lando se dit que se mêler à la masse ne lui ferait peut-être pas de mal. Il pourrait jouer des coudes histoire d'éliminer un peu tout ce stress de son système nerveux. Mais non, l'univers ne voulait pas coopérer aujourd'hui. Lando n'avait rien à faire à l'aire soixante-six puisque la *Dame Chance* était posée sur l'aire soixante-huit, un peu plus loin dans la rue. Il marmonna dans sa barbe quelque chose de désobligeant à propos des gens qui n'avaient rien de mieux à faire qu'organiser des manifestations contre un événement survenu bien avant leur naissance. A grands pas, il dépassa la foule et se dirigea vers la baie où l'attendait son appareil. Pour lui, plus vite il quitterait Cilpar, mieux ce serait.

Il venait de dépasser les manifestants d'une bonne dizaine de mètres quand une pensée lui traversa l'esprit. Il abandonna immédiatement ses idées grincheuses. Ces démonstrations étaient invariablement dirigées contre les Bothans : marchands, diplomates, hommes d'affaires... Mais il n'y avait pas de Bothans au spatioport de Mos Tommro... Ceux-ci utilisaient depuis bien longtemps une tout autre installation pour se poser sur cette planète.

Alors, qu'est-ce que ces manifestants pouvaient bien faire là ?

Tout en gardant un œil méfiant sur la foule, Lando tourna dans une ruelle pour ne pas se faire repérer et sortit son communicateur. Il composa un code pour que la transmission soit relayée par les systèmes radio de la *Dame Chance* et appela le centre de contrôle du spatioport.

— Ici Lando Calrissian, en baie soixante-huit, s'identifia-t-il auprès de la voix ennuyée qui lui répondit. J'aimerais obtenir la liste des appareils posés en baie soixante-six.

— Ce ne sera pas nécessaire, annonça calmement une voix dans la ruelle derrière lui.

Lando se retourna. Sa main releva instinctivement le pan de sa veste avec une facilité déconcertante et se posa sur la crosse de son blaster rangé dans son étui. A quelques mètres de là se trouvaient deux Diamalas, au visage parcheminé et à la crinière blanche, parés de leurs plus beaux atours de diplomates.

— Oui ? demanda-t-il d'un ton circonspect. Je peux vous aider ?

— Il me semble que oui, déclara le plus grand des deux extraterrestres. Permettez-moi de me présenter. Je m'appelle Porolo Miatamia, Sénateur de la Nouvelle République. Puis-je avancer que mes oreilles ne m'ont pas joué de tours et que vous êtes bien le Général Lando Calrissian ?

— Ex-Général, c'est exact, dit Lando, hochant la tête et relâchant sa prise sur la crosse de son blaster. (Il rangea son communicateur. Une explication de la présence de la foule rassemblée devant l'entrée de l'aire soixante-six commença à se formuler dans sa tête.) Puis-je en retour me permettre d'avancer qu'il ne s'agit pas d'une rencontre purement fortuite ?

Le Diamala se laissa aller à un mince sourire. C'était d'ailleurs la seule façon que leur connaissait Lando d'exprimer leur contentement.

— Vous avez raison, lui confirma le Sénateur. Mon assistant vous a repéré pendant que vous approchiez des baies, nous étions à cinq blocs d'ici. (Son oreille en forme d'éventail se plia en direction de son compagnon.) Nous vous avons suivi par une rue parallèle jusqu'ici, cherchant à obtenir une confirmation de votre identité.

— Eh bien, vous voilà renseignés. (L'une des caractéristiques sociales les plus irritantes chez les Diamalas — enfin, irritante pour Lando en tout cas —, c'était cette façon qu'ils avaient de tourner sans cesse autour du pot sans aller à l'essentiel.) Il y a quelque chose que je peux faire pour vous ?

Les oreilles de Miatamia se tournèrent en direction de la foule.

— Mon vaisseau est posé en baie soixante-six, dit-il. Il y a... certaines personnes... qui désapprouvent la position de mon gouvernement à propos des Bothans.

— Oui, c'est ce que j'ai cru comprendre, répondit Lando. (Le problème à présent, donc, ce n'était plus Caamas mais les Bothans en général.) Votre gouvernement souhaite tout pardonner et oublier, c'est cela ?

Le Sénateur le dévisagea.

— Préféreriez-vous infliger une vengeance aveugle à des innocents ?

Lando écarta les mains en signe d'impuissance.

— Hé! C'est de la politique, tout ça. Moi je ne suis qu'un simple homme d'affaires qui essaye de gagner sa vie.

Miatamia le dévisagea encore un moment. Puis l'une de ses oreilles se coucha.

— C'est possible, dit-il d'un ton énigmatique. Les manifestants nous ont clairement fait savoir leurs intentions. Je me suis donc adressé aux autorités du spatioport afin qu'ils les fassent évacuer pour que je puisse regagner mon appareil.

Lando hocha la tête. Après les émeutes fatales sur Bothawui, une semaine auparavant, il comprenait l'hésitation du Sénateur à vouloir coûte que coûte se frayer un chemin dans une foule hostile.

— Laissez-moi deviner. Ils ont refusé de lever le petit doigt...

— Inutile de jouer à la devinette. Je puis vous affirmer que c'est effectivement la réponse qu'ils nous ont donnée, dit Miatamia. Nous venions de quitter leurs bureaux quand nous vous avons aperçu. Nous avons donc essayé de vous identifier.

— Je comprends. Qu'attendez-vous de moi?

L'autre oreille de Miatamia se coucha à son tour.

— Je souhaiterais vous demander d'user de votre position et de votre influence auprès de certains représentants de la Nouvelle République pour intercéder en ma faveur.

Son influence auprès de certains représentants de la Nouvelle République? Ben voyons.

— J'aimerais bien vous aider, dit Lando. Seulement voilà, mon influence en ce moment se cantonne à un tout petit nombre d'amis et d'associés qui, malheureusement, ne se trouvent pas sur Cilpar.

— Je vois. (Miatamia resta silencieux un moment.) Dans ce cas, auriez-vous l'amabilité de vous adresser directement aux manifestants? En tant que Héros de la Rébellion, peut-être serez-vous en mesure de les calmer.

Lando renifla de façon dubitative.

— Je doute sincèrement que mes activités passées puissent me mener très loin avec eux, Sénateur. De nos jours, les gens ont la fâcheuse habitude d'oublier ce qui est arrivé à l'époque de la Rébellion.

— Vous me refusez donc votre aide?

— Il ne s'agit pas d'un refus, dit Lando, essayant de ne pas perdre patience. (C'était encore un problème de langage, bien entendu. Malgré leur aspect logique et posé, les Diamalas avaient tendance à utiliser certains mots de façon peu usuelle. C'était l'une des raisons pour lesquelles nombre de gens ne voulaient jamais traiter avec les représentants de cette race.) J'essaye simplement de vous expliquer que je suis dans l'impossibilité de vous aider. (Soudain, une pensée lui traversa l'esprit.) Enfin, je suis dans l'impossibilité de vous aider à regagner votre vaisseau, continua-t-il avant que son interlocuteur ait le temps de répondre. Si ce dont vous avez besoin, sur l'heure, c'est d'un moyen de transport pour rejoindre Coruscant ou rentrer chez vous, c'est une autre histoire.

Les deux oreilles du Sénateur se tordirent de façon synchronisée.

— Expliquez-vous.

— Mon propre vaisseau est posé sur l'aire soixante-huit, dit-il. Je serais très honoré de vous emmener où vous voulez, dans les limites de la Nouvelle République.

— Les autres membres de notre équipage sont toujours dehors, remarqua l'assistant. Ils ne peuvent monter à bord de l'appareil à cause de la foule. Seriez-vous à même de les emmener avec vous également?

— Je pensais à vous et au Sénateur Miatamia, dit Lando en le regardant. Mon appareil n'est pas prévu pour transporter un grand nombre de passagers. (Son regard se porta à nouveau sur Miatamia.) Mais, à mon avis, les manifestants n'ont que faire de votre équipage. Celui qui les intéresse, c'est vous, Sénateur. Quand ils auront découvert que vous n'êtes plus sur Cilpar pour servir de cible à leurs revendications, ils n'auront plus grand-chose à faire dans les environs.

L'autre ne bougea pas.

— Vous parlez avec la voix de la raison, dit Miatamia. Parlez-moi d'argent, maintenant.

— Oh non, cela ne vous coûtera rien, Sénateur, lui assura Lando, tout en les invitant, d'un geste de la main, à le suivre jusqu'à l'aire d'envol. Je serai très honoré de transporter une personnalité si distinguée à bord de mon vaisseau.

L'autre ne bougeait toujours pas.

— Parlons d'argent, je vous prie. Il y a toujours un prix pour chaque chose.

Bon, inutile de chercher un moyen subtil d'amener le sujet à bord de la *Dame Chance*. Autant se jeter à l'eau tout de suite.

— Il ne s'agit pas d'argent, répéta Lando. Cependant, mes forages sous-marins sont l'objet d'attaques de pirates. J'ai pensé que vous pourriez peut-être m'aider à conclure un arrangement avec les militaires Diamalas afin d'assurer la protection de mes cargos.

— La tâche prioritaire des militaires Diamalas est de protéger les intérêts des Diamalas en général, répondit Miatamia. Cependant, il est toujours possible de discuter.

— Merci, Sénateur. Une discussion honnête, c'est tout ce que je demande. On y va?

Traverser la rue en direction de la baie d'envol se révéla bien pire que tout ce que Lando avait escompté. Les deux Diamalas refusèrent de courir, voire simplement de presser le pas, pour des questions de dignité. Ils venaient à peine de parcourir la moitié du chemin que la foule, qui attendait deux portes plus loin, les repéra. Fort heureusement, n'ayant rien contre le fait de devoir se hâter en public quand il le fallait, Lando avait déjà regagné l'autre côté de la rue. Il composa le code de la porte et ouvrit celle-ci au moment même où la foule convergeait vers eux. Les Diamalas eurent juste le temps de se mettre à l'abri, n'emportant avec eux que quelques taches de fruits écrasés sur leurs vêtements en guise de souvenirs.

— Ce sont des barbares, dit l'assistant d'une voix glacée pendant que Lando verrouillait la porte derrière eux. Aucun être vivant ne devrait avoir le droit de se livrer à des actes aussi déshonorants sur ses semblables.

— Calmez-vous, lui ordonna Miatamia sur le même ton tout en se débarrassant, d'une pichenette, de quelques pépins de fruits ayant atterri sur sa manche. Bien peu d'individus sont dotés de la même sagesse que les Diamalas, sans parler de la même aptitude à savoir se tenir. Plutôt que de les considérer comme des barbares qu'il faut à tout prix éviter, voire comme des fauteurs de troubles qu'il faut punir inconsidérément, essayez donc de les voir comme des enfants qui ont besoin d'une certaine éducation en matière de comportement social. (Il se tourna vers Lando.) Ne trouvez-vous pas?

— Je pense que toute discussion de ce type devrait être reportée à plus tard, biaisa Lando, cherchant absolument à ne pas se laisser entraîner sur cette pente savonneuse. Tout au moins jusqu'à ce que nous ayons quitté Cilpar et que nous soyons en sécurité.

— Vous parlez sagement, approuva Miatamia dont les oreilles se tordirent à nouveau. Je vous en prie, montrez-nous le chemin.

Tierce releva les yeux de son écran d'ordinateur. D'après son expression, Disra se dit qu'il venait à coup sûr de décrocher le gros lot.

— Vous nous avez trouvé une cible? demanda-t-il.

— Et comment! Le Sénateur Porolo Miatamia, représentant Diamala auprès de la Nouvelle République. (Il fit

pivoter l'écran pour montrer l'image à son interlocuteur.)
Et vous ne devinerez jamais avec qui il est parti en
balade...

Disra étudia le rapport, ses yeux s'écarquillèrent de sai-
sissement.

— Vous plaisantez? Calrissian? LE Lando Calrissian?

— Ça n'a rien d'une plaisanterie, assura Tierce. Ni
d'une erreur, d'ailleurs. Notre agent a vérifié plusieurs
fois les rapports de trafic sur le spatioport de Mos
Tommro. Calrissian, le Sénateur et l'assistant du Sénateur ont tous trois embarqué à bord du yacht spatial de
Calrissian.

— Allons donc, murmura Disra.

Pas étonnant que Tierce ait eu l'air si satisfait. Les Diamalas étaient de bien plus féroces défenseurs du pardon
et de l'oubli que les Mon Calamari ou les Duros. Un
choix idéal pour la petite mise en scène que Tierce avait
en tête.

Découvrir, de surcroît, que l'un des plus proches amis
de Yan Solo était de la fête rendait la chose encore plus
délectable.

— Quelle est leur destination? reprit Disra. Ah oui, je
vois, Coruscant.

— Oui... dit Tierce qui, venant d'afficher une carte
stellaire à l'écran, s'appliquait à superposer des trajectoires possibles. En supposant que Calrissian se rende
directement à Coruscant, nous ne devrions avoir aucun
problème à lui tomber dessus n'importe où sur le chemin. La question est de savoir si Flim et moi, nous pourrons rejoindre l'*Implacable* dans les temps avant l'interception du yacht.

— Ça ne fait pas très sérieux s'ils sont obligés
d'attendre votre arrivée, l'avertit Disra. Il faut leur faire
croire que c'est encore un coup de l'omniscience de
Thrawn...

— Je vous prie de cesser de me faire la morale à propos des subtilités de mon propre plan, rétorqua Tierce froidement en manipulant les trajectoires qui s'affichaient sur fond d'étoiles. Ça va être serré mais je crois qu'on peut y arriver.

— Je vois, dit Disra en observant les calculs qui s'affichaient sur le moniteur. Mais je ne suis toujours pas convaincu par ce plan, Tierce. Nous n'avons aucun moyen de savoir à l'avance comment la Nouvelle République va réagir.

— Bien sûr que si, nous le savons, répondit Tierce avec une grande patience. Je vous ai déjà tout expliqué, non ?

— Vous m'avez fait part de vos présomptions, le corrigea Disra. Et ce ne sont rien de plus que des présomptions.

— Si vous ne souhaitiez prendre aucun risque, il aurait mieux valu commencer par ne pas mettre toute cette machinerie en branle, constata Tierce dont la voix, déjà glacée, laissait entendre que la température avait encore baissé de quelques degrés. Il n'est pas encore trop tard pour que vous fassiez marche arrière, si vous sentez que vous ne tenez pas le choc.

Disra le foudroya du regard.

— La question n'est pas de tenir le choc ou non, Major, gronda-t-il. La question est de ne pas prendre plus de risques que de raison pour parvenir à nos fins.

Tierce plongea ses yeux dans ceux du Moff.

— Celui-ci est nécessaire, Votre Excellence. Faites-moi confiance. Bon... A présent, il nous faut aussi un Croiseur Interdictor... (Ses sourcils se soulevèrent.) Et nous n'avons pas vraiment de temps à perdre...

Au prix d'un énorme effort, Disra ravala ses arguments. Tierce ne lui avait fait part de ce nouveau plan qu'à son retour de Yaga Mineure. Il ne comprenait toujours pas comment le Garde Royal avait réussi à le

convaincre d'y adhérer. Si ce plan devait être mis à exécution, autant que cela soit fait avec le plus de soin possible.

— Très bien, grogna le Moff. Poussez-vous de mon
fauteuil que je puisse donner quelques ordres...

16

— Eh bien, Général, dit Pellaeon, s'installant plus confortablement dans son fauteuil en acceptant le petit verre de cognac de Kareas que lui tendait son interlocuteur. Comment vont les choses sur Yaga Mineure?

— Très calmement, Amiral, dit le Grand Général Hestiv, avec un vague signe de la main vers la planète distante qui flottait dans l'espace par-delà le hublot de son bureau. (Il se servit à son tour de cognac.) Comme toujours...

— Je crois savoir qu'il y a eu dernièrement un peu d'agitation au sein de la population Yagaise, remarqua Pellaeon.

— Complètement négligeable, répondit Hestiv, avec un geste exprimant que tout cela était sans intérêt. En fait, puisqu'une écrasante majorité de la populace nous est dévouée, ils s'occupent eux-mêmes de régler leurs affaires avec la poignée d'agitateurs. Nous ne devons intervenir que pour protéger les dissidents des excès de zèle des loyalistes.

— Du coup, je suppose que le moral est à la hausse...

— Exactement. Notre image auprès des races extraterrestres prend, dans ce cas une jolie couche de vernis.

— He-hum, je vois, dit Pellaeon en sirotant sa boisson.

Dommage que l'Empereur, il y a vingt ans, ne se soit pas plus appliqué à travailler ce genre de relations publiques.

— Dommage que personne — quelqu'un d'un peu sensé, ne souffrant pas de la même soif aveugle de pouvoir — n'ait songé à le renverser quand il était encore temps, le contra Hestiv, une pointe d'amertume dans la voix. Je suis certain qu'à l'époque il devait y avoir des centaines d'administrateurs compétents, ou des Officiers de la Flotte, à même de maintenir l'Empire en vie...

Pellaeon sentit une boule se former dans sa gorge.

— Il y en avait au moins un, dit-il calmement.

Les lèvres de Hestiv se pincèrent.

— Oui... Le Grand Amiral Thrawn... Je regrette toujours de n'avoir jamais eu l'occasion de le rencontrer.

Pendant un long moment, les deux hommes restèrent assis en silence. Puis Hestiv s'éclaircit la voix.

— Enfin, cela ne sert à rien de tirer des plans sur une comète qui n'est jamais passée... Vivons au présent, tout ça, c'est de l'histoire ancienne. Et je suppose, Amiral, que si vous êtes ici, c'est pour me parler du futur, c'est cela?

Pellaeon but une autre gorgée de cognac.

— Oui, acquiesça-t-il en observant attentivement son interlocuteur. Pour vous parler abruptement, la guerre contre la Nouvelle République est terminée. Et nous avons perdu... A mon avis, et c'est le militaire de carrière qui vous parle, je crois qu'il est temps d'envisager la paix.

Les muscles autour des yeux de Hestiv se contractèrent.

— Ce qui signifie notre reddition, si je vous suis bien.

— Je m'occuperai de négocier les termes du traité, dit Pellaeon. Et si je m'acquitte correctement de cette tâche, je crois pouvoir faire en sorte de ne pas perdre ce que nous possédons déjà.

— Oui, enfin pour ce qui reste... rétorqua Hestiv, méprisant.

— Nous contrôlons encore plus d'un millier de systèmes habités, lui rappela posément Pellaeon. Préféreriez-vous que nous laissions la Nouvelle République réduire ce nombre considérablement avant d'accepter l'inévitable?

— En ce moment, la santé de la Nouvelle République n'est pas suffisamment florissante pour qu'ils se livrent à ce genre de calculs. J'ai l'impression qu'ils sont actuellement plus enclins à se sauter mutuellement à la gorge qu'à s'en prendre à nous.

— C'est vrai qu'ils ont des problèmes. Mais si vous vous attendez à ce que toutes ces querelles dégénèrent en une guerre civile généralisée à cause de cette histoire de Caamas, je crois que vous vous montrez bien peu réaliste.

— Je vous demande bien pardon, Amiral, mais malgré tout le respect que je vous dois, je ne suis pas du tout d'accord avec vous, rétorqua Hestiv. Surtout si nous nous mêlons de précipiter un peu les choses.

Pellaeon réprima un soupir. Encore un argument qui lui avait été ressassé tout au long de ce voyage.

— Vous nous encourageriez donc à les aider à s'autodétruire? demanda-t-il. En vidant nos chantiers de construction, si nécessaire? En drainant notre base principale de toutes ses ressources matérielles et humaines? En laissant tous ces systèmes sans défense?

— S'il est nécessaire d'en arriver là, oui. Notre base est une base militaire, Amiral. C'est ainsi que nous sommes censés en utiliser les ressources.

— Soit, dit Pellaeon en hochant brièvement la tête. Et, à votre avis, que se passera-t-il quand ils découvriront que nous avons poussé à la roue pour obtenir gain de cause?

— Il n'y a aucune raison pour qu'ils s'en aperçoivent. Nous ne sommes pas obligés de nous servir de nos Destroyers Stellaires, de nos chasseurs TIE ou de tout autre équipement arborant en évidence la marque de l'Empire.

— Non, bien sûr, dit Pellaeon en secouant la tête. On peut toujours maintenir le doute pendant un moment. Pendant un long moment, même, histoire de leur laisser le temps de se rassembler, de s'unir à nouveau, pour nous éliminer.

Hestiv regarda par la baie d'observation vers la sphère bleu et vert qui flottait dans le lointain.

— Si c'était le cas, au moins tomberions-nous les armes à la main, dit-il avec hésitation. En suivant votre idée, nous serions contraints de nous rendre sans honneur, Amiral.

— Quel honneur y a-t-il à vouloir gâcher des vies pour rien? répondit Pellaeon.

Hestiv eut un petit sourire entendu :

— Je sais, je sais. Mais au moins la mort vous évite-t-elle de vivre le restant de votre existence dans la honte.

— Il y en a certains au sein de la Flotte qui qualifieraient cela de noble attitude guerrière, dit Pellaeon. Personnellement, j'appellerais cela de la stupidité. Si nous sommes détruits, si nous mourons tous, les concepts et les idéaux de l'Ordre Nouveau meurent avec nous. Mais si nous nous rendons, nous pouvons nous accrocher à ces idéaux. Alors, quand la Nouvelle République se sera effondrée sur ses propres bases, nous serons à même de renaître de nos cendres. Qui sait, la galaxie sera peut-être enfin en mesure de nous accepter...

— Peut-être... dit Hestiv en faisant la grimace.

— Il n'y a rien de dégradant à vouloir se sortir d'une situation que nous savons pertinemment sans issue, dit Pellaeon très calmement. J'ai vu l'Amiral Thrawn agir ainsi plus d'une fois, en toute franchise et sans embarras, plutôt que de perdre un grand nombre d'hommes et de vaisseaux. C'est plus ou moins de la même façon que je propose que nous agissions.

Hestiv fit machinalement tourner son cognac dans son verre.

— Je suppose que vous vous êtes déjà entretenu avec les Moffs à ce sujet?

— C'est exact, répondit Pellaeon. Ils ont fini par tous être d'accord.

— A contrecœur, je parie...

— Je ne connais personne parmi nous qui délire d'enthousiasme. Il faut simplement reconnaître que c'est la seule chose raisonnable que nous puissions faire.

Hestiv inspira profondément et laissa l'air s'échapper entre ses dents.

— Vous devez avoir raison. J'aimerais que vous vous trompiez. (Il leva son verre et le vida d'un trait.) Très bien, Amiral, je vous assure de ma collaboration. Je subodore que c'est uniquement pour cela que vous êtes à Yaga Mineure. Y a-t-il autre chose que je puisse faire pour vous?

— En fait, oui, dit Pellaeon en sortant une datacarte de sa poche et en la lui tendant par-dessus la table. J'aimerais tout d'abord vérifier cette liste de noms dans les banques de données de l'ordinateur de la base principale.

— Certainement, dit Hestiv, glissant la carte dans son terminal et composant une commande au clavier. Vous cherchez quelque chose de particulier?

— Des informations qui n'auraient pas été falsifiées, lui répondit Pellaeon. C'est une liste de gens que je soupçonne d'entretenir de douteuses relations financières avec le Moff Disra. Malheureusement, nous n'avons pas été capables de remonter toutes les filières.

— Et, bien sûr, Disra refuse que vous mettiez votre nez dans les archives de Bastion... suggéra Hestiv avec un petit sourire narquois.

— Oh, ce n'est pas cela. Je suis certain qu'il me laisserait consulter toutes ses archives, déclara Pellaeon. Mais je doute fortement de l'authenticité de ce que je pourrais y découvrir.

— Eh bien, vous pouvez faire confiance à mes propres dossiers, lui assura Hestiv en pianotant sur son clavier. Personne ne peut pénétrer dans mes sauvegardes sans une double autorisation en bonne et due forme, confirmée par mes soins. Ce Major, là, de l'*Obliterator*... Comment s'appelle-t-il, déjà? Ah oui, Tierce. Je peux vous garantir qu'il en a fait les frais quand il a essayé de...

— Le Major Tierce? l'interrompit Pellaeon. Le Major Grodin Tierce?

— Oui, c'est exact, dit Hestiv en fronçant les sourcils. Il était là il n'y a pas très longtemps. Il agissait pour le compte du Capitaine Trazzen. Seulement nous n'avons pas pu entrer en contact avec l'*Obliterator* pour confirmer les autorisations et il n'a pas pu consulter le système. Pourquoi? Quelque chose ne va pas?

— Et comment! Le Major Tierce ne fait pas partie des effectifs de l'*Obliterator*. Il est l'assistant personnel de Disra.

Le visage de Hestiv sembla se transformer en pierre.

— Tiens donc...

Pellaeon fit un geste en direction du terminal.

— Y a-t-il un moyen de savoir quelles sont les archives qu'il aurait pu consulter?

— Je viens de vous dire qu'il n'avait eu accès à rien.

— Et moi je suis persuadé du contraire, dit Pellaeon d'un ton sinistre. Il a dû se servir d'un terminal que personne ne surveillait. Il a même, si ça se trouve, apporté le sien pour se brancher à l'un des nœuds de connexion du réseau. Mais vous pouvez être sûr qu'il n'a pas rebroussé chemin avant d'avoir pu récupérer ce qu'il était venu chercher.

Hestiv se mit à taper sur son clavier.

— Vous devez avoir raison. Je vais demander qu'on vérifie et, pendant qu'on y est, voir si on peut faire la lumière sur l'identité de ce Major.

L'examen prit moins d'une heure. Ils finirent par découvrir ce que Pellaeon commençait à soupçonner.

C'est-à-dire rien.

— Ça n'a pas de sens, gronda Hestiv en fixant son moniteur. Nous savons qu'il était ici et que ce n'était pas pour une promenade de santé. Il n'existe aucune trace de consultation, voire d'effraction. Mais bon sang de bonsoir, qu'est-ce qu'il cherchait ?

— Avez-vous vérifié *toutes* les archives ? demanda Pellaeon en faisant pivoter l'écran pour examiner la liste qui y défilait.

— Bien sûr que oui ! répondit Hestiv d'un ton un peu offusqué. Tout, je vous dis, depuis les dossiers des équipes de maintenance jusqu'à...

— Non, vous n'avez pas tout vérifié, dit Pellaeon qui venait d'avoir une pensée glaçante en scrutant l'écran. Vous n'avez pas pu...

— Je vous demande bien pardon, Amiral...

— Parce qu'il existe certaines archives auxquelles vous n'avez pas accès, l'interrompit Pellaeon en étudiant la liste d'un peu plus près. En particulier la section des Dossiers Spéciaux.

Les sourcils de Hestiv se soulevèrent.

— Vous n'êtes pas sérieux. Vous êtes en train de suggérer qu'un petit Major de rien du tout pourrait, comme ça, avoir accès aux propres archives scellées de l'Empereur ?

— Je vous accorde que cela paraît improbable. Mais nous commençons à manquer cruellement d'options.

— Mais enfin... *Un Major ?*

— Il est l'assistant d'un Moff particulièrement retors, lui rappela Pellaeon. Et cela ne me surprendrait pas que Disra ait découvert un moyen de s'introduire dans les Dossiers Spéciaux. En fait, considérant son ambition et son manque d'éthique, je serais même surpris si j'apprenais qu'il ne l'a pas fait.

— Je n'arrive toujours pas à y croire, dit Hestiv, abattu. Mais, comme vous le dites si bien, nous manquons cruellement d'options. (Un de ses sourcils se souleva.) Je suppose qu'il ne vous est pas possible de pénétrer ces archives particulières pour vérifier tout ça?

Pellaeon secoua la tête en signe de négation.

— Les codes et les procédures étaient oubliés depuis bien longtemps quand j'ai accédé à la position de commandement qui m'aurait éventuellement permis de consulter ces dossiers.

— Dommage. Si nous ne pouvons pas aller y voir, ça risque de poser un problème pour deviner ce que le Major est venu chercher.

— C'est la question du jour, pas vrai? concéda Pellaeon en se grattant machinalement la joue. A mon avis, il ne cherchait pas. Les archives de Bastion sont des duplicatas de celles d'ici. S'il cherchait quelque chose, il l'aurait trouvé là-bas. Non, s'il était ici, cela implique que c'était pour modifier un dossier, ajouter ou effacer un élément.

Hestiv se mit à marmonner entre ses dents.

— Ce qui implique que ces noms sur lesquels vous enquêtez pourraient bien avoir un passé avec l'Empire bien plus lourd que vous ne l'imaginez.

— Probable, acquiesça simplement Pellaeon tandis qu'une nouvelle pensée déplaisante germait dans son esprit. Je vois une autre possibilité. Si je voulais obtenir des détails sur l'attaque qui a détruit Caamas, où irais-je les récupérer?

Hestiv haussa légèrement les épaules.

— Dans les copies de tous les articles et reportages des médias, dans les rapports officiels datant de l'époque de l'événement et des mois qui ont suivi. Tout ça est archivé dans des dossiers ordinaires...

— Et si, comme la rumeur le prétend, Palpatine était impliqué?

Hestiv expira bruyamment.

— Alors, effectivement, ce serait classé dans les Dossiers Spéciaux... Vous pensez que c'était cela que Tierce cherchait?

— Ça et la liste des alliés de Disra. Pendant qu'il aurait le nez dans ces dossiers, pourquoi ne pas en profiter...

— Oui, pourquoi pas... dit Hestiv en tambourinant, l'air pensif, sur le plateau de son bureau du bout des doigts. La question est de savoir ce que Disra compte faire de ces archives sur Caamas.

— Quoi qu'il fasse, je doute que ce soit pour servir d'autres fins que son avancement personnel, rétorqua Pellaeon d'un ton acerbe. Et pour cette seule raison, je veux savoir de quoi il retourne. Je pense, Général, que vous et moi devrions nous mettre discrètement en quête de quelqu'un à même d'aller fouiller, pour notre compte, dans ces archives secrètes.

— Je vais me renseigner immédiatement, promit Hestiv. Où puis-je vous contacter si jamais je trouvais quelque chose?

— Je ne serai pas joignable pendant quelque temps, dit Pellaeon en se levant. C'est moi qui vous contacterai quand je serai de retour. Merci pour votre assistance.

— A votre service, Amiral. Et bonne chance pour... Pour tout.

Le moment était enfin venu, Pellaeon le savait. Il remonta la coursive qui reliait le bureau de Hestiv au hangar dans lequel sa navette était posée. Les chantiers de construction de Yaga Mineure seraient la dernière étape de ce tour des maigres installations défensives de l'Empire. Il avait rallié les officiers à sa cause. C'était déjà ça, il n'obtiendrait rien de plus de leur part.

Le moment était donc enfin venu d'entreprendre le voyage vers Pesitiin.

Il fit la grimace. Cela faisait trois semaines. Trois semaines que le Major Vermel aurait dû arriver à Morishim pour rencontrer le Général Bel Iblis. Trois semaines depuis que lui et sa Corvette Corellienne avaient disparu sans laisser de trace. La conclusion devenait inévitable : il avait dû être intercepté quelque part sur sa route, soit par des pirates, soit par des troupes Républicaines trop zélées, soit par des dissidents Impériaux.

C'était un bon officier. Un ami même. Pellaeon pleurerait sa disparition et regretterait ses compétences. Mais, pour l'heure, la question critique était de savoir s'il avait eu, ou non, la possibilité de délivrer son message avant d'être intercepté.

Pellaeon n'avait aucun moyen de le savoir.

Il lui fallait donc gagner Pesitiin en espérant que le Général Bel Iblis en ferait de même.

Et si celui-ci ne venait pas au rendez-vous... Eh bien, il envisagerait de s'occuper de ce problème à ce moment-là...

17

La Grande Promenade de la Bordure était le nom officiel de ce site. Même sur un monde comme Cejansij, qui pourtant s'enorgueillissait de nombreuses réalisations architecturales, cette construction dépassait les limites du stupéfiant. Mesurant trente mètres dans sa plus grande largeur, accrochée aux deux tiers de la hauteur de la paroi est du canyon, la passerelle suivait la gorge de plus de dix kilomètres sur toute sa longueur. Baraquements et petites boutiques étaient installés à même les flancs du précipice. Ces zones commerciales étaient séparées, çà et là, par de petites places circulaires, des jardins de méditation, voire des espaces où étaient exposées des sculptures. Par endroits, on avait volontairement refusé l'installation de quoi que ce soit le long de la paroi afin de laisser à chacun le loisir d'admirer la végétation naturelle ou les cascatelles qui dévalaient en douceur le canyon vers des lacs en contrebas.

Mais la vue la plus intéressante, cependant, se trouvait de l'autre côté de la Promenade. Par-delà le garde-corps en fer forgé très travaillé qui montait à hauteur de poitrine, il était possible d'admirer la cité qui avait été édifiée dans le fond de la gorge elle-même. A intervalles réguliers, la rambarde s'ouvrait sur des arches qui enjambaient le canyon avec grâce. Celles-ci desservaient les passerelles de service et les voies piétonnes qui couraient le long de la paroi opposée. Les arches étaient disposées en losanges par groupes de neuf : trois étaient reliées à la Promenade proprement dite, deux donnaient accès à l'étage au-dessus, deux autres à l'étage au-dessous, une encore desservait le niveau le plus élevé et une dernière, le niveau le plus bas.

Une réalisation d'autant plus impressionnante que sa structure tout entière, vieille de plus de trois cents ans, tenait solidement en place sans la moindre intervention de générateurs antigrav. Déambulant sur la Promenade, observant les ténèbres en contrebas et les groupes de lumières de l'autre côté du canyon, Luke se demanda si quelqu'un disposerait aujourd'hui des mêmes compétences et de la même confiance en soi pour construire quelque chose de cette ampleur.

Roulant doucement à côté de Luke, R2 émit un sifflement qui signifiait clairement qu'il était mal à l'aise.

— Ne t'inquiète pas, R2, je te promets que je ne m'approcherai pas trop du bord, assura Luke au petit droïd en haussant les épaules sous son lourd manteau à capuche. Et puis, ce n'est pas si dangereux que ça... La brochure précise qu'il y a des rayons tracteurs d'urgence qui sont destinés à rattraper les gens qui tomberaient.

R2 produisit un grincement d'acquiescement peu convaincu. Puis, faisant discrètement pivoter son dôme pour observer ce qui se passait derrière lui, il siffla une question.

— Oui, répondit Luke sobrement. Il nous suit toujours.

Il les suivait, en fait, depuis qu'il s'étaient engagés sur la Promenade. C'était un extraterrestre de forte corpulence, qui évoluait entre les passants avec une étonnante agilité. Luke n'arrivait pas à se rappeler du moment où lui-même et R2 avaient été repérés et identifiés. Probablement quand ils avaient embarqué à bord du turbo élévateur qui montait du spatioport. A moins que ce ne soit à l'instant précis où ils avaient posé le pied sur la passerelle.

Vu la tournure des choses, il était même possible qu'on ne les ait pas identifiés du tout. L'individu sur leurs talons n'était peut-être qu'un simple voleur, espérant soulager un étranger sans défense de son droïd astromec.

Si c'était le cas, il risquait d'être surpris.

R2 sifflota à nouveau.

— Patience, répondit Luke en regardant tout autour de lui.

Ils venaient de dépasser le dernier étal d'un ensemble de boutiques installées le long de la paroi. Ils s'engagèrent sur un passage dégagé, agrémenté de deux aires de repos, le long duquel coulait une chute d'eau. L'endroit correspondait à ce que Luke avait imaginé : calme, paisible et aussi intime que faire se peut. C'était le lieu idéal pour tenir une conversation sans être dérangé.

C'était également le lieu idéal pour une embuscade.

— Arrêtons-nous un moment, dit-il à R2 en se dirigeant vers la balustrade de la Promenade. (Ils se trouvaient à peu près au milieu de la zone dégagée et la cascade chantonnait doucement dans leur dos. Luke alla jusqu'au garde-corps et s'y appuya en y posant ses deux coudes. En faisant cela, il invoqua les ondes de la Force. Il nota un subtil changement dans les émotions de leur poursuivant, un changement qui indiqua à Luke qu'une décision venait d'être prise.) Le voilà... murmura-t-il à R2. Je crois qu'il est seul mais il est possible que cela tourne mal. Ne reste pas dans mes pieds, tu veux ?

L'astromec répondit nerveusement par l'affirmative et alla rouler quelques mètres plus loin. Luke fit mine de chercher une position plus confortable. Admirant le paysage, il sentit un frisson lui parcourir l'échine en entendant les pas furtifs approcher dans son dos. D'après ses souvenirs, c'était l'endroit exact où il était posté au cours de la vision...

Les pas s'arrêtèrent.

— Pardonnez-moi, demanda une voix douce. Ne seriez-vous pas le Maître Jedi Luke Skywalker?

Luke se retourna, pouvant enfin observer l'individu qui les avait suivis. Il était d'une espèce inconnue : grand et large d'épaules, de sombres écailles dissimulées sous une cape de fourrure. Sa tête était énorme, avec des yeux noirs et perçants en billes de loto et une multitude de petites pointes là où, normalement, s'ouvrait la bouche chez l'être humain.

— Oui, je suis Skywalker, confirma Luke. Et vous, vous êtes?

— Je m'appelle Moshene Tre, dit l'extraterrestre. Un'Yala de la tribu Cas'ta. Rellarin de la planète Rellas Mineure. (De sa main, grande comme celle d'un Wookiee, il saisit le col de sa cape et le retourna. Une médaille en or de forme très caractéristique y était accrochée.) Je suis également l'un des Observateurs Officiels de la Nouvelle République. Je suis très honoré de vous rencontrer, Monsieur.

— Moi de même, dit Luke en lui adressant un salut de la tête.

Ses derniers vestiges d'appréhension s'évanouirent. Les Observateurs appartenaient à une branche politique expérimentale, plus ou moins officielle, créée au cours de l'un des derniers remaniements gouvernementaux. Leur mission était de rapporter au Sénat et au Haut Conseil tout ce qu'ils voyaient et entendaient, avec la charge particulière de repérer toute activité gouvernementale illégale que les autorités locales ou de secteur souhaiteraient passer sous silence.

Quelques doutes avaient été émis. On craignait que les Observateurs n'évoluent, petit à petit, en des sortes de détachements secrets chargés de la sécurité. Des factions semblables à celles instituées par l'Empereur et qui avaient eu des effets si dévastateurs pendant son règne de terreur. Jusqu'à présent, cependant, cette évolution ne semblait pas se produire. Les divers gouvernements qui soutenaient les Observateurs en avaient choisi les effectifs avec le plus grand soin. Ils avaient apporté une attention toute particulière à des candidats réputés pour leur éthique et avaient défini de strictes limites à leurs mandats. On assignait aux Observateurs des secteurs se trouvant très loin de leurs mondes d'origine. Les rivalités locales ou raciales encourageaient toujours la sélection de candidats aussi incorruptibles et impartiaux que possible.

Luke savait qu'un système similaire avait été mis en place du temps de l'Ancienne République. Les Chevaliers Jedi avaient tenu le même rôle que les Observateurs. Peut-être qu'un jour les étudiants de son Académie seraient en nombre suffisant — et suffisamment dignes de confiance — pour reprendre le flambeau.

— Que puis-je faire pour vous aider? demanda-t-il.

— Je vous prie de m'excuser d'avoir eu l'impudence de vous suivre, répondit Tre. J'avais pour mission de m'entretenir avec vous et je voulais d'abord m'assurer de votre identité avant de vous interpeller.

— Je comprends. Il n'y a pas de mal... Qu'attendez-vous de moi?

Le Rellarin marcha jusqu'à la balustrade et s'installa à côté de Luke. Il agita son énorme main vers le fond du canyon.

— J'aimerais que vous assistiez à ce qui va se passer ce soir dans la Canyonade, dit-il. Que vous observiez et que vous compreniez.

Luke se retourna contre le garde-corps et regarda en bas. Tout ce qu'il y avait à voir, c'était une rue ordinaire d'une ville moderne, envahie par les feux de croisement des véhicules en mouvement.

— Et que suis-je censé regarder? demanda-t-il.

— Là, dit Tre en indiquant une zone en forme de losange près du centre de la gorge, à l'opposé de l'endroit où ils se trouvaient tous deux.

Cernée de rues illuminées, la zone était, elle, plongée dans une obscurité quasi totale. Quelques lumières très ténues émanaient de son centre.

— On dirait un parc, hasarda Luke, essayant de se remémorer la carte des Canyonades qu'il avait étudiée avant son arrivée au spatioport. C'est celui de la Tranquillité Partagée, non?

— C'est exact. Vous voyez les lumières au centre?

— Oui, elles sont...

Il marqua une pause et fronça les sourcils. Au cours des derniers instants, pendant qu'il discutait avec Tre, le nombre de points lumineux avait apparemment doublé. Les torches étaient toujours rassemblées... Soudain, un nouveau cercle lumineux se forma autour du premier groupe.

— Ce sont les lumières de la paix, dit Tre. Ce soir, les natifs de Cejansij s'unissent au nom de la justice.

— Oui, dit Luke, qui comprenait parfaitement le cours que prenaient les choses. La justice...

— Il me semble discerner à votre ton que vous ne saisissez pas encore, dit Tre, une nuance de reproche dans la voix. Le Haut Conseil et le Sénat ne prennent pas au sérieux ces manifestations, parce qu'ils les considèrent comme des émeutes nées de la violence et de l'ignorance des gens ou concoctées par des sympathisants de l'Empire. Il y en a pourtant qui ne rentrent pas dans ces catégories.

— Je ne crois pas que le Sénat ait une vision aussi simpliste des choses, répondit Luke, tout en se disant que Tre n'était pas éloigné de la vérité. Alors, à votre avis, dans quelle catégorie pourrait-on classer ce qui est en train de se passer, là, en bas?

— Comme je vous l'ai déjà dit, c'est un témoignage de paix et de justice, dit le Rellarin. Les lumières blanches que vous apercevez évoquent le souvenir des habitants de Caamas. Et bientôt... Tenez, voilà, vous les voyez?

Luke hocha la tête. Autour du premier groupe de lumières blanches s'était constitué un mince cercle de fanaux bleus. Petit à petit, d'autres torches vinrent se joindre aux premières et l'anneau bleu ne cessa de s'élargir.

— Oui, je les vois...

— Les lumières bleues, elles, évoquent le souvenir des victimes du massacre de Vrassh, lui dit Tre. Une terre qui a apporté de grandes richesses aux instigateurs de cet acte. Ni le gouvernement Pas'sic ni la Nouvelle République n'ont insisté pour qu'une partie de ces richesses reviennent aux familles des survivants. C'est pourtant ce que la coutume et les anciennes lois de ce monde exigent en général pour ce genre de situation.

— L'un de mes apprentis Jedi était originaire de Vrassh, dit Luke, sentant son cœur se serrer à cette idée. Il lui a fallu se débarrasser de sa colère et de sa fureur avant de pouvoir débuter convenablement son entraînement.

— Une fureur bien compréhensible. Cela dit, la colère n'est pas ce qui anime ceux qui sont rassemblés en bas. (Il fit un geste en direction du nombre croissant de lumières.) Enfin, ce n'est pas la colère telle que la définissent les humains. Eux, ils sont paisibles, calmes, et ne représentent aucune menace pour qui que ce soit. Mais ils ne veulent pas oublier ceux que l'on a trompés ni laisser faire ceux qui, justement, ont le pouvoir d'oublier.

— Oui, murmura Luke. Il y a en effet des choses qui ne doivent jamais être oubliées.

Pendant quelques minutes, ils demeurèrent silencieux et observèrent la manifestation. Le cercle de lumières bleues crût jusqu'à absorber les torches blanches. Puis le bleu céda la place au jaune. Le jaune fut bientôt encerclé par une ligne rouge, elle-même suivie d'une bande de vert pâle puis de violet. Un dernier cercle blanc vint enserrer les premiers fanaux.

— Les voilà tous assemblés, dit Tre quand la série de cercles concentriques se stabilisa. Ceux qui ont, ce soir, donné de leur temps à l'évocation du souvenir. D'autres feront de même pour les nuits à venir et, en observant les lumières présentes, ils se souviendront, eux aussi. Et tous ceux de Cejansij seront unis dans le but de corriger le mal qui a été commis.

— Sauf que, dit Luke en secouant la tête, certains de ces maux ne pourront jamais être corrigés, Un'Yala Tre. Caamas et tant d'autres...

— Ceux de Cejansij le comprennent bien, dit le Rellarin. Ils savent pertinemment qu'on ne peut faire revivre les morts, qu'on ne peut ramener à la prospérité les mondes dévastés. Ils cherchent simplement à ce que justice soit faite au sein des êtres mortels.

— Et quelle réparation pourraient-ils demander pour Caamas? insista Luke. Punir la race Bothan tout entière pour un crime commis par une poignée d'individus?

— Certains seraient tentés de dire qu'une telle revendication ne correspond guère à l'idée que l'on peut se faire de la justice. Mais d'autres ne partagent malheureusement pas cette opinion et leurs voix se doivent d'être entendues, elles aussi. (Il indiqua les cercles de lumières.) Regardez maintenant... Les motifs de ces torches nous enseignent que la justice ne peut se limiter à un seul peuple ou à un seul événement. La justice existe pour tout un chacun.

Luke plissa le front. Les cercles si bien dessinés étaient en train de se rompre. Les couleurs se mélangèrent les unes aux autres. Il crut tout d'abord que la manifestation était terminée et que les participants étaient en train de quitter les lieux. Mais la nuée de torches ne sembla pas s'éparpiller. Les différentes teintes fusionnèrent et les anneaux cédèrent petit à petit la place à un disque lumineux plus homogène...

Et soudain, Luke comprit. Les participants étaient en train de quitter leurs propres cercles d'évocation du souvenir pour se mêler aux occupants des autres rangées. C'était une démonstration d'unification calme et profondément émouvante.

— Certains d'entre eux, là dans le parc, continuent de croire que les Bothans dans leur ensemble devraient être tenus pour responsables de ce qui est arrivé et qu'il leur faut s'acquitter de leur dette, dit Tre très calmement. Au moins auprès des survivants de Caamas. D'autres rejettent purement et simplement cette idée tout en sachant qu'en dissimulant leur participation à ce crime depuis tout ce temps, les dirigeants Bothans ont renoncé à leur droit de se proclamer innocents. Il ne faut pas, non plus, négliger l'opinion de ceux qui se sont joints à eux, dans le parc, et qui proviennent de mondes aussi éloignés que différents.

— On dirait qu'il se passe la même chose ici que partout ailleurs dans la galaxie, dit Luke.

— C'est vrai. Mais ce que j'essaye de vous faire comprendre, Maître Skywalker, c'est que les différends qui se produisent ici ne résultent pas de je ne sais quels complots ennemis ou de je ne sais quelles rivalités politiques. Ce sont d'honnêtes et authentiques opinions aussi nombreuses et différentes qu'il y a d'individus qui forment la Nouvelle République. Ignorer l'une des ces opinions, considérer qu'elle n'est ni fondée ni importante, revient à insulter l'honneur et l'intégrité de ces êtres et de leurs cultures.

— Je sais. Et je suis sûr que le Sénat le sait aussi. Le problème est de concilier toutes ces différences. Et pas uniquement pour l'affaire de Caamas mais pour des milliers d'autres choses...

— J'ignore comment vous allez y arriver, répondit Tre. Je sais seulement qu'une conciliation doit avoir lieu et qu'elle doit avoir lieu le plus vite possible. J'ai déjà eu vent de vagues de colère face à l'inertie du Sénat à ce sujet. Mais il y a plus grave encore : on colporte la rumeur que la Nouvelle République se moque éperdument de ce qu'un monde pourrait faire subir à ses voisins ou à ses adversaires. A l'heure actuelle, il y en aurait certains qui chercheraient à raviver de vieilles querelles alors que d'autres seraient déjà en quête de nouveaux alliés pour leur protection.

Luke soupira.

— J'ai perdu le compte du nombre de fois, au cours des dernières années, où le gouvernement de la Nouvelle République a été accusé de trop se mêler d'une crise ou des affaires d'une planète. Maintenant qu'ils essayent de laisser aux secteurs ou aux systèmes le soin de régler leurs propres problèmes gouvernementaux, voilà qu'on les accuse de ne pas vouloir intervenir...

— Et cela vous surprend ? demanda Tre. La seule et unique certitude en politique c'est que, quelle que soit la décision que vous prendrez, il y aura toujours des voix qui s'élèveront contre vous.

— Effectivement, dit Luke en observant les lumières vacillantes en contrebas.

— La plupart de ceux qui manifestent en ce moment se retrouveront plus tard dans la soirée au Café de la Libre Pensée. C'est à l'autre bout du parc de la Tranquillité Partagée, vers la pointe ouest du losange. Si vous décidez de les y rencontrer, je suis sûr qu'ils seront heureux de vous faire part de leurs opinions.

— Je n'en doute pas un seul instant, répondit Luke, ayant du mal à dissimuler une grimace d'inquiétude. Je vous remercie d'avoir pris le temps de me montrer tout ceci.

— Il est de mon devoir de fournir des informations aux dirigeants de la Nouvelle République, dit le Rellarin d'un ton grave. C'est une tâche dont je m'acquitte très sérieusement. (Il inclina la tête et serra les doigts en guise de salut.) Je vous remercie en retour pour le temps et l'attention que vous m'avez consacrés, Maître Skywalker. Et je vous incite grandement à vous rendre à la Libre Pensée. Vous vous rendrez compte que vous aurez beaucoup à y apprendre.

Il inclina de nouveau la tête, tourna les talons et repartit en trottinant sur la Promenade.

Derrière Luke, R2 sifflota doucement. Skywalker se retourna et constata que le droïd s'était hissé sur la pointe de ses roulettes pour observer, par-dessus la balustrade, le ballet des torches en contrebas.

— Je te l'accorde, c'est très impressionnant, acquiesça-t-il sobrement. C'est ce qui rend cette situation si compliquée. Il s'agit réellement d'honnêtes différences d'opinions...

R2 siffla à nouveau. Le droïd fit pivoter son dôme en direction de la passerelle aérienne qui démarrait sur leur gauche. C'était par là qu'ils devaient traverser le canyon avant de descendre vers l'établissement que leur avait mentionné Tre.

— Je suppose qu'on ferait bien d'aller y jeter un coup d'œil, dit Luke à contrecœur. Cependant, je doute qu'on y découvre quoi que ce soit de nouveau. A part encore plus d'opinions divergentes... (Il s'écarta de la rambarde et se dirigea vers l'entrée de la passerelle.) Quand on cherche de véritables informations, autant s'adresser à quelqu'un comme Talon Karrde, continua-t-il à l'intention de R2 qui roulait tranquillement à côté de lui comme un petit animal de compagnie bien dressé. En fait, j'étais en train de me dire qu'on pourrait peut-être essayer de le contacter.

R2 produisit un son fort impoli.

— J'espère que ceci s'adresse à ceux qui, sur Corus-
cant, ont une attitude négative à son égard, l'avertit
Luke. Et que ce n'est pas dirigé contre Karrde lui-même.
Il a fait beaucoup pour la Nouvelle République, tu sais...

Le droïd émit un crissement ambigu, suivi d'un son
qui ressemblait étrangement au tintement de pièces de
monnaie dans le tiroir d'une caisse enregistreuse.

— Oui, je suis conscient qu'il s'est fait payer pour les
services qu'il a rendus, acquiesça Luke. Je tiens à te rappeler que c'est également l'argent, à l'origine, qui a
amené Yan à travailler pour la Rébellion. Les choses ont
pas mal changé depuis...

Ils atteignirent l'accès à la passerelle et s'engagèrent sur
le pont couvert. Tout comme la Promenade elle-même,
les passages qui enjambaient la Canyonade étaient de
remarquables démonstrations d'ingénierie. Les ouvrages
qui traversaient la gorge d'un demi-kilomètre de large le
faisaient sans le moindre pilier ou le moindre système de
suspension. Le côté droit du pont était tapissé d'un revêtement antidérapant destiné aux promeneurs qui souhai-
taient prendre le temps d'admirer la beauté du paysage.
Le côté gauche, en revanche, était équipé de deux trot-
toirs roulants — un dans un sens et un dans l'autre — à
l'intention de ceux qui ne cherchaient qu'à traverser le
précipice le plus rapidement possible.

La promenade aurait certainement été très agréable,
songea Luke avec regret, mais l'heure n'était malheureusement pas aux plaisirs simples.

— Le point important, c'est que Karrde nous a toujours trouvé les informations que nous recherchions,
ajouta-t-il pour R2 tout en invitant le droïd à le rejoindre
sur le trottoir roulant. Qu'il l'admette ou non, il est bel et
bien dans notre camp.

R2 fit pivoter son dôme pour faire face à Luke. Il émit
une sorte de grognement qui devait signifier « je suppose
que oui » puis tourna de nouveau ses capteurs dans le

sens de la marche. Le translateur accéléra, remarqua Luke avec un certain intérêt. La vitesse se stabilisa à l'approche du milieu de l'arche. Il était évident que les différentes portions de la rampe ne devaient pas circuler à la même cadence. Si quelqu'un s'engageait dès à présent sur le ruban, il aurait toutes les peines du monde à rattraper Skywalker. Les sections du trottoir étaient apparemment propulsées par un flot de conducteur semi-liquide capable de créer des variations de vitesse sur toute sa longueur. Une autre prouesse technique à ajouter à la liste.

Ils atteignirent le milieu de l'arche. Luke s'apprêtait à demander à R2 d'analyser le mode de fonctionnement de la rampe quand il sentit un tressaillement dans la Force. Ce n'était pas grand-chose, rien qu'une vague onde. Mais c'était bien suffisant.

Quelque part dans les environs, quelqu'un se préparait à commettre un meurtre.

Luke sauta du trottoir roulant et eut un peu de mal à recouvrer son équilibre à cause du changement brusque de vélocité. R2, se rendant compte que son maître avait disparu, produisit un premier couinement de surprise. Il en émit un second quand Luke, faisant appel à la Force, souleva son petit corps trapu et cylindrique dans les airs.

— Chut... lui ordonna Skywalker.

Il déposa doucement le droïd sur la partie statique de la passerelle, regarda tout autour de lui et invoqua à nouveau la Force.

L'intention de tuer était toujours bien présente, à très peu de distance de là. Il y avait un certain nombre de promeneurs sur le pont mais aucun d'entre eux ne semblait animé de pulsions meurtrières.

L'assassin ne devait probablement pas se trouver sur la même arche que Luke.

Ce dernier se tourna et leva les yeux vers la balustrade ouvragée du pont qui enjambait la gorge au niveau juste au-dessus de celui sur lequel il se trouvait. C'était bien là.

A une dizaine de mètres de l'endroit où lui-même se tenait. Deux silhouettes encapuchonnées étaient appuyées le dos contre la rambarde. L'individu le plus petit, de la taille d'un enfant, semblait s'accrocher au plus grand. A quelques pas, Luke ressentit la présence de trois autres personnes. Les assaillants étaient en train de se rapprocher lentement mais sûrement de leurs victimes. Dans la main de l'un d'entre eux, Luke détecta le reflet d'une lame.

Pas une seconde à perdre. Un seul et unique chemin devait permettre à Luke d'intervenir à temps. Le saut serait certainement impressionnant, mais un Jedi initié aux voies de la Force pourrait s'en tirer sans dommage. Le seul impondérable résidait dans les rayons tracteurs de sécurité du canyon. S'ils réagissaient promptement, ils risquaient de l'immobiliser en pleine action.

Il n'y avait qu'un seul moyen de le vérifier.

— Attends-moi ici, murmura-t-il à R2.

Il invoqua la Force et sauta par-dessus le trottoir roulant pour atterrir sur le rebord de la rambarde. Le temps de deux battements de cœur, il resta accroupi sur ce perchoir improvisé. Il assura son équilibre tout en mesurant mentalement la distance et la hauteur qui le séparaient de l'autre passerelle. Il prit une profonde inspiration, laissa couler la Force en lui et détendit ses jambes.

Les rayons tracteurs ne furent pas aussi prompts qu'il l'avait craint. Luke atteignit sa cible sans la moindre réaction du système de sécurité. Il empoigna la rambarde à deux mains et glissa ses jambes avec souplesse dans l'espace qui s'ouvrait entre la balustrade et le toit. Il se réceptionna en douceur sur la partie fixe de la passerelle.

Accroupi, il évalua la situation d'un rapide coup d'œil. Les deux victimes en puissance, comme il l'avait déjà pressenti, se tenaient à quelques mètres sur sa droite, le dos contre la rambarde. La capuche de la plus grande silhouette avait glissé, révélant le visage parcheminé et les cheveux blancs d'une femme d'un certain âge. Le visage de l'enfant à ses côtés — certainement un petit-enfant, voire un arrière-petit-enfant, à en juger à l'âge de la femme — demeurait, lui, complètement dans l'ombre. Mais Luke n'eut pas besoin de le voir pour comprendre ce que l'enfant ressentait. A la façon d'agripper, de ses petites mains, les pans du manteau de la femme, il ne fallait pas être grand clerc pour deviner qu'il était paralysé par la terreur.

Une terreur bien fondée. Depuis l'arche au niveau inférieur, Luke avait ressenti la présence de trois individus armés qui se rapprochaient. A présent qu'il se trouvait sur les lieux, il se rendit compte que ces trois-là étaient en fait l'avant-garde d'un groupe plus important. Neuf autres silhouettes se tenaient à quelques pas en retrait, formant un demi-cercle autour de leurs proies. Ces neuf individus arboraient le visage dur de ceux qui ont été élevés dans la violence et la cruauté. Tous étaient armés d'un blaster, prêts à tirer.

Et à ce moment précis, ces neuf visages — et cinq des blasters — étaient tournés vers Luke.

— On ne bouge plus ! aboya Luke en se relevant. Baissez vos armes !

— J'ai une bien meilleure idée, gronda un homme d'allure repoussante d'un ton particulièrement méchant. Pourquoi ne pas tourner les talons et décamper, hein ? Pendant qu'il est encore temps...

— Non, ça m'étonnerait... dit Luke d'une voix ferme.

Autant laisser planer l'idée d'une parfaite confiance en soi, même si ce n'était pas vraiment le cas.

Avec cinq — non, six à présent — blasters pointés sur lui, la course contre la montre menaçait d'être très serrée. Réussirait-il à dégainer son sabrolaser suffisamment rapidement pour parer les tirs qui fuseraient vers lui à l'instant même où il ferait un geste en direction de son arme ?

Mais il y avait le trottoir roulant, à deux pas sur sa gauche. Deux sections circulant dans des directions opposées, à des vitesses relativement élevées...

— On perd notre temps, cracha un autre homme. Zigouille-le et puis...

Et à cet instant, au beau milieu de la phrase, l'enfant fit un bond.

L'action se déroula avec un tel calme et une telle douceur que Luke mit un petit moment à comprendre ce qui était en train de se passer. L'enfant lâcha sa prise sur le manteau de la vieille femme, pivota et plongea vers le plus proche assaillant qui brandissait un couteau. Son bras sembla fouetter la poitrine de l'homme en un simulacre de gifle. Le mouvement tournant précipita l'enfant vers le deuxième individu comme une pierre ricochant à la surface de l'eau. De nouveau, sa main fouetta l'air et il rebondit en direction du troisième homme...

En laissant échapper un râle répugnant, le premier attaquant s'écroula.

Quelqu'un poussa un juron mêlé de stupeur et de méchanceté. Les blasters, jusqu'à présent pointés sur Luke, se mirent à hésiter, à la recherche d'une nouvelle cible. La situation, pourtant parfaitement contrôlée deux petites secondes auparavant, était en train d'échapper au groupe d'hommes armés. Toutes les têtes se tournèrent vers l'enfant et sa grand-mère...

Et à ce moment-là, le deuxième homme s'effondra, immédiatement suivi par le troisième. Inexplicablement, un couteau se trouvait à présent dans la main de l'enfant. Mais cela ne dura pas. En un éclair, la lame se ficha dans la poitrine d'un autre assaillant à quelques mètres de là.

Et dans le mouvement, la capuche de l'enfant tomba suffisamment pour révéler son visage.

Ce n'était pas un enfant qui se cachait sous cette cape. C'était un Noghri.

Ce fut la première et la dernière fois que les hommes armés eurent le loisir de voir clairement l'extraterrestre. Pour certains, ce fut même la dernière occasion de voir quoi que ce soit. Luke eut à peine le temps de poser la main sur son sabrolaser. Le Noghri se mit à bouger avec tant de rapidité qu'il ne fut plus qu'une forme floue. Il plongea, roula, fouetta de ses deux mains à présent armées de dagues et esquiva les tirs frénétiques de blasters avec une aisance déconcertante. Une grenade traversa la passerelle et vint rouler jusqu'aux pieds de la vieille femme. Luke fit instantanément appel à la Force. Il fit flotter l'explosif par l'ouverture entre la rambarde et le rebord du toit et le catapulta vers les cieux.

Quand l'engin explosa dans les airs au-dessus d'eux, sans causer le moindre dommage, la bataille était déjà terminée.

— Maître Skywalker, dit le Noghri qui se tenait au beau milieu du carnage. (Il inclina respectueusement la tête tout en rangeant ses dagues d'assassin sous son manteau.) Votre présence nous honore. Et je vous suis également reconnaissant de nous avoir prêté main-forte.

— Vous parlez d'une assistance... dit Luke en secouant la tête, stupéfait. (Il avait assisté à l'entraînement des Noghris. Il pensait tout connaître de leurs méthodes de combat et de leur efficacité. Ce qui venait de se passer venait cependant de lui prouver qu'il avait encore beaucoup à apprendre.) J'ai pourtant l'impression que vous auriez très bien pu vous débrouiller sans moi.

— Je vous demande bien pardon mais ce n'est pas vrai, dit le Noghri avec modestie. (Il enjamba les cadavres et s'approcha de Luke.) Votre intervention est arrivée à point nommé. Vous m'avez accordé, pour agir, quatre secondes supplémentaires dont je n'aurais certainement pas bénéficié si vous n'aviez pas causé de distraction.

— Sans oublier la grenade, ajouta la vieille femme. (Elle s'accroupit à côté de l'un des corps et se mit à lui explorer les poches de ses doigts particulièrement experts.) Sans votre rapidité de pensée et d'action, nous aurions pu y rester tous les deux. Merci.

— Il n'y a pas de quoi. (Incrédule, Luke la regarda finir sa fouille et passer au cadavre suivant. Un guerrier Noghri et une vieille femme dotée des talents d'un pickpocket professionnel ne correspondaient pas exactement au portrait qu'il s'était tracé des malheureuses victimes à qui il était venu porter secours.) Puis-je vous demander qui vous êtes?

— Je ne suis pas celle que vous croyez! dit la femme, suspendant son geste pour lui adresser un large sourire. En fait, je suis quelqu'un d'honnête et de respectable. Je m'appelle Moranda Savich. Plakhmirakh, ici présent, est attaché à mon service comme garde du corps. Nous travaillons pour l'une de vos vieilles connaissances : Talon Karrde.

— Vraiment? C'est curieux, je me disais justement qu'il fallait que j'essaye de contacter Karrde.

— Eh bien, vous avez frappé à la bonne porte! dit Moranda en se relevant. Figurez-vous que Karrde vient juste d'arriver sur Cejansij.

— Vous plaisantez? demanda Luke en fronçant les sourcils. Mais qu'est-ce qu'il fait ici?

— Qui peut se targuer de connaître l'agenda de Karrde? lui rétorqua-t-elle avec philosophie. Pourquoi ne nous accompagneriez-vous pas pour lui poser la question?

Luke regarda par-dessus la balustrade vers les lumières de la ville en contrebas. Encore une fois, il avait réussi à se trouver au bon endroit au bon moment. La Force était effectivement avec lui.

— Merci, dit-il à Moranda. Je vous suis.

402

— Chef?

Karrde releva les yeux de son plan de travail et aperçut la tête de Dankin qui passait par la porte entrouverte de son bureau.

— Oui? Qu'est-ce que c'est?

— Savich et son garde Noghri sont là. Elle a les données que vous lui avez demandées.

— Parfait, dit Karrde, plissant légèrement le front. (Quand l'équipage de pont du *Wild Karrde* avait décidé de jouer un vilain tour à cette pauvre H'sishi en quittant l'hyperespace juste sous le nez de l'*Aventurier Errant* de Booster Terrik, Dankin avait arboré un drôle de sourire en coin. Il affichait ce même sourire, à présent.) Quoi d'autre? insista Karrde.

Dankin sourit alors de toutes ses dents.

— Et ils vous ont également apporté une surprise.

— Tiens donc, dit Karrde en laissant le ton de sa voix se refroidir de quelques degrés. J'espère que vous vous souvenez combien j'aime les surprises...

— Vous allez adorer celle-ci, Chef, lui assura Dankin avec un grand geste.

Il fit un pas de côté. Plakhmirakh et Moranda Savich passèrent la porte et pénétrèrent dans le bureau. La femme tenait un cylindre de données. Et juste derrière eux...

— Nom d'un gisement de Kessel! s'exclama Karrde en se levant. Une bien agréable surprise, en vérité. Salutations, Skywalker.

— Karrde, répondit Luke, hochant la tête en guise de salut. Je suis surpris de vous trouver ici.

— La réciproque est vraie, fit Karrde. Etes-vous seul?

— R2 est avec moi, dit Skywalker en faisant un signe en direction de la coursive. Il a rencontré un droïd mécano G2-9T qui travaille dans l'une de vos soutes. Il s'est arrêté pour faire un brin de causette.

— Qu'il en profite, dit Karrde, s'emparant du cylindre que lui tendait Moranda pour étudier l'étiquette. C'est probablement la dernière fois que j'achète un G2. Des soucis, Moranda ?

— Nous avons été attaqués sur le chemin du retour. Douze hommes. Très professionnels. Aucune indication sur leur employeur.

— Probablement un Hutt, dit Karrde en faisant tourner le cylindre dans sa main. Ça ne les enchante pas vraiment d'avoir perdu ça...

— Possible. Enfin, peu importe qui ils étaient, Plakhmirakh s'est bien occupé d'eux.

— Avec l'assistance de Maître Skywalker, ajouta le Noghri de sa voix rauque. Il est arrivé au moment idéal.

— Les Jedi ont ce chic, remarqua sèchement Karrde en rendant le cylindre à Moranda. Bien, donnez ça à Odonnl. Ensuite, vous pourrez aller vous détendre dans les quartiers de l'équipage pendant qu'il s'occupe de vos règlements. Est-ce qu'une autre mission vous intéresse ?

— Uniquement si le travail est plus amusant que d'avoir à faire le coursier, dit Moranda. A part l'attaque proprement dite, le reste a plutôt été ennuyeux. (Elle fit un geste de la main en direction de Luke et du Noghri.) Et puis, avec ces deux-là, même l'attaque n'a pas été des plus excitantes.

— J'essaierai de faire mieux la prochaine fois, promit Karrde. En fait, je suis en train de penser à un petit travail pour lequel vos talents pourraient bien m'être utiles. Revenez me voir une fois que vous aurez été payée et nous en parlerons, ça vous va ?

— Très bien, acquiesça Moranda avec un hochement de tête.

Plakhmirakh s'inclina brièvement et quitta la pièce derrière la vieille femme.

Karrde leva un sourcil à l'intention de Skywalker.

— Merci pour votre aide. Je suppose qu'à présent c'est à mon tour de vous être redevable ?

— Pensez-vous! répondit le Jedi. Plakhmirakh a tendance à surestimer mon intervention.

— Oui, je vous crois, acquiesça Karrde. Les Noghris ont rarement besoin d'aide, pas vrai? Je suis très content de leurs services. Bon, et à part mettre des bâtons dans les roues des sbires des Hutts, qu'est-ce qui vous amène sur Cejansij?

— La Force, en réalité, dit Skywalker en haussant les épaules. J'étais à la recherche d'une vision du futur et je me suis vu ici. Alors... me voilà...

— Ah... Personnellement, cette méthode de planification d'emploi du temps ne me convient guère.

— Je n'en abuse pas moi-même, répondit Luke. D'un autre côté, j'étais en train de me dire qu'il fallait que j'essaye de vous contacter. Et vous voilà. Il semblerait que cela ne fonctionne pas si mal, finalement. Qu'est-ce que vous faites ici? Si ce n'est pas trop indiscret de vous poser la question, bien sûr...

— Cela n'a rien d'un secret d'Etat, lui assura Karrde. Enfin, pas pour vous. Je fais des recherches. Je me demande s'il est possible que des agitateurs extérieurs soient impliqués dans les mouvements de révolte qui ont éclos un peu partout au sein de la Nouvelle République. Puisque Cejansij est réputée pour ses manifestations paisibles, j'ai pensé que cet endroit constituerait une cible idéale pour les fauteurs de troubles.

— C'est logique, dit Skywalker d'un ton songeur. Mais ça me paraît presque trop évident...

— Tout dépend du degré de subtilité dont notre agitateur décide de faire preuve. Je crois que cela vaut la peine de vérifier. Vous dites que vous souhaitiez me parler?

— Exact. Je me demandais si vous aviez eu l'occasion de faire des progrès dans notre petite chasse aux clones.

— Pas le moindre, avoua Karrde. Aucune de mes sources ne semble avoir entendu ne serait-ce qu'une vague rumeur à propos d'une quelconque activité de clone. S'il y a effectivement quelqu'un qui les utilise, il le fait de façon très discrète.

— Mm... murmura Luke. Et qu'en est-il des Pirates Cavrilhu?

Karrde secoua la tête.

— Ils semblent avoir complètement disparu. Je les comprends, cela dit. Se faire chasser de sa base la plus secrète par un Maître Jedi doit être une expérience des plus déconcertantes.

— Le Grand Amiral Thrawn vous a bien chassé de Myrkr, non? Et vous, vous n'avez pas paniqué, que je sache... lui rappela Luke.

Karrde se força à sourire. Le souvenir de cette époque lui procurait toujours de désagréables frissons.

— Peut-être suis-je plus résistant... Ou bien suis-je moins démonstratif en cas de panique... (Sur le plan de travail, le signal de l'intercom se mit à clignoter. Karrde se pencha et appuya sur la commande.) Oui?

C'était Dankin, son expression avait changé et paraissait anormalement sinistre.

— Message prioritaire en provenance du *Glacier Etoilé*, dit-il d'un ton acide. Faughn déclare que Mara a été capturée.

Karrde sentit son estomac se serrer. Il se laissa tomber dans son fauteuil.

— Est-ce que Faughn est toujours en ligne?

— Vaguement, répondit Dankin. Le signal est un peu bizarre — beaucoup trop d'émetteurs relais, probablement — mais il est assez clair. Canal cinq.

Karrde bascula sur la chaîne indiquée, sans prêter réellement attention au fait que Skywalker venait de contourner le bureau pour se poster derrière lui.

— Ici Karrde. Faughn? Vous me recevez?

— Oui, Capitaine. (La voix de Faughn leur parvint, fluctuant sous les distorsions des nombreux relais de l'hyperespace.) Nous avons atteint le système de Nirauan et avons observé un vaisseau non identifié qui se posait sur la deuxième planète. Jade a pris le Defender et est allée jeter un coup d'œil. Une pulsation émise par son enregistreur de mission nous a indiqué qu'elle avait des ennuis. Capturée. Peut-être pire...

Karrde sentit les battements de son propre cœur résonner dans ses oreilles.

— Dankin? Vous avez une copie de cet enregistrement?

— Oui, pas de problème, répondit la voix de Dankin.

— Passez-le-moi...

Il écouta les différents passages. Le vol et l'atterrissage, la découverte par Mara de la caverne et de la forteresse, son exclamation et le bruit sourd et répugnant arrivant en dernier lieu...

— Dites à H'sishi de se mettre tout de suite au décryptage, ordonna Karrde. Ce bruit ressemble beaucoup trop à celui d'un corps s'effondrant sur le sol... Je veux qu'on m'analyse le moindre indice donné par cet enregistrement.

— Nous sommes déjà sur le coup...

— On a profité du chemin du retour pour commencer un peu à dégrossir, dit Faughn. On entend clairement une respiration et un battement de cœur humains après que Mara a cessé de parler. Cela nous indique qu'elle doit toujours être vivante. On distingue une bonne cinquantaine de créatures ailées dans la caverne — on a réussi à isoler le son des ailes en train de battre —, mais ce n'est pas à elles que Mara semblait s'adresser. Oh, et puis en repassant l'enregistrement à plusieurs vitesses, il semblerait que le bruit sourd corresponde à quelque chose qui lui aurait heurté le côté ou l'arrière de la tête.

Karrde fit la grimace.

— Une attaque...

— Ou un accident, enchaîna Faughn. Nous savons qu'elle était en train de se déplacer juste avant que cela lui arrive. Elle se trouvait déjà à l'intérieur de la caverne et il est donc possible qu'elle se soit cognée à l'une des parois...

— On peut essayer de procéder à une analyse de l'écho, suggéra Dankin. Pour tenter de deviner si, oui ou non, elle était proche du mur quand elle a été frappée.

— Oui, faites donc. (Karrde regarda Skywalker, qui se tenait dans l'ombre derrière lui. Ses yeux semblaient perdus dans le vague.) Vous savez quelque chose? demanda-t-il au Jedi. Sur cette planète? Ou alors sur la personne avec qui elle était en train de parler?

Skywalker secoua lentement la tête. Son regard semblait encore plus troublé.

— Non. Mais juste après la vision où je me suis vu ici, j'ai eu une autre vision. De Mara. Et elle était... peut-être était-elle effectivement dans une caverne...

— Je m'en veux de l'avoir laissée là-bas, intervint Faughn. Mais je ne pouvais pas prendre le risque de nous voir tous disparaître sans que personne ne sache ce qui nous était arrivé. Surtout avec ces vaisseaux et cette forteresse...

— Non... vous avez bien fait, la rassura Karrde. La question est maintenant de savoir comment nous allons la sortir de là. (Il leva les yeux vers Luke.) Ou de savoir qui nous allons envoyer pour la tirer de ce mauvais pas...

Skywalker déchiffra immédiatement la note de défi dans la voix du contrebandier. Il cligna des yeux, cessant de fixer le vide pour reporter toute son attention sur Talon Karrde.

— Et vous suggérez que ce soit moi qui y aille...

— Il y a quelqu'un là-bas qui semble vous connaître, remarqua Karrde. Enfin, c'est ce qu'a l'air de penser Mara. Il se pourrait bien que vous soyez la seule personne à qui il — ou elle ou eux ou je ne sais quoi — veuille s'adresser.

408

— Mais je ne peux pas partir d'ici, répondit Luke d'un ton quasi-mécanique. (Son attention était apparemment portée sur un tout autre sujet.) J'ai des choses à faire...

— Peut-être, mais vous avez aussi une dette envers Mara, le contra Karrde. En fait, c'est même un devoir vis-à-vis de la Nouvelle République. Vous avez vu l'un de ces mystérieux appareils et vous savez bien que nous avons affaire à une culture inconnue. Si cette forteresse qu'a vue Mara a été construite avec les mêmes matériaux que celle d'Hijarna, il se pourrait bien que ses occupants soient capables de résister à n'importe laquelle de nos attaques sans broncher. En plus...

— D'accord, d'accord, capitula Skywalker. J'y vais...

Karrde écarquilla les yeux, surpris par la soudaineté de la réaction de Luke. Il pensait devoir se quereller avec son interlocuteur pendant encore au moins quelques minutes et avoir à apporter un bon paquet d'arguments concrets avant que l'autre ne s'incline. Mais il savait également qu'il valait mieux ne pas trop discuter maintenant que Luke avait abondé dans son sens.

— Très bien, dit-il. Dites-moi ce dont vous avez besoin en matière d'équipement et de matériel et nous nous chargeons de vous trouver ça. Il va vous falloir un plus gros vaisseau, bien entendu. Dankin? Qu'avons-nous en réserve en ce moment?

— Pas de temps à perdre, le coupa Skywalker avant que Dankin ait eu le temps de répondre. Mon Aile-X est à la baie d'accostage seize. Si vous pouviez télécharger une copie des données de navigation dans les mémoires de R2, je n'aurais plus qu'à faire le plein et je pourrais repartir tout de suite.

— Mais vous ne pouvez pas prendre de passager à bord d'un Aile-X, objecta Faughn. Imaginez qu'elle soit blessée...

— Alors nous repartirons avec son appareil à elle en abandonnant l'Aile-X, l'interrompit Skywalker. Nous sommes en train de perdre du temps, là...

— Vous n'irez pas bien loin avec un Defender, lui rappela Karrde. (Il eut une idée et pianota sur son clavier.) Oui, pour le chronométrage et la distance, ça devrait aller. Laissez-moi vous suggérer une alternative : vous prenez votre Aile-X et je fais en sorte que la *Brume de l'Aube* vous retrouve avec le *Feu de Jade* quelque part dans les environs de Duroon. Là, vous changez d'appareil. Le droïd du *Feu* ne sera pas en service, mais vous et votre R2 devriez être capables de piloter le vaisseau sans trop de difficultés.

Skywalker secoua la tête.

— Je n'ai pas très envie d'essayer de me poser discrètement sur Nirauan avec un appareil aussi volumineux.

— Alors cachez le *Feu* en orbite quelque part dans le système extérieur et posez-vous avec votre chasseur stellaire, suggéra Faughn. La baie d'embarquement devrait pouvoir contenir votre Aile-X sans problème.

Skywalker hésita un instant puis hocha la tête.

— Bon, c'est d'accord.

— Bien, dit Karrde. Dankin, allez au contrôle du spatioport et passez commande de carburant pour l'Aile-X. Qu'ils fassent le plein en priorité. N'hésitez pas à graisser des pattes ou à proférer des menaces pour que cela soit fait dans les plus brefs délais. Ensuite, rassemblez-moi le nécessaire de survie le plus complet possible, sachant qu'il devra tenir dans la soute de l'Aile-X. Deux mètres cubes et pas plus de cent dix kilos si je me souviens bien.

— Compris, dit Dankin. Que faut-il prévoir comme renfort ?

— Tout ce que nous pourrons trouver, lui répondit Karrde.

Il appela à l'écran la liste de tous les effectifs. La flotte de son organisation était particulièrement conséquente.

Mais elle était éparpillée aux quatre coins de la Nouvelle République et en rassembler ne serait-ce qu'une fraction ferait perdre un temps précieux.

— Je n'ai pas besoin de renfort... dit Skywalker, interrompant la réflexion de Karrde. C'est déjà suffisamment risqué d'approcher avec le *Feu de Jade*. Plus il y aura de vaisseaux dans le système et plus nos adversaires auront de chances de nous repérer. Il vaudrait mieux que j'essaye d'y aller tout seul...

— Mais vous ne pourrez jamais la sortir de là sans aide, remarqua Faughn.

— Il le faudra bien, fit doucement Luke. Je suis obligé...

— Mais non, vous ne pourrez pas, insista Faughn. Enfin, Karrde, dites-lui, vous...

Pendant un long moment, Karrde étudia le jeune homme. Il se remémora leur première rencontre à bord du *Wild Karrde*, bien des années auparavant. A cette époque, Skywalker n'avait déjà rien d'un effronté. Aujourd'hui, Karrde était frappé par l'air de paisible maturité que son visage avait adopté en dix ans.

— C'est à lui de choisir, Faughn, trancha le contrebandier. S'il prétend pouvoir y arriver, c'est qu'il y arrivera.

Skywalker hocha la tête.

— Merci, dit-il.

— Ce n'est pas à vous de dire merci... remarqua Karrde en se forçant à sourire. Bon. Fuel et matériel... Le *Feu de Jade* à Duroon... Qu'est-ce qu'on peut faire pour vous en plus de tout ça?

— Rien de plus que ce que vous faites déjà, dit Skywalker. Surveillez ces émeutes et si vous découvrez quoi que ce soit, n'hésitez pas à transmettre les informations à Leia.

— C'est comme si c'était fait! Autre chose?

— Oui, dit Skywalker. (Une ombre lui barra soudainement le visage.) Pourriez-vous faire passer un message à Leia sur Coruscant pour lui dire où je suis allé?

— Je vais aller la trouver en personne, promit Karrde en se levant. Nous mettrons le cap sur Coruscant dès que vous serez parti.

— Merci.

Il tourna les talons et se dirigea vers la porte.

— Luke... l'interpella Kaarde. Vous avez dit que vous aviez vu Mara dans l'une de vos visions. Qu'est-ce qu'elle était en train de faire?

Skywalker marqua une pause sur le pas de la porte.

— Elle était dans un endroit escarpé et rocheux... Elle flottait au beau milieu d'un lac, répondit-il sans se retourner. Elle avait l'air morte.

Karrde hocha lentement la tête.

— Je vois.

Il resta debout à observer la porte grande ouverte bien longtemps après le départ de Skywalker.

18

Ce n'était vraiment pas de chance. Le signal d'alarme retentit juste au moment du dessert.

L'espace d'un instant, Wedge envisagea d'engloutir d'un seul coup les trois dernières bouchées de mousse au citron qui restaient dans son assiette. Il se rendit cependant compte que courir la bouche pleine jusqu'à la baie d'envol n'avait rien de très élégant et abandonna à regret son gâteau sur la table de la cantine des officiers.

— Détachements de Chasseurs Stellaires au rapport! aboya l'officier de la chasse dans le haut-parleur. (Wedge enfila son casque et se glissa dans le cockpit de son Aile-X.) Escadron Rogue? Où en êtes-vous?

— Nous sommes parés, Perris, dit Wedge, jetant un coup d'œil rapide autour de lui et constatant que le reste de son équipe était bien présent dans la baie d'envol. Qu'est-ce qui se passe?

— On ne sait pas encore très bien, gronda Perris. Ce dont nous sommes sûrs, c'est qu'on vient de recevoir un appel complètement paniqué en provenance du système de Sif'kric. Le Général Bel Iblis leur a parlé pendant au moins cinq minutes et voilà qu'il faut que tout le monde soit prêt à décoller... OK, vous avez le feu vert, vous pouvez appareiller...

— Bien reçu. Allez, les Rogues, en route!

Vingt secondes plus tard, les vaisseaux étaient partis dans l'espace. Ils longèrent le flanc du *Pèlerin* et remontèrent jusqu'à la proue.

— Je suppose que tout cela n'a rien d'un exercice, annonça Rogue Six sur la fréquence privée.

— Eh bien, si c'est le cas, le Général me doit un dessert, répondit Rogue Douze. Quelqu'un est-il au courant des affaires politiques de ce secteur?

— Moi, un petit peu, dit Rogue Neuf d'un ton sinistre. Mon beau-père a quelques billes dans le coin. Dix contre un que c'est un coup des Frezhlix. Ils n'arrêtent pas de chercher des noises aux Sif'kriens depuis que nous avons chassé l'Empire de leur système.

— Ils ont peut-être décidé d'en finir une bonne fois pour toutes, suggéra Rogue Deux.

— Avec le Général Bel Iblis et les patrouilles d'intervention de la Nouvelle République dans les environs? demanda Rogue Six d'une voix incrédule. Qu'est-ce qu'ils ont à la place du cerveau? Du fromage blanc?

— A tous les vaisseaux, ici le Général Bel Iblis! tonna la voix de l'officier sur la fréquence de commandement, mettant fin à toutes les conversations. Nous venons juste d'être informés que d'importantes troupes Frezhlix ont mis le cap sur Sif'kric, la planète natale des Sif'kriens. Puisque ce système n'est qu'à quelques minutes d'ici, on nous a demandé d'aller voir ce qui se passait.

Génial, se dit Wedge avec amertume en détaillant les forces déployées par la Nouvelle République. Un croiseur *Katana*, deux frégates d'escorte de classe Nebulon-B et trois escadrons de Chasseurs Stellaires... Et avec ça, ils étaient censés faire face à une armée capable de s'attaquer à une planète tout entière?

Bel Iblis devait certainement être capable de lire dans les pensées...

— Il est évident que nous n'allons pas les affronter en combat singulier, continua le Général. En fait, il va nous falloir être très prudents et ne pas outrepasser nos obligations légales. C'est tout ce que je peux vous dire pour l'instant en attendant de pouvoir évaluer personnellement la situation. Commandant Perris?

— Tous les vaisseaux au rapport, ordonna celui-ci. Préparez-vous à passer en vitesse lumière à mon signal.

— Qu'est-ce qu'il entend par « obligations légales »? demanda Rogue Six pendant que le reste de la flotte se préparait au départ.

— A mon avis, la personne qui a contacté Bel Iblis ne doit pas faire partie de ceux qui peuvent officiellement demander de l'aide à la Nouvelle République, lui répondit Wedge. Un petit bureaucrate, peut-être, ou alors un contrôleur de trafic spatial. Si une requête officielle ne nous est pas transmise...

— Escadron Rogue, go! ordonna Perris.

— Bien compris, dit Wedge.

Il tira sur la manette d'hyperpropulsion. Le champ d'étoiles se transforma en un motif de lignes continues et les appareils prirent le large.

Le vol jusqu'au système de Sif'kric ne durait que douze minutes. Seul dans l'immensité de l'hyperespace, Wedge en profita pour procéder à une dernière vérification des instruments et de l'armement de son Aile-X. Il se demanda alors comment le légendaire Général Bel Iblis allait réussir à se tirer d'un coup pareil.

Le compte à rebours approchant du zéro, il se cala dans son fauteuil et poussa sur la manette des gaz. Les lignes se rétrécirent et les étoiles se stabilisèrent à nouveau.

Wedge écarquilla les yeux. Mais, au nom de l'espace, qu'est-ce que c'était que ça?

Sur la fréquence privée des Rogues, quelqu'un émit un grognement de dédain.

— Ils plaisantent! dit Rogue Deux. C'est ça, leur redoutable flotte d'invasion?

Wedge posa les yeux sur son écran tactique et secoua la tête en signe d'approbation silencieuse. Il y avait là deux appareils de combat de type Kruk, âgés d'une bonne quarantaine d'années, cinq frégates de classe *Lancier*, qui avaient vécu au moins la moitié de ce temps, et une trentaine de vaisseaux de poursuite modifiés de type Jomper, eux-mêmes loin du dernier cri.

— Eh bien, tu parles d'une grande menace, commenta Rogue Huit d'un ton méprisant. Je suis sûr qu'à nous tous seuls on arriverait à les faire déguerpir...

— Je n'en suis pas si certain, dit Rogue Onze. Il y a vraiment *quelqu'un* qui semble s'inquiéter de leur présence. Regardez là-bas, sur la ligne d'horizon de la planète. Il doit bien y avoir une vingtaine de cargos en train de détaler pour se mettre à l'abri.

— Et une bonne centaine d'autres qui ne vont pas s'en tirer, nota Rogue Sept. Là, sur bâbord... Les Frezhlix leur ont coupé la route.

— Je comprends tout, annonça Rogue Neuf. Ils sont malins, ces espèces de salopiots. Je suis sûr qu'ils essayent d'intercepter la cargaison annuelle de Pommwomm.

— Force d'attaque Frezhlix, ici le Général Bel Iblis de la Nouvelle République, annonça la voix de l'officier. Veuillez faire part de vos intentions.

— Ici Plarx, rétorqua une voix grave. Porte-Parole des Frezhlix. Nos intentions ne concernent en rien la Nouvelle République. Il s'agit d'une affaire privée entre nous et les Sif'kriens.

— J'ai bien peur de ne pouvoir me contenter de cela, dit Bel Iblis. Toute agression contre un membre reconnu de la Nouvelle République nous concerne.

— Cela n'a rien d'une agression, Général Bel Iblis, le contra le Frezh. Nous sommes venus en délégation afin de discuter du vote des Sif'kriens à propos de l'Initiative de Drashtine.

Il y eut une pause.

Bel Iblis devait, sans aucun doute, être en train de se renseigner sur la teneur exacte de cette Initiative de Drashtine.

— Corran? Qu'est-ce que c'est que ce Pommwomm dont tu as parlé? demanda Wedge.

— Le Pommwomm, c'est une sorte d'épineux qui pousse sur la plus aride des planètes du système, dit Rogue Neuf. On peut en tirer une huitaine d'extraits différents utilisables en médecine et presque le double pour la cuisine. Le problème, c'est qu'il faut procéder aux extractions moins de trente heures après la récolte, sinon la plante est bonne à jeter.

— Alors c'est donc ça que cherchent à faire les Frezhlix, gronda Rogue Sept. Pas la peine d'envahir qui que ce soit, ni de constituer un interminable blocus... Il leur suffit de bloquer les cargos pendant quelques heures... Du coup, les Sif'kriens perdent un paquet de pognon.

— Ça doit bien représenter vingt pour cent de leur produit annuel brut, reprit Rogue Neuf. Un sale coup pour l'économie. Je comprends leur panique quand ils ont appelé.

Le canal principal de communication fut de nouveau activé.

— Porte-Parole Plarx, ici le Général Bel Iblis. Je viens de contrôler le texte de l'Initiative de Drashtine et je n'y vois nulle part la justification d'une telle confrontation.

— Alors, c'est que vous ne l'avez pas étudié assez attentivement, grogna le Frezh. Le gouvernement Sif'krien a joué un rôle décisif dans le vote empêchant le Sénateur de notre secteur d'ajouter sa propre voix aux nombreuses condamnations contre le gouvernement et le peuple Bothans.

— Ce vote s'est déroulé de façon parfaitement légale...

— Ce vote n'avait pas lieu d'être! aboya Plarx. Autoriser ainsi les Bothans à échapper à leur punition ne peut qu'encourager d'autres actes aussi épouvantables que le massacre de Caamas à se produire dans le futur. Le gouvernement Sif'krien doit en être informé et doit pouvoir obtenir l'opportunité de revenir sur ses positions.

— L'excuse est bien facile... marmonna Rogue Deux.

— Il n'a pas tout à fait tort, dit Rogue Cinq. Il est peut-être trop impliqué dans des affaires politiques locales et de sordides histoires de chantage, mais il n'a pas tout à fait tort...

— Je comprends vos sentiments à ce sujet, poursuivait Bel Iblis. Mais en même temps, on ne peut pas rester là sans rien faire pendant que vous interférez ainsi avec le commerce interstellaire.

— Inexact, dit le Frezh. Je vous encourage à relire les règles de la Nouvelle République dans ce domaine, Général Bel Iblis.

Il y eut une autre pause...

— Il a raison, remarqua Rogue Douze d'un ton sinistre. Ici, nous sommes dans un cas de commerce inter-systèmes, pas interstellaire. On ne peut pas intervenir tant qu'on n'a pas obtenu l'invitation officielle de le faire.

— Ce qui signifie que tout repose entre les mains du gouvernement, marmonna Rogue Cinq. Qu'est-ce que tu en penses, Corran ? Tu crois qu'ils peuvent agir suffisamment dans les temps pour sauver les plantes ?

— Je n'en sais rien, répondit Rogue Neuf. Mais je serais prêt à parier que les Frezhlix ont justement choisi de déclencher leur petite intervention maintenant parce que les officiels Sif'kriens concernés sont en déplacement et ne peuvent être contactés.

Il y eut un cliquettement sur le canal privé.

— Escadron Rogue ? Ici le Général Bel Iblis. Commandant Horn ?

— Oui, Monsieur ? dit Rogue Neuf.

— On m'a laissé entendre que Booster Terrik avait quelques intérêts dans ce secteur. Est-ce vrai ?

Il n'y eut qu'une très brève pause.

— Oui, Général, c'est exact.

— Ces intérêts pourraient-ils, à l'occasion, inclure des expéditions par fondement légales ? Disons, par exemple, quand le besoin s'en fait particulièrement ressentir et que les émoluments en sont suffisamment élevés, comme à l'occasion du transport de la récolte annuelle de Pomm-womm ?

Cette fois-ci, il y eut une plus longue pause.

— Je n'en sais vraiment rien, Monsieur, répondit Rogue Neuf, l'air passablement troublé.

— Je pense qu'il est raisonnable de considérer que c'est le cas, continua Bel Iblis. Si on s'en tient à cela, peut-on supposer que l'un de ces cargos en rade, là-bas, appartient à sa flotte ?

Et subitement, Wedge comprit. Le légendaire Général Bel Iblis allait effectivement réussir à se tirer d'affaire. Enfin, si tout allait bien.

— Est-ce qu'on a identifié tous ces vaisseaux, Général ? demanda-t-il.

— Je vous envoie les données immédiatement, dit Bel Iblis. Commandant Horn, voulez-vous y jeter un coup d'œil, s'il vous plaît ?

— D'accord, Monsieur, dit Rogue Neuf dont la voix était redevenue claire. (Apparemment, il avait compris, lui aussi.) Oui, il y a ce cargo répondant au nom de *Joyeux Flagorneur*... Vous le voyez, là, à l'autre bout de la flotte ? Il se pourrait bien que ce soit en réalité la *Farce de Hoopster*, l'un des appareils appartenant à Booster.

— Je vois, dit Bel Iblis, dont la voix s'était soudainement chargée d'un poids officiel. Je connais la nature de vos liens parentaux avec le Capitaine Terrik, Comman-dant, et je comprends que ceci risque d'être assez dou-loureux pour vous. Mais vous êtes un officier de la Flotte de la Nouvelle République et nous ne pouvons pas nous permettre de modifier les lois contre la contrebande pour qui que ce soit.

— Nous comprenons, Monsieur, répondit Wedge, en adoptant le même ton de sérieux. Demandons autorisation d'aller inspecter ce vaisseau suspect.

— Permission accordée, Escadron Rogue. Soyez prudents. Ne provoquez pas inutilement les forces Frezhlix.

— Bien compris, Monsieur, dit Wedge. Escadron Rogue? En formation autour de moi.

Il appuya sur la manette des gaz, fit basculer son Aile-X et s'écarta du *Pèlerin*.

— On dirait que le chemin le plus direct pour rejoindre ce *Joyeux Flagorneur* passe juste au milieu de la ligne de blocus des Frezhlix, commenta Rogue Huit.

— On ne va quand même pas leur laisser le temps de larguer la contrebande dans l'espace pendant que nous faisons le grand tour, quand même... enchaîna Rogue Neuf.

— Je suppose qu'il va nous falloir traverser leurs défenses, conclut Rogue Deux. Faites gaffe à ne provoquer personne...

— Oui, faites doublement attention, dit Wedge. Allez, c'est parti...

Ils venaient de parcourir la moitié de la distance qui les séparait des lignes Frezhlix lorsque le commandant des puissances hostiles sembla saisir qu'il était en train de se passer quelque chose.

— Général Bel Iblis, que font vos chasseurs stellaires? demanda-t-il. Vous n'avez absolument pas le droit de vous attaquer à mes vaisseaux...

— Vos vaisseaux n'ont rien à craindre, Porte-Parole Plarx, le rassura Bel Iblis. Il s'avère que nous avons identifié l'un des cargos qui est en rade au-delà de votre périmètre. Il s'agit d'un contrebandier volant sous une fausse identité. Selon les lois de la Nouvelle République, c'est notre droit et notre devoir d'arraisonner ce type d'appareil pour saisir sa cargaison.

Wedge se demanda si le commandant Frezhlix était lui aussi sur le point de comprendre ce qui allait se passer. Il se demanda également si Bel Iblis allait ordonner que l'on transfère la marchandise périssable de la centaine de cargos à bord du *Pèlerin* ou si le général allait insister pour que les vaisseaux soient escortés jusqu'à la surface de la planète pour y être inspectés avec soin.

Quoi qu'il en soit, le Frezh en arriva à la mauvaise conclusion. Et mordit à l'hameçon. A pleines dents.

— Non! hurla Plarx. Vos appareils ne doivent pas approcher, vous entendez? Ils ne doivent pas approcher!

— Vous ne pouvez pas nous arrêter, intervint Wedge. Dégagez le passage, nous arrivons.

— Non! s'époumona de nouveau le Frezh.

Un salmigondis de sifflements et de sons gutturaux jaillit des haut-parleurs. Quelques instants plus tard, le système de communication redevint silencieux.

Wedge inspira profondément, s'attendant au pire...

Et les deux vaisseaux de combat Frezhlix ouvrirent le feu.

— Esquive! cria Wedge.

Il fit basculer brusquement son Aile-X sur la gauche pour éviter les décharges de laser. L'un des tirs faillit emporter la section supérieure de ses propulseurs bâbord. Une nouvelle cascade de grognements rauques retentit dans son casque et une nouvelle volée de laser explosa à proximité.

— Rogues en formation! ordonna-t-il. Nous nous replions vers la Flotte.

Il fit tourner le nez de son appareil, plongea sous une dernière rafale ennemie et mit le cap sur le *Pèlerin*.

Mais l'énorme croiseur n'était plus là. Lui-même et le reste de la Flotte de la Nouvelle République s'étaient regroupés en formation de combat — la tactique préférée du Général Bel Iblis — et progressaient inexorablement vers les lignes Frezhlix.

Quelque chose ressemblant à un couinement frénétique tonna dans l'intercom.

— Forces de la Nouvelle République! gronda le commandant Frezhlix. Qu'est-ce que vous faites? Vous n'avez pas le droit de vous attaquer à moi!

— Bien au contraire, Porte-Parole Plarx, dit Bel Iblis dont la voix était à présent aussi tranchante qu'une lame d'acier. J'ai tous les droits. Vous venez d'ouvrir le feu sur des véhicules spatiaux de la Nouvelle République. Rendez-vous immédiatement ou apprêtez-vous à être anéantis!

— Je proteste! éructa Plarx. Vos appareils nous ont provoqués et nous nous sommes défendus!

— C'est votre dernière chance, décréta Bel Iblis. Rendez-vous ou soyez prêt à affronter les conséquences de votre acte.

Une nouvelle série de grondements répugnants claqua dans les haut-parleurs. L'Escadron Rogue rejoignit le *Pèlerin*. Les chasseurs contournèrent le croiseur pour se regrouper en formation de combat à ses côtés. Wedge s'aperçut que les bâtiments Frezhlix venaient de rompre leurs lignes de défense pour tourner leurs canons vers les forces Républicaines en train d'approcher. Le commandant des Rogues se demanda alors si Bel Iblis se contenterait de tenir la position, maintenant qu'il avait réussi à briser le blocus, ou s'il allait vraiment mettre ses menaces à exécution et faire payer aux Frezhlix le prix de leur agression.

Ce fut Plarx qui prit, lui-même, la décision. Dans une éblouissante démonstration de puissance de feu, les deux vaisseaux de classe Kruk firent cracher leurs batteries de laser. Les appareils de poursuite Jomper se lancèrent immédiatement à la rencontre des Ailes-X.

— Forces de la Nouvelle République, dit froidement le Général Bel Iblis. Feu à volonté...

— Le gouvernement Frezhlix m'a adressé, il y a quelques heures, un message de vive protestation à propos de vos actions, gronda la voix bourrue de l'Amiral Ackbar dans le système de communications du *Pèlerin*. Ils prétendent que avez déclenché une attaque injustifiée contre une délégation de paix...

Se tenant à bonne distance du fauteuil du Général, Wedge, du regard, attira l'attention de Corran Horn et roula des yeux en signe silencieux de dégoût. L'autre lui fit une grimace signalant son approbation.

— Bien au contraire, dit Bel Iblis à Ackbar. Ils étaient en pleine violation des traités de libre circulation économique. En plus, ce sont eux qui nous ont attaqués en premier...

— Ce n'est pas ce que racontent les Frezhlix, grogna Ackbar. Ils disent que vous avez très clairement outrepassé l'autorité de la Nouvelle République.

— Cela ne m'étonne pas, dit Bel Iblis. Souhaitez-vous me voir comparaître devant le conseil militaire?

— Ne soyez pas ridicule, Général. (Pour la première fois depuis le début de la conversation, Wedge eut l'impression que la voix de l'Amiral s'était quelque peu adoucie.) Nous avons besoin de tous nos officiers. Et je suis sûr que les Frezhlix ont bien mérité ce que vous avez pris la peine de leur infliger. Vous dites qu'il y avait un vaisseau contrebandier dissimulé au milieu des autres cargos?

Bel Iblis lança un regard en coin à Corran. Ce dernier hocha la tête.

— Oui, Monsieur, cela ne fait aucun doute, confirma le Général. Un appareil appartenant à Booster Terrik. Les autorités Sif'kriennes ont arraisonné le vaisseau et sont en train d'en vérifier la cargaison.

— J'imagine déjà la conversation qui va avoir lieu d'ici peu à bord de l'*Aventurier Errant*, dit Ackbar sur un drôle de ton. (Les Mon Calamaris étaient connus pour leur haine farouche à l'encontre des contrebandiers et de leurs activités. L'Amiral devait certainement trouver une certaine forme d'humour poétique dans ce qui venait d'arriver.) Cependant, la justification de vos actes risque certainement d'en prendre un coup si on découvre qu'il n'y a aucune marchandise illicite à bord.

— Le règlement considère sans importance le fait que les recherches se révèlent positives ou non, lui rappela Bel Iblis. Etes-vous en train de suggérer que le Président Gavrisom a pu décider qu'il en allait autrement?

— Le Président a certaines obligations diplomatiques et politiques, répondit Ackbar. Cependant, soyez persuadé qu'il étudiera méticuleusement votre rapport sur cet incident avant de rendre son jugement. Pour l'heure, je vous suggère de mettre un terme à votre patrouille et de mettre le cap sur...

Un sifflement strident se produisit et le signal disparut.

— Poste des Communications, qu'est-ce qui se passe? demanda Bel Iblis.

— Le problème ne vient pas de nous, Général, annonça une nouvelle voix. On dirait que la porteuse de l'holoréseau a été interrompue...

Bel Iblis lança un regard vers Wedge et Corran.

— Des problèmes sur Coruscant? demanda-t-il à l'officier chargé des communications.

— Je n'en sais rien, Monsieur. Je suis en train de vérifier les autres relais... Non, Général, ça ne vient pas de Coruscant. On dirait plutôt que l'émetteur de Mengjini a rendu l'âme.

— Monsieur, nous venons de capter un message d'alerte générale sur un canal secondaire, intervint une autre voix dans le haut-parleur. Le relais de Mengjini aurait apparemment été attaqué par un petit groupe, ouvrez les guillemets, d'éléments dissidents, fermez les guillemets.

— Bien compris, dit Bel Iblis. Navigateur? Etablissez-nous un cap. Le chemin le plus rapide vers Mengjini. Communications, relayez le message d'alerte à toutes les bases et toutes les unités de la Nouvelle République de ce secteur. Dites-leur que nous sommes en route et que nous avons besoin de renforts dans les plus brefs délais.

Il reçut le signal d'approbation des différents postes et se tourna à nouveau vers Wedge et Corran.

— Il me semble que vos rapports vont devoir attendre encore un peu, messieurs, dit-il. Regagnez votre escadron et tenez-vous prêts à décoller.

— Pas génial, laissa échapper Corran. (Lui et Wedge remontaient au pas de course la coursive centrale inférieure pour rejoindre les baies d'envol.) Quand ils commencent comme ça à foutre le bazar dans les communications à longue portée, c'est qu'il faut s'attendre à ce que ce soit du sérieux.

— Nous ne possédons aucune preuve qu'il s'agit du groupe « Vengeance », remarqua Wedge, sautant par-dessus un Dresselien allongé devant un panneau d'accès à une gaine technique.

— C'est vrai, rétorqua l'autre. Mais, moi, je n'ai jamais parlé du groupe « Vengeance. » Tu y as pensé tout seul...

Wedge fit la grimace.

— Ouais, acquiesça-t-il. C'est vrai...

— Et comment, enchaîna Corran. Et je parie que tu es en train de penser qu'entre les émeutes meurtrières, les attaques interplanétaires et maintenant les communications longue portée hors d'usage, on a largement dépassé le stade de quelques manifestants zélés protestant contre l'implication des Bothans dans l'affaire de Caamas...

— Ouais, répondit Wedge sobrement. J'ai hâte de savoir ce qui va se passer maintenant...

19

— Tenez, regardez ça et pleurez... dit Lando en posant ses cartes de sabacc à plat sur la table. Vingt-trois! Une Suite Sabacc toute pure.

— Intéressant, murmura le Sénateur Miatamia en étudiant sa propre main. (Son visage parcheminé de Diamala ne changea pas.) Je suppose que votre référence aux pleurs ne fait pas partie intégrante de votre manière de jouer à ce jeu. Une Suite Sabacc, dites-vous?

— Oui, confirma Lando, sentant une sensation désagréable lui picoter le bas du cou.

Le Sénateur avait eu exactement la même réaction face aux mains de son adversaire au cours de cinq des huit parties complètes qu'ils avaient jouées depuis que la *Dame Chance* avait dû précipitamment quitter Cilpar. Cinq parties que le Sénateur avait d'ailleurs remportées.

— C'est regrettable, dit Miatamia en étalant délicatement ses propres cartes sur le tapis. Moi j'ai un Etal de l'Idiot. Je suppose donc que c'est plus fort, n'est-ce pas?

— Oui, vous gagnez, dit Lando, secouant la tête de dépit. (Cela faisait six parties sur neuf, à présent.) Je n'arrive pas à croire que vous n'êtes pas un professionnel des cartes...

Le Diamala fit un petit geste du bout des doigts.

— Vous ne croyez tout de même pas que les Diamalas ont créé leur vaste empire d'affaires et de finances à la sueur de leur front et en faisant preuve d'un sens pratique sans égal, n'est-ce pas?

Lando se figea en reposant la moitié du paquet de cartes sur la table. Il lança un regard suspicieux vers le Sénateur. Etait-il en train de sous-entendre que...

Non. Bien sûr que non. C'était ridicule.

— C'est une plaisanterie, pas vrai?

— Bien entendu, dit Miatamia, agitant de nouveau les doigts. Le sens pratique et le travail, c'est tout ce dont une espèce a besoin pour réussir. La chance n'est qu'une vague illusion. Les ignorants lui font confiance et les sots lui courent après.

Au prix d'un grand effort, Lando chassa de son esprit cette parole vexante. Sa carrière de joueur professionnel était enterrée depuis bien longtemps, mais le mépris apparent du Sénateur l'avait quelque peu blessé.

— En résumé, si vous êtes suffisamment malin, il ne peut rien vous arriver que vous ne puissiez anticiper, c'est ça?

— Allons, allons, un impondérable peut toujours se produire, dit Miatamia. Mais ceux qui sont bien préparés réussissent toujours à s'en sortir.

— Tout seuls? insista Lando. Ils n'ont jamais besoin d'aide?

— Cela peut arriver, répondit le Diamala à peine troublé. Mais anticiper le besoin d'assistance n'est qu'une simple question de bon sens.

— Ah... dit Lando en hochant la tête. Alors, si je vous suis bien, le fait d'admettre que j'ai besoin d'aide pour assurer la sécurité de mes cargaisons de minerai implique que je fais preuve de bon sens.

— C'est possible, acquiesça Miatamia. Il se peut également que...

Un craquement énergétique tonitruant provenant des hyperpropulseurs de la *Dame Chance* le coupa, et la mélasse incertaine du ciel par-delà la baie vitrée se transforma en lignes continues étincelantes.

Quand le champ d'étoiles se substitua aux lignes de vitesse, Lando se trouvait déjà au sommet de l'escalier circulaire qui menait aux machines.

— Que se passe-t-il? demanda Miatamia derrière lui.

— Panne d'hyperpropulsion! cria Lando par-dessus son épaule.

Il se précipita dans l'escalier. Si l'un des coupleurs avait fondu, il lui fallait absolument détourner l'énergie. La moindre surchauffe pouvait entraîner une instabilité qui déclencherait une réaction en chaîne susceptible de griller tous les circuits. Calrissian s'imagina immédiatement être obligé de s'arrêter ici, au milieu de nulle part, afin de devoir procéder à des réparations. Des réparations qui risqueraient certainement de déplaire à ses invités Diamalas. Il traversa en courant la salle à manger, passa en trombe devant les cabines et fit une glissade pour s'arrêter juste devant les panneaux de contrôle des moteurs.

Il fronça les sourcils. Aucune lumière rouge n'indiquait la présence de défaillance majeure du système. Il n'y avait même pas le moindre petit signal lumineux clignotant résultant d'une avarie mineure. En fait, selon les indications affichées sur le moniteur, la sortie de l'hyperespace n'était qu'une réponse automatique et normale due à la détection d'une planète proche. Cependant, un examen rapide du cap affiché sur l'ordinateur de navigation révélait qu'il ne devait pas y avoir de planète à cet endroit précis...

— Oh non, laissa échapper Lando dans un souffle.

Il remonta le petit escalier à bride abattue et, d'un coup de poing, déclencha l'ouverture de la porte qui menait au poste de pilotage. Le panneau glissa et il pénétra dans le cockpit.

Là, flottant silencieusement dans la noirceur de l'espace juste en face de la *Dame Chance*, se profilait la silhouette bien trop familière d'un Destroyer Stellaire Impérial.

Lando ravala un juron et se précipita sur les commandes. Au passage, il poussa sur toute une rangée de boutons d'amplification de puissance avant de se laisser tomber dans son fauteuil. Il appuya à fond sur la manette des gaz et fit virer le nez de l'appareil à tribord.

Son opération ne fut guère couronnée de succès. Même avec le soutien des propulseurs d'urgence, la *Dame Chance* ne bougeait pas.

Ou plutôt, elle ne semblait pas se mouvoir dans la direction que souhaitait Lando.

— Nous sommes pris dans un rayon tracteur, dit la voix froide du Sénateur derrière lui.

— Merci, j'avais remarqué, rétorqua Lando sèchement.

Il décida de tenter une manœuvre d'esquive en faisant cabrer le vaisseau. L'opérateur du rayon tracteur s'attendait certainement à ce que sa proie essaye de s'échapper par un mouvement horizontal. En forçant l'appareil à, successivement, plonger et monter en chandelle, peut-être aurait-il une chance d'échapper à l'emprise.

Mais cette chance ne se présenta pas.

— Bouclez votre ceinture! ordonna Lando à Miatamia.

Il laissa au rayon tracteur le soin de rectifier l'assiette du yacht spatial et en profita pour jeter un coup d'œil alentour. Les Impériaux devaient avoir un croiseur de type Interdictor quelque part dans les environs... Oui, il était bien là, à bonne distance sur tribord, sa proue pointée dans la direction de la *Dame Chance*.

Mais pas complètement...

En fait, le cône de projection des ondes gravitationnelles destinées à museler tout hyperpropulseur passant à leur portée ne semblait pas parfaitement centré sur le petit rodéo qui avait lieu entre le Destroyer et le yacht. Si Lando réussissait à se jouer du rayon tracteur, il aurait une chance sur deux de s'échapper en filant vers la bordure du cône, avant que le Destroyer Stellaire n'ait le temps de rétablir sa prise.

Si...

— Appelez votre assistant par l'intercom et dites-lui de boucler aussi sa ceinture ! cria-t-il au Sénateur.

La *Dame Chance* avait encore un dernier truc planqué dans ses manches. Un petit quelque chose que Lando avait installé, inspiré par un exploit de Luke quelques années auparavant. Calrissian fit chauffer les lanceurs arrière de torpilles à protons. Il appuya sur la commande d'un projectile de classe trois et fit feu.

La torpille jaillit dans un éclair aveuglant de sous la proue de la *Dame Chance*. Elle se mit soudainement à accélérer, attirée par le rayon tracteur. Un signal lumineux sur le tableau de bord de Lando lui indiqua que l'une des batteries de turbos laser du Destroyer Stellaire s'apprêtait à mettre l'obus en joue.

Et soudain, à moins d'une vingtaine de mètres de la *Dame Chance*, la torpille explosa.

La déflagration n'eut aucun effet dévastateur, mais elle diffusa dans l'espace un nuage de particules réfléchissantes. Des leurres qui, en théorie, devaient perturber l'action du rayon tracteur et laisser filer sa proie.

Et le stratagème fonctionna.

Le yacht trembla pendant quelques instants puis fit un bond à l'instant précis où l'emprise invisible fut rompue.

— Accrochez-vous ! hurla Lando, appuyant à fond sur le manche pour faire virer l'appareil.

L'expérience de Luke s'était révélée fort efficace mais il n'avait plus que quelques secondes pour filer au-delà du cône d'action de l'Interdictor et disparaître dans son angle mort avant que les Impériaux ne se mettent à tirer.

Mais au moment où la *Dame Chance* entreprenait sa manœuvre, un éclair éblouissant jaillit de derrière le nuage de particules et éclata entre Lando et le Destroyer. En une fraction de seconde, Calrissian vit son leurre réfléchissant virer au noir mat...

Il y eut une nouvelle secousse fort caractéristique et le yacht fut à nouveau remorqué par le rayon tracteur.

— Et qu'est-ce qu'on fait maintenant ? demanda Miatamia.

— Il n'y a qu'une seule chose à faire, lui dit Lando, sentant son estomac se serrer en coupant les moteurs subluminiques de la *Dame Chance*. Se rendre...

Six Soldats de Choc ouvraient la marche. Ils avançaient au pas, parfaitement synchrones, faisant claquer leurs semelles sur le sol, en trois rangées de deux. Juste derrière eux trottinaient Miatamia et son aide de camp. Ceux-ci faisaient nettement moins de bruit et n'essayaient même pas de marcher en cadence. Lando suivait les deux Diamalas, pas mécontent du tout de se retrouver placé là où on le remarquerait moins.

Cela dit, sa position n'était guère plus enviable. Six autres Soldats de Choc avançaient derrière lui pour fermer le cortège.

Il n'y avait eu aucune communication entre les Impériaux et leurs captifs à part un bref « suivez-nous » émis par le Commandant des Soldats. Cela faisait plus d'une fois que Lando arpentait les coursives d'un Destroyer Stellaire. Il n'avait besoin ni d'un carton d'invitation ni d'une carte détaillée pour comprendre qu'on était en train de les emmener vers le quartier des officiers supérieurs. Il était même possible qu'on les amène au centre nerveux des Services de renseignements, voire jusqu'au capitaine en personne.

432

Il lui avait été impossible de repérer l'identification du vaisseau avant que la *Dame Chance* soit engloutie dans le gigantesque pont-hangar. Il espérait de tout son cœur qu'il ne s'agissait là que d'une plaisanterie aussi sophistiquée que monstrueuse mettant en scène l'un des Destroyers Impériaux capturés par les troupes de la Nouvelle République. Mais à chaque nouvelle croisée des coursives, à chaque nouvel officier ou membre de l'équipage qui s'écartait respectueusement pour laisser passer les Soldats de Choc, l'espoir s'amenuisait de plus en plus.

La marche sembla durer une éternité mais, finalement, ils s'arrêtèrent devant une porte portant la simple inscription SALLE DE COMMANDEMENT SECONDAIRE.

— Vous êtes attendus, dit le commandant derrière Lando pendant que les six premiers Soldats de Choc se disposait en demi-cercle autour de la porte. Entrez...

— Merci, dit Miatamia, dont la voix était extraordinairement calme.

La porte coulissa et, sans hésiter, les deux Diamalas pénétrèrent à l'intérieur. A contrecœur, Lando leur emboîta le pas...

Et se heurta immédiatement au dos de Miatamia car les deux extraterrestres s'étaient soudainement figés. Calrissian recouvra son équilibre et jeta un coup d'œil par-dessus l'épaule du Sénateur pour voir ce qui avait bien pu les surprendre ainsi.

La pièce était chichement décorée. Il n'y avait que quelques écrans stratégiques aux murs, et une double rangée de moniteurs de contrôle tactique encerclait un fauteuil de commandement installé au milieu de la pièce. Debout derrière le siège se tenait un homme au visage dur, arborant des insignes de Major.

Et, se levant calmement du fauteuil...

Lando sentit son cœur s'arrêter dans sa poitrine. Non... Non... Ce n'était pas possible...

Et cependant...

— Je vous souhaite le bonjour, Messieurs, dit le Grand Amiral Thrawn avec un geste dans leur direction. Je vous prie d'accepter mes excuses pour la méthode peu formelle avec laquelle on vous a amenés jusqu'ici. Mais ne restez pas là, entrez, entrez...

L'instant de stupeur totale sembla s'allonger en une épouvantable éternité. Lando observa le visage de l'Amiral avec horreur. Ce n'était pas vrai. Le Grand Amiral Thrawn était mort. *Mort.* Il devait l'être.

Pourtant il était bien là, devant lui. Et bien vivant.

Personne ne bougea.

— Veuillez entrer, répéta le Grand Amiral.

Cette fois-ci, son invitation ressemblait à un ordre.

Miatamia sursauta et fit un pas en avant. Son mouvement mit fin à la paralysie de son assistant. Abasourdi, Lando les suivit, l'arrière-garde des Soldats de Choc entrant dans la salle sur ses talons.

— C'est bon, arrêtez-vous là, dit sèchement le Major quand Miatamia ne fut plus qu'à trois mètres de la rangée de contrôleurs tactiques. Ils ont été désarmés ?

— Aucun d'entre eux ne portait d'arme, déclara le commandant des Soldats de Choc.

Trois d'entre eux, nota Lando, s'étaient avancés pour créer une ligne de barrage sur leur droite. Du coin de l'œil, il constata que le commandant et les deux autres soldats s'étaient alignés le long du mur du fond. Une position simple mais efficace qui permettait une surveillance rapprochée et évitait, en cas de problème, que les soldats de droite ne se trouvent dans la ligne de mire de ceux du fond.

— Eh oui... On a bien l'œil sur vous, Capitaine Calrissian, confirma Thrawn. Après le désagréable épisode de Bilbringi, j'ai pris toutes sortes de précautions supplémentaires. Cela dit, il est évident que je ne m'attends pas à ce que vous me causiez beaucoup de soucis...

— Bien entendu, dit Lando, se tournant pour regarder son interlocuteur bien en face.

C'était une ruse, bien sûr. Il devait y avoir un truc. Thrawn était mort. Le Haut Commandement Impérial l'avait officiellement annoncé.

Et cependant...

— Vous avez l'air de vous porter admirablement, Amiral, dit Miatamia. Je dois vous avouer que je suis extrêmement surpris de vous voir ici.

Thrawn afficha un mince sourire.

— Ma réapparition en a surpris plus d'un, Sénateur Miatamia. Et elle en surprendra bien plus encore dans les jours à venir. Cependant, je ne vous ai pas fait venir à bord pour boire à ma propre santé. La véritable raison...

— Comment avez-vous réussi à survivre à l'attentat des chantiers de Bilbringi? s'exclama Lando. Les rapports Impériaux ont pourtant officialisé votre décès...

— N'interrompez pas le Grand Amiral! aboya le Major en faisant un pas vers lui.

— Repos, Major, dit Thrawn calmement, interrompant l'avancée de l'autre d'un geste las. Etant donné les circonstances, il est parfaitement compréhensible qu'ils soient choqués.

— Cela ne répond pourtant pas à la question, dit Miatamia.

L'espace d'une seconde, Lando crut discerner un vague éclair de douleur dans le regard du Grand Amiral.

— Ma survie, je la dois à la combinaison d'un certain nombre de facteurs. Vous voudrez bien m'excuser si je vous fais grâce des détails.

— Mais les rapports Impériaux? répéta Lando.

— Les rapports Impériaux ont dit ce que je les ai autorisés à dire, déclara Thrawn dont les yeux se mirent à luire brièvement sous le coup de la contrariété. Il était nécessaire, pendant que je me remettais de cet accident, que... (Il s'interrompit.) Peut-être vous ai-je mal jugé,

Capitaine, dit-il de sa voix posée. Tout comme vous, Sénateur. J'avais supposé qu'ayant l'occasion de rencontrer quelqu'un revenu d'entre les morts, ce qu'il aurait à vous dire personnellement vous intéresserait plus que les détails de son voyage dans l'au-delà. Je me suis trompé. (Il lança un coup d'œil par-dessus l'épaule de Lando.) Commandant? Ramenez-les à leur vaisseau. Major? Demandez aux Renseignements de nous confirmer la position actuelle du Sénateur Ishorien Dx'ono.

— Toutes nos excuses, Grand Amiral, dit très rapidement Miatamia alors que les Soldats de Choc faisaient un pas en avant. Comme vous l'avez si justement dit, une certaine surprise est pardonnable. Mais nous sommes prêts à vous écouter, à présent.

Thrawn leva une main et les Soldats de Choc reculèrent.

— Très bien, dit-il. Mon message est on ne peut plus simple, Sénateur. Vous avez certainement eu connaissance, ces derniers temps, du fait qu'un groupe de Bothans était impliqué dans la tentative de génocide de la population de Caamas. Je suis venu pour proposer mon aide afin d'amener ces criminels devant la justice.

Miatamia inclina la tête de côté, comme s'il cherchait à capter un faible son très distant.

— Pardon?

— Non, non, vous avez bien entendu, lui assura Thrawn. (Une nouvelle fois, le mince sourire s'afficha sur ses lèvres.) Je veux vous aider.

Miatamia tourna la tête, lança un coup d'œil incrédule à Lando et fit de nouveau face à Thrawn.

— Et comment?

— En identifiant les coupables, bien sûr. Si le Président Gavrisom souhaite réellement qu'il soit mis fin à cette crise, il lui suffit de me demander de l'assister. Une visite sur Bothawui, quelques minutes de conversation avec chacun des Chefs de Clans Bothans, et je découvrirai la vérité.

Miatamia pencha de nouveau la tête de côté.

— Les chefs Bothans prétendent qu'ils ne connaissent pas l'identité de ceux qui ont été impliqués dans ce crime.

— Allons, allons, Sénateur, remarqua Thrawn d'un ton froid et sinistre. Vous vous attendiez à ce qu'ils disent autre chose ?

Miatamia réfléchit à la question.

— Et vous vous croyez capable de faire la lumière sur cette affaire en vous contentant d'aller discuter avec eux ?

Les yeux rouges de l'Amiral se mirent à étinceler.

— Oui.

Il y eut un bref moment de silence.

— Ne vous serait-il pas beaucoup plus simple de retrouver les rapports Impériaux sur Caamas pour nous les confier ?

— Bien sûr, acquiesça Thrawn. Et je peux même vous dire que les recherches sont en cours. Mais la bibliothèque des rapports Impériaux sur Bastion est particulièrement vaste et la procédure pourrait bien prendre des semaines, voire des mois, avant d'aboutir. (L'un de ses sourcils bleu foncé se souleva.) Je doute que vous disposiez d'un tel laps de temps.

— Vous semblez intimement convaincu du sérieux de la crise que traverse actuellement la Nouvelle République, dit Miatamia. Nous avons déjà eu l'occasion de résoudre pas mal de problèmes similaires par le passé.

— Votre confiance est admirable, dit Thrawn en se rasseyant dans son fauteuil. Mais je vous conseille vivement de transmettre ma proposition au commandement de la Rébellion avant de la rejeter de façon brutale et inconsidérée.

— Je n'ai jamais prétendu rejeter votre offre, Grand Amiral, dit Miatamia.

Thrawn sourit.

— Non, bien sûr que non, dit-il d'un ton que Lando trouva loin d'être rassurant. C'est mon plus vif désir de prolonger cette discussion, Sénateur, car cela fait bien longtemps que je n'ai eu le plaisir de débattre avec un brillant esprit Diamala. Mais, voyez-vous, il me reste encore un certain nombre d'affaires à régler et vous, vous avez un message à transmettre. Commandant, veuillez escorter ces messieurs jusqu'à leur vaisseau. Sénateur... Capitaine... Au revoir.

— Une dernière question, Amiral, si vous le permettez, dit Lando rapidement parce qu'il sentait les Soldats de Choc se rapprocher. (Son cerveau était enfin sorti de sa torpeur et fonctionnait à nouveau à plein régime. S'il s'agissait bel et bien d'une ruse, il n'aurait probablement pas d'autre occasion de la percer.) Je vous ai vu une fois en compagnie du contrebandier Talon Karrde. Pouvez-vous rafraîchir ma mémoire et me rappeler le lieu de cette rencontre et l'objet de votre présence à ce moment-là ?

Le visage de Thrawn se durcit.

— S'il s'agit d'un test, Capitaine, je trouve que le sujet en est fort mal choisi. J'ai longuement réfléchi pendant ma guérison aux différents moyens de faire payer à Talon Karrde ses nombreux actes de trahison. Je n'aime guère que l'on me rappelle l'existence de cet individu. Sauf dans le cas précis où je peux imaginer que ses jours sont comptés. Voilà le message que je vous transmets, à vous...

— Je vois, dit Lando.

Et il serra les lèvres fermement. L'insouciance de sa jeunesse face au risque était bien loin derrière lui et l'expression du visage de Thrawn n'invitait guère à pousser plus avant l'interrogatoire.

Mais, là encore, Miatamia ne se laissa pas aussi facilement désarçonner.

— Une nouvelle fois, vous n'avez pas répondu à sa question, remarqua-t-il.

Les yeux rouges étincelants se posèrent sur le Diamala. L'espace d'un instant, Lando crut que l'Amiral allait ordonner qu'on les fusille tous les trois sans autre forme de procès. A son grand soulagement, Thrawn sourit à nouveau.

— Le brillant esprit Diamala... dit-il d'une voix totalement calme. Toutes mes excuses, Sénateur... (Il regarda à nouveau Lando.) Vous faites sans doute allusion à ma rencontre avec Karrde dans sa base de la planète Myrkr. J'étais à l'époque à la recherche de Luke Skywalker. Vous et quelqu'un d'autre — le Général Solo, je présume — avez assisté à mon atterrissage depuis un poste d'observation dissimulé dans la forêt.

Lando sentit un frisson glacé lui parcourir l'échine.

— Vous saviez que nous étions là ?

— Je savais qu'il y avait quelqu'un. Comme vous devez certainement en être conscient, certains Soldats de Choc sont équipés, à l'intérieur de leur casque, d'équipements de repérage très performants. L'un d'entre eux a identifié le reflet de vos jumelles macrobinoculaires.

— Et pourtant, vous n'avez rien fait... dit Miatamia.

Thrawn haussa légèrement les épaules.

— A l'époque, j'ai dû me dire qu'il s'agissait de membres de l'équipe de Karrde, postés à cet endroit pour s'assurer que mes Soldats de Choc ne commettaient... comment dire ? aucun excès de zèle. Etant donné la densité du feuillage, même un blaster lourd à cette distance aurait été inefficace contre nous. J'ai donc ordonné qu'on laisse ces observateurs tranquilles. (Sa bouche se durcit un petit peu.) Bien entendu, des événements ultérieurs m'ont ensuite prouvé que la situation était bien différente de ce que j'imaginais. Est-ce que cela satisfait votre curiosité, Capitaine ?

Lando réussit, tant bien que mal, à hocher la tête.

— Oui, Amiral, merci.

— Bien, dit Thrawn très froidement. Merci pour le temps que vous m'avez accordé, Messieurs, et, encore une fois, toutes mes excuses pour cette interruption inopportune. Commandant? Raccompagnez-les à leur vaisseau.

Trente minutes plus tard, assis aux commandes de la *Dame Chance*, Lando observa le Croiseur Interdictor et le Destroyer Stellaire passer simultanément en vitesse lumière.

— Comme vous l'avez si justement dit, Sénateur, murmura-t-il, il est des fois où l'impondérable peut toujours se produire. Je suis heureux de savoir que ceux qui y sont préparés arrivent toujours à s'en sortir.

Miatamia ne dit rien. Peut-être que, pour une fois, il n'avait justement rien à dire.

Avec une grimace, Lando manœuvra les commandes et fit pivoter la *Dame Chance* afin de remettre le cap sur Coruscant. Le Président Gavrisom ne serait guère enchanté d'entendre tout ça. Pas du tout enchanté, même...

Personne ne le serait, d'ailleurs...

Aucune communication n'avait été prévue pour cette partie précise du plan. Pourtant, une représentation holographique — du quart de sa taille réelle — du Major Tierce scintillait sur le générateur tridimensionnel privé de Disra.

— Vous pouvez parler, la transmission est protégée, dit Disra en observant le moniteur de codage. (Il sentit une lame glacée d'appréhension lui fouailler l'estomac.) Qu'y a-t-il?

— Aucun problème... Si c'est bien ce que vous êtes en train d'imaginer, dit Tierce. Toute l'opération s'est déroulée sans encombre.

— Je suis ravi de l'entendre, gronda Disra. Alors pourquoi prendre le risque de m'appeler ainsi au grand jour?

— Je savais que vous deviez vous faire du souci, dit Tierce d'une voix terne. Je souhaitais simplement vous rassurer.

Disra eut un sourire sarcastique, conscient que son expression ne passerait pas le cap de la reproduction holographique en basse définition.

— Je vous remercie infiniment, Major, c'est gentil de vous préoccuper ainsi de ma santé. Alors? Notre pantin s'est-il convenablement comporté?

— J'irai même jusqu'à dire qu'il s'en est remarquablement tiré, répondit Tierce. Je puis vous dire qu'il les a menés par le bout du nez du moment où ils ont mis le pied sur le Croiseur jusqu'à l'instant où ils en sont repartis.

— Pas de surprise, alors?

— Pas vraiment. Calrissian a essayé de le piéger en lui posant une question sur la fois où Thrawn est allé rendre visite à Talon Karrde sur Myrkr. Heureusement pour nous, notre ami avait lu le rapport détaillé que j'avais écrit sur mes états de service du temps où j'agissais sous les ordres de Thrawn et il a su répondre sans la moindre anicroche.

— Heureusement pour *lui*, vous voulez dire... dit Disra en adoptant un ton menaçant. Quand pensez-vous rentrer?

— C'est la seconde raison pour laquelle je vous appelle. Maintenant que nous sommes dans le coin, je pense que nous allons rester un peu dans les régions de l'espace occupées par la Rébellion.

Disra fronça les sourcils. La lame glacée reprit son travail au creux de ses entrailles.

— Et pourquoi faire?

— J'aimerais bien fouiner ici et là, répondit Tierce avec un vague geste de la main. Envoyer des signaux d'activation aux groupes de réserve que nous n'avons pas encore contactés. Il en reste encore quelques-uns avec lesquels nous n'avons pas pu encore entrer en contact du fait de leur position ou de leur éloignement. Mais surtout, j'aimerais bien voir ce qui va se passer à Coruscant quand ils auront eu vent de la réapparition de Thrawn.

— C'est simple, ils vont lancer une bonne cinquantaine de Croiseurs Stellaires à nos trousses, l'interrompit Disra. C'est de la folie, Tierce. Et je vous rappelle que cela ne fait pas partie du plan.

— Les plans militaires sont toujours susceptibles d'être modifiés, Votre Excellence, remarqua Tierce très calmement.

— Ce n'est pas vraiment ce que j'avais en tête pour Flim, grogna Disra. Et vous le savez bien.

— Et vous, vous savez parfaitement que lorsque je me suis joint à vous je vous ai affirmé qu'on pouvait faire beaucoup mieux que ce que vous aviez en tête, le contra Tierce.

Disra fit crisser nerveusement ses dents de rage.

— Vous allez tout gâcher. Et vous faire tuer, par la même occasion.

— Bien au contraire. (Même à cette échelle réduite, Disra distingua un sourire d'autosatisfaction sur le visage de son interlocuteur.) Je compte aider l'Empire à retourner sur les sentiers qui mènent à la gloire.

— Tierce...

— Je dois y aller, Votre Excellence, le coupa ce dernier. Nous ne devrions pas rester en ligne si longtemps, même avec un bon système de codage. Ne vous en faites pas, je n'ai ni l'intention d'emmener l'*Implacable* jusqu'à Coruscant ni celle de tenter quoi que ce soit d'autre d'aussi peu raisonnable. Je tiens juste à rester un moment dans les environs. J'ai comme une intuition.

— L'expérience m'a prouvé de nombreuses fois que faire confiance à l'intuition mène sur la voie des ennuis, gronda Disra. (Mais Tierce n'en ferait qu'à sa tête et tous deux le savaient bien. Il était trop tard pour envoyer la

Flotte du secteur de Braxant pour aller le chercher. A cet instant précis, Disra ne pouvait pas se permettre de gaspiller son précieux temps à essayer de contrecarrer les plans du Major.) Combien de temps comptez-vous rester là-bas ?

Tierce haussa les épaules.

— Une ou deux semaines, peut-être plus. Ça dépend.

— De quoi ?

— De la réaction que j'espère obtenir. Je ne manquerai pas de vous faire savoir si elle arrive et quand elle arrivera.

— Bien, dit Disra amèrement. Si — et quand — la Flotte de la Nouvelle République débarque dans le ciel de Bastion, je ne manquerai pas non plus de vous le faire savoir.

Tierce sourit.

— Merci, Votre Excellence. Je savais que vous comprendriez.

L'image se brouilla et disparut. Disra se laissa aller contre le dossier de son fauteuil en regardant le bloc holographique éteint. Tout cela était en train de lui échapper. Et à grande vitesse. Il avait lâché la bride de Tierce pendant trop longtemps. Il était temps de tirer fermement sur la laisse du Garde Royal.

Et de lui rappeler qui était le maître et qui le serviteur.

A cet instant précis, Disra ne savait guère comment s'y prendre pour y parvenir. Mais il trouverait bien un moyen.

20

Le Sénateur Diamala termina son rapport et alla se rasseoir sur le banc des témoins à côté de Lando... Leia eut soudainement l'impression qu'une chape de glace s'était abattue sur la Grande Salle d'Audience.

L'impossible s'était produit. Le Grand Amiral Thrawn était de retour.

— Je ne vois pas où est le problème, déclara le Sénateur Likashain d'une voix si haut perchée que les haut-parleurs de la Grande Salle se mirent à siffler. Nous sommes nombreux. Les effectifs de l'Empire sont réduits. Rassemblons-nous et passons à l'action. Ne nous arrêtons, cette fois, que lorsqu'ils auront tous été détruits...

— Si vous pensez que cette option est encore possible, vous vous fourrez le doigt dans l'œil! la contra le Sénateur Sronk. J'ai bien vu, de mes yeux vu, ce que le Grand Amiral Thrawn a infligé aux systèmes de défense de mon propre monde, il y a de cela une dizaine de cycles standard. Et il ne disposait à l'époque, comme unique armement, que de sept bâtiments de combat de la Flotte Katana. Il ne nous aurait pas ainsi annoncé son retour s'il ne s'était pas préparé à esquiver la taloche monumentale que nous lui réservons...

— Il ne doit plus leur rester qu'un petit millier de planètes, annonça d'un ton méprisant un autre Sénateur que

Leia ne put identifier. Avec, tout au plus, une centaine de Destroyers Stellaires et moins de mille appareils de moindre importance. Vous suggérez qu'une faction aussi pitoyable serait à même de résister à la pleine puissance de nos forces armées ?

— Vous ne connaissez pas ce Thrawn...

— Je vous en prie, s'interposa le Président Gavrisom. Tous. Sachez qu'au Conseil nous comprenons vos préoccupations et vos craintes. Cependant, je vous conjure à présent de considérer cette nouvelle avec pondération. Ne vous précipitez pas vers des conclusions hâtives ou dans des actions prématurées...

— Une attaque préventive n'aurait rien d'une action prématurée, insista quelqu'un, visiblement froissé. Je suis d'accord avec le Sénateur Likashain. Nous devons agir immédiatement contre ce qui reste de l'Empire.

— Oui, couina la Likashaine. Le Grand Amiral Thrawn nous a presque anéantis une fois. Nous ne pouvons pas nous permettre de lui laisser le temps de se préparer à nous attaquer à nouveau.

— Mais il a déjà eu tout le temps qu'il voulait, rétorqua le Sronk. Vous n'avez donc pas écouté ce que j'ai dit ? Il ne se serait certainement pas montré au grand jour s'il n'était pas déjà prêt, enfin...

— Mais la situation aujourd'hui est différente de celle d'il y a dix ans, leur rappela Leia, essayant de garder une voix aussi calme que possible alors que ses propres peurs se mêlaient maintenant à la sensation de terreur qui ne cessait de croître dans la salle. A l'époque, Thrawn avait encore un bon quart de l'Ancien Empire à sa disposition. Comme quelqu'un parmi vous vient de le signaler, ses ressources sont à présent presque inexistantes...

— Alors emparons-nous de ce qui lui reste ! cria une voix. Détruisons-le tout de suite !

— Nous ne pouvons pas le détruire, dit Gavrisom. Même si nous le voulons. Je ne suis pas encore convaincu qu'il s'agisse de la bonne manière de répondre à son offre.

— Et pourquoi pas? demanda la Likashaine. La Nouvelle République dispose d'une flotte de vaisseaux de guerre bien plus importante que celle de l'Empire.

Le Sénateur Maerdocien hurla quelque chose dans sa propre langue.

— Seriez-vous en train de suggérer que vous songez à l'autoriser à interroger des représentants officiels de la Nouvelle République? chuchota la traduction automatique dans l'oreille de Leia. C'est de la folie furieuse!

— Mais ce n'est pas après nous tous qu'il en a, remarqua le Sénateur Kian'tharien. Il ne veut s'adresser qu'aux Bothans.

Il y eut un nouveau mugissement.

— Et vous croyez qu'il va se contenter des Bothans? demanda la traduction. Si c'est ce que vous pensez, c'est vous qui commettez une folie.

Gavrisom appuya sur une touche de son clavier et coupa le système sonore de la Grande Salle d'Audience. Les hurlements s'évanouirent, certains à contrecœur. Puis il ralluma le système.

— S'il vous plaît, dit-il d'un ton calme. Essayons de garder l'esprit clair au cours de ce débat. Il est évident que nous n'avons pas l'intention de laisser un Officier Impérial interroger les dirigeants de certaines planètes membres de la Nouvelle République. Cependant, il est également déraisonnable, à ce stade, de suggérer une attaque concertée contre l'Empire. Il est vrai qu'un état de guerre existe techniquement entre nous. Les affrontement récents ont été peu nombreux et très accidentels. Qui plus est, même si nos forces sont supérieures en nombre, je tiens à vous rappeler que ces mêmes forces sont dispersées aux quatre coins de la galaxie. (Il secoua sa crinière en un signe de mépris évident.) Il convient, comme vous en êtes certainement conscients, d'apporter un semblant de stabilité à la Nouvelle République contre ces centaines de querelles qui menacent de se transformer en guerres internes.

— Dr'lement pr'tique, sifflota de façon sarcastique le Sénateur Garoosh. Pour l'Emp're, en tout cas...

— Ce sont probablement eux qui déclenchent toutes ces querelles, suggéra quelqu'un d'un ton méprisant. Ce serait bien dans le style de Thrawn. Attiser les braises de ces haines imbéciles et de ces génocides aussi stupides que primitifs...

— Je ne vous permet pas de qualifier notre combat de stupide! rétorqua le Sénateur Forshulien. En ce qui concerne les génocides, je trouve cela très significatif que nos oppresseurs, les Prosslees, soient prêts à excuser les actions des Bothans contre les Caamasiens. C'est le devoir de tout être pensant de reconnaître qu'une telle attitude représente un danger, non seulement pour mon peuple mais pour tout le secteur d'Yminis...

Gavrisom appuya une nouvelle fois sur l'interrupteur et la voix de la Forshulienne ne fut plus qu'un cri lointain montant de sa propre section de la Salle.

— Je remercie le Sénateur du secteur d'Yminis pour ses commentaires, dit le Président. J'aimerais également en profiter pour lui rappeler que ce débat n'est pas à l'ordre du jour...

— Président Gavrisom, je souhaiterais prendre la parole, déclara une voix familière.

Cette voix était emplie d'une colère froide et elle tonna à travers la Salle d'Audience sans l'aide du système sonore.

Leia se tourna dans cette direction. Ghic Dx'ono, le Sénateur Ishorien, était debout. Son corps tout entier était agité de tremblements, signe caractéristique, chez les représentants de cette espèce, d'une intense réflexion.

— Vous pouvez parler, dit le Président en activant à nouveau les haut-parleurs. Je tiens cependant à vous prévenir que cette assemblée n'est pas prête à écouter je ne sais quelle tirade sur les Prosslees. Il en va de même pour toute tirade concernant les Diamalas.

— Je n'ai aucune tirade à déclamer, aboya Dx'ono. Je tiens simplement à rappeler à cette assemblée que nous ne disposons à l'heure actuelle que de l'assertion du Sénateur Diamala quant à la réapparition de ce Thrawn. J'aimerais également rappeler aux Sénateurs qu'il a ponctué son témoignage, il y a un bon moment de cela, par une invitation à laisser derrière nous le problème des Bothans, sans nous soucier de leur culpabilité, afin de faire face à cette prétendue nouvelle menace.

— La réapparition du Grand Amiral Thrawn n'a rien d'une prétendue menace, Sénateur Dx'ono, le contra Miatamia avec son calme légendaire de Diamala. Tout simplement parce que si — la dernière fois — il a été arrêté dans sa progression avant d'avoir pu atteindre les mondes d'Ishori, cela ne signifie pas que vous êtes en sécurité cette fois-ci, pour peu qu'on lui donne à nouveau la liberté d'avancer.

— Ne m'accusez pas de ne penser qu'aux mondes de mon propre secteur, rétorqua Dx'ono. Les Ishoriens sont pour le bien-être et la sécurité de tous les individus de la Nouvelle République. Mais il est normal qu'en même temps nous exigions que justice soit faite pour ces individus.

— Le peuple Diamala soutient toutes les formes de justice, dit Miatamia. Nous ne pensons pas que la vengeance aveugle puisse être considérée comme une forme de justice.

— Seul un observateur aveugle pourrait considérer que notre demande est une vengeance, l'interrompit Dx'ono. Mais ce n'est pas le sujet du jour, ajouta-t-il rapidement, voyant la pointe de l'aile de Gavrisom se déplacer vers l'interrupteur. Le sujet, c'est que vous avez fait une déclaration devant cette assemblée qui ajoute un certain poids à vos thèses politiques mais que les sources indépendantes ne soutiennent pas.

— Le Général Lando Calrissian, ici présent, ne peut-il pas être considéré comme une source indépendante? demanda Miatamia.

— Vous avez vous-même déclaré, lors de votre témoignage, qu'il était venu vous trouver pour vous demander l'aide des militaires Diamalas, aboya Dx'ono. Avec un argument pareil, qu'est-ce qui nous pemet de croire que son témoignage était strictement objectif?

— Au nom du Capitaine Calrissian, je m'insurge contre ces propos, Sénateur, dit Leia en se levant brusquement. C'est un ami loyal et un allié de la Nouvelle République. Si Lando dit qu'il a vu Thrawn, c'est qu'il l'a vu.

— Un ami loyal et un allié, rétorqua Dx'ono. Mais quelqu'un qui, jadis, était un contrebandier, un joueur professionnel. Quelqu'un ayant l'expérience de la tricherie et du mensonge pour arriver à ses fins. Aujourd'hui, c'est un homme d'affaires qui dirige une opération sous-marine d'extraction de minerai dont le profit semble dépendre de l'assistance que pourraient fournir les Diamalas. Alors dites-nous, Conseillère Organa Solo : quelle facette de son talent nous a-t-il fait miroiter dans ce cas précis, hein?

Leia tourna les yeux vers Lando. Celui-ci était assis, sinistre et silencieux, derrière le Président Gavrisom.

— Cela fait seize ans que je connais Lando, dit-elle calmement. Je me porte personnellement garante de lui.

— Bien, dit Dx'ono en reniflant de mépris. Vous pouvez vous porter garante tant que vous voulez, Conseillère. Supposons alors, pour poursuivre cette discussion, qu'il ait réellement vu quelqu'un à bord de ce Destroyer Stellaire. Etait-ce bien Thrawn? Qu'est-ce qui nous prouve que ce n'était pas quelqu'un d'autre?

Leia plissa le front, essayant de lire ses pensées à travers la Grande Salle. Tout ce qu'elle réussit à capter fut une onde de colère qui masquait presque tout derrière elle.

— Etes-vous en train de suggérer que l'Empire a simulé tout cela?

— C'est bien possible, dit l'Ishori en dévisageant Miatamia. Mais je ne ferais pas nécessairement porter le chapeau à l'Empire. Nous sommes tous au courant de la présence d'un certain nombre de Destroyers Stellaires dans les limites de l'espace Républicain. Certains de ces vaisseaux, si j'en crois la rumeur, sont même tombés entre les mains de gestionnaires privés. Comme je pense l'avoir déjà remarqué, le message qui a apparemment été délivré par ce prétendu Thrawn soutient — avec une commodité déconcertante — le point de vue des Diamalas sur le problème Bothan. Coïncidence ou manipulation soigneuse?

— La possibilité de manipuler ses ennemis était l'un des plus grands talents de Thrawn, intervint Fey'lya.

— Un talent qui ne lui est certainement pas propre, claqua Dx'ono. Les Bothans, par exemple, sont également passés maîtres en la matière. Tout comme les Diamalas.

— L'homme qui portait l'uniforme de Grand Amiral savait tout de ma visite sur Myrkr il y a dix ans, dit Lando. Les seules personnes présentes à l'époque étaient Thrawn et son escorte de Soldats de Choc.

— Ce n'est pas vrai, rétorqua Dx'ono. Vous avez vous-même déclaré que le Général Solo était là également.

Leia sentit soudain la colère monter en elle.

— Etes-vous en train d'insinuer que...

— Et sans oublier, continua Dx'ono, interrompant Leia en lui adressant un regard noir, le contrebandier Talon Karrde.

Leia posa les yeux sur Lando.

— Karrde ne s'aviserait pas de nous faire un coup pareil, insista-t-elle.

— Vraiment? demanda Dx'ono. Contrairement au Capitaine Calrissian, ce Karrde n'a jamais clamé sa loyauté envers la Nouvelle République. C'est un contrebandier, un trafiquant d'informations, un homme dont la préoccupation et la loyauté vont aux seuls profit et gain. (L'Ishorien gonfla la poitrine, pour avoir l'air un peu plus grand, et pointa un doigt accusateur vers Leia.) Un homme, qui plus est, dont les seuls liens sérieux avec Coruscant sont les relations qu'il entretient avec des gens comme le Capitaine Calrissian et vous-même, Conseillère Organa Solo. Dites-nous donc quelle est votre position sur le problème Bothan.

La question prit Leia complètement par surprise.

— Que voulez-vous dire? demanda-t-elle pour essayer de gagner du temps.

— Vous savez très bien ce que je veux dire, gronda Dx'ono. Dites-nous donc quel est le parti que vous prenez. Croyez-vous que justice et réparation devraient être demandées? Ou bien, comme le Sénateur Diamala, préférez-vous que tous ces crimes abominables restent impunis? Peut-être même êtes-vous en train d'amener cette assemblée à se diriger, malgré elle, à prendre une décision de ce genre...

— Nous savons très bien dans quel camp elle se retranche! cria une autre voix très en colère. N'a-t-on pas vu son compagnon, Yan Solo, ouvrir le feu sur de paisibles manifestants au Centre des Clans de Bothawui?

— Ceci n'a pas été prouvé, Sénateur Shibatthi, intervint prestement le Président Gavrisom pour venir à la rescousse de Leia. Et vos accusations ne sont pas fondées, Sénateur Dx'ono. Comme je vous l'ai déjà dit, ce n'est ni le lieu ni le moment d'entamer un nouveau débat sur l'affaire de Caamas. Veuillez vous asseoir tous les deux, je vous prie.

Mais les dégâts étaient déjà causés, comprit Leia en se rasseyant. En un seul coup, savamment maîtrisé, Dx'ono avait réussi à semer le doute sur l'histoire de Miatamia et à ébranler la propre crédibilité de la Princesse auprès du Conseil. A partir de maintenant, tout geste défenseur qu'elle pourrait avoir à l'égard de Lando ou du Sénateur Diamala irait alimenter le doute qui venait d'être semé.

Querelles intestines, suspicions, division... Oui, c'était bien dans le style de Thrawn...

— Le moment me semble opportun pour passer à l'étude du rapport, envoyé par l'Amirauté, à propos de la situation militaire de la Nouvelle République, continua Gavrisom. Amiral Drayson?

L'Amiral s'avança jusqu'au podium à côté de Gavrisom. A ce moment-là, un faible scintillement attira le regard de Leia. Le signal lumineux vert, indiquant l'arrivée d'une communication, se mit à clignoter sur le bras de son fauteuil.

Elle fronça les sourcils et jeta subrepticement un regard alentour. Personne, à part les membres de sa famille et ses assistants personnels, ne connaissait cette fréquence privée. Tous avaient d'ailleurs reçu l'instruction de ne l'utiliser qu'en cas d'urgence. Mais alors, ils devaient envoyer un signal pour que l'indicateur clignote par séquences de trois éclairs. Pour l'instant, le signal clignotait avec régularité.

Elle fit un effort pour masquer sa contrariété et activa le champ d'isolement de son fauteuil. La voix de Drayson tomba à un dixième de son volume normal. Elle fit pivoter l'écran du communicateur depuis sa position de rangement, dans les flancs du siège, jusque devant elle. Si c'était Anakin lui demandant s'il pouvait ouvrir un nouveau paquet de gâteaux secs, elle se promit qu'il serait puni une semaine entière...

— Leia Organa Solo, se présenta-t-elle.

Mais ce n'était pas Anakin.

— Bonjour, Leia, dit Talon Karrde en hochant poliment la tête. J'espère que je ne vous appelle pas à un moment trop inopportun...

Instinctivement, Leia attira le moniteur plus près d'elle. S'il y avait bien un moment inopportun, c'était bien celui-ci...

— Pour ne rien vous cacher, votre appel ne m'arrange pas, lui dit-elle d'un ton brutal. Je suis en pleine réunion du Sénat.

— Bon, je serai bref, dit-il. (Ses yeux se plissèrent. Il était très malin et il la connaissait bien. Il comprit immédiatement qu'il devait y avoir autre chose qui la contrariait.) J'ai un message personnel à vous transmettre. Un message que je ne me permettrais même pas de passer sur un canal codé. Malheureusement, l'un des responsables de trafic du centre de contrôle spatial de Coruscant refuse de me donner l'autorisation d'atterrir.

Leia fronça les sourcils, entendant à nouveau les accusations de Dx'ono retentir dans son esprit. Comment la nouvelle avait-elle pu se propager aussi vite?

— Vous avez son nom?

— Juste son matricule bureaucratique opérationnel: KTR44875, dit Karrde. En plus, il n'a même pas voulu me le donner, son numéro. Il a fallu que j'exige qu'il me lise sa plaque d'identité. c'est un Ishori, si ça peut vous aider...

Leia fit la grimace. Voilà qui expliquait la rapidité avec laquelle se propageait la rumeur.

— Oui, ça peut m'aider. Le Sénateur Ishorien vient juste de vous accuser, vous et Lando, de conspirer avec les Diamalas pour faire acquitter les Bothans dans l'affaire de Caamas. Il a essayé de me faire tomber dans le piège, moi aussi, histoire de faire bonne mesure.

— Je vois, dit Karrde en pinçant les lèvres. Et, comme par hasard, me voilà en train de vous appeler pour vous demander assistance. Je vous présente toutes mes excuses pour ce si fâcheux concours de circonstances.

— Vous n'y êtes pour rien, dit Leia en jetant un coup d'œil par-dessus son écran en direction de la Grande Salle d'Audience. (Des centaines de visages humains et extraterrestres étaient en train de la regarder. Elle n'allait certainement pas leur laisser le loisir de choisir pour elle ses amis et ses alliés.) Dites à ce contrôleur Ishorien que je vous donne *personnellement* l'autorisation de vous poser. Je transmets l'ordre dès que j'aurai raccroché. Vous êtes à bord du *Wild Karrde* ?

— Oui. Mais je peux prendre une navette si vous pensez que c'est plus judicieux sur le plan politique...

Leia fronça le nez.

— Ménager les susceptibilités est actuellement le cadet de mes soucis. Savez-vous où se trouve l'aire d'atterrissage Ouest Championne? C'est à environ deux cents kilomètres au sud du Palais Impérial, près des Monts Manarai.

— C'est bon, je l'ai localisé, confirma Karrde en tournant les yeux. Il s'est passé quelque chose de nouveau ou bien le débat sur Caamas serait-il en train de prendre une tournure particulièrement vicieuse?

— Je n'en sais encore rien. Peut-être un peu des deux, ça dépend de la personne avec laquelle vous vous entretenez. Nous avons des locaux au trentième étage de la Tour Boidoré, à vingt kilomètres à l'est du terrain d'atterrissage. Je vais appeler les gardiens Noghris pour qu'on vous en autorise l'accès. Nous vous y rejoindrons ce soir, dès que je me serai échappée d'ici.

— Ça me semble parfait, dit-il en la regardant d'un air pensif. En plus, ça me paraît très discret.

— Ça l'est, acquiesça Leia, clignant légèrement de l'œil. (Il n'était pas très difficile de deviner ses pensées. En dépit de ce qu'elle prétendait, elle ne tenait pas à être vue en sa compagnie à proximité du Palais Impérial.) Vous comprendrez pourquoi je préfère vous retrouver à cet endroit quand je vous aurai expliqué ce qui vient d'arriver.

— Bien sûr, dit-il d'un ton neutre. Me permettez-vous d'utiliser les ports de données et les systèmes de communication de vos locaux en attendant votre arrivée? Histoire de me tenir informé, bien entendu...

Leia eut un sourire en coin.

— Et voir ce que vous pouvez récupérer dans les archives gouvernementales, c'est ça?

Il haussa les épaules.

— On ne sait jamais. Je pourrai peut-être y apprendre quelque chose de nouveau.

— Je suis persuadée qu'il vous est très difficile d'apprendre quelque chose de nouveau, quelque chose que vous ne savez pas déjà, dit Leia mi-figue, mi-raisin. C'est bon, pas de problème. J'en toucherai deux mots aux Noghris quand je les appellerai.

— Merci. On se retrouve tout à l'heure. Au revoir.

— Au revoir.

Avec un soupir, elle coupa la communication. Querelles intestines, suspicions et division. Oui, c'était bien dans le style de Thrawn. Elle se demanda ce qu'il avait prévu pour eux dans les jours à venir.

Elle alluma de nouveau le système de communication et appela le centre de contrôle spatial de Coruscant.

D'une manière générale, se dit Carib Devist en observant les champs de blé doré onduler sur toute la Vallée de Dorchess, la journée avait été bonne.

Vraiment. L'oppressant soleil d'été, qui d'ordinaire inondait Pakrik Mineure d'une chaleur accablante pendant la pleine saison, était resté timidement caché derrière des amas nuageux quasiment toute la journée. Cela avait permis à tout le monde de respirer un peu. Les nuages ne s'étaient pas dissipés avant la fin de l'après-midi, une heure et demie avant que le soleil disparaisse derrière Pakrik Majeure, planète très peuplée, jumelle de Pakrik Mineure. Quand l'astre avait reparu, sa chaleur avait presque été accueillie avec bonheur.

Il y avait toujours quelques problèmes qui subsistaient dans les champs, bien entendu, mais cela faisait partie des aléas de la vie de fermier. Carib et ses frères avaient dû, encore une fois, chasser une colonie de vers qui avait élu domicile entre les racines entrelacées des blés hauts. Il leur avait fallu également se débarrasser d'une Rouille Blanche, un champignon qui aurait pu anéantir l'ensemble des récoltes en quelque jours s'ils n'avaient pas détecté sa présence. Mais le parasite avait été éliminé et les vers chassés. Aucun des droïds n'était tombé en panne, aucun d'entre eux n'avait eu ne serait-ce qu'une toute petite avarie. La récolte était même un peu en avance sur le calendrier. Pour une fois.

Non, décidément, la journée avait été plutôt bonne. Carib posa ses pieds sur le rebord du fauteuil en direction du soleil couchant et sirota son verre d'eau minérale R'alla bien mérité. La vie, parfois, valait le coup d'être vécue.

Un mouvement sur sa droite attira son regard. Son frère Sabmin approchait de la maison à bord de son land-speeder hors d'âge. Lacy avait probablement invité Sabmin et sa famille à dîner. Elle oubliait toujours de lui dire ces choses-là...

Mais non, tiens... Sabmin était seul dans le véhicule... Plus le speeder approchait et plus l'expression de son visage était distincte...

Carib alla attendre son frère à l'entrée du chemin. Sabmin arrêta le speeder dans un nuage de poussière.

— Qu'est-ce qui se passe? demanda Carib sans autre forme de préambule.

— C'est arrivé, dit Sabmin dont la voix n'était plus qu'un chuchotement rauque. J'étais à la caverne... Et c'est arrivé.

Carib se tourna et regarda le sentier qui remontait jusqu'à sa maison. Lacy était visible par la fenêtre de la cuisine, en train de sortir le rôti du dîner du four à focalisation.

— Viens, faisons quelques pas...

Il le précéda dans le chemin qui menait aux champs.

— Tu as vérifié si le message était authentique?

— Ça a été mon premier geste, dit sobrement Sabmin. Il y avait tous les codes Impériaux en bonne et due forme.

Carib tressaillit. Cela faisait une éternité que le mot « Impérial » n'avait pas été utilisé dans ce coin de Pakrik Mineure.

— Bon, alors je pense qu'il est temps, dit-il, éprouvant une drôle de sensation au creux de l'estomac. (Après dix ans d'attente paisible, on allait de nouveau faire appel à leurs services.) Tu en as déjà parlé aux autres?

— Non, je suis venu directement. Mais attends, il y a plus... (Il jeta un coup d'œil alentour, comme s'il s'attendait à ce que quelqu'un les écoute, dissimulé dans les pousses de blé.) L'ordre d'activation a été émis au nom du Grand Amiral Thrawn.

Carib sentit sa mâchoire se décrocher.

— Mais c'est impossible, siffla-t-il. Thrawn est mort.

— C'est ce que tout le monde dit, acquiesça Sabmin. Tout ce que je sais, c'est que c'est bien son nom qui est mentionné sur l'ordre de mobilisation.

Ils venaient d'atteindre les premières rangées de culture.

— Et si c'était un mensonge? dit Carib, se tournant légèrement de côté afin de se glisser entre les hautes pousses. (Sa veste de cuir tanné brossa les feuilles des jeunes pousses et il en huma les arômes familiers, musqués et amers.) Ou un canular...

— Un canular pareil, c'est difficile à maintenir à flot, remarqua Sabmin. Les holo-enregistrements dans les transmissions, ça ne fait jamais très longtemps illusion.

— C'est vrai, dit Carib en s'arrêtant devant une pousse bien mûre. (Il caressa les grains de blé qui se dressaient fièrement au bout de leur tige. Le Grand Amiral Thrawn... Il avait presque réussi à mettre fin à cinq années de déclin... L'Empire avait failli connaître à nouveau la victoire totale.) Tu réalises bien entendu que cela change tout...

— Je ne vois pas bien en quoi. Le fait est qu'on nous a plantés ici dans le seul et unique but d'être prêts à semer la pagaille dès qu'on nous ordonnerait de le faire. (Il passa sa main sur les germes de blé.) Eh bien, comme on nous a plantés... On a pris racine, on a mûri. Voilà qu'ils sont sur le point de nous récolter maintenant...

— Oui, dit Carib, laissant retomber sa main sur sa hanche. (Une récolte de terreur, une moisson de destruction, qui seraient certainement dirigées vers Pakrik Majeure, ce gros fruit bien mûr suspendu au-dessus de leurs têtes. Pakrik Majeure et sa capitale, dans laquelle venait de commencer la conférence annuelle inter-secteurs. Et puis cette très longue grève contre les traîtres de la Rébellion... Avec les compliments de l'Empire.) Mais ce n'est pas ce que je voulais dire. Ce que je veux dire, c'est que si Thrawn est effectivement de nouveau aux commandes, alors tu peux être sûr que la mission que l'on nous confiera n'aura rien d'une superbe — mais inutile — opération suicide. Si Thrawn est de retour, cela veut dire que l'Empire a des chances de gagner.

Sabmin émit un petit sifflement.

— Tu as raison, murmura-t-il. Je n'avais pas imaginé cela sous cet angle.

— Eh bien, il serait peut-être temps de t'y mettre, l'avertit Carib. Et il serait peut-être bon de s'assurer que les autres pensent la même chose. Tu as une idée de la date à laquelle on a procédé aux dernières vérifications de maintenance sur les TIE?

— Ça remonte à pas plus d'un mois. Je pense que c'est Dobrow qui s'en est occupé. Tu veux qu'on l'appelle ce soir?

— Je veux parler à tout le monde. Ce soir, dit Carib, se glissant entre les pousses pour regagner le chemin qui menait à son foyer. Chez moi. Dans deux heures.

— On peut toujours essayer, dit Sabmin, adoptant inconsciemment une démarche militaire. Il est possible que Tabric et Hovarb ne puissent pas être des nôtres... J'ai appris que trois de leurs Gornts ont décidé de mettre bas aujourd'hui.

— Les Gornts peuvent bien accoucher toutes seules, rétorqua Carib très sèchement. Ça, c'est important.

Sabmin lui adressa un regard réprobateur.

— Allons, Carib, tu ne serais pas un peu en train d'exagérer, là? C'est un ordre d'activation qu'on a reçu, pas un plan d'attaque massive.

— Si c'est Thrawn qui a repris les choses en main, il ne se passera pas beaucoup de temps entre le premier et le second... gronda Carib. Je suis sûr que, quoi qu'il soit en train de préparer, son emploi du temps est déjà dressé à la fraction de seconde près.

Ils parcoururent le reste du chemin, jusqu'au véhicule de Sabmin, en silence.

— Bon d'accord, je vais les prévenir, dit Sabmin en montant dans son speeder. Ne t'inquiète pas, ils viendront.

Carib soupira.

— Faisons ça plutôt chez toi, suggéra-t-il. Ça n'est qu'à trois minutes en landspeeder de leurs étables. Ils pourront toujours y retourner rapidement si quelque chose tournait mal avec les Gornts.

Sabmin eut un franc sourire.

— Merci, Carib. On se retrouve là-bas...

21

— Voilà Lando, dit Leia en tendant le doigt pendant que Yan s'occupait de manœuvrer leur Incom T81 sur le troisième niveau de la zone de speeders de la Tour Boi-doré. Là, près de l'entrée, derrière cette voiture des nuages rouge.

— Ouais, je le vois, marmonna Yan en coupant les répulseurs. Je persiste à croire que c'est une très mauvaise idée, Leia.

— Je sais, répondit-elle. (Elle s'accorda un moment pour observer la zone éclairée où ils venaient d'atterrir et les buissons obscurs qui l'entouraient. Elle ne vit per-sonne et ses sens de Jedi ne ressentirent aucune pré-sence.) Et moi, je peux te dire que je ne suis pas d'accord avec toi. Mais il a insisté pour venir.

— Vaudrait mieux que Dx'ono n'ait pas eu vent de tout cela. Il a peut-être envoyé quelqu'un pour le suivre jusqu'ici, gronda Yan en ouvrant la verrière du cockpit. Quand t'as quelqu'un qui se met à claironner « Rendez-vous discret », tu peux être sûr que tout le monde est au courant.

— Je sais, dit Leia en descendant du speeder et en regardant tout autour d'eux.

Les feux de position d'autres véhicules striaient le ciel, et les différentes routes qui se croisaient au pied de la tour semblaient parcourues par leur quota habituel de landspeeders. Aucun appareil ne faisait mine de voler dans leur direction.

Mais, il y avait aussi les sombres fenêtres de l'un des cinq restaurants de la tour. Celles-ci s'ouvraient au quatrième niveau, juste au-dessus d'eux. Sans compter les autres fenêtres des appartements de la tour qui s'élevait dans les cieux nocturnes. Une personne équipée de macrobinoculaires pourrait très bien être dissimulée derrière l'une d'entre elles...

Yan semblait y avoir déjà pensé.

— Il vaudrait mieux aller à l'intérieur, dit-il à voix basse en la prenant par le bras. Allez, C3PO, bouge tes fesses.

— Oui, Monsieur, répondit prestement le droïd à carapace dorée.

Il se leva maladroitement de l'arrière du speeder et leur emboîta rapidement le pas. C'était la première fois que C3PO disait quelque chose depuis qu'ils avaient quitté le Palais Impérial, remarqua soudainement Leia. Avait-il décidé d'adopter la même humeur que Yan? Essayait-il de ne pas se faire remarquer? Peut-être était-il occupé à passer en revue ses banques de données pour y retrouver tout ce qui concernait la course au pouvoir du Grand Amiral Thrawn.

Lando sortit de sa cachette quand ils approchèrent.

— Yan... Leia... (Il les salua d'un signe de tête. Leia remarqua que son sourire habituel de bienvenue avait disparu.) Où est Karrde?

— Il est déjà arrivé, lui dit Leia pendant que Yan composait le code de la porte d'entrée. Les Noghris l'ont laissé entrer.

— Parfait.

Réajustant sa cape sur ses épaules, Lando jeta un dernier coup d'œil aux ténèbres qui les entouraient et suivit Leia à l'intérieur.

Haute de trente-huit étages, la Tour Boidoré avait été construite, à l'origine, pour être le cœur d'une importante colonie d'Alderaaniens. Cette colonie était destinée à ceux qui étaient éparpillés aux quatre coins de la galaxie quand la planète avait été détruite par la première Etoile Noire. Les architectes, avec un soin infini, avaient édifié cette tour dans le plus pur style Alderaanien. La densité de population sur Coruscant et le manque total de grands espaces avaient malheureusement rebuté plus d'un réfugié, malgré la vue spectaculaire sur les Monts Manarai.

Le reste du projet de colonie avait été abandonné. L'espoir résidait dans le fait que suffisamment d'Alderaaniens restent dans la tour pour que celle-ci demeure occupée en permanence. Mais ce dernier espoir avait été anéanti par le coup fatal qu'avait porté le Grand Amiral Thrawn lors de son court mais épouvantable siège de la planète. Quand le blocus avait été finalement levé, la majorité des Alderaaniens avaient quitté Coruscant pour rejoindre la Nouvelle Alderaan ou s'en aller explorer les étoiles. Comme l'un d'entre eux l'avait si justement expliqué à Leia, ils avaient eu suffisamment de chance d'échapper à la destruction d'un monde pour ne pas souhaiter s'installer sur une planète qui représentait une cible encore plus tentante.

Alors, la grande expérience de réhabilitation avait sombré dans l'oubli. La tour avait banalement rejoint la liste des autres bâtiments de logement installés aux pieds des montagnes. La plupart servaient de résidences secondaires à de riches industriels ou à de puissants délégués gouvernementaux.

Ceux qui provenaient d'autres mondes n'avaient jamais entendu parler des célèbres Bois Dorés d'Alderaan. Ils ne s'y étaient, bien entendu, jamais promenés.

Au cours des années, la douleur et l'ironie de cette situation avaient presque fini par disparaître du cœur de Leia. Presque.

Dans la grande tradition d'efficacité des réalisations Alderaaniennes, le turbo élévateur s'éleva sans un bruit. Il les déposa au beau milieu du jardin intérieur planté dans l'immense hall d'accueil du trentième étage. Il n'y avait personne en vue. Personne au milieu des frondaisons, personne devant les rochers sur lesquels cascadait une chute d'eau. Mais c'était normal. Il ne devait y avoir personne.

— Barkhimkh? appela Leia tout doucement.

— Je suis là, Dame Vador, miaula la voix de Barkhimkh à l'autre bout du hall. (Des branches se mirent à bouger et le guerrier Noghri apparut sous l'arche qui marquait l'entrée du couloir menant aux appartements.) Tout est calme.

— Merci, dit Leia.

— Débrouille-toi pour que cela le reste, ajouta Yan en traversant le hall.

Barkhimkh inclina la tête.

— J'obéis, Yan du Clan Solo.

Yan ouvrit la porte. Karrde se prélassait dans l'un des fauteuils Plash automoulants du petit salon. Il tenait un databloc dans une main et un verre rempli d'un liquide ambré dans l'autre.

— Ah, vous voilà, dit le contrebandier en refermant son bloc et en se levant de son fauteuil à leur entrée. J'allais demander à Sakhisakh d'essayer de vous contacter.

— On a pris plus de retard que je ne le pensais, expliqua Leia. Je suis désolée.

— Inutile de vous excuser, la rassura Karrde. Les enfants ne sont pas avec vous?

— Ils sont partis ce matin accompagner Chewie qui rend visite à sa famille sur Kashyyyk. Avec tout ce qui s'est passé dernièrement, j'ai pensé qu'ils y seraient plus en sécurité.

— Avec leurs gardes Noghris et une planète pleine de Wookiees, il est difficile de les imaginer dans un endroit plus sûr, acquiesça Karrde. Tiens, salutations, Calrissian. Je suis heureux de vous revoir.

— Merci... dit Lando. Cependant, il est possible que vous changiez d'avis quand on vous aura expliqué pourquoi nous vous avons demandé de venir jusqu'ici.

L'expression de Karrde ne s'altéra pas mais Leia sentit comme un tiraillement dans les émotions du contrebandier.

— Tiens donc, dit-il avec aisance. Alors, dispensons-nous des formalités. Asseyez-vous et racontez-moi tout.

— Je suis désolé, déclara le standard automatique de son aimable mais horripilante voix mécanique. Mais les communications avec la résidence que vous avez demandée sont limitées. Je ne peux pas vous connecter sans un code d'autorisation valide.

— Dites à la Conseillère Organa Solo qu'il s'agit d'une urgence, dit Shada en essayant d'adopter son ton le plus officiel et le plus intimidant. (Elle jeta un coup d'œil par la fenêtre du restaurant vers l'Incom T81 de Solo, posé au troisième niveau de l'aire d'atterrissage de la Tour Boidoré.) J'appelle sous l'autorité de l'Amiral Drayson des Services de renseignements de la Nouvelle République.

Le standard automatique ne changea pas de discours.

— Je suis désolé mais je ne peux pas établir cette connexion sans un code d'autorisation valide, répéta-t-il.

Shada fit une grimace et coupa l'intercom. Elle venait de jouer la dernière carte verbale de son jeu et cela ne l'avait avancée à rien. A chaque nouvelle tentative, elle s'était vu refuser l'accès à la communication et elle commençait à en avoir assez.

Elle avait tout d'abord essayé la voie officielle : le bureau de la Conseillère Organa Solo au Palais Impérial.

Là, les personnes chargées du filtrage avaient bien évidemment refusé de transmettre son message. Elle avait donc tenté de s'introduire directement dans l'énorme bâtiment gouvernemental. Mais, sans le moindre statut officiel, la moindre relation d'affaires, elle s'était heurtée, virtuellement, à des murs à chaque nouveau service qu'elle essayait de contacter. Du coup, elle avait appelé la résidence principale des Solo, près du Palais. Shada n'avait guère eu plus de chance. Sa tentative pour les contacter dans leur résidence des Monts Manarai n'avait pas davantage été couronnée de succès.

A chaque nouvel essai, sa vision idéaliste de la Nouvelle République s'était un peu plus effritée. Shada avait espéré qu'on aurait plus à lui proposer que la vie des Mistryls auxquelles, justement, elle venait de tourner le dos. Elle commençait à croire qu'elle s'était trompée.

Mais il n'y avait rien de mieux à faire que de finir ce qu'elle avait entrepris. Du reste, elle n'avait plus d'autre solution.

Elle avait essayé la manière polie et s'était cassé le nez. Soit. Elle pouvait toujours essayer, à présent, la manière des Mistryls.

Le centre commercial du deuxième niveau de la Tour était très vaste et très bien fourni. Il ne lui fallut pas plus de cinq minutes pour rassembler tout le matériel dont elle avait besoin. Trois objets, en fait. Quelques instants plus tard, armée d'une longueur de ruban de brocart blanc, d'un databloc bon marché et d'une bouteille de whisky Dodbri — un alcool très bon marché mais excessivement fort ! —, elle pénétra dans le turbo élévateur et activa la commande de montée.

L'ascension serait très courte, elle le savait, mais tous les détails étaient déjà planifiés dans son esprit. Elle était prête à agir et aucun de ses gestes ne serait superflu. Elle fit sauter le bouchon de la bouteille de liqueur, renversa une certaine quantité de la puissante décoction sur le col de sa robe longue légèrement froissée et en prit une bonne goulée. Elle fut surprise par la force du breuvage et le garda en bouche, le temps de verser ce qui restait de la bouteille dans les pots de fleurs qui garnissaient la partie supérieure de l'ascenseur. Elle recracha sa gorgée de whisky dans la bouteille — bien trop contente d'en être enfin débarrassée — et se concentra sur le ruban. Le nœud nuptial traditionnel de Coruscant était assez difficile à réaliser mais elle en connaissait une variante, rapide et simple, qui ressemblait à s'y méprendre à l'original et qui serait bien capable de berner un observateur non avisé.

Quand les portes s'ouvrirent sur la terrasse panoramique de la Tour, elle était fin prête pour son petit numéro. Serrant la bouteille d'une main, le databloc de l'autre, elle sortit de la cabine et jeta, l'air de rien, un regard faussement distrait alentour. Les tables et les chaises installées entre les massifs étaient vides. Cela dit, les gardes personnels de la Conseillère Organa Solo ne devaient venir que très rarement sur la terrasse. Resserrant sa prise sur le goulot de la bouteille, elle s'avança en titubant jusqu'au rebord du toit.

Elle savait qu'il devait y avoir un gardien quelque part. Celui-ci ne se montra pas quand elle eut atteint la barrière de lattes de bois ouvragé qui lui montait jusqu'au menton. Les panneaux de bois étaient eux-mêmes fichés dans une base solide qui lui arrivait à hauteur de genoux.

— Très bien, Ravis, marmonna-t-elle d'une voix traînante et découragée en laissant tomber la bouteille et le databloc sur le toit, juste à côté d'elle. Tu n'veux pas, hein? Très bien. J'peux sortir d'ta vie, si c'est ça qu'tu veux. J'peux même complètement disparaître...

Elle s'interrompit en produisant un sanglot savamment dosé. Elle passa les doigts par les parties ajourées des lattes de bois et s'appuya contre la balustrade. Elle tourna la tête pour essayer d'apercevoir le sol en contrebas. Ses sens étaient en alerte. Il y eut un très faible bruissement derrière elle et puis plus rien.

Il fallait donc qu'elle leur en donne un peu plus avant qu'ils ne se décident à agir. Parfait. Elle pouvait bien leur faire ce petit plaisir. Elle dégagea sa main de la rambarde. Tout en sanglotant, elle installa le databloc bien en vue sur une chaise. D'un geste maladroit mais parfaitement calculé, elle décrocha le nœud nuptial qu'elle avait dans les cheveux. Elle l'embrassa de façon fort théâtrale et le déposa juste devant le bloc. Elle s'accorda encore quelques instants pour disposer les deux objets à son idée. Puis, les épaules basses, elle regagna la bordure du toit. Elle s'agrippa aux lattes de bois et entreprit d'escalader la base de permabéton. Elle passa une jambe par-dessus la balustrade.

Enfin, elle essaya... Tout en faisant mine d'enjamber la rambarde, elle entendit un autre bruissement. Une main la saisit brusquement par la taille. On la tira en arrière pour éviter de lui faire perdre l'équilibre et pour la forcer à repasser sa jambe par-dessus la barrière.

— Ne faites pas ça... dit doucement une voix rauque, pareille à un miaulement de chat, juste derrière elle.

— Laissez-moi, se lamenta Shada, lâchant les lattes pour gifler son sauveteur sans résultat. Lâchez-moi. Il se moque bien d'moi... C'est lui qui l'dit. Il n'veut plus d'moi. Laissez-moi...

— Ce n'est pas une solution, dit calmement le Noghri en l'attirant vers lui gentiment mais fermement. Venez à l'intérieur et nous pourrons en discuter...

— J'en ai marre d'discuter, marmonna Shada, se tournant à moitié pour observer le Noghri et s'assurer qu'il profitait bien de son haleine chargée de whisky. (Elle jeta également un rapide coup d'œil à la terrasse et vit qu'il n'y avait personne d'autre.) S'il vous plaît, lâchez-moi, l'implora-t-elle en agrippant à nouveau les lattes de bois de sa main gauche pour essayer d'échapper à sa poigne. Je vous en prie...

— Non, répéta le Noghri, tirant en arrière avec force.

Elle n'aurait jamais cru qu'une créature aussi petite puisse être dotée d'une puissance pareille. Ses doigts résistèrent encore à la traction...

Et puis, sans aucune forme d'avertissement, elle se laissa aller. Elle bascula, tournoya et tomba vers lui.

Le Noghri fut rapide. Très rapide. A peine avait-elle exécuté son demi-tour pour l'observer qu'il avait déjà fait un pas de côté pour éviter qu'elle ne s'écroule sur lui. De son bras libre, il la saisit à l'épaule et amortit sa chute...

Elle tomba dans ses bras. Dans le mouvement, elle passa ses mains autour de la gorge du garde et serra. Sans un bruit, les jambes du Noghri fléchirent et ils basculèrent tous deux sur la terrasse.

Pendant quelques instants, elle resta allongée sur le toit, sanglotant comme une personne complètement ivre. Ses yeux balayèrent les environs, s'attendant à voir débarquer de quelconques renforts. Mais non, apparemment le Noghri était tout seul.

Mais cela ne voulait pas dire qu'il n'avait pas eu le temps d'envoyer un message avant de voler au secours de cette ivrogne désespérée prête à mettre fin à ses jours. Si c'était le cas, elle n'aurait guère le temps d'agir.

Elle déchira la robe qui dissimulait sa combinaison de combat et, tout en gardant un œil sur la porte de l'ascenseur, se mit au travail.

Karrde fit tournoyer son verre dans sa main. Son regard était perdu dans ce qui restait de breuvage. Ses prunelles se mirent à suivre les mouvements de la boisson à l'intérieur du récipient.

— Vous êtes sûr de tout ça? demanda-t-il.

— Sûr et certain, dit Lando. J'ai fait quelques

recherches dans les fragments d'Archives Impériales que nous avons à notre disposition pour y étudier tous les enregistrements de Thrawn. Il ne restait pas grand-chose, mais cela ressemblait à s'y méprendre à l'homme que j'ai vu.

— Oui mais enfin cela ne veut pas dire qu'il ne s'agit pas d'un piège, intervint Yan en jetant subrepticement un coup d'œil à Leia.

Si le comportement de Karrde n'était qu'une mise en scène, s'il était secrètement impliqué dans l'apparition de Thrawn sous les yeux de Lando, elle pourrait sur-le-champ en découvrir la preuve dans son esprit.

Mais le visage de la Princesse arborait toujours cette même expression sinistre, adoptée depuis le moment où Lando avait commencé le récit de son aventure. Les yeux de Leia croisèrent ceux de son époux. De façon imperceptible, elle secoua la tête en guise de réponse négative à sa question silencieuse.

Yan crut qu'ils avaient été discrets. Mais apparemment non.

— J'en déduis que je suis donc l'objet de soupçons, continua Karrde sans quitter son verre des yeux. Et pas seulement de la part des Ishoris et de leurs alliés. C'est bon? J'ai réussi l'examen?

Yan se tourna à nouveau vers Leia, juste à temps pour voir les lèvres de sa femme se tordre.

— Je suis sincèrement désolée, dit-elle. Si cela peut vous rassurer, je n'ai jamais douté de vous...

— Merci. (Karrde adressa un mince sourire à Yan et à Lando.) Je n'irai pas jusqu'à vous embarrasser en vous demandant si vous partagez la confiance dont m'honore la Conseillère...

— Les choses ne sont pas toujours acquises, répondit Yan. Que je sache, vous n'avez jamais prêté serment et juré fidélité à la Nouvelle République, ni rien de ce genre, non?

Karrde inclina la tête.

— Vous avez raison, bien sûr. Toutes mes excuses. (Il posa les yeux sur Lando.) Bon, d'accord, commençons par l'hypothèse sur laquelle nous comptons tous : vous avez été la victime d'une habile supercherie. La première question que je me pose est : comment ont-ils fait?

— Ça, ça n'est pas très difficile, dit Yan. Un peu de chirurgie esthétique et le type peut bien ressembler à Thrawn, non? Ajoutez à cela teinture des cheveux, coloration des yeux et pigmentation de la peau...

— La chirurgie esthétique laisse des marques fort visibles, remarqua Lando. Je les connais et je sais où regarder. Je n'ai rien vu de semblable. Et puis, qu'est-ce que vous faites de la voix?

— Comment ça, qu'est-ce qu'on fait de la voix? demanda Yan. Une voix, ça se truque, ça s'imite, tu sais? On l'a bien fait une fois avec C3PO, tu te souviens?

— Si la voix était si juste que cela, il est possible que vous ayez eu affaire à un droïd, à un répliquant humain, suggéra Karrde. Comme celui que possédait le Prince Xizor, le dirigeant du Soleil Noir.

Lando secoua la tête.

— Non, il n'y avait pas que la voix, Karrde. Pas plus que le visage ou quoi que ce soit d'autre... Il y avait... Je n'en sais rien... Il y avait une vraie présence, une puissance cachée et une confiance en soi qu'aucun droïd n'aurait pu simuler. C'était lui. C'était obligatoirement lui.

— Et cela n'aurait pas pu être un clone? insista Karrde. Thrawn aurait très bien pu s'accaparer un — ou plusieurs — réservoirs de clonage du Mont Tantiss avant que tout soit détruit.

— Je me suis posé la même question, intervint Leia. Cela pourrait aussi expliquer l'origine des clones dont Luke a ressenti la présence à Iphigin.

— Un clone de Thrawn, c'est déjà assez inquiétant, acquiesça Lando très sèchement. Mais, en poussant le raisonnement un peu plus loin, imaginez un peu que ce soit un clone qui ait occupé le fauteuil de Thrawn sur le pont du *Chimaera* à Bilbringi ? Et si Thrawn avait anticipé tout ce qui allait se passer — je dis bien tout ? Et s'il avait pris ses dispositions ?

Karrde fit de nouveau tournoyer sa boisson dans son verre.

— Alors, pourquoi Thrawn est-il resté planqué pendant tout ce temps, laissant l'Empire s'effondrer alors que son sens du commandement aurait très bien pu sauver la situation ? demanda-t-il. Non... S'il est resté en retrait, c'est que sa blessure a dû l'immobiliser et qu'il a attendu d'être complètement guéri.

— C'est plus ou moins ce qu'il nous a raconté, à Miatamia et à moi, acquiesça Lando. Il a dit qu'il était resté à l'écart pour se remettre de ses blessures.

— Ou alors, c'est ce qu'il veut bien vous laisser croire, intervint Leia. Qui vous dit qu'il ne s'est pas caché pour une tout autre raison ?

— Quelque chose de plus important que de protéger l'Empire ? objecta Yan. Cela n'a pas de sens.

Brusquement, Karrde posa son verre sur la table basse à côté de son fauteuil.

— Bon, admettons. Essayons d'envisager le pire des scénarios : c'est bel et bien Thrawn que vous avez vu. Il est de retour, il n'est pas content et il va vouloir se venger. Mais alors, pourquoi n'apparaître que dans ces conditions ? Pourquoi juste devant vous et le Sénateur Miatamia, au lieu de se présenter devant le Conseil à Coruscant ?

— Probablement pour créer la situation dans laquelle nous nous trouvons actuellement, dit Leia. Le niveau de tension au Sénat est en train de crever les plafonds. Il y a une incroyable quantité d'animosité et de soupçons à l'encontre des Diamalas en ce moment. Et, par extension, à l'encontre de tous ceux qui partagent leur opinion au sujet de Caamas.

— Avec, de surcroît, l'impression que Gavrisom est en train d'envenimer encore un peu plus les choses parce qu'il ne veut pas précipiter les décisions sur la résolution de cette affaire, ajouta Lando. J'ai entendu dire que des Sénateurs commencent déjà à se plaindre du fait qu'il semble vouloir traîner les sabots sur la question des réparations pour les Caamasiens.

Yan fit la grimace... La crise financière des Bothans...

— Il fait tout ce qui est en son pouvoir, dit-il à Lando.

— Peut-être, répondit celui-ci d'un ton sombre. Mais ce qui me gêne, c'est que Thrawn a plein d'autres moyens de semer la zizanie au sein du gouvernement... Si c'est réellement ce qu'il cherche à faire.

— Et qu'est-ce qu'il peut bien vouloir d'autre? demanda Karrde. Il ne commettrait tout de même pas la bêtise de s'attaquer à la Nouvelle République d'un seul coup... Pas avec l'équivalent des ressources de huit secteurs pour seules richesses...

— Peut-être a-t-il mis la main sur une autre super arme secrète conçue par l'Empereur? suggéra Lando d'une voix sinistre. Une autre Etoile Noire, une qui soit terminée, ce coup-ci... Ou bien un autre Briseur de Soleil. Ou quelque chose de plus dangereux encore.

Karrde secoua la tête.

— C'est un peu tiré par les cheveux. S'il existait quelque chose de cet acabit dans la galaxie, on en aurait certainement déjà entendu parler.

— Il y a un autre détail sur lequel nous devrions nous attarder, dit Leia. Vous avez évoqué le fait qu'il pouvait s'attaquer à la Nouvelle République d'un seul coup. Ce cas de figure laisse imaginer que la Nouvelle République pourrait lui tenir tête si elle était unie. Mais avec l'affaire de Caamas qui est en train de diviser tout le monde — et un Empire si faible qu'on a l'impression qu'il ne représente aucune menace — il ne s'agit plus d'un fait acquis.

— Pour peu que ça l'ait été à un moment ou à un autre, remarqua amèrement Yan. Je vous rappelle qu'il n'y a jamais eu guère plus qu'une toute petite fraction de la galaxie pour se battre contre l'Empire.

— Ouais, mais il n'y a jamais eu guère plus qu'une toute petite fraction de l'Empire pour se battre contre nous, remarqua Lando en posant les yeux sur Karrde. Je pense qu'à l'époque nous ne nous rendions pas compte de l'énergie qu'ils dépensaient pour étouffer toutes ces vendettas et ces rivalités qui risquaient de leur péter à la figure. Maintenant que nous nous trouvons dans la même situation, à mon humble avis, nous ne disposons pas de ressources suffisantes pour faire face à ce que Thrawn a bien pu nous concocter...

— Cela dépend, bien entendu, de ce qu'il a concocté, dit Karrde. (Soudainement, Yan réalisa que le contrebandier ne quittait pas Lando des yeux. Réciproquement, Lando observait les moindres gestes de Karrde.) Alors, qu'est-ce que vous suggérez de faire, à présent ?

— A présent, dit Lando en insistant sur le mot, nous devrions en finir une bonne fois pour toutes avec cette fichue histoire de Caamas pour pouvoir nous consacrer à Thrawn. Cela signifie qu'il nous faut découvrir l'identité des Bothans coupables.

— Ça risque de poser un problème, dit Karrde dont la voix était devenue très calme. D'après ce que je sais, les Impériaux n'ont plus que deux jeux d'archives complets à leur disposition : un à la bibliothèque dans la base d'occupation de Yaga Mineure et l'autre dans l'actuelle capitale Impériale sur Bastion.

— Et je suppose que vous ne savez pas où se trouve ce fameux Bastion, n'est-ce pas ? demanda Leia.

— Hélas non, répondit Karrde en tournant le regard vers elle avant de fixer à nouveau Lando. Le véritable nom de Bastion est un secret que les Impériaux ont réussi à bien garder.

— Je ne parlais pas nécessairement des Impériaux, dit Lando. Je pensais que peut-être quelqu'un d'autre pouvait posséder ces dossiers que nous recherchons.

Yan, interloqué, cilla plusieurs fois en regardant Lando. Soudain, l'insistance de son ami pour assister à la discussion de ce soir avec Karrde prenait une tout autre dimension.

— Tu veux dire que Karrde...

— Je ne possède pas ces archives, Calrissian. Si c'était le cas, je vous les aurais remises il y a bien longtemps.

— Je le sais, dit Lando dont la voix était chargée de sous-entendus. Je parlais d'une tout autre source...

— Une source qui ne les a probablement pas, rétorqua Karrde froidement.

L'expression de Lando ne changea pas.

— Oui, mais qui pourrait bien les avoir...

Pendant quelques secondes, les deux hommes ne se quittèrent pas du regard. Yan se tourna vers Leia et écarquilla les yeux. Il vit sur le visage de son épouse la même expression de stupéfaction que celle qu'il devait arborer.

— Est-ce que par hasard il n'y aurait pas un petit quelque chose que vous auriez omis de nous signaler, tous les deux ? demanda-t-il prudemment.

— Non, dit Lando. Ou plutôt devrais-je dire « pas encore ».

— Leia ? Calrissian et moi-même aurions besoin d'avoir une petite conversation, dit Karrde en se levant brusquement. Y a-t-il un endroit où nous pourrions nous entretenir en privé ?

— Vous pouvez utiliser la chambre des enfants, acquiesça Leia en indiquant l'extrémité du couloir. C'est la dernière porte à gauche.

— Merci. (Karrde, s'adressant à Lando, fit un geste vers le couloir.) Après vous, Calrissian.

Shada venait d'ajouter un piton supplémentaire à sa longe de sécurité à deux mètres au-dessus d'elle. C'était une question de prudence. Au cas où les Noghris débarqueraient en force sur le toit et décideraient de trancher la corde plutôt que de perdre du temps à la hisser pour l'interroger. Suspendue à présent à une bonne centaine de mètres au-dessus du sol, elle pointa son collimateur de vision nocturne sur la fenêtre juste à côté d'elle et observa l'intérieur de la pièce plongée dans l'obscurité.

C'était une chambre d'enfant. La chambre de plusieurs enfants, corrigea-t-elle en apercevant un deuxième lit contre le mur du fond. Elle était actuellement inoccupée. Puisque aucun des trois enfants Solo n'était descendu du speeder derrière ses parents, il était tout à fait raisonnable de supposer que la chambre resterait vide.

Elle replaça son collimateur dans la poche de sa combinaison, sortit l'un de ses trois poinçons moléculaires Zana M6W9 et en déploya la lame invisible. Comme un sabrolaser, un poinçon moléculaire pouvait trancher à peu près n'importe quoi. A l'inverse de celle d'un sabrolaser, en revanche, la lame d'un Zana était extrêmement fragile. Une parade contre un quelconque assaillant et vous pouviez être sûr de briser l'arme. Même si votre attaquant, en règle générale, ne valait guère mieux après coup. La partie la plus difficile de n'importe quel travail de découpe effectué à l'aide d'un Zana consistait à ne pas abîmer l'outil.

Fort heureusement, la tâche qui se présentait à elle n'allait certainement pas être titanesque. La plupart des immeubles de Coruscant étaient parés de baies vitrées, ce qui aurait dû l'obliger à découper le panneau dans son intégralité pour s'introduire dans la pièce. Les architectes de la Tour Boidoré avaient équipé les fenêtres de petits battants Alderaaniens traditionnels destinés à permettre une meilleure circulation de l'air. Il lui suffisait donc de glisser la lame du poinçon derrière le panneau pour en trancher le mécanisme de fermeture et le tour serait joué.

Pour peu, bien entendu, qu'elle ait, dans un premier temps, réussi à désactiver l'éventuel système d'alarme installé par les Noghris.

Le travail fut plus facile à exécuter qu'elle ne l'imaginait. La fenêtre n'était dotée que d'un simple détecteur capable de repérer tout landspeeder s'approchant un peu trop près. Apparemment, il n'était pas venu à l'idée des Noghris que quelqu'un serait suffisamment fou pour descendre en rappel depuis le toit comme elle venait de le faire. Cela dit, il fallait leur rendre justice : elle avait tout de même rencontré un garde là-haut...

Deux minutes plus tard, elle pénétra dans la chambre. Elle referma la fenêtre derrière elle et écouta. Le fond sonore, constitué de faibles bourdonnements de machinerie, était celui de n'importe quelle habitation moderne. Depuis l'autre bout de l'appartement, elle entendit le son étouffé d'une conversation. A travers la porte close, elle ne parvint pas à déchiffrer ce qui se disait mais elle put distinguer quatre voix différentes.

Debout devant la porte, elle fronça les sourcils sous le coup de l'indécision. Elle avait bien vu Solo, Organa Solo et leur droïd descendre du T81. Elle avait repéré Calrissian qui les attendait dans l'ombre du garage. A qui appartenait donc cette quatrième voix? A un ami, arrivé à l'improviste? Probablement pas. A un associé de Calrissian? Peut-être... Sauf que celui-ci était seul quand Solo et la Princesse étaient arrivés à la Tour.

Une chose était sûre, leur comportement suspicieux à tous les trois prouvait qu'ils avaient redoublé d'efforts pour que cette rencontre reste secrète. Elle se doutait qu'elle ne serait certainement pas la bienvenue.

Brusquement, elle se tendit. La conversation s'était arrêtée. Il y eut un nouveau son.

Des pas. Venant dans sa direction.

Elle traversa la chambre en quatre rapides foulées, s'agenouilla près du lit contre le mur du fond. C'était un lit pareil à une couchette de vaisseau spatial. Il y avait des rangements sous le matelas. Elle n'avait guère prévu de devoir s'y dissimuler. Elle saisit les poignées du tiroir et tira.

Le meuble était rempli d'un incroyable bric-à-brac. Ses muscles surentraînés de Gardienne Mistryl se bandèrent de plus belle et le lit se décolla du mur de vingt-cinq centimètres. Ce serait amplement suffisant. Les pas venaient de s'arrêter devant la porte fermée. Elle fit un bond depuis sa position accroupie, plongea et roula de l'autre côté du lit. Silencieusement, elle se glissa dans l'étroit espace le long du mur.

Juste à temps. Au moment où son épaule et sa hanche se posaient contre le carrelage froid du sol, la porte s'ouvrit et les pas de deux personnes résonnèrent. Le panneau lumineux du plafond fut allumé et la porte se referma.

— Nous avions un accord, Calrissian, dit une voix d'homme non identifiée.

Non identifiée mais pourtant familière... Shada se mit à fouiller dans ses souvenirs.

— Un accord que j'ai respecté, répondit Calrissian dont la voix semblait sur la défensive.

— Vraiment? demanda froidement l'autre voix. C'est sûr que leur laisser comprendre qu'il y avait un secret entre nous était le meilleur moyen pour qu'ils aillent chercher leurs petites pelles et se mettent tous les deux à creuser...

Et, soudainement, la mémoire lui revint. C'était Talon Karrde, le chef suprême des contrebandiers.

— Franchement, Karrde, je pense que vous et moi avons autre chose à faire en ce moment, rétorqua Calrissian d'un ton acerbe. Et pour être tout à fait honnête, je n'ai jamais compris pourquoi vous teniez tellement à garder le secret sur cette histoire. Bon, d'accord, Jorj Car'das était un de vos concurrents directs...

— Chut, moins fort, gronda Karrde. Je ne veux pas que les autres entendent ce nom. Et puis Car'das n'était pas un de mes concurrents. C'était complètement différent.

— Très bien. Comme vous voulez. Mais nous ne pouvons plus nous permettre de jouer à ces petits jeux futiles, maintenant. Pas avec...

— Des petits jeux futiles ? l'interrompit Karrde. Mais enfin Calrissian, vous ne savez pas de quoi vous parlez !

— Je sais très bien de quoi je parle ! Je vous parle de ce génie qui était à deux doigts d'anéantir la Nouvelle République il y a dix ans de cela. Si Thrawn a déjà prévu son plan, vous pouvez être certain qu'il compte grandement sur le fait que le problème de Caamas est en train de nous diviser.

Shada sentit son souffle se coincer dans sa gorge. Comment cela, « si Thrawn a déjà prévu son plan » ? Mais Thrawn était mort...

N'est-ce pas ?

— Merci pour ce rapide aperçu historique, dit Karrde. Dois-je vous rappeler que j'y étais, moi aussi ? Essayons de ne pas nous comporter comme si la Nouvelle République était sur le point de s'effondrer, d'accord ?

— Pourtant, j'ai bien l'impression que c'est le cas, le contra Calrissian. Après tout ce temps-là, vous pensez vraiment que Thrawn aurait refait surface s'il n'était pas prêt à nous rentrer dedans ?

— S'il a vraiment l'intention de nous rentrer dedans... répondit Karrde. Il se pourrait bien qu'il ait prévu autre chose qu'une simple attaque en force.

— Eh bien, voilà qui est réconfortant, grogna Calrissian. Encore une bonne raison pour en finir une bonne fois avec l'affaire de Caamas. S'il existe ne serait-ce qu'une chance infime pour que Car'das nous vienne en aide, il faut la saisir. Il faut que quelqu'un aille le voir.

— Et vous suggérez que je puisse être ce quelqu'un?

— Vous le connaissez, remarqua Calrissian.

— Oui, enfin, ce n'est plus une certitude, dit Karrde. Il se pourrait même que ce soit tout le contraire.

Un bruit très doux, pareil à un faible soupir d'exaspération, monta dans la chambre.

— Ecoutez, Karrde, j'ignore ce qui s'est passé entre Car'das et vous. Ce que je sais, en revanche, c'est que nous nous apprêtons à faire de nouveau face au Grand Amiral Thrawn. Et quand je dis « nous », cela veut dire que vous faites partie du lot. N'oubliez pas qu'il a déclaré qu'il comptait bien vous retrouver.

— Des paroles d'intimidation, murmura Karrde.

— La dernière fois, je crois me souvenir que Thrawn a largement dépassé les bornes de l'intimidation, dit Calrissian. Tout ce qu'il a déclaré a toujours rapidement été suivi par un passage à l'action. Mais puisque nous en sommes au chapitre des intimidations, de quoi avez-vous donc si peur?

Les bruits de pas se rapprochèrent de la fenêtre.

— Vous n'avez jamais rencontré Car'das, Lando, dit Karrde très calmement. Si vous le connaissiez, vous comprendriez. A sa façon, il est plus impitoyable que Jabba le Hutt.

— Et cela ne vous a pas empêché de nous envoyer, Mara et moi, à ses basques...

— Je ne vous ai rien demandé à vous personnellement. Si vous vous souvenez, j'ai juste essayé de vous obliger à me vendre l'intégralité du signal.

— Ouais, en me faisant croire que ce n'était qu'une bricole sans intérêt datant d'avant la Guerre des Clones, lui rappela sèchement Calrissian. Vous saviez bien que je ne goberais pas une histoire pareille. Enfin, on s'écarte du sujet. Nous avons fini par retrouver Car'das et nous sommes revenus entiers de cette mission.

— Vous avez perdu sa trace à l'entrée du système, dit Karrde. Et là, vous me demandez d'y aller à l'aveuglette. Si ça se trouve, il s'est construit une vraie forteresse ; je ne vais tout de même pas aller frapper à sa porte.

— Si personne n'arrête Thrawn, c'est lui-même qui ira frapper à sa porte pour le tirer de sa retraite. Si Car'das a pour deux crédits de jugeote, il vous remerciera de l'avoir prévenu !

— Car'das n'a jamais remercié qui que ce soit au cours de toute sa vie, remarqua Karrde abruptement. En plus, il n'a pas pris sa retraite. Il doit être en train de préparer quelque chose ou de comploter je ne sais quoi... C'est dans sa nature. Et je suis certain qu'il ne veut pas que quelqu'un le retrouve. Et surtout pas moi.

Calrissian siffla entre ses dents.

— Très bien, laissa-t-il échapper. Vous voulez vous enterrer au fond d'un trou et attendre que Thrawn vienne vous débusquer ? Allez-y, ne vous gênez pas. Donnez-moi une copie du plan de vol de Mara quand elle a exploré le système d'Exocron. Je vais aller le chercher, moi, ce Car'das !

— Ne dites pas de bêtises, rétorqua Karrde. Vous et la *Dame Chance*, vous ne survivriez pas deux jours dans les régions du Kathol.

— Et qui vous dit que je vais y aller tout seul ? le contra Calrissian. Je vais demander au Général Bel Iblis de m'accompagner à bord du *Pèlerin*.

— Mais c'est la pire des choses à faire ! s'énerva Karrde. Si vous amenez un vaisseau de guerre de cette taille dans le système d'Exocron, soit Car'das disparaît à tout jamais de la surface de la planète, soit il vous fait partir en fumée sans que vous ayez eu le temps de dire ouf. Vous ne le connaissez pas aussi bien que moi.

— Non, acquiesça Lando très calmement. Effectivement.

Il y eut un long silence. Un long, interminable silence.

— Vous n'auriez jamais dû tourner le dos à vos origines de brigand, Calrissian, dit finalement Karrde. Vous êtes très doué. Allez, c'est bon, je vais y aller.

— Merci. Vous ne le regretterez pas.

— Ne me faites pas de promesses que vous ne pourrez pas tenir, l'avertit Karrde, une pointe d'humour décontracté dans la voix. Je suppose qu'il nous faut aller l'annoncer aux autres.

La porte s'ouvrit en chuintant et le panneau lumineux s'éteignit. La pièce fut de nouveau plongée dans l'obscurité. Shada se leva pour sortir de sa cachette. Elle roula sur le lit et retomba sur ses pieds. Elle traversa la chambre à grands pas et se glissa dans le couloir avant que la porte ne se referme automatiquement.

Les deux hommes, Calrissian en tête, se dirigeaient à l'autre bout du hall vers ce qui ressemblait à un salon de conversation typique d'Alderaan. Aucun d'eux ne remarqua la présence de Shada dans leur dos. Elle se rapprocha et régla silencieusement son pas sur celui de Karrde.

— Bon, j'abandonne! capitula Yan, l'air complètement déboussolé. Qu'est-ce que c'est que tout ce cirque, hein?

Leia secoua la tête.

— Je n'en sais rien, dut-elle admettre, se remémorant le dernier échange de paroles entre Lando et Karrde. (Son regard se perdit dans les profondeurs du couloir, en direction de la chambre des enfants, où les deux hommes étaient partis s'isoler.) On dirait une sorte de secret qu'ils ne veulent pas nous révéler.

— Ouais, ça va, ça j'avais compris. Je voulais dire : qu'est-ce que c'est que ce fichu secret?

Leia lui adressa l'un des regards patients dont elle disposait dans son vaste répertoire. Un stock enrichi par toute une vie de services diplomatiques et affiné, jusqu'à en devenir un art, par dix ans de vie commune avec trois enfants turbulents.

— Tu sais très bien que je ne peux pas aller voir ce qu'ils font pour essayer d'extirper quoi que ce soit à leurs esprits, lui rappela-t-elle. Je ne le ferais même pas avec des ennemis, pour des raisons d'éthique. Alors, avec des amis...

— Vous, les Jedi, vous n'êtes pas marrants, parfois.

Il avait dit cela sur le ton de la plaisanterie, mais Leia nota dans le regard et l'humeur de son époux qu'il ne se sentait pas encore très à l'aise face à la situation.

— Ça ne fait pas partie de nos attributions de nous marrer, remarqua-t-elle.

— Mais tu ne pourrais pas, heu... disons essayer de te concentrer, histoire de détecter ce qu'ils sont en train de se dire là-dedans?

Leia eut un petit sourire désabusé.

— J'aimerais bien que tu ne fasses pas ça, lui enjoignit-elle d'un ton réprobateur.

Il alla lui-même puiser dans son propre répertoire de petits regards innocents.

— Moi? Et faire quoi?

— Me suggérer de faire quelque chose qui est contraire à l'éthique alors que je suis en train d'essayer de me persuader que cela ne nuirait à personne... C'est très déconcertant.

— Surtout quand ça vient d'un gars qui n'est pas censé avoir aussi bonne conscience que toi... suggéra-t-il d'une voix terne.

Leia leva les yeux au ciel.

— Je te jure, Yan, que tu es certainement plus à même de lire dans mes pensées sans aucun talent Jedi que je ne suis, moi, capable de lire dans les tiennes en possédant ce don.

Il fit un vague geste de la main.

— Secret professionnel! C'est une des choses qu'on apprend quand on est un vaurien.

— Bien sûr, dit Leia en regardant à nouveau vers le bout du hall. Je me demande si ce serait contraire à l'éthique que d'envoyer C3PO pour les assister dans leur discussion...

— Dame Vador? l'interrompit une voix rocailleuse.

Leia sursauta. Comme d'habitude elle n'avait ni entendu ni senti le Noghri arriver.

— Qu'y a-t-il, Gharakh?

— Des ennuis, peut-être, gronda celui-ci. La sentinelle postée sur le toit ne répond plus.

Du coin de l'œil, Leia aperçut Yan changer de position dans son fauteuil pour avoir plus facilement accès à son blaster.

— Avez-vous envoyé une équipe pour voir ce qui lui était arrivé?

— Ils sont en route, dit le Noghri. Mais tant que nous n'en avons pas le cœur net, nous devons agir comme s'il y avait un intrus dans la maison. Où sont les autres?

— Au bout du hall, répondit Leia. (En indiquant la direction, elle sentit une légère dépression dans l'air quand la porte de la chambre s'ouvrit.) Tiens, les voilà, ajouta-t-elle, en entendant le bruit de leurs pas se rapprocher.

— Je vais vous demander de rester dans cette pièce pour l'instant, dit Gharakh. (Pendant qu'il parlait, Lando apparut à l'angle du couloir, suivi de près par Karrde.) S'il y a effectivement un intrus, il va nous falloir le repérer.

Alors derrière les deux hommes s'avança une grande et svelte femme vêtue d'une combinaison de combat gris foncé.

— Ne vous donnez pas cette peine, dit celle-ci d'un ton très calme. Je suis là.

22

A choisir dans l'éventail des différentes réactions possibles, les leurs furent à la fois rapides et efficaces. Cependant, Shada dut admettre que la scène avait quelque chose d'étrangement comique.

Le choc, déclenché par une voix inattendue s'élevant derrière son dos, fit faire à Lando un bond en l'air de cinquante centimètres. Sa main se prit dans les pans de son manteau avant de pouvoir réussir à dégager son blaster. L'arme du Noghri — ce qui ne fut une surprise pour personne — était déjà pointée sur elle. Celle de Solo ne tarda pas à faire de même. Karrde ne sursauta pas autant que Calrissian et, au lieu de dégainer son propre blaster, préféra faire un pas de côté pour laisser le champ libre à Solo et au Noghri. Un geste vif et calculé. Shada n'en attendait pas moins de la part de quelqu'un de sa réputation.

La Conseillère Organa Solo, à l'inverse des autres, ne bougea pas du tout.

Et Shada fit de même. Elle demeura debout à l'endroit où elle se trouvait, les mains ouvertes, et vides, pendant le long du corps. Elle se demanda, l'espace d'une fraction de seconde, si les techniques de combat Noghri si réputées — et, sait-on jamais?, probablement surestimées — ne pousseraient pas le garde à faire preuve d'excès de zèle. Sa soudaine intrusion aurait pu le faire agir prestement, et il aurait pu ouvrir le feu sur elle sans autre forme de procès.

Elle alla même jusqu'à espérer que les choses allaient se dérouler ainsi. Ce serait certainement la façon la plus simple d'en finir.

Mais le Noghri ne tira pas. Pas plus que Solo ou Calrissian. Sentant une vague forme de regret s'emparer d'elle, Shada comprit qu'elle n'allait pas s'en sortir si facilement.

Ce fut Organa Solo qui rompit le silence pesant.

— Qui êtes-vous? demanda-t-elle d'un ton aussi serein que son visage.

— Je m'appelle Shada D'ukal, dit Shada. Et je n'ai l'intention de faire de mal à aucun d'entre vous.

Organa Solo hocha la tête.

— Je sais.

Solo lui lança un rapide coup d'œil en coin.

— Tu sais?

— Mon intuition face au danger m'aurait prévenue, lui dit-elle. Bien avant qu'elle ne se présente à nous.

— Qu'avez-vous fait au garde sur la terrasse? demanda le Noghri.

— Je lui ai démontré qu'il n'était pas toujours bon de montrer de la compassion pour son prochain, répondit Shada. Il n'est pas blessé. Sauf peut-être dans son amour-propre.

Un faible miaulement s'éleva du communicateur attaché au col du Noghri.

— Gharakh? murmura Organa Solo.

— Il va bien, dit le Noghri. (Son blaster était toujours pointé sur Shada mais ses yeux avaient un peu perdu de leur lueur sinistre.) Ils viennent de le libérer de ses liens.

Il y eut un bruissement dans le couloir, juste derrière Shada. La jeune femme tourna la tête...

— Pas un geste! ordonna une voix Noghri dans le dos de Shada. Les mains en l'air!

Shada s'exécuta et écarta les bras. Elle sentit des mains lui palper le corps et se demanda d'où pouvait bien sortir ce nouveau groupe de Noghris. Comment s'étaient-ils glissés derrière elle alors que le couloir était un cul-de-sac?

Elle ne put s'empêcher de sourire. Mais oui, bien sûr. Ils étaient venus du toit, étaient descendus en rappel le long de son filin et s'étaient glissés dans la chambre par la fenêtre.

Et tout cela avec bien plus de dextérité et de maestria que n'importe laquelle des Mistryls. En fin de compte, la réputation des Noghris n'était pas si surestimée que cela.

Une minute plus tard, les mains investigatrices avaient terminé leur travail, la débarrassant au passage de sa sacoche de ceinture et de son harnais d'escalade.

— Asseyez-vous, ordonna le Noghri qui se tenait à côté d'Organa Solo en lui indiquant l'un des fauteuils du salon. Laissez vos mains bien en vue.

— Vous ne faites pas confiance à celui qui vient de me fouiller? demanda Shada en s'asseyant dans le siège qu'on lui avait désigné. Ou à votre Maîtresse? La Conseillère Organa Solo vous a pourtant confirmé que je n'avais l'intention de blesser personne.

Les yeux du Noghri semblèrent s'enflammer.

— Qu'est-ce que vous faites ici? demanda Organa Solo avant que le garde ait eu le temps de répondre.

— Je veux vous parler, lui dit Shada, posant les mains à plat sur les bras du fauteuil. C'est la seule façon que j'aie trouvée pour vous contacter.

Elle s'attendait à une avalanche de reproches ou, du moins, à une remarque acide. Mais l'autre femme se contenta de soulever légèrement les sourcils.

La réaction de Solo fut, en revanche, beaucoup moins décevante.

— Qu'est-ce que ça signifie? demanda-t-il.

Son blaster, remarqua Shada, n'était plus pointé sur elle mais posé sur ses genoux. Il en tenait toujours fermement la crosse.

— Cela signifie qu'à moins d'être quelqu'un nanti d'un quelconque pouvoir ou doté d'une certaine somme d'argent, les portes qui conduisent aux puissants de ce monde vous sont toujours fermées, lui répondit Shada sans se préoccuper de l'amertume qui animait ses propos. Cela fait trois jours que j'essaye de vous appeler et personne n'a voulu transmettre la communication. La grande et merveilleuse Nouvelle République, l'amie de tous les individus, même les plus communs. Tu parles...

— Et alors? Vous ne savez pas qu'on peut toujours laisser un message? gronda Solo.

— Un message disant quoi? le contra Shada. Qu'une parfaite inconnue, sans recommandation ni statut, souhaite s'entretenir avec une grande et glorieuse représentante du Haut Conseil? Ce message aurait été jeté à la corbeille lors du prochain ramassage des ordures.

— Vous m'avez devant vous, maintenant, dit Organa Solo d'une voix dépourvue d'émotion. Qu'est-ce que vous avez à me dire?

Shada se concentra sur elle. Ses paroles, pourtant préparées avec soin, restèrent coincées au fond de sa gorge. Des paroles qui trancheraient ses derniers liens avec les Mistryls, avec son peuple, avec sa propre vie.

— Je veux me joindre à vous. (Sa voix lui parut distante et creuse.) Je veux rejoindre la Nouvelle République.

Pendant un long et pénible moment, le seul son qui lui parvint fut celui des battements de son cœur, résonnant jusque dans sa gorge. Ce fut Solo, le plus prévisible d'entre tous, qui rompit le silence :

— Vous voulez *quoi*?

— Je veux rejoindre les rangs de la Nouvelle République, répéta Shada. (Le dire une deuxième fois ne fut pas plus facile que la première.) Je possède de nombreux talents qui pourraient bien vous être utiles : combat, surveillance, escorte, sécurité...

— Mais pourquoi vous adresser à nous ? demanda Solo, complètement éberlué. La Nouvelle République a installé des centres de recrutement à Coruscant...

— Je pense que vous ne saisissez pas toute la subtilité de la situation, Solo, intervint Karrde avant que Shada puisse répondre. Shada n'est pas le genre de personne à sonner à l'improviste, ou, dans ce cas précis, à descendre du toit... Elle est le garde du corps principal de notre camarade Mazzic.

Une vague de surprise déferla sur l'assistance.

— Ancien garde du corps, corrigea Shada. J'ai démissionné il y a trois semaines.

Karrde leva un sourcil.

— C'était votre idée ?

Shada sentit sa gorge se serrer.

— Pas entièrement...

— Je ne vois pas ce que cela change de savoir d'où elle vient, insista Solo. Ce n'est pas notre boulot d'engager les gens.

— Yan a parfaitement raison, Shada, dit Organa Solo. (Ses yeux étudièrent le visage de Shada avec une intensité qui mit cette dernière mal à l'aise. Ses talents de Jedi avaient-ils permis de détecter dans son esprit son passé avec les Mistryls ?) Nous ne pouvons vraiment rien faire pour vous.

— Je ne vous demande pas la charité, déclara Shada. Franchement, je pense que vous avez plus besoin de moi que, moi, je n'ai besoin de vous. Surtout avec Thrawn qui vient de réapparaître sur le devant de la scène...

— Que savez-vous de Thrawn ? demanda sèchement Solo.

— J'étais cachée dans la chambre, dit Shada. (Elle regarda Karrde et remarqua que les traits du contrebandier s'étaient durcis.) Calrissian a sous-entendu qu'il était de retour. (Elle posa de nouveau les yeux sur Organa Solo.) Je suis également au courant pour le Document sur Caamas, dit-elle à la Conseillère. Et je sais que le seul moyen de vous sortir de ce pétrin, c'est de récupérer une copie intacte de ce fameux texte.

Du coin de l'œil, elle vit Calrissian adresser un regard significatif à Karrde. Regard que le contrebandier en chef ignora purement et simplement.

— Il est évident que cela nous dépannerait, admit Organa Solo. Mais qu'est-ce que vous pouvez y faire ?

— Vous allez avoir besoin d'aide. Je peux vous fournir ce document.

— Vous toute seule ? murmura Karrde.

— Oui, moi toute seule, déclara Shada. Vous m'avez vue à l'œuvre. Vous savez ce dont je suis capable. (Elle se tourna vers Solo.) Tout comme les gens qui travaillent avec vous, bien qu'ils ne s'en rendent pas vraiment compte. Il y a dix-neuf ans, sur Tatooine, je vous ai aidés à obtenir les schémas techniques d'un composant prototype de super laser pour la deuxième Etoile Noire.

Une nouvelle vague de surprise s'abattit sur l'assemblée. Une émotion, au grand étonnement de Shada, qui ne sembla pas toucher Solo.

— Vraiment ? dit celui-ci. Racontez-nous cela...

— Une amie et moi-même avons dérobé ce composant dans une base Impériale de recherches, dit-elle en essayant de décrypter les expressions de son interlocuteur. (Soudainement, celui qui était le plus à même de la pousser dans ses retranchements semblait se rallier à sa cause.) Il portait le nom de code Hammertong. Nous avons volé le vaisseau sur lequel il était monté et nous sommes allées jusqu'à Tatooine...

— Quel type de vaisseau ? l'interrompit Solo.

— Un Croiseur d'Intervention Loronar. Complètement modifié. L'intérieur en avait été entièrement évidé pour permettre d'y installer le prototype. Nous avons à moitié enterré l'appareil dans une dune et nous sommes rendues jusqu'à la cantina de Mos Eisley en espérant que nous pourrions y rencontrer un capitaine de cargo susceptible de transporter des fragments de l'arme pour notre compte. (Elle fit un signe de la main vers Solo.) Mon amie et moi, nous vous avons vu abattre Greedo, mais nous avons été capturées par les Impériaux avant d'avoir eu le temps de vous contacter.

— Pourquoi? demanda Solo. Pourquoi vous ont-ils capturées?

— Karoly et moi nous étions déguisées. Nous nous faisions passer pour les sœurs Tonnika, Brea et Senni. Notre camoufl... Enfin, on nous avait dit qu'on leur ressemblait beaucoup, se corrigea-t-elle du mieux qu'elle put. (Ce n'était pas le moment de mentionner les techniques de camouflage des Mistryls.) Nous ne savions pas à l'époque qu'un Moff avait lancé un avis de recherche à leur sujet. Enfin, bref. Un sympathisant Rebelle nous a fait sortir de notre cellule et nous a fourni un cargo. Nous avons pu faire partir un segment du prototype et nous lui avons confié un droïd dont les banques de données contenaient tous les schémas.

— Quel était le nom de ce sympathisant?

Shada fouilla quelques instants dans sa mémoire.

— Winward, dit-elle. Riji Winward.

Solo hocha lentement la tête.

— Alors c'était donc vous, hein?

Organa Solo regarda son mari et cilla à plusieurs reprises.

— Tu étais au courant?

— J'ai lu le rapport de Winward, lui dit-il. Il faisait partie des pièces jointes au briefing de Madine avant notre départ pour Endor.

Sa femme secoua la tête.

— Ça a dû m'échapper.

— Sauf que ce n'est pas exactement ça, dit Solo très sèchement. Selon Winward, on lui avait promis son propre segment de super laser en échange du travail d'expédition.

— Mais il y a eu une alerte à la tempête de sable, protesta Shada. Nous n'avons pas eu le temps de découper un nouveau segment pour le charger à bord d'un autre appareil.

— Et puis vous ne lui avez pas exactement confié les schémas techniques, ajouta Solo. Il a fallu qu'il vous emprunte le droïd pour les obtenir.

Shada se sentit rougir.

— Oui, vous avez raison, admit-elle. J'avais oublié.

— Charmant, laissa échapper Calrissian dans un souffle.

Shada lui lança un regard noir.

— Prenez ça comme vous le voulez, mais mes partenaires pensaient que nous aurions dû le tuer plutôt que de laisser quelqu'un connaître la nature de nos agissements! aboya-t-elle. Je les en ai empêchés.

Il y eut un autre moment de silence. Un silence dur, tendu, inconfortable. Shada gardait les yeux sur Organa Solo, essayant de deviner ce qui se tramait dans ses pensées. En tant que puissance politique du groupe, c'était à elle de prendre la décision finale...

— J'ai une idée, déclara Calrissian, rompant le silence. Elle dit que Karrde sait ce dont elle est capable. Pourquoi ne pas l'envoyer avec lui?

Shada se tourna vers Karrde. Un refus impulsif se coinça en travers de sa gorge. Elle venait de gâcher douze ans de sa vie auprès d'un groupe de contrebandiers. Elle n'était tout de même pas venue jusqu'à Coruscant pour rempiler avec un autre.

Mais quelque chose dans l'expression de Karrde...

— Et pour quelle destination Karrde s'apprête-t-il à partir? demanda Solo en se tournant vers le chef des contrebandiers.

— Une mission spéciale, répondit Karrde. (Ses yeux étaient toujours posés sur Shada. Son visage arborait toujours la même expression.) Quelque chose que Calrissian m'a demandé de faire.

— On peut peut-être avoir une petite idée, non? fit Organa Solo, un léger sourire au coin des lèvres.

Karrde ne sourit pas en retour.

— Il est bien possible qu'une copie du Document de Caamas soit cachée dans d'autres archives que celles des Impériaux. Je vais voir si je peux mettre la main dessus.

Yan et Leia échangèrent un regard étonné.

— Pourquoi ne pas nous l'avoir dit plus tôt? s'enquit Leia.

L'air de patience amusée avait disparu de ses traits.

— Parce que, jusqu'à aujourd'hui, tout cela ne me concernait pas, dit-il d'un ton détaché. Les disputes politiques ne sont pas mon affaire, à part peut-être certaines chamailleries interplanétaires qui sont susceptibles d'intéresser un trafiquant d'informations comme moi... (Il regarda Calrissian.) Mais à présent, il y a une nouvelle donne. Et on m'a persuadé de ne plus cacher certaines de mes cartes.

Organa Solo rentra les épaules comme si un froid soudain venait de lui souffler dans le dos.

— Thrawn...

Karrde hocha sobrement la tête.

— Oui, Thrawn... (Il se tourna vers Shada.) Et, oui, je serais très heureux de pouvoir bénéficier de l'assistance de Shada. Pour peu que celle-ci soit d'accord, cela va de soi.

Shada fit la grimace. Un goût amer d'ironie emplit sa bouche. Après dix-neuf ans de réflexion, elle prenait enfin la déchirante décision d'abandonner son peuple

497

afin de rejoindre la Nouvelle République... Pour se rendre compte que la Nouvelle République ne voulait pas d'elle. Le seul qui voulait d'elle était un paria de cette grande et belle société, tout comme elle.

— Bien sûr, dit-elle à Karrde. Pourquoi pas...

— Faites-moi confiance, Shada. C'est comme ça que Karrde recrute ses meilleurs éléments, intervint Calrissian, pince-sans-rire. Lorsque vous embarquerez à bord du *Wild Karrde*, demandez donc à Mara Jade comment elle, elle a été recrutée...

Quelque chose changea dans l'expression du contrebandier en chef.

— Mara ne sera pas des nôtres, dit-il. C'est l'une des raisons pour lesquelles je souhaitais vous parler ce soir, Leia. Mara a eu une sorte de... d'accident.

Le sourire entendu de Calrissian disparut. Les autres se redressèrent dans leurs sièges.

— Quel genre d'accident? demanda Organa Solo.

— Quelque chose d'assez déroutant, dit Karrde en grimaçant. Elle était sur le *Glacier Etoilé*. A la poursuite d'un de ces appareils non identifiés que votre frère a repérés dans le système de Kauron...

— Une petite minute, l'interrompit Solo. Qu'est-ce que c'est que cette histoire de vaisseau non identifié?

— Lui et Mara en ont vu un tournoyer autour de la base des Pirates Cavrilhu, dit Karrde. Il ne vous a pas envoyé son rapport?

— Si, mais il était très succinct, répondit Organa Solo. Il s'est contenté de dire qu'il n'avait pas appris grand-chose des pirates et qu'il nous ferait part de tous les détails dès qu'il serait rentré à Coruscant. Il n'a jamais parlé d'appareil non identifié.

— Il a peut-être préféré ne pas s'étendre, comme ça, sur un canal public, dit Karrde. J'ai une copie de l'enregistrement de sa rencontre. J'ai celui de Mara, aussi. Plus quelques données quand l'un de ces appareils est venu tournicoter autour de l'*Aventurier Errant*. Je vous les ferai passer avant de partir.

— Oubliez un peu ces vaisseaux, intervint Calrissian d'un ton impatient. Qu'est-il arrivé à Mara?

— Le *Glacier Etoilé* a suivi l'appareil jusqu'à une petite planète du secteur Gradilis, dit Karrde. Mara y est allée voir de plus près. Elle a repéré une sorte de forteresse. Elle a pénétré dans une caverne pour y avoir une curieuse conversation avec des êtres inconnus. Elle a mentionné le nom de Skywalker, en rapport avec quelque chose qu'il venait de faire ou de dire. Et puis, brusquement, plus rien.

Le visage de Calrissian se figea.

— Vous voulez dire qu'elle est...

— Non, elle n'a pas été tuée, s'empressa de lui répondre Karrde pour le rassurer. Enfin, pas à ce moment-là. On peut toujours entendre sa respiration sur la dernière transmission à impulsion qui a été envoyée au *Glacier Etoilé*.

— Et donc ces êtres connaissaient Luke? demanda Organa Solo en plissant le front.

L'expression d'une pensée ou d'une appréhension? Shada fut incapable de le dire.

— Le connaissaient ou avaient entendu parler de lui, répondit Karrde. Etant donné le peu d'éléments dont nous disposons, il nous est difficile de le savoir avec précision.

— Il faut que nous le contactions le plus rapidement possible, dit Solo à son épouse. Pour voir s'il ne peut pas nous en dire plus.

Karrde s'éclaircit la gorge, presque inconsciemment.

— Heu... En fait, je lui ai déjà parlé. Il n'a pas été capable de me dire grand-chose non plus...

Organa Solo le regarda d'un air soupçonneux.

— Et? le pressa-t-elle.

— Eh bien, c'était encore l'une des choses que je voulais vous dire, annonça Karrde, perdant à peine de sa superbe. Il est parti à la recherche de Mara.

L'expression d'Organa Solo ne changea pas. Soudain, la température dans cette partie de la pièce sembla chuter de quelques degrés.

— Il est *quoi*? demanda-t-elle d'un ton menaçant.

— Elle est en danger, Leia, dit Karrde. Luke était le seul qui soit capable de se rendre sur place rapidement. Le seul qui soit à même de négocier avec ces créatures que Mara a rencontrées. Le seul, également, qui soit susceptible de vérifier ce qu'il y a — ou qui il y a — dans cette forteresse. Mara n'est pas la seule concernée. Cela relève de la sécurité de la Nouvelle République tout entière!

— Et alors, vous pensez que cette pagaille avec les Bothans ça ne concerne pas la Nouvelle République tout entière, hein? gronda Solo. (Il venait de se lever et dévisageait Karrde de l'autre bout du salon.) Il y a une centaine de guéguerres qui sont en train d'éclater dans la galaxie. La moitié des camps se servent de cette histoire de Caamas comme excuse pour mettre le paquet et régler de vieilles rancœurs. Nous avons déjà écumé tout le corps diplomatique Républicain et l'Académie Jedi pour renforcer les rangs de nos négociateurs. Et nous sommes déjà à court. Nous avons réellement besoin de Luke ici, avec nous.

— Je ne l'ai pas obligé à voler à son secours, le contra Karrde sans lui rendre franchement son regard. Il a pesé le pour et le contre et a pris lui-même cette décision.

— Sauf qu'à ce moment-là il ne savait pas que Thrawn était de retour, rétorqua Solo. N'est-ce pas?

— Laisse tomber, Yan, dit calmement Organa Solo en lui caressant le bras. Ce qui est fait est fait. Karrde a raison : c'était une décision que seul Luke pouvait prendre.

Il l'a prise et il nous faudra nous débrouiller sans lui en attendant son retour.

— Si cela vous est utile, je peux, en attendant, vous proposer mes services à la place des siens, dit Karrde en gardant les lèvres serrées. Je suis désolé de n'avoir été le porteur que de mauvaises nouvelles. Je pensais que vous seriez un peu plus compréhensifs.

Solo inspira profondément puis laissa l'air s'échapper de ses poumons de façon saccadée.

— Ouais... Bon, quand comptez-vous partir?

— Immédiatement, dit Karrde en se dirigeant vers Shada. (Il lui proposa sa main pour l'aider à se lever.) En espérant que ma nouvelle assistante n'a pas d'autre affaire en cours à régler dans les plus brefs délais.

— Je suis prête si vous l'êtes, dit Shada, ignorant la main que lui tendait l'autre et se levant sans son aide. En espérant également que les gardes du corps de la Conseillère Organa Solo en ont terminé avec ma sacoche et mon équipement d'escalade.

— Ils vous attendent près de la porte, dit d'un ton grave le Noghri posté à côté de la Princesse.

— Parfait, fit Karrde. (Il hocha la tête à l'adresse de Leia en se dirigeant vers l'entrée.) Merci pour votre hospitalité, Leia. Je vous contacte dès que je trouve quelque chose.

— Encore deux petites choses, Karrde, avant que vous ne partiez, dit Organa Solo. Trois petites choses, en fait. Primo : aurez-vous besoin d'un droïd traducteur pour votre expédition?

— Question judicieuse, concéda Karrde. Mon organisation en possède plusieurs mais aucun d'entre eux ne se trouve actuellement à bord du *Wild Karrde*. Cela dit, ce ne sera pas très difficile d'en récupérer un en chemin.

— Ça vous ferait perdre du temps. Si vous préférez, je peux vous prêter C3PO.

Solo émit un raclement de gorge.

— C'est sûr qu'il va accepter sans grincer des boulons, celui-là...

— C'est une offre très généreuse, dit Karrde en soulevant un sourcil. Bien entendu, la pensée qu'il vous serait ainsi possible d'obtenir un rapport circonstancié de la part de votre droïd à notre retour d'expédition ne vous a pas effleurée, n'est-ce pas ?

— Pas le moins du monde, dit Organa Solo en écarquillant les yeux. Je suis même un peu blessée que vous ayez pu penser une chose pareille de moi...

— Je vous prie de me pardonner, dit Karrde. Dans ce cas, j'accepte et je vous remercie.

— Comme Yan l'a si justement suggéré, je vous demanderai d'abord de m'accorder quelques minutes pour m'entretenir avec notre droïd, dit Organa Solo. Nous pourrons vous l'amener au spatioport au moment où nous viendrons chercher les enregistrements que vous nous avez promis. Secundo : il s'agit de quelque chose que je ne vous ai pas encore dit mais, vu les circonstances, il me paraît normal que vous soyez au courant. L'une des datacartes découvertes par le Devaronien sur le Mont Tantiss portait l'étiquette « La Main de Thrawn ».

Karrde hocha la tête.

— Oui, j'en ai entendu parler.

Les sourcils d'Organa Solo se soulevèrent.

— Et comment cela ? Enfin, peu importe. Je ne veux pas le savoir.

— Mon informateur et moi-même vous remercions pour votre discrétion, dit Karrde. Il y a autre chose qu'il est nécessaire que vous sachiez cependant. Avant que Mara ne se lance à la poursuite de ce vaisseau non identifié, nous avons intercepté une transmission qui en émanait et qui était clairement destinée à l'*Aventurier Errant*. Nous n'avons pas à ce jour réussi à déchiffrer l'intégralité du message mais celui-ci contient le nom de Thrawn.

Son nom en entier, pas simplement le diminutif que nous connaissons, c'est-à-dire « Thrawn ».

Solo fronça les sourcils.

— J'ignorais qu'il avait un nom plus long.

— La plupart des gens l'ignorent, acquiesça Karrde. Mais Mara le savait, elle. Ainsi que tous ceux qui étaient à bord de cet appareil inconnu.

— Et que croyez-vous que cela signifie? demanda Organa Solo.

— Je n'en sais rien. Peut-être obtiendrons-nous une réponse quand Skywalker et Mara seront revenus. Il faut que je pense à vous joindre une copie de cet enregistrement là aussi. Vous parliez d'une troisième chose?

Organa Solo sourit. Un sourire légèrement terni par la tension mais un sourire quand même.

— Oui... Que la Force soit avec vous, dit-elle tout doucement.

Karrde sourit en retour. Probablement involontairement, se dit Shada.

— Et avec vous, dit-il. (Ses yeux passèrent de Solo à Calrissian.) Et avec vous tous, ajouta-t-il. Au revoir.

— Vous leur avez tenu un bien joli discours, commenta Shada pendant que Karrde manœuvrait son speeder sur l'aire d'envol de la Tour Boidoré. (Il fit pivoter l'appareil en direction du terrain d'Ouest Championne, où le *Wild Karrde* était posé.) Peut-être un peu trop préparé à mon goût mais pas mal du tout...

— Trop aimable, dit Karrde en l'observant du coin de l'œil. (Elle regardait droit devant elle, vers le paysage nocturne de Coruscant, le visage faiblement éclairé par les instruments de bord. Même avec un meilleur éclairage, le contrebandier se dit que l'expression de la jeune femme aurait été tout aussi indéchiffrable.) Puis-je me permettre de vous demander quelle partie de mon récit vous est apparue comme un discours?

— Tout ce passage avec Skywalker volant à la rescousse de Mara Jade. Vous ne vous attendiez tout de même pas à ce qu'ils accueillent la nouvelle en poussant des cris de joie, si?

Karrde haussa les épaules.

— Je ne m'attendais pas non plus à ce qu'ils en fassent une telle histoire. Bien sûr, pour être tout à fait honnête, j'ignorais tout du retour de Thrawn avant ce soir.

Shada secoua la tête.

— Difficile de croire qu'il a survécu.

— Je suis bien de votre avis. D'un autre côté, c'est tout aussi difficile de croire que l'Empire irait jusqu'à monter un canular de cet acabit. Soit Thrawn est effectivement de retour du royaume des morts, soit il y a quelqu'un dans cette galaxie qui a encore quelques as planqués dans sa manche.

Shada réfléchit quelques instants à la question.

— Supposons que ce Thrawn soit en fait un clone. Serait-il doué des mêmes facultés que l'original?

— Je pense que cela dépend de la part de compétences tactiques innées et de celles qu'il a dû apprendre, avança Karrde. Il faudrait aussi savoir s'ils ont utilisé, ou non, une empreinte cérébrale de Thrawn et de quelle qualité est cette empreinte. Cela dépasse mes connaissances.

— Parce que s'ils ont à leur disposition un clone de Thrawn... ils peuvent très bien aussi en avoir cinquante autres en réserve, continua Shada. Et s'ils ont cinquante clones de Thrawn, pourquoi ne posséderaient-ils pas, pendant qu'on y est, une bonne centaine de clones de ce fou de Joruus C'baoth, le Jedi Noir?

Karrde tressaillit. Cette dernière possibilité ne lui était même pas venue à l'esprit.

— Pourquoi pas, effectivement...

Shada ne releva pas cette question de pure rhétorique. Un lourd silence se mit à peser à l'intérieur du speeder. Karrde continua de piloter mécaniquement, sans réellement prêter attention aux magnifiques lumières de Coruscant qui s'étendaient d'un bout à l'autre de l'horizon.

Ou plutôt, en laissant son imagination superposer une vision de destruction totale sur cette image féerique. Thrawn avait menacé de tout anéantir la dernière fois qu'il s'était attaqué à la planète. Cette fois-ci, il risquait bien d'y arriver.

Ils étaient en train de descendre vers la silhouette rassurante du *Wild Karrde* quand Shada prit de nouveau la parole :

— Alors, qui est donc ce fameux Jorj Car'das après qui nous allons nous lancer ?

Au prix d'un incroyable effort, Karrde chassa la vision d'un détachement de Destroyers Stellaires fondant sur lui.

— Quelqu'un qui faisait le même genre d'affaires que moi, lui dit-il. Il doit toujours exercer, d'ailleurs...

— Pourtant, ce n'est pas un concurrent, rétorqua-t-elle.

— Rien ne vous a échappé, dites donc, la complimenta-t-il. Justement, je me pose une question. Où étiez-vous dissimulée, dans la chambre ? Je n'ai remarqué aucune cachette susceptible d'accueillir une personne plus grande qu'un Noghri.

— J'étais couchée sur le sol, entre le lit du fond et le mur. Un espace de ce genre a toujours l'air plus petit qu'il ne l'est en réalité. Alors, si Car'das n'était pas un de vos concurrents, qu'était-il ?

Karrde lui adressa un sourire.

— Vous avez de la suite dans les idées, en plus. J'aime bien ça chez les gens qui travaillent avec moi.

— Je suis heureuse que cela vous plaise. Alors, qu'était-il pour vous ?

Devant eux, la porte de la soute du *Wild Karrde* s'ouvrit pour les accueillir.

— Reposez-moi la question quand nous ferons route vers le système d'Exocron, lui dit-il. En espérant que nous réussissions à aller aussi loin.

Shada émit un petit grognement.

— Donc, vous êtes en train de me demander de risquer ma vie en me fiant à votre bonne parole?

— Vous n'êtes pas obligée de venir, dit Karrde mi-figue mi-raisin. Si vous voulez abandonner maintenant, vous êtes encore libre de le faire.

Elle détourna le regard.

— Merci pour votre permission. Mais je reste.

Le speeder se posa dans son logement à l'intérieur du hangar du *Wild Karrde* en produisant un cliquetis étouffé.

— Comme il vous plaira, dit Karrde en coupant les moteurs. Par pure curiosité : pourquoi avez-vous décidé de quitter Mazzic?

Elle fit pivoter ses épaules pour se sortir du harnais de sécurité.

— Reposez-moi la question quand nous *reviendrons* du système d'Exocron, dit-elle d'un ton sardonique. En espérant que nous réussissions à en réchapper.

Sans attendre de réponse, elle ouvrit sa portière et se laissa tomber sur le sol de la soute.

— Je suis certain que certains d'entre nous y arriveront, murmura Karrde en la regardant se glisser entre les autres appareils pour rejoindre la sortie.

La question était de savoir lesquels.

23

Cette fois-ci, l'alarme ne se déclencha pas au moment du dessert. Elle se mit à retentir au beau milieu de la nuit.

Wedge sursauta. A tâtons, il chercha un réveille-matin qui n'existait pas. Il essaya de se retourner mais ses genoux heurtèrent quelque chose de solide. Une brève mais douloureuse décharge acheva de le réveiller et il se souvint de l'endroit où il se trouvait. Les ordres, et une intuition du Général Bel Iblis, avaient imposé que lui et le reste de l'Escadron Rogue dorment à bord de leurs Ailes-X.

D'après le son de l'alarme qui ne cessait de sonner, cette intuition était fondée.

Il pressa le bouton d'interruption de l'alarme et enclencha son communicateur.

— Ici Antilles! déclara-t-il.

— Décollage immédiat! répondit la voix du Commandant Perris. On vient de recevoir un appel paniqué en provenance de Bothawui.

— Génial, marmonna Wedge en déclenchant le préchauffage de ses turbines. (Rien de tel qu'un Bothan pour vous gâcher une bonne nuit de sommeil.) Attention les Rogues, vous avez entendu les directives. Parés à décoller.

Il reçut une cascade de messages de ses coéquipiers lui signalant qu'ils étaient prêts. Le feulement plaintif des moteurs en train de chauffer s'éleva de l'aire de la Base Aérienne Diplomatique sur laquelle ils étaient posés. Quelqu'un portant une combinaison du service de maintenance — un Trintic, probablement, bien qu'il fût difficile d'en être sûr à cause du manque de lumière — traversa le terrain en courant en direction des Chasseurs Stellaires. Il se mit à faire des grands gestes frénétiques indiquant qu'il était interdit de faire un bruit pareil à une heure aussi avancée de la nuit. Wedge lui fit un petit signe et enclencha ses propulseurs.

— Que se passe-t-il? cria-t-il dans son communicateur. Encore une émeute dans un Centre de Clan?

— Accrochez-vous bien à votre casque, dit Perris d'un ton sinistre. Selon les Bothans, une force d'attaque Leresen est en train de faire route vers eux.

Wedge écarquilla les yeux.

— Une force d'attaque Leresen?

— C'est ce qu'ils prétendent, confirma l'officier chargé de la coordination de la chasse. Une flotte d'assaut en bonne et due forme. Et ne me demandez pas quel est le problème...

— On n'a qu'à en choisir un au hasard! gronda Rogue Trois. Il y a tellement de raisons, de nos jours, de détester les Bothans...

— Ne sombrons pas dans la facilité, je vous prie, dit Wedge d'un ton réprobateur. (Les Ailes-X avaient toutes décollé. Elles se resserrèrent autour de celle de Wedge avant de filer vers l'espace.) Perris? Où se trouve le Général?

— Il est en route. C'taunmar et ses Ailes-A escortent sa navette. Au cas où. On va être à quelques minutes derrière vous. Le Général demande à ce que vous partiez en éclaireurs.

508

— Et pour quoi faire? demanda Rogue Cinq. Bluffer les Lereseniens jusqu'à ce que vous arriviez?

— Bien sûr, répondit sèchement Perris. A moins que la seule réputation de l'Escadron Rogue ne suffise à les disperser.

— Ben voyons, répliqua Rogue Cinq tout aussi sèchement. C'est un sacré coup de chance pour les Bothans que nous et notre réputation nous trouvions justement à moins de deux systèmes de leur planète...

Wedge fronça les sourcils. En y repensant, c'était en effet un sacré coup de chance. Au point d'en être suspect.

— Perris? Vous pouvez me retrouver l'ordre qui nous a initialement fait venir dans la région? demanda-t-il.

— C'est déjà fait, dit Perris. D'après Coruscant, le gouvernement de Di'tai'ni a demandé spécifiquement que ce soit le Général Bel Iblis en personne qui soit chargé des médiations dans la dispute les opposant aux travailleurs immigrés qui ne sont pas Tai'niens.

— Est-ce qu'on sait si le gouvernement de Di'tai'ni ne doit pas une faveur ou une grosse quantité d'argent au gouvernement Bothan? demanda Rogue Neuf.

— Bonne question, dit Perris d'un ton pensif. Très bonne question, même.

— Ce sont des restes de mon entraînement CorSec, expliqua Rogue Neuf. Ils nous ont appris qu'il fallait toujours suivre la filière de l'argent.

— Eh bien, pour l'heure, il n'est pas question d'argent, intervint Wedge. (Ils venaient d'atteindre les limites de l'espace profond, un point suffisamment éloigné de la planète pour passer en vitesse lumière.) On nous a demandé d'aller porter secours à un membre de la Nouvelle République victime d'une agression et c'est exactement ce que nous allons faire.

— Bonne chance, dit Perris. Nous vous rejoignons dès que possible.

Un voyant s'alluma sur la planche de bord de Wedge : le cap était calculé.

— OK, les Rogues. En route !

Le vol jusqu'à Bothawui prit un peu plus de temps que la course de la semaine précédente, lorsqu'ils avaient dû répondre à l'appel de détresse des Sif'kriens et protéger leurs récoltes de Pommwomm. Mais, curieusement, Wedge eut l'impression d'un trajet plus court. Son esprit rebondissait d'une question à l'autre. L'imminence de l'agression Leresenienne... La culpabilité des Bothans... Les tensions dans toute la galaxie... Et ce que son Escadron Rogue fichait au beau milieu de tout ça...

Et, bien plus vite qu'il ne l'espérait, ils arrivèrent sur place.

— En formation ! ordonna-t-il aux Ailes-X sorties de l'hyperespace en même temps que lui. Enclenchez les scanners à longue portée.

— Je ne crois pas que cela soit nécessaire, remarqua Rogue Deux très sèchement.

Wedge fit la grimace.

— Non, effectivement... acquiesça-t-il.

Il s'agissait bien d'une force d'attaque Leresen. Pour une fois, il semblait évident que les Bothans n'avaient pas exagéré la situation. Juste en face des Ailes-X progressaient six vaisseaux amiraux de conception et de construction extraterrestres. Chacun d'entre eux était de la taille d'une Frégate d'Assaut de la Nouvelle République. Une vingtaine d'appareils plus petits avançaient entre les six plus gros. Cinq escadrons de Chasseurs Spatiaux formaient un périmètre de défense tout autour du groupe.

— On a intérêt à être à la hauteur de notre réputation aujourd'hui, murmura Rogue Douze.

— On se passera de tes commentaires, le réprimanda Wedge en étudiant la flotte.

Les vaisseaux se trouvaient à l'extérieur du bouclier planétaire de Bothawui, hors de portée des armes de défense anti-aériennes que les Bothans étaient susceptibles d'utiliser. Wedge se demanda s'ils disposaient de plates-formes orbitales de combat. Si c'était le cas, aucune d'entre elles ne croisait de ce côté-ci de la planète à cet instant précis.

Ce qui signifiait que l'Escadron Rogue était tout seul Douze Ailes-X et une réputation contre une flotte tout entière...

Il s'éclaircit la gorge et activa un canal de communication générale.

— Ici le Général Wedge Antilles, Escadron Rogue de la Nouvelle République, annonça-t-il. Message à l'attention de la force d'attaque Leresen. Vous circulez dans l'espace Bothan sans autorisation. Veuillez décliner vos intentions.

— Nos intentions ne vous regardent pas, Escadron Rogue, répondit une voix étonnamment mélodieuse. Il s'agit d'une affaire privée entre les gouvernements Bothan et Leresenien.

Wedge jeta un coup d'œil à ses scanners. Toujours pas de nouvelles de Bel Iblis et du *Pèlerin*.

— Puis-je vous demander de me préciser la nature de cette affaire ?

— Mort et résolution, répondit la voix mélodieuse. La mort de deux Lereseniens aux mains des Bothans et le refus des Bothans de résoudre le problème.

Wedge fit de nouveau la grimace et bascula sur la fréquence privée des Rogues. Il y avait clairement un problème de terminologie. Un concept ou une phrase de Leresen dont l'exact pendant n'existait pas en langage Basique. Mais il y avait également autre chose qui semblait lui échapper.

— Vous avez la moindre idée de ce dont il nous parle, là ? demanda-t-il.

— Un moment, je vérifie les archives, dit Rogue Onze. J'ai comme une intuition... Ouais, voilà... Deux Lereseniens ont été tués dans cette émeute qui a eu lieu au Centre des Clans Unis. Ils se sont fait tirer dessus. L'un d'entre eux a été abattu avant que la foule ne se rue à l'intérieur de l'immeuble.

— Merci, dit Wedge. (Il bascula à nouveau sur la fréquence générale.) Commandant Leresen, je comprends votre colère et je suis désolé pour la perte des vôtres. Qu'attendez-vous des Bothans en guise de réparation?

— La loi Leresenienne est très précise, dit l'extraterrestre. Griffe pour griffe. Corne pour corne. Vie pour vie. Un coupable peut se livrer. Ou bien dix innocents de sa tribu.

Un frisson glacé parcourut l'échine de Wedge.

— Qu'entendez-vous par « dix innocents »? demanda-t-il prudemment.

— Les Bothans ont refusé de nous livrer les membres des clans qui ont assassiné ces Lereseniens désarmés, dit la voix, toujours sur le même ton. La perte de deux individus doit être compensée par la mort de vingt autres.

Un calcul bien précis, pensa Wedge. Mais comment comptaient-ils s'y prendre, vu que tous les Bothans se dissimulaient derrière le bouclier de protection planétaire...?

— Oh oh... dit Rogue Quatre à voix basse. Jetez un coup d'œil au vecteur Trois Six, élévation Quatre Un.

Wedge se tourna dans la direction indiquée. Juste au-dessus de l'horizon de Bothawui, derrière eux, venait de se profiler la silhouette d'une petite station spatiale.

— C'est un laboratoire de fabrication de cristaux en apesanteur, reprit Rogue Quatre. Conception Mon Cal, prévu pour voler en orbite basse. Si je me souviens bien, l'effectif doit comprendre entre quinze et vingt-deux personnes.

Wedge ravala un juron et appuya sur la commande de la fréquence privée.

— Course d'interception, ordonna-t-il. Je veux que nous allions nous interposer entre cette station et les Lereseniens. (Il repassa en fréquence générale tout en faisant chauffer ses turbines.) Je comprends votre frustration à l'égard du gouvernement Bothan, dit-il au commandant extraterrestre. Mais vous devez comprendre que nous ne pouvons pas rester là à ne rien faire et vous laisser ainsi tuer impunément des innocents. Le Général Bel Iblis sera ici d'une minute à l'autre, peut-être pourra-t-il nous aider à trouver un accord...

— Il n'y aura aucun accord, dit le Leresenien avec une intonation résolue dans la voix. La loi est la loi et elle exige d'être appliquée. Ni vous, ni qui que ce soit d'autre, ne pourrez nous en empêcher.

Il y eut un clic et la conversation fut terminée.

— Peut-être pas... marmonna Wedge dans sa barbe en repassant sur le canal privé de son Escadron. On peut toujours essayer. Rogues? Il est temps de s'y mettre. Verrouillez les volets en position d'attaque.

Il tendit le doigt vers la commande...

— Non! aboya soudainement Rogue Neuf. Ne verrouillez pas les volets...

Wedge marqua une pause, la main au-dessus de l'interrupteur.

— Et pourquoi?

— Je n'en sais rien, dit Rogue Neuf dont la voix semblait anormalement tendue. Il y a quelque chose qui ne va pas... Je ne vois pas bien quoi, mais je peux vous garantir que quelque chose ne tourne pas rond.

— Leader Rogue? demanda Rogue Huit.

— Un moment... répondit Wedge. (Il composa le code de la fréquence personnelle de Rogue Neuf.) Corran? Qu'est-ce qui se passe?

— Comme je te l'ai dit, je n'en sais rien, répéta Rogue Neuf. Tout ce que je peux te dire, c'est que j'ai ressenti la présence d'un danger quand tu as ordonné d'enclencher les volets en position d'attaque. Je suis en train de procéder à un diagnostic mais cela n'a toujours rien donné...

— Est-ce que c'est à cause de... hésita Wedge, ne souhaitant pas évoquer les talents Jedi de son équipier, même sur un canal privé.

— Oui. Je pense que oui, dit Rogue, répondant tout de même à la question.

Wedge observa la force d'intervention Leresen. Ils n'avaient pas modifié leur position. Ils attendaient patiemment que l'orbite de leur cible croise leur ligne de mire.

Mais ils ne s'attendaient pas, en revanche, à des ennuis de la part de l'Escadron Rogue...

Il bascula à nouveau sur le canal des Rogues.

— A tous : maintenez le cap, ordonna-t-il, manœuvrant son Aile-X vers Rogue Neuf. Toi, tout particulièrement, Rogue Neuf. Je vais m'approcher...

Une minute plus tard, les deux chasseurs volaient en formation serrée. Les lasers jumeaux de Wedge effleuraient presque le dessous du fuselage de Rogue Neuf.

— Bon, dit Antilles, en gagnant quelques centimètres supplémentaires. Tu peux voir mon flanc tribord et je vois ton bâbord. Jette un coup d'œil et dis-moi si tu y vois quelque chose qui ne devrait pas y être. Si c'est négatif, on changera de côté.

— Inutile, dit Rogue Neuf d'une voix tendue. Je le vois. Un petit cylindre qui cavale verticalement entre les deux volets, juste devant la ligne d'alimentation énergétique des lasers.

— Ah oui, tiens, tu en as un aussi, gronda Wedge. (Maintenant qu'il savait où regarder, le bricolage lui paraissait grossier.) Dix contre un que les appareils de l'Escadron tout entier sont piégés.

— Bon, d'accord, on ne peut pas positionner les volets, dit Rogue Deux. Mais est-ce que ça nous empêche de tirer?

— Je crois qu'il vaut mieux ne pas essayer, l'avertit Wedge en plissant les yeux vers le cylindre d'apparence si anodine. Tiens, Corran... Roule sur tribord de quelques degrés, tu veux?

Le fuselage de Rogue Neuf s'écarta légèrement.

— Je m'en doutais, cracha Wedge, visiblement écœuré. Il y a deux branchements qui partent du haut du cylindre. L'un d'entre eux rejoint les lignes servomoteurs des ailes et l'autre semble plonger directement dans l'alimentation des lasers. A mon avis, que l'on essaye de verrouiller ou que l'on essaye de tirer, ce truc-là est prévu pour désarmer les lasers. Voire pire...

Rogue Douze poussa un juron fort à propos.

— Je suis sûr que c'est un coup de ces deux Lereseniens de l'équipe de maintenance de Di'tai'ni. Ils n'arrêtaient pas de nous tourner autour. Bon, on fait quoi? On y va au bluff?

Wedge regarda en direction des vaisseaux Lereseniens. Ils venaient de mettre en marche pour encercler l'usine orbitale qui se mouvait inexorablement vers eux.

— Inutile, finit-il par dire très doucement. Ils savent déjà que nous n'interviendrons pas.

Et, sans pouvoir faire quoi que ce soit, ils virent les Lereseniens passer à l'action. Ils anéantirent la station avec rapidité et efficacité, prélevant les vingt vies exigées en guise de réparation.

Quand le reste de la flotte du *Pèlerin* arriva sur les lieux, tout était déjà terminé.

En fait, tout ne faisait que commencer.

— Ça a démarré, annonça une Leia blême, refermant la porte de l'appartement et se laissant tomber sur le canapé à côté de Yan. Les échanges de feu ont démarré...

— Ouais, je suis au courant, dit Yan d'un ton sinistre. (Il passa un bras autour d'elle.) Et qu'est-ce que le Sénat compte faire?

— Dans un premier temps? Essayer de trouver ce que, justement, ils peuvent bien faire!

— Et qu'est-ce qu'il y a à trouver, hein, franchement? demanda Yan. Les Lereseniens ont massacré vingt et un Bothans. Je ne te parle même pas de la destruction totale d'une station en parfait état de marche. Gavrisom devrait bien être capable de demander des comptes au gouvernement de Leresen, non?

— Si c'était aussi facile... soupira Leia. Malheureusement, ça ne l'est pas. Trois des membres du Haut Conseil ont déjà déclaré sans ambages qu'ils voteraient contre toute résolution de ce type, prétextant que nous n'avons jamais exigé pareille réparation de la part des Bothans pour la destruction de Caamas.

— Mais cela n'a rien à voir! insista Yan. C'est même exactement le contraire. Les Lereseniens ont tué des innocents. Le but, dans l'histoire de Caamas, c'est justement d'éviter de punir des gens innocents.

— Nous n'avons pas, non plus, exigé que les Bothans punissent les gardes qui ont tiré sur la foule et qui ont survécu aux émeutes, lui rappela Leia.

Elle sentit son époux soudainement fort embarrassé.

— Ouais, je sais... grogna-t-il. A cause de moi...

Leia lui posa la main sur le genou et le serra de façon rassurante.

— Pas simplement à cause de toi, mon chéri, dit-elle. La position du Conseil est très claire . l'action des gardes a été qualifiée de réflexe d'autodéfense. Malheureusement, il y a encore beaucoup de monde à qui cette explication ne convient pas.

Yan renifla dédaigneusement.

— C'est comme ça qu'on pense au sein des Clans, lui dit-il.

— Je sais. Cela n'a aucun sens de vouloir faire ainsi endosser la responsabilité des actions de quelqu'un d'autre à un membre de sa famille ou de son Clan. Mais la réalité est bien différente. L'honneur d'un Clan ou d'une famille est fréquemment la pièce maîtresse d'un grand nombre de cultures à travers toute la galaxie.

— Peut-être bien, concéda Yan. Mais une bonne correction ferait le plus grand bien aux Lereseniens. Si vous ne bougez pas, cela ne va qu'encourager les autres races à détester encore plus les Bothans.

— C'est déjà trop tard, dit Leia sentant un frisson lui traverser le corps. Une douzaine d'autres gouvernements ont présenté au Sénat la liste de leurs griefs contre les Bothans, ainsi que les réparations qu'ils exigent.

— Sinon ?

Leia haussa les épaules.

— La menace est implicite.

Yan produisit un raclement de gorge fort déplacé.

— Tu connais la haute opinion que j'ai des Bothans, chérie, mais, là, je trouve que cela devient ridicule. Je suppose que Fey'lya est en train d'implorer Gavrisom pour sa protection...

— Non, il n'a pas eu besoin d'aller jusque-là. Les Diamalas et les Mon Calamari ont annoncé qu'ils envoyaient des vaisseaux pour défendre Bothawui contre toute nouvelle agression.

Yan laissa échapper un petit sifflement entre ses dents.

— Tu plaisantes ? Quel genre de vaisseaux ?

— Des gros, répondit Leia. Croiseurs Stellaires Mon Cal et vaisseaux de guerre Diamalas de classe Nebula et Endurance. Eux disent que c'est pour protéger les droits des innocents. D'autres prétendent qu'ils sont en fait les dernières victimes de la manipulation Bothan.

— Je serais presque de cet avis, dit Yan. Est-ce que Bel Iblis a réussi à prouver que les Bothans étaient à l'origine de cette demande de médiation bidon de la part des Tai'niens?

— Aucun preuve tangible. Mais il est quasiment persuadé que toute cette histoire n'avait qu'un but : les empêcher, lui et ses bataillons, d'approcher trop près de Bothawui, dit Leia en faisant la grimace. Entre ça et l'histoire de sabotage des lasers de l'Escadron Rogue par les Lereseniens...

— Quoi? Ils ont admis qu'ils avaient fait le coup?

— Non seulement ils l'ont admis mais ils en sont fiers. Ils considèrent que c'est le comble de l'honneur que d'éviter à tout intervenant extérieur d'être blessé dans l'une de leurs rixes.

Yan s'ébroua.

— Je suis sûr que Wedge devait être fou de joie.

— Lui et Garm en sont presque au point d'en venir aux lasers, dit Leia. Garm a déclaré à Gavrisom de but en blanc que la Nouvelle République n'avait pas à jouer ses pions les moins puissants sur l'échiquier politique d'un autre.

— Ça ressemble à une citation, ça... Tiens, tourne-toi un peu, tu veux?

Il dégagea son bras de derrière son cou et entreprit de lui masser les épaules.

— C'est une citation, dit Leia, sentant ses muscles tendus se détendre malgré eux sous la pression des doigts de Yan. Ça fait du bien.

— C'est le but, répondit Yan en se forçant à adopter un ton léger. Tu sais, vouloir mettre ainsi des bâtons dans les roues d'un gars comme Bel Iblis, ce n'est pas ce que les Bothans ont fait de plus malin ces derniers temps...

— Je suis certaine qu'ils en sont conscients, acquiesça Leia. Ça prouve combien ils sont désespérés.

Elle sentit Yan secouer la tête.

— C'est dingue, Leia. Et personne n'a l'air de prendre au sérieux le retour de Thrawn...

— Voilà le problème. La moitié des gens n'en croient pas un mot. Ils pensent que les Diamalas ont monté ce canular pour qu'on fiche la paix aux Bothans. L'autre moitié pense que cela pourrait être vrai mais doutent que l'Empire puisse encore représenter la moindre menace.

— Ils sont tous fous furieux, gronda Yan. Je suis certain que Thrawn nous prépare un mauvais coup. Je serais prêt à parier le *Faucon* là-dessus...

— Je suis d'accord, soupira-t-elle. D'un autre côté, vu la tournure que prennent les événements, il n'aurait pas besoin de trop se fouler. La Nouvelle République est en train de dégénérer. Elle essaime en une centaine de camps armés, aux opinions différentes, qui se focalisent sur l'histoire de Caamas.

— Et les Caamasiens? Ils ne peuvent rien faire pour arrêter tout ça? Ils ne peuvent tout de même pas accepter une chose pareille...

— Bien sûr que non. Mais tu dois comprendre que Caamas est devenue plus une excuse qu'un véritable problème. N'importe qui est à même de déclarer que les intérêts de Caamas et la justice lui tiennent à cœur mais tout le monde se sert de ce prétexte pour régler ses vieilles rancœurs avec tel ou tel autre.

— Ouais, dit amèrement Yan. Alors, qu'est-ce qu'on fait?

— Il n'y a qu'une chose à faire. Il faut leur retirer ce prétexte et cela signifie que nous devons trouver les noms de tous les Bothans impliqués dans le massacre pour les conduire devant un tribunal.

Il y eut un changement subtil dans les émotions de Yan.

— Ouais... dit-il. Enfin, c'est ce que Karrde essaye de faire.

Leia fronça les sourcils.

— Tu lui as parlé aujourd'hui? Je pensais qu'il avait déjà quitté Coruscant...

— Il est effectivement parti, d'après ce que j'en sais. Non, j'ai juste laissé courir le bruit, dans certains milieux contrebandiers que je connais, que je souhaite m'entretenir avec Mazzic.

— Pour quel motif?

— Je veux m'assurer que Shada D'ukal a réellement travaillé pour lui. Et je veux connaître les raisons exactes de sa démission.

Leia sourit.

— Tu ne serais pas en train de te faire un peu de souci pour Karrde, toi?

— Mais non, protesta Yan. Bien sûr que non. Il est assez grand pour prendre soin de lui-même.

— Ne t'inquiète pas, chéri, le rassura-t-elle en lui tapotant la cuisse. Moi aussi je l'aime bien, tu sais...

— Je n'irais pas jusqu'à dire que je l'aime bien, dit Yan, toujours sur le ton de la protestation. Il peut franchement être enquiquinant.

— Et toi aussi, mon chéri, lui rappela Leia. Ça t'arrive. Tu sais, je me dis parfois que Karrde représente ce que tu aurais pu devenir si tu n'avais pas choisi de rejoindre la Rébellion.

— Peut-être. Avec la barbe en moins...

— Il y a certaines petites choses pour lesquelles je remercie encore la Force! fit Leia, pince-sans-rire. Enfin, voilà. C'est à ça que j'ai occupé ma journée. A part discuter avec des contrebandiers, tu as fait quoi, toi?

— J'ai pas mal réfléchi. Je me suis dit qu'il était temps de prendre un peu de recul par rapport à tout ça.

— Une bien charmante pensée, murmura Leia. Mais Gavrisom piquerait une crise si je m'en allais maintenant.

— Rien que pour ça, je trouve que ça vaudrait le coup, dit Yan. Je crois n'avoir jamais vu Bouffi piquer une crise.

Leia sourit.

— J'apprécie ta proposition, Yan. Vraiment. Mais tu sais bien que je ne peux pas...

— Tu abandonnes trop facilement, lui reprocha-t-il d'un ton détaché. Je te parie que je pourrais bien arranger les choses.

Leia dégagea ses épaules des mains de son mari et se tourna vers lui en fronçant les sourcils. Il venait d'y avoir un autre subtil changement dans ses émotions.

— Et en supposant que j'accepte de relever ce pari, demanda-t-elle d'un ton soupçonneux, peux-tu me dire ce que tu as fait d'autre aujourd'hui?

Il lui adressa un de ces regards innocents dont lui seul avait le secret.

— Moi? Oh, pas grand-chose. T'es prête à parier ou pas?

— Allez, ne me fais pas marcher, Yan, lui dit-elle en adoptant un ton légèrement intimidant. Pour quelle destination nous as-tu réservé un vol?

Comme d'habitude, l'intimidation resta sans effet.

— L'endroit est sans importance, dit-il, laissant poindre un sourire derrière son air innocent. Je me suis dit qu'on pourrais aller faire une petite balade du côté du secteur de Kanchen. Sur Pakrik Majeure, pour être plus précis.

Leia fouilla dans sa mémoire. Elle avait déjà entendu parler du secteur de Kanchen. Elle se souvenait vaguement que Pakrik Majeure en était la capitale. Mais c'était tout.

— Et qu'est-ce qu'il peut bien y avoir là-bas qui soit susceptible de nous intéresser? demanda-t-elle.

— Absolument rien, lui assura Yan. Enfin, à part la conférence annuelle du secteur. Le genre de conférence à laquelle un haut dignitaire de la Nouvelle République pourrait bien assister. Tu sais, un petit coup de diplomatie...

Elle soupira.

— Et quel problème veulent-ils que je vienne y résoudre?

— C'est ça qui est magnifique, dit-il en souriant de toutes ses dents. Il n'y a aucun problème. Tout est paisible là-bas. On pourrait expédier rapidement certaines conférences un peu ennuyeuses avant d'aller trouver un coin tranquille pour se détendre.

— Et tu sais, toi, s'il y a un coin suffisamment tranquille dans les environs?

— Eh oui, il y en a un. Pakrik Majeure est dotée d'une planète jumelle, Pakrik Mineure, où il n'y a rien d'autre que des fermes, quelques hôtels et quantité de coins de campagne absolument sauvages...

De mieux en mieux.

— Des fermes, tu dis?

— Récoltes de fruits et de blé haut, pour la plupart, fit Yan en hochant la tête. Et puis des forêts, des montagnes, et tout le calme et le silence que tu veux. En plus, personne n'est obligé de savoir que nous y allons.

Leia soupira de nouveau.

— A part Gavrisom, dit-elle avec un pincement de regret. Et il ne sera jamais d'accord.

Le sourire de Yan se fit espiègle.

— Bien sûr qu'il sera d'accord. En fait, pour tout t'avouer, je l'ai appelé cet après-midi et j'ai tout arrangé. Il trouve que c'est une excellente idée.

Elle cilla plusieurs fois de suite.

— *Il trouve que c'est une excellente idée?*

— Eh bien, disons qu'il ne la trouve pas vraiment excellente, répondit Yan un peu malgré lui. Mais il est d'accord pour nous laisser partir et c'est ça qui est important, pas vrai?

— Si, c'est vrai, dit Leia en le dévisageant. Qu'est-ce que tu lui as proposé en échange?

Yan haussa les épaules.

— On ne s'est pas vraiment arrêté là-dessus, admit-il à contrecœur. Mais j'ai comme l'impression qu'il n'est pas complètement opposé à l'idée que toi et moi nous disparaissions pendant quelque temps.

— Même avec Thrawn en train de revenir sur le devant de la scène?

Yan fit une grimace.

— Surtout avec Thrawn revenant sur le devant de la scène.

Avec un soupir, Leia passa les bras autour du cou de son mari. Elle aurait dû deviner que tout cela cachait quelque chose. Yan était complètement impliqué dans la controverse sur la fusillade du Centre des Clans. Elle même défendait la parole de Lando qui affirmait qu'il avait rencontré Thrawn en personne. Ils représentaient tous deux un obstacle politique. Pas étonnant, donc, que Gavrisom ait sauté sur l'occasion de les voir prendre du recul pendant un moment.

— Je suis désolée, Yan, s'excusa-t-elle. Je pose toujours une question de trop, n'est-ce pas?

— Ne t'inquiète pas, chérie, dit-il en la serrant avec force dans ses bras. On en va pas leur laisser le loisir de se vanter d'avoir eu cette idée. C'était notre intention à nous de prendre des vacances. Peu importe ce qu'ils pensent...

Leia sourit franchement.

— Oui, c'est un peu : « Vous ne pouvez pas me mettre dehors, c'est moi qui démissionne ! » dit-elle en repensant à l'expression consacrée.

— Ouais, quelque chose comme ça. Enfin bref, j'ai parlé avec Chewie. Il ne voit aucun problème à garder les enfants avec lui sur Kashyyyk un peu plus longtemps. Ce sera des vacances rien que pour nous.

Leia sourit et nicha sa tête dans le cou de Yan.

— Tu sais? C'est exactement ce que je me suis dit quand Gavrisom nous a envoyés sur Bothawui, avoua-t-elle. Et tu as vu comment les choses ont tourné...

— Eh bien, ce coup-ci, je peux te dire que tout va bien se passer, répondit Yan d'un ton très positif. Pas de Bothans, pas d'émeutes, personne pour nous tirer dessus. Je te le garantis.

— J'ai ta parole? demanda-t-elle en s'arrachant à son étreinte pour l'embrasser rapidement. Quand est-ce qu'on part?

— Dès que tes bagages seront prêts, dit-il en lui serrant le bras. Et tu as intérêt à te dépêcher parce que les miens le sont depuis des heures!

— A vos ordres! s'inclina Leia sur un ton moqueur.

Elle se leva et se dirigea vers leur chambre. Un peu de paix et de tranquillité, loin des ennuis et de la controverse. Oui, c'était exactement ce dont elle avait besoin.

Les récoltes de blé haut de Pakrik Mineure. Elle avait hâte d'y être.

24

Les éclaireurs avaient passé les vingt-huit dernières heures à explorer le système. Quand ils revinrent, ils présentèrent un rapport à l'Amiral Pellaeon qui correspondait exactement à ce qu'il espérait. A part le *Chimaera* lui-même, il n'y avait aucun autre vaisseau dans le secteur. Cette région de l'espace était aussi déserte que possible.

— A première vue, Monsieur, je dirais qu'il a refusé votre offre, dit le Capitaine Ardiff en approchant de Pellaeon sur la passerelle de commandement du Destroyer Impérial.

— Peut-être, dit Pellaeon, le regard perdu vers les étoiles par-delà l'immense hublot. Il se peut également que j'aie été un peu trop optimiste quant au temps que prendraient les choses. Le Général Bel Iblis a peut-être eu des difficultés à convaincre la hiérarchie républicaine qu'il était dans son intérêt de venir me parler.

— Ou alors, ils ont eu du mal à rassembler une force de combat suffisamment importante pour anéantir un Destroyer Stellaire Impérial, dit Ardiff d'un ton sinistre. J'ai l'impression que tout ceci n'est qu'une vaste toile d'arachnide au centre de laquelle nous sommes confortablement installés...

— Du calme, Capitaine, dit Pellaeon pour rassurer cet homme plus jeune que lui. (Malgré ses excellentes qualités militaires, Ardiff avait un peu tendance à divaguer quand il était inquiet.) Bel Iblis est un homme d'honneur. Je ne pense pas qu'il déclinerait mon invitation de cette manière.

— Je crois me rappeler qu'à une époque, c'était également un homme doté d'une incroyable ambition, le contra Ardiff. Et je suis sûr qu'en ce moment il est perdu au beau milieu de la masse de généraux et d'amiraux qui infestent les effectifs militaires de la Nouvelle République. Pour un homme ambitieux, réussir à vous capturer serait un moyen spectaculaire de sortir des rangs.

Pellaeon sourit.

— J'aime à croire qu'après toutes ces années je puisse encore représenter un trophée de chasse de grande valeur. Mais je ne pense pas que ce soit le cas.

— Vous pouvez toujours en appeler à votre modestie légendaire, Amiral, dit Ardiff en regardant le champ d'étoiles avec une impression de malaise. Mais à présent, vous êtes tout de même la seule personne qui soit susceptible de tenir l'Empire à bout de bras.

Pellaeon laissa son regard dériver au milieu des astres.

— Ou sa seule et unique chance de survie... ajouta-t-il calmement.

— Pensez ce que vous voulez, Monsieur, dit Ardiff, une pointe d'exaspération dans la voix. Le fait est que le Colonel Vermel est parti en mission pour délivrer votre message et qu'il n'est jamais revenu. Pourquoi?

— Je n'en sais rien, dut admettre Pellaeon. Je suppose que vous avez votre propre théorie à ce sujet?

— Oui, Monsieur. Une théorie qui date d'avant notre départ de Yaga Mineure. Je pense que Vermel a appris quelque chose. Soit directement par Bel Iblis, soit par une rumeur. Et ce qu'il a appris l'a forcé à faire disparaître Bel Iblis pour qu'il ne puisse pas entrer en communication avec vous. Au mieux, nous perdons notre temps. Au pire, nous sommes en train de plonger la tête la première dans un piège.

— C'est un pari que je suis prêt à tenir, Capitaine, dit Pellaeon tout doucement. Accordons encore quelques jours à Bel Iblis. Et après cela...

— Amiral Pellaeon? appela l'officier chargé des capteurs de la fosse tribord. Des vaisseaux en approche, Monsieur. On dirait qu'il y en a huit. Ils arrivent par le vecteur Un Six Quatre, élévation Cinquante-trois.

Pellaeon sentit sa gorge se serrer.

— Identification? demanda-t-il en essayant de ne pas se départir de son sang-froid.

— Quatre canonnières Corelliennes, annonça une autre voix. Le plus gros est un croiseur de combat de type Kaloth. On dirait qu'il a subi de sérieuses modifications, d'ailleurs. Trois navires d'assaut Telgorn de classe Pacificateur. Identifications... peu concluantes...

— Comment cela, « peu concluantes »? fit Ardiff.

— Leurs numéros d'immatriculation ne correspondent à rien dans les registres de la navigation spatiale, dit l'officier. Je suis en train de procéder à une vérification pour voir s'il n'y a pas moyen de découvrir qui ils sont.

— Des vaisseaux camouflés, remarqua Ardiff d'un ton sombre.

— Les contrebandiers sont coutumiers du fait, lui rappela Pellaeon. Tout comme les pirates et certains groupes de mercenaires.

— Je le sais bien, Monsieur. Je sais également qu'il n'y a rien de suffisamment précieux dans ce système pour pouvoir intéresser ce genre d'individus.

— Effectivement, admit Pellaeon. Officier des Communications? Transmettez notre immatriculation et demandez à ce qu'ils nous transmettent la leur.

— Identification transmise, dit l'autre. Pas de réponse.

— Les vaisseaux en approche ont modifié leur cap, déclara l'officier chargé des capteurs. Ils croisent maintenant sur un vecteur d'interception du *Chimaera*.

Ardiff laissa échapper un sifflement furieux entre ses dents.

— Du calme, Capitaine, lui conseilla Pellaeon. Lieutenant ? Je voudrais un balayage total des appareils en approche. Capacités d'armement et signes distinctifs éventuels sur leurs coques...

— A vos ordres.

— Amiral ! intervint une autre voix. Les vaisseaux en approche se sont rassemblés en formation d'attaque !

— Je pense, Amiral, dit Ardiff d'une voix dure, que nous connaissons à présent la réponse de Bel Iblis.

Pellaeon ferma le poing gauche.

— Signes distinctifs sur les coques, Lieutenant ? aboya-t-il.

— Ça y est, c'est en train d'apparaître, Monsieur. Les canonnières portent les emblèmes des Forces de Défense Corelliennes. Quant aux autres... Pareil, Monsieur.

— Merci, murmura Pellaeon. (Il sentit le regard d'Ardiff posé sur lui. Il sentit la chaleur de sa colère et le mordant de son amertume.) Capitaine ? Vous auriez tout intérêt à préparer le *Chimaera* pour le combat.

— Bien, Monsieur. (Ardiff se tourna et se dirigea vers la fosse de commandement bâbord.) Que tous les pilotes rejoignent leurs appareils, ordonna-t-il. Parés à décoller à mon signal. Enclenchez les écrans déflecteurs. Armez les turbos laser.

— Et les rayons tracteurs... ajouta calmement Pellaeon.

Ardiff lui lança un regard perplexe.

— Monsieur ?

— Il se peut que nous ayons à ramener à bord un ou deux de ces vaisseaux, expliqua Pellaeon. Ou bien quelques débris. Après la bataille.

Les lèvres d'Ardiff se tordirent.

— Bien, Monsieur. A tous les rayons tracteurs : activation !

Pellaeon fit quelques pas pour s'éloigner de l'agitation qui régnait à présent dans les deux fosses de commandement et sur le pont arrière. Il se rapprocha de la baie d'observation avant. Etait-ce bien Bel Iblis, là-dehors, en train de foncer vers le *Chimaera* avec une formation de combat ?

Non. C'était ridicule. Il n'avait jamais eu l'occasion de rencontrer Bel Iblis en personne, mais tout ce qu'il avait lu à son sujet montrait qu'il était doté d'un grand sens de l'honneur et de la dignité. Un homme de sa trempe ne se laisserait pas aller à la lâcheté d'organiser une attaque surprise de ce genre. Surtout en réponse à une honnête requête comme celle que Pellaeon avait émise. Même lorsque Bel Iblis avait perdu la bataille face au Grand Amiral Thrawn, il n'avait jamais abandonné son sens de la dignité.

La bataille contre Thrawn...

Pellaeon laissa échapper un petit sourire. Oui, c'était cela. Il tenait le moyen de savoir si, oui ou non, c'était bien Bel Iblis qui était à la tête de cette flotte d'attaque hétéroclite qui fondait sur eux.

Il sentit un déplacement d'air à ses côtés.

— Il est possible qu'il veuille juste faire preuve de précaution, dit Ardiff. (Les mots semblèrent lui sortir de la bouche avec un certain dégoût.) La combinaison des écrans déflecteurs d'une formation d'attaque comme celle-ci peut aussi bien servir en défense. Il ne veut peut-être pas nous transmettre son identité tant qu'il ne s'est pas rapproché...

Pellaeon lança un regard vaguement surpris au jeune Capitaine.

— Vous m'impressionnez, Capitaine, dit-il. L'une des aptitudes les plus importantes d'un bon commandant est la possibilité de voir au-delà de ce à quoi tout le monde s'attend.

— Je cherche simplement à me montrer impartial, dit Ardiff en se raidissant. Mais pas au point de mettre le vaisseau en danger. Souhaitez-vous lancer les TIE ou les Oiseaux de Proie ?

— Attendez un peu, dit Pellaeon en reportant son regard sur la baie d'observation. (Les vaisseaux étaient visibles, à présent. De petits points lumineux qui grossissaient rapidement.) Quoi qu'il arrive, je veux qu'on comprenne bien que nous n'avons rien fait pour déclencher les hostilités.

Pendant une très longue minute, ils gardèrent le silence et attendirent. Les vaisseaux en approche grandirent de plus en plus dans leur champ de vision...

Et, soudainement, ils furent sur eux, rasant la coque du *Chimaera*, inondant les blindages du Destroyer Stellaire d'un feu de laser nourri. Les appareils remontèrent en chandelle en direction de la superstructure de commandement. Quelqu'un sur le pont, derrière Pellaeon, laissa échapper un cri de surprise. Ou de peur...

Ils disparurent tout aussi rapidement, filant de part et d'autre de la passerelle avant de rejoindre une zone plus sûre de l'espace.

Ardiff se mit à respirer bruyamment.

— Je crois que nous avons la démonstration de leurs intentions, Amiral. (Sa nervosité avait laissé la place à un professionnalisme glacé.) Autorisation de lancer l'attaque ?

— Autorisation accordée. Utilisez uniquement les turbos laser.

Ardiff lui lança un rapide coup d'œil.

— Et les chasseurs ?

— Pas encore, lui dit Pellaeon, fouillant les cieux à la recherche de leurs assaillants. (Les appareils devaient certainement être en train de les contourner après cette première offensive.) Je préfère garder les Oiseaux de Proie pour autre chose...

Ardiff jeta un coup d'œil rapide alentour.

— Amiral, avec tout le respect que je vous dois, je vous conjure de bien vouloir reconsidérer vos options, dit-il à voix basse pour n'être entendu que de Pellaeon. Ce Croiseur est très lourdement armé. Il est passé trop vite cette fois-ci pour nous causer le moindre dommage important, mais ce genre de tactique ne se produit qu'une seule fois. Si nous ne nous servons pas de nos chasseurs pour les tenir en respect, nous courons droit vers les ennuis...

— Je comprends vos craintes, Capitaine. (Leurs attaquants étaient de nouveau en vue. Des points lumineux dans le lointain, volant presque au hasard mais se préparant à frapper une seconde fois.) Mais j'ai mes propres raisons de ne pas utiliser les chasseurs. Ordonnez aux batteries de turbos laser de se tenir prêtes.

Du coin de l'œil, il vit les muscles de la gorge d'Ardiff se contracter. Comme si le Capitaine était sur le point de le contredire. Mais celui-ci se contenta de lui adresser un bref signe de tête.

— Artilleurs turbos laser : tenez-vous prêts! cria-t-il sévèrement.

— Faites-moi confiance, Capitaine, murmura Pellaeon.

Il eut toutes les peines du monde à s'empêcher de sourire. Son esprit venait de faire un bond de dix ans en arrière. A l'époque, c'était lui, le jeune capitaine. Il se tenait debout sur ce même pont, cherchant, en se montrant aussi diplomate que possible, à raisonner son supérieur au beau milieu d'un combat particulièrement tendu. Il avait, à ce moment-là, beaucoup plus d'expérience qu'Ardiff, bien entendu, mais sa frustration n'en avait été que plus grande quand il avait vu — sans pouvoir rien y faire — le *Chimaera* courir au désastre.

Et pourtant, Thrawn ne l'avait jamais réprimandé pour son impertinence ou son manque de compréhension. Il avait appliqué son plan à la lettre et les résultats avaient parlé d'eux-mêmes.

Pellaeon ne pouvait que se contenter d'espérer que ses propres plans seraient à la hauteur de ceux de son illustre prédécesseur.

Les assaillants venaient d'achever leur manœuvre de regroupement et faisaient à nouveau route vers le *Chimaera.*

— Les voilà, annonça l'officier chargé des capteurs. On dirait qu'ils vont procéder à une attaque croisée, ce coup-ci.

— J'ai l'impression qu'ils n'osent pas s'attaquer à la superstructure de commandement, commenta Pellaeon. Cela ne signifie qu'une chose : un ou plusieurs de leurs appareils n'ont pas pu redresser dans les temps lors de la précédente offensive.

— A moins qu'ils ne cherchent simplement à varier les plaisirs, gronda Ardiff, dont la frustration sourdait derrière ses paroles.

Encore une fois, les souvenirs défilèrent et, encore une fois, Pellaeon dut réprimer un sourire. A cet instant précis, dans le feu de l'action, un sourire serait la dernière chose qu'Ardiff serait capable de comprendre.

— Turbos laser, soyez parés, dit-il. Feu à volonté !

Les attaquants plongèrent sur eux, crachant leurs décharges mortelles. Les turbos laser du *Chimaera* ripostèrent et, pendant quelques instants, le cosmos juste devant la passerelle ne fut plus qu'un incandescent mélange de rayons verts et rouges.

Les assaillants se replièrent à nouveau, vers un point hors de portée des armes Impériales et les formidables batteries d'artillerie du Destroyer Stellaire se turent.

— Dégâts ? demanda Pellaeon.

— Dommages mineurs seulement. (Le rapport venait de lui parvenir d'un officier en poste dans la fosse tribord.) Trois systèmes de visée laser ont été détruits dans le Quadrant Un. Quelques fissures sans importance dans la coque le long de l'arête supérieure. J'apprends à l'instant qu'elles ont été colmatées.

— Ils essayent de se débarrasser de tous les turbos laser du Quadrant Un, murmura Ardiff. Dès qu'ils en auront terminé, ce Croiseur de Combat n'aura qu'à se poster au-dessus de notre proue pour tirer tranquillement dans la coque.

— J'ai bien l'impression que c'est ce qu'ils cherchent à faire, acquiesça Pellaeon. Et chez l'ennemi? Des dégâts?

— Inconnus. Probablement réduits, rapporta l'officier chargé des capteurs. Leur technique de boucliers superposés a l'air de bien tenir le coup. Elle semble assez difficile à percer.

— Mais ce ne sont que des boucliers à rayonnement, n'est-ce pas? demanda Pellaeon.

— Oui, Monsieur, en tout cas pour le Croiseur, confirma l'officier. Les canonnières sont équipées d'écrans à particules.

— On n'a pas la moindre chance de les toucher avec nos torpilles à protons, si c'est ce à quoi vous pensez, l'avertit Ardiff. A bout portant, leur vélocité angulaire est bien trop élevée pour que les torpilles puissent toucher leur cible. A longue portée, ils auront tout le temps souhaité pour les mettre en joue et les détruire.

— Je comprends bien les tactiques en jeu, répondit Pellaeon, mi-figue, mi-raisin. Voyons si nous pouvons un peu changer le scénario. Colonel Bas? Qu'un escadron d'Oiseaux de Proie soit prêt à décoller sur mon ordre. Vecteur d'attaque...

Il marqua une pause et suivit les assaillants du regard. Ils venaient d'atteindre leur point de ralliement et se préparaient à une troisième offensive.

— Vecteur d'attaque Deux Trois, élévation Sept, décida-t-il. Qu'ils restent sur ce vecteur en formation serrée jusqu'à nouvel ordre.

Il devina qu'Ardiff le dévisageait avec stupeur.

— Formation serrée, Monsieur? répéta le Capitaine, n'en croyant visiblement pas ses oreilles.

— La superposition de leurs boucliers les aidera à se protéger des tirs ennemis, expliqua Pellaeon.

— Mais pas assez, le contra Ardiff. Pas contre un Croiseur de type Kaloth, pas aussi près...

— Avec un peu de chance, ils n'auront même pas besoin de s'approcher. (A ses mots, il s'aperçut que, tout comme les deux fois précédentes, les assaillants étaient en train de foncer directement sur eux. Parfait.) Colonel? Lancez l'escadron de chasseurs.

— A vos ordres, dit le Colonel Bas. Chasseurs lancés.

Pellaeon se tourna à nouveau vers la baie d'observation. Quelques secondes plus tard, les Oiseaux de Proie apparurent à l'autre extrémité de la coque, volant en formation serrée vers leurs ennemis en approche.

— Lance-torpille à protons Numéro Huit, tenez-vous prêt! appela-t-il. Déploiement des quinze torpilles en cinq séquences de trois, le long du vecteur Deux Trois élévation Sept.

Le bourdonnement qui régnait sur le pont sembla soudainement s'interrompre.

— Monsieur? demanda, hésitant, l'Officier de Balistique. C'est le même vecteur que...

— Que les Oiseaux de Proie, termina Pellaeon à sa place. Oui, je sais, Lieutenant. Vous avez vos ordres.

— Bien, Monsieur.

— Lancez les torpilles à mon signal uniquement, continua Pellaeon en regardant les Oiseaux de Proie filer vers leurs attaquants. (On y était presque...) Colonel Bas? Ordonnez aux Oiseaux de Proie d'exécuter la manœuvre de l'Eclosion à pleine vitesse à mon signal. Lieutenant, lancez les torpilles à protons.

— Torpilles envoyées, confirma l'autre.

De sous la proue du *Chimaera* s'éleva une colonne de missiles. Cinq groupes de trois torpilles, filant directement aux trousses des Oiseaux de Proie.

Ardiff émit un petit grognement de compréhension.

— Mais bien sûr...

— Bien sûr, acquiesça Pellaeon en suivant attentivement les projectiles du regard, conscient que tout allait se jouer à la fraction de seconde près... (On y était presque...) Colonel Bas? *Maintenant!*

L'espace d'un instant, le temps d'un battement de cœur, il ne se passa rien. Et puis, avec la précision d'une escadrille de voltige, les Oiseaux de Proie rompirent leur formation serrée. Ils tournèrent brusquement pour dévier de leur cap d'origine, évoquant dans leur manœuvre une fleur en pleine éclosion. Les chasseurs mirent le cap sur le *Chimaera*. Les turbos laser ennemis, qui jusqu'alors rebondissaient sur les boucliers cumulés des appareils Impériaux, se mirent à tirer en désordre vers chacun des Oiseaux de Proie.

Et dans un éclair aveuglant, la première vague de trois torpilles passa en trombe entre les deux canonnières de tête pour venir exploser contre la proue du Croiseur de Combat.

Même à cette distance du *Chimaera*, la consternation chez l'ennemi fut instantanément évidente. Instantanée mais bien inutile. Un premier groupe de vaisseaux chercha désespérément à éviter la trajectoire des missiles et fut immédiatement atteint par la deuxième vague de torpilles. Un impressionnant nuage de morceaux de coques déchiquetées et d'éclats de transparacier se répandit dans l'espace. La troisième vague de missiles atteignit la zone touchée par la deuxième et explosa prématurément au contact des débris. La déflagration projeta l'une des canonnières endommagées dans une vrille incontrôlable. Le vaisseau disparut dans les profondeurs du cosmos. Quand les trois dernières torpilles explosèrent, le combat était terminé. Le Croiseur n'était plus qu'une épave et les autres appareils avaient battu en retraite.

— Une remarquable tactique, Amiral, dit Ardiff avec un mélange d'admiration et de gêne dans la voix. Je vous présente mes excuses si j'ai eu l'air de...

— Compris, Capitaine, lui assura Pellaeon. Vous pouvez me croire, j'ai moi-même vécu l'expérience que vous venez de vivre.

— Merci, Monsieur. (Ardiff fit un geste vers le nuage de débris incandescent.) Dois-je envoyer une équipe pour récupérer les débris ? Ils pourraient nous aider à déterminer l'identité de nos agresseurs.

— Allez-y, faites. Mais je peux vous dire tout de suite que ce n'était pas le Général Bel Iblis.

— Vraiment ? dit Ardiff tout en faisant un geste vers l'une des fosses pour qu'on exécute son ordre. (Cette fois-ci, la question n'était plus chargée de doute mais de curiosité.) Comment pouvez-vous en être sûr ?

— Chaque chose en son temps. Pendant que votre équipe récupère les débris, je veux que vous me repassiez l'enregistrement de l'affrontement réalisé par le Predictor. Il est toujours branché, n'est-ce pas ?

— Oui, Monsieur, dit Ardiff, laissant échapper un sourire de compréhension. C'est donc pour cela que vous les avez laissés nous attaquer une deuxième fois ? Pour donner suffisamment de données au Predictor ?

— Exactement, dit Pellaeon. On ne peut pas dire qu'il se soit montré très utile dans l'analyse des tactiques ennemies mais voyons si nous pouvons le faire fonctionner en sens inverse. Essayons de deviner qui étaient nos ennemis à partir de leurs techniques d'attaque. Si nous avons de la chance, peut-être nous révélera-t-il l'identité de ceux qui chérissent tout particulièrement cette tactique de combat.

— Et vous êtes certain qu'il ne s'agissait pas de Bel Iblis ?

Pellaeon se tourna vers le nuage étincelant.

— Avez-vous déjà entendu parler de la Gifle de l'Aile-A, Capitaine ?

— Non, je ne crois pas, Monsieur.

— Il s'agit d'une technique de combat de la Nouvelle République, expliqua Pellaeon, se tournant pour faire face à son interlocuteur. Elle requiert un sens hors pair du chronométrage, ce qui explique qu'on ne l'utilise pas souvent. Un groupe de chasseurs stellaires, en général des Ailes-X, fonce directement sur les lignes de défense d'un vaisseau amiral. A la dernière seconde, les Ailes-X virent et font demi-tour.

— Un peu comme ce que viennent de faire nos Oiseaux de Proie.

— Exactement comme nos Oiseaux de Proie, dit Pellaeon en hochant la tête. La réaction naturelle de celui qui est attaqué, bien entendu, est de supposer que ses assaillants vont essayer de le prendre sur les flancs. A ce moment-là, il engage, lui aussi, une manœuvre de changement de cap pour se lancer à leur poursuite. Ce qu'il n'a pas réalisé, c'est qu'un groupe d'Ailes-A a suivi les Ailes-X en se dissimulant derrière leurs traînées de réacteurs. Au moment où l'attaqué repère cette seconde vague, il est déjà trop tard pour le retenir et les Ailes-A se trouvent dans l'axe complètement dégagé du vaisseau sans défense.

— C'est assez malin. Je comprends pourquoi il est préférable de ne pas y avoir recours trop souvent. Cela dit, avec les torpilles à la place des Ailes-A, cela a plutôt bien marché. Et quel rapport avec Bel Iblis ?

Pellaeon se permit un sourire.

— J'étais à la bataille au cours de laquelle il a inventé cette technique.

Ardiff cligna plusieurs fois des yeux sous le coup de la surprise puis se mit à sourire à son tour.

— En résumé, il ne se laisserait pas berner par une tactique pareille, c'est cela?

— Aucune chance, répondit Pellaeon. Mais avec ces emblèmes Corelliens, je serais prêt à parier que quelqu'un se donne beaucoup de mal pour nous faire croire que c'est lui.

Le sourire d'Ardiff disparut.

— Ce quelqu'un pourrait-il être un Impérial?

— Ou un membre de la Nouvelle République. Nous savons bien qu'il y a des factions dans notre camp qui ne veulent pas entendre parler de paix. J'imagine qu'il doit bien y en avoir de similaires dans le camp adverse.

— Probablement. Alors, que faisons-nous?

— La personne qui a commandité cette attaque a voulu nous faire croire que Bel Iblis était derrière tout ça. Le trop petit nombre de vaisseaux et la vitesse à laquelle ils sont intervenus et se sont repliés me laissent à penser que le fait de nous infliger, ou non, de quelconques dégâts n'était pas le but principal de cette opération. En revanche, je crois plutôt qu'on a voulu nous faire déguerpir avant l'arrivée de Bel Iblis...

— Alors on reste?

— On reste, acquiesça Pellaeon. Au moins pendant un petit moment.

— A vos ordres. (Ardiff pinça les lèvres.) Vous êtes, bien entendu, conscient du fait que notre adversaire non identifié pourrait ne pas abandonner la partie aussi facilement. Il se pourrait qu'il nous attaque à nouveau.

Pellaeon se tourna vers le hublot et observa le champ de débris.

— Qu'il essaye...

À SUIVRE